岭南圣母

冼夫人

宋其蕤 著

内蒙古人民出版社

图书在版编目(CIP)数据

岭南圣母:冼夫人/宋其蕤著.-呼和浩特:内蒙古人民出版社,2016.4

ISBN 978-7-204-14006-0

Ⅰ.①岭… Ⅱ.①宋… Ⅲ.①传记小说-中国-当代 Ⅳ.①I247.5

中国版本图书馆 CIP 数据核字(2016)第 105922 号

岭南圣母:冼夫人

作　　者	宋其蕤
责任编辑	段瑞昕
封面设计	刘那日苏
责任监印	王丽燕
出版发行	内蒙古人民出版社
地　　址	呼和浩特市新城区中山东路 8 号波士名人国际 B 座 5 楼
网　　址	http://www.impph.com
印　　刷	内蒙古爱信达教育印务有限责任公司
开　　本	710mm×1000mm　1/16
印　　张	31
字　　数	520 千
版　　次	2018 年 4 月第 1 版
印　　次	2018 年 4 月第 1 次印刷
印　　数	1—2500 册
书　　号	ISBN 978-7-204-14006-0
定　　价	48.00 元

如发现印装质量问题,请与我社联系。联系电话:(0471)3946120

目　录

上篇　岭南一枝花

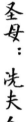

岭南圣母：冼夫人

岭南圣母：冼夫人

岭南圣母：冼夫人

主要人物

冼夫人——大约生于南朝梁武帝天监八年(公元510年)十一月二十四日,
　　　　死于隋朝仁寿二年(公元602年),历经梁、陈、隋三朝。岭南高
　　　　凉郡(今广东阳江一带)人,南越俚人,岭南豪族,世代为俚人首
　　　　领。与罗州刺史冯融之子冯宝成亲,协助冯宝治理粤西,维护岭
　　　　南民族团结和安定,被称为岭南圣母。隋文帝封为谯国夫人,谥
　　　　号诚敬夫人。

冯　融——北燕王冯弘的后裔,罗州刺史。治理罗州,因语言不通,越人不
　　　　服,后与当地越人豪族冼氏家族联姻,得到俚人首领冼夫人的帮
　　　　助,才政令通畅。

冯　宝——冯融之子,娶冼夫人。梁陈时先后任高凉、石龙郡太守。隋时被
　　　　隋文帝追封为谯国公,广州总管。

冯　仆——冯宝与冼夫人的儿子。陈朝时先后任阳春、高凉、石龙郡太守,
　　　　隋文帝时封为崖州总管。

冯　暄——冼夫人长孙。隋文帝时任命为罗州刺史。

冯　盎——冼夫人三孙。隋文帝时任命为高州刺史。

冼文忠——冼夫人父亲。高凉俚人首领。

冼玉挺——冼家大公子。冼夫人的大哥,后出家。

冼玉丹——冼家二公子。冼夫人的二哥。

冼玉朱——冼家三公子。冼夫人的三哥。被獠人首领宁逵所杀。

冼　挺——冼夫人的大侄子,后与冼玉丹一起主管崖州。

春　香——冼夫人的使女。

宁　纯——岭南豪族。廉州（今广西合浦北）人，《广东通志》说："南海以西溪洞，汉晋以来，以宁族最强，世为俚帅，蛮獠皆归之。"后迁移到高凉一带，为獠人首领。

宁　逵——宁家大公子。獠酋。

宁俊杰——宁家二公子。獠酋。

宁猛力——宁逵之子，后任阳春太守、罗州刺史。

陈佛智——岭南西路獠人首领，与冼夫人为敌，经常作乱。后与女婿王仲宣一起作乱，围攻隋占领的广州，被冼夫人派兵剿灭。

萧　衍——梁朝皇帝，梁武帝，好佛，被侯景推翻，饿死台城。

萧励、萧勃、萧映——梁朝宗室，先后任广州刺史、总管。

陈霸先——南朝陈的开国皇帝，陈武帝，吴兴郡长城县人（今浙江长兴县人），出身贫苦，早年当过里司、油库吏、传令吏等低级官吏，从军后当了小军官，与广州刺史萧勃到广州，被任命为西江督护，多次参与平息岭南俚獠起义。梁武帝太清三年（公元549年），侯景举兵反梁，梁武帝在台城（南京宫殿）被困饿死，侯景据建康（南京）自称汉皇帝。陈霸先起兵讨伐侯景。于公元551年击败侯景，攻克建康，创建陈朝。

沈恪、陈拟、周文育、侯安都、杜僧明——陈霸先的部属，随陈霸先征战南北。

陈秀英——陈霸先的夫人。

孙　固——陈霸先的前任西江督护，后任高州刺史。

李迁仕——高凉太守、阳春太守，后接任高州刺史。陈霸先的心腹大患，阻挠陈霸先北伐，后被冼夫人灭。

欧阳纥——岭南将军，始兴人，梁末时任东衡州刺史，后被陈武帝陈霸先任命为广州刺史。后叛乱，被剿灭。

裴　矩——隋文帝派往岭南的使臣，与冼夫人一起安抚岭南。

李志宏、苏玄朗——罗浮山朱明洞道士。苏玄朗后到高凉做道士。

上篇　岭南一枝花

第一章　岭南豪门

冯融上任赴高凉　俚帅摆宴贺千金

公元510年,正是南朝梁武帝天监八年。

冬月的岭南,紫荆花盛开,高凉郡里虬枝盘曲的株株紫荆树上,盛开着艳丽的桃红花朵,灿若云霞,照着高凉郡,倒映在宽阔的清澈见底的漠阳江面上,与水中的蓝天白云相映照,在澄碧的江面上交织出一幅美不胜收的南国风景图画。高大笔直直插蓝天的槟榔、桄榔、椰子,婆娑的蒲葵、油葵、鱼尾葵和棕榈,几丈高的大蕉、粉蕉、芭蕉,长满胡须似气根的小叶榕树、高山榕树,茂密肥壮的南国树木遮蔽在漠阳江两岸,把漠阳江映得澄碧如玉。蓝天白云红花绿树在江面上随碧波荡漾着,变化着,幻化着,叫人生出许多遐想。

漠阳江上,一队高大的楼船,张满鼓风的白帆,溯江逆波而上。大船上张扬着一面迎风飘扬的官旗,上面绣着罗州官府的徽号。

这是罗州新上任的刺史冯融携带部曲和家眷从水路前来罗州上任。梁朝新立,改朝换代之际,岭南的越人部落互相争斗,从新宁到罗州一带的俚人、獠人经常劫持来往官人,他只有从新宁经漠阳江到高凉,然后再从高凉

1

坐车到罗州。罗州在高凉的西北,大约两天的路程。

身穿官服的冯融站在船头上,拈着几绺黑髯,沐浴着艳丽但不酷烈的冬日艳阳,望着漠阳江清澈的江水,看着木船划破江面上美丽的图画出神。本出身于北方为燕国国王后裔的他,如今却在这最南边落地生根,并且任了这岭南的地方官。

这可真是很有意思的事情。冯融拈着黑须微微地笑。

冯融是生在岭南的北方人,他的家庭来岭南已经多年。他的父亲是北燕国国主冯弘的孙子。

冯弘冯文通是北燕国国主,在北魏皇帝拓跋焘连年讨伐中,三个儿子先后投降北魏,后来三兄弟中的冯邈出使柔然不归,牵连兄弟冯朗和冯崇,被太武帝诛杀。冯朗的女儿从小没入北魏宫掖,在和亲到魏国、做北魏皇帝拓跋焘左昭仪的姑母的教养扶持下,做了北魏文成皇帝的皇后,在魏孝文帝时期主理朝政多年,是有名的文明太后。436 年,北魏太武帝拓跋焘举兵灭了北燕,冯弘冯文通带领着家眷部下 300 多人跑到高丽避难,冯弘与高丽王不合,决定让他的小儿子冯业带领着全部家眷投奔南朝齐。冯业渡海来到岭南,在新宁落脚。冯业的儿子冯刿在岭南成家生子冯融。

正是因为有这么显赫的家族和亲属背景,冯刿在齐时被任命为新宁太守多年,冯融接替父亲官职继任新宁太守。齐亡之后,重视出身的梁武帝又任命冯融做罗州刺史,官职升了一级。

此刻的冯融并不感到喜悦,更不感到轻松,他皱着眉头望着江水默默想心事。在新宁,他接替父亲干了多年,人熟地熟,如鱼得水,没有什么可忧虑的。可是这罗州,麻烦大概少不了,这里外来汉人少,以百越的獠人、俚人为主要人口,他们不开化,排斥外来人,只听命于当地豪门首领,他这外来户能叫俚獠宾服吗?他言语不通,风俗不懂,能够让政令通畅吗?那些野蛮的俚獠酋长首领,会不会集合众人闹事呢?

冯融紧皱眉头,望着江面,心事重重。

破浪而上的木船在碧波中犁开了雪白的水道,溅起朵朵雪白的浪花,发出哗哗啦啦的声音,扑打着木船,一些浪花溅落到冯融的腿上。

“爹爹,爹爹,你看,那岸上的树木多好看啊!”一个六七岁的小儿从楼船舱里跑出来,拉扯着冯融的衣襟,仰着头,看着冯融,高兴地说。

"宝儿,你不坐在舱里照顾母亲,跑出来做甚?"冯融低下头,抚摩着儿子的黑发,温和地责备着。夫人有些晕船,在海上行船时呕吐得一塌糊涂,儿子冯宝在她身边,她才感觉好受一些。

"我娘叫我出来看看你嘛。"冯宝把身体紧紧贴在冯融的腿上,撒娇般地扭动着身体。

冯融微笑着,拉着儿子冯宝的手,指着南岸不远处绿树红花掩映处的一片干栏房屋:"我们快到高凉了。"

冯宝高兴地跳跃着:"那我们可以上岸了!"

冯融笑了。他们已经在海上颠簸了好几天,大家都渴望着踏上坚实的陆地,不再遭受风浪颠簸之苦。到了高凉,可以在高凉太守郡衙里好好歇息几天,顺便考察一下这里的民情,了解一下也是他罗州刺史管辖范围的高凉郡的情况。

木船慢慢向江岸靠拢过去。前边的码头已经在视线之中。

冯融整了整衣冠。

高凉郡郡治中心,几株高大的榕树,在冬日灿烂明媚的阳光下,支撑着浓密的枝叶,几人合抱不拢的粗壮的树干上垂落下繁多的气根,像老态龙钟的老人的胡须,从高处枝丫上垂下的气根虬龙蜷曲,扎入土地,生出新的树干,成为一株株新树。老树显示着它们的历史沧桑,新树迸发着它们的活力,互相扶持着长成这片茂盛的榕树林。在浓密的榕树林里也点缀着一棵一棵高大笔直的红棉树,丫权着它虬龙盘曲的枝干和稀疏的大片绿叶。冬月里,正是岭南百花盛开的时候,几株银桂几株金黄的金桂,绽放着金银色的小小花朵,桃红的紫荆花在碧绿的榕树林里灿烂如霞。馥郁的桂花清香飘荡着,在阳光里荡漾。

浓密的榕树掩映中,坐落着一大片很漂亮的干栏楼房,朱红的木制雕花栏杆,黑色放光的漆花门窗隔扇,显示了主人的尊贵富有。干栏楼房围拢的院落里,正举行着盛大的家宴。猜拳喝酒祝贺的喧闹声直冲云霄,回荡在高凉郡的上空。

"来,大家开怀畅饮啊!"

主人冼文忠,一位五十出头的中年人,满脸的得意和高兴,高举着黑釉

岭南圣母:冼夫人

酒碗，巡着几十围白木桌，一遍又一遍地对前来饮喜酒的亲戚和客人用俚语说。几年前他从西北靠山的雷峒迁到距离高凉郡治安宁附近这靠海的小平原上，家族正兴旺。新盖的干栏楼几乎可以和郡守衙门媲美，如今又遂心愿生了个女仔，怎能叫他不得意？这盛大宴会要一连举办几天，要张扬得满高凉都知道。

"冼都佬①，祝贺你生了个妹仔！"

一个洪亮的声音从前厅里一路响了过来。

冼文忠回过头。一个皮肤黧黑、凸牙噘嘴的高大的中年男人带领着几个挑担的獠人走进院落，为首的獠人额头文着蓝色花纹，椎发上簪着银亮的银簪，脖子上挂着闪亮的赤金项圈，耳朵上挂着赤金大耳环，左右晃荡着，闪烁着耀眼的金光。他打着赤脚，穿着一件宽大的黑色短裤短褂，敞露着肚脐。因为行路，脸上汗水涔涔。

"是宁都佬啊！哪阵风把你刮来了？"脖子上戴着灿灿亮光的金银项圈，穿着白色汗褡裢和靛青色宽大细葛布短裤的冼文忠急忙迎了上去，紧紧握住来人的手，摇晃着，十分亲热。

"冼都佬晚年得千金，大摆宴席庆贺，我哪能不来凑这个热闹啊？冼都佬，祝贺你喜添千金小姐啊！"被称作宁都佬的宁纯从冼文忠手里抽回手，回头对随从挥手大声吆喝："嗨，你们！把礼物担过来！"

几个戴斗笠的獠人赤脚担着担子走了上来，这几个挑夫有的穿着三角的包阳布，有的披着粗葛布麻布，他们把竹筐放到地上，拿出礼品。按照獠人习惯，宁纯把猪肉、红糖、鸡蛋、大米四色祝贺主人生子的礼品一一排开，宁纯又从竹筐里拿出几颗大珍珠和一支象牙，双手捧着恭敬地送到冼文忠面前。

珍珠在阳光的照射下闪烁着熠熠五彩光，照亮了冼文忠的眼睛。冼文忠笑得眼睛眯了起来，连声说："多谢！多谢！宁都佬的礼品太珍贵了！细佬受之有愧！"

宁纯从高耸的眉骨下睁大他那双黑亮有神的大眼睛，直直逼视着冼文忠，开玩笑似地说："冼都佬，我这礼物可不是白送的哟，我这是为我的仔求

---

① 都佬：粤语，大哥。也对部落首领的尊称。

亲下的聘礼啊！将来你要把你这小千金嫁到我们宁家去，让我们冼宁两家联合起来雄霸高凉罗州一方。看官府奈我们何！"

冼文忠哈哈大笑，亲热地拍着宁纯的肩膀，大声说："宁都佬真是聪明人，看得好长远哟！宁都佬，今天来到我这里，你可要多喝几碗啊！我知道你好酒量！来，入席！入席！"他搂着宁纯的肩膀，推着他入席，并不接他求亲的话茬。

"冼都佬，我们獠人部落还须都佬你的照顾啊。你们俚人人多势众，我们獠人还要靠你关照啊。"宁纯继续打着哈哈说。

宁纯作为高凉方圆几百里獠人的首领，也算是人多势众雄霸一方。在这高凉古国，獠人、俚人虽然世世代代生活在这同一方土地上，却是经常发生摩擦冲突，宁冼两家也是经常发生争斗，可是现在宁纯也不得不前来祝贺俚人首领冼文忠生女儿的大喜事。近些年来，冼家与官府关系密切，势力渐渐大了起来，正在逐步盖过宁家獠人势力。好汉不吃眼前亏，宁纯决定借给冼家贺喜来改善与俚人的关系。宁纯知道，冼文忠很重视这次的摆酒，他有几个儿子，一直希望得到个女儿，如今随心所愿，高兴得不得了，这庆贺家宴已经摆了几天，附近各村峒都派人送礼祝贺，听说连官府都要送礼，他宁纯哪能不来？宁纯又听说，刚刚改朝换代的皇帝委任了新刺史来。新官上任三把火，新刺史上任恐怕又要大肆搜刮俚獠。他今天来，就是想要和俚人首领改善关系，共同对付官府。宁纯和冼文忠一样十分痛恨搜刮俚獠的官吏。岭南富庶，历来官府把搜刮民财当作自己的大事，把他们俚獠逼迫得越来越退居偏僻之地，宁纯实在忍受不了这种欺压，他需要联合冼文忠对付官府。宁纯已经领导獠人成功地赶走了一个阳春太守，而冼文忠也领导俚人赶走一个高凉太守，他们联合起来，完全可以对付罗州刺史。

"宁阿伯，你好啊！"冼文忠的大儿子冼玉挺走了过来，向宁纯打招呼。

"啊，是阿挺啊！"宁纯喊了起来。冼玉挺像他老子一样，凹眼狮鼻，个头在俚人里还算高大。他敞着衣襟，脖子上的赤金项圈在阳光下闪闪放光，胸脯上饱绽着一块一块的肌肉，浑身上下透着剽悍蛮勇。

冼玉挺看着冼文忠，问："老都①，官府送礼来了吗？"

---

① 老都：粤人对父亲的称呼。

冼文忠摇了摇头："还没见来。"

冼玉挺怒目圆睁："鸟他奶官府，根本不把我们俚人放到眼里！"

这时，外面传来一阵喧哗，一个仆从从正门跑进庭院，跪到冼文忠面前报告："报告老爷！太守贺喜来了！"

冼文忠眼睛一亮，面露得意之色，看了宁纯一眼，笑着对儿子说："这个官人还算识做。好，请他进来。"

仆人小步跑了出去。冼文忠带着儿子走到庭院中间。

"冼公，贺喜！贺喜！"高凉太守王僧辩带领着衙役一行走进庭院，抱拳拱手，向冼文忠贺喜。他朝身后挥了挥手，随从急忙捧着礼品走到冼文忠面前。

"冼公，这是小官的一点心意，不成敬意，请冼公笑纳。"王太守操着官话，一个随从急忙用俚话说给冼文忠听。冼文忠微笑着点了点头，示意冼玉挺接了过去。

冼玉挺打开精致的盒子，揭开鲜红绸缎，一对晶莹剔透的碧玉手镯在黄色缎子上闪烁着柔和的光芒。冼玉挺不以为然地撇了撇嘴：孤寒的家伙！从高凉搜刮了那么多珍珠、翡翠、象牙、沉香、药材，离任时只怕几车都装载不下，居然只送这么一对小玩意！

冼文忠拿起那对碧玉手镯，满心欢喜地连声夸赞着："好个玉镯！感谢太守大人的厚爱！"

他倒不介意礼物的价值，他更看重的是人情。太守送礼，说明代表朝廷的太守还不敢轻视他们俚人。

"太守大人上座。"冼文忠满脸堆着舒心得意的笑容，邀请王太守酒席上就座。

王太守急忙抱拳作揖道谢告辞："冼公的家宴小官无福消受，今日小官要去码头迎接新上任的刺史大人，只怕已经晚了。小弟要先走一步。以后再来府上叨扰。"他连声道歉，快步退了出去，一路小跑着赶向江边，

冯融整了整衣冠，等船靠稳，随从搭好了下船的木板，他才慢慢地走下木船，跳上码头。冯融四下观望，高高的码头上空无一人。难道高凉太守没有接到自己派人送的信吗？为什么没有派人来迎接呢？按说，高凉太守应

该亲自到码头来迎接他这刺史大人的。

冯融心中不悦，回身命令侍从把夫人和儿子接下船。冯融慢慢地在码头上踱步，考虑着对策。长史周贵年着急地在他身边团团乱转，吆喝着仆从士兵搬运细软行李。

远处终于出现了一队人车。

"过去看看。"冯融命令长史。长史急忙迎着来人跑了过去。冯融肃立在原地，等着长史回来报告情况。

高凉太守王僧辩气喘吁吁地与长史跑了回来。王僧辩急忙跪倒："刺史大人赎罪，下官来迟了。"

冯融心里恼怒，嘴上却也不好意思说什么，只是沉着脸，冷淡地敷衍着："没什么，我也刚刚下船，太守大人请起。"

太守王僧辩立起身，急忙解释说："下官去给俚人首领冼文忠贺喜，故此来迟一步，还望刺史大人见谅。"

"喔？俚人首领？"冯融看着王僧辩，冷冷地重复了一句。俚人首领就这么重要？他在心里说，居然可以延迟来接待上司去讨好他？

王僧辩看出冯融的不满，急忙又解释说："大人可能不大清楚这俚人首领的情况，这冼文忠乃罗州最大的俚人部落首领，率领周围千余峒。下官若得罪于他，根本别想在高凉立足，下官前任乃其父子撵走。所以下官先去与之添千金贺喜。"

"哦？冼文忠如此厉害？"冯融有些吃惊。

"是啊，大人有所不知，此等豪族，实在令我辈头疼。如若与之交好，俚便真心实意以助；如若交恶，搞不好关系，俚会要我辈小命！大人不可掉以轻心。"

冯融点了点头："谢谢你的提醒。我是不是也应拜访拜访这冼文忠？"

"那倒不必过急。大人舟楫劳顿，还是先到下官寒舍歇息几日，然后到罗州上任，等安顿好了再去不迟。"王僧辩很诚恳地为冯融出主意。

冯融看出这高凉郡太守王僧辩的诚意，也不再坚持自己的看法。王僧辩急忙吩咐自己的衙役把码头上的细软行李搬上牛车，请冯融和夫人儿子上了车。车夫挥着鞭子赶车向太守府第而去。

牛车一进高凉郡，便听到碧绿树荫里那片华丽干栏楼房里传出的阵阵

喧闹声。

"这就是冼文忠的家。"王僧辨指着大榕树林里的大片干栏楼房,向冯融介绍说。

冯融看着前边一大片高大整齐的杉木楼房,青砖青瓦,绿黄的瓦脊瓦当,再看看附近那些低矮简陋的竹子搭起的小竹房屋,树林掩映处的黑色草顶红泥墙的泥草屋,轻轻摇了摇头:这气派在广州、新宁都不多见。这种大户,确实财大气粗。

车队绕过干栏楼房的大门,回到太守府第。这太守府第是按照中原汉族的习惯建筑的大院。前面是办公的衙门,后面是太守和家眷居住的府第,院子的侧面有家眷出入的大门。冯融要在这里歇息几天然后再到罗州去上任。

俚獠豪酋起纠纷　汉人刺史解世仇

冯融走出罗州刺史的府邸,来到大门前大榕树树荫下的藤轿旁。已经四十多岁的冯融还是高大魁梧壮实,只是原来很白皙的面庞被岭南西部的水土和亚热带的阳光染上了一层黄色,不再那么白净了。他的鬓角已经在操劳中露出丝丝白发,额头上已多几条深深的皱纹,眼角也刻上了细密的鱼尾纹。

冯融抬头看了看天气。头上的天瓦蓝瓦蓝的,红红的太阳照着大地,只有一丝丝的清风似有似无地吹过。

冯融叹了口气:又是一个大热天。他虽然已经在岭南生活了四十多年,却还是害怕这炎热的天气。天气一热,他就浑身乏力,饭吃不下,觉睡不着,人很快消瘦下来,以致许多事情都要搁置下来。好在他的老岳父是位郎中,可以为他调制凉茶,帮他度过湿热难耐的苦夏。

夏天很少出门的他,今天,却要冒着大热天行一天的路程,赶到高凉去。冯融皱着眉头,又看了看天空,慢慢踱了过来。

轿夫已经等在藤条编织的官轿前,一队士兵也戴着铁盔穿着甲衣排队站好,等待出发。看着全副武装的士兵,冯融朝他们挥挥手,算是慰问。

冯融弯下腰,撩起官袍的衣襟,正要钻进轿子,身后响起急促的脚步声。

"爹爹,等等!"

冯融停住脚,转过身。儿子冯宝正从官府大门那边向他跑过来。

"爹爹,我要和你一起去!"冯宝跑到冯融面前,用手擦着额头的大汗说。

"你去干什么?你不在府上读书写字乱跑什么?"冯融瞪了儿子一眼。

16岁的冯宝已经长成大后生,高个头,颀长苗条,不像冯融那样壮实魁梧,没有北燕祖先那虎背熊腰铁塔似的身架和力举千斤的臂力。大概是岭南的炎热改变了冯宝的体形外貌,祖先紫红脸膛满脸络腮须的外貌消失殆尽,他苍白纤细,更像一个文质彬彬的白面书生。不过,冯宝周正扁平的脸型和不凹陷的小眼睛,依然让人一眼便可以分辨出他的北方血统。

冯宝走上前,看着冯融,急急地说:"母亲不放心爹爹去高凉,佢^①让我和爹爹一同前去,互相好有个照应。"

"真系^②妇人之见。你去有何用处?何况,我去又不系打仗,只为调解高凉豪族之间纠纷而已,有什么好担心的?"

"母亲听说爹爹带领士兵前去,一直放心不下。何况,儿子也想去睇睇^③俚人和獠人。"冯宝依然不气馁,继续游说。

"你已在罗州生活十年之久,经常睇到獠人、俚人,还有什么要睇的?"

"我哪里睇过什么獠人、俚人打仗啊?顶多睇到几个俚人、獠人打架罢了。再说,儿子还能听懂俚话,可以给爹爹做翻译嘛。"冯宝很得意地望着冯融,期待着爹爹的应允。

冯融很不以为然地瞥了冯宝一眼:"就你?懂那么几句俚话,就想给我当翻译?恐怕还不行吧?你能比过长史?咳,真是不知天高地厚!"

冯宝遭冯融一顿抢白,却也不恼,继续磨缠着:"孩儿从小生活在府里,整日读书,很少出门,高凉更没去过,罗州情况一无所知。爹爹不是说,按照九品中正用人制度,孩儿将来要入仕吗?孩儿已经成人,快要行成年礼,要是不从现在起跟爹爹学习为官之道,以后如何为官呢?该让孩儿跟着爹爹出去睇睇,俾^④我和俚人多相处,日后才好接爹爹的官位啊。"

---

① 佢:古语,他。广州话方言,读 kui。
② 系:古语,表示判断。广州话方言,读 hai。
③ 睇:古语,看。广州方言读 tai。
④ 俾:古语,给。广州方言读 bei。

冯融想了想,点头答应了。"好吧。想去你就去吧。可是,我可没有轿子俾你坐,你能行去吗?"

"能!佢能行,我也能行!"冯宝指了指树荫下的士兵,笑着对冯融说。

"那好,你就站进队伍里去吧。"冯融打量了冯宝一下,摇了摇头:"你与他人全然不同。哪像个士兵啊!"

冯宝低头看看自己的穿戴,长袍纶巾的,也笑了。"没事的,左不过我系①编外兵。"说着,脱掉长袍,甩给仆人,只穿着裤褂,跑到士兵队伍中,站到队列之后。

"俾他一顶斗笠。"冯融对仆人说,钻进轿子。长吏命令队伍跟随着轿子出发,向高凉行去。

高凉郡,冼氏家族的干栏楼房前的一棵粗大古榕树的浓荫下,搭起一个高大的台子。头发已经花白了的冼文忠站在高台上,神色冷峻地看着台下自己的部下和族人。几百号俚人男子都集中在这一片树林包围着的广场上,他们都打着赤脚,有的穿着竹布衣服,有的穿着麻葛纺布衣,裤脚宽大,只到膝头。有的头上戴着尖顶斗笠,有的却戴着藤条编织的头盔,有的还像受过正规训练的士兵似的,穿着坚韧的水牛皮制成的铠甲。这么一群俚人男子聚集在一起,手里拿着木棍、铁棒、锄头、镰刀,只有那些士兵模样的人才有长矛箭戟一类真正的武器。人人都背负着弓箭箭囊。

冼文忠咳嗽了一声准备讲话。可是台下的喧哗还是那么响亮,不断有人高声喊叫着什么,人们不断走来走去,场面很是混乱。

台下站着的冼文挺恼怒起来。他全副士兵打扮,穿着牛皮铠甲,头戴藤条头盔,背上背着箭囊,斜挂着一张大弓。冼文忠年纪大了,打仗此等大事需要他出头露面,需要他挂帅带领着族人冲锋陷阵。

冼玉挺扬起粗重的黑眉毛,陷在高眉骨下的一双抠眼睛亮了一下:"都佬要讲话了,你喊什么喊?"说着,扬起手中的铁长矛,朝身后一个正手舞足蹈乱喊乱叫的男人刺去。那男人凄惨地大叫一声,一把捂住胳膊,一滴一滴鲜红的血从他手下慢慢滴落到地上。周围的人们惊呼了一声,立刻安静

---

①　系:古语,表示判断。广州话方言,读 hai。

下来。

"都佬！你怎么能这样？"

一声清脆的稚嫩的喊声惊破了静寂，从台后窜出一个十几岁的小姑娘，穿着绣花的衣裙，黑漆的木屐，摇动着一头插花和银光闪亮的首饰，跑到受伤的男人前面，着急地抓起地上的一把土，撒在那男人的伤口上。她嘴里嚼着槟榔，满口鲜红。

"去！细妹仔！一边去！这里是男人的事，你快走开！"冼玉挺一把抓住小姑娘的胳膊，想把她推到外面去。

"我不走！我要看看老都和你干什么！"

小姑娘并不害怕她都佬冼玉挺，梗着脖颈不离开。冼玉挺只好把她一把抱起来，想把她轻轻扔到外面，小姑娘却杀猪似的大声尖叫着喊叫着："老都！老都！你看我都佬，他打我！"

台上的冼文忠心疼地大声吆喝着冼玉挺："你快给我住手！你想搞死你细妹啊！再不住手，看我不敲你的脑袋！"说着高举起手中的木棒，朝冼玉挺打去。

冼玉挺急忙放下小姑娘，朝小姑娘挥了挥拳头："你这个小刁蛮，等以后再收拾你！"

小姑娘朝都佬吐吐舌头，做了个鬼脸："你敢！看老都不收拾你！"

"阿英，你快回去吧。我们一会要打仗了！"冼文忠对小姑娘喊着。

小姑娘阿英还在为受伤的男人包扎伤口，她一边用芋头叶包裹伤口，一边清脆地喊："不，我不回！我要看你们打仗！"

"胡闹！阿英！回去！"冼文忠大喊。

"不嘛！我就不回！"小姑娘毫不示弱。

冼文忠抬头看看天空，太阳已经升起老高，他不能再耽搁时间，也许獠人首领老宁已经率领着他的族人出动，再耽搁下去，他们可能会吃大亏的。他无可奈何地摇了摇头，冲小姑娘晃了晃拳头："小刁蛮，等我打完仗再收拾你！"

小姑娘也毫不畏惧地冲自己的老都吐吐舌头，做了个鬼脸。

冼文忠瞪了她一眼，从头上取下斗笠，咳嗽了一声，开始对台下的人大声讲起话来：

岭南圣母：冼夫人

"都佬细佬们！今天召集大家来,是为了对付欺负我们的獠人！獠人宁家欺负我们俚人冼家,经常派人抢劫我们的水牛！几天前,又抢走我们的一块芭蕉地,还打伤了我们一个细佬。都佬细佬们！你们说,我们能不能看着不管？我们能不能任他们欺负我们俚人？"

冼文忠挥动着拳头,声音洪亮地喊着。别看冼文忠身躯细小,声音却很洪亮,像洪钟一样,冲破榕树茂密枝叶,在上空发出嗡嗡的回响。

台子下面的俚人都兴奋激动起来。"不行！不行!"他们高举起手中的各式武器,齐声高喊着。

"大家说,我们俚人该怎么办？"冼文忠继续做着煽动演说。

"听都佬的!"

"跟都佬走!"

"打他们！打死他们！血债要用血来还!"

台下俚人群情激愤地喊。

冼玉挺高举起长矛,带领着大家喊着口号。这时,台下同仇敌忾人声鼎沸起来,男人们有的喊叫,有的挥舞武器,有的跳跃,催促着出发。

"走啊！走啊！去打那老宁家！杀他个片甲不留!"人们纷纷喊叫着,拥挤着。

"都佬、细佬们！大家不要乱！都要听阿挺指挥！阿挺！你上来!"冼文忠喊。

冼玉挺跳到台上:"都佬、细佬！我们要埋伏在漠阳江边的东砵山口,静等他们来。等他们一上岸,我们就把他们杀光!"

"要是他们不从那里来怎么办？"

阿英在台下直着脖子喊了一嗓子。这一声清脆的女声叫在场的男人都安静下来。冼玉挺和父亲冼文忠互相看了一眼,一时愣怔了。真的,阿英喊出的这个问题可是没有想过的。他们从一个被收买的宁姓獠人那里得到这消息后,就部署了这样的迎战方案。

冼玉挺看了看冼文忠,游移地问:"老都,你看阿英说的有没有可能？"

冼文忠沉思了一会,点了点头:"有这可能。宁家老巢在阳春,他们可以坐船来,也可以从放鸡岭行路来。不过,不管从哪里来,他们都要直奔冼家楼。这样吧,埋伏在城外北山腰,不管他们从哪里来,都可以打他个措手不及。"冼文忠摸着光溜溜的下巴说。

冼玉挺挥着拳头："好！就这么办！都佬细佬！我们出发到北山！"

通往高凉的一条土路上，两边长满芭蕉树。芭蕉树张着肥大碧绿的芭蕉叶，硕大的叶下挂着一串串小塔似的芭蕉。芭蕉林外，是茂密的热带林木。一队几百人的獠人打着赤脚，头戴宽大的竹叶斗笠，赤裸着上身，下身穿着一件只能遮蔽下体的包阳布。这些獠人背上挂着弓箭，肩头扛着木棒竹竿锄头长矛大砍刀，在一个首领模样的人的带领下，顶着骄阳赶路。首领不时回头催促着："快走！快走！"

首领走在队伍前面，他的身后，一头水牛昂首拉着一个木轮车，木轮吱吱扭扭地响着，滚动在灼热的土路上，车上放置着一个象征身份的大铜鼓。铸造精美的大铜鼓发出金灿灿的光芒。

另一个首领站在牛车上，赤裸着黑油油发亮的脊背，不时到甩动着饱绽肌肉的胳膊，在铜鼓上敲打着，铜鼓发出的雄浑的咚咚声，激励着他的部下。他们从驻地宁峒出发，已经走了一天，大多数獠人已经疲劳，但是依然精神饱满，斗志昂扬。好斗的獠人在战斗前夕总是非常亢奋，他们赤脚走在坑洼不平布满荆棘石头的山路上，依然健步如飞。獠人在出生后就火烙脚板，从小脚板上布上厚厚老皮，刀子都割不破。

獠人首领宁逵和他的弟弟宁俊杰率领着这支獠人队伍，正向高凉进发。宁逵对俚人冼家占领着高凉的富庶之地十分不满。在他看来，高凉应该是獠人天下，不知什么时候，从朱崖渡海过来一伙俚人先在海陵岛上落了脚，后来又渡海来到东平，占领了海边这一块好地方，慢慢就立足下来，年复一年地慢慢向内地扩展，慢慢侵占了越来越多的土地，人口也越来越多，盘踞的地盘也越来越大，竟把一些獠人挤出了高凉。

这地方祖辈是獠人的，獠人应该收回失地！这是宁逵一贯的想法。可是他父亲宁纯在世，却一直主张和俚人冼家结交。用他的话说，是冤家宜解不宜结，他说，不管是俚人还是獠人，都是岭南的主人，应该联合起来对付官家，他们才是岭南人的共同敌人。

他宁逵不这样想。他主张把俚人打走，收复被俚人占领的失地。去年宁纯去世，宁逵接替了宁纯的獠人首领位置以后，就喊出了这口号。他率领

岭南圣母：冼夫人

着自己的部落不断骚扰高凉俚人，不断挑起事端。这一次，他更是有心把事态扩大，想从高凉冼家俚人那里夺取一大块土地。

宁逴长得黑黄，面目狰狞，一看就是一个性情凶猛的蛮人。他走在队伍的最前边，身后跟随着几百个手举各式农具做武器的獠人。

阳春通向高凉的小路，逶迤盘旋，从平畴通向远处一片山岭。山岭虽然不高，却长满茂密的树林，遮天蔽日，幽深怕人。这是平原郡和高凉的分界，和高凉的望瞭山相连。

宁逴带领着队伍，沿着这条小路来到山岭脚下。宁逴站住脚，看着眼前的山岭。山坡上长满木麻黄、冷杉树、小叶榕树，树间缠绕着古老的藤类，树下生长着野生的芭蕉、蒲葵、野芋头和各种蕨类植物、大树、灌木、各种藤葛，高低参差，遮天蔽日。绿海似的树林里开放着星星点点的红黄蓝白的野花。

是从这里进高凉？还是绕道走平畴大道？宁逴站在岔路口有些犹豫地看着面前的路。走平畴大道需要一天的时间，很容易被俚人发现。走山路近便又不容易被俚人发现，可是山路难走，茂密的灌木丛把脚下的路完全遮掩，让人无法下脚。幽暗的树林里掩藏着许多毒蛇，什么饭铲头、过树榕、青竹蛇，都是立时三刻要人丧命的剧毒长虫。狼豹、大虫、大象、山猪不时出没伤人，山边溪水里还有从海湾里游上来下蛋的凶猛鳄鱼游荡。

宁逴的二弟宁俊杰从牛车上跳了下来："都佬，怎么不走了？"宁俊杰的长相与宁逴一模一样。

"阿杰，你看，走哪条路好？"宁逴指着前面的几条树林中隐约可见的小路，问宁俊杰。

宁俊杰看看眼前的路，指着山岭："走山路，穿过去就是高凉，正可以打冼家一个措手不及！"

"好！就这样！走山路！"宁逴向部下挥了一下手，他和宁俊杰带领着队伍走进北山，在树林里摸索着前进。宁俊杰小心地提醒宁逴："都佬，小心一些，这山里可是有大虫的。"

宁逴点点头，回头大声说："大家小心！看好脚下！小心毒长虫！"宁逴和宁俊杰命令手下挥舞砍刀，左砍右劈着那些缠绕着的树枝灌木藤条，在密林里砍出一条更宽一些的路，让牛车和队伍通过。

獠人在密林里摸索着慢慢前进。远处的密林深处，一声华南虎的长啸，震荡着山涧,树叶发出簌簌响声,拉车的水牛浑身颤抖起来,几乎瘫软在地。

冼玉挺率领的队伍埋伏在北甘山望瞭山头的密林里,掩蔽在一片高大茂盛的葵林中,圆大的葵树叶完全遮掩了他们。这里有蒲葵,也有油葵,葵树是俚獠人的好朋友,俚獠人用蒲葵做扇子、斗笠,用蒲葵苫屋顶,而柔软的油葵叶子却用来做蓑衣,耐雨持久。

葵林下是一片巨石林,青色黄色巨石或卧或立,形状各异。其中站立着的巨大青石椭圆光滑,好像一颗巨大稻禾粒,另外两块巨石一青一黄,一卧一站,巨石罅隙里长着一棵麻楝树,粗壮高大,盛开着蛋黄色的花朵,散发着淡淡的幽香。麻楝树生出密密麻麻粗粗细细的根,在巨石上蜿蜒爬行,又分别伸向两块巨石的缝隙,在缝隙里扎了下去,好似蜘蛛网一样,用裸露的根把巨石包裹起来。山下还站立着两块青色巨石,直挺挺傲视苍穹。五块巨石像五星环拱着北甘山。

冼玉挺藏身在青色巨石后面,身边放着一个独木牛皮鼓,木鼓鼓面上画着鲜艳的太阳的图案,漆得黑亮黑亮的鼓身上还描画出红绿黄各色鲜艳美丽的花鸟虫鱼。

蚊虫成群结队在人的头顶上盘旋,一不留神,就会落到手上脸上,来吸吮美味的血液。俚人不停地挥舞着手中的野芋头叶和蒲葵,驱赶着该死的蚊虫和各种小咬。茂密的树林虽然没有阳光直射,可山坳里像一个大蒸笼,没有一丝风,所有的俚人都汗流浃背,热得喘不过气来。

冼玉挺不停地擦着头上的汗珠,不停地挥舞着葵叶驱赶着头顶上盘旋的黑色小咬群,一边看着远处山林的动静。要是有鸟雀从林中飞出,他就知道那是有人来了。

趴在蒲葵下的阿英百无聊赖,她揪着蒲葵叶唱起俚人山歌:

"蒲葵为扇油葵蓑,
家种二葵得利多。
俚家妹仔爱葵树,
手拉葵叶唱山歌。"

岭南圣母:冼夫人

冼玉挺瞪了她一眼。

"瞧那块石头，"阿英还是不肯住嘴，快活地指点着对老家人说："好像一颗山禾谷粒。"

"收声吧！"冼玉挺终于失去耐心，他恼怒地瞪着阿英，低声呵斥着。

阿英不敢犟嘴，吐了一下舌头，看看老家人冼忠。冼忠正忙着替她驱赶蚊虫，他是被冼文忠派来专门保护阿英这刁蛮女的。

太阳光穿过树叶，斑斑驳驳地洒在俚人脸上。已经在闷热的树林里潜伏了一个时辰的俚人有些开始沉不住气，嘴里嘀咕着咒骂着，从自己趴伏的地方站了起来，活络着身子，有的人在原地走动，有的人开始说话，有些人在树林里撒尿。林子里骚动起来，树枝摇晃着，发出很大的声响。

"鸟他奶！"冼玉挺恼怒地咆哮着，从身边的一丛翠竹中砍断一根，挥舞着，向那些站起身的俚人头上打去。几个胆小的俚人乖乖地趴了下去。几个胆大的虽然趴了下去，却并不服气，嘴上骂骂咧咧的，要离开这里。

阿英不满意地看着自己的都佬："都佬，你那么凶干什么？你不会好好对他们说嘛！"

"你知道什么？我不这么凶，他们能服从命令吗？瞧他们几个！反了他们！"说着挥舞着长矛要冲过去戳他们。

"都佬！别动手！"阿英一把拉住冼玉挺的手，一边请求着："让我过去劝劝他们！"说着就向那几个人跑过去，一边跑一边轻声喊："都佬，阿叔，你们千万别离开！万一遇到獠人，可就危险了！现在獠人大概已经到我们高凉了。"

那几个人停住脚步，互相看了看，犹豫不决起来。

"真的，你们看，那里，山林里！"阿英突然看见山林里飞出一群山雀，叽叽喳喳地叫着到处乱飞。

"獠人来了！"阿英喊。

那几个想溜掉的俚人急忙返回自己的队伍，趴了下来。阿英也急忙跑回冼玉挺身边。冼玉挺神色有些紧张，却也很慈爱地看着自己的细妹，小声说："一会打起来，只许你趴在这里，不许你乱跑！听见没有？没有我的命令，不能下山！"他又对冼忠说："你看好她！要是她跑下去，我要你的命！"

冼玉挺安顿好阿英，对自己的部下下命令："獠人来了！听我的号令！

我一喊,一敲鼓,大家就冲出去,打獠人个措手不及!"

远处树林里,树枝树叶摇动起来,从树林的枝叶空隙里,间或露出一张黑黄的脸庞。脸庞在树林里晃动着,看不清眉目。

冼玉挺率领着自己的队伍慢慢向前靠拢过去。密林里的人影越来越清晰,人在密林里走动,树枝折断的噼噼啪啪声,树叶晃动的沙沙声,低哑的说话声,粗重的喘息声,都渐渐传了过来。

双方越来越接近。獠人队伍大部分走出树林,有的已经踏上山坡下的土路。冼玉挺突然从丛林里站起身,扬起胳膊挥舞着手中的长矛,大吼一声:"冲啊!"一边喊一边向獠人队伍里冲杀过去。

摇鼓手把独木牛皮鼓擂得如打雷一般。

冼家俚人全都勇敢地冲出丛林,向獠人队伍冲杀去。獠人首领宁逵没有想到在这里遭遇俚人埋伏,只好匆忙指挥着队伍迎战,与冲下来的俚人短兵相接,厮杀起来。立时,山坡下杀声喊声连天,惊起一群又一群鸟雀,叽喳乱叫着,惊慌地飞向天空。

高凉的北山下,一条湍急的溪流从山里闯了出来,沿着河床曲曲折折冲向远处的漠阳江。

冯融率领的官军走到这里,已经又累又热,士兵汗流浃背,铁盔和铁甲早就被士兵脱了下来背在背上,一个个好像从水中捞出来似的,浑身上下没有一处是干的,头上的汗水像小溪流淌。

坐在轿子里的冯融也是汗水淋漓,手中的一把蒲扇扇得如轮转,还是解不了酷热。他从轿子里探头看了看身后东倒西歪的士兵,呵斥着:"打起精神来!狗东西!看你们这样子,还像官兵吗?"士兵长用手中的藤条鞭打着那些落后的士兵,驱赶他们赶上队伍。

冯融看了看队伍,没有发现儿子冯宝。冯宝呢?他心里一沉:掉队了?中暑倒下了?他急忙命令轿夫放下轿子。轿夫把轿子抬到小溪旁的一棵大榕树的浓荫下,冯融急忙走出轿子。士兵长走上前来:"大人,有何吩咐?"

"冯宝呢?"冯融有些着急。

"那不是。"士兵长回身指着一个赤膊的青年说。

冯融笑了。可不是,走在队伍中和士兵一样打着赤膊的后生仔,正是他

岭南圣母:冼夫人

的儿子冯宝。

他居然没有掉队！冯融微笑着，不相信似地摇了摇头。

冯宝浑身上下大汗淋漓，后背上的汗水像小河流淌。他喘着粗气，奋力追赶着队伍，保持着队形。

冯融看了看疲惫不堪的士兵，说："就在这里歇息一会吧。"

士兵长急忙传令让士兵歇息。士兵争抢着拥向溪流，从河里掬水喝，有的像水牛似的，把头扎进水里，又喝又洗。

"小心鳄鱼！"冯宝大声吆喝着。士兵却不管不顾，一头扎进水里凉快。

冯宝瘫到地上，一动不想动。冯融让一个轿夫给他送去一瓦罐水，冯宝摇头，他挣扎着站了起来摇晃着走到小溪旁，像其他士兵一样，从小溪里掬水喝。痛快地畅饮以后，他掬起清凉的河水浇在自己的前胸后背上，让清凉的河水冲去一身臭汗。

还不错。冯融看着冯宝，一边喝水一边宽慰地想。

按照当朝规矩，冯宝会入仕的，如果他娇生惯养，如何能管理这俚獠占多数的荒蛮之地？罗州属下几个郡的太守，一个又一个被俚人和獠人排挤走了。他自己苦苦挣扎着，勉强治理着这一方土地。好在他一直修好离他最近的阳春獠人首领宁纯，才还算安稳地度过了这十来年的光景。而俚人也不是省油的灯，经常找官府的麻烦。这不，高凉太守又辞职走了，他只好冒着酷暑来调解高凉俚人和獠人的纠纷。

想到这里，冯融不由皱起了眉头：真是难以对付的一群人！何时才能教化他们呢？

士兵们回到树荫下，都耷拉着头打起瞌睡。冯融也坐回轿子，靠在藤椅的靠背上，扇着手中的葵扇，闭目养神。

突然，山下传来隐约的喊杀声，这声音越来越近。冯融睁开眼睛。士兵长正慌里慌张地跑了过来。"大人！不好了！前边打起来了！"

"穿好铠甲！我们出发！"冯融立刻命令着。

士兵穿起了铁甲戴好了头盔。冯融走出轿子命令："我们走过去包围佢！"士兵长带领着士兵摸了上去。

山脚下，冼家俚人兵和宁家獠人兵双方打得难解难分，乒乒乓乓，溅出耀眼的火花。冼玉挺和宁逵正用长矛互相攻击，你来我往跳跃着，长矛耍得叫人眼花缭乱。短兵相接，弓箭和弩都派不上用场。

喊声中，混战着，一个又一个的俚獠人倒到地上，凄惨的嚎叫此起彼伏，回荡着山间田野。

山坡上，阿英几次想冲下山去，可老家人冼忠一直死死地拽住她的胳膊不放，叫她挣也挣不脱。"你真是讨厌！放手嘛！"阿英挣扎着，想甩开冼忠的纠缠。

"不行！我不能让你去！要不，你都佬会要我的命！"老家人冼忠死不放手。

阿英怒目圆睁："再不放手，我现在就要你的命！"说着，从地上捡起一块大石头，朝冼忠头上砸去。冼忠急忙蹲下身躲避，手松动了，阿英就势从冼忠手中挣脱出来，跑下山。

冼忠在后面边追边大声喊着："阿英妹仔，不要下去！不要下去！下面危险！"

阿英好像没有听到老家人的喊声，头也不回，一直朝山下打仗的地方冲去。阿英冲到山脚下，看到交战的双方，她从林子里拣起一根树枝，向交战圈里冲去。几个官兵捉住了她，拉扯着不让她进去。"放开我！放开我！"阿英挣扎喊叫，怎么也挣不脱那几个身高马大的士兵。

冯融走了过来，他看着眼前这俚人小姑娘，让懂俚话的士兵长用俚话问："你要干什么去？那里正打仗，你不要命了吗？"

阿英说："不用你们管！我都佬在里面打仗，我来帮助他！"

冯融听了士兵长的翻译，不由哈哈大笑起来："就你这么个小不点妹仔，还大言不惭地说帮你都佬打仗？真可笑！你都佬是哪一个？"

阿英指了指正在与宁逵厮杀的冼玉挺。

冯融对士兵长说了几句，士兵长用俚话大声喊了起来："俚人都佬！官兵包围了你们！你们的妹仔在我们手中，快放下武器，不要打了！"然后，他又用獠人话喊了一遍。其实，祖辈生活在一块土地上的俚人、獠人大多都能听懂也会说对方语言。

打得正紧的冼玉挺听到官兵的喊话，大吃一惊。妹仔在他们手中？阿英？他愣怔了一下，宁逵趁机一枪刺了过去，冼玉挺的胳膊顿时冒出鲜血。

岭南圣母：冼夫人

"都佬!"阿英撕心裂肺地大叫一声,猛地从官兵手中挣扎出来,飞快地向冼玉挺跑去。

宁逵举枪正要再刺冼玉挺,阿英冲到他的身边,一把抓住他手中的长枪,拼命拉拽着,制止他再刺。

宁逵见眼前突然斜刺里跑出个小女仔抓住他的长枪,十分气恼,咆哮着从阿英手里夺回长枪,把枪头对准阿英的胸脯刺去。

冼玉挺哇哇叫着,踉跄脚步,朝宁逵猛扑过来,把宁逵扑倒在地。"快跑!细妹!"冼玉挺大声叫喊着。阿英听到都佬的喊叫,纵身跳开,从冼玉挺身下抽出宁逵的长枪,远远抛到一边,又去扶自己的都佬冼玉挺。这时,几个獠人向这边跑过来。

"快去,帮助那小姑娘!"冯融急忙命令士兵。一直紧紧跟随父亲的冯宝此时冲上去,拉住阿英,拽住她往回跑。阿英却大叫大喊,不肯跟这官家士兵回来。

冯融见双方没有罢手的意思,便命令士兵冲上去,包围了双方。俚獠原本乌合之众,见穿着盔甲戴着头盔手执正规武器的士兵包抄过来,都有些心惊,纷纷掉头向山坡密林跑去,官府士兵赶上去捉拿,用绳索绑了一串,带到刺史冯融面前。

冼玉挺和宁逵还搂抱在一处,在地上翻滚着搏斗,打得正紧。几个士兵一拥而上,把俩人一起捆绑起来。

冯融走了过来。

冼玉挺和宁逵五花大绑,撂翻在地。宁逵暴躁地在地上翻滚着,想挣脱绳索的捆绑,黑黄的脸挣扎得像猪肝一样黑红难看。冼玉挺因为受伤,早就没了力气,老老实实地躺在地上,睁着眼睛,看着面前的官府士兵。

阿英挣脱了冯宝的拉扯,跑到冼玉挺身边,蹲下身,从自己的衣衫上扯下一块葛布,小心地为他包扎伤口。

俚人和獠人大多都已被官府士兵拿下,几百个黑黄精瘦的俚獠人被士兵捆绑着,撂翻在地,没有了反抗能力。冯融走了过来,命令士兵把宁逵从地上扶起来,让他坐到阴凉地里。冯融也坐到他对面,仔细打量着这宁逵。

宁逵恶狠狠地瞪着冯融,嘴里骂骂咧咧。走过来的士兵长,正好听到宁逵嘴里不住的"丢你奶"的骂,终于忍耐不住,上去踢了他一脚,大声呵斥着:

"再骂刺史大人，看我不活剥你的皮！"

冯融倒不生气。他和宁逵的父亲宁纯关系不错，闲暇时，也去过宁纯家做客，知道宁逵的暴躁脾气。

"来！给宁都佬解开绳索！"冯融命令士兵长。士兵长不大愿意地走了过去，恶狠狠地咒骂着为宁逵松绑。

那边正在给冼玉挺包扎伤口的阿英看见士兵长给宁逵松绑，就尖声叫嚷起来："为什么给他松绑？不给我都佬松绑？打架是他们找上门的！你这官人不公正！"阿英从地上一蹦而起，冲到冯融面前指着他的鼻子喊叫。

"细妹！细妹！不准胡闹！"冼玉挺呵斥着。

阿英并不听话，只管冯融面前跳脚大叫。冯宝和几个士兵一起上来拉住阿英。

冯融摆手示意放开这小姑娘。他走到阿英面前，沉着脸用俚话问："你说该怎么办？"

阿英直瞪着眼睛望着面前这刺史大人，毫不胆怯地用很不标准的官话说："我看要公正，给他松绑就也该给我都佬松绑。"她理直气壮地说。

冯宝在旁边不禁为这小姑娘捏了一把汗。父亲的脾气他是知道的，从来不允许孩子在他面前顶嘴，要是自己的姐妹这么和他说话，早就一巴掌打过去了。他从来不敢与父亲这么说话。

冯宝急忙用俚话小声呵斥着："细妹，不要这么与刺史说话！"

阿英看了一眼冯宝，黑亮的大眼睛转了几转，不满地小声嘟囔："你说该怎么说？本来就是这样嘛。"

冯融还是沉着脸，心里却想：这小女子不简单，还会说几句官话，这倒少见。他慢慢说："两方打架，你说他们谁有理？"

小姑娘沉默着，看看冼玉挺，又看看宁逵，然后才犹豫不决地说："我看我都佬有理。"

"为什么？你不是也有所袒护吧？"冯融冷冷地说。

"因为是他跑到我们高凉来打架。要是我们跑到阳春去打架，就是我们没理。"小姑娘丝毫不相让，仰着脸，用俚话大声说。

长史急忙为冯融翻译。这小姑娘说得满在理，冯融一时竟没有反驳的言辞。他沉默了一下，命令士兵长："给佢松绑！"他指了指冼玉挺。

小姑娘笑了，一双黑大的亮眼睛闪闪发光，叫她那黑黄的脸庞很是迷人。她露出一口灿烂的白牙，急忙跪倒地上，给冯融道谢。冯融这才露出一丝微笑，亲手把她扶了起来。冯宝把一颗提到嗓子眼的心放下，朝她笑了笑。

冯融对冼玉挺和宁逵说："你们二人都是首领，在罗州有些名声。你们老这么斗来斗去，罗州别想有好日子过。"冯融又转向宁逵，责备着："你老都生前与官府关系甚好，你为何不能像你老都那样协助官府治理平原呢？这么打斗，把活人打死，于你有何益处？"

宁逵并不搭理，低着头，不看冯融。

"若是你们答应本官以后和平共处不再打斗，本官放过你们。若其不然，本官按官家规矩办，拉你们坐监！"冯融威胁着。

冼玉挺急忙说："要是他们獠人不来闹事，我们俚人一定不去找獠人的麻烦！"

"那你呢？"冯融问宁逵。

宁逵别转脸去不说话。

"他不服气哩！"小姑娘却大声喊了起来："看来他还要来打架！"

宁逵恼怒地扑了过来，想抓住阿英。冯宝眼疾手快，把阿英一把拉到自己的身后，用自己的身体挡住扑过来的宁逵。

冯融厉声呵斥道："宁逵！不得无理！"宁逵停住脚，恶狠狠地瞪着阿英。

"他就是不服气嘛！以后他还会来找我们麻烦的！"阿英在冯宝身后探出头，继续大声说："要把他调到远处才行！"小姑娘尖声喊着。

冯融吃惊地看着这个俚人小姑娘。调开？是啊！一山不容二虎。俚人和獠人集中在一个地方，难免还要发生争斗，要是把他们远远分开，倒是一个解决问题的办法。把谁调开？调到哪里去？这需要好好想一下。

冯融见宁逵不服气，只好放缓语气，和颜悦色地劝说宁逵："你是獠人首领，獠人尊敬你，尊敬你宁家。可是你经常叫他们无辜送命，他们慢慢就不听你的话了。你可要对得起你老都的一片苦心。獠人在你老都的治下，人口慢慢增加，势力也渐渐大了起来。你这么不断打仗，獠人会慢慢变少的。我是官府官员，可我关心你们，为你们好，不想叫上边知道俚獠打斗，要是叫朝廷知道了怪罪下来，我可是维护不了你们。你好好想想吧。"

宁逵这才很不情愿地点着头,答应以后不再来寻衅闹事。

"要是你同意的话,我想把你的宁峒迁徙到定州去,那里距离罗州州治的石龙也不算太远,州府会照应宁峒僚人的。那里的俚人少,你们僚人可以好好发展。以后我向朝廷报告,让朝廷在那里设个左郡,任命你做太守。你看,这个提议如何?"

"做太守?"宁逵欣喜地想。这可是好机会。"好,我们去定州。"宁逵痛快地答应下来。

"对,我记起你老都生前对我说过,佢说与冼家有儿女亲家之约。可有此事?冼都佬?"冯融转过头问冼玉挺。冼玉挺不大情愿地回答说:"宁都佬曾经提过一下。不过他们没有正式下定亲礼,我家也没有正式答应过他家。"

"答应过的!"宁逵大声抗议。

"可是和这细女仔?"冯融指着阿英笑问。

冼玉挺点点头,又声明:"我老都没有正式答应。"

冯融点头:"俚僚结亲,双方都好。回去给你老都说说,就说罗州刺史愿意做媒,希望俚僚结亲。"

宁逵高兴得手舞足蹈,连声说好。

阿英听出官人在和大哥谈论自己,脸微微一红,白瞪了冯融一眼,正要跑开,旁边站着的冯宝却拉了一下她的衣襟,小声问:"妹子,你叫什么?"阿英吐吐舌头朝他做个鬼脸,飞快地跑开了。

冯宝摇头,小声骂了一句:"小刁蛮!"不过,他心里对这俚人小姑娘产生了许多好感和敬佩,冲突解决得这么顺利,真还有这小姑娘的一点功劳呢。

习武小女斗海盗　解救老父建功劳

楼上,阿英的闺房里,葛纱蚊帐还低垂着。一个八九岁年纪的小使女端着黄铜脸盆走了进来,偷偷撩起纱帐。花梨木床上,阿英只穿着红兜兜和短裤,四脚八叉地睡得正香。小使女抿嘴一笑,急忙放下纱帐,轻轻退到门外。她不敢叫醒小姐,香甜的晨觉被人搅了,她会打人的!

"细妹起床了没有?"小使女春香回过头,老夫人正走过来问。

"回老夫人，小姐还没醒呢。"春香说。

"这细妹，都什么时候了，还不起床？真是一把懒骨头。"老夫人说着，走到门前。春香急忙抢先为老夫人推开雕花的黑漆大门，把老夫人让了进去。

纱帐后面，阿英翻过身，看见母亲走了过来。她急忙翻身坐了起来。小使女春香已经撩开蚊帐，老夫人走到床前，侧身坐到床上。阿英扑到母亲的怀里："阿妈，你睡好了吗？"

老夫人爱怜地抚摩着阿英的脸蛋，说："细妹，你以后可是要早起了。"

"为什么？阿妈？"阿英奇怪地问。

"你老都请了个先生，他要来教你和你哥哥识字写字说官话。"

"真的？"阿英眨巴着眼睛，想了想："我才不要什么先生呢。我还是和哥哥学习射箭练武的好。"阿英在母亲怀里扭动着身子，撒着娇。

"看你这死妹仔！一个女仔整日弄棒使枪的，像什么样子啊？再说不是你整日说要学官话学写字吗？怎么又变卦了呢？"母亲双手抱着阿英的脸颊，看着她那一双明亮的黑眼睛，爱抚地为她拨弄着头发。

阿英不好意思地把头抵到母亲的怀里，哼哼唧唧撒着娇。

"你要快一些哩，先生已经来了，正在楼下厅里与你老都饮茶，等着见你哩。"老夫人把阿英从自己怀里推了起来，催促着。

春香把衣服递给阿英，帮助她穿了起来。

"细妹！"冼文忠在楼下喊。

"来了，老都！"阿英脆生生地答应着，蹦跳着从楼梯上跑了下来，头上的绣花头帕和银钗钿都跳动着摇曳起来。

"慢一点，慢一点！"老夫人在后面使劲喊着，阻止着她的疯癫，"小心摔下去！"

"什么事啊？老都？"阿英跑下楼梯，来到宽阔的大厅里，走到父亲的面前。大厅中堂的雕花黑漆方桌上，高高地置放着铸着龟蛇图腾花纹的黄灿灿的铜鼓，铜鼓前边摆满供品。厅堂外的绳索上挂着独木牛皮鼓，画着和铜鼓一样的花纹。召集部族族人时，他们一般会敲击牛皮鼓，铜鼓被当作十分神圣的器物供在厅堂里。冼文忠雕坐在方桌旁的雕花红木圈椅上，几个儿子坐在旁边，而雕花黑漆长条花梨木椅上却坐着一个陌生人。陌生人穿着宽大的衣裳,头戴纶巾。

"阿英,过来,见过先生。"冼文忠指着那官人模样的陌生人对阿英说。"太守给我介绍来的周先生,以后他就是教你们兄妹学习官话和写字的先生了。"

阿英瞥了周先生一眼。这先生长着八字眉,眉毛又短又粗,眼睛贼溜溜地闪烁着,脸皮虽然白白的,却一脸疙瘩,好像橘子皮。阿英皱了皱眉头,没有吭声。

"阿英,你不是说想学官话,想学写字识字吗?给你请来先生,你可要听先生的话,好好学。啊?听见了没有?"冼文忠看着阿英,叮嘱着。

"我这细妹可有见识了。"冼玉挺接着父亲的话对先生说,"她经常对我们说,和北方来的北佬官员打交道,不会说官话,办不成事情。还说,只有学会写字认字,才能干大事。"

周先生微笑着,扫了阿英一下,贼溜溜的眼睛急忙转了过去,看一眼冼文忠,又飞快瞟一眼冼玉挺,连声说:"佩服,佩服!"

阿英看出他不过是想讨好父亲和兄长,根本没有把她放在心上。她瞪了先生一眼。

"过来!见过先生!"冼文忠看着阿英。

阿英走上前,向周先生鞠了一躬:"欢迎先生。"

先生皱了皱眉头:"拜师要下跪的。小姐为何不跪?"冼文忠尴尬地笑着正要解释,阿英却说:"我不会下跪!"

先生嘟囔着:"这么没规矩的女子!如何称呼这小姐?"

"你就叫她阿英吧。我们俚人都喜欢这么叫我们的女仔。阿挺,带先生到后楼花厅里去,以后你们兄妹就在那里学习。"冼文忠对长子冼玉挺说。

冼玉挺答应着,站起身,对先生和自己的三个弟弟妹妹说:"我们到后花厅吧。"

阿英蹦跳着,朝后楼花厅去。后楼花厅和前楼花厅之间,是一个大天井。天井中央,树立着一个练武的石锁,靠墙立着射箭的靶子。阿英走到石锁前,顺手抱住石锁撼了撼,那石锁居然摇动了起来。先生大吃一惊,这么一个瘦小的小姑娘,居然有这么大的力气!先生正在吃惊,冷不防听到阿英说:"先生,你来摇它一摇。"

先生看着一脸顽皮样的阿英，心里有些不悦："小姐，可是想出我的丑啊？你看我这臂膀，骨瘦如柴，哪能撼动这么大的石锁啊？"

阿英还是一脸顽皮："你看我都佬，也很瘦嘛。都佬，给先生露一手！"

冼玉挺苦笑着："我这个妹仔，顽皮极了。先生可不要见怪啊。"

那先生急忙摆手："没关系，你就按照佢说的，给我露一手，让我见识一下你的力气。"

"那好，我就献丑了。"其实冼玉挺早就心里痒痒，早就想在这斯文白净的书生面前露一手，显示一下俚人的能耐。于是，他走到石锁前，双腿稳稳分开，来个骑马蹲裆，让自己全身的重心落在双腿之间，把双手放在石锁的提梁上，深深吸了口气，然后束紧腰带，突然大喊一声："起！"只见百多斤的石锁轻轻离开了地面。他提着石锁，原地转了一圈，又轻轻放下，面不改色，朝先生微笑着。

先生拍着巴掌赞叹："好力气！好力气！"

阿英跑到弓箭前，要都佬教她练射箭。都佬冼玉挺呵斥着："今天先生来教我们写字，你胡闹什么？"

阿英调皮地做个鬼脸，放下弓箭，跟大哥走进花厅。花厅里的雕花黑漆红木桌上，已经摆放好了文房四宝。使女春香替阿英研好墨。

冼玉挺把先生让到上座，自己率领着弟妹向先生行过见师礼，先生便开馆授徒。他首先教他的弟子学习认识汉字。阿英望着面前桑皮纸上的文字，开始认真学着。尽管不喜欢这先生，她还是很喜欢学习识字写字。

"小姐，不好了！"阿英正在书房里练习写字，一手一脸全是墨汁。

"什么事？大惊小怪的！"阿英不满地瞪了春香一眼，继续握着笔管，吃力地写着。在她看来，这写字要比拉弓射箭费劲得多。

"听说海上来了一伙强盗，正在抢掠海边的冼家船民。老爷正集合家丁去海边呢。"春香急急忙忙把听到的消息告诉小姐。

"我都佬们呢？为什么他们不去？"阿英问。

"公子都不在家，他们到罗州拜访刺史大人，同时去卖鱼。"春香回答。

"老都近来身体不好，他打不了架。走，让我带一伙家丁去帮助老都。"阿英走到天井里，拿起弓箭，穿上一件水牛皮甲衣，走到前厅。

"老都，让我去吧。"阿英对正在穿甲衣的冼文忠说。

"你个女仔，哪能制服那些海盗啊？那些海岛来的海盗，心狠手辣，不制服他们，他们总是来找我们的麻烦。"冼文忠说着，拿起大弩要往外走。

"我跟你一起去。"阿英说着，从墙上取下斗笠和油葵做的蓑衣，递给老都，又取下自己的斗笠和蓑衣，紧随着老都走了出去。大门外的老榕树下已经集合了几十个冼族的兵丁。

"走！"冼文忠挥着手，率领着人朝海边奔去。海边有冼家几十条渔船，几十户也姓冼的贫苦俚人渔民每年靠打鱼给冼家缴纳租金。

海边上，十来个海盗围着一艘打鱼刚归来的小渔船，船板上堆积着银白的活蹦乱跳的肥大的金枪鱼。海盗想爬上渔船，渔民挣扎着反抗着，用船桨鱼叉奋力扑打着想登上船的海盗。海盗用大刀和弓箭砍杀着渔民，几个渔民已经受伤，手上胳膊上，头上脸上，鲜血淋淋。

"砍死他们！砍死他们！一个活口也别留！"

海盗头子站在他乘坐的小船上，挥舞着大刀，狂呼乱叫。这是一个面目狰狞的俚人，身材高大，黧黑的脸庞满脸横着凶猛的肌肉。这是一伙躲藏在海陵岛深处的强盗，经常出没于海上和岸边，不是抢渔船，就是渡海到高凉打家劫舍，危害一方。高凉郡的官府也曾组织过围剿，可是狡猾奸诈的他们，躲避在海陵岛腹地的深山老林里，官府对他们无可奈何。

渔民一个个倒在血泊中，被海盗推下渔船。几个海盗拿起船桨，准备把载满金枪鱼的船往海里划。

带领着家丁赶来的冼文忠大喝一声："站住！还我渔船！"他拉开了弩，朝小船上的海盗首领射去。

"快点划走！"

海盗首领大声命令自己的部下。他把船歪了一下，躲过射来的弩，一边也搭弓朝冼文忠射了一箭。

"哎哟！"

冼文忠大叫一声，歪倒在海滩上。他的臂上中了一箭，鲜红的鲜血流了出来。家丁都一拥而上，去救助自己的都佬。

"别管我！别让海盗把渔船开走！"

冼文忠着急地大声喊。海盗已经张开渔船的船帆，准备起锚掉转船头向海里划去。

阿英看见老都受了伤，眼睛都红了。她从身上甩掉牛皮甲，从一个家丁手里夺过一把匕首，大声喊："吹螺号，叫人来助战！"说着，她把匕首噙在嘴里，一个扎猛钻进水里，向海里游去。

"拉住她！"冼文忠大喊。几个家丁跳下水，奋力游向阿英。

阿英游到海盗头子的船下，悄悄靠近小船，趁海盗头子不注意，用肩膀顶着木船，木船倾斜在海水里，她使出全身力气，用劲顶着，海盗的小船终于倾倒在海水里，海盗首领掉进海里，嗷嗷叫着，在水里挣扎。阿英憋了一口气，潜入水中，拉着海盗的双脚，把他拖了下去。没有防备的海盗头子，在水里挣扎着。阿英拿起匕首，狠狠扎向海盗头子的胸脯。海盗头子嗷嗷叫着，从水里挣扎出来，爬上小船。阿英双手攀住船帮，扑腾着往船上爬。海盗头子抄起木桨朝她兜头打了下来。阿英眼睛冒着金星，仰面跌进海中。

赶上来的家丁急忙拖着阿英向海滩游去。

"呜——呜——"一阵响亮的螺号在海滩上响了起来，听到螺号的渔民从远处渔村赶了过来，他们吆喝着包抄过来。

听到召集渔民的螺号声，在渔船上忙活准备开船的海盗心里发毛，他们人少，远不是渔民的对手。海盗头子自己驾着小船，正拼命向大海里划，抢夺渔船的海盗也就无心恋战，慌乱中跳下渔船，被众多的冼家兵丁赶到海里，纷纷跳回自己的木船，张皇地向海岛划去。

阿英回到海滩，指着逃跑的海盗大声嘲笑起来："你们这些胆小鬼，只会欺负手无寸铁的渔民。哪天，再落到我冼阿英手里，绝没有你们的好下场！"

"阿英妹仔真厉害！"家丁纷纷向冼文忠夸赞着："她像都佬你一样勇敢，硬是给海盗头子一刀！"

阿英见老都臂上缠了葛布，心疼地搀扶着冼文忠，说："老都，不要紧吧。"冼文忠看着阿英，欣慰地微笑着想：虎父无犬女！她简直可以带兵打仗了。

鳄鱼口里救丫鬟　目无尊长打先生

酷暑盛夏，太阳当空，火辣辣地向大地投射它的光芒。高凉没有一丝凉风吹过。冼家楼上，阿英在自己的闺房里热得汗如雨下。每当大海风暴到来之前，就是这般闷热。

"春香，我们到河边冲凉去！"阿英喊着春香。

春香答应着，扶着阿英下了楼，往冼家楼后不远处的溪流边走去。溪流从北面的山里流出来，曲曲折折、蜿蜿蜒蜒流经大树林，来到高凉冼家寨，然后又绕过高凉，汇入漠阳江入海口流向大海。这条河道直通大海海湾，每当海水涨潮，海水就倒灌上来，滋养着海湾里大片密密麻麻的、茂密的红树林。海湾口边的红树林，栖息着成群的水鸟，被惊飞起来，遮天蔽日，让明媚的阳光都一时暗淡了许多。

主仆二人来到河边。清洌的河水散发出清凉，阿英和春香迫不及待地扑了过去。河水里已经有几个孩子和男人在水里泡着消暑解热。阿英拉着春香，拐进河湾处，那里有一大片茂盛的红树林，遮掩着河水。

"走，我们到那里去。"阿英指着河湾里一片碧绿的河水说。

河道穿过树林中间，慢慢流出去。河水平稳，没有旋涡，也没有暗流，经常有姑娘媳妇来这里冲凉解热。

春香欢呼着扑到水里。阿英却慢腾腾地解开自己的绣花短裙，取下头上的绣花头帕。"春香，你还是先脱下围裙的好。"阿英喊着说。

"我快热死了，还是先凉快凉快。小姐，给你！接着！"说着，春香从水中把自己的黑色绣花围裙扔了过来。阿英接住，把自己的头帕和围裙一起都搭到树枝上。

"小姐！救命！"春香突然大叫起来。

"鬼丫头，又使什么花样？"

阿英漫不经心地呵斥着这顽皮的丫头。她经常这么恶作剧，吓人一跳。

"小姐！救命！"春香凄厉地喊着，因为极度恐怖，她的声音已经变了样。

阿英急忙跑到河边，大声问："乜事？"

"有东西咬住我的脚！"春香痛苦地号叫着。

"别怕！我去救你！"阿英喊，从岸边拣了一条粗树枝，立即跳下水，用树枝在水里搅动着。

一条土黄色的小鳄鱼甩着尾巴，扑打着河水，慢慢浮出水面。

"鳄鱼！"阿英惊恐地喊。

鳄鱼咬着春香的脚不放，在水面上来回拖动着，把春香拖来拖去。春香发出可怕的号叫声。

"放开她！你这死家伙！"阿英呵斥着，咒骂着，用树枝狠命敲打着鳄鱼狭长的脸颊，用树枝捅进鳄鱼的眼睛。忍受不了疼痛的鳄鱼终于张开了口，咕咕叫着，用强健有力的尾巴横扫着水面扑打，想把敌人置于死地。

阿英一把拉开春香的腿，"快上去！"她把春香推到岸上。

暴怒的鳄鱼张开血盆大口，一口牙齿长短参差，锋利如锯齿，森然而令人恐怖，它拍打着水浪向阿英冲了过来。

阿英用树枝抵挡着鳄鱼的进攻，迅速向岸边退去。鳄鱼咬住了阿英手中的树枝，只听"咔嚓"一声，树枝在鳄鱼口里断裂开来。

春香已经爬到了岸上，也找到一根树枝，站在岸上狠命地捅着鳄鱼，阻止它爬上岸。

"小姐，上来！"她用力敲打着鳄鱼，帮助阿英上岸。

鳄鱼发现没有咬住敌人，又凶猛地向已经退到岸边的阿英扑了过来。阿英回转身，从岸边水里摸到一块大石头，朝鳄鱼张开的大口狠命砸了过去。

鳄鱼猛地咬住石头，"嘎嘣"一声，石头把鳄鱼的利齿崩断几颗。鳄鱼疼痛极了，在水里愤怒痛苦地扭动着，强劲有力的尾巴扑打着水面，激起一阵阵浪花。水浪向岸边汹涌扑来，几乎吞没阿英。

春香终于抓住阿英的胳膊，她一边打着鳄鱼，一边拉着阿英上了岸。

鳄鱼在水里旋转着，拍打着，寻找机会。它在水里旋转了几圈，看见猎物已经消失，只好很不情愿地慢慢潜入水中，从水下平静地游走，在河面上没有留下任何波纹。

"多亏小姐救我！"春香脸色煞白，瘫倒在地，哇哇地哭了起来，脚上鲜血直淌。还算幸运，鳄鱼没有来得及撕咬，只是利牙刺穿了皮肤，咬出几个牙洞。

阿英也一屁股坐到地上，浑身没有一点气力。她喘着粗气，一边用树叶擦拭着春香的伤口，嚼了一口槟榔叶，给她敷上止血。阿英从春香的短裤上撕下一块葛布，小心给她包扎起来。

一切处理完毕，阿英从腰间的黑地绣着红花的绸缎荷包里掏出一个枣槟榔卷,说:"给你,嚼一块槟榔提提精神。"

阿英也取出一块嚼了起来。槟榔有些苦涩的红色汁液越来越甘甜,一会就止住了春香的疼痛,让两个小姑娘从惊悸恐怖和筋疲力尽中恢复过来。她们因为惊吓和恐怖而变得苍白的脸色慢慢染上了红晕,没有血色的嘴唇也慢慢泛出鲜红。

"幸亏只是条小鳄鱼。"阿英吐出满嘴鲜红的槟榔汁液,叹息着:"要是条大鳄鱼,或者是条大湾鳄,我们怕是都没命了!"

春香说:"没有听说这里有鳄鱼啊。什么时候来了这鬼东西?"

"是啊。听都佬说,过去这里有许多凶猛的大湾鳄鱼,后来,老都带人用一箭封喉树浸泡的毒箭射杀了许多,已经没有了。什么时候这些凶猛的家伙又从海湾里游了回来?"

阿英想着心事。

生活在海水湾里的湾鳄,体形巨大,一条湾鳄最长的有几丈,一次能产一百多颗蛋,埋在沙滩上的沙泥里,很快就孵化出来。只要游来一条,这里很快成了它们的天下,你会看到几百条大小鳄鱼在这里的河里草丛里缓慢爬行,有时候它们会张着大嘴,一动不动,等待小鸟落到它们嘴里。想想这里集合着几百条这样凶猛的家伙,有多可怕! 有了这么多的鳄鱼,以后伤人伤牲畜的事会频繁发生。这可不得了!

"要做个记号,警告人们不要来这里冲凉。"阿英看着红树林里清澈的河水对春香说。

"做个什么记号?"春香问。

阿英想了一会,起身跑进树林,采来许多藤条。"来,我们编一个鳄鱼,放在这里做记号,警告人们。"

春香忍着疼痛,和阿英编织着藤鳄鱼,不一会,一条很逼真的藤条鳄鱼编好了。阿英扶着春香走出树林,自己抱着棵高大的榕树,腾腾腾地爬了上去,把藤鳄鱼挂在树梢上最醒目的地方。阿英爬下树,对春香说:"以后还是要来消灭这家伙,不能让它伤人!"

"你到哪里去了? 先生正等着给你上课呢。"一进冼家大院,老家人冼忠急忙对阿英说:"都佬到处找不见你,正大发脾气呢。那先生又要教训你都

岭南圣母:冼夫人

佬了。"

"你替我照顾春香。"说着，阿英把春香推到冼忠怀里，朝冼忠吐了一下舌头，急忙溜进后花厅。后花厅里，冼家的几个公子正认真地听先生教读汉字，认真地跟着先生读和写。

"你到哪里去了？"阿英的二哥冼玉丹看见悄悄挨了过来的阿英小声问。

"不许说话！"先生朝这边扫了一眼，厉声说。

阿英急忙凑到哥哥身边，跟着先生大声读了起来。正襟危坐的先生的目光又扫了过来，他终于看见了阿英。他停住教读，威严地站了起来，背着手走到阿英身边，厉声问："阿英，你到哪里去了？为什么迟到？"

阿英急忙站起来，抬起眼睛，直直地望着先生，朗声回答："回先生问话，我到河里冲凉去了。"

"过来，打手！"先生说，从桌子上拿起竹板："你老都规定，凡是误课迟到不用心听讲，都要用这竹板打手。今天，惩罚你这迟到的。过来，跪下！"

阿英磨蹭着，不肯过来。先生有些发怒，大声呵斥："过来！你听见没有？"说着，一把拽过阿英，按着她的头，让她跪下。

阿英直挺着身子，怎么也不肯下跪。"为什么要下跪？我们俚人从不会下跪。"

先生大怒："这么没规矩的女子！这还了得？"他抓住阿英的手，用竹板狠狠地敲打着她的手心。这一板打得十分用力，阿英的手心立刻鼓胀起一道红红的肉棱。

钻心一样的疼痛让阿英跳了起来。我老都从来舍不得打我一下，他居然来打我！怒火腾地冲上阿英的脑门，她突然攥起拳头，扬手向先生面门打去。

这个先生已经叫阿英忍无可忍。每天去上课，都要先给他下跪磕头，好像他是神一样。而且稍不如意，他就会拿起竹板打他们的手心，打得好疼好疼。可是那先生毫不怜悯，连她的几个哥哥都照打不误。

阿英跳了起来，突然挥起拳头朝先生的脸面打了过去，先生踉跄着后退几步，跌坐到地上，哎哟一声，嘴角流出一股鲜血。先生捂住脸，惨叫着，跌跌撞撞朝前花厅跑去。

冼家几个公子先是一愣，接着都哈哈大笑起来。

"好妹子！真有你的！你居然敢打先生！"冼玉挺笑得捂住肚子说。

"我早就想打他一拳了。他老教训我们！"老二冼玉丹挥舞着双手："真痛快！真痛快！"

"是啊,他每天要我们下跪,我也想打他一顿！"老三冼玉朱也一起笑叫着。弟兄三个哈哈大笑,笑得弯腰流泪。他们笑自己弟兄几个男人,谁都没有勇气教训这个白脸北佬官人,却眼看着自己的细妹把他打了一拳。

"这下子,你可惹祸了！他去找老都告状去了。"都佬冼玉挺停住大笑,有些担忧地看着细妹阿英说："你要挨揍了。"

"怕他呢！"阿英梗着脖子。

"阿英！到前厅来！"正说着,前厅里传来冼文忠愤怒的叫喊声。

"走,我们陪你一起去跟老都说情。"冼玉挺拉着阿英的手,安慰着。

"不用！我自己做事自己承当！你们别去了。"阿英一脸无畏的样子,挺起胸膛,大步流星朝前厅走去。

不一会,前厅传来阿英清脆尖利的叫声："不！我就不下跪！我不会下跪！"

又过了一会,先生气冲冲地从冼家前厅走出去,头也不回地向高凉郡太守官邸走去。

"这下可得罪太守大人了！打狗还要看主人呢。"冼文忠有些担忧地望着先生远去的背影,对儿子们说。

"都是你惹的祸！"他回转身,气哼哼地戳着阿英的额头。阿英却调皮地朝他吐吐舌头,顽皮一笑。

"不怕他！大不了我们再撵走这个太守也就是了。"冼玉挺看着老都满不在乎地说。

冼文忠无可奈何地摇了摇头。他现在不想和官府作对,冯刺史派来的这个太守还算对他的心意。如果再换一个,不知道又是个什么样的贪官,又要从头来拉拢他喂养他,又要破费一大笔钱财珠宝。贪官像小咬蚊虫,不如任其一只叮咬,喂饱了反倒不那么咬人,不那么贪婪。换来换去,永远是饥饿的胃口,连牲口都会被咬死,何况人？

罗州刺史府的厅堂里,刺史冯融正在检查儿子冯宝的书法。刺史府要

岭南圣母：冼夫人

33

比高凉郡守府宽宽阔高大得多，但是规格构造相同，前衙后府，中间是院落，大门在院落的侧面。院落里种着白玉兰、紫薇、鸡蛋花树和几种果树，院落里花香在绿荫上荡漾，极其优雅静谧。

"看你这字，还差得远呢，没有骨力，不得势，更缺乏自己的风骨。来，你好好看看这兰亭序，这是王羲之的字。你看，这捺多有力，力透纸背，入木七分。"冯融翻开字帖给儿子指点着。

"写字嘛，要有骨力，有骨力才会有风骨。这就和做人一样，做人要有自己的骨力，有自己的风骨。魏晋文人不是讲究风骨吗？"冯融说。

"算了吧，爹爹，不要说魏晋那些文人的风骨了吧。我可不大佩服那些人的风骨。那算什么风骨？不过是装疯卖傻明哲保身而已。真正的风骨应该是司马迁那样的敢于反抗权势的人！"

"哦？"冯融大吃一惊，惊诧地睁大眼睛看着面前的儿子。在他的心里，儿子还是一个不懂事的孩子，没想到他还有这么精辟的看法。

"是啊，我就这么看，不过书法的风骨又是一回事。爹爹还是接着讲吧，儿子洗耳恭听。"冯宝调皮地挤眉弄眼。

"好吧。"冯融也微笑了，他接着讲："书圣王羲之说，临池学书，池水尽黑，使人耽之若是，未必后之。可见，写字是表现自己心绪与理想追求的事情。你看，观其点曳之工，裁成之妙，好像烟霏露结，状若断实连，好似凤翥龙蟠，势如斜而反直。书法到这种境界，玩之不觉为倦，览之莫识其端，真是绝妙之至。从王羲之的书法中，我们看到王右军抑郁的情怀，瑰丽的想象，怡悦的心境，飘逸的情致，淡泊的心胸。所以，书法不只是写字，它是人的境界的反映。字的风骨和人的风骨是有联系的。"

冯宝笑着反驳："爹爹又说玄乎了。字的风骨是字的风骨，人的风骨是人的风骨。王羲之书法人品的风骨可谓一致，但是有些人字有风骨，可人品低劣，绝无风骨可言。比如王导族人，为官不仁，能算有风骨吗？"

冯融从字帖上抬起头，看着冯宝摇头："你可真是个抬杠能手。总之，写字要有骨有筋。善笔力者多骨，不善笔力者多肉，多骨微肉者谓之筋书，多肉微骨者谓之墨猪，多力丰筋者圣，无力无筋者病。你看你自己的书法，可以归类到哪一类呢？"

冯宝拿起自己的字，左右端详了许久，笑着说："我看，我的字多骨多筋

岭南圣母：冼夫人

又多肉,可以算墨牛吧?"

冯融哈哈大笑起来:"你倒挺会说话。墨牛?倒也算是一种新的风格。不过,我看,你的字还是像墨猪!"

父子二人开怀大笑。

"先生,回来了?"冯融抬起头,看见周中健先生气哼哼地走了进来。

周中健先生走到冯融面前,作揖拜见。冯融很奇怪地问:"怎么这么快就放了学?"

"什么放学?老爷,我被冼家那俚人小妮子打了一拳,受不了这气,自己跑回来了。还求老爷收留则个。"

"什么!如此大不敬!如此大逆不道!居然打先生?真是无法无天!无法无天!"冯融一拍桌子,站了起来。

冯宝却吃吃偷笑起来,想象着眼前这么高大的一个纶巾斯文男人被一个俚人小女子当面一拳的狼狈样,他觉得十分滑稽好笑,就禁不住笑出了声。

"放肆!"冯融恼怒地呵斥着儿子。冯宝急忙屏气敛声,正襟危坐,装作继续读书的模样,不过还是注意听着父亲和先生的谈话,心里边还是止不住一个劲地偷着乐。原来这先生只会狗仗人势,当初自己跟他学习时,没少挨他的竹板打手心,父亲鼓励他严格要求他就有恃无恐,教书时像个凶神恶煞。

先生在冯融下手坐了下来,添油加醋地叙述了他挨冼家千金打的经过。

"真是不像话!"冯融怒喝道:"俚人竟如此藐视官府!打狗也不看主人!明天待我发令去拘拿那小丫头来问罪!"冯融离开座位,背着手,在厅堂里走来走去。

"感谢刺史做主!"先生急忙跪下来道谢。

冯融摆摆手:"先生,快起来,快起来!先生辛苦,先歇息去,暂且在刺史府住下,继续教犬子学经。"

冯宝心里很气恼,却也没有办法。父亲的话,他是不敢违抗的。等先生离开以后,冯宝小心试探着问:"爹爹,你真要去拘拿冼家那细妹?"

冯融皱着眉头:"是的。冼家过于张狂,不把官府放在眼里,仗恃着历代俚酋,统率俚人几万,经常与官府对抗。你看,他请求派个先生去教其子女

习官话,却把我介绍的先生打了回来。太过猖狂! 如若不打击其气焰,还不知会猖狂到什么地步! 非借机杀杀其气焰不可!"冯融坐回自己的座位,恨恨不已。

"不知爹爹可否愿意听听我的看法?"冯宝试探着。

"说吧。你有什么看法?"冯融有些不耐烦。

冯宝抬头看看冯融的脸色,小心翼翼地说:"爹爹,我以为,为此等琐屑小事交恶冼家非明智之举。冼家这些年顺从官府,按时缴纳赋税,按时出徭役,没有与官府为敌。如若官府出面拘拿他最宠爱之女儿,定会招致极端愤怒与怨恨。他若纠结俚人与官府公开对抗,罗州安宁平静局面势必不再。爹爹以为孰轻孰重?"

冯融沉默了,他捻着须髯,沉思良久。过了一会,他才点着头说:"你所说有些道理。可堂堂刺史也不能任俚人如此猖狂! 还是要敲打他一下,给他点厉害! 不过嘛,不以刺史名义去拘拿,还是先让高凉太守执行!"

冯宝想了想:"那也好。需要时,刺史可以出面调停,做和事佬,让俚人对刺史没有太大的怨恨。"

刁蛮女惹祸得福　冯刺史打猎结盟

"什么? 要拘拿阿英!"

冼文忠从厅堂里雕花红木圈椅里跳了起来。太守派来的两个官差手拿太守的拘捕令,站在冼家楼的花厅里,向冼文忠宣读太守的拘捕令。

"他太守是吃了豹子胆还是吃了大虫胆? 也不问问阿英是谁的细女? 竟敢来我冼都佬家里拿我冼都佬的细女!"

冼文忠喊叫着,黧黑的脸膛由于过度愤怒已经变成了紫色。他从墙上取下那把刀口闪着寒光的环首大刀,挥舞着朝两个官差的头上砍去。官差吓得大叫着,抱头逃出花厅。

"来人!"冼文忠大声吆喝着,下人急忙跑了进来。

"去! 吹螺号,敲铜鼓,集合冼家寨的人! 去打太守府! 去把狗官的头给我剁下来!"

下人答应着急忙走出花厅,去传达都佬的命令。不大一会,螺号呜呜地

吹,铜鼓咚咚地敲,冼家三弟兄呼呼喘着粗气从外面闯了进来,大声喊着问:

"什么事?老都?獠人又来闹事了?"

"不是獠人闹事,是官府闹事!"冼文忠气呼呼地说,"官府要来抓你细妹!"

"这还了得!这不是要骑到我们俚人头上拉屎了吗?"冼家兄弟跳了起来,嚷嚷着。"走!打进太守官府,杀他个片甲不留!"

"走!我早就看不惯这狗官!早就想教训他一顿!他倒自己找上门来!"

冼家弟兄们摩拳擦掌,穿着甲衣,各自寻找着武器,准备出发。

"不要!老都!"

冼文忠正要迈步出厅堂,阿英从后面冲了出来,一把拉住冼文忠的胳膊,尖声喊叫着:"不要去!千万不能去!"

冼文忠见女儿拉住自己的胳膊,急躁地甩着她的纠缠,大声说:"你别管,放开我!"

阿英只是死命拉着冼文忠的胳膊不放,一边哭喊着:"千万不要去官府!我不让你们去!你们去闹,只会给人惹祸!官府死不讲理的!"

"鸟他奶!我们俚人怕什么官府?我们冼家怕哪个官府?闹起来就闹起来,有什么了不起的!我们弟兄总不能眼看着你被官府捉拿去吧!"冼玉挺不耐烦地嚷着。

"老都,你听我说。"阿英连拉带拽,强迫冼文忠坐回到座位上:"官府抓我,不就是因为我打了那先生一拳吗?我去把打他的理由说清楚,他们不就没有理由抓我了吗?再说,这抓人的命令是太守下的,如果太守不讲理,我就去罗州找刺史说理,刺史大人还是挺讲理的。我见过他。"

冼文忠怀疑地看着阿英:"官府历来不允许老百姓讲理,他们能听你一个小女子的辩解?"

"我想他们会的。他们官府还是怕我们俚人。要是他们不讲理,我们再找他算账也不迟。我们要站住理先礼后兵,不能给人留下蛮不讲理的话柄。我们讲理,官府不讲理,理亏的是官府。我们有理了,说话就更能说服人。"阿英看着自己的父亲和兄长,急急地说。她实在担心自己说服不了父亲和兄长,以致闹出更大纠纷。

岭南圣母:冼夫人

冼文忠摸着下巴，沉吟起来。冼玉挺看看父亲看看弟弟，搔着后脑勺，一时竟无话可说。老二冼玉丹游移地说："也许阿英说的有道理，不妨听她的。"

冼文忠眼睛一瞪，狠狠白了他一眼："有屁道理？你愿意看着你细妹被抓进官府？没人性的家伙！"老都的一顿叱骂叫冼玉丹缩了回去不敢再多嘴。

"我不会让官府把我抓去！"阿英挺着胸脯，昂着头，很神气："我自己到官府去跟太守理论理论！"

冼玉挺冷笑了一声："你说得好听！自己去？那还不是自投罗网往大虫嘴里送食？你去了还想出来吗？小孩子，净胡说！"

阿英笑了起来："我不是有老都和三个都佬吗？老都不是俚人的都佬吗？我进去，你们可以在太守官府外面等着要人呀！看他官府敢把我怎么样？"

"不错。有道理。"冼文忠摸着下巴，点头说："好，就听你细妹的，我们也来个汉人的先礼后兵！这么着，我们这就送你细妹进太守府。"

"用不着大家都去。只要叫都佬送我去就行了。不过要带些礼物去做见面礼，让那太守更无话好说。"

冼文忠叫人准备礼物，送阿英去见太守。

高凉太守李迁仕正在府邸里焦躁不安地思谋着眼下的难题。刺史命令他捉拿冼家殴打先生、对孔子大不敬的小女子冼阿英问罪，真是给他出了一个大难题。去抓冼都佬的千金？这可真是去老虎头上抓虱子，老虎嘴里拔牙，去摸老虎屁股，想起来就叫他心里发怵。可是刺史的命令他又不敢违抗。万一刺史向朝廷奏上一本，告他个鸟状，他这太守的官帽算是开销了。没有官职，他还有什么前途呢？对于他来说，做官才有意思。没有官做，他能干什么？他只有做官的本事。

李迁仕硬着头皮签发了抓捕冼阿英的公文，派遣两个官差去冼家楼抓人。没想到，还不到一个时辰，官差便屁滚尿流地跑回来报告说，冼文忠大怒，要杀他们，还声言要带人来扫荡官府。

"反了！反了！"李迁仕在太守衙门里走来走去，喊着，却又一筹莫展。

高凉郡里没有官兵，几个衙役差人根本抵挡不了俚人的进攻。他急忙派差人往罗州刺史府里送信，请求刺史派督护发兵来保护高凉太守府。可是，这罗州到高凉，来回要三天时间。三天里，万一冼都佬发兵来攻，他可如何是好？

李迁仕突然后悔自己的决定，不该为讨好刺史得罪冼都佬。强龙不压地头蛇，一贯聪明的他，怎么就忘了这古话？李迁仕跺脚咬牙，懊恼得恨不得给自己一巴掌。

差人来报："报告太守老爷，冼家大公子和冼家小姐来见。"

"有俚人兵丁没有？"李迁仕慌张地问。

"好像没有看到其他俚人。只有他兄妹二人和一个老家人。"

"该不是诈吧？"李迁仕很不放心地追问。

"待小人再去查看一下。"差人说，急忙跑出衙门。衙门口只站着冼家兄妹和老家人冼忠，手里拿着一个精致的紫檀木盒。

差人跑了回来。"报告大人！衙门口只有他们三人，没有其他俚人。"

李迁仕一颗悬着的心这才放回了肚子，坐回圈椅里，正襟危坐，端出架子十足的官人姿态，慢吞吞地说："那就请他们进来吧。"

阿英和冼玉挺带领着老家人冼忠走进府衙，向太守作揖请安。俚人见官不下跪，他这太守也奈何不得。

"送罪人归案来了？"

李迁仕斟酌着拿足太守的官架子，用官腔慢吞吞地说。

冼玉挺看了看阿英。正要回答，阿英却开口说："这里没有什么罪人。我是自愿来见太守老爷，想向太守老爷说说理，问问太守老爷为什么派人去抓我。"

冼玉挺拉了阿英一把，说："冼都佬派我来见老爷，送上象牙雕刻，请老爷过目。"说着，让冼忠把紫檀木盒子送到李迁仕面前。

听了阿英的话有些发怒正想发作的李迁仕，一见这紫檀木盒子，急忙变换了自己的脸色，微笑着接了过来。他打开精致的盒盖，鲜红的绸缎上躺着一只象牙雕刻成的龙船，极其精致。

"好东西！好东西！"他赞不绝口，贪婪地抚摩着。这是一件价值连城的牙雕，一件用来买官的绝好礼物，送给哪个上司，都会让他心动。有了它，还

岭南圣母：冼夫人

怕自己不升官？这高凉，真是好地方！

李迁仕抬起头，微笑着看了看阿英，对冼玉挺说："谢谢冼都佬的厚爱。令妹之事，实为官差，本官不得已而为之，实属无奈。人在江湖，身不由己，人有官差，同样是身不由己。还请冼都佬包涵谅解！"

"那抓细妹的事还办不办？"冼玉挺追问。

"不办了，不办了。"李迁仕连声说。

"可是刺史大人那里要是不肯罢休，又如何呢？"冼玉挺不放心地继续追问。

"刺史那里有本官应付，冼都佬尽管放心，尽管放心。"李迁仕眼睛眯成了一条缝，满脸讨好的神情。

阿英厌恶地斜了他一眼，说："既然太守口口声声说可以应付刺史，刚才为什么还要派官差去抓我？"

李迁仕脸红了一下，嘟囔着："彼一时此一时嘛。嘿嘿，嘿嘿，你个小女子，不懂官府里的事。哈哈，是吧，冼都佬？"

冼玉挺撇了撇嘴，没有回答。这种贪官嘴脸他已经见得太多了。

"哼！我懂。我当然懂！"阿英不服气地大声说："还不是见钱眼开！"

"不得胡说！"冼玉挺见李迁仕变了脸色，急忙呵斥着自己的细妹。

"太守大人千万不要生气，不要和她个小孩子一般见识。"冼玉挺向李迁仕作揖，代阿英赔罪。

李迁仕的脸上已经挂上怒容，只是碍着冼玉挺的面子没有发作，他阴沉着脸，拿腔作调对冼玉挺说："刺史大人等本官报告，冼都佬，你这妹仔如此刁蛮，本官难以回复刺史大人官差！"

阿英大怒，刚才答应的事情马上就变卦，这狗官实在狡猾贪婪。她咬牙切齿地说："既然大人不能处理，我就等着刺史来抓。我自会向刺史大人申诉理由。我就不相信刺史不讲道理！"说完，扭头就走。

冼玉挺连声喊："细妹！阿英！"

阿英头也不回，径直走出太守官衙。

冼玉挺只好向太守李迁仕赔罪："太守大人，千万不要和小孩子一般见识。还是请太守在刺史面前替小妹遮掩辩护，我们冼家决不会亏待太守大人！"

李迁仕这才又露出一丝笑意："看在冼都佬的面子上，我自然会为令妹开脱罪责。不过，你这刁蛮的细妹，也该受点教训！否则，她将来会给你们冼家惹大祸！"

冼玉挺一个劲作揖："太守大人所言极是，我一定转告大人的忠告给我老都，老都会教训她的。今后还要仰仗大人的教诲。"

李迁仕看着冼玉挺，眉头一皱，好像想起什么为难事，支吾着："冼都佬，本官我听说冼家在朱崖还有一些船户渔民，是不是？"

冼玉挺点点头。"不知太守大人有什么事情？"

"本官我听说朱崖盛产珍珠珊瑚，不知都佬可否为本官采办一些？本官在朝廷中有许多熟人朋友，他们知道本官在岭南为官，经常向本官暗示，希望本官送他们一些。本官想，为高凉郡和百姓之利益，还是送他们一些好，将来承蒙他们关照高凉。本官以为，此举乃造福高凉百姓之事，乃代表高凉百姓利益之事，也是代表高凉俚人和你们冼家之好事。是不是？冼都佬？"

冼玉挺很爽快地说："这等区区小事，何须太守忧虑？等我们总管到朱崖收鱼税时，一定为太守采办上等珍珠和珊瑚。包管太守大人的朝廷朋友满意！"

冯融和罗州督护接到高凉太守送来的急信，带领着官军日夜兼程向高凉奔来。罗州刺史冯融很愤怒，听到高凉俚人首领要造反的消息，他和罗州督护亲自率领驻罗州官军向高凉奔来。

"不好了，罗州刺史率官军奔高凉来了。"冼家探子回来报告冼文忠。

冼文忠一愣，急忙派人去召集儿子冼玉挺弟兄。冼玉挺兄弟几个跑进花厅。"没有关系的，老都。"冼玉挺安慰着父亲："我们又不是没见过官兵。大不了召集俚峒，和官兵来个大战而已。"冼玉挺满不在乎地说。

冼文忠很忧虑："这些年我们和官府相处得还算和平，除了收取赋税，他们还没有太多找我们麻烦。这下子怕是要和官府决裂了，这一决裂，还不知会给我们带来什么灾难！"说着，冼文忠深深地叹了口长气。

冼文忠作为附近几个郡县的俚人首领，不能不为自己的部族考虑。官兵的残忍，他们俚人多次领教过。祖祖辈辈的冼氏俚人忍受不了官府欺压，进行多次反抗，可总是以俚人的失败告终。胳膊拧不过大腿，这道理是很明

岭南圣母：冼夫人

白的,俚人总是胳膊。所以,到他统领冼氏俚人和俚人部落时,总是小心避免和官府发生激烈冲突,总是采用送礼结交的办法笼络官府。万不得已,他不会抗拒官府。难道官府把他的忍让看作软弱可欺不成?

冼文忠焦躁地在花厅里走来走去。

"老都!"阿英清脆地喊着,走进花厅:"我惹的祸,还是让我去解决。"她走到冼文忠身边,拉着冼文忠的手。

"笑话! 你又来了! 上次不是让你去解决吗? 瞧! 解决来解决去,倒把刺史大人和督护从罗州叫到高凉。还说什么你解决!"

冼文忠从高耸的眉骨下狠狠地瞪了阿英一眼。阿英知道自己这回确实惹出大祸,也不敢再顶嘴反驳,只是小声嘟囔着说:"我真的有办法嘛。"

冼文忠看了看冼玉挺,冼玉挺急忙为妹子开脱,说:"老都先听听她说。"

"那你快说吧,别在这里耽误时间!"

阿英说:"老都亲自带着我,到半路迎住刺史,让我把事情经过缘由讲清楚,然后劝说刺史和督护不要用兵,然后再请刺史和督护到我们冼家楼来小住几天,请他们打猎。我想刺史可能就不会再用兵打我们了。"

"说得轻巧,好像刺史听你调遣一样! 要是他不听你的,我们怎么办? 不是自投罗网吗?"冼文忠皱着眉头。

"我们告诉他,要是他不听我的解释,硬要出兵打我们,我们冼家也不是好惹的。我都佬已经召集俚人百余峒准备和官府决一死战。那时,双方都要死伤无数。看他愿不愿意冒这个险?"

冼文忠皱着眉头,思考了一下,又抬起眼睛看着冼玉挺,征询地问:"你看如何?"

冼玉挺想了想,说:"妹子在官府面前,一点都不害怕,见了官人更加伶牙俐齿,官人也拿她没办法。不妨按照她说的先试试看,我们这里继续召集俚峒,做好打仗准备。能不打,还是不打的好,打仗总归要死伤很多人。"

"那好。我带阿英去迎刺史大人,你在家里召集俚峒人,集合起来去支援我们。来人!"冼文忠大声喊。下人跑了进来。

"快去打探刺史官军,看他们走到哪里了?"

冯融率领的官军走进了高凉郡,过一片山岭,就是高凉郡所。他这是第三次进高凉。高凉对他已经不陌生。

高凉的山岭下，又有一大片茂密的树林被砍伐，树干树枝树叶正在被熊熊的大火燃烧着。这是俚人刀耕火种的习俗。每年四月，俚人便选择一片林地，用大砍刀砍倒那些茂盛的灌木和树林，把那些粗大的松树、木麻黄、小叶桉树都砍倒，大树干运回寨子里去盖干栏房，或者用来制造木船，那些小枝叶小灌木，全都放火烧掉，不但根干全都烧成灰，连地下的土都烧成熟的，然后在地里种上旱稻山禾或者吉贝。种过几次以后，土地贫瘠了，他们便放弃了这块土地，重新选择一块山林，再刀耕火种，重新种植。

俚人把这叫山栏地，也叫畲田。种畲田的风俗一直延续了很长时间，唐人诗句有"五月畲田收火米"，刘禹锡有"山上层层桃李花，云间烟火是人家。银钏金钗来负水，长刀短笠去烧畲。"可见直到唐代，这风俗还没有改变。

高凉古国地处岭南西南，自汉代以来，一直是俚獠人居住，俚獠没有国君，以山峒为部落，各有峒主，互相并不宾服，在不断的争斗中，逐渐形成他们共同崇敬的首领。俚人历来不宾服汉人朝廷和官府的统治，过去，这里很少有汉人和汉官来，近百年才逐渐派遣汉人官吏前来统治。由于很少接触中原文化，他们的生产方式极其落后，到现在为止，还是以刀耕火种的方式生产，而刀耕火种的陋习已经破坏了许多热带森林。

"俚人这落后的种地方法需要慢慢改造才好。"冯融望着远处一处处熊熊火焰想，为官多年，他没有考虑到这一点，实在太粗心了。

在他从小生活的新宁郡，种植方式要先进得多，那里的水稻田侍弄得方方正正，那里的农人还会圩田造地，把水放进围好的田地里种植水稻，绿色的稻秧插得横竖成行，清澈一片的水面映着蓝天白云，美不胜收。夏季，早稻收割以后，重新施肥重新插秧，开始晚稻种植。田地之间的高地上，种植着一行行的桑树，桑树叶子用来养蚕，然后抽丝纺织绢帛。

需要从新宁请一些农人来教俚人种植水稻才好。冯融又想。

官兵队伍翻过山岭，进入高凉。

高凉的平川上，农田里农夫在忙碌着。到处生长着槟榔、荔枝、龙眼，正在开花的时节，荔枝龙眼树上簇集着细小的白花，散发着甜蜜的花香，吸引来成群的蜜蜂，在树枝尖嗡嗡叫着，绕着花朵飞来飞去，欢快地采集在着荔枝、龙眼的花粉。田地里的甘蔗已经一尺多高，绿油油的。芭蕉心里舒展着

岭南圣母：冼夫人

一层一层嫩黄新叶，深红色的芭蕉花和已经结出的小芭蕉挂在叶心。一人多高的、肥壮的野芋头开着鲜红色花朵，衬在碧绿肥大的叶片中，分外好看。白玉兰枝头开放着玉簪似的花朵，散发出浓郁的香气。远处山岭上，原始的热带雨林翁翁郁郁。时而传来一声华南虎隐约深长的呼啸。

冯融虽然心急火燎，但是还不时为高凉美丽的景色所陶醉。这么美丽的地方，要是没有这流血争斗该多好。蛮獠蛮俚啊，何时才能心悦诚服归顺官府啊！冯融一边催促着队伍赶路，一边又胡思乱想着。

几个俚人站在道路当中，拦住官兵的去路。好大胆！谁敢阻拦刺史老爷的路！冯融恼怒地想。

"闪开！快闪开！"差役高擎着棍棒，高声吆喝，狐假虎威地驱赶拦道的俚人。一个差役扬起鞭子，要抽打他们。

冯融从牛车轿篷里看了出来，见是一个俚人细妹和一个俚人老头站在那里。他急忙吆喝差役，不要动手。

俚人细妹走到牛车前，作揖说："刺史大人你好！还认识我吗？"

冯融不大高兴：小女子这般无礼！我哪里会认得你这么个俚人小女子？他正要吆喝，冯宝却从后面赶了上来，惊喜地喊："是你啊！"

冯融仔细打量眼前的小女子：一身俚人黑色红花的细葛布衣裙，围着绣花的绸围裙，头上裹着红色绸缎绣花头帕，带着金银钏钗，耳朵上带着珍珠耳挂，脖子上带着珍珠玳瑁碧玉翡翠穿成的项链。好一个豪华打扮的女子。再看那椎发老人，也是围着金光灿灿的项圈，耳朵上挂着大玳瑁的耳挂，穿着蜡染的黑色细葛布衣裙，脚上穿着精制的桐木木屐。这种上过蜡的木屐，结实耐用，不会浸水，在当时是很贵重的物品，一些人还用它来贿赂官员，冯融刺史府里，也有十几双这样的木屐。

冯融一下子想了起来，这不就是高凉俚人首领冼文忠和他那个刁蛮的细妹嘛！冯融眉头一皱：我正是为捉拿佢而来，佢倒送上门来。

冼文忠并不理会差役的吆喝，也直直走上前，站到牛拉的官轿面前，微笑着向刺史大人问好："刺史大人，你好啊！认得俚人冼都佬啦？"

"大胆！你是谁的都佬？刺史大人面前休得无理！"冯融的长史大声呵斥。

冯融制止了长史，微笑着下了官轿，走到冼文忠面前，哈哈笑起来："这高凉古国方圆百里,谁不知道冼都佬的大名?我上任伊始,曾经去拜访过冼都佬,怎么会不认识你这大名鼎鼎的俚人首领呢?只是冼都佬这势力越来越大,架子也越来越大,竟不把我这刺史放在眼里了!"

冼文忠急忙谢罪:"刺史大人哪里话?我们俚人不过是刺史官府管理下的草芥小民,怎敢不恭敬官府?只是高凉离罗州有些路程,我年迈体衰,走动不便,没有经常去孝敬刺史老爷。还望刺史大人肚里撑船,多多包涵。刺史老爷现在可是到高凉郡?"

冯融点点头,说:"正是到高凉郡去。高凉郡太守禀报说高凉发生俚人对抗官府大事,我正是赶去弹压!"

冼文忠笑着说:"高凉郡太守未免大话诓人!什么俚人闹事?只不过一个俚人小女子不大听话,顶撞郡守老爷罢了。我这里专程迎接刺史老爷,把这小女子送到老爷面前,请刺史老爷发落好了。另外,我也代表冼峒全体俚人请刺史老爷到冼峒做客,以此赔罪!"说着,冼文忠把阿英推到前面。

冯融看了看阿英,哈哈大笑起:"又是你这个小刁蛮!我们可是老相识了!"

阿英也笑了,向刺史冯融鞠躬:"老爷好。"同时又向旁边站着的冯宝鞠了一躬:"公子好!"

看到阿英还记得自己,冯宝乐得心花怒放。"你这小刁蛮,又是你闯的祸吧?"他像个都佬似的笑着问阿英。

阿英嘟囔着嘴说:"都是那姓周的先生太霸道,他不打我,我怎么会打他呢?谁叫他动不动就打我手掌呢?"阿英一点也不害怕,眼睛骨碌碌转着,直直望着冯融解释。

冯融正色说:"先生是打不得的。孔子教导我们,天地君亲师,师就是先生,先生和天地皇帝亲人一样尊贵,我们不能违背他们的话,何况出手打先生,更是大不敬的不道之事!你懂吗?小女子要学会规矩!"

阿英在心里反驳着:什么天地君亲师?他先生又不是,我为什么要服从他!不过,聪明的她懂得,现在不是和刺史大人理论的时候,她装作服从,很恭顺地回答:"小女子记住了。以后再不打先生了!"

冯融微笑了一下,赞叹道:"这还差不多!看来,孺子可教也!"

冯宝在旁边插嘴:"孺女可教!孺女可教!"

岭南圣母:冼夫人

冯融笑着："既然孺女认错，也就不必追究。这么说，俚人闹事纯粹子虚乌有？孙督护，我们岂不是白跑了？"他回头看着督护孙固，摊开双手，十分无奈。

冼文忠见刺史大人已经消气，趁势说："冯老爷、孙老爷，路途辛苦得很，既然来了高凉，就请到冼峒去做客，我和我的几个仔都想陪老爷和公子去打猎玩呢！"

"什么？打猎？那太好了！"冯宝竟忍不住大声喊了出来。

冯融虽然心里也是惊喜了一下，却依然很庄重很矜持的样子，不满意地瞪了儿子一眼。

冯宝故意装作没有看见父亲的白眼，大声问冼文忠："冼都佬，是不是到大森林去打猎啊？听说高凉大山里有大象，有美丽的孔雀，可不可以猎到啊？"

冼文忠急忙说："当然可以猎到啊！打猎就是去打大象和孔雀啊！"

"太好了！太好了！"冯宝高兴地拍着手。他立刻转向父亲冯融："爹爹，我们去冼峒住一天吧。"

冯融犹豫地看了看官兵首领督护孙固，督护孙固也面露喜色，很有些按捺不住的兴奋，连长史都眼巴巴地望着他，期盼着他答应冼文忠的邀请。看来，打猎的邀请具有很大的诱惑，他的部下都抗拒不了这诱惑。高凉古国这一片大山，长满郁郁葱葱的原始热带森林，森林里有许多珍奇的野兽禽鸟，只有当地人才敢进去打猎，外来人一旦进去有进没出。没有当地有经验的打猎俚人带领，即使官兵也不敢贸然进到这森林去打猎。可是俚人相信大森林里有各种神灵守护，神灵不容许俚人带外人去杀害森林动物。所以，没有一个俚人会做官兵的打猎向导。现在，这么好一个送上门的机会，叫他们如何不兴奋异常？

冯融疑惑地看着冼文忠："你真的邀请我们去打猎？"

冼文忠郑重地点了点头。

"那好！我接受冼都佬诚心诚意的邀请！"冯融爽快地答应了。

冯宝高兴得手舞足蹈。他突然发现阿英正目不转睛盯着他，微笑着，好像在笑话他。冯宝急忙收敛了自己，难为情地朝阿英一笑。

高凉古国的原始森林，一派热带雨林的风光。海边的红树林通向平原，慢慢进入山岭地区。高高低低的山岭上长满了热带林木。

冼文忠和他的几个儿子带领着冯融和冯宝以及一些官兵进入了原始森林中。阿英死活也要跟了来。冯融、冯宝和督护孙固以及一些官兵头目，都按照冼文忠的吩咐，脱掉官袍，换上了俚人一样的短打打扮，腿上都打上护腿，以防森林的毒虫。

森林里，高大的古木遮天蔽日，榕树、桉树、木麻黄、野生的荔枝树、刺桐、白玉兰、火楝树、黄皮、龙眼、红棉树一棵一棵，全都是几人合抱不住的粗大树木，树干上布满青绿的苔藓植物，毛茸茸的好像长了绿毛的动物。有的古树已经空洞，上面寄生着其他的树木，你中有我，我中有你，互相拥抱着生长。粗大的藤类植物攀缘着高大的乔木，与乔木的枝叶交叉在一起，大树垂下的气根和盘曲的藤条枝干拧在一起，千奇百怪，有的好像圆门廊，有的好像拱桥，有的像秋千，形成特有的热带雨林景观。木棉高擎着红灯似的肥大鲜红的花朵，映红着绿海。白玉兰盛开着玉簪似的白色花朵，散发着沁人心脾的清香。紫薇怒放着灿烂的花朵，像满天紫色的云霞一样灿烂。鲜红的凤凰木花朵点缀在碧绿的绿海中，好像点点星火。黄白色的鸡蛋花在光秃秃的盘曲的虬枝枝头骄傲地开放，散发出的清香冠盖群芳。低矮的树丛里各色野花也争奇斗艳，白色、红色、紫色、黄色，挂在枝头。一些绿色草类攀缘植物到处攀缘，把自己碧绿的、柔软的蔓挂满大树，从树顶一直垂挂下来，形成一座座绿色的树塔，上面挂满各色喇叭状的紫色、红色、淡青的花朵，点缀了满眼的绿，使这绿海中有了五颜六色，丰富了热带雨林的美丽景观。

阴生的、高大的蕨类植物在乔木脚下，翁翁郁郁生长着。几丈高的苏木铁木、几丈高的芭蕉，张着丈多的肥大的叶片，遮蔽着从碧绿的树叶间透进的斑驳的阳光。一人多高的野生芋头，碧绿肥大的圆形叶子像小伞似的，一颗一颗圆大晶莹的露珠在叶面上滚来滚去，发出闪烁的亮光。

原始森林里静极了。一阵风吹过，头顶上响起一阵一阵的飒飒，好像海浪过来，偶尔传来昆虫唧唧的鸣叫。山溪里蟾蜍发出咕咕呜呜呱呱的叫声，有的像老太爷一样低沉苍老，有的像小孩子一样清脆欢快。枝头的知了清脆、尖锐、响亮地聒噪着，给这没有人迹的原始森林更增加了寂静。各种鸟儿都在自己的领地满意自在快活地歌唱着，在枝头跳跃，时而飞出枝头，在

岭南圣母：冼夫人

树间飞翔,给潮湿、清新、碧绿的原始森林增添了朝气。

冯宝突然跑向野芋头,那下面有一片雪白的蘑菇顶着雪白肥厚的伞,散发着诱人的气息。冯宝扑过去,急忙采了起来,一边欢喜地喊叫着:"多好的蘑菇啊,真漂亮,真漂亮!"

阿英急忙拉住冯宝:"快住手! 这是毒蘑菇! 不能采! 不能采!"

"这么漂亮的蘑菇会是毒蘑菇?"冯宝不大相信地看着阿英。

"是啊,越是有毒的东西,越漂亮。那些颜色鲜艳的蛇,大多数是毒蛇,像竹叶青,金环蛇,都漂亮极了,可也毒极了。这毒蘑菇也一样,那些颜色鲜艳的,大多数都是毒蘑菇。这叫白毒伞,很毒很毒的,要是吃上那么一棵两棵,不久就会昏迷,口吐白沫,很快就会停止呼吸停止心跳。你可不要被它们的漂亮迷惑啊。"

阿英说着,把冯宝手中的蘑菇抢过来扔到地上,连同那些没有采下来的,一起用脚踩得稀巴烂。

"你看那那花和那棵树,"阿英指着草丛中一朵盛开的鲜花和一棵高大美丽枝叶茂盛的树:"美不美?"

冯宝看着草丛里盛开的一丛鲜花,花朵小碗大小,重瓣,黄艳艳,美丽极了。

"真靓啊。这是什么花?"冯宝说着就弯下腰去采。

阿英急忙拉住他的手:"这是最毒的毒花,叫断肠草,也叫苦蔓公,有人叫它大叶茶。要是一叶入口,就会七窍流血,肠断而死。过去,有个村峒的恶媳妇,为了独霸家产,就把它放到饭里,毒死了她的公婆。我老都审理这件事,她不承认,说一棵草哪能毒死人? 我老都就让人采来给她,你说没有毒,毒不死人,你今天就把它食了。你敢食,我就说你没有事。她吓得浑身发抖,根本不敢食,乖乖承认是她毒死了她家公家婆。"

冯宝摇头:"真可怕。这么靓的花居然这么毒,真是匪夷所思。那树呢? 难道它也有毒不成?"冯宝指着那棵高大粗壮挺拔的树,它树皮滑溜,上面还有一些美丽的花纹。

"可不是,算你说对了。这树叫见血封喉,如果你身上有流血的伤口,沾上一点它的汁液,立时三刻就会倒地死亡。它的汁液是白色的,见风就变黑。用它浸过的药箭射大虫,大虫跳三次倒地就死。我们俚獠人的弓箭,有许多都是用这毒汁泡过的。我们用它来制造毒箭，那些射杀鳄鱼、大虫、猛兽的箭都蘸过它的汁液。你可千万不要随便去碰那些箭。"

冯宝听得直吐舌头："这么可怕的树，我还真没听说过。那我得离它远远的。"冯宝说着，绕到一边。

阿英笑了："真是个胆小鬼。没那么可怕。只要你没有伤口，不流血，碰上它也不要紧，有人误食了还没事呢。那些沾上立刻死的，都是因为沾到伤口上，和血混在一起，毒性随血液流到心里去，流到全身，所以叫见血封喉嘛。"

一丛开满紫红色花朵的灌木吸引了冯宝，他又跑了过去，从枝头摘下一枝几朵，对阿英喊着："看这花多漂亮，来，让我给你插到头上。"

阿英过来，让冯宝把这鲜艳的花朵插到自己的发髻上。她笑着说："这花叫野芙蓉，你别看它的花挺美，它还结小果子，红红的，甜甜的，还挺好食，可是，食上四五个，就叫人肚子疼，让人昏睡，厉害的还要人命呢。你啊，可要记住，路边的野花野果不能随便采。"

他们沿着山谷向山顶走去。山谷里，树木遮天蔽日，密林里，流着山溪，发出清脆的水声。树木枝头，有多种热带禽鸟在鸣叫，叽叽、喳喳、呱呱、哇哇、噜噜的，好像大合唱，有的极其婉转，有的极其清脆，有的十分响亮。它们时而在枝头跳跃，时而飞上天空。咕咕——咕，咕咕——咕，站在高处枝头的布谷鸟在欢快地鸣叫着招呼着伴侣。咕咕——咕，咕咕——咕，一只雌布谷从空中响应着飞了过来。

"能不能捕几只翡翠、画眉或者是山鸡孔雀？"冯宝问阿英。

"当然可以。我们这就去我们捕孔雀的地方，看看有没有逮住孔雀？"阿英说。

捕猎的队伍沿着山谷走进有着一个小湖的密林中。冼文忠命令大家都停下脚步，蹲到地上，不要发出任何声响。他带着儿子冼玉挺慢慢地、蹑手蹑脚地拨开树枝，查看着布满青苔的地面。地面上有着很清晰的大圆象蹄踩过的蹄子印记。"它们来了。"冼文忠小声对儿子说。

"谁来了？"蹲在阿英身旁的冯宝小声问。

"大象。"

岭南圣母：冼夫人

49

阿英小心拨开树枝，指着远处湖边正在剧烈摇晃的树枝："看，它们在河里呢。大象群隔几天要来这条河里洗澡。你听，他们正在水里洗澡呢。"

冯宝侧耳倾听着，前边树林里传来隐约的哗哗的水声，还夹杂着喷气的声音。

冼文忠对冯融和督护孙固说："我们这就摸过去，趁大象还在水里嬉戏时，射杀它们。你们准备好了没有？我们从这边包抄过去，你们从那边包抄过去，然后听我的螺号声，螺号声响，大家一起射箭！注意射箭一定要射中它们的眼睛和嘴，光射象皮是没有用的。象皮厚，射不穿的。"

冯融和督护孙固带领着官兵小心地绕了过去。

冯宝紧紧跟随着阿英，阿英拉着冯宝的衣襟，怕他走失，两人都随着冼文忠向湖边摸了过去。

四只象正在湖水里嬉戏，象群首领公象用长长的象鼻从湖水里吸起水甩向自己的脊背，它那两根发红的象牙威武地张着，好像随时准备投入战斗，以保护它的亲人和族群。母象照顾着两头小象，不断吸起湖水为它们洗澡。

公象突然抬起了头，它把鼻子高高地竖了起来，蒲扇似的耳朵张开来轻轻扇动着，它在谛听。周围好像有轻微的动静。它警觉地四下瞭望，轻轻地叫了一声。母象也抬起了头，抬起警觉的眼睛望着周围。

呜呜的螺号响了起来。公象和母象急忙用鼻子推动着小象，跳上湖岸，公象在前，母象在后，把小象夹在中间，向密林逃去。可是，捕猎的人已经把它们包围了起来，雨点般的箭向它们射了过来，有的落在它们的背上，有的落在它们的肚皮上，也有的落在大象的额头上。

公象率领着小象和母象在密林里左突右冲，拼命寻找着逃生的路。

冼文忠紧紧瞄准公象的额头，拉弯了他的藤条的弓，射出了一支利箭。利箭飕飕地穿过树丛，飞向公象。

公象正高高昂着鼻子，张着蒲扇似的耳朵向密林深处狂奔，一边低沉地招呼着它的妻子孩子。利箭飞了过来，扎进它的眼窝，一股殷红的鲜血汩汩流了下来。公象低沉地号叫着，忍着剧痛，停下脚步，伸出长鼻，把经过他身边的小象推进了更深的密林，朝母象号叫着，催促着她和小象赶快逃生。母象朝公象凄惨地张望着，似乎很是不忍心离开的样子。公象伸出鼻子，狠狠地扑打着母象。母象最后望了公象一眼,大声号叫着,声音凄厉悲伤,然后发疯似的朝密林奔去。

公象最后朝母象和小象的方向张望了一下,慢慢倒了下去。

冼文忠和冼玉挺欢呼着,朝大象跑去。阿英也拉着冯宝跑了过去。

冯融和督护从密林里钻了出来,他们兴奋地挥舞着手中的弓箭,大声欢呼着:"射中了!射中了!"

冼文忠和冼玉挺指挥着众人把公象的象牙砍了下来,又把大象的皮剥了下来,肢体砍成许多块,让手下把它们扛了回去。

"象耳朵和鼻子留给我和都佬!"冼玉挺大声命令。

"象牙送刺史大人,象皮送都护大人!"冼文忠命令。

"这是干什么?"冯宝问阿英。

阿英说:"扛回去把象肉风干腊制了食的。象鼻子和象耳朵脆脆的,很好食的。你没食过?"

冯宝摇了摇头,小声嘟囔着:"象肉也能吃?真奇怪!什么都吃,蛮人。"

阿英不满地白瞪了他一眼:"谁是野蛮人?食象肉就是蛮人?我们不光食象肉还食老鼠肉。告诉你,鼠肉可以腊、蜜饯、焖,有多种食法,还是送礼佳品呢。你听说过吗?"

"没有。你们还食什么?"冯宝好奇地问。

"还食虫,像沙虫、禾虫、禾虾、龙虱、桂花蝉、蜂蛹、竹虫什么的,我们俚人都食。"

"沙虫和禾虫我见过,长着一条长长的尾巴,好像茅厕里的长尾巴蛆虫。看见就恶心,你们还敢食?"冯宝苦楚着脸,好像看到那些叫人作呕的东西。

"那有什么?只是有些像罢了。又不是蛆虫!那些禾虫沙虫可好味了,香甜滑爽嫩生。"阿英吧唧着嘴说。看着阿英那表情,冯宝感到有些胆战心惊,心口里直发呕。"真是蛮人。"他心里想,嘴上却不敢说出来,他实在有些害怕这伶牙利齿的小刁蛮细妹。

阿英又说:"我们还食蛇呢,你食过吗?"

冯宝点头:"这我知道。我也食过几次。蛇本来是你们越人崇拜的东西,听说从汉代起越人就有吃蛇的习俗。汉杨孚的《异物志》说:'蚺为大蛇,既洪且长,彩色驳荦,其文锦章,食豕吞鹿,腴成养创。宾享嘉宴,是豆是

岭南圣母:冼夫人

51

筋。'汉淮南王刘安在《淮南子》里说：'越人得蚺蛇以为上肴，中国人得而弃之无用。'许多来岭南的北人，见越人吃蛇，都极为害怕，觉得腥臊难以咀嚼下咽。我阿公阿婆到死都不食一啖蛇，阿爷阿娘勉强食一啖。"

阿英哈哈大笑："北佬真是少见多怪！"

"不过我爱食，蛇肉好食着呢。"冯宝急忙补充说。

冼文忠指挥着捕猎队伍向前走去。山谷两旁的山势渐高起来，陡峭的石壁上长满高大的树木和藤萝，遮天蔽日。忽然，闻水声溅落，只见山壁上跌落下珠玉水花飞溅，落在枝叶上，落在圆大肥厚的芋头叶上，像颗颗晶莹的珍珠滚动着，闪闪发光。抬头望去，只见二百余丈高的山壁上，一层一叠的银白水练落下，像一匹垂挂着银白色的白缎，周围弥漫着蒙蒙的水雾，阳光从林间透露过来，落在白练上，形成赤橙黄绿青蓝紫七色光环，光环环绕着瀑布，增添了这里的神秘。

"那山顶上面是一个天池，这飞泉就是从天池龙井里流下来的。"阿英对冯宝说。

"真漂亮！真壮观！"冯宝赞叹着："那上面的天池一定也很好看吧？"

阿英说："上面漂亮极了。天池的水是淡绿色的，清澈见底，水底铺满鲜黄的黄蜡石，各色各样，有的好像鹅蛋，有的好像动物禽鸟，拿到手里，玉润圆滑，好像翡翠一样。天池周围，长满芭蕉、佛肚竹、荔枝、榕树、槟榔、木棉，倒影在水里，别提多好看了。"

冯宝被阿英说得极其向往："什么时候带我上去看看？"

阿英摇头："恐怕不行，你上不去的。要抓住藤爬绝壁才能上去呢。"

冯宝不服气地说："你这么一个小女子能上去，我这么大个后生仔还上不去？笑话！"

阿英调皮地一笑："说你上不去你就上不去。不信，等以后我带你去试一试。"

"好！我们一言为定！"冯宝与阿英击掌。

冼文忠带领着大家来到山谷中又一处平坦的河湾。河湾的小灌木丛中立着许多木栅做成的笼子似的东西。树林中有的地方还张着罗网。木栅里关着几只美丽的孔雀。网子里网住许多美丽的大鸟和小鸟。

"这是网鸟的地方。"阿英介绍。

"这是白鹇,这是鹧鸪,这是画眉,这是五色雀,这是翡翠,这是红翠,这是黄莺、灰莺,这是比翼鸟,这是白头公。那一只黄绿色有根长尾巴的小鸟叫相思鸟,叫得可好听了。"阿英指点给冯宝看。

"相思鸟?名字真好听。鸟还会相思?"冯宝感觉很新鲜。

"可能是吧。"阿英睁着明亮的大眼睛,那双明亮的大眼睛,像一汪深不见底的深水潭,几乎看不见眼白。冯宝觉得这小姑娘的眼睛好看极了,他瞪着它们有些发呆。

"不过,我想还是因为这小鸟经常在相思树上筑巢,它又喜欢吃相思树上的相思豆的缘故。"阿英解释说,推了推冯宝。

"你看,那就是相思树,瞧,它已经开始结相思豆了。等秋天它们变红以后,我们俚人妹仔就把它采摘下来,穿成一串串的项链手链脚链,带到脖颈上手腕上脚腕上,或者送给她们的心上人。"

冯宝回过神来,看着眼前这棵数围的大树,问:"相思子也叫红豆,是吧?"

阿英点头:"没错,相思子是红色的,像豆子一样,也叫红豆。我们俚人传说,过去有个俚人女子,她老公被首领征去打仗,她每日站在一棵快要死的大树下等待老公,落下的眼泪浇活了这棵树,于是就结出了许多又红又圆的子。人们就把这树叫相思树。你看树的枝干,都是两两而生,我想这才是叫它相思树的原因吧。"

冯宝点头。阿英从地上拣起几颗去年落下的相思子,递给冯宝:"这里有几颗,给你。"

冯宝笑了:"是送给心上人的吗?"

阿英脸一红,轻轻捣了冯宝一拳头:"你真坏!什么心上人!我还没有心上人呢。"

冯宝故意逗弄她:"我不就是吗?"

阿英一下子脸羞得通红,她急忙从冯宝身边跑开,一边气恼地说:"我再也不理你了!"

冯宝急忙追了上去,一个劲赔不是说好话。

"这只大鸟锦绣灿烂,这么漂亮,是什么鸟?"冯宝指着山鸡问。

"那是山鸡,也叫锦鸡,像孔雀一样漂亮。是不是?"已经不生气的阿英指着网里的各色美丽的鸟继续给冯宝介绍。

"这是什么鸟? 是孔雀吗? 可是又不像孔雀啊?"冯宝又指着木栅里的一只大鸟问阿英。

"这不是孔雀,你看它没有孔雀那样金碧的像眼睛一样的羽毛。它叫越王鸟,黄白黑三色,这是一只黄色的。"

"真靓啊。"冯宝赞叹不已。"啊,那是孔雀吧?"冯宝大声呼喊,抱着阿英的肩膀,指点着:"那一只,那只金碧辉煌的! 长长的尾巴,发出闪闪的绿光,这绿光好像又发出金色一样。它的羽毛上那些金钱一样的光晕多漂亮啊。"冯宝有些目不暇接。

"是啊,孔雀毛也是你们官员喜欢的东西,我们俚人进贡就有孔雀毛,所以,我们每年都要进山来捕孔雀,毛上缴官府,孔雀肉做成腊肉,很好食的。你食过吗?"

冯宝吃惊地瞪大双眼,一劲摇头:"这么漂亮的孔雀也敢吃? 你们不觉得吃了可惜吗?"

"那有什么可惜的,森林里到处都是孔雀,今年捕了明年又长出许多小孔雀。一年就长成大孔雀了。"阿英很不以为然,笑嘻嘻说着。

"怪不得人们说你们俚人獠人什么都敢吃,果真不是虚传。都是蛮人习气,改不了的。"冯宝笑着说。

阿英倒不恼怒,只是嗔怪地瞟了冯宝一眼,"什么蛮人? 有什么好笑的?少见多怪!"

冼文忠和冼玉挺指挥着手下收网捕鸟。

"你想要什么鸟? 我给你逮几只带回官府去玩。"阿英小声问冯宝。

冯宝看着这么多漂亮的鸟,一时竟拿不定主意,他不好意思地笑着说:"它们都这么好看,我简直都想要。"

阿英笑了:"你可真贪心。好吧,我让老都把每一种鸟都给你一只,行了吧?"

冯宝高兴地直夸赞:"你可真是个好妹子!"

"今天,怕是打不成犀牛啦。"冼文忠看看天气,山头上升起了白色的山

岭南圣母:冼夫人

岚霭气。"怕是要下雨。春天猴儿面，阴晴随时变，我们要回去了。要是来了暴雨，来了飓风，我们就麻烦了。雷神会惩罚我们的。走！我们回去吧。"冼文忠向大家喊。

"我可真想看看猎犀牛。"冯融对冼文忠说。"犀牛角那么贵重，朝廷每年都要叫广州刺史上缴犀牛角。可我还没有见过犀牛呢。我只见过犀牛角杯，我家有一只雕刻的犀牛角杯。"

"不着急，以后还有机会。只要大人不离开罗州，我再邀请大人来高凉打猎。犀牛，像牛一样大，长着一个像猪的头，我们俚人叫它猪头牛。它的脚，像大象，有三个甲，头上有两角。角长在额头的叫兕犀，长在鼻子上的叫胡帽犀，角都比较小，只有三两斤重。像堕罗犀，骇鸡犀，辟尘犀，辟水犀，光明犀，角都大一些，重七八斤，价值几百两白银呢。官府稀罕犀牛角，只是犀牛难打。"冼文忠和冯融并排走着。

"可不是，我到罗州也有些年头啦，不管是郡太守还是俚獠峒主，都没有上缴过犀牛角。"冯融说。

"他们獠人更别想打到犀牛，犀牛分布很少，它们生活在大山里，很难遇到。"冼文忠大声说："刺史大人别着急，我保证在一年里尽快为大人捕到犀牛，让大人送给朝廷，让朝廷奖赏大人。"冼文忠哈哈大笑，又指着山谷里的藤，命令手下割砍一些。

"这也是好东西。我们俚人用这藤条制作各种家具，还要用它们制造弓箭盔甲。有的藤还可以用来织布，我们叫葛布。这葛布，穿在身上，可凉爽啦。不比你们汉人的绸缎差。不过，我还是想给女仔和老婆搞一些绸缎，叫她们打扮得漂亮一点。"

"那好，等我回到罗州，我让差役给冼都佬送几匹上好的绸缎，算做对冼都佬盛情款待的感谢。"冯融笑呵呵地拍着冼文忠的肩膀："不过，你可一定要想方设法为我打一只犀牛。你知道，如今这官场腐败黑暗，虽说刚刚改朝换代才没有几年，可这官场腐败却一脉相承，想要谋个官职，既要靠世族大户出身，还要靠送礼贿赂。你看我那仔，已经到弱冠年龄，该给他谋个差使。可我在这偏远罗州任职，朝廷里没有路子，要想给仔谋个一官半职可是不容易啊。没有一些珍奇宝物送上，怕是毫无指望，要难比登天啊！"

冯融叹息着对冼文忠说着心里话。这些心里话他可从不敢向同僚或部

下说。官场里钩心斗角，说不定哪个心怀叵测的人为了自己向上爬，听到这些牢骚，就会立刻打小报告上去邀功。这种小人他见得太多了。对这俚人首领，他没有任何顾虑。俚人生性耿直朴实，又远离官场，他们对官府历来恨多爱少，不必担心他们去巴结官府。

冼文忠安慰地拍着冯融的手："难得刺史大人这么看重我，这事包在我身上。我一定想方设法给你搞到几个犀牛角，让你为仔谋个好官差。对，最好谋个高凉郡太守差使，那我们冼家的日子就好过了。对！就这么办！我们一言为定！我给你搞犀牛角，你让你仔到高凉郡当太守！怎么样？冯都佬？"冼文忠哈哈笑着握住冯融的双手。

"那可是太好了！太感谢冼都佬了！"冯融连声说，一个劲晃动着冼文忠的手，并不介意冼文忠的称呼。他很高兴，冼文忠称呼他都佬，正是信任他，喜欢他，把他当作自家人了，从此以后，他和俚人的关系会进入一个新阶段。

冼文忠突然想起什么，他站住脚步，放低声音说："都佬说官职可以从朝廷处用珍贵东西换来，能不能为我的大仔也换一个？我们冼家没有当过官，换个官差来让我们也过过当官的瘾，让我们俚人也神气神气！"

冯融沉思了一下，也小声说："我想是可以的。这些年官府为笼络俚僚，有的郡县设了左郡左县，专门任命当地俚僚做官来治理俚僚。我上书去报告说需要在高凉安抚俚人设左郡左县，再送上礼物，也许可以获得恩准。如果冼都佬有此意，不妨一试。僚人宁家也动过此念头，他们也想让我为宁猛力争取一个郡太守做做。当年我答应宁逵之事未获得朝廷恩准，宁逵的官没做成。"

冼文忠一拍手："那我更要去争取。他僚人宁猛力算什么东西？他都想做官，我们冼家更是非做不行！我们冼家世代俚人峒主，高凉古国方圆百里都是冼家天下，我们才该做官呢。过去只是想着撵走坏官，换个好官，谁知这天下母猪一般黑，一个比一个更贪，换一个就把俚人的土地刮半尺。看来，确实应该让俚人自己来当官不可！好！试它一试！"冼文忠一个劲地拍着自己的脑袋，十分懊悔："冯都佬，这事仰仗你了！你说，我们应该准备些什么礼物去打点官府呢？"

冯融微笑着揽住冼文忠的肩膀："这事急不得，要从长计议。不过你可以先准备些上好的珍珠、翡翠、象牙、孔雀翎毛，对，还有珊瑚，最好是大株的。过去朝廷有个叫石崇的大官和另一个官员斗富,比的就是珊瑚。石崇用他那一棵二尺多高的红珊瑚压倒对手一尺多高的。你慢慢准备着,我这里要上书朝廷,奏明高凉地区情况,奏明高凉需设左郡左县。等朝廷恩准我的奏章,我才能向广州刺史推荐保举冼家人,向他说明冼家在俚人中的地位和影响,然后你这里才能够向各级官府送礼,去获得他们的支持。"冯融详细地向冼文忠介绍着做法。

"好!一切听你冯都佬安排!冯都佬!让我们击掌为信!以后来个歃血为盟,好不好?"

"冼都佬,击掌可以,歃血不必。难道你还信不过我冯某人吗?我可是说话算话的!你尽管放心好了。何况我还要仰仗冼都佬的支持帮助呢。我哪能不尽心尽力?以后也许我们还可以成为儿女亲家呢。"冯融看着后边并排走着说说笑笑的冯宝和阿英,随便开了个玩笑。

冼文忠急忙说:"那可不行了。我当年已经把阿英许配给了宁家,虽说他们到现在还没有前来提亲,我也不能说话不算话!我们俚人一言既出驷马难追!我们都最憎恨说大话诓人的骗子!"

冯融见冼文忠那么郑重其事,急忙笑着解释:"冼都佬不必当真,我不过说说笑话而已。其实,我儿子也已经定了亲事了。"

冼文忠这才松了口气:"这就好,这就好。不过,我现在已经后悔当年这个婚约。要是没有这个婚约,我一定很高兴把阿英许配给都佬的仔,多斯文的仔啊,我看着都喜欢。我们要是做了亲家,该多好啊!虽然俚人不喜欢汉人,可说心里话,你们汉人各方面都比俚人先进得多!我们有许多东西要向你们学。"

"没关系,以后,我要从新宁一带给你们请一些汉师,让他们来教你们种水稻、种茶树和养蚕,再请一些先生来教你们学汉字。要是冯宝能当高凉的太守,这些事情他办的会比我还好。"

"爹爹,什么事情我办得比你还好啊?"走上来的冯宝听到冯融说,插嘴问。

冯融笑着说:"我正和你冼阿叔谈论为高凉俚人请先生呢。"

冯宝看看阿英,笑了起来:"爹爹不能再请先生了啊,请一个来,也许又被她打跑了!"

阿英脸一红，打了冯宝一拳："你真坏！我不给你鸟了！"

冯融也笑着说："细妹，以后不许再打先生，听见没有？"

冼文忠哈哈笑："我敢保证，以后再不会发生这大不敬的事情，冯都佬只管放心大胆给俚人派先生来，教我们汉字官话，教我们汉人种庄稼的方法。开耕节以后，就该种山禾了。"

冯融回过头问儿子："今天什么日子？进入四月末？"

冯宝笑着回答："爹爹忙昏了头，哪就进入四月啊？现在不还没过清明节吗？"

冯融用手拍着额头："可不是，我真是忙昏了头。惊蛰刚过去没几天，刚进三月，这清明可就快来了。俚人过不过清明？"

冼文忠说："清明是过的。清明上坟拜山，为祖宗扫墓上香，我们俚僚越人敬鬼也敬祖宗。清明扫墓、踏青、插柳、修葺坟墓、焚烧冥纸、祭奠、用烧猪鸡米饭祭奠先人，这些礼节都不敢随便。"

"这些风俗习惯和我们差不多。端午节过不过？"

"过！"阿英大声替老都回答。因为她除了喜欢过年以外，最喜欢的就是过端午节，端午节在漠阳江里比赛划龙船，端午节吃粽子，往江水里扔粽子，端午节绣香荷包，端午节互相赠送香荷包，都是她喜欢的事情。她现在就已经在巴望着过端午节呢。

"我们俚人每年四月初八比赛划龙舟，"冼文忠说："四月八，龙船挖。我们划龙船有我们的说法。俚人靠水生活，害怕水里蛟龙兴风作浪，所以一到四月八，就挖出龙舟，在江面上比赛，想用我们的龙来降服水里蛟龙。每年这么一闹腾，水里蛟龙就不敢出来兴风作浪、为害我们。这是我们俚人的说法。"

"我们汉人划龙船的说法是，为纪念战国时代楚国大夫屈原，屈原忧国忧民，不满楚国国君腐败而投江自尽，老百姓为纪念他，每到端午节这天，就比赛划龙船，吓唬江里鱼虾。这一天，江面画舫连樯，鸣锣擂鼓，观者如云，急鼓千槌船竞发，万挠齐举浪低头，热闹极了。以后把你们划龙舟的日子并到端午节，冼都佬可同意？"

冼文忠爽朗地笑着："哪天不都一样！反正图的是个热闹吉利。其实，我们俚人这些年也已经在端午划龙舟了，也开始吃粽子，也学汉人纪念屈原。其实，那么个蠢佬，有什么值得纪念的？"

"对，是个蠢佬，对谁不满就去打他杀他好了，自己跳江自尽，有屁用？"阿英也符合着老都的话，大声说。

冯宝拉了阿英的衣襟，小声制止："别胡说。屈原是我们心目中的英雄。"

阿英调皮地吐吐舌头。

冯融继续刚才的话头：

"我想今年在我们罗州搞一次各郡各县的划龙船比赛。冼都佬，你们俚人，特别是你们冼峒，有没有兴趣参加？"冯融问冼文忠。

"獠人宁峒参加不参加？"走在后面的冼玉挺插嘴。

"听说要参加。"冯融回过头对冼玉挺说。

"那我们也参加！"冼玉挺斩钉截铁地替老都回答。

"好，我回到刺史衙门就让长史拟写公事，布告全州，让大家早做准备。你们冼家好好准备，准备一只龙船，40名划手，去参加比赛，地点就在高凉漠阳江。获胜者刺史官府有重奖。"

"什么奖啊？刺史阿叔？"阿英跑上前调皮地问。

"这个嘛，还没有想好。细妹，你喜欢什么奖品？说与阿叔听，阿叔准备你喜欢的东西做奖品！"冯融开玩笑说。

"我们俚人习惯是赏获烧猪、花红和美酒。比赛中经常为争夺奖品发生争斗呢。"冼玉挺插嘴。

阿英也不推辞，立刻接口："阿叔，我最喜欢你们的绸缎，摸着爽滑细腻，穿在身上飘飘荡荡，闪闪发光，很好看呢。"

"那我就奖赏绸缎。除了奖励绸缎，还按你们俚獠习惯奖励烧猪、花红和美酒。"冯融哈哈笑着。

大家说笑着，慢慢走出了森林。

漠阳端午赛龙舟　冼宁豪族争头筹

漠阳江两岸，锣鼓喧天。罗州城管辖的几个郡的百姓全都倾城而出，远远近近，扶老携幼，来到漠阳江边看这百年不遇的端午龙舟竞赛盛事。端午

划龙舟,在罗州和高凉一带已经有几百年的历史。从汉代伏波将军马援征发岭南把这楚地风俗带过来,已经在岭南各地慢慢扩散开来,成为岭南百越各族一年中的几大节日之一。百姓全都很重视这个节日,各村、各郡、各峒每逢这一天就都会在自己驻地附近的江河湖面上举行自己的划龙舟比赛。可是,像今年这样,由州官府命令统一组织的比赛却是从来没有过的。各郡得到州刺史衙门的布告以后,郡太守便出面进行组织,俚人、獠人也在峒主的组织下做着各种参赛的准备工作。

冼峒由冼玉挺负责组织自己的龙舟。龙舟是现成的。他们冼峒的龙舟用一根几人合拢才能抱住的楠木雕刻而成,用高凉漆树的漆漆得油光发亮,不怕漏水,也不怕浸水,在水里行进迅疾如风。他们雕刻了最好的龙头,每年端午节划过以后,便把它埋在河边的沙滩里保存起来,到来年端午节前夕,再请峒主备下酒肉拜祭一番之后把它挖出来,重新画过漆过,让它又呈现耀眼的光泽,才安到龙舟上。挑选出来最精壮的男仔组成划手,在最有经验的鼓手指挥下开始每天的训练。经过个把月的训练,指挥和划手配合默契,鼓声指挥着划手,划手们挥动船桨劈波斩浪,龙舟在河里像巨龙一样滑行。那景象真是美极了。

冼文忠最后为龙头点睛,这是一个极其隆重的事情,只能由最有威信的首领或长者担任。冼文忠用大笔蘸着红色和黑色颜料,为张牙舞爪的龙点画了两只喷火的龙眼。

冼玉挺和划手们都欢呼着,把龙舟抬到江边,慢慢放到江里。

几十支龙舟队伍已经集合在漠阳江岸上,各队的划手都有自己的服装,有的红,有的黄,有的绿,有的黑,各自不同,而划手的衣服颜色和自己的龙舟上插着的小旗同色,让自己的观众一下子就可以辨认出来。

冼峒的划手却别出心裁,他们的上衣是黑黄红三种鲜艳颜色相间的无袖褡背,前心后背上都绣着一条金色蟒蛇,非常耀眼,非常容易辨认,不管走到哪里,他们都会立刻被冼家俚人发现。

冼玉挺是龙舟的指挥,负责敲鼓。他穿着一件全红的褡背,金色蟒蛇在他前心后背上翻腾,好像腾云驾雾一样。他正挥舞着健壮的胳膊,胳膊上的肌肉块块饱绽,向自己的划手进行战前动员。"一定要听从我的鼓点的指挥。我的鼓点声音大,你们就向外用力,我的鼓点声音轻,你们就向里用力。

记住了吧？我们要一起喊号子！记住了没有？"

"记住了！"冼峒划手扯着嗓子喊，一个个脸上脖子上青筋暴露，看来都憋足了劲，要在比赛中夺取第一。

冼家老二冼玉朱是龙舟副指挥，他穿着和都佬一样的衣服，他是负责在船尾压尾的，来调节方向。等总指挥冼玉挺训话完毕，他便指挥着划手把自己的龙舟慢慢放到水里去。

冼家的龙舟通体漆黑，描画着朱红的龙鳞似的图画。龙头却漆成大红与金黄，龙头张着血红大口，喷着金黄的舌头，瞪着漆黑喷火的铜铃似的大眼睛，龙须被描画成绿色。这个鲜艳夺目、五彩缤纷的龙头把冼峒的龙舟装点得十分夺目。

冼文忠率领着冼峒族人，在岸边一个高地上建起了自己的观看台，族人正在搭建好的台子上安放竹椅和藤椅。冼老太和冼文忠乘坐藤轿来到河边，阿英和使女春香也从轿子里钻了出来，站在岸边观看。

"快瞧！老都！那是我们的龙舟！"眼尖的阿英一眼就看见河中间那些穿着自己帮助设计的参赛服装，高声尖叫着喊了起来。

冼文忠和冼老太顺着阿英的手指方向看了过去。他们举手向儿子招手。冼文忠把双手紧紧握在一起，向冼玉挺示意。冼玉挺看见父亲的手势，也高兴地向父亲挥动着拳头，表示他必胜的信心。

阿英跳跃着，挥舞着双手，喊叫着："都佬，第一！第一！"

冯宝走下主席台，走进岸边热闹的人群，寻找着冼峒的俚人。

岸上那最高最大的竹子搭建的高台就是这次端午龙舟比赛的主席台，这是高凉郡官府负责搭建起的一个巨大的竹台，台上就座的是刺史大人和西江都护大人以及各郡太守及其家眷，他们正陆续来到，互相抱拳作揖寒暄着慢慢登上竹台，在高凉太守李迁仕和他的随从的引领下各自就座，准备观看这次盛大的比赛。

刺史冯融带领着罗州州府里各级官员幕僚和他的家眷早一天来到高凉，住在高凉郡太守李迁仕为他们准备的官邸里。冯融带领着官员幕僚和家眷登上主席台，李迁仕躬腰媚笑着紧紧陪同在刺史身旁，请刺史就座在中间的主席位置上，冯宝和他的母亲被安排在家眷席上。

岭南圣母：冼夫人

　　冯宝刚刚坐下，便伏身在母亲耳边说了几句，站起身离座，下了主席台，到人群里去看热闹。他想去寻找冼峒的俚人，好找阿英一起观看比赛。有这俚人小姑娘的解说，他才可以知道高凉地区特别是俚人的许多事情。俚人生活里有许多神秘的东西在吸引着他。

　　冯宝在喧闹嘈杂的人群中穿梭，东张西望，寻找冼峒的人。卖甘蔗、花生、香蕉、粽子、烤薯蓣以及各种小吃的小贩，提着藤篮或竹筐，汗流浃背地大声叫卖着，招徕着细佬细妹来买他们的东西。

　　穿红挂绿的红男绿女们三五成群，在江边的空地上寻找到各自的合适位置，嚼着槟榔，口唇鲜红，牙齿黑黑的，拉着闲话，等着比赛开始。一些男仔为了看得更清楚，纷纷爬到一些高大的榕树上，蹲踞在大树的丫杈上，等着看热闹。江边的一些荔枝树上，已经结了许多小荔枝，青皮杨桃也已经有了小孩拳头大小。荔枝树上的荔枝和龙眼树上的龙眼引诱着那些猴性十足的男孩子，他们像猴子一样爬了上去，在枝繁叶茂的树上摘着那些已经成熟和快要成熟的荔枝龙眼。有的孩子摘了一颗没有成熟的荔枝龙眼，咬上一口，却又立即苦楚着脸，把一口又苦又涩的青荔枝、青龙眼吐在地上。女仔们坐在石头上，口里嚼着槟榔，小声说着女仔间的悄悄话。小孩子在大人的腿间穿来跑去，互相追逐着，欢叫着，兴奋得不可名状。他们从来没有见过这样热闹的场面，没有见过这么多官轿和官人，也没有见过这么多官兵。

　　冯宝他走着，突然，一声熟悉不过的声音传了过来："老都，快看，刺史大人上台子啦！"小刁蛮！冯宝心里一激动，他认出了这声音，这正是他要寻找的阿英小姑娘！

　　冯宝加快脚步，朝岸边走去。

　　"你好！小刁蛮！"

　　阿英正蹦跳着指点着江面上冼家的龙舟，突然有人拍了一下她的肩膀。阿英惊吓得一激灵，她回过头，冯宝正满面笑容地站在她旁边。这个比她大几岁的斯文男仔又出现在她面前，叫她很高兴。她觉得他们二人挺投缘，在这个斯文的官家子弟面前，她好像觉得自己也变得斯文多了。

　　阿英嘴里嚼着槟榔，嘴角泛着鲜红的槟榔汁液。

　　冯宝不大喜欢她嚼槟榔的样子，轻轻皱了皱眉头，说："小心嚼黑你的牙齿,看,那些上年纪的女人,全都是一口黑牙,难看死了。"

阿英说:"难看?你看,嚼槟榔的人嘴唇鲜红,脸颊也红红的,不是挺好看吗?嚼槟榔吃饭香,不生病,肚子里不长虫,好处可多了。不信,你也嚼嚼看。"说着,从腰间挂着的绣花荷包里掏出一个槟榔卷,里面有一块槟榔,一块蒌叶,一小撮螺壳灰,递给冯宝。

冯宝又是摆手又是摇头,连声说:"不,不,我害怕嚼黑我的牙齿。"

阿英撇着嘴,很不以为然:"黑牙才漂亮呢。我们俚人、獠人,哪个不是黑牙?谁像你们这些北佬,牙齿白白的,难看死了。告诉你说吧,这槟榔,用扶留、古贲灰一起食,可以下气,还可以治疗宿食、消积食、杀肚子里的白虫。妇女嚼槟榔恢复体力、冬天暖身、防烂齿、健脾胃、精神舒畅、治水肿。女人吃了以后,唇红齿黑漂亮。面泛桃花。男子嚼槟榔,止泻、止痛、生津止渴呢。这嚼槟榔好处可多了。"

阿英歇息了一下,又接着向冯宝介绍槟榔,她知道,冯宝对高凉的事情很不了解,她喜欢做这个官家子弟的老师:"你知道槟榔的种类吗?"

冯宝摇头。阿英赶快接着说:"槟榔有很多种呢,软槟榔,春天收取,非常好吃;米槟榔,秋夏收取,晒干以后吃;还有盐槟榔,秋夏收取,用海盐腌渍;还有一种叫大腹子的大而扁的槟榔,不能吃,当药用,有人叫它榔;一种小尖像鸡心的槟榔,那是公槟榔,我们叫它槟。槟榔四年开花,花清香着呢,高凉人爱吃果熟干焦带壳的枣子槟榔。我这就是枣子槟榔,你吃一块尝尝味道吧?"

冯宝直摆手:"我知道,这槟榔嚼起来很香甜,嚼了以后,有些喝酒的那种晕晕乎乎的感觉,很容易上瘾。我看你是上瘾了。两颊红潮增妩媚,谁知侬是醉槟榔。"冯宝突然诗兴大发,顺口诌出两句诗。

阿英顽皮地塞一块槟榔给冯宝,冯宝并不动心,他还是连连摆手:"不,我不嚼,我怕嚼黑牙齿。"冯宝说着,呲开自己的嘴:"你看,白牙齿好看,还是黑牙齿好看?"

阿英凑了过去,看了看冯宝的牙,不好意思地说:"确实很好看。"阿英点着头,很敬仰:"那我以后也不嚼槟榔了。"

冯宝又指着一些脸上刺着蓝色花纹的女人问:"那些女人的脸上刺了些什么乱七八糟的花纹?难看死了。"

阿英不大高兴了,噘起小嘴:"你看我们俚人什么都不好,就你们北佬汉人好。"

冯宝笑着说:"谁说你们俚人什么都不好了? 你们俚人的衣服裙子就很好看啊。你是俚人里最好看的细妹,我只是不想看到你和她们一样难看。"

"真的? 你说的可是真话? 你真的觉得我好看?"阿英立即高兴起来,满面漾起笑容,真是笑逐颜开。她一把拉住冯宝的手,一迭声地追问着。

真是个小孩子。冯宝心里笑着,脸上笑着,嘴里说着:"当然了,当然了。我不说大话诳人。不过我真的不喜欢俚人嚼槟榔和文身。"

阿英说:"这是我们俚人习惯。文身标示着俚人的部落峒家,不同的峒家,文不同的花纹,走到哪里,都知道她的出身。"

"你们冼家文什么花纹?"冯宝好奇地问。

"我们文的是蛇。你看,那个阿婆,她就是我们冼峒人,她脸上眼角那蓝色的花纹就是一条小蛇。她的大腿上、背上还有许多蛇呢。"阿英指点着,让冯宝看。

"好可怕。蛇! 我最怕蛇了。"冯宝嘟囔着:"我可不希望和蛇在一起。哎,你怎么没文呢? 你要是文了,我就不敢来见你了。"冯宝好奇地仔细看着阿英的脸,白白净净的,没有一点文过的痕迹。

"还不到岁数。我们俚人女子要到十四五岁快聘人家时才开始文身。"阿英笑着吐掉嘴里的槟榔,地上一摊鲜红的槟榔和唾液。冯宝急忙调转眼光,免得心里作呕。

"看来你也快要文身了,真不希望你像他们那样。"

冯宝呻吟似地说,他的心里出现一个眼角嘴角爬着四条蓝色小蛇的女子,那些小蛇随着阿英的说话和笑上下翻动着。

"真可怕,真可怕。"他连声说着,摇动着自己的头,好像要把那可怕的幻象摇跑似的。

"我不文好了,还用那么害怕? 胆小鬼!"阿英见冯宝这么害怕文身,嗔怪地斜了他一眼:"其实,我们冼家有我那开通的老都,早就不讲究文身了。我老都、我都佬、我阿妈、阿嫂都不文身也不文面。从我老都那代起,我们冼家已经不文身,高凉一带的俚僚后生仔现在有许多也不文身。我阿妈才舍不得让我受那罪呢,你不知道,文身文面很痛苦的。"

"是吗？你给我讲讲文身。"冯宝很感兴趣地说。

阿英笑了："你还对我们俚人文身感兴趣啊？"

冯宝赖皮赖脸地说："可不是，你是俚人嘛，我自然感兴趣了。你快说嘛。"冯宝催促着。

阿英拉着冯宝坐到大榕树下的一块黄色大石上，神秘兮兮地说："我告诉你，你可不许乱说。我们俚人把文身看得很神圣。"

冯宝催促着："我一定不乱说。你就快讲吧，要不一会龙舟赛就开始了。"

阿英这才慢慢开始讲："文身要选在秋天。冬天干燥，伤口不容易好，春天下雨潮湿容易烂，夏天天热，出汗多，伤口更容易溃烂，秋天最合适。还要选择在龙日、猪日、牛日这些吉日里，要是在猴日里文身，一定会像猴子一样把文身的地方抓挠得稀巴烂。"

说到这里，阿英看见冯宝在偷笑，就打了他一拳，冯宝作了个告罪的手势。阿英继续说："女子文身要住到山上草寮里，除了文师，只有阿妈和几个最亲近的阿嫂阿姐陪伴，其他人谁都不能去偷看。文身前，要用陶盆把家里种的染料草浸泡 7 天以上，等水成了蓝绿色，再加一些木炭灰，就可以用了。文身前，要杀鸡拜祖先鬼，要告诉祖先鬼文身人的名字，求他保佑平安。文师用棕榈树叶在屋里挥扫一番，把凶魂赶走，然后把树叶挂到门上。文师用蘸了颜色水的灯心草在皮肤上划好文样，用藤刺照文样一针一针地刺进肉里，在创口上涂上颜色水。伤口好了以后，身上就留下美丽的蓝绿色图案。刺的时候疼极了，经常要分好几次才能刺好。"阿英说着，似乎感受到那种痛苦，龇牙咧嘴地发出吸溜的声音。

冯宝也倒吸着冷气："真可怕。真可怕。"

阿英接着说："文身以后，要是搞得不好，伤口还会红肿溃烂，那才受罪呢。还要煮龙眼树叶水洗澡，防止溃烂。成功以后家里杀鸡摆酒席庆贺，要是失败了，还要敲铜鼓杀牛祭拜祖先，让祖先保佑她。"

这时，江面上响起紧锣密鼓，江边的人们欢呼着，划龙舟比赛马上就要开始。

"走，跟我上官员看台去看比赛，那里看得清楚。"冯宝拉着阿英的手，向

岭南圣母：冼夫人

官员看台跑去。

江面上，参赛的龙舟已经各就各位，划手们紧握船桨，紧张地注视着指挥船上站在高台上的发号官，发号官高举鲜艳的红旗，红旗在风中轻轻飘扬着。岸边安静下来，大家都屏气敛声，眼睛盯着发号官手中的红旗。

发号官手一挥，龙舟上鼓声大作，万桨齐动，一只只龙舟如离弦之箭蹿了出去，飞也似的向前方划去。

岸上欢呼声雷动，助威的锣鼓声，加油的呐喊声，此起彼伏，观众群情沸腾，人们跳跃鼓掌，敲锣打鼓，欢呼挥手，红男绿女都投入为自己龙舟喝彩鼓劲的热潮中。漠阳江沸腾了。

官府看台上，冯融拈着须髯，微笑着，并不显得特别激动。官员们都矜持地端坐，生怕自己的失态和狂样引起刺史大人的反感。

阿英和冯宝站在看台的侧面，阿英看到冼家龙舟那喷着火的龙头，高兴地拍手跳脚欢呼起来，几个官员侧目而视。冯宝不安地扯了一下阿英，提醒她：“小声点，小声点。”

阿英也很听话，但是立刻又忘乎所以，故态复萌，又是喊叫又是跳脚，没有一点斯文模样，害得冯宝不断提醒着她。看着江面上冼家龙舟和齐头并进的宁家龙舟互相你挤我抢，好长时间分不出胜负，她简直比龙舟上的都佬和划手还着急。她挥舞着胳膊喊，恨不得跳上船去助他们一臂之力。

“用劲啊！快划！快划！别叫他们赶上来！”阿英大声喊叫着、尖叫着。

“蠢佬！衰佬！”

阿英看到宁家龙舟赶了上来，又超过了过去，激动地跳了起来，愤愤不平地咒骂着。

几个官员频频回头。冯宝不得不又扯了她的衣襟，小声说：“小点声。”

阿英生气地用力摆脱冯宝的拉扯，回过头，愤怒地瞪着冯宝，大声说：“干什么你？老扯我衣服干什么？”

“小声点嘛，那些官员都在看你呢。”

“看就让他们看去吧！真是的！这么热闹的场面也能坐住！不在这里看了，连加油也不让喊！真没意思！”阿英一扭头，甩下冯宝，自己跑下官府看台，回自己家的看台去了。冯宝苦笑了一下，只好自己一个人坐回母亲身边，继续观看。但是，这龙舟比赛立刻没有了趣味。冯宝呆呆地坐着，闷声不响地看着。

漠阳江上，附近几个郡县参赛的龙舟在江面上劈波斩浪，龙舟上的擂鼓手把鼓擂得如霹雳一般，划手们嗨哟着，手中的划桨飞快地拨动着，龙舟在水面上飞快地前进。

冼家的龙舟在冼玉挺擂动的鼓声的指挥下，正飞一般向前冲去。他们已经占了头名，那喷吐出鲜红火焰的龙头船，把许多龙舟远远地甩到了后面。擂鼓的冼玉挺甩动着肌肉饱绽的胳膊，拼命擂鼓指挥着划手，不敢有丝毫懈怠。面向后面的他看到其他龙舟纷纷落在后面，止不住露出胜利的微笑：夺锦的希望就在眼前！他更加起劲地擂响面前的大鼓，结扎着鲜红绸穗的鼓槌上下翻飞，叫人眼花缭乱。

马上就接近终点了！冼玉挺已经看到终点船的船尾。他加快了速度擂动大鼓，指挥着划手冲刺。

宁峒的龙舟紧傍着冼家龙舟，原本齐头并进的两只龙舟却渐渐拉开了距离。指挥宁逵大声吆喝着，拼命擂鼓，指挥划手加劲赶上去。快了，快接近冼家龙舟了。宁逵心中高兴。

猛然，他大喝一声，手下的大鼓发出震天的响声，划手用尽全身力气，龙舟箭一般贴着冼家龙舟飞了过去！

冼玉挺看到这一切，不过，他知道，尽管宁逵追了上来，终究还是落在冼家龙舟的后面。冼家龙舟已经冲过终点两只船中间扯起的红绳，瞧，他的龙舟的龙头上还挂着那红绳呢。

冼玉挺直起身，双手挥舞鼓槌，高声欢呼起来："我们赢了！我们赢了！"划手也高举起船桨，站在窄窄的龙舟上，欢呼着。

宁峒的龙舟贴着冼家龙舟冲了过去。宁逵顺手扯起冼家龙舟上的红绳，挂到自己的龙舟上，然后指挥着划手把龙舟划向岸边的彩棚，去接受奖赏。

冼玉挺面向自己的划手，他没有看到这一幕。在船尾掌舵的冼玉丹看到了，他着急地挥手高喊："宁家抢红绳了！宁家抢红绳了！"

冼玉挺回过头，只见宁逵已经指挥着龙舟划出好远，正在向彩棚靠拢。主席台上的官员都已经站立起来，向夺锦的优胜者欢呼。

岭南圣母：冼夫人

眼看属于自己的奖品叫宁峒抢走,冼玉挺和船上的划手都愤怒得咆哮着。"追上去!追上去!"冼玉挺愤怒地喊叫着,让划手划着龙舟急急追了过去。

宁遽已经把龙舟靠近了主席台彩棚前的船埠,几个官差正用钩挠钩住龙舟的船头,把龙舟拴在船埠的木桩上。彩棚附近的官家鼓乐队奏起欢快的赛龙夺锦的俚家乐曲。

冯融微笑着走到彩棚主席台前,长史正在命令差人把奖品一一摆放在台子上。一只烧烤得焦黄流油的烤乳猪放在大漆盘里,散发出引诱人流口水的香味。那一匹一匹彩色绸缎发着五彩般霞光,闪闪烁烁,美丽极了。

冯宝伸长脖子,从台子上看下去。他衷心希望看到冼家那鲜艳的、喷着火焰似的龙舟。看见宁遽从夺得第一名的龙舟上跳了下来,冯宝失望地叹了口气,轻轻摇了摇头:小刁蛮得不到这些美丽的绸缎了。他很有些遗憾地想。

宁遽刚跳上船埠,就听见后面大吼一声:"还我们红绳!我们第一!"冼玉挺从冼家龙舟一跃跳上宁家龙舟,伸手去抢夺宁遽拖在船上的红绳。宁家龙舟上的划手一把拉住冼玉挺,制止他抢红绳。宁遽急忙把红绳拉到自己手里,挣扎着向彩棚奔去。

冼玉挺抢起拳头,砰砰几下,把撕扯着他的几个宁家划手全都打进水里,一个鲤鱼打挺,翻身上了船埠,刚好翻到宁遽面前,一下抱住宁遽,想从他的手中抢回应该属于自己的红绳。

宁遽船上的划手纷纷跳上船埠,帮助宁遽摆脱冼玉挺的纠缠。冼家的划手也纷纷跳上船埠,冼宁双方互相撕扯在一起,打成一团。

"这是怎么回事?拉开他们!"冯融命令官差把打斗的双方拉开,让宁冼双方的划手各站在一边。

"说说你们为什么打斗?"冯融让差人把宁遽和冼玉挺带到自己面前,沉着脸问。本来是一场喜庆的事情,却被这二人的大打出手破坏了,他很有些恼火。

冼玉挺梗着脖子,脸红脖子粗,瞪着眼睛:"他抢走红绳!我们先得到,挂在我们龙头上,他趁我们不注意给抢走了!"

宁遽扯着嗓子喊:"他血口喷人!红绳本来就是我们得到的!谁看见我

们抢了？你们看见了吗？"宁逵回头问自己的划手，划手们异口同声地喊：
"没有！"

冼家那边的划手却雷霆般喊着："看见了！他抢的！"

冯融大喝一声："都给我闭嘴！"他看看眼前这两队虎视眈眈的龙舟手，心下有点犯难：这官司可如何判定？搞不好，他们又会打起来。

"要不，你们双方都算赢家，各得一半奖品。如何？"冯融拈着须髯商量着问冼玉挺和宁逵。宁逵有些理亏，总不那么理直气壮，就闭嘴先不说话。冼玉挺却得理不饶人："不行！那奖品应该全属赢家！不能平分！凭什么跟他平分？"冼玉挺黑着脸，双手叉腰，一副誓不罢休的凶样。

"可是，没人能证明他抢夺红绳啊！"冯融摇头说。

"我能证明！"一个苍老的声音喊着，从彩棚外走了进来。

"我也能证明！"一个清脆的声音也喊着，从彩棚外冲了进来。

冯融看见冼文忠，笑着问好："冼都佬，你好啊。"

冼文忠看着宁逵，微笑着说："好久不见宁家都佬，今天在这里相见，真没想到。你这样做可不大光彩。要知道，我和你老都有婚姻之约呢，你怎么能这么来拜见你的老外父啊？"

宁逵脸红了，不好意思地喃喃说："冼阿伯，身子骨还好吧？"说着，他瞅了瞅阿英，心想："这就是老都为我定下的冼家妹子了。这么小，等她到猴年马月才能成亲？"

阿英看着虎视眈眈互不相让的两队龙舟划手，拉了拉冼玉挺的手，小声说："都佬，要不算了吧，反正他们宁家差不多和你一起到达终点，要不就按照刺史大人的意思办，两家平分奖品吧。"

宁逵吃惊地看着这小细妹，这么一个小妹子居然有这么广大宽阔的胸怀，叫他这大男人感到有些羞惭。

冼玉挺也很吃惊，细妹想穿绸缎衣物都快得相思病，每天穿起葛布贝吉衣服时都要嘟囔一句："什么时候才能穿上绸缎啊？"她那几件绸缎衣裙已经很破旧，却还舍不得丢掉。可现在，看着那几匹绸缎快要到手，她竟舍得与可恶的宁家平分！真不知她是如何想的！

冼玉挺看看老都冼文忠，冼文忠也说："阿英说得对。不就是那点奖品嘛，两家平分算了，省得刺史大人为难。"见妹仔和老都同意刺史所说，冼玉

岭南圣母：冼夫人

挺只好同意了。

冯融很高兴:"这样好,这样好!俚獠总是一家嘛!这小细妹真好心!现在开始发奖!"

一时间,岸边锣鼓声、唢呐声、欢呼声响成一片。岸上俚人、獠人载歌载舞,冼家跳起鲤鱼化龙舞,宁家跳起貔貅舞。

第二章　有女长成

宁公子求婚遭拒绝　刁蛮女任性训恶少

"小姐,告诉你,宁家来求婚了!"

丫鬟春香疯疯失失地跑进阿英的房间,大惊失色地喊。

阿英在自己的闺房里学着绣花,她的阿妈冼老太正手把手地教:"这么拿针,对,就是这么拿。用大拇指和食指轻轻捏着,别像拿木棍似的,拿得那么拙那么实。对,就这么拿。我女子挺伶俐的嘛,谁说我们阿英像个傻仔?"

阿英妈妈拍着阿英的头,夸赞着自己的女儿,心里却不由得暗自发笑:这细妹天生不喜欢做女仔的活计,教她绣花,她总是找理由推脱,好不容易让她坐下来拿起绣针,她又像坐针毡一样一会儿就找机会开溜,跑出去找她的哥哥们舞枪弄棒。十三四岁的大姑娘了,到现在还不会绣花,不会做针线,也不会纺线织俚布,等十六七出嫁时,可如何是好? 什么女红也不会,婆家哪里会喜欢她啊! 不过,好在自己的老公冼公倒也开通,不怕女儿嫁不出去。

"什么? 来求婚?"

阿英吃惊地站了起来,把绣针往绣花绷子上一扔:"我去看看!"说着就往外跑。

冼老太急忙拉住她的胳膊:"等等,阿英,你不能去! 这种事哪能是你个女孩看的? 也不怕宁家人笑话你? 给我乖乖地待在房里学绣花,让我去看

岭南圣母：冼夫人

71

看。"说着,冼老太把阿英按到座位上,自己起身离开房间,下楼去厅里。

大厅里的雕花红木椅子上,坐着宁家来求亲的几个主要人物。宁家都佬宁逵坐在最靠近冼文忠的大椅子上,他的几个随从依次坐着。冼文忠和冼玉挺分坐在大厅中央紫檀木八仙桌两旁的两张椅子上,招待着来客。

冼老太慢慢走下楼梯。

冼玉挺把母亲让到椅子上。宁逵急忙站立起来:"冼伯母,你好。"他躬身作揖。

"这是?"冼老太微笑着看了看冼文忠,问。

"这是宁家大公子宁逵,他这次来,是向我们阿英求亲的。你知道,当年我同他老都有个约定,把阿英许配给他。"

宁逵把一个镶嵌着金银图案和贝壳的漆黑发亮的画着美丽图画的漆盒双手捧着,恭身献给冼文忠和冼老太。冼玉挺接过盒子,递给母亲。冼老太打开盒子,这是一个求婚用的槟榔盒,盒子中分两格,上边铺着红缎子,红缎子上面放着一枚青绿色的大槟榔,下面放着蚬灰、蒌叶。

冼老太默默无语,把盒子递给冼文忠。她抬眼望着宁逵,面前的宁逵面目狰狞,黧黑脸膛,长着狮子鼻,短而阔,一张大嘴,一口龅牙,一双深陷在高眉骨下的眼睛灼灼地放射着狰狞凶猛的光。

这人太凶狠。冼老太不大高兴地想:看来年纪也不小。把阿英嫁给这么个人,她可放心不下。

冼老太抬眼看了看冼文忠,征询地问宁逵:"宁家都佬今年几多岁?"

宁逵欠身回答:"刚刚三十出头。"

冼老太沉吟了一下,又问:"都佬家里可有老婆?"

宁逵支吾着:"过去,唔,过去,有,有。"

"有几个啊?听说你们獠人是要娶几个老婆的。"冼老太继续追问。

"嗯,这个,嗯,是的,獠人是这样的。"宁逵支吾着不肯直接回答老夫人的问题。

"到底是几个啊?"冼老太又追问。

"不多,不多,三个,三个。"宁逵擦着额头的汗水。

冼老太看了看冼文忠,眼睛里流露出十分不满:你怎么能把女儿许配给这么一个人!

冼文忠读出了夫人目光中的责备,急忙掉转目光,对儿子冼玉挺说:"还是拿去给阿英,让她决定吧。"

楼梯下,阿英和春香悄悄蹲着,偷听着大厅里人们的谈话。阿妈一离开她的房间,她和春香就蹑手蹑脚走下楼来,藏身到楼梯下,悄悄窥探和偷听大厅里的谈话。

啊?家里还有三个老婆?阿英大吃一惊。没想到,这讨厌的宁逵居然有三个老婆还来向她求婚!她狠狠地咬着嘴唇,心里说:"坚决不嫁!死也不嫁给宁逵!"她拉了一下春香,站起身,又蹑手蹑脚回到自己的房间。

春香看着阿英阴沉的脸色,小心地问:"小姐,你嫁他吗?"

阿英连连摆手,一脸厌恶:"别提他!别提他!憎死了!"

冼玉挺捧着漆黑的盒子来到阿英的房间,一进门,他就喊:"阿英,来,接你的求婚礼物!"

阿英坐在绣花绷子前板着脸,一动不动。

"怎么了?阿英?怎么不高兴啊?这可是妹子的大喜事啊!你怎么这么不高兴?"冼玉挺爱怜地来到阿英面前,好奇地看着阿英阴沉的脸,关心地问。

"去!去!少来烦我!"阿英挥手推开都佬冼玉挺递过来的盒子。

"怎么?你不食这槟榔?"冼玉挺心里挺高兴,他打心眼里不想把阿英许配给他最厌恶的宁逵。

"不!不!"阿英发疯似的喊叫起来,一把抢过盒子,把盒子里的槟榔抓了出来,扔到地上,用脚踩了个稀巴烂。

冼玉挺急忙蹲到地上,小心地捡起被阿英踩烂的槟榔,嘟囔着:"你这死妹仔,不同意就不同意吧,干吗把人家送的槟榔踩烂?这可是对求婚人的侮辱,宁逵会气死的!"

"气死就气死他!谁叫他癞蛤蟆想吃天鹅肉?"阿英依然义愤填膺地说。

"你这不知天高地厚的妹仔,你可要闯大祸了!"冼玉挺把槟榔小心翼翼装回到黑漆盒子里,对阿英龇牙咧嘴,做了个怪脸,捧着盒子下楼。

"怎么样?阿英答应了没有?"冼文忠看着儿子冼玉挺下来,急忙问。冼玉挺一言不发,把手中的黑漆盒子给父亲:"你自己看吧。"

冼文忠揭开盒盖,看到一堆烂槟榔,心中全明白了。他抬眼看着冼老太,把盒子递了过去。冼老太轻轻摇头:这妹仔,是坚决不同意这门亲事了。都是你这死老头子,当初不加考虑,把女儿许配这么个家伙!看你如何收拾这局面?

"怎么样?阿英姑娘可食了槟榔?"宁逵兴高采烈地站起身走到冼文忠面前,急惶惶地问。

冼文忠支支吾吾地应付着:"可能是吧。可能同意了吧。"

"让我看看,让我看看。"宁逵说着,也不征求冼老太的同意,伸手抓去冼老太手中的盒子。抓过盒子,他的脸色一下子变了,好像看到毒蛇一样,眼睛发直,嘴角抽搐,脸上的肌肉也抖动起来:"这是……这是什么意思……意思?"他抬起眼睛,凶恶的目光直逼冼玉挺。

冼玉挺犹犹豫豫地看了看父亲和母亲,走到宁逵面前,亲昵地拍着他的肩膀,安慰他:"你别急,别着急,我妹仔还小,她不懂我们俚獠求婚规矩,她以为是送她槟榔食呢。她呀,最不喜欢食槟榔,说怕把牙齿食黑,她不小心掉到地上被丫鬟踩了一脚。宁都佬,别生气,让我们慢慢劝劝她,她会听话的。"

"对,对,这妹仔很听话,等慢慢劝劝她,这事情急不得。要给她一点时辰,让她习惯这事情就好办了。今天宁大公子来得太突然,她没有一点准备。"冼文忠也急忙附和着儿子的话,劝慰着眼瞅生气了的宁逵。

宁逵脸色铁青,眉头紧皱,甩开冼玉挺的胳膊,粗声大气地喊着:"你们这算怎么回事?当初是冼伯和我老都亲口约定的亲事,现在你们冼家要反悔了不是?这样耍我们宁家,我们宁家也不是好欺负的!这亲事,那妹仔不同意也得同意!"

冼玉挺还想用好言劝慰。楼梯上响起噔噔的脚步声,一声清脆的声音同时响起:

"什么叫不同意也得同意?!我告诉你,宁逵!我阿英今天就是不同意这婚事,就是不同意!"说着,阿英已经冲下楼梯,进到大厅,站到宁逵面前,直直地看着宁逵,眼睛连眨都不眨。

宁逵一时愣怔了,瞪着眼睛,喘着粗气,不知说什么好。

冼文忠和冼老太急忙呵斥:"阿英,过来,有话好好说,不要吵架嘛。"冼玉挺慌忙拉住阿英的胳膊，把她拉到母亲身边："站到母亲身边，听大人说话，细佬仔不要乱插嘴！"

"什么细佬仔？谁是细佬仔？说我是细佬仔为什么还要给细佬仔说什么亲事？"阿英瞪着圆圆的大眼睛，紧紧逼视着冼玉挺，一点都不准备忍让。"这是我的终身大事，我不能不插嘴！我的终身大事，一定得我同意！"像与大哥吵架似的，她的声音高亢响亮，爆豆似的冲了出来。

"阿英！收声！没大没小的，咋跟你大哥说话？"冼文忠厉声呵斥，从座位上站立起来，扯过阿英。

宁迮多次见识过这妹仔的刁蛮，便不再搭理她，他转过头，瞅着冼文忠，还是很强硬的样子：

"冼老伯，这亲事我是提定了，要是这妹仔不答应，我只好采取行动，抢亲也是我们俚獠峒人常用的办法。"

"你敢！"阿英厉声尖叫起来，声音尖利得好像要刺破干栏房的楼顶。

"你看我敢不敢！"

宁迮看见阿英转过身来，突然嬉皮笑脸起来，边说边动手拉扯住阿英的胳膊，把她朝自己怀里拉。

啪！

众人面前闪过一道白色弧光，随之一声响亮清脆的耳光。阿英闪电似的抡圆胳膊抬手给了宁迮一记猛烈的耳光。

"哎哟！"

宁迮大喝一声用手捂住自己火辣辣疼痛的面颊。

"你打我！你……敢……打……我？"他呻吟似的，从牙缝里挤出几个字，既有愤怒，但更多一些吃惊和诧异。

"我就打了你！看你敢再动手动脚！"

阿英怒目圆睁，双手叉腰，站在宁迮面前，咬着嘴唇，她已经愤怒得全身发抖，脸色雪白。

冼老太见爱女气成这个样子，急忙站立起来，把阿英揽在怀里，抚摸着她的头发，劝慰着："细妹，莫生气，莫生气，千万莫要气坏自己的身体。"她又转向宁迮，用手指指着他训斥着："你这么个大人喽，怎么这么不稳重，毛手毛脚，像什么样子？让妹仔教训教训也是应该的！"边说边搂着阿英上楼去。

岭南圣母：冼夫人

宁逵愣愣地站在那里，不知如何办好。还是冼文忠走了过来，拉着他坐下，让仆人端上茶："宁大公子，你不要介意，我这细女是她母亲的掌上明珠，全被她母亲惯坏了。我们大家都让着她三分，也把她惯坏了。你不要和她一个小孩子一般见识。来，坐下，坐下，我们饮茶，饮茶。"

宁逵铁青的脸更加难看，他一甩手，一言不发，朝大门走去，理也不理后面冼玉挺和冼文忠的挽留。

冼文忠和冼玉挺面面相觑。

楼上，阿英的房间里，阿英正依偎在母亲的怀里痛哭失声。冼老太抚摸着阿英的肩膀头发，用自己的嘴唇亲吻着女儿的脸颊，心痛地连声劝说："细妹，别哭了，别哭了，你这一哭，哭得我心里好痛哇。哭坏了身体可咋办啊？"

阿英还是抽抽搭搭哭个不停。她感到太委屈，老都竟把自己许配给那么一个粗陋野蛮的蛮人，何况还有老婆孩子，三十大几，跟自己的大哥年龄相仿。她怎么可以把自己的终身托付给这么一个人呢？

"阿妈，我不嫁那宁逵，就是不嫁他！"阿英双手抱住冼老太的脖子，把满是泪水的脸颊紧紧贴到她的脸颊上，半撒娇半宣誓般说。

"傻妹仔，"冼老太爱怜地抚摸着阿英的脸颊，替她擦去满脸横七竖八的泪水："你是一定要嫁给他的，这是你老都当年与宁家的婚约，我们俚人、我们冼家可是最讲究信义的，我们宁死也不会爽约，也不能爽约，那样会引起俚獠纠纷的。"

"不！我就是不嫁！"阿英从母亲怀里坐了起来，呆呆地望着楼外的榕树。

茂密的橡皮榕树的肥大碧绿的树叶里，几只艳丽的相思鸟在唧唧啾啾地鸣叫，唱着委婉动听的歌，好像俚家好歌手的山歌一样。

冼文忠和冼玉挺上楼来。冼文忠黑着脸，满是恼怒，阿英把他的老脸全丢尽了。宁逵指着他鼻子说他食言，可是他生平所受到的最大的侮辱。俚人獠人都以食言为最大耻辱，他们一生最讲究个信义。言而无信，不如猪狗，他在这么一把年纪上，竟被一个獠人的细佬仔指责为食言！叫他的老脸往哪放？叫他以后如何面对他的族人和獠人？不行！这事不能听任阿英胡闹！

"老爷,你快来劝劝阿英吧。"冼老太见冼文忠进来,以为他是心疼女儿前来探视,欢天喜地地站起来,对冼文忠说,又低头对阿英说:"看你老都来看你来了,还不起身迎接?"

阿英把头扭到一边,不搭理老都冼文忠的到来。

冼文忠本来就一肚子气,见阿英这般模样,满头的火气一下子蹿到头顶,他一把揪住阿英的胳膊,把她从床板上提溜起来。

"你给我规规矩矩地站起来!反了你!没大没小!你给我听着!与宁逵的婚事是你一落地就已经定下的,你同意要嫁,不同意也要嫁!这由不得你!"

阿英终于把头从窗外扭了过来,眼光定定地看着冼文忠,轻声然而十分坚定地说:"我就是不嫁!"

"反了你!"

冼文忠扬起巴掌,朝阿英脸上扇去。阿英一动不动,还是眼光光地瞪着父亲的脸。冼文忠咆哮着,跺着脚,高高扬起的巴掌在空中不由自主地掉转了方向,落在自己的大腿上。冼文忠拼命拍打着自己的大腿:"你这死女仔,你想气死我啊?"

阿英还是一动不动看着父亲,慢慢说:"老都,我不是成心气你,可是我就是不能嫁给那姓宁的!你就是打死我,我也不嫁!"

冼文忠从房角抄起一把方凳,朝阿英砸去:"那我就先打死你!"

冼老太哭喊着扑了上来,一把抱住冼文忠的胳膊:"你不能动手啊,老爷!我们可就这么一个宝贝女儿!"

冼玉挺也急忙过来,拉过阿英,把她藏到自己身后。

"什么宝贝女儿!全是个丧门星!我们冼家非要败在她手中不行!"

冼文忠见夫人儿子已经把阿英保护起来,就更加来劲,高举着方凳挣扎着去砸阿英:

"别拦我,我今天非砸死她不可!"

冼老太哭喊着拼老命阻拦着自己的老公,不让他接近阿英。冼玉挺趁机把阿英拉着跑下楼。

"不要拦我!不要拦我!我今天非打死她不可!"身后冼文忠的咆哮声震动着干栏楼房的房顶。

岭南圣母:冼夫人

77

抢海岛俚獠结新仇　保领地公子洒热血

宁迖气哼哼地回到宁峒的干栏楼大院。宁峒位于高凉西南一百多里的一个富庶的小平原上，周围是山丘的包围。在一片开阔的榕树树林中，坐落着气派的宁家大院。一大片高大的干栏楼房，全是黑漆的雕花栏杆门窗隔扇，上好的杉木梁柱上也都漆着黑亮的当地生产的黑漆，描画着美丽的龙、蛇、龟、鳖、孔雀、大象等花鸟虫鱼，把干栏楼房映照的光彩夺目。

宁迖一进宽大高亮的厅堂，家人急忙给他端来当地的云雾茶，放到八仙桌上。他甩掉去求亲特意穿上的黑漆木屐，平常他是不耐烦穿这劳什子的，他嫌麻烦，不如光脚舒服和随意。他坐到红木圈椅上，端起盖碗茶盅，咕嘟嘟喝了一碗，家人急忙又给他倒了满满一碗，他又咕嘟嘟一口灌了下去，心头的火还是没有浇灭。他把盖碗茶盅用力摔到地上："鸟他老母！老子今天算是丢尽了人！"

宁家老二宁俊杰听说都佬从冼峒回来，急忙从自己的干栏楼过来给都佬问安。他走进厅堂，见都佬宁迖正怒气冲冲地摔打着桌上的茶具，老家人宁世仁垂手恭立在他面前，好像正在劝说。

"都佬，你回来啦？求亲的事办成了吗？"宁俊杰满脸堆笑走到宁迖面前。

宁迖扇着蒲扇，焦躁地摆摆手："别提了，提起老子就气！"

"冼家反悔了？"宁俊杰猜到几分事情的原委，有些吃惊地反问："冼峒人可是守信用的啊，怎么能反悔呢？这是我们老都和他冼都佬约定的啊！"

宁迖眼睛瞪着，好像面前站着冼家人似的，咬牙切齿，恶狠狠地咆哮："那个死女仔变卦，她不答应这亲事。把我带去的求亲槟榔踩了个稀巴烂！"

"有这等事？"宁俊杰更加吃惊："她一个小妹仔有这么大的勇气？她吃了豹子胆了不成？"

"是啊，这个小妹仔我们多次较量过，别看人小，可鬼马着呢，而且不知道冼家如何宠着她养成了十分了得的刁蛮性格，谁也不怕！真拿她没办法！"宁迖撮着牙花呻吟似地说。

宁俊杰傻愣着，他从来没有见过自己那凶神恶煞似的都佬怕过谁，可今天，一个小女仔竟叫他如此不安。

"一个小女仔，怕他咋的？要是冼家佬都反悔，我们宁家决不吃这亏！我们一定要报这个仇！都佬，不必发怒，让我们想办法报仇好了。"

宁遂点头："是，不能就这么算了！冼文忠啊冼文忠，我们宁家可不是好欺负的！等着瞧！我宁遂一定要让那刁蛮女仔吃尽苦头不可！"

宁家老家人宁世仁看着宁遂哥俩商议，眼睛一转，凑上去说："我看，大公子应该尽快去求高凉郡守李迁仕大人，他不是答应举荐大公子到朝廷去做个什么官吗？要是能弄个一官半职，也许就可以报仇雪恨了。"

"对，对，有道理，有道理！"宁遂和宁俊杰都连声说："就这么办！我们立刻动身去见李迁仕太守。"

"不行的，大公子，这事不能这么办。大公子还要认真准备一份厚礼去才行。这些北佬官员比虎豹还贪，你的礼物满足不了他的要求，满足不了他的贪婪，他会打着各种冠冕堂皇的正当理由把你打发回来，叫你什么事情都办不成。"

"他喜欢什么？"宁遂问宁世仁。

宁世仁谄媚地凑上去，小声说："珍珠、玳瑁、翡翠、象牙、珊瑚、犀牛角、孔雀毛，凡是值钱的岭南特产他们都喜欢。"

宁遂看着宁俊杰："舍不得孩子打不了狼。按照他说的准备吧。"

宁俊杰顺从地点着头，想了想，看着宁遂："可是，都佬，我们宁峒没有像样的珍珠、玳瑁、珊瑚，这些东西都是朱崖的好，从朱崖到高凉的海路全都控制在冼家手里！"

宁遂黑牙一咬："鸟他奶！冼家一直霸占着到朱崖的海道，我早就想从他们手里夺回这块肥肉，可是，被那刺史大人阻止了。现在，谁也别想再阻止我。明天我们就绕道漠阳江从江口到海陵岛，把海陵岛从他们手里抢过来，占住一条到朱崖的海路，可以搞到许多海产和海上珍宝，而且将来还可以抢占朱崖的一些地方。你说，这个主意怎么样？"

宁俊杰低头想了想："这个主意当然不错，现在正是朱崖渔船过来给冼家交租的时候，要是能打上海陵岛，可是大有收获呢。只是我们的船渡海还有些困难，过去尝试过几次都失败了。"

宁遂说："现在不是飓风和龙卷风的季节，这些日子没有大风暴，我们那

些小船和渔船可以渡过海峡上到海陵岛。听说海陵岛上的海盗已经被冼家打跑,他们冼家在海岛上没有多少家丁,这正是一个最好的机会。几天前,我就计谋过这事,不过想着要和冼家做亲戚,就放弃了这想法。现在,不必顾虑什么亲戚了。既然他们不守信用,那就别怪我无情。这一次,我们宁家一定要占领海陵岛,一定要占领一条通往朱崖的海道!走,我们去看看我们的船只!"

宁逵和宁俊杰率领的船队趁着夜色悄悄开进了漠阳江,当夜就经过高凉城开进江口。太阳升起的时候,船队已经绕过大山群岛进入海陵湾。

"我们哪里上岸?"宁俊杰望着一望无际的茫茫蓝色海洋,问都佬宁逵。

宁逵指着海上远处露出的岛屿,说:"就在那里上岸。那个突出的海岛一角正是海陵岛到朱崖的海道。"

宁逵指挥着船手划着船慢慢靠近了海岛。海岛上怪石嶙峋,崖岸上突出的红色巨石像蘑菇的盖子一样,阻止着海上的船只登岸。

"往前边开!"宁逵指挥着:"那边有一个平坦地沙滩,长满红树林,可以登岸的。"

船队绕过巨石崖岸,继续沿着海岛行驶。巨石越来越少,地势越来越平坦,一条小河流进大海。

"快到了。看见那小河了吧。那就是个入海口,我们的船可以开进去。"

宁逵指挥着船队慢慢进入海岸上的河道。

"慢慢开进去,把船隐蔽在河湾里的岩石后面,然后我们下船,慢慢摸近海岛中间,占领冼家渔村。"

宁逵给宁俊杰部署:"我带一队人从前面摸过去,你带领其他人从后面包抄过去,不要一个冼家俚人跑出去。我们要一个不剩把俚人全部干掉!"

宁逵做了一个恶狠狠的动作。

船队慢慢进入河道,从茂密的红树林里的河道穿过,来到海岛上。河道越来越狭窄,河水也越来越浅,船队无法前进。

宁逵向船上的人挥着手,指挥他们悄悄地下了小船,率领着几十个獠人,涉水向南面走去。宁俊杰率领着另一些人从北面包抄。

远处树林掩映中,有一个小渔村,几间盖着黑乎乎芭蕉叶、棕榈叶和蒲

葵叶的干栏房渔船似的翘着两头,建在碧绿的芭蕉棕榈和蒲葵林中,房前屋后,张挂着许多破旧的麻绳、渔网,海边停泊着几只小渔船,房前屋后晒着一串串白色的干鱼。

宁逮挥了挥手,他的手下人弯着腰从一棵芭蕉跳到另一棵棕榈树后,慢慢向渔村的干栏房靠拢。这里静悄悄的,没有人,几只色彩斑斓的被俚人驯化了的野鸡正在房前房后觅食,雄鸡发出讨好母鸡的咯咯声,招呼着色彩不鲜艳的母鸡,几只听到召唤的母鸡拍打着翅膀,咯咯叫着从远处连飞带跑奔了过来,准备争抢雄鸡为她们找到的沙虫泥虫。

宁逮带着他的人慢慢接近了干栏屋。

一个瘦弱的俚人小姑娘走出黢黑的干栏屋,端着一个藤条编制的箜箵和一张竹子做成的小椅子,准备到榕树的荫凉里挑拣白椤果。

"白椤果,八月粮,海边人,从小尝。"

小姑娘唱着,端着好看的藤篮,边走边端详着篮子里的白椤果。白椤果是朱崖生长的一种小果子,他的父母从朱崖移栽到海陵岛,已经在海岛上结果了,不过,新果还没有成熟,箜里的白椤果是去年剩余下来的,父母知道她喜欢吃,特意给她留下一些,让她在这青黄不接的时候还能吃到解馋。

小姑娘把藤篮放在茂盛的榕树下,坐到竹椅上,从藤篮里挑出个大的白椤果,放到嘴里把它咬开,露出里面一瓣一瓣青翠的果肉,小姑娘喜欢看青翠果仁中间夹着的那个绛红色的弯月形果心。小姑娘把由灰黄色变成黑灰色的果放进嘴里,嘎嘣咬开,皱了一下眉毛,嘴里发出难受的吸溜声,那苦涩的果味几乎让她的舌头和嘴唇都发麻。小姑娘一颗一颗地咬着,黑黄色的汁液慢慢染黄了小姑娘的牙齿。从朱崖过来的俚人,凡是长着黄色牙齿的,都是经常咬白椤果。

小姑娘持续不断地咬着,等把箜里的果全部咬完,阿妈就把咬开的果仁放进锅里用清水煮熟,再把煮好的白椤果放到海水里浸泡一天,等白椤果苦涩味道完全去掉,再来炒菜煮粥,再让给她炒了食,她最喜爱食那些炒的白椤果,像炒花生一样香脆。

小姑娘咬着白椤果,突然想:海边的白椤果快结果了吧,她该去看看它们,去闻一闻白椤果那并不艳丽的小花的香味。

岭南圣母:冼夫人

小姑娘站起身,放下藤篮,朝美丽的雄鸡呼唤了几声,动身向朝海边去。那里有成片的白椤果林,那是她的父亲从朱崖带来栽种的。白椤果只要能在海边松软的沙滩泥沼里落下,就能发芽生根,几年就可以开花结果,不用施肥,不用专门修剪,也不用管理,就会在海边泥土里顽强地生长起来,任凭海浪打,海风吹,枝不断,根不移,四时枝繁叶茂。它虽然很不起眼,星星点点黄白色的小花,结出密密麻麻的指头大小的果子,却可以供俚人度过八月青黄不接的季节,成为朱崖俚人最好的食品。俚人男人崇拜这生命力顽强的白椤果,把它当作英雄崇拜。

在白椤果树林外面靠近海滩的地方,是一片金色沙滩,潮涨潮落以后,沙滩上会留下许多海螺海贝,小姑娘经常去拣那些好看的螺贝。她最喜欢的还是到海滩上的浅水里踩螃蟹和捉螃蟹。小姑娘赤脚走在海水里,用力踩着脚下的沙滩,走几步就踩到螃蟹的圆盖,死死踩住,让螃蟹不能动弹,然后用脚把螃蟹夹起来。不过,这技术可是很难练习的,一不小心,就会被螃蟹紧紧咬住脚趾,疼得哭喊不迭。

小姑娘轻快地甩动着胳膊,蹦跳着,向海边的白椤果林跑去。

宁逵带领着他的家丁摸到干栏屋后,包围了这个小渔村。宁逵大手一挥,宁家人立刻分散到干栏门口。宁俊杰率领的人也从背后包围了这个渔村,占据了各个干栏的门口。

“冲进去!”宁逵大声喊。

宁家人端着铁制的武器,冲进各个干栏屋。里面的人们还在忙着出海的准备。近来天气好,又没有海盗的捣乱,所以家家都在准备到远海去打鱼。为了明天出海,渔村的男女都在屋里忙碌着出海的食物用具。

一时间,小渔村鸡飞人喊,男人女人从屋里惨叫着奔了出来,被宁家家丁追逐着,砍杀着,鲜血飞溅,染红了芭蕉叶蒲葵叶,男人女人纷纷倒在血泊中,残肢洒落在干栏前后。

“再好好搜索一下,不留一个活口!”宁逵命令着。

小姑娘在海边看她的白椤果林,白椤果淡黄色小花大多已经凋谢,但是白椤果林里还弥漫着白椤果甜淡清香的味道。小姑娘深深地呼吸着,恨不得把白椤果那清甜的香味永远储留在自己的心间。

她走进白椤果林中,一棵树一棵树地数,一棵一棵地抚摸端详。白椤果树茂密葱郁,树干和枝叶都泛着淡淡的灰白色,树干弯曲逶迤,树枝蔓延,树叶疏疏密密,枝叶中,还挂着一簇簇没有凋谢的淡淡黄色小花,散发出甜甜的香气。凡是花儿凋谢了的枝头,已经结出淡绿色小果,只有黄豆那么大,密密麻麻挂满枝头。

今年是白椤丰收的大年,不会挨饿了。小姑娘懂事地想,黑黄的小脸上露出欣喜的微笑。

突然,渔村那边传来一声声惨叫声。小姑娘浑身一哆嗦,脸色煞白,双脚一软,跌倒在树丛里。小姑娘战战兢兢地从地上慢慢爬到白椤果林子深处的一棵大树丛中,小心拨开浓密树叶向外张望。

海盗又来了。小姑娘浑身颤抖着想。每次海盗来袭击,阿妈和老都都要嘱咐她躲进白椤果林,等海盗走了以后再出来。

白椤果林外传来獠人的说话声。小姑娘悄悄拨开树枝,黑大眼睛骨碌骨碌地转动着,寻找着说话的人。

说话声越来越近:"没有一个活口了,都佬,不用寻了吧?"走进白椤果林的宁俊杰问宁逵。

"我不放心,还是要再仔细搜寻一遍。不能留一个活口,让冼家永不知道这是我们宁峒做的!让他们和朱崖俚人自相残杀去吧。"宁逵得意地说,又四下张望:"这树林会不会有人?"他指着看不见深处的茂密树林,问。

"不会的,你看这果子还这么小,没有人来看护它。里面不会有人!"宁俊杰肯定地说,随便挥舞起手中的铁戈,朝白椤果林子的茂密处随意捅了几下,白椤果的枝叶被铁戈打断,纷纷落下,连带着一簇簇黄豆大小的淡绿色小果。

小姑娘急忙缩回身子,心疼地捂住自己的嘴,生怕自己喊叫出来。

"看,没有人吧?我们还是回去吧。"宁俊杰说。

"好,以后这地方就属于我们宁家啦。小四,你和弟兄们留下来,控制这个海道。凡是朱崖船经过,就把他们的东西全抢来,人全都杀掉,一个不留!"

叫小四的宁家獠人首领答应着:"都佬,你只管放心吧,用不了一个月。

岭南圣母:冼夫人

我就会把你想要的珍珠、玳瑁、珊瑚给你拿回去,保管你满意!"

冼文忠坐在大厅的圈椅里,一边饮茶,一边用大蒲扇扇着凉风。过了端午节,高凉已经很热了。冼玉挺坐在下手的长条漆椅上,也是不停地扇着蒲扇,拍打着成群的蚊蚋。

"海陵岛怎么还不来交渔租啊?我等着他们的大珍珠、大玳瑁和珊瑚呢。"冼文忠放下盖碗茶盅,看着儿子冼玉挺。

"是啊,是该来交渔租的时候了。朱崖的渔户也该上海陵岛了。"冼玉挺拍打着蚊子。

"是不是派人上岛看看?"冼文忠站起身:"要不我去看看?我总有些不安,不知道是不是出事情了?我怎么总有些心惊肉跳的。那宁逵求婚不成,恼羞成怒,我总觉着他不会善罢甘休,不知道这凶恶的獠佬会搞些什么事情来报复?"

冼玉挺急忙站起来,拉住冼文忠的胳膊:"老都,算了吧,还是派老三去看看。岛上经常闹海盗,不平安哩。虽然前几个月我们刚刚剿灭了那伙海盗,可是海陵岛上只有很少的船户,还是不安全。我看,还是让老三带几个强悍的护丁去看看。"

冼文忠停住脚步,想了想:"也好,叫老三来。"

老三冼玉朱进到大厅。冼玉朱和冼玉挺长得很相像,典型的俚人相貌,狮子鼻、抠眼窝、高颧骨、黧黑面容,一双炯炯有神的大眼睛,又黑又亮,让他们原本不大好看的相貌有了动人的神采。

冼文忠指了指座位,冼玉朱坐到冼玉挺身边,解开上衣,拿起长椅上的蒲扇,扑嗒扑嗒用力扇着,他浑身是汗。

"海陵岛到现在还没有上来交渔租,不知道是不是出了事情。你带几个强壮家丁上去看看,催催他们。看看朱崖的渔船来了没有?要是正好碰见朱崖渔船过来,你就把他们交的东西带回来。"

冼玉朱答应了一声,站起来,从桌子上的青瓷茶壶里倒了一碗凉茶,仰起脖子一口气灌进肚子,抹了抹嘴,转身出去召集他的家丁准备出海。

冼老太从楼上下来,站在楼梯上,看见三儿子出去的背影,急忙问冼文忠:"老爷,老三干什么去?"

"出海,上海陵岛收渔租。"冼文忠回答。

"不会有事吧?"冼老太手扶着雕花红木楼梯栏杆,蹙着眉头,担忧地问:"我这些日子不知为什么,总是心惊肉跳的!听说罗州刺史官府建了一个庙,就在我们高凉郡里,今天举行开光大典,我想要去上炷香,求个平安。"

冼玉挺走过来,扶着母亲慢慢走下楼梯,一边说:"还是到陈祖庙里上香许愿的好,陈祖灵验得很,陈祖会保佑我们平安无事。新建的庙谁知道灵不灵?"

冼老太缓缓走下楼梯,来到大厅中间,让儿子搀扶着坐到冼文忠身旁的红木圈椅里。

冼文忠摇着头,一脸无奈:"这都是让你那宝贝女仔给闹的,我也有些不安,总担心出事情,总担心宁家来找麻烦。你知道,宁峒獠人凶恶,我们那刁蛮女这么对待他,他一定不会善罢甘休!要是真出点事情,看我不打死这女仔!"

冼玉挺急忙安慰着父母:"老都阿妈,你们不必担心,不会出什么事情的。就算宁逮来找麻烦,我们也不是好欺负的,冼家有几千峒人,难道还怕他宁家不成?"

冼老太直摇头:"怕是不怕,只是双方争斗起来,又会伤及许多无辜人,总不是什么好事。不管怎样,我还是要带阿英去看新庙开光,然后再去陈祖庙上香。春香!"冼老太向楼上喊。

春香答应着跑下楼:"夫人叫我?"

"去,告诉阿英,让她打扮一下,一会跟我一起到新庙看开光大典,去陈祖庙上香!"

春香答应着,又"噔噔"跑上楼去。

冼玉朱带领着几个身强力壮的家丁,来到江边。江边停泊着许多大渔船,张挂着白帆,这是冼家的船队,别看这些木船,它们可以行驶到朱崖,可以行驶到雷州半岛,可以到远海捕鱼。冼家的船队,可是很有名气的。

船队头领阿昌看见冼玉朱带领着几个家丁过来,急忙从自己的渔船走下江岸,前来迎接。"三少爷,你来了。"

冼玉朱看看头领:"阿昌,我要出海到海陵,快给我派船!"

头领阿昌看看天气,天空蓝蓝的,没有起风征兆的云团,远处入海口处

岭南圣母:冼夫人

的海面上，也是风平浪静，天空澄碧，看不到云气和雾气。他立刻叫来几个船老板，自己率领着，送冼玉朱和他的家丁出海。

一条大渔船驶进海陵湾，慢慢靠近海陵岛一个长满椰树和各种灌木的海湾，这里是冼家渔船一个隐蔽的上岸码头，距离冼家渔民村最近的地方。船家把船拴在岸边的椰树干上，家丁跟随着冼玉朱一个一个跳到岸上。

岸上便是大片茂密的白椤果树林。冼玉朱带领着家丁和船民进了白椤果树林。渔船头领阿昌看着白椤果树上密密麻麻的小白椤果，笑着对同伴说："看这果树长得多好，白椤果今年一定要大丰收了。"

冼玉朱高兴地笑着："渔民就希望白椤果丰收，白椤果可是他们的粮食啊。"

冼玉朱拨拉着树枝，向渔村走去。

"今天为什么这么安静？怎么看不到一个人？"船队头领阿昌走出树林，看了看周围，奇怪地问冼玉朱："不是出了什么事情吧？会不会又来了海盗？"

冼玉朱不以为然："哪里能发生什么事情？海盗已经完全被我们歼灭了。哪能这么快再出现海盗？"

"这里的人呢？他们都到哪里去了？"头领阿昌不放心地自言自语着："我看不对劲，还是小心一些。"

冼玉朱大咧咧地说："你别疑神疑鬼了吧。没见过你这么个胆小如鼠的家伙！瞧你，把大家都搞得紧张起来。"说完，大家一起哄笑起来。冼玉朱满不在乎地吹起了口哨。清脆的口哨声在树林中飘荡，慢慢飘出林梢，在海岛上空的蓝天下荡漾。

船家头领阿昌皱皱眉头，慢慢缩起身子，悄悄落在人群的最后，趁大家说笑着没有人注意，"哧溜"一下钻进白椤果深处。

"听，有人上岛了！"

钻在渔民船屋里睡觉的宁家头领宁小四警觉地抬起头，注意地听听外边的动静，推推身边的人，小声说："快起来！快起来！"

他们已经在这里守了好几天，已经成功截获了朱崖送海货到海陵的一只船，抢了许多珍珠玳瑁珊瑚。据船上的人说，过几天还有船来，宁小四一直等到今天。

宁小四把全体家丁推了起来，大家抄起武器，蹑手蹑脚，从后门钻进船屋后面的蕉林里，趴在地上，他自己躲在屋子门后，等待着来人。

冼玉朱和家丁说说笑笑来到船屋前。冼玉朱朝屋里喊："阿伯，阿伯！"

屋里屋外一片静寂，一阵海风吹过，掠过屋前屋后的树叶，发出窸窸窣窣的一阵响声。屋里屋外还是没有一点人声。冼玉朱心里忐忑起来。

"进去看看。"他端起手中长枪，进到屋里。船屋里一片黢黑，什么也看不见。他正要转身向外走，一个人从黑暗里紧紧搂住他的脖子，叫他不能出声。

蕉林里冲出埋伏的宁家獠人，把几个冼家家丁包围起来，家丁惨叫着，一个一个被宁家家丁打翻在地。被长枪全都戳死的冼家人，横七竖八地躺到地上，鲜血汩汩地流成一条血河。

宁小四把冼玉朱拉出船屋，让手下人结果了他。宁小四吩咐手下把冼家人的尸体拖到远处密林里，又回去睡觉。

阿昌钻进白椤果树林，慢慢向渔村方向靠拢。不一会，他就听到前面传来一声声的惨叫，他的心紧缩起来，他听出自己同伴凄惨的喊叫声。

果真遭遇海盗了！阿昌心惊胆战。他趴在白椤果树的树丛中，战战兢兢地听着。阿昌小心翼翼拨开树丛向外看。眼前一片摇曳的绿，他什么也看不见。从声音判断，他的同伴已经被海盗杀死了，那边已经听不到惨叫，只有陌生的说话声，也听不清楚说什么。他不敢出去，海盗杀人不眨眼，从来不留一个活口，他不能出去送死。作为船家头领，他知道海盗的凶残，也经常担心出海遭遇海盗袭击，所以不管在什么地方他都很是小心。可惜刚才没有人相信自己的判断，要不也不至于这样凄惨。

阿昌慢慢地缩回身，把自己掩蔽在树丛中间。只有等到天黑，他才敢慢慢摸出树林，回到海边船上，悄悄离开海岛。

阿昌的脚突然触到一个软绵绵的东西上，他惊吓得差点喊了起来。他急忙捂住自己的嘴，爬了过去，拨开树枝树叶，看到一个小姑娘，一动不动地躺在树丛中。

可怜的小姑娘，一定是被父母藏到树林里躲避海盗，结果饿死了。阿昌

岭南圣母：冼夫人

满怀怜悯地想。他自己也有一个这么大的女儿。阿昌顺手触了触那小姑娘的手，他感觉那手还很柔软，不像一个死去多日的死人的手。阿昌把手放到小姑娘的鼻子下，他隐隐约约感到小姑娘的鼻孔里还有一丝微弱的气息。他急忙抱起小姑娘，小姑娘的眼睛还在微弱地转动着，眼皮轻轻地抖动。阿昌把小姑娘小心地放到地上，拨开树叶四下张望，不远处有一片蕉林，香蕉树上已经结了小塔似的香蕉果。

阿昌注意倾听了一会，渔村那边已经安静下来，想来海盗已经回到船屋。阿昌一点一点爬向香蕉林。他往前爬一段，就小心地停下来，让树叶遮掩住自己，小心地倾听一会，确信没有动静，才又向前爬去。

阿昌爬到香蕉树下，四下看看。周围没有一点动静，只有海风掠过树梢，发出飒飒的声音。太阳照耀着树林，在地上投下斑驳的阴影。阿昌站了起来，从香蕉树上摘下一挂成熟的香蕉，又小心地顺着原路弯腰跑了回去。

阿昌钻回刚才的树丛，抱起奄奄一息的小姑娘，剥开一个香蕉，把它嚼成泥，用手指喂给小姑娘。

小姑娘勉强歙动着嘴唇，把香蕉泥慢慢咽了下去。阿昌小声说："有希望，女仔，再咽一口，好，再咽一口！"阿昌不断地嚼着香蕉，不断地喂着小姑娘。他一心要把这可怜的小姑娘从死亡线上救回来。这时，他几乎忘记了自己的可怕处境。

天终于黑了下来，一轮满月从波涛汹涌的大海的海平线上慢慢升了起来，照亮了大海。

阿昌抱着小姑娘钻出白椋果林。天上的满月朗照着海陵岛，地面上洒下斑驳的树枝树叶的光影。阿昌在月光朗照投射下一团一团的树林的暗影里，悄悄摸到海边。他把小姑娘放到船舱里，解开岸上的缆绳，拼命向高凉方向划去。

寺庙开光高凉庆贺　宁逑抢亲道士援救

冯融早早起来，穿戴好官服，背着手，面带微笑，走出官府，他的夫人也按着刺史夫人穿戴标准打扮起来，在丫鬟的搀扶下，跟随着冯融走出官府大门。

刺史衙门前的高台阶下，摆放着两顶藤制官轿，既通风又遮凉。长史周贵年在衙门前指挥着官差队伍。各种仪仗队伍，整齐有序地排列着，等待着刺史大人和家眷上轿到高凉去参加刚建好的感觉寺的落成开光典礼。

冯融面带微笑，拈着胡须，听着长史周贵年的报告。那边，罗州的都护孙固也已经集合好军队，等着出发。

冯融很高兴，总算完成了梁武帝大建寺院的诏令，再去向朝廷述职时不会战战兢兢提心吊胆害怕皇帝的训斥了。

从宋齐以来，各朝皇帝都喜欢佛教，不仅在都城里大兴土木建寺院，而且下令各地效仿。地方官员纷纷建立寺院庙庵，好逸恶劳的男女纷纷出家作僧作尼，过起不劳而获却相当富裕的日子，于是男女僧徒越来越多。倒是高凉这岭表化外偏僻之地，皇帝诏令尚且不及，还没有兴建寺庙，俚僚人依然崇拜自己祖先传下来的各路神仙。

梁朝梁武帝萧衍，从天监元年（公元502年）登上皇位不久就皈依佛门，原先信奉道教的他在即位后的第三年天监三年（公元504年）四月八日佛诞的那天，下了一道《舍事道法诏》，在京都举行了有两万多人参加的盛大的皈依仪式，他宣称："弟子经迟迷荒，耽事老子，历叶相承，染此邪法。习因善发，弃迷知返。今舍旧医，归凭正觉，愿使未来世中，童男出家，广宏教义，化度含识，同共成佛。"宣布自己从此舍身皈依佛教。从此以后，梁武帝开始抑道扬佛，左一道道书右一次讲话，命令全国各地大建寺院，广招僧徒，让佛光普照江南山河的每一寸角落，决心要让全国山河一片黄。有皇帝诏谕，各地官员雷厉风行、变本加厉推广皇帝的意图，不管有没有钱，有没有能力，都把建立寺院当作为政的头等大事来抓。上级也把落实寺院建设当作考核官员政绩的唯一标准。

冯融作为朝廷任命的官员，自然不敢违抗上级特别是皇帝诏令，这些年他不得不也紧跟朝廷与朝廷保持一致，把兴建寺院当作自己的头等大事。可是罗州地区贫困，官府税收难以完成，大兴土木建寺院的困难就比广州新宁地区大得多，他只能把兴建寺院分发给各个治下郡，让各郡守兴建。

冯融拈着须髯，想着李迁仕。过去他不大喜欢李迁仕，讨厌他太善于钻营，现在他已经开始喜欢他了。还是这善于钻营的人为官有方，他们善于领会上级意图，善于逢迎上司想法，又能够不折不扣执行上司指示，不用他们

岭南圣母：冼夫人

怎么行呢？看这李迁仕，是罗州第一个建立起寺院的郡守。真不错！冯融想：下次述职时要专门提到他，要向广州刺史请求表彰一下他的功绩。

冯融撩起长袍，跨进官轿，他的夫人也坐进轿子。"起轿！"长史周贵年高声喊。刺史队伍向高凉出发。

高凉西面漠阳江江边顿砵山的半山腰里，刚刚建起一座黄色寺庙，金碧辉煌地掩映在这不很高的山间的一片绿海中。黄色的瓦，红色的墙，好像绿海中盛开的花朵，远远就吸引了人们的视线。山顶上那座黄色高塔更像一个标志耸立在绿树中。山前已经开辟了一片空地，平整出一条通向寺院的林间山路，路上铺着黄色的石板和鹅卵石，一条山涧小溪从山上淙淙流下，拍打着巨大的黄色山石，激起朵朵白色浪花。

高凉郡守李迁仕穿着官服，带领着官吏幕僚和差役，以及高凉士绅蛮酋，一班人聚集在山门前的平地上，等待迎接刺史大人冯融的到来。远处聚集着前来看热闹的高凉百姓，被差役阻挡着，不能靠前。

宁峒蛮酋宁逵也被李迁仕邀来参加开光仪式。他站在人群里，穿戴一新。他的旁边站着一个仙风道骨的长者和一个年纪很轻的小伙子，两人都是道家打扮，蓝色道袍，白袜青鞋。这是罗浮山道观的道士李志宏和他的徒弟苏玄朗，他们也是前来参加感觉寺开光仪式的。

"来了，来了！"差役气喘吁吁地回来报告："刺史大人的队伍已经到了山下，正在上山，说话间就到！"

李迁仕整了整自己的衣冠，让各班人员依次肃立在山门前的两旁，他自己率领着高凉郡的主要官吏，恭身站成一排，自己站立在最前面，等待刺史官轿到来，好抢先上去接刺史下轿。这可是他在为官生涯中逐步体会出来的重要的为官之道之一。

举着各种仪仗的队伍从绿树间走了出来，李迁仕弯腰趋步，慢慢移动，等待刺史官轿落下。官轿落在李迁仕面，李迁仕疾步趋前，弯腰走到轿门前，伸出胳膊弯曲过来，等待刺史下轿。

冯融微笑着，提着袍服，轻轻搭着李迁仕的胳膊走下轿子。"李太守，辛苦，辛苦。"冯融高声打着招呼，双手紧紧握住李迁仕的手，不断摇晃着。

李迁仕满脸笑成一团，打着哈哈表示谦恭："哪里哪里，刺史大人辛苦，

岭南圣母：冼夫人

大人辛苦!"说着,便引着冯融进入山门,一边走一边向冯融介绍着。

李迁仕的幕僚把冯融夫人和其他家眷也都迎下轿,随着李迁仕之后慢慢进入山门。

"这是山门,叫感觉门。"

李迁仕指着高大的山门对冯融说:"这座寺院是模仿广州朝延寺和韶关马坝曹溪的宝林寺建造的。"

宝林寺建于梁武帝天监元年(公元502年)是韶关刺史遵照梁武帝诏令建的第一座岭南寺院,天监三年建成。住持编造了一个美丽的传说:印度高僧智药三藏来到曹溪,"掬水饮之,香味异常""四顾群山,峰峦奇秀""宛如西天宝林山",于是建议在这里建寺。

李迁仕导引着冯融,慢慢走在石板山路上,来到寺院主体建筑前,拾级而上。

感觉寺依山,所有建筑物都是依照山势,一层一层建了上去。感觉门、大雄大殿、水池、藏经阁、灵照塔、斋堂,一层一层高了上去。

"这是主建筑大雄宝殿。"李迁仕仰望着面前高大的主殿说:"开光仪式就在这里举行。"

大雄宝殿高大雄伟,飞檐斗拱,十分气派。它面阔五间,四角重檐,廊庑环抱。从宝林寺请来主持仪式的住持大师从宝殿里走了出来迎接刺史和郡守,他披着鲜艳的袈裟,脖子上挂着佛珠,带着几个僧人把官员迎进大雄宝殿。

殿里正中供三尊金身巨佛坐像,丈把高,中间是佛祖释迦牟尼的成道像,结跏趺坐,左手横置左足上,面容庄重慈祥。右边是结跏趺坐的阿弥陀佛,两手结弥陀定印于肚脐下,掌心上托着宝瓶。左边是药师佛,结跏趺坐于莲花座上,身披袈裟,左手执药器,右手结定印。

高阔的殿堂四壁,安放着十八尊姿态神情各异的罗汉。门口两侧左右站立着面目狰狞的四大护法使者立像,气势威武。他们各自是:东天王持国天王,白脸,手持琵琶,作调弦状,取"调"的意思;南天王增长天王,蓝脸,手持宝剑,作抽剑状,宝剑生风,取"风";西天王广目天王,红脸,右手拿蛇,左手持多宝,蛇弯曲顺溜,取"顺";北天王多闻天王,黄脸,左手擒鼠,右手拿伞,伞遮雨,取"雨",合起来,是意味着风调雨顺。四大护法使者护卫着

佛祖。

冯融看着大殿里金碧辉煌的雕像,指着四周,笑着说:"这大殿显得拥挤了一些,罗汉天王都和佛挤在一起。"

李迁仕苦笑:"可不是嘛,住持也这么说。等以后有钱扩大规模,重建几个大殿,在大雄宝殿前建个天王殿,把天王请到前殿里让他们专门保卫佛,然后再把罗汉也请到专门殿里去。"

冯融点头。

参加仪式的僧人都在自己的座位上坐好,等待仪式开始。佛像前,青烟袅袅,木鱼磬钹响起,住持大师开始诵经。

诵经之后,大师主持着栽树。绿色树枝是智药三藏种植在广州朝延寺的菩提树上的分枝,那菩提树已经又分种了几十棵,都有碗口粗细。僧人在大殿前挖好了坑,大师让刺史冯融主持栽树仪式。他亲自把菩提树枝递给冯融,冯融小心翼翼地放进坑里,用铁铲铲土埋好,李迁仕把僧人提来的木水桶交给冯融,冯融小心地把清水浇在土坑里,僧人自己用脚把虚土踩实。"明年它就会发出新枝新叶。"住持说。

开光之后,住持引领冯融和李迁仕等官员参观大寺。

他们走出大雄宝殿,上宝殿后台阶,参观水池、藏经阁以及僧人的处所。

寺后的山顶上建着塔。八角九级砖石结构的舍利塔,虽然没有佛祖舍利,却也有翡翠佛经等替代物。灵照塔高高耸立在吉北山头,俯视着如白练似的飘在碧绿丛中的漠阳江,俯视着浮在绿海中的高凉。

开光仪式之后,百姓被允许进寺上香。一群一群的男女百姓早就被官府的宣传搞得兴奋异常,他们听说佛祖灵验,听说佛祖可以保佑高凉,佛祖可以消灾保平安,一个个心中都燃起对佛祖的无限憧憬和希望,他们从口中抠出口粮,捐给修建寺院的工程,他们拿出家里的珍贵物品,献给官府,作为修建寺院的捐赠。现在,这寺院终于建成了,他们满怀着希望前来祈祷,前来拜见,希望佛祖给他们来世的幸福和现世的平安。

祈祷的百姓成群走进大雄宝殿,僧人们导引着拜佛的人群,把燃着的香交给他们,让他们插在大鼎里,指导着他们跪拜参佛。大殿里青烟缭绕,面带微笑的释迦牟尼已经笼罩在淡淡的云霭中,透过青色的散发出香味的青烟看着他在高凉的新信徒。

　　冼老太和阿英随着人群等待在排成长龙的队伍里，慢慢向前挪动着，一点一点接近山门。太阳已经开始有些西斜，她们终于进入大雄宝殿。冼老太从僧人手中接过点燃的香炷，按照僧人的指导，插到佛像面前的大鼎香炉里，跪倒在佛像前，口里喃喃着自己的心愿："请求佛祖保佑我们冼家平安！"冼老太和阿英一起祷告。

　　这时，率领着全部官员士绅在斋堂里吃过斋饭的主持，引导着全体官员和士绅走出斋堂，送他们离去。

　　住持殷勤地引领着冯融，在李迁仕和其他部属的簇拥着，慢慢向山门走去。

　　宁逷也走出斋堂，远远落在官员后面，见官员们正恭敬地送刺史上轿，互相拱手相别，他便偷偷离开人群，自己在寺院里漫步，看着寺院的进香人群，专门往年轻媳妇和妹仔多的人群里钻。

　　阿英和母亲走出大雄宝殿，她搀扶着母亲，边走边说，兴奋地指指画画。看到这么壮观的建筑，确实叫她兴奋。"阿妈，你看，这大殿多高多大啊！比我们的干栏楼不知要高大多少倍啊。"

　　冼老太笑了："我们冼峒人家如何和官家相比？这是皇帝官家建造的，我们俚人怎么能比啊！无法比的！"

　　宁逷在人群里挤来挤去，突然眼睛一亮：前面台阶上阿英扶着冼老太正慢慢走。宁逷心中一喜：这可是千载难逢的好机会。宁逷急忙跑出山门，他的家丁都在山门外的树林里等着他。

　　山门外，官员已经陆续离去，山门的广场上只有进香的百姓来来往往。宁逷找到自己的家人，"随我来！"他喊着，带领家人走到山门前，指着走出山门的阿英："上去把那女仔给我抢回来！"

　　宁逷看着家人慢慢从前面围上阿英和冼老太，自己便藏在一棵大榕树后面，等着家丁把阿英抢进树林，然后由他偷偷带回宁峒去，让冼家人不知鬼不觉。

　　阿英和冼老太走出山门，慢慢向山下走去。突然，一个高大健壮的獠人迎面跑来，凶神恶煞般的一下子把冼老太撞倒。

　　"你这人是怎么走路的？你长没长眼睛？"阿英一边去搀扶跌倒的冼老

太，一边呵斥着那獠人。那人并不答话，上前就来拉扯阿英。这时，另外几个獠人也围拢上来，紧紧围住阿英，动手拉扯着阿英向树林跑。

阿英厉声汉斥责着："你们干什么！你们要干什么！"那些獠人并不搭理阿英的责问，只是架起阿英就跑。

"救命啊！救命啊！抢人啦——抢人啦——"阿英尖利响亮的声音响彻山寺。

惊慌的宁家家丁把阿英抬起来，飞快向密林深处跑去。

倒在地上的冼老太挣扎着爬起来，喊叫着，挣扎着去阻拦追赶那些抢他女儿的强盗。她心急脚下不稳，又一头摔倒在地。

"救命啊！救救我的女仔啊！"她伸着双手在地上跪行，向经过的行人高声喊叫着请求帮助。

几个俚人认出了她，跑过去扶她了起来，有人飞快下山，飞奔回去报信。

罗浮山道士李志宏和他的徒弟苏玄朗已经步出山门，边走边讨论着他们的活动日程。

李志宏随冯融从罗州来高凉参加感觉寺的开光仪式。梁武帝虽然已经公开宣布皈依佛门，但是，他毕竟曾经是道徒，对道教还是藕断丝连，并没有坚决禁绝道教的活动。上行下效，梁武帝管辖的南方各地，道教和佛教同山同地传教很普遍。佛教不排斥道家，道家也敬佛祖。所以，梁朝的一些官员是释道全信，家里既请僧人又请道士。冯融也是一样，有时请僧人有时请道士。来高凉前几天，他请了罗浮山道士到罗州宣传道义，也就顺便带着他来高凉参加佛寺开光仪式。李志宏也很高兴这次能到高凉，一方面参加开光仪式，一方面借机在这偏远的高凉地区宣传道家教义，发展道徒，扩张道教势力，岂不是一举两得？他高高兴兴带领着入室弟子苏玄朗来到高凉。

"师父！你看！"苏玄朗指着前面的人群："那里出了什么事情？那个老太婆在喊什么？好像叫人帮助她。"

苏玄朗停住脚步，踮起脚跟，向那边山路望去。前边人围拢了一堆，高高的椎发黑黑一片，他什么也看不见。

"我们过去看看。"

李志宏扯了一下徒弟的袍袖，师徒二人快步跑了过去。

"让开,让开!"苏玄朗奋力推开人群,帮助师父挤了进去。中间冼老太还跪在地上,哭喊着,向人们诉说着,请求人们的帮助。人们叹气摇头,却都沉默着。他们都认识抢人的宁家人,高凉老百姓谁敢招惹这一方恶霸?

"发生什么事情啦?"李志宏问冼老太。冼老太一下拉住李志宏,哇啦哇啦地哭诉起来。俚话一句也听不懂的李志宏满脸茫然。旁边一个汉人把事情经过说给他。

"这还了得?光天化日之下,在佛祖门口竟公开抢人!"李志宏勃然大怒:"强盗哪里去了?"人们指着山林:"瞧,在那里!"

李志宏拉着苏玄朗连飞带跑,追了过去。苏玄朗到底年轻功夫好,已经三步两蹿,蹿到师父前边,在树林里穿行。

宁遽看着自己的家人把阿英抢到手,心里得意,满脸笑着,等待他们过来。家人来到宁遽的面前,把阿英放了下来。宁遽得意地用手抬起阿英的下颏,满脸淫亵下流地笑着。

"小刁蛮,认识你的老公吗?"

阿英跟跄着站住,瞥了宁遽一眼,大声喊着:"衰佬!你是谁的老公?"

宁遽嬉皮笑脸地用指头刮着阿英细嫩的脸蛋:"谁的?当然是你的喽!你老都在你刚生下来时就把你给了我。你还想赖账吗?今天我要叫你成为我名副其实的老婆!走!把她抬回去!"宁遽朝他的家人一挥手。

家人涌了上来,把阿英抬了起来,放到一个健壮獠人赤裸的背上。

"走!我们回家办喜事去!"宁遽把手放在嘴里吹出一个响亮尖利的口哨,任阿英在家人背上挣扎踢脚尖叫,只顾呼啸着向山下奔去。

苏玄朗看见獠人要走,心里着急,他知道獠人走山路如飞,他要不截住他们,瞬刻之间他们就会消失在山间密林中。

"站住!"苏玄朗大喝一声。

宁遽听到有人大叫,不知道发生了什么事情,本能地停住脚,回过头去看。

苏玄朗轻身一跃,跳到宁遽面前,伸开胳膊拦住他们的去路:"放下这小姑娘!"他大声吆喝着。

宁遽一脸迷惑,看着苏玄朗,不知道他要干什么。他看了看左右,左右

岭南圣母:冼夫人

家人也都呆呆愣愣，互相看着，不知所措。

苏玄朗指着背阿英的家人，大声呵斥："放下她！"那獠人瞪着眼睛看着他，又看看自己的主人，一脸愣怔。

苏玄朗一个箭步冲上前，把他推到一边，用力掰开他的手，把阿英抢下来放在地上。

宁逯明白了，这个穿着打扮古怪的人，是想从他的手中抢回阿英！他大吼一声，蹿到苏玄朗面前，一下子抱住苏玄朗，然后大手一挥，咆哮着："给我打！"

苏玄朗来了个白鹤亮翅，朝宁逯打去。宁逯只觉得一阵飓风似的力量扑面而来，让他控制不住自己，不由自主地趔趄几步，手下一松。苏玄朗转身，把阿英拉到自己身后。

宁逯哇哇大叫，向苏玄朗扑了过来。他的家人也都做出攻击的样子，向苏玄朗包抄过来。

苏玄朗双手护着阿英，慢慢向后退，他把阿英推到一棵大松树后面，自己背靠着松树，等待宁逯的进攻。李志宏也已经赶到，他拉过阿英，小心观察着面前宁家的动态，大声提醒着徒弟："阿朗，小心！"

苏玄朗拿出个招架姿态，稳稳地扎好蹲裆马步："师傅你放心！今儿看徒弟给你露一手！"

一个凶恶的宁家家人抢先冲了上来，他想在主人面前邀功，哇哇乱叫着飞起脚向苏玄朗的脸部踹来。苏玄朗一动不动，心中暗笑：这么一个不懂搏击腿脚功法的家伙也敢来先发制人！果真是蛮獠！

苏玄朗等那家伙的飞脚到了眼前，才用一个优雅舒缓的云手动作轻轻一拨，那家伙"哎哟"一声，"扑哧"一下跌倒在苏玄朗的面前，好像一个倒下去的口袋，嘴里啃了一嘴泥草，坍塌下去的鼻子鲜血直流。

另一个不知死活的家伙冲了上来，挥舞着拳头，直直朝苏玄朗的眼睛打来。拳头裹挟着呼呼的风声扑了过来，苏玄朗还是一动不动。那家人好不得意：这一拳非把这不知道什么地方冒出来的北方佬打趴下，让他哭爹喊娘告饶求情不可！这样一来，自己可要受老爷重奖了！可是，等他的拳头接近苏玄朗，却一下子被木棉包裹，软绵绵的没有了一点力量。怎么回事？还没等他明白过来，只见眼前的北方后生仔把手一扬，他就仰面朝天倒下，顺着山坡一路轱辘了下去。

其他人都怔在原地，不敢上前。

苏玄朗嬉笑着，招着手："过来呀！过来呀！有胆的放马过来呀！"

宁迨七窍冒烟，哇哇喊叫着，冲了过来。

苏玄朗冲着他一边嬉笑，一边移动着脚步，围着他转起圈子。

宁迨的暴躁性子被眼前这白皙俊朗的后生仔逗引得七窍生烟。他哇哇大叫，朝苏玄朗一头撞了过去。

苏玄朗哈哈大笑，猿步轻移，闪过一边。

宁迨一头撞到树上，眼前金星闪烁，只觉得头晕目眩，趔趄几步，重重摔到地上。宁家家丁急忙上来搀扶主人，宁迨在地上挣扎，蹬着脚咆哮着："给我上！给我上！打死他！打死他！"十几个家丁一拥而上，把苏玄朗包围在中间。

苏玄朗还是嬉皮笑脸地招手调戏着："来呀，放马过来呀！"他走着马步，双手像蛇一样动作着，现在他要检验自己的蛇功的效果了。五禽戏也需要不断发展嘛，他自己创建的蛇戏就是一种发展。对付这些根本没有套路的打手，对他来说，还不是好像一场游戏？正好用来检验自己的蛇戏功夫。

家丁喊叫着互相壮胆，越来越逼近苏玄朗。

"注意后面！"李志宏大声提醒着他。后面几个家丁已经冲了上来，拳头飞脚已经直朝苏玄朗的要害部位打去。

苏玄朗听到耳后的风声，突然抬起右腿，原地转身，一下扫堂腿把几个扑过来的家丁全都横扫倒地。家丁倒在地上，抱着腿，"哎哟哟"地大声惨叫着，哭爹喊娘，翻来滚去，却怎么也站不起来。

前面的家丁仗着人多势众，继续逼近，有的抄着木棍，有的拿着竹竿，抡得如车轮转似的慢慢逼了上来。

苏玄朗大叫一声，托地而起，跳出圈外，以迅雷不及掩耳之势使出推山掌，面前的家丁哗啦啦、齐刷刷地倒在地上，呻吟着喊叫着。

苏玄朗正还想上去，继续施展他的拳脚。

师傅李志宏急忙大声呵斥着："阿朗，住手！不得伤害他们！"苏玄朗这才收住手脚，走回师父身边。

李志宏对瞠目结舌愣怔在一旁的宁迨说："我不知道你是哪方峒主，今

岭南圣母：冼夫人

天多有得罪。还请见谅。这姑娘我们救了。"说着,拱手作揖,拉着阿英向山门走去。苏玄朗害怕獠人背后出手,倒退着保护着师傅。

冼老太看到阿英回来,扑上去抱住阿英又哭又笑。

阿英对母亲说:"多亏遇见这两个好人出手相救。"

冼老太急忙走到李志宏和苏玄朗面前,倒身下跪拜谢,连声说:"感谢搭救妹仔!感谢搭救妹仔!"李志宏和苏玄朗弯腰扶起。

这时,得到报信的冼文忠和冼玉挺已经领着家丁赶来,他们扛着家伙武器,喊叫着,来到山门前。冼玉挺看见母亲和妹仔,急忙奔了过来。"什么事情?发生什么事情?宁家人在哪里?"

阿英急忙拉着冼玉挺,对冼文忠说:"老都,这两个北佬救了我!"

冼文忠和冼玉挺看着面前这两个穿着奇怪的北佬,急忙道谢。

"宁逵那个衰仔呢?我去找他算账!"冼玉挺说着抄起一根木棍,往外跑。

李志宏一把拉住他:"兄弟,算了吧,他们已经被我这徒儿狠狠教训过了。放过他们吧。"

苏玄朗也插嘴说:"他们都得到了应有的教训,不要再去找麻烦了。冤家宜解不宜结,人回来没有受到伤害,也就算了吧。"

冼文忠听从了李志宏的劝说,看看儿子冼玉挺,摆摆手:"算了,算了。我们还是请这两位师父到冼峒去,好好谢谢他们的搭救之恩!请两位师父到我们冼峒去坐坐!"

李志宏很高兴,他也不多推辞:"好,好,难得结交高凉首领,我很乐意去看看。"

冼文忠带领着李志宏和苏玄朗来到自己家里,命令家人摆宴招待李志宏和苏玄朗。几杯米酒,一桌盛宴,摆满了高凉的山珍海味,象鼻肉、孔雀肉、金枪鱼、鲳鱼、沙虫、毒蛇、海螺、海蟹等。

道士李志宏看着丰盛的山珍海味,笑了:"冼都佬,我们道士不吃荤腥。"

冼文忠大吃一惊:"那你们道士吃什么?"

李志宏端起清茶,呷了一口,润了润干燥的嗓子,说:"冼都佬,我们道士是出家人,平常粗茶淡饭,要遵守道家规矩,我们要穿这样的衣服鞋袜,要留这样的高髻头发，不食荤腥。每日要修行功课要斋修，要敬神，吃饭更要遵守戒律。道家有许多戒律，有上品戒中品戒和下品戒。上品戒要遵守十戒，中品戒至少要遵守八戒，下品戒也要遵守三戒五戒，另外还有老君二十七戒，这是道教创始人张天师张道陵创立五斗米教时就规定下来的。"

"你说说，这十戒、八戒、五戒、三戒都是什么？"冼文忠很感兴趣地与李志宏闲聊。

李志宏乐意宣讲道家教义，一边夹着桌子上的菜蔬，一边慢慢说着："三戒叫皈依戒，皈依道经法。一叫皈身戒，皈身于太上无极大道，就是说你开始信奉道教；二叫皈神戒，信奉'三十六部尊经'；三为皈命戒，听从玄中大法师。五戒是不杀生、不吃荤酒、不口是心非、不偷盗、不淫亵。八戒是不杀生以自活，不得淫欲以为悦，不得盗他物以自供给，不得妄语以为能，不得醉酒以恣意，不得杂卧高广大床，不得普习香油以为华饰，不得沉迷歌舞以作倡伎。十戒加上不得违背父母师长，不得叛逆国家君王等。你看，这八戒十戒，都有不食荤腥饮酒的戒条，我们道士要严格遵行才能修成正果。"

冼文忠哈哈大笑，扬头饮下一碗米酒，夹起一大块象鼻肉放进嘴里，吧唧吧唧嚼得香极了。他咽下嘴里的象鼻肉，又拿起一个大海螺，用一个细木针从螺壳里挑出细白的螺肉一口吞了下去。这才说："这么好吃的东西你们不吃，可惜死了。这也不让干，那也不让干，你加入那什么教干什么啊？"

"罪过罪过！"李志宏急忙告罪，然后笑着对冼文忠说："冼都佬有所不知，加入道教成为道友就会得到神仙的保护。我们道教信奉许多神仙，这些神仙法力无边，他们会满足道民所有愿望，保佑那些崇敬他们的道民。"

"真的？灵验不灵验？我们俚人的陈帝可是很灵验的喔。陈帝保护我们俚人出海平安。我们俚人都怕他敬他。"冼玉挺一边大嚼，一边支棱着耳朵很感兴趣地听，插嘴说。

李志宏微微一笑："陈帝固然灵验，但是陈帝还是比不上道家的三清神，比不上太上老君，他们可是灵验之极。而且道家还会炼制长生不老仙丹，叫道民长生不老。"

冼文忠嘴里"嘎嘣嘎嘣"嚼着大海蟹的大钳肉，一边说："长生不老仙丹？能叫人长生不老？这还有点意思。我们俚人寿命不长，要是真的能叫人长生不老，我就入你们道教。不过，你要详细给我们讲讲，看你们道教有些什

岭南圣母：冼夫人

么神仙,他们是不是比我们俚人的神仙鬼更厉害。"

李志宏笑了:"神仙鬼？神仙保佑人,鬼害人,冼都佬你怎么把神仙叫神仙鬼？"

冼文忠哈哈大笑着:"我们俚人就这么说,把山水一切有灵性的东西都称作鬼,有山鬼、雷公鬼、地鬼、灶鬼、火鬼等。我们拜祭各种鬼,春节后第五天要祭天鬼,俚峒首领一大早来到村外树下,用雄鸡一只,白酒一坛,祭天鬼,祭礼仪式结束,首领们把肉吃完,悄然离开,以后,人们就可以下地干活。我们祭雷公鬼祭天求雨七天,全村参加,用一头肥牛作祭品,牛的角要对称,要弯曲。祭天时,听道公念咒,人们敲击锣鼓,把牛杀了,把牛角挂到大树上,树的一旁要插一根挂有四团棉花的竹枝,作为天上神鬼上下的天梯。"

李志宏哈哈笑着:"原来你们俚人的鬼就是我们说的神仙啊。那我们道教的神仙比你们俚人的鬼厉害多了。"

李志宏看了看徒弟苏玄朗,他正看着一桌荤腥不知如何下筷:"阿朗,你来说给冼都佬听。"

苏玄朗急忙端正身体,眼光向前,说:"道教信奉的神仙有至尊三清。玉清境清微天元始天尊、上清境禹馀天灵宝天尊,太清境大赤天道德天尊。三清又叫三宝。不过现在我们说的三清是指元始天尊、太上道君和太上老君。次于三清天尊的是三天君和五老君。三天君是上清真人,主括三天之人神。五老君是青灵始老君、丹灵真老君、中央黄老君、金门皓灵皇老君、五灵玄老君。五老君也称青帝、赤帝、黄帝、白帝黑帝。另外还有各种天帝如四御,玉皇大帝、天皇大帝、紫微北极大帝、后土皇地祇,还有十方天尊等。道教的神仙系统分七级,每一级以中为尊,左右辅佐。第一级中位是元始天尊,第二级中位是玄黄大道君,以下依次是金阙帝君、太上老君等。一共几十个法力无边神仙。其实我们道家很灵活,我们也允许人们继续拜祭他们原来的神鬼,你们还可以继续拜祭你们的陈帝海神,各行各业也还可以敬自己的行业神。我们道教是多神教,我们也敬社神土地神关公天神,我师父还敬观音菩萨呢。他在罗浮山的观里,还专门设了佛堂,隔日也去敬拜观音的。他主张佛道儒三教调和并包。崇教唯善,法无偏执。百法纷凑,无越三教之境。所以,我师傅和道家祖师爷冲合子与陶弘景一样,每见有学问的高僧,都要礼拜。他的岩穴里,安有佛像,自己亲自率领门徒朝夕礼拜忏悔。经常诵读佛经。在茅山，建有佛道二堂，隔日朝拜，佛堂有像，道堂无像。"

"天哪，这么多神仙，哪能拜过来啊？万一有一个没有敬到，这不是自找倒霉吗？"冼文忠叹息着："神越多越难伺候，还不如我们俚人的神仙鬼呢。"

"神仙多靠山才多呢。你看，一个道友有这么多神仙保佑，他不是衣食无忧了吗？他还怕刚才那恶人的欺负吗？"李志宏笑着，继续劝说着。

"可是，信了道教，我连这海鱼象肉都不能食了，那这日子过得还有什么意思？"冼文忠拿着筷子的手停在半空，他正想去夹一块焦黄流油的孔雀肉，疑惑犹豫地抬起眼睛看着李志宏。

"这你不必担心，道家和佛家不一样，佛家要求所有弟子都不能食荤腥喝酒，其实这也不过是当朝皇帝梁武帝自己的规矩，其实原来僧人也可以食荤腥的。不过梁武帝严厉要求佛门弟子禁止食荤饮酒，破戒者要严厉处罚，才使如今的佛家弟子不敢破戒。我们道家虽然原本就禁止食荤腥，可是道家对不出家的道民要求很松，只要他们每月有一次两次斋戒就可以了，不必像我们道士天天遵守戒律。所以，就算冼都佬入道家门，也一样可以享用你的山珍海味。怎么样？冼都佬，不错吧？"

"信了道教果真可以长生不老？"冼玉挺十分好奇，又问。

"当然可以了。我们道家主张形神双修，养形与练形并重。我们道教内丹派认为，天地之间，秉气含灵，唯人为贵，人所以贵，是因为贵在于生。生是神之本，形是神依附的器具。神大用则竭，形大劳则毙。养生大要，一曰啬神，二曰爱气，三曰养形，四曰导引，五曰言语，六曰饮食，七曰房室，八月反俗，九曰医药，十曰禁忌。我命在我，不在于天，但是愚人不能知此道为生命之要，所以致百病风邪者，皆由恣意极情不知自惜，故虚损也。所以，我们引导人们学习修炼养生之术，同时，我们也吸收外丹派的精华，我们也炼制长生不老的金丹金液，炼制各种治疗百病的药丸丹散，专门给道民治疗百病。葛洪老祖师爷说：若夫仙人，以药物养生，以术数延命，使内疾不生，外患不入，虽久视不死，而旧身不改。我命在我不在天，还丹成金亿万年。你看，当个道民有多好？上有众多神仙保护，下有道士大师救治，还怕不长生不老？我们道教相信因果报应，道徒都讲究现世的行善，行善的人自然有太上老君保佑，能不长生不老？"

冼文忠根本没有听明白，不过，见李志宏说得口沫四溅，说得那么肯定，

岭南圣母：冼夫人

那么信誓旦旦,于是一拍桌子:"好!我们全家加入道教!"

李志宏高兴地站立起来,说:"我马上设坛斋醮,为冼峒举行免费法事,祈请三清降福,以答谢冼都佬的厚爱。"

方圆几十里的俚人听说,首领冼都佬从葛洪炼丹处——罗浮山朱明洞请来葛洪弟子李志宏大师,要设坛亲自为冼都佬举行法事醮斋,吸收他全家入道,周围俚人陆陆续续来到高凉,围拢在冼家大院前等待看他们没有见过的新鲜事。

高凉的新鲜事情越来越多,僧人在新建的寺院举行开光仪式,接着就在寺院里举行各种佛事活动,现在,又从远方来了个道士,举行坛醮。俚人感到好奇,他们正在选择自己的信仰。对大多数人来说,多信一个神,心理上就多了一份安全感,只靠陈帝,他们确实有些不大放心。俚人出海会遇到风暴,难免葬身于滔滔大海;到野外会遇到雷暴,死于耀眼的一道电光和震耳欲聋的霹雳中。有时瘟疫使全峒的人死去,有时野兽、大虫、豹子出没,夺取小孩子的性命。在他们的生活中,不安全的因素太多,总是生活在恐惧中,他们需要寻找法力无边的庇护。俚人的鬼,显然没有朝廷推崇的神佛的法力大,他们现在来,就是来寻找保护,只要那些宣讲者信誓旦旦地答应保护他们,他们就准备去加入那个什么教。

看热闹的人们已经把法坛严严实实地围了个水泄不通,还有一些后生仔和细佬仔已经爬上附近的大树,等待他们没有见过的道家法事举行。

冼文忠和冼玉挺抬着一只瓦盆大的大海龟出来,把海龟放到道士李志宏和徒弟苏玄朗面前。苏玄朗用小刀在龟背上刻了几个大字:高凉善士冼文忠,梁普通五年。李志宏在它的背上贴上黄色符箓,又披发执剑对着海龟舞弄了一阵,念了一番咒语。"好了,放生吧。"李志宏对冼文忠说:"这海龟能活千年。你放生了它,它会保佑你长生不老。"

冼文忠乐颠乐颠地领着儿子来到冼家楼后的小河边上,小心翼翼地把海龟放进河水里。海龟慢慢地划动着四只爪,慢慢拨动着清澈的水,向河中央游去,它不时回过头来,伸长脖颈,朝众人点头,在快要进入江口时,他最后一次回过头,朝众人最后点了三下头,才加快划行速度,进入大江,朝大海方向游去。

放生之后，大家回到冼家楼前。道坛设在冼家大院外的木台上，木台用蓝布围了起来，坛上放置着做法事的一切法器。道家大法师李志宏换掉蓝色的道袍，穿上紫色法衣，头戴五岳冠，面前摆放着宝剑、令旗、令箭、敕令牌、天莲尺、镇坛木等法器，摆放着香炉、烛台花瓶、果盘、净盂等供器。李志宏没有带许多徒弟，伴奏乐队的钟磬铃鼓等也只好靠他们师徒二人自己敲打。李志宏打破星斗设坛作坛醮的规矩，改在这白天举行，使更多的俚人能够见识道家风采，以扩大道家影响。

李志宏信奉陶弘景，属于道教的改革派。

道教从汉代形成以来，派别纷呈。南北朝时葛洪的金丹教在南方影响很大，葛洪在他的《抱朴子》里阐述了金丹教的主要观点。当时北方以寇谦之大师清整道教形成的新天师道为正宗。北魏嵩山道士寇谦之改革五斗米道，提倡礼法，去除以前道教荒诞的房中术，批判男女合气才能释罪，成为种民的学说。寇谦之在他的《老君音诵戒经》里假托老君口说：男女合气之术，岂有此事！他倡导轮回报应。将服饵修炼与符水禁咒之术合而为一。

刘宋的金陵道士陆修静（406—477）对道教进行总结和改革，提倡斋仪。"入靖修真，要斋戒，检口慎过，其道渐阶。"他吸收佛教的三业清净——要求心去贪、忿、痴，身除杀、盗、淫，口断妄杂诸非正言，制定斋仪，使种种修真、祭祀得以规制化。

陶弘景发展了南天师道。陶弘景，字同名，自号华阳隐君，经历宋齐梁三个朝代。他年轻时从陆修静的弟子孙游岳学道教符图经法，是陆修静的再传弟子。主要著作有：《真诰》《隐诀》《登真隐诀》《养性延命录》《真灵位业图》。他对南天师道做了改革和总结，成为南方道教的大师，深受梁武帝的重用。

李志宏打着陶弘景弟子的旗号，在岭南活动。

这是一次消灾祈福的小型坛醮法事。李志宏手执法器，走上道坛，向太上老君像上供烧香，口中念念有词地祝颂三清的恩德与法力。

苏玄朗为师父敲打着鼓磬，和着李志宏的颂词大声念诵着老子的《道德经》。

李志宏披发舞剑，迎接神的降临。苏玄朗把鼓磬敲打得更加急速有力，李志宏仰面朝天，看着蓝色的天空，目光迷离而惶恐崇敬，他不断地翕动嘴

岭南圣母：冼夫人

103

唇喃喃,好像正在与降临的神灵交谈。忽地,李志宏扑地,倒身下拜,大声说:"弟子李志宏恭迎太上老君亲降人间! 请接受弟子三拜!"

苏玄朗也急忙跪拜,学着李志宏的样子拜见太上老君。

等候在祭坛旁的冼文忠冼玉挺和冼老太以及阿英,都还是怔怔地站着。李志宏急忙提醒:"这里有岭南俚人首领冼文忠全家拜见老君!"

冼文忠父子这才意识到,天神已经降临,就在他们的面前,可惜他们肉眼凡胎看不见,只有真人大师才能够见到天神。于是,他们诚惶诚恐,急忙扑身跪倒,学着李志宏的样子向空中拜了又拜。

旁观的俚人心惊胆战面色惊惧,有的还浑身颤抖,脸色发白,以为真有天神来到他们眼前,可是他们都有眼无珠,什么也看不见。场上的庄严神秘的气氛吓怕了他们,有胆小的,也急忙扑身跪倒,朝空中拜了又拜。

阿英瞪大双眼,看着空中,空中什么也没有。她却不敢说话。也半信半疑随着父兄和道士向空中跪拜着。

李志宏拿起令箭,用一种不是他的声音的声音说:"本天尊感应岭南冼氏的厚爱,特命令所有的妖魔鬼怪邪恶不得靠近冼氏一家,冼氏一家受本天尊的庇护! 吾奉太上老君急急如律令!"

李志宏跳跃到祭坛的桌子前,抓起桌上的毛笔,挥舞着在面前的一张黄表纸上画下许多符号文字。李志宏一连写画了八张符箓,才罢手。李志宏放下毛笔,双手朝天,打了一个打哈欠,用一种奇怪的声音说:"本天尊疲乏了。本天尊去也!"说着,"扑通"一声倒地,面孔朝天,翻着白眼,半天没有动静。

冼家和全体俚人都惊吓得大气不敢出。

苏玄朗把鼓磬和铃铛敲摇得十分响亮和急速。

过了许久,李志宏才打了个响亮的喷嚏,慢慢坐了起来,好像什么也不知道似的,用自己的声音问:"太上老君回去了?"

苏玄朗急忙回答:"老君回府了。"

李志宏急忙翻身站了起来,朝天上拜了又拜,朗声说:"弟子李志宏恭送天尊回天府!"说着,他抓起桌上摆放的鲜花,朝天空的东西南北各个方向撒去,口中又念念有词地祝颂着三清天尊的功德。

这是坛醮的最后仪式,散花送神。

李志宏拿起桌上的符箓,对冼文忠说:"这就是天尊送给你们全家的护身符,你们把它们挂在家里,就会一切平安,无灾无难。从今以后,你们不用正式出家道观,在家修行,属于在家修行的弟子,天尊一样佑护着你们。从今以后,你们要遵守道家教义,多行善事。《太上感应篇》说,祸福无门,唯人自召。善恶之报,如影随形。所谓善人,人皆敬之,天道佑之,福禄随之,众邪远之,神灵卫之,所做必成,神仙可冀。如果冼都佬想功德圆满成为神仙,应当做一千三百件善事。希望冼都佬诸恶莫做,众善奉行,这样才能永无恶星降临,常有吉神拥护。这善有善报,恶有恶报,近报在自己,远报则在儿孙。"

冼文忠小心翼翼、诚惶诚恐地接了过来,心中感到前所未有的踏实。

突然,一个家丁走到冼文忠面前,伏耳小声说了一句。冼文忠脸色大变,急忙对李志宏说:"李师父,我要回去,家里有人有急事要见我。"说着,拉着冼玉挺急急离开。冼老太心中突然升起一种不祥的感觉,拉着阿英,也急急回去。

冼文忠一进门,就看见立在大厅的船队首领阿昌,背上背着一个羸弱不堪的小姑娘。

"你回来了?阿朱呢?他不是派你和他一起出海到海陵岛了吗?"冼文忠大声问,心中开始颤抖起来。

阿昌大声号哭。

"发生了乜事?"冼文忠心里发毛,一把抓住阿昌的敞开的衣襟,摇晃着。

这时,冼老太也紧紧跟了回来,看见阿昌号哭,心里着急,步履踉跄,摇晃着奔了过来,阿英拉都拉不住。

"阿昌,发生了乜事?阿朱呢?我的仔阿朱呢?"冼老太喊着,脚下一软,一屁股坐到地上,不省人事。

阿英哭喊着:"阿妈,阿妈,你醒醒啊!"

"快把你阿妈抬回卧房歇息。"冼文忠对冼玉挺说。冼玉挺命令家人和阿英把冼老太抬上楼。

看着阿昌只是号哭,冼玉挺心中焦躁,他冲到阿昌面前,晃着拳头威胁说:"你给我收声!阿昌!"冼玉挺厉声制止住阿昌的号哭:"你快说,到底发

岭南圣母:冼夫人

生了乜事！"

阿昌这才擦了擦眼泪，抽泣着说："阿朱带领着我们上岛，遇到海盗，海盗把他们都放倒了。"

"什么海盗？哪里的海盗？海盗不是刚被消灭了吗？"冼玉挺攥着拳头，在厅里走来走去。

冼文忠只觉着一阵天旋地转，眼前发黑，他身子摇晃起来。冼玉挺急忙跑过来一把抱住父亲。

"我不知道，我当时落在后面到树林里拉屎，没有看到强盗。我在树林发现这个小姑娘，把她救了回来。她大概知道情况。她的父母和渔村的人全被海盗杀死了。"阿昌继续回答着冼玉挺的问题。

"阿朱啊！"冼文忠大喊一声，晕倒在儿子冼玉挺的怀里。

"快拿水来！"冼玉挺命令着家人，冼文忠的几个儿子全赶了回来，大家七手八脚把冼文忠抬放到红木卧榻上，有的掐人中，有的灌凉水，有的给他敷冷水，一阵急救，冼文忠长叹了一下，缓过气来。

"阿朱啊！我的阿朱！"楼上传来冼老太撕心裂肺的哭喊。

"谁杀了我的阿朱？是谁？你快说！"冼文忠红着眼睛，问阿昌背上的那个小姑娘。小姑娘全身颤抖，脸色苍白，惊恐的眼睛痴呆呆的，什么话也说不出来。

"这细女吓坏了，一句话都不会说，只会发抖。"阿昌叹口气："我把她从海岛上偷偷抱了回来，回家给她喝了些蚝粥，才慢慢苏醒过来。这就赶快背着她前来报信。我看急不得，要慢慢让她不害怕以后才能知道事情的真相。"

阿英从楼上下来，从阿昌背上抱过小姑娘，把她抱在自己的怀抱里，轻轻拍打着："细女不要怕，有阿姐在。"

小姑娘用小手紧紧搂住阿英，惊恐的眼睛露出一闪而逝的微笑和感激。

道士李志宏结束了坛醮，把法器收拾进褡裢里，徒弟苏玄朗背着回到冼家。听说冼家公子的不幸，他眼睛一转，转身来安慰冼文忠："冼都佬要节哀顺变，人死不能复生，可是只要按照道教规矩给死人做超度的道场，人就可以超度升天，在天界享福。葛洪在《塞难》中说：'命之修短，实由所值，受气结胎，各由星宿。天道无为，任物自然，无亲无疏，无彼无此也。命属生星，则其人必好仙道,求治亦必得也。命属死星,则其人亦不信仙道,不信仙道,则亦必不修其事也。'"

李志宏喘了口气,接着说:

"积善事未满,虽服仙药,亦无益也。若不服仙药,并行好事,虽未便得仙,亦可无卒死之祸矣。"

"师父,这么说来,可是小儿不修善事才招致的杀身之祸吗? 这可是大师所说的报应吗?"冼文忠胆战心惊地问。

李志宏心中暗喜:这俚人首领已经完全相信了道教的学说,他在高凉地区建立道观有了钱财来源。看着佛教在全国很快普及,看着这偏僻的高凉地区建立起寺院,他心里很不是滋味,他在感觉寺开光的典礼上下决心,一定要在高凉建一个道观。道家现在没有佛教走运,从刘宋到现在,皇帝都支持佛教的传播,特别是梁武帝更是不遗余力以朝廷诏令方式强行推行。原本信奉道教的梁武帝改信佛教以后,对道教采取抑制政策,叫他深感愤怒,可又无可奈何。道士都憋了一股劲,决心振兴道教。

"是啊,冼都佬很有悟性嘛。令公子遇害,仅仅是远报。希望冼都佬以后多做善事,比如在高凉捐建一座道观,就可以解除过去的恶报。"

冼文忠泪流满面:"是啊,冼家历代为俚人首领,和周围的獠人多结冤仇,这可是报应啊! 我答应大师捐建一座道观,来减轻我们冼家的罪恶。"

李志宏高兴地连声说:"善哉! 善哉! 冼都佬快要功德圆满了。"

阿英小心地喂着小姑娘喝水,心中大不以为然,可是她不敢和大师争辩,更不敢和父亲争辩,只是在心里说:都佬的死,我一定要搞清楚! 不能让都佬白白死去!

冼玉挺看着李志宏和苏玄朗在道场上忙乱地敲打着鼓磬,念诵着他们听不懂的经文超度死者,心里涌上一种说不出滋味的惆怅。他突然觉得茫然失措。老三一下子从这个世上消失,叫他感到十分难过又十分丧气。说不定哪一天他自己也会突然消失了,突然死于非命。冼玉挺打了个冷战,一种无名的恐惧从心中升起。

这时,家人来报告说,有感觉寺的住持想见老爷或公子。冼玉挺看见老都精神不好,自己走了出来迎接感觉寺的住持。

岭南圣母:冼夫人

感觉寺住持合掌打着问讯："南无阿弥陀佛！听说府上遭遇不幸，贫僧特来表示追悼。望冼大公子节哀顺变。"

"谢谢大师！"冼玉挺也学住持的样子，向住持还礼，请住持到厅里坐下。

听着后院里传来道教的钟鼓磬钹音乐，住持问："冼都佬可是在做道场追荐死者？"

冼玉挺点头："罗浮山朱明洞的道长做道场。"

住持点头："这人死好比去了极乐世界，应该追荐。不过，只是由道家做道场还不能保证死者真正进入极乐世界。我们佛家的法事道场极其灵验，冼都佬要是不嫌弃，我们感觉寺愿意做一场法事来追荐死者，超度三公子进入极乐世界。"

冼玉挺很感兴趣地看着住持僧人："老师父，不知佛家有什么主张？这法事超度有什么用处？"

僧人搔着光头皮，慈眉善眼地笑着："我们佛家以慈悲为怀，讲究普救众生。佛家的佛祖法海无边，威力无穷。他说，众生皆有佛性，每个人都可以通过顿悟成佛，成佛以后，便脱离苦海，进入极乐世界。"

"每个人都能成佛？"冼玉挺诧异地问。这可是很新鲜的事。人人都说神仙好，可是这神仙却不是每个凡夫俗子所能当的。这僧人居然说每个人都可以成佛。这多好。冼玉挺想。做个凡人，有这么多的烦恼和痛苦。看三弟，怎么说没就没了呢？这种厄运会不会很快降临到自己头上？

僧人见冼玉挺若有所思的样子，知道他有些心动，就接着说："竺道生的《涅槃经》说涅槃不灭，佛有真我。一切众生，皆有佛性。皆有佛性，学得成佛。佛有真我，永不泯灭。你看，这就是说，每个人都可以成佛，成佛以后，就不会泯灭了。当然，这成佛的路途还是要经过艰苦修炼的。只有刻苦修炼，刻苦做功课，才可以成佛。"

"那如何修炼呢？"冼玉挺急忙追问，眼睛流露着渴望、急迫的光芒。

僧人看着眼前这俚人都佬，心中暗喜，看来他也许能够超度这个凡人进入佛门。僧人继续微笑着："这修炼，当然要首推舍身佛门。这舍身佛门是真正信奉佛祖的表现。出家做僧人，永远侍奉佛祖于佛家净地，自然就成了佛。如果不能出家，也是可以修炼成佛的。只要念诵佛经，遵守佛家戒律，也是可以的。不过，佛祖自然更喜欢出家的弟子。"

冼玉挺想起感觉寺里那叫他感到心动的三世佛，那些富态的三世佛给他安全感。在他们面前，他觉得自己很安全很平静，少了许多烦恼和忧愁。

"梁武帝十分赞赏人们舍身佛门。京都里修建了好几千个寺院，有好几万人都舍身佛门侍奉佛祖了。我们高凉地区尽管建立了感觉寺，只是这舍身佛门的俗家人还不多，要是公子带头，那佛祖一定十分喜欢，自然把佛光永远普照着高凉，特别是你们冼家，以后再不会有什么血光之灾了。这就像《神仙传·刘安》书里传说的那样，一人得道鸡犬升天了。"

冼玉挺沉思着：既然一人得道可以鸡犬升天，冼家应该有舍身佛门去为自己家族谋取永远的平安的人，自己是冼家长子，肩负着接替冼家香火把冼家领向昌盛的责任，也许他应该毫不犹豫地舍身佛门，去拯救自己的家族？

冼玉挺心里琢磨：也许自己与佛家有缘？

冼玉挺站了起来，朝僧人恭身作揖拜了几拜："师父在上，假如小徒舍身佛门，不知师父收不收？"

僧人也站了起来，欢喜地说："要是冼公子当真舍身佛门，这可是我们感觉寺的光荣。公子舍身佛门将是高凉地区的先知，佛祖一定十分喜欢，佛光普照你们冼家，你们冼家将三生有幸。"

"什么叫三生？"冼玉挺有些迷糊。

"这三生，也是我们佛家的道义。三生，也叫三世。佛说，人有往生、今生和来生，人不能修往生，往生是你的先人祖宗爷们给你们修来的，他们在世的时候，多修善果，他们的后世子孙就有福禄寿，要是他们当年作恶多端，惩善扬恶，他们的后世子孙就得做牛做马受罪来偿还他们的罪业。今生是可以修炼的，但是修炼今生主要还是为了来生，一为他自己将来投生以后不受惩罚，二是为了他们后世子孙不为他们的今生的罪业受惩罚。这就叫三生。你要是皈依佛门，自然是修了最大的功德，不仅修了自己今生和来生，也将让你们冼家世代受惠，替你冼家修了来生。可是不知冼都佬的老都是不是同意呢？公子还是要与老都好好商议，再行定夺，这事着急不得。"

冼玉挺点头。

"那老衲就告辞了，请向冼都佬致意，转达老衲和感觉寺对府上的悼念！"

勾结官府宁家猖狂　　遭受欺凌冼家屈辱

高凉郡守李迁仕回到郡守衙门，脱掉官府换上家居短衣短裤，如释重负，舒服地躺到大躺椅上，闭上眼睛。家人为他端来刚沏好的云雾茶，放到他身旁的桌子上。

一年多的大辛劳终告结束。李迁仕闭着眼睛，摇着蒲扇，想着旧事。

为兴建感觉寺，他忙了一年多。上面放个屁，下面跑断腿。梁武帝爱佛，这上上下下都要建寺院。算什么事？劳民伤财啊！李迁仕摇着头。

不过，他只是一个小小郡守，管那么多干什么？他没有必要去操那么多的闲心，他的任务就是完成朝廷诏令，让上司满意，在官吏考核中获得好评，然后找机会活动活动，慢慢提升上去。想升官，自然只能照上级的意图办事，不折不扣去执行。这一次，他对刺史的意图领会准确，事情也办得漂亮，看来刺史大人十分满意。

长史进来，向他报告衙门的收支情况。"老爷，又到支领饷银的时候了，官吏和差役都在院子里等候多时，他们已经两个月没有支领饷银。老爷，你看……"

李迁仕坐了起来，皱起眉头，挥手："去，我知道了。先叫他们散去，会发给他们的！"长史急忙退了出去。

李迁仕端起茶杯，慢慢呷着喷香的热茶，心下却在发愁。

寺院终于建立起来，政绩显现，可郡衙里的财政却空虚了。建造寺院，叫他煞费苦心，为了筹集款项，他采用寅吃卯粮、私分截留、假账虚报、多报少交、摊派搜刮、瞒产虚领等多种办法，抠出许多银两，总算把寺院建起来，可虚空的财政虚空如何弥补？就算是上交朝廷和罗州的税账，可采用虚报瞒报的办法去应付，但是衙门里大小几十口人的口粮花销可是不能应付过去的啊。他花天酒地要钱，他包养侍妾要钱，他出外游山玩水要钱，他的孩子老婆的花销也要钱，他的大小官吏要从他那里支领银两。他这九品官郡太守月俸8斛米15匹绢，加上菜田俸禄360斛米，总年俸折合516斛米，也算富裕生活。可是府衙里的小吏，不享受官俸，要靠他从当地征集赋税来供给。他不想办法咋行？

只有一个办法,加重对俚獠的赋税征收。可是这荒蛮地方的蛮人实在不那么驯服,没有中原地方百姓听话,每次加收赋税总要闹出一些反抗,搞得他很恼火,有几次事情闹大了,引起刺史不满,差点上朝廷去参他一本,幸亏他机灵,上下打点得及时,才没有失去高凉郡守的职务。

李迁仕抓耳挠腮,站了起来,在郡守衙门的后院厅堂里走来走去,想不出什么好办法。

差役进来:"报告老爷,宁峒首领宁逵前来求见!"

听说冼都佬加入了道教,又听说他的儿子出家,宁逵有些坐不住。冼家有了佛道那么多神仙的保佑,以后可就强大了许多,如何斗得过他?

我是不是也要加入个什么教才好呢。入教以后,可以聚集更多的道徒道友,人多力量大,又有神仙保护,就不怕冼家加入什么道教佛教。他来拜访郡守,想叫郡守给他出出主意。

"宁峒首领宁逵前来拜建郡守老爷。"宁逵给李迁仕作揖。

李迁仕请宁逵坐下,吩咐差人上茶。

"宁都佬何事见教?"

"郡守老爷最近听说冼峒动向了吗?"宁逵操着很不熟练的官话问李迁仕。

"什么动向?难道冼家又组织俚人、獠人暴动不成?"李迁仕大惊失色,手中的茶也泼洒出来。

"那倒不是。"

宁逵见李迁仕如此惊慌,心中难免好笑:这官家被俚人、獠人的暴动吓破了胆。那一瞬间,宁逵竟自豪起来。

"那倒不是。冼峒的都佬冼文忠全家加入道教,听说举行了规模很大的入教坛醮,他们与道教勾结一起了。"

"是吗?"

李迁仕心神安定下来,漫不经心地应付着,慢吞吞地端起茶碗,呷了一口茶水,在口腔里呼噜噜转了转,慢吞吞地咽了下去。

宁逵也端起茶碗,咕噜咕噜喝了几口,拿起大蒲扇忽忽扇了起来。天气太热,坐到郡守老爷高大宽阔的大厅里还是汗流不断。

"想加入就叫他加入吧。"李迁仕慢吞吞很不以为然地说。

岭南圣母:冼夫人

111

"入道教听说有许多神仙保护他们,以后我们獠人不是要吃亏吗?"

宁逵对李迁仕那种随便的态度很是不满意。"这家伙,又拿架子了。"宁逵气哼哼地想:想让老子出钱帮你修寺院,你就对老子热情起来,钱一到手,鸟你老母,你就开始拿架子!

李迁仕看出宁逵脸上浮现出恼怒神色,急忙换上笑容,用亲热的口气说:"宁都佬,你可知道,当今皇帝提倡信奉佛教,你捐建了寺院,就算已经加入了佛教,佛祖会庇护佛家弟子的。你只管放心好了。要是冼家借道教神仙来对付你,佛法无边的佛祖会出来给你做主的。"

"真的吗? 是佛祖灵验,还是道教神仙灵验? 是佛祖和菩萨的威力大,还是道教的天尊神仙威力大?"宁逵急切地询问。

"当然是佛祖的威力法力大喽,要不当今皇帝为什么会放弃道教而改信佛教呢? 肯定是佛祖威力大,皇帝才选择他啊。肯定是皇帝信道的时候,道教的神仙没有帮他的大忙,才惹怒了他老人家,让他老人家抛弃了道教改信佛教。你说是不是啊? 谁信教不是图他个灵验? 图他可以帮忙? 要不是,谁还入那个教做甚?"

一席话说得宁逵直点头。

"是这么个理,是这么个理。这么说,我不必害怕冼家加入道教了?"

"有什么可怕的? 我们信奉佛教上有佛祖、下有天王菩萨罗汉保佑,根本不必害怕道教的太上老君。"李迁仕为宁逵打气:"只要你经常不断向寺院和佛祖敬献你的虔诚,向寺院捐香火,佛祖知道你心诚,一定会保佑你,让你和你全家大富大贵。"李迁仕慢慢把话头引向他需要的内容。

"是啊,我们宁峒在修建感觉寺时,没少捐钱。他佛祖应该保佑我们!"

宁逵粗声大气地说,语气里丝毫没有敬畏佛祖的意思。

"罪过罪过!"李迁仕急忙告罪:"佛祖可是有法眼的,你这般大不敬,小心佛祖怪罪的。"

宁逵哈哈大笑:"佛祖要是这般小心眼,我还敬他做乜。郡守老爷,你说,我还要怎么敬献佛祖才显示我的诚信?"

李迁仕心下暗乐:真是瞌睡给了个枕头。他等的就是这句话。

李迁仕故意皱着眉思索了一会,才吞吞吐吐地说:"其实宁都佬对佛爷的敬意和诚意,佛爷早就知道。不过嘛,敬佛不嫌礼多,你奉献得越多,佛祖回报你的也越多。如果只奉献不索取，那佛祖一定把你当作一个最虔诚的弟子，当作一个楷模加以赞扬加以保护。你宁都佬不是那些小气鬼，在佛祖面前烧一炷几文小钱的香，磕几个不花钱的响头，就请求佛祖保佑他和全家平安，又要祈求让他和全家升官发财，还想让佛祖给他全家消灾禳福，不是太贪婪了点？我都不喜欢，何况佛祖？你宁都佬，已经捐建了感觉寺，可是这感觉寺还需要一大笔钱来装修，还要招募出家僧人，这都需要钱呢。你知道，郡府是清水衙门，皇帝又不给饷银，却下诏要干这干那，所以，宁都佬要是真心敬佛，就再捐一笔给郡府，做招募僧人的开销。不知宁都佬以为如何？"

宁逵大笑起来，他指着李迁仕说："郡守老爷可真狡猾，又借机来向我们獠人敛钱。你这郡守都快成为我们宁峒供养的神仙了。"

他想了一会，又说："要我出钱可以，可我有个条件，大人得答应我，我这钱也不能总是肉包子打狗，有去无回啊。"

李迁仕尴尬地干笑了几声："看宁都佬说的什么话？我难道成了狗不成？"

宁逵也笑了："郡守老爷别往心里去，我们獠人说话不讲分寸，我不过是随便说说，绝没有骂郡守老爷的意思。我们獠人和俚人一样，都是很敬狗的，狗是我们的家神。"

李迁仕摆摆手："没有关系。你说，你说，只要本官能做到的，本官一定答应你。你宁都佬是我们郡最有面子的獠人首领，我从来敬重宁都佬。"

宁逵不绕弯子，说："我想让郡守老爷任命个官职给我，你看如何，让我也当个官神气一番，好压倒俚人冼家势力。当年冯刺史答应给个郡守做，可一直没有兑现。让我空欢喜一场。"

李迁仕为难地搔着头皮："可官职不是由我任命的啊。凡官职任命，都要由朝廷考察直接任命才行。"李迁仕突然打住话头，暗自责骂自己蠢笨，怎么能够实话实说呢？这么好一个敛钱机会白白放弃，岂不是太可惜？他眼睛一转，语气一转。

"不过嘛……"李迁仕故意打住话头，抬起眼睛，望着宁逵那高耸眉骨下的贼亮的眼睛，狡黠地微笑着。

"不过什么？你老爷又卖什么关子？"

宁逵瞪着眼睛望着李迁仕,粗声大气地追问。

"不过,只要宁都佬舍得花钱,这办法还是有的。"

李迁仕站起身,走到窗户前,享受着吹过来的一阵凉风。看来,风暴快来了,天气开始热起来,闷热闷热的,难得有凉风吹来。

宁逵继续扇着扇子,很不高兴,他说:"我什么时候不舍得花钱?我已经花了不少钱,可是你老爷总是只答应不出力给办。我告诉你,这一次,你要是给办成了,我自然出那笔钱,要是老爷你还是嘴上应付实际不给出力,你也别怪我们獠人不够意思。你们这些北佬官人实在太狡猾,总是千方百计讹我们。我早就受够了!"

说完,宁逵把蒲扇甩到长凳上,起身往厅外走。

"宁都佬,宁都佬! 别生气嘛。我不是说还有办法可想嘛。"

李迁仕急忙追了上去,紧紧拉住宁逵的胳膊,硬把他拉回到座位。

"我这里还少一个管差役的空缺,我先给你做。你看如何?"李迁仕满脸堆满讨好的笑容,凑到宁逵面前。

"那当然可以了! 带兵的人,可是很有权力的!"

宁逵高兴得一下子从座位上蹦了起来,拉住李迁仕的手,来回摇晃着。

李迁仕的手被攥得生疼:"宁都佬,你放开手,放开手!"

宁逵放开自己的手,李迁仕用嘴呵着自己的手,"哎哟哎哟"地转圈喊叫:"你把我的手都攥烂了! 该死的!"

宁逵只是大笑,一边追问:"我什么时候来上任?"

李迁仕还想拖延,就说:"还是等我上报刺史大人以后再说。"

宁逵不同意:"那你就不急着要钱了?"

李迁仕皱起眉头:这獠人首领已经狡猾了许多,过去只要空口许诺,他就会忙着送来大把钱,至于以后能不能落实兑现,他却不大在意。现在这种办法看来行不通,他不见兔子不撒鹰了。

"好,好,那你就明天先来上任吧。我以后再向刺史大人报告。不过,你明天带来钱我才发任命。"

"那你放心,我们獠人很讲信用。明天我一定会带来你需要的那笔钱。"

宁逵笑嘻嘻地站立起来,拱手告辞,回去准备钱项。

宁逵走马上任。穿上官服的宁逵神气极了。他对着铜镜照了又照。上任以后该干些什么？他其实不清楚。郡守没有军队，只有很少量的带兵器的差役负责保护郡守安全。他宁逵就是这些差役的小头目，职责是守护郡衙和郡守的安全。不过，宁逵对这职务看得很重。獠人历代受官府欺压，经常被官府围剿，现在，他一个獠人开始做了朝廷的官员，为獠人争取了地位，他感到高兴和自豪。他觉得自己已经压了冼家一头，冼家虽然加入了道教，却不能做官。他宁逵有些得意洋洋地想。

上任第一件大事，就是要报感觉寺的那羞辱，要把竟敢在他太岁头上动土的那个道士抓起来，把他们赶出高凉，然后逼迫冼家把阿英给他。他之所以要花那么多钱买这个官职，就是要完成这两件大事。当官不为自己牟利，这官还有什么当头？

宁逵集合起自己的部下训话。差役大多是来自北方的汉人，他们为了生计，从战争不断的北方来到岭南，有的是一村一村迁来的，有的是随军队迁来的，在岭南生活多年，大多数能听懂当地的俚话和獠话。

"从今天起，我就是你们的头目，你们要听我差遣。要是有不服从的，可别怪我宁逵不给情面！我们獠人豪爽讲义气，你们听我的，我也不会忘细佬好处，我会关照你们！从今以后，我们有福同享有难同当！大家听到没有？"

"听到了！"差役们齐声回答，人不多，声音却响亮得有些出奇，每个差役都扯着嗓子用劲喊。差役早就知道这獠人首领的厉害，谁也不敢不大声回答，生怕被他误会以为自己不够服从。

宁逵满意地微笑着，在队列前，昂首挺胸，趾高气扬，学着官人的样子倒背双手，踱着方步，十分威严。

"近来有一个妖道来高凉煽风点火，谣言惑众，还在高凉地区设坛集合民众，想造反闹事！今天，我奉郡守老爷的命令，带领大家去铲除这妖道！"

差役们呼啸着，随宁逵出发。

道士李志宏和徒弟苏玄朗完成了自己到高凉的任务，准备动身返回罗浮山朱明洞。冼家已经答应在高凉建立一个道观，这是叫他们最高兴的事。

天刚蒙蒙亮，公鸡刚刚叫过三遍。冼文忠和全体家人送李志宏师徒二人上路。

走出冼家大门，李志宏挥手："回去吧，冼都佬。等道观建成，我们师徒就到高凉落户！我们后会有期！"

冼文忠和冼玉挺挥手送别。他们很感激这道士，他们师徒解救了女儿，又为他们做了坛醮，吸收他们加入道教，还为死去的儿子冼玉朱做了超度道场，使他们得到众多天尊天神的保护，使儿子不至于在阴间受罪。所以，冼文忠和儿子冼玉挺商议，一定要在高凉建立一座道观，让道教在高凉普及开来。

送走道士，冼文忠和冼玉挺开始商量建立道观的事情。突然，家人惊慌失措地跑了回来报告说："老爷，不好了，来了一队拿着武器的官府差人，他们正朝我们家走来！"

"官府差人？他们来干什么？"冼文忠站了起来，有些吃惊。

"领头的好像是宁峒宁逑那个衰人①！"家人又补充说。

"不好！要是宁逑领头上门，肯定没有好事！我们大家要小心提防！"冼玉挺霍得站了起来："我得去召集人来！"

冼文忠扯住儿子："先别冲动，等他们来了看他们要干什么再说！"

冼玉挺嘟囔着："他们要是先下手，我们就来不及了。"

冼文忠摇头："他们是官府差人，不会不讲道理的。他们总要说明理由，才能抓人捕人，总不会不问青红皂白就抓人吧，我们又没犯什么王法！"

"那可难说！官府不讲理，我们俚人还没领教过啊！"冼玉挺很不服气地反驳。

这时，守门的家人已经跟跄着跑了进来："老爷少爷，差人冲进院子了！我们根本拦不住！瞧！他们进来了！他们把我们全都包围起来，一个人也出不去！"

冼文忠望出院子，只见一队官府差人气势汹汹冲了进来。看门狗狂吠着，要扑上去，却被拴牢的绳子紧紧扯着，无法发挥它的威力。

宁逑看见狂吠的狗，狠狠地骂："狗仗人势！我叫你叫！"说着，用自己的长矛狠命戳了过去。看门狗惨叫着，慢慢倒在血泊中。

"你，你！你这畜生！"冼文忠愤怒地喊叫着冲出客厅，扑到宁逑面前，一

---

① 衰人：方言，坏人。

把抓住宁逵的官服，使劲摇晃着："你，你赔我的狗！"

宁逵狰狞地狂笑着："赔你的狗？我还要你赔我的人呢！说！你把那妖道士藏到哪里去了？快叫出来！告诉你，那妖道可是朝廷的命犯，我是奉朝廷命令前来捉拿他！快把他师徒交出来！"

冼文忠惊愕地问："什么道士？谁说他们犯罪了？"

宁逵冷笑着："你装什么蒜？你会不知道那道士？你不是全家都入道了吗？告诉你，当今皇帝可是禁道的！你好大的胆子！竟然敢跟当今皇帝对着干，不响应朝廷的诏令信佛，私自去加入妖道！你是活得不耐烦了！少啰嗦，先交出那妖道，然后我们再来说我们的事情！"

冼文忠不明白宁逵说的话到底有多少道理，不过他看出来，这宁逵是来公报私仇的。好在道士已经走了。

冼文忠笑了："宁大公子，你来晚了一步。道士已经回罗浮山了。你要抓他就去罗浮山好了。"

宁逵不信，向差人挥手："给我搜！到处搜！"

冼文忠伸出胳膊："慢！你凭乜搜查我家？"

宁逵并不理会，他拨拉开冼文忠："你给我让开！你阻拦官府差人办理公事，还要罪加一等！"

差人们端着长矛，提着片刀，在干栏楼里上上下下到处窜，寻找道士。

差人们从楼上押着阿英和冼老太，以及小使女春香和海陵小姑娘下来。"报告！没有搜到道士，只有这几个人！"

宁逵走到阿英的面前，嬉皮笑脸地说："细妹，我们又见面了。真是缘分不浅啊！怎么样？细妹仔？想通了没有？只要你答应嫁给我，你冼家窝藏妖道、聚众参与妖道的谣言惑众罪行就地勾销。要是你不答应，你老都、都佬就要和我到郡衙走一遭，去说说明白！你看着办！"

紧跟在阿英身后那个小姑娘看到宁逵，听到宁逵的声音，脸色变得苍白，浑身颤抖起来，紧紧抓住阿英的衣服，直往阿英身后躲。阿英轻轻抚摸着小姑娘的头发，安慰着她："别怕！别怕！"小姑娘嘴里发出呀呀的声音，好像要说什么。

冼文忠破口大骂："宁逵！你这衰人！你怎么这么卑鄙无耻下流！我原本还想说服阿英嫁给你兑现当年我和你老都约定！没想到你竟采用这么龌

龊的办法来达到你的目的！阿英！不要答应他！看他拿我怎么办！"

冼老太也破口大骂："宁逵！你这猪狗不如的家伙！你怎么这么没人性！我们俚獠自古就是一家，就是这高凉古国主人！你今天竟然借助官府来陷害自己人！你的人性哪里去了？"

冼玉挺被两个差人反架着胳膊，站在大厅里动弹不得，只是大骂："鸟你老母！宁逵！让你全家不得好死！陈帝一定要惩罚你！太上老君一定要惩罚你！"

宁逵从鼻子里哼了一声，只是冷笑："鸟他太上老君！我看他来惩罚我！"

冼家大院里鸡飞狗跳墙，被差人翻腾得乱七八糟，打烂的盆碗锅盘到处都是。没有找到道士，宁逵对差人说："把这老家伙带回郡衙！等你什么时候想通了，什么时候我们再放人！"宁逵笑嘻嘻地对阿英说。

"走！我们回衙门！"宁逵得意洋洋命令着，让衙役拉着冼文忠，手舞足蹈回郡府去。

小姑娘对阿英呀呀着，指着宁逵的背影，阿英只是抚摩着她的头发，安慰着她，并没有弄懂小姑娘的意思。

阿英救父罗州告状　父子述职京都归来

宁逵走了以后，冼玉挺在厅里跳脚咆哮："这官府和宁峒勾结起来欺负我们冼峒，我们反了他！"说着，他抱起大鼓来到院子里，开始敲击起集合的鼓点。

鼓声在高凉上空震荡，激起树林里群鸟惊飞。附近各村峒的冼人，听到都佬召集他们集合的鼓声，纷纷拿起木棒铁矛砍刀，冲出家门，向冼家大院的门前场地奔来。一时间，四乡八方的俚人都赶了来。

冼玉挺站在高台上，把事情原委简单说了一遍。台下的俚人怒吼起来："杀进衙门，抢回冼都佬！杀死宁逵！给冼都佬报仇！"

冼玉挺挥舞着手中长矛，高声呼喊着："杀死狗官！打死宁逵！"俚人随着冼玉挺齐声呐喊着，准备跟随冼玉挺去攻打高凉郡太守衙门。

这样救不了老都，阿英看着院外群情激奋的人群想。贪官李迁仕与宁逵穿一条裤子，他一定会帮助宁逵来对付冼家，这一去也许又要造成俚獠冲突械斗和流血，而且，老都在他们手中，若是他们狗急跳墙，不仅救不出老都，反而要了老都的性命。一定要想个万全之策。阿英忧虑地想。

“阿妈，你要阻止我都佬，先不要去攻打郡守。”她着急地对冼老太说：“这样救不了老都！还会白白送老都性命的！”

冼老太是个明白事理的女人，年轻时曾经是冼文忠的帮手。女儿的话提醒了她，她急忙来到门外，喊住冼玉挺：“阿挺，不可乱来。你先让大家散去，让我们想个万全办法，把你老都救出来！”

冼玉挺虽然不乐意，却也不敢违抗母亲的话，只好嘟囔着，对集合起来的人说：“你们等我一会！”他进入院里，阴沉着脸看着阿英：“你说，用乜办法救老都？”

“要是罗州刺史在高凉，你老都就有救了。”冼老太叹息着说。这句话像点了盏灯，一下子照亮了阿英的头脑。对！去找罗州刺史冯大人！

“都佬，我这就去罗州找冯大人。让他来救老都！你等着我。要是我找不到冯大人，你再集合人去攻打府衙救老都！”

“不！我不能等！老都在府衙里会受罪的！我要带人围住府衙，以防宁逵和那狗官暗害老都！”冼玉挺说。

“这样也好，可以防止他们害你老都！”冼老太想了想，同意了儿子的安排。

阿英立刻带着春香和老家人冼忠动身。

李迁仕听着宁逵报告他抓来冼文忠的经过，心下暗喜：这一下又可以借机从冼家那里刮它一笔钱财，来弥补他的空虚。

守门差役慌里慌张跑了进来：“报告老爷！俚人造反了！黑压压的俚人拿着武器向郡守衙门冲了过来！”

“有多少人？”李迁仕惊慌地从椅子上站了起来。

“不知道，黑压压的，总有上千人！”

“这可如何是好？这可如何是好？”李迁仕浑身颤抖，在大厅里走来走去，自言自语。

“这有什么了不起？他俚人敢造反？我们手中有他们的都佬。看他们

谁敢动？有我呢，老爷只管放心好了。看我出去对付这些蛮俚！"宁逵满不在乎地说。

宁逵命令差人关闭衙门大门，拿起武器，列队站在大门里面等待俚人到来。

大门外响起震耳的咆哮喧哗声："还我都佬！交出宁逵！"接着，大门上响起砸门的咚咚声。门外的冼玉挺正用砍刀愤怒地砸门。

宁逵站到大门门楼上，双手叉腰，他大声吆喝着："冼玉挺！你不能乱来！你老都在衙门俚关押着，太守说了，要是你造反，太守就先处死他！然后灭你全家！你和官府做对，没有好下场！你还是先回去，让阿英来见我，我会在官府老爷面前替你老都开脱的！"

"鸟你老母！宁逵！老子和你拼命了！"说着，冼玉挺挥舞着长矛冲了上来。他想跳上门楼，可是门楼太高，蹦了又蹦，无法戳到宁逵。

"砸他！砸死他！"俚人纷纷喊了起来，许多俚人捡起石头朝高高在上的宁逵砸了过去。石头像雨点似的砸向宁逵，宁逵被一块大石击中头部，额头立时流出鲜血，吓得他哇哇叫着从门楼上栽了下来。幸亏差人急忙接住他，才没有摔坏。

俚人开始砸门推门。大门开始晃动起来。

大厅里的李迁仕胆战心惊，看着摇晃起来的大门，惊慌得不知如何是好。还是长史计谋多端，他急忙走上前："老爷，快带冼文忠来，让他去说服他儿子回去。我们赶快去请求西江督护发兵前来镇压！现在先平息眼前为好！"

"好！你赶快派人去报告西江督护，告诉他这里俚人暴动，让他前来弹压！"李迁仕变说边拿起毛笔，飞快书写了一封快信，交给长史，让他马上动身到罗州直接找督护。

"尽量不要惊动刺史，刺史与他们冼家关系好！"李迁仕小心叮嘱着送信的师爷。

"快带冼文忠！"李迁仕对差役喊。

冼文忠被带了上来，他头上脸上流淌着鲜血，脚上拖着沉重粗大的铁链，一瘸一拐地被两个差役左右架着，艰难地走上堂来。

"你的仔带着俚人造反了！本官命令你立刻去劝退你仔，要不本官立刻奏明西江督护大人，让他发兵来踏平你们冼峒！"

冼文忠冷笑着："只怕你今天就要被我们俚人踏平！"

李迁仕拍着桌子，色厉内荏地大喝："你一个俚人竟敢不听朝廷命官的命令！你也想造反不是？"

冼文忠还是冷笑着："是你纵容部下为非作歹！你官逼民反！只怕朝廷听说真相会罢你的官职！"

"你不去，我就在你仔面前砍你的头！我们一起完蛋！"气急败坏的李迁仕咆哮着。

冼文忠看看李迁仕的模样，想了想："好吧。可是我告诉你，我只能帮你这一次忙。要是你还是不放我回家，他们还会找你算账的！"

"好！好！我答应你！只要你劝退他们，我马上放你回去！"李迁仕换上一副讨好的嘴脸。

"不能放他！"正在这时，宁遽被差人搀扶着一瘸一拐走了进来，听到李迁仕对冼文忠的话，大声喊叫起来。

李迁仕怒喝："都是你惹的祸！听你的还是听我的？放肆！"

宁遽喊着："他们可以召集俚人，我就不能召集獠人吗？他有上千的俚人，我还有几千的獠人呢！我们獠人比他们俚人更凶猛！郡守老爷，等我召集起我的獠人和他们干一场，看他们俚人有什么可怕？"

"胡闹！"李迁仕怒喝。

"不是胡闹！我刚才已经把獠人召集起来，他们马上就到！"原来刚才宁遽站立到门楼上已经发出信号。

冼文忠忧虑地看着宁遽："你这衰仔！为了你自己的利益，不惜牺牲獠人！你真是王八蛋！太守老爷，你赶快带我去说服我的仔！我不能眼看俚人和獠人自相残杀！要是在太守门前发生俚人、獠人暴动，你这太守也罪责难逃！"

李迁仕急忙带着冼文忠来到大门前，差役扶着冼文忠站到大门的门楼上。

外面的俚人看见自己的都佬出现，都齐声欢呼起来："冼都佬！先都佬！"

冼文忠向大家抱拳作揖："感谢都佬细佬前来搭救！我没有违反王法，

岭南圣母：冼夫人

官府不会治罪于我！现在请大家马上回去！大家回去以后太守老爷就放我回去！"

冼玉挺喊："老都，我们不回去！官府不放你出来，我们就踏平这官府衙门！"

冼文忠严厉地呵斥冼玉挺："你赶快带领大家回家去！不许在这里胡闹！獠人也在集合，你们要是不回去，这衙门前就会变成我们俚人、獠人自相残杀的地方！我们不能让我们的弟兄白白流血！回去！回去！赶快回去！"

冼玉挺还在犹豫，冼文忠大声喊："你要要不赶快回去，我现在就从这里跳下去摔死在你们面前！"说着，就要往下跳。

冼玉挺急忙喊："老都！你别跳！我们回去！回去！"他朝俚人挥手，恋恋不舍地一边退一边回头看："老都，你要保重！"他大声喊。

冼文忠连连挥手："回去吧，回去吧！我不会有事的！"

李迁仕从大门缝里看到门外黑压压一片的俚人迅速散去，这才算松了一口气。他直起身，擦着满头大汗，让差役把冼文忠搀扶下门楼，带回牢狱。

"为乜还不放我回去？"他扭着头责问李迁仕。李迁仕干笑着说："要等刺史大人的命令，才好放人！冼都佬暂时先委屈一下。"

阿英带着老家人冼忠和春香急急赶了一天，来到罗州刺史府衙。刺史府衙大门大开，手执长矛铁戟的士兵把守着大门。阿英来到门前，请求士兵放他们进去见刺史老爷。守门士兵面无表情地把他们远远推到一边："去！去！今天刺史不坐衙！回去！回去！"

阿英拉着士兵的衣襟恳求着："兵士都佬，我是从高凉赶来的，走了一天的路。我有急事，想见刺史老爷。刺史老爷认识我的。麻烦士兵都佬为我通报一声！"

士兵一点也不为所动。他还是面无表情，厉声呵斥："去！你这俚蛮怎么这么难缠？不是告诉你了吗？今天衙门不开门，刺史不坐衙，你过几天再来！"

老家人和春香也都上前去哀告，请求士兵通融一下，让他们进去见见刺史。

一个士兵显得不耐烦，他用力推了一把，把老家人一下子推倒在地。白发苍苍的老家人在地上挣扎着，痛苦地呻吟起来。春香急忙上前去搀扶老家人。

阿英突然暴怒起来，她冲到士兵面前，一把抓住士兵的长矛，狠命地摇晃着："你这该死的北佬！你有没有人性？你为乜打人？"

阿英的声音尖利响亮，惹来一些走路的人围拢到衙门前看热闹。人们喊喊喳喳，议论纷纷，有人帮阿英责骂起士兵。吵闹声越来越大。

刺史府衙里，刺史冯夫人正坐在厅里乘凉，一边和丫鬟绣花。突然，她停下手中的活计，侧耳听着："外面出了什么事？这么吵闹？"大门外一阵一阵的喧哗声，传进后院的大厅。

"出去看看，前边发生什么事情了？老爷上京去述职，这里的事情还得我们多关心一点。"冯夫人对丫鬟说。

丫鬟放下绣品，跑到前边衙门去看个究竟。她很快就清楚了事情的原委，三步并两步回来向老夫人报告："报告夫人，有一个俚人姑娘和一个俚人老头，他们从高凉来，说有急事要见刺史大人，守门士兵不让他们进，双方发生争执，在门外争吵，引来许多看热闹的人。"

冯夫人站了起来："这可不好，让人们围着看热闹，人们会说刺史老爷坏话的！我们一起去看看，让他们进来说话。"冯夫人扶着小丫鬟，向前边走来。

大门外，士兵被阿英纠缠着，已经恼怒得不能控制。他咬牙切齿，咆哮着，和阿英互相撕抓着。

阿英一点也不畏惧，她双手叉腰，昂头挺胸，瞪着一双黑亮的大眼睛，勇敢迎着士兵："你想干什么？还想打我不成？来！给你打！告诉你！我老都是高凉俚人都佬，问问这方圆几百里，谁不知道我老都冼文忠？你来打我？你来呀！"阿英挑衅似的在士兵面前晃动着自己的小拳头。

围拢来看热闹的俚人和獠人，都发出感叹：

"冼都佬的妹仔啊！"

"好厉害！"

"冼都佬的细妹仔，怪不得这么厉害！"

有人劝说士兵："我说兵士都佬，还是让他们进去吧。这冼都佬可不是

好惹的!"

听到这里,冯夫人急忙走上前,对士兵说:"什么事啊?"

兵士见是冯夫人出来,急忙向冯夫人行礼报告。

冯夫人微笑着对士兵说:"好了,这事交给我来办。你们进来吧。"她转身对阿英说。她从丈夫和儿子嘴里听到过冼家的事情,也知道冼家这个刁蛮细妹仔。

阿英见这富态的贵夫人从里面走出,已经估计出是刺史夫人,她在端午节赛龙舟的时候远远见过。她朝兵士做了个鬼脸,示威似地朝兵士扬扬拳头,昂头挺胸,拉着春香走了进去。老家人也急忙跟着走进大门。

冯夫人和小丫鬟把阿英领进大厅,让她们坐到长榻上,小丫鬟为她们端来金银花凉茶。这里地方燠热,酷夏只有靠金银花凉茶才能保证家人不中暑热。这是她的祖父,一个从北方来到岭南的老郎中的养生办法。

阿英喝了一口凉茶,觉得有些苦,可是几口下肚,却觉得心里十分舒坦,焦躁的闷热消散了许多。她赶快多喝了几口,把一碗凉茶全都灌下肚去。

冯夫人笑着问:"好喝吗?"

"好喝,好喝,开始有点苦,入肚以后很解暑热。"

阿英抬起头看着眼前这和蔼的老夫人,想起了冯宝。冯宝的眉眼很有些像眼前的这老夫人。阿英想。有些年头没有见冯宝了,不知现在他在哪里?

冯夫人让小丫鬟再给阿英倒满凉茶,微笑着说:"再喝一碗。这凉茶喝了,就不会中暑热了。看你们老远从高凉赶来,一定热坏了,喝吧,喝吧。喝完再说急事。"

冯夫人慢条斯理地说,举手拢了拢头上的凤凰髻,正了正头上的金钗。这动作那么美,叫阿英看得有些发呆。

"喝吧。"冯夫人又轻轻催促了一下:"看你满脸通红,一定热坏了,快喝吧。"

说着,冯夫人打量着眼前这俚人女子。一双黑亮的大眼睛,很具有勾魂的力量,虽然脸色不够白皙,显得有些黑黄,可有这么一双美丽的眼睛,就使她漂亮了许多。一头乌黑发亮的头发,在头顶上梳出高高的发髻,好像顶着一个乌黑的凤冠似的,围着美丽的头帕,上面的花纹十分漂亮。她穿着黑红两色相间的衣裙,围着花腰带,这些用木棉纺织的吉贝布,细腻平滑,上面有云彩花朵动物等多种图案。

俚人真巧呢。冯夫人想。

"这是你织的吗?"冯夫人拉着阿英的衣襟,仔细端详。

阿英点头。

"你可真是个心灵手巧的女子。"冯夫人衷心夸奖。有时间也学学俚人的织布法。她又想。"这俚锦真靓。"冯夫人夸赞着,轻轻抚摸着阿英的俚裙,仔细看着上面的花纹。

阿英告诉冯夫人,俚锦有白色的,可以作幪;五彩的,用来作单;把单横幅缝起来就是俚裙。

阿英说:"我们俚人很会纺织各种布匹。听说你们汉人只有绸缎,虽然绸缎细腻滑爽轻柔好看,可我们俚人有竹布、葛布、麻布、沓布,还有蕉布,各种布有不同的用途。"

冯夫人很感兴趣地拉着阿英的手:"姑娘,你给我详细说说各种布匹,让我也知道俚人的生活。"

阿英不好意思地笑着说:"夫人见多识广,我在夫人面前卖弄实在不好意思。"

冯夫人慈爱地轻拍着她的手:"姑娘,你就说说吧。"

阿英这才红着脸,说:"竹布是用一种叫单竹的竹子的穰织成的。单竹的白穰柔软绵韧,可以抽出细线然后织成竹布。竹布凉爽透风,夏天穿很凉快的。葛布是用葛藤的皮经过抽剥织成葛布。葛布有粗有细,细葛布用勾缘藤织成,同竹布一样细腻滑爽,穿起来透汗凉快。蕉布是用芭蕉叶做的。大芭蕉叶大如宴席桌子,竿粗如芋头竿,放在镬里煮烂,可以抽出丝线,然后纺织成蕉布。细蕉布就像你们汉人的绸缎一样细腻轻薄。细葛布和细蕉布我们都叫绤,粗葛布和粗蕉布都叫绤。我们的细葛布和细蕉布可以和你们的丝绸一样轻薄,一百年前,广州从我们高凉要去许多筒细葛布、细蕉布,一端八丈能放在竹筒里面,你看这布多轻薄啊。最好的细蕉布要用灰来沤,比煮的好。颜色鲜艳干净,丝线细腻。"

冯夫人感叹着:"可不是,可惜我没有见过这么好的细葛布。你说,俚人还制造什么布?"

阿英端起茶碗，又啜饮了几口，继续说："还有沓布，也叫吉贝布或者沓布。它是用木棉的果实里抽出的白色细丝做成的。"

冯夫人插嘴问："可是那高大开红花的木棉树？它的红花落了以后，就会飘出白色的细毛，可是它？"

阿英摇头："不是的。木棉树的白毛短，没有办法抽出细丝。这纺织的木棉其实是一种高大草木，开红花、白花、黄花，秋天结出小酒碗样的果实，果实裂开，里面有白色的毛，我们用辊子把里面那好像珍珠大小的黑色种子压出来，用弹弓把白毛弹松软搓成棉条，用纺车把白毛团抽成一根长长细丝，绕起来，用织布机织成沓布。沓布绵软，天凉时穿很舒服。我们还可以把它染成各种颜色，成为五色斑布，就像绸缎一样。"

冯夫人不由自主地夸赞着："俚人真聪明。什么树木都可以用来做布，真不简单。那麻布是用什么做的？也是植物？"

阿英笑了："可不是，我们俚獠只会用树木做布，麻布是用麻竿皮做的。麻竿从地里砍回来，捆起来沉到水塘里沤泡一个多月，把麻竿上的皮都沤泡掉了，露出雪白的里皮，把里皮剥下来，就是很长的细线，可以织成麻布。不过麻布粗，不好穿。对，我们还能用勾芒木、他轮木来做布呢。"

冯夫人看见阿英面前的茶碗已经空了，便吩咐丫鬟斟茶。阿英不好意思地笑了笑，又喝完一碗凉茶。

冯夫人感叹说："怪不得古书《尚书》上说：岛夷卉服。孔颖达疏曰：卉服即草服，用葛做的衣服。古人都知道你们岭南俚獠人的衣服是用草木做的。"

阿英又饮了一碗凉茶，开始有些焦躁："冯老爷怎么还不回来？"她在长榻上不安地移动着身体。

"你打老远赶来，有什么急事要找刺史老爷啊？"冯夫人急忙问。

阿英把冼家和宁家纠纷说了一遍。

"我老都被宁逵拘进郡守衙门牢狱。我赶来，是想求刺史老爷搭救我老都。要不，我老都会叫宁逵折磨死的。"阿英说着，眼睛一红，忍不住抽泣起来。

冯夫人气愤地说："还有这么不讲理的人？婚姻是双方你情我愿的事，还有这么逼迫成亲的？真不像话！"她轻轻摇头，满脸气愤："别怕，等老爷回来,他一定会出面解决这事的!"

"夫人,刺史老爷哪里去了?"阿英着急了,一把抓住冯夫人的手。

冯夫人轻轻抚摸着阿英的手背,安慰着她:"你别急。刺史老爷进京去向朝廷述职,不在家,你着急也没有用。我一时又帮不了你。"冯夫人解释说。

"那他什么时候才能回来?"阿英的声音里带出哭腔。

"也快了。他们已经走了两个多月,说是三个月返来。我算着,也就快了。要是他们在广州不耽误的话,能很快把冯宝的亲事定下来,也就在这三天五天回来了。"

"那我可怎么办啊?我老都还被高凉太守关在牢狱里!"阿英哭了起来。

冯夫人急忙安慰着阿英:"我看你还是先回高凉,在高凉截他们父子。他们父子一定要路过高凉。"

刺史冯融和儿子冯宝坐在车轿上,行在返回罗州的路上。三头健壮的黄牛拉着华丽的藤编轿车,吱吱扭扭地颠簸在通往高凉的崎岖路上。这路是广州府和沿途各郡联手合作修建的,经过多次扩修,已经平坦宽阔,但是每一次大雨冲刷,都叫它又变得坑坑洼洼、泥泞不堪。

冯融不停地擦着额头上的汗:"真热啊。"他解开宽大袍袖的官服,从头上取下高大的官帽,拿起蒲扇用力扇着。冯宝早就已脱得只穿短裤和小内衣。

天气尽管热,尽管这一趟的花销惊人,珍珠、玳瑁、犀牛角、象牙、孔雀毛,许多珍奇都送了官府朝廷,叫人心疼,但是冯融父子还是兴高采烈。这趟建康之行,冯融很满意,他完成三件大事。

第一,向朝廷述职。冯融主持罗州政务以来,罗州高凉地区比较平静,没有发生大规模的俚人、獠人暴动,征收的赋税也比过去历届刺史都多。更叫梁武帝高兴的是,在那么偏远的地方,居然也已经落实了他的诏令,建立起一所相当规模的寺院,让佛光普照到俚獠荒蛮之所。有佛光普照,荒蛮偏远之地与蛮民的开化指日可待。梁武帝一高兴,奖赏冯融百斛米,百匹绢缎,还说要给他一百亩田地做食邑封地。

第二,冯融为儿子冯宝注册了官职。梁武帝十分重视出身,他一当皇

岭南圣母：冼夫人

帝,就到处收罗流落在民间的不发达的士族,特别是那些下台的帝王将相的后裔,都被他发掘出来委以官职。上品无寒门,下品无士族,九品中正制度保证士族世世代代做官,确保梁朝安宁。冯宝作为北燕王的嫡重孙,是贵族子弟,20岁就可以入仕。冯融以他北燕王后裔的显赫家族,毫不费力地给儿子注册了一个郡太守的官职。但是,由于他是过江较晚的北方士族,被江南士族不屑地称为"老伧",又蜷缩在岭南,朝廷里没有直接的关系和过硬的后台,尽管注册,却还要长时期等待空缺才能得到任命。

第三,向朝廷提出建议,成立一个高凉左郡,由俚人或者僚人自己治理,实现岭南西部的长治久安。同时,他还上书建议朝廷高凉建州,以加强朝廷对高凉这个俚僚地区的治理。这两项建议都引起朝廷重视,被采纳的可能性很大。如果高凉设州,高凉郡守就成为空缺,儿子冯宝的任命会快得多。设立左郡,兑现了他对冼文忠的许诺,能给冼家谋一个官职。

从建康返回广州,他又完成另一件大事。为冯宝定下了广州刺史女儿的亲事。门当户对,两家都愿意。

"阿宝,对梁家小姐印象如何?我们两家门当户对,他们是当朝皇帝的同宗,我们也是北燕的皇族后裔,都是皇族出身,他们没有什么不满意的。你也没有什么不满意的吧?"冯融微笑着,拈着胡须,问儿子。

冯宝不好意思地笑了:"出身当然没有什么问题,只是觉得她不大好看,身体好像弱了一些,眼睛也小了点。我更喜欢大眼睛。"冯宝把脸扭向车外,躲避着父亲的目光,口气犹疑地说。

冯融呵呵笑出声:"你自己就是小眼睛,还不喜欢小眼睛。眼睛小有什么关系?你还怕她看不见你?"

"那当然不是。小眼睛没有大眼睛靓嘛。"冯宝不好意思地说。

"是啊,北方人眼睛小,没有这里人的眼睛大。"冯融说。

冯宝有些心不在焉。一说到大眼睛,他的脑海里突然浮现出一双水灵灵的咕噜噜转动的大黑眼睛。那眼睛似乎会说话,散发出明亮的诱人的异彩。

冯宝摇了摇头:可惜她不是士族,爹爹不会同意这门亲事的。

"阿宝,你在想什么?"

冯融见儿子满头大汗地沉思,推推他,把扇子递给他。

冯宝接过扇子,朝父亲笑了笑,小心试探地问:"爹爹,你看我将来能不能在高凉郡任职?"

冯融摇头:"不知道,得看朝廷的任命。你想在高凉任职?"

冯宝点头:"我不想离你们太远,我想经常见到爹娘。"

冯融拍着儿子的肩头:"难得你这么孝顺。你娘倒是也怕你走得太远。而我想,做官首先还是应当做京官,京官离皇帝近,在皇帝眼皮下,容易提升。"

冯宝摇头反驳:"爹爹你不是常说京官虽然容易提升,但是却贫寒吗?不是许多京官争抢着到广州做官吗?"

冯融笑了:"这一点我倒忘记了。是啊,京官没钱,不如到岭南做官。皇帝定期把那些跟他关系密切的贫寒京官放到广州作刺史,没有几年,一个个捞得个盆满钵满,回京时大车小车满载岭南珍奇异宝。看来你做官还是到广州附近的郡县好,那里富庶,交通便利,与京城联系密切,广州刺史是皇帝宗室,容易与朝廷联络,有利于你的仕途。"

冯宝还是摇头:"我觉得还是高凉好。我喜欢高凉。"

冯融探索地注视着儿子的脸,想从他的脸上找到答案。

"要是你真舍不得离开罗州和高凉,我可以请你未来的岳丈,到朝廷想办法疏通一下,谋一个高凉的空缺。"冯融接着又说:

"从现在起,你就要做好准备,学着处理政务,学着当官。这当官可是一门大学问,你一辈子也学不完。这维持上下司,处理左右同僚,对待百姓,收取赋税,都需要很好学习。要不然,你费的吃奶气力,并不能得到上司认可,你会上下左右为难,像钻在风箱里的老鼠,前后受气。上边责骂你,下边攻击你,左右同僚排挤你。要是学好了,你左右逢源,上下顺畅,官运亨通。这做官的学问大着呢。"冯融感慨地说。

冯宝说:"是的,我听爹爹的。这么多年,紧跟爹爹,也学到一点为官之道。不过,还需要爹爹时时点拨才好。"

冯融说:"在我们这俚獠地区做官,困难更大。你一定要和那些蛮俚、蛮獠大户,特别是那些世代俚獠首领搞好关系。你看我上任这么多年,罗州和高凉地区还算安定清静,没有发生俚獠大骚乱。这不能不归功于我比以往的官人开明,我对俚獠首领还算能够笼络他们,他们还算给面子没有闹事。

岭南圣母:冼夫人

129

不过,就这样,我还是觉得很是为难,政令难于通畅,俚獠并不真心拥护支持。我虽然对俚獠没有采用高压,可是还需要动动心思,让俚獠更真心拥护才好啊。可这办法我还没有想出来。"冯融面露一些遗憾。

"爹爹完全不必内疚,这几十年里在罗州当刺史最长的就是你老人家,连朝廷都褒奖于你。"

冯宝安慰着父亲,顺手替父亲擦拭着额头上大汗淋漓的汗珠。

"这一次进京,长了不少见识吧?"冯融换了个话题。

"可不是,真长见识。京城里的士族生活得可真气派。他们的府邸那么高大豪华,真好看。他们每家都有那么多门子幕僚以及门僮奴婢,出入冠盖如云,车轿相连,真神气!"冯宝流露出无比的羡慕继续说:"看那些寺院,一座连一座,都是那么辉煌、那么巍峨。寺院里那些丈八的金佛,金碧辉煌,把我们感觉寺的佛像比得太小气了。皇帝为什么建那么多寺院啊?"

冯融笑了:"当今皇帝爱佛是出名的,他让臣子叫他皇帝菩萨。他认为,道有96种,唯有佛为尊,他施舍财物,动辄以千万建豪华大寺院,建造不止一座丈八佛像。他明令禁止肉食,只许食素。创立了忏悔法,叫'梁皇忏'。他老人家还自己动笔注解《涅槃》《净名》等经典,自己讲解《般若》义,自立《神明成佛》义,下诏编写《众经要钞》《经律异相》《义林》等佛教类书,发动王公朝贵60多人,对范缜的《神灭论》进行文字围剿,强制推行佛教因果报应的神不灭论。他的长子昭明太子、三子、七子也都是佛教信徒。这样一来,上有所好,下有响应,所以,京城里的寺院一日多似一日,豪门也争相建造寺院,争相攀比,一所比一所豪华。听说京都有五百多所寺院,十万僧人女尼,不知要花百姓多少钱。"冯融很有些感慨,连声叹息。

冯宝笑了。

"爹爹何苦为古人担忧?他们有皇帝朝廷养活,又不用我们出钱,管他有多少僧尼呢。皇帝他愿意建多少寺院就让他建多少寺院好了。谁愿意出家当僧人当女尼,就让他们当去好了。"

冯融生气地瞪了冯宝一眼。

"你可真是太无知。朝廷哪里有钱?皇帝哪里有钱?他们的钱还不是我们各州郡从百姓那里收取的赋税?一个百姓按人丁交米5石,还要缴纳丁男布绢各2丈、丝3两、棉8两,而官府又加收禄棉3两、禄绢8尺,你看,这捐税有多重？听说有些州郡的百姓都不敢修补漏雨的屋顶，怕官府抽加瓦税。你说，养活那么多闲人，我们要收多少赋税？赋税加重，百姓暴乱。皇帝不管百姓死活，只管下令建造那些毫无用处的寺院，养活那些毫无用处的僧人女尼。唉，真是罪过啊！"

冯融叹息了一阵，又接着说。

"梁武帝爱佛也爱得太出格。去年第二次舍身同泰寺，又令臣下以三亿万钱赎，寺院一下子发了大财。他们发财可真容易啊！连我都羡慕起僧人了。你看，现在多少人争着出家当僧人女尼？为什么？因为当僧人生活奢华，一入寺院免交赋税，不用劳作靠别人养活。大家都争抢着去当僧人，谁还去种地做工啊？这样下去，可怎么好？"

冯融眼睛望着车轿外外面的景物，那碧绿的榕树树林，蕉林，茂盛的野芋头棕榈，在盛夏的阳光里，显得有些疲倦，像他们一样。

冯宝被颠簸得有些昏昏欲睡，他勉强支撑着自己，听父亲说话，勉强应对着。

冯融也开始感到疲倦，他把头靠在车座后背上，闭上眼睛，让头随着车子的晃动而晃动着，慢慢地闭上眼睛。冯宝已经昏昏入睡。后面几辆车上的随从也都静悄悄的。赶车的差役吆喝着牛的声音懒洋洋地在火热的阳光下，在绿树丛中飘荡穿行。

俚人救首领围攻郡守　刺史平骚乱安抚俚酋

牛车在林间路上摇摇晃晃，差役时不时发出几声口令命令，催促着越来越慢的黄牛。牛蝇在牛背上飞舞，寻找合适的时机叮咬一口。黄牛有时发出一声哞叫，诉说他的疲劳和炎热。

车轿里冯宝靠在爹爹的肩头，晃里晃荡的，睡着了。

冯融虽然闭着眼睛，却没有入睡。他想，大概快到高凉了，到了高凉，还是先在高凉郡府里歇息一天，然后再回罗州。

冯融睁开眼睛，望了出去。一片绿色中，远处有隐隐约约的一条银色白亮的光带闪烁。那是漠阳江了。

冯融穿上宽衣大带大冠的官服，戴上官帽，穿上观靴。"起来换衣服

岭南圣母：冼夫人

吧。"冯融推了推冯宝："高凉到了。"冯宝揉着眼睛,慢腾腾地穿上衣服。

牛车穿过榕树林,来到渡口,他们下了车上了渡船,后面的长史周贵年也指挥着差役下车上船,过了渡,站在一棵婆婆的大叶榕树下等待过渡的牛车。牛车从渡船上下来,长史请冯融上车。冯融撩起衣襟正要上车,树林那边传来一阵喧哗。冯融又放下脚:"是不是高凉郡守来迎接我们?"他问长史周贵年。

周贵年摇头:"不会吧? 他不可能知道我们今天到高凉。"说话间,那喧哗声越来越近,一些人影已经在浓树荫里闪动。

冯融走了过去。周贵年急忙挥手:"快跟上去。"差役们急忙尾随跟了上去,准备随时保护刺史安全。

一群赤脚的獠人扛着锄头长矛铁戟,头戴芭蕉叶竹叶蒲葵叶的斗笠,裸着上身,下身围着葛布布条的包阳布,仅可遮住下体私阴。盛夏的高凉罗州,到处可以看见这样打扮的獠人。天气太热,他们差不多完全赤裸。只有那些有地位身份的大户人家,才穿着宽松短小肥大的葛布裤褂。獠人们吵吵嚷嚷走了过来,一边兴奋地呼喊着。

"他们要干什么?"冯融警惕地问:"好像要发生械斗。"

长史周贵年拦住为首的獠人:"都佬,干什么去?"

那獠人看着眼前这些官人,兴高采烈地说:"去宁峒集合啊! 要和俚人开仗了!"

"为乜事啊? 都佬? 好好的开什么仗啊?"周贵年继续问。

"宁都佬抓了冼都佬,俚人包围了官府,宁都佬集合我们去保卫郡守衙门。"獠人十分兴奋,个个围拢过来,争抢着向官人解释。

冯融听懂獠人所说,急忙拉住獠人的胳膊:"我是罗州刺史,你们快回去,有什么事情我到郡守衙门解决,"

周贵年用獠话说给獠人听。獠人笑了:"我们可不敢不听宁都佬的话。他命令我们去,我们不去,他会烧我们的房子,抓我们去蹲水牢的! 走! 我们赶快到郡守衙门去!"

冯融心急火燎,急忙撩起官服大袍,三步并作两步朝郡守衙门跑去。獠人见这么多差役和官人都向郡守赶去,也都兴奋起来,跑步跟着去看热闹。

郡守门口,黑压压地集合了上百上千的俚人。俚人们穿着比獠人整齐、文明一些,他们带着各种各样的斗笠,尖的、圆的、竹叶的、蒲葵的、芭蕉的、棕榈的,有的穿着短小肥大的上衣,有的赤裸着,不过都穿着宽大齐膝的黑色葛布短裤,脚上跶着没有漆的白木屐。他们群情激愤,挥舞着手中的各种武器,呐喊着,有的抱着大圆木正吆喝着向郡守衙门的大门撞去。在家等了两天,没有见官府放回冼都佬,冼玉挺重新集结俚人来围攻官府。

冼玉挺挥舞着胳膊,指挥着俚人:"一——二! 一——二!"大原木咚咚地撞着大门,大门在猛烈地撞击下开始摇晃。

阿英站在大门前,高喊着,为众人助威。她从罗州赶回来,立刻投身到这营救老都的行动中去。

衙门里面,宁逵光膀子赤脚,穿这一件极小的短裤站在房檐下指挥着自己的保卫战。李迁仕也只穿着小裆裤似的内衣和短裤,跶着木屐,站在厅堂门口观战。差役们都摔掉了上身的官衣,赤裸着上身,汗流浃背,紧张地顶着大门。与俚人对峙了一天,他们已经疲惫不堪。

除了差役以外,有宁逵调集的獠人家丁,赤身裸体的,用原木和木板紧紧顶着大门,还有一些獠人站在门楼上往下面的俚人人群里砸石头。门里门外,一片呐喊。

"冼公子!"

冯融来到衙门外,从黑压压的人群里找到冼玉挺,大声喝着。刺史府差役分开众人,给刺史开出一条道,护卫着冯融,来到大门前。

"冼公子,你这是干什么啊? 这可是聚众闹事攻打官府违反王法的啊。"冯融大步走到冼玉挺面前,厉声质问道。

"王法? 你先看看高凉有没有王法? 他李迁仕伙同宁逵,无缘无故把我老都拘到衙门里,一直关到现在,都已经关了五天,还不放人! 他这是官逼民反!"冼玉挺指着郡守衙门大门。

冯宝这时也看到阿英,她红头涨脸,尖叫着吆喝着,继续指挥一些俚人撞击大门。冯宝急忙分开俚人,来到阿英面前。

"你好啊! 小……小……"

他原本想喊她小刁蛮,可是立刻感到这种场合不是他开玩笑的时候,赶快改口:"小阿英。"

岭南圣母:冼夫人

阿英看见冯宝，眼泪突然涌了上来，几天的委屈和担忧，都化作纷飞的泪珠洒落下来。她靠在冯宝的肩头抽泣起来。

"你和刺史大人终于回来了！快救救我老都！"

阿英的哭泣感动了冯宝，他拉住阿英的手："莫哭，莫哭。有什么事情，让我父亲来解决。"他拉着阿英走到冯融那里。冯融正在向冼玉挺询问情况。

大门外的吆喝声突然静了下来，门里的李迁仕不知道外面发生了什么事情。他急忙走到门边，凑到门缝里向外张望，可是什么也看不见。他又侧耳附在门板上，注意听。

"开门！开门！李郡守！"

周贵年用拳头擂着门板，大声喊："刺史大人来了，快开门！"

李迁仕大吃一惊，差点摔倒在门板旁。他张皇失措，浑身颤抖，看着宁逵。"这可如何是好？刺史大人来了，这下我可有麻烦了！都是你惹的祸！"

"快开门！迎接刺史老爷！你们都给我下来！"李迁仕对差役和门楼上的獠人家丁大喊。

"不能开！"宁逵喊着伸出胳膊，想阻挠差役开门，被几个差役拉到一边，差役打开了大门。

刺史冯融和他的差役走了进来。外面的俚人跟随着冼玉挺和阿英呼啦啦一拥而入。郡府衙门的院子里挤满了黑压压的俚人，愤怒的俚人呼喊着。

李迁仕大惊："你们要干什么？"

冯融安慰说："李郡守不必惊慌，他们已经答应我的要求，不会闹事！你放心好了。他们只想见见他们的都佬。冼都佬呢？快放出来让我见见。"

李迁仕急忙命令差役到牢狱里去提冼文忠。李迁仕把刺史让进厅堂，冼玉挺和阿英也紧紧跟随在后面来到郡守厅堂里。

"李大人，这到底为什么？冼文忠到底犯了什么罪？你把他拘到牢狱五天？你是不是答应放他？后来又变卦了？"

冯融坐到椅子上，口气严厉地质问李迁仕。冯融这时才注意到李迁仕的打扮，生气地瞪着他："瞧你什么样子？还像个朝廷官员吗？十足一个蛮獠！"

李迁仕急忙回去穿好官服，恭手垂立在冯融面前。冯融生气地说："说啊，到底是为什么？"

李迁仕大汗淋漓，吞吞吐吐，哼哼唧唧，说不出什么。这时，差役把冼文忠带了出来，冼文忠脸上挂着血痕，走路一瘸一拐，脚上脖子上都挂着铁链。

冼玉挺和阿英扑了过去："老都！老都！"阿英抱着冼文忠的脖子哭喊着。

"快给冼都佬取下铁链！"冯融厉声命令着，起身去搀扶冼文忠，小心地扶他坐到椅子上。

宁逑从外面进来，雄赳赳气昂昂地站到冯融面前，粗声粗气地说："他纠结妖道闹事，郡守老爷才抓他坐监！"

"放肆！"冯融把桌子一拍，大喝一声："谁问你话了？哪轮到你来说话！"

宁逑扭着脖颈，并不害怕，他不把刺史放在眼里。"我为乜不能说话？刺史老爷，我们獠人也不是好欺负的！我们獠人不怕官府！"

他直直地瞪着冯融，目光毫不躲避。

冯融只好放缓了口气："那你说说到底他结交了什么妖道？谁说他结交的是妖道？"

宁逑看着李迁仕："郡守老爷说吧。我宁逑的官话讲不好，费劲。"

李迁仕只好说："他前些日子把五斗米道的道士请到家里做坛醮，全家加入五斗米教，还号召俚人入道教。听说如今皇帝不喜欢道教，禁止百姓加入，皇帝说它是妖道，那还不是妖道？"李迁仕大起胆子，说。

"胡闹！"

冯融气得满头冒火。"皇帝什么时候宣布道教为妖道了？你屁也不懂，净胡说八道！"冯融气得忘记自己身份，愤怒地拍桌喊叫着骂了起来。他指着李迁仕："当今梁皇帝还是道教道徒，你知道不知道？"

李迁仕嗫嚅着。

"梁皇帝现在虽然倡导佛教，可是他脱离道教不过几年光景。就是现在，他老人家虽然改信佛教，依然重视道教。你知道不知道，道教有个很有名的大道士陶弘景，经常被他请去讲学向，皇帝亲自向他问道，他老人家亲自请陶道士做他的谋臣，他老人家遇到朝中大事解决不了，就亲自跑到山里去请教陶弘景，把陶景宏称作他的山中宰相。你屁也不懂，居然敢假借皇帝

岭南圣母：冼夫人

的名义宣布道教为妖道！你可知道你犯了什么罪？你假传圣旨，你混淆视听！你阴谋谋反！你犯了十恶不赦的弥天大罪！该灭你门灭你九族！"

李迁仕浑身颤抖，膝头一软，跪倒在冯融面前，磕头如捣蒜一般，连声求饶："刺史大人救命！刺史大人救命！下官确实无知！确实不知道皇帝还是道教道徒！下官只是想更好执行皇帝推行佛教的意图！下官确实没有其他意思！"

冯融冷着脸，端起凉茶，慢慢喝了起来。并不理睬面前的李迁仕。这些官人，只知道无条件执行皇帝命令，而且为了表功，为了政绩，竟如此下作到捏造和无中生有陷害无辜的地步！

冯融喝完了一碗凉茶，慢慢放下茶碗，才黑着脸说："起来吧。本官慈悲为怀，不把你的事情报告朝廷。你把冼都佬送回，好生加以抚恤，如果俚人发生什么骚乱，拿你是问！"

李迁仕唯唯诺诺，急忙派自己的幕僚送冼文忠回去。

冼玉挺和阿英谢过冯融，小心地搀扶着冼文忠走出衙门。俚人看见自己的都佬被放了出来，都欢呼着，簇拥着送他回去。

冯宝看着阿英的背影，心里一下子空落落的。他惆怅地站立着。突然，灵机一动，对父亲冯融说："爹爹，孩儿也去送送冼都佬。反正爹爹要在高凉住几天。"

冯融想了想，点头："也好，算我刺史的一点慰问吧。对，拿一匹绸缎去做慰问。"

冯宝答应着，几步跨出厅堂，从车上取了绸缎，追了出去。

宁逵见放了冼文忠，非常愤怒，他从旁边蹿了出来，召集着自己的家丁，骂骂咧咧地冲出郡守衙门回自己家去。

李迁仕看着宁逵的背影，有些幸灾乐祸地想：这家伙要把事情闹大了！不过他立刻明白，事态如果扩大，第一个倒霉的是他李迁仕，现在可不是他幸灾乐祸的时机。

"看来要有麻烦。"李迁仕急忙走到冯融身边，小声说："宁逵可能要召集獠人闹事！"

冯融冷笑一声："谅他不敢！马上回罗州调督护孙固的军队来高凉！"冯融对长史周贵年说。周贵年答应着，立刻动身离去。

为报仇俚人攻獠酋 识大体干戈化玉帛

冼文忠回到冼家楼,冼老太抱着老公冼文忠又哭又笑。冼玉挺和阿英搀扶着冼文忠上楼,冼文忠艰难地挪动着。他的双腿脚腕处被牢狱里沉重的铁链和铁锁磨烂,翻露出鲜红的血肉,已经溃烂的地方流淌着赤白脓水。牢狱里通风不好,闷热潮湿,他的全身都生了疥疮,腿上流淌着黄白脓水,散发出一阵阵刺鼻的臭味,招惹来一群乌蝇,绕着他的腿乱飞。

冼文忠被阿英搀扶着躺到床上,冼老太急忙唤来郎中给他诊治。俚人郎中用煎煮的草药水给他擦洗疥疮,把一些捣碎的草药敷在伤口上。

冼文忠轻轻呻吟着,一会发热一会发冷,全身颤抖个不停。

俚人郎中忧虑地对冼玉挺说:"你老都打发冷了,要赶快找药树树皮来治。"

阿英说:"都佬,我知道哪里有药树,我带你去。"

冼玉挺说:"那好。我们赶快走。"

冯宝拿着绸缎走进冼家干栏楼。

"冯公子,你来了。"冼玉挺打招呼。

冯宝说:"我爹爹让我送上绸缎一匹,这是皇帝赏赐的,做我爹爹对冼都佬的一点慰问。"

冼玉挺接过绸缎,让阿英送到楼上冼文忠那里,他请冯宝厅堂里坐下,对冯宝说:"感谢刺史大人的关心和帮助。等我老都身体恢复过来,一定重谢刺史。我老都在牢狱里被折磨得很厉害,我一定要报这个仇。"

这时,阿英从楼上下来,来到冯宝面前,深深鞠了一躬:"我老都和阿妈让我谢谢你。我老都现在打发冷,不能见冯公子。请冯公子改日再来。二哥,我们走吧。"她转头对冼玉挺说。

"你们要到哪里去?"冯宝站起身,问冼玉挺。

"去找药树树皮,治老都的打发冷。"冼玉挺说着站起身,和阿英冯宝一起向大门走去。

"我跟你们一起去,我反正也没有什么事情。我和爹爹要在高凉小住几天。"冯宝对冼玉挺说。

岭南圣母：冼夫人

137

"脱了长袍，扎上绑腿，一起去吧。"阿英快人快语。

阿英领着冼玉挺和冯宝来到高凉城外，穿过一片灰白的小叶桉和笔直高大的木麻黄林，进入更加茂盛的丘陵树林间，树林间茂盛的蕨类植物，野芋头、芭蕉、马缨花等灌木把树林封得严严实实，没有下脚的地方。阿英拿着砍刀在前面开路，左右挥舞着砍刀砍出一条小路，冼玉挺照顾着冯宝，进入这很久没有人来过的密林中。

冼玉挺有些怀疑："阿英，这里有药树吗？你怎么知道这里有啊？你看，这里好像从来没人来过。"

阿英很自信地继续砍着灌木的树枝和各种藤条。

"你放心，大哥。我知道这里有一棵药树。前几年，我和三哥帮他的一个伙伴进来找过药树，那个人也是打发冷，饮了这树皮煲的水就好了。"

阿英一边说一边砍："几年没人来，这里就进不来了。"

"看，就是那棵树。"阿英惊喜地指着前边不远处一棵大树。冼玉挺接过阿英的砍刀，飞快地砍出一条小路。阿英和冯宝冲了过去。

这是一棵很大的树，高十余丈，几个人合抱不住。它枝繁叶茂，垂阴数亩，树根好像粗藤一样垂了下来，盘根错节，盘曲在山石上，又垂到地上，钻入土里。

阿英用砍刀在粗大的树干上斫砍，砍下一块树皮。"够不够？都佬？"阿英问。

"再多砍一些。"冼玉挺说："来，让我砍。"

冼玉挺接过砍刀，在大树上继续砍。

冯宝看着阿英，说："我好久没见你了，近来好吗？"

阿英脸色阴沉下来，目光也暗淡了。"不好。你看，我家发生了这么多事。都是那个衰佬宁逵搞的鬼。将来一定要教训那个宁逵不可。"

冯宝小心翼翼地问："你老都不是把你许配给他了吗？"

阿英噘嘴："可不是，就是因为他来提亲，我不答应，才搞出这么多麻烦。"

冯宝心里有些高兴："你不想嫁给他？"

冯宝声音里流露出的极大喜悦，叫阿英很吃惊。她瞪着疑惑的眼睛，不高兴地白了他一眼。这家伙，幸灾乐祸呢。

冯宝掩饰不住自己的喜悦，眼睛里嘴角上眉梢上到处都挂着笑容。

阿英终于忍耐不住："你高兴什么？看到我家出事你还高兴？"

冯宝喜笑颜开，急忙解释："不是，不是，我是听说你不想嫁给那个獠人才高兴呢。你要是嫁给那个獠人，可真是一朵鲜花插到牛粪上了。"

阿英还是不理解："你高兴什么？怪怪的。跟你有什么关系？"

冯宝不好再加解释，只是说："反正我高兴，那个蛮獠不配你。"

"什么蛮獠？那我就是蛮俚了？你们汉人总是歧视我们当地人！"阿英生气地嘟囔着。

冯宝知道自己说错了话，只好赖皮赖脸给自己辩解："我可不歧视你啊。"

阿英扑哧笑了。

冼玉挺和阿英喜滋滋地拿着药树树皮回家。还没走到家，远远听到冼家楼传出号啕哭声。

"好像是阿妈的声音。"阿英浑身颤抖起来："是不是老都他……"阿英不敢说下去，声音发颤完全变了调。

冼玉挺脸色煞白，咬着嘴唇，在林间飞快地跑起来。阿英和冯宝也紧紧尾随着向冼家楼跑去。冼玉挺气喘吁吁，冲进大门，又奔上楼。

冼老太跪倒在大红木床头，用头撞着躺在床上的冼文忠，号啕着。老二冼玉丹满脸流泪，用力阻拦着母亲，害怕她撞破头。春香和老家人都一起跪在床边，郎中满脸无奈地垂手站立着。

"阿妈，老都他……"冼玉挺冲过来扑到床上，扑到一动不动的冼文忠身上，撕心裂肺地嚎叫着："老都！老都！我们把药树皮找回来了！你睁开眼睛啊！"冼玉挺摇晃着冼文忠的身体。

阿英扑到老都一动不动的身体上，号啕大哭起。冯宝流着眼泪，跪了下去。

冼玉挺站立起来，一把抓住旁边站立的郎中："你说，这是乜事？刚才老都还好好的，怎么说没就没了？"

郎中一脸无奈，又是叹气又是摇头："刚才以为冼都佬打发冷，谁知道他抽搐得越来越厉害，一会就昏迷过去，慢慢没有了气息。这不像是打发冷，

岭南圣母：冼夫人

好像中了什么毒,可能在牢狱里吃了什么毒东西。你看,都佬嘴唇黑青,舌头发黑,口吐白沫,这都像中毒啊!"

洗玉挺愣怔在那里,反复重复着:"中毒?中毒?"

他跳起来,捶打着自己的胸膛和双腿:"李迁仕你这个狗官,你害死了我老都,我和你拼命去!"他一跃而起,冲下楼,抄起一根铁矛,向郡守府衙冲去。洗玉丹和阿英也急忙冲下楼,抄起铁器呐喊着,召集了一些家丁呼啸着朝郡府冲去。

冯宝喊叫着伸手阻拦,没有一个人听他的。他急忙跟随着,向郡守衙门跑去。

李迁仕的府衙里,宽阔的大厅里已经摆放好宴席,漂亮雕刻的红木桌子上,摆满了鱼虾鸡鸭各种菜肴。冯融坐在中间的圈椅上,慢慢饮茶。李迁仕起身走到冯融面前,恭身问刺史冯融:"大人,是开席还是等令公子回来?"冯融看看满桌子菜肴,已经放置得不再冒热气,正好开始吃,他的肚子已经咕咕乱叫。

"算了,不等他了,洗都佬会招待他的,我们入席吧。"冯融站立起来,李迁仕急忙引领着他入席。

大家坐定,丫鬟差役给各人斟满了酒,李迁仕站立起来,端起酒杯。

"刺史大人,请接受下官薄酒一杯,敬大人官运亨通家和政通!"

冯融举起酒杯:"也敬郡守大人官运亨通!"他一饮而尽。

"请,请,各位请用菜!"李迁仕满桌子劝酒。

差人惊慌失措跌跌撞撞跑了进来:"不好了!大事不好了!"他惊慌地喊叫着。

"什么事?这样无礼?"李迁仕恼怒地呵斥。

"洗家俚人打进府衙了!"差人也顾不得李迁仕的呵斥,还是大喊着。

李迁仕惊慌地站立起来,正要问个究竟,却已经看见洗玉挺带领着人冲进院子,向厅堂冲来。

李迁仕大声吆喝着:"洗玉挺!不得无礼!刺史老爷在此,你想干什么!?"

洗玉挺冲上厅堂,后面的洗玉丹、阿英也都跟随着冲了进来。"给我老都报仇！给老都报仇！""给冼都佬报仇！"冲进来的人愤怒地呼喊着。

冼玉挺抓住李迁仕的衣襟，他的脸因为愤怒完全变了形状，五官狰狞得叫人害怕。

"你……你这狗官！你！你！你说！你为什么害死我老都？你说啊！"他紧紧抓着李迁仕的胸襟，狠命地摇晃着。李迁仕觉得自己的五脏六腑和全身的骨头都被这愤怒的蛮俚摇散了。今天怕是玩完了！他惊恐地想。

冯融站起身来到冼玉挺面前，好言劝慰着："冼公子，有话好好说，有话好好说。别动武嘛！"

冼玉挺大后一声："滚！你别来管闲事！"一把推开冯融，把冯融推到一边，冯融晃了几晃，差点摔倒。

冼玉挺大吼着："说！为什么要害我老都？"

李迁仕可怜巴巴地哀求着："冼都佬，你说清楚啊，我真的不知道你在说什么？我哪里害了你老都？我不是已经放了他嘛？不是你已经把他领回家了嘛？"

这时，冯宝已经进来，他走到冯融的面前，小声把事情经过说了一遍。

"什么？死了？怎么会呢？是我看着太守放了他的啊？"冯融满面吃惊，看着儿子。

冯宝难过地摇头："是的，这都是真的，是我亲眼看见的。郎中说是吃了毒物中毒而死。"

冯融皱起眉头，看着李迁仕。"李太守，快把刚才释放冼文忠的差役叫来问问情况。冼都佬被人下毒而死，你不能不问清楚！"

冯融又对冼玉挺弟兄说："我很难过。我一定要把这事调查清楚！给冼都佬报仇！不过，你们在事情还没搞清楚前，先坐下来饮杯茶，要不先回去料理冼都佬的后事。所有的事情包在本官身上。追查凶手，严惩凶手，我一定为你们讨还公道！请你们相信我！"

"不！"几乎所有的俚人都异口同声喊了起来："我们要亲自报仇！"

"好，好！那你们先坐下来，等李太守把情况问清楚再说好吗？"冯融说："你们坐下来，坐下来！"他指着厅堂里的椅子。冼玉挺松开手，坐到身旁的椅子上。

李迁仕急忙喊来管牢狱的差役。差役进来，吓得哆哆嗦嗦，双腿颤抖得

几乎站立不住："老爷饶命！老爷饶命！不是小人的错！不是小人的错！小人只是管门的牢头。饭菜是宁遽大爷准备的！他说冼都佬要走了，让我送点吃的喝的给他！小人就送进去了。然后冼都佬饮了一碗凉茶，就被放了出来。小人说的全是实情，要是有半点大话就叫天打五雷劈！"

冯融又询问了其他差役，大家都证实了牢头的话。

李迁仕愤怒地说："刺史大人，都是那个蛮獠头领歹毒手段！"他又转过脸，哭丧着脸："冼都佬，请你原谅，你看，真不是我干的！我现在就派人去把宁遽抓来交给你，任凭你发落！"

冼玉挺冷笑着："就凭你那几个差役，想抓宁遽？别做梦了！我们自己去找他算账！"说着站起身挥手："我们走！回去召集冼峒全体，踏平宁峒！为老都报仇！"冼家俚人高喊着，呼啦啦拥了出去，向宁峒奔去。

冯融在后面追着大喊："先安葬你老都！先安葬你老都要紧！"

冼玉挺冲出郡府府衙，外面已经自动聚集起几百个听到消息的俚人，他们哭泣着，呼喊着，挥舞着武器，准备为他们的冼都佬报仇。

冼玉挺挥手喊着："踏平宁峒！为冼都佬报仇！"俚人呼啸着，挥舞着拳头武器，向宁峒奔去。

"事情要闹大了！"冯融叹息着，看着李迁仕。李迁仕只是发抖，不知如何处理眼下局面。冯融看看儿子冯宝，征询着问："阿宝，你看，该如何对付？"

冯宝说："我看，官府应该派兵去帮助冼家，要不，这样打起来，冼家俚人肯定会吃亏！宁遽一定做好准备，他已经铁了心，要和俚人和官府恶斗一场。他不会善罢甘休的！"

冯融点头。

"是的，我也这么认为。周贵年回去调西江督护孙固将军，快到了。要是不耽误的话，明天午时左右孙督护的队伍可到高凉，那时就不怕宁峒闹事了。"

"那今天怎么办？俚人已经去往宁峒了！"

冯宝着急地问。他已经看到冼玉挺兄妹率领着俚人向宁峒奔去。他们会吃亏的！他很担心。

冯融摇头。"今天我们无能为力。你看冼玉挺那么愤怒,他能听进谁的劝说啊?还是让他去发泄发泄他的愤怒吧。即使打不下宁峒,也可以烧宁家的房屋毁一些林木庄稼,叫他出出气的好。那宁逵实在太狠毒,该给他一些惩罚。我们官府又不好干这些事,我们只能帮他抓凶手、惩罚凶手。那烧房毁地出气的事,只能让他们俚人自己干!"

冯宝也点头:"也只好如此,听其自然了。"

冼玉挺率领着俚人来到宁峒。宁家的干栏楼坐落在一片果木林中,荔枝、龙眼、柑橘都已经挂果,散发出果树的蜜香。成熟以后似枕头一样大小的菠萝蜜已经挂到树干上,有拳头大小。一嘟噜木瓜挂在木瓜树的中间,一堆一堆的,大大小小,青的、绿的、黄的。几棵高大的白玉兰郁郁葱葱。红色的紫薇正怒放,满树云霞似的灿烂。

"鸟他奶!他这地方还挺美的。"冼玉挺大声骂着。

宁峒的寨子外已经挖了一条宽阔的丈八深沟,沟底露着尺把长削尖了的竹桩,密密麻麻,白花花的,要是人掉进去,一定被尖锐的竹桩扎得浑身上下稀巴烂。深沟后面竖起高大尖直的木栅栏,挡住了入侵者的进攻。寨子里静悄悄的,见不到一个獠人的影子。

冼玉挺跺着脚,发泄满腔的愤怒。他咬牙切齿大声叫喊着:

"宁逵,你出来!"

俚人一起叫骂:"宁逵,鸟你老母!你出来!"

任他们大声叫骂,宁峒寨子里还是没有一点动静,静悄悄的,没有一个人出来迎战。

冼玉挺站在深沟前,愤怒地咆哮着:"给我冲过去!冲进去杀他个鸡犬不留!"

几个自恃勇敢的家丁疾跑飞跳,却一个一个都无例外地先后跌落到沟里,竹桩扎穿一个的肚皮,流出白花花的肠子,另一个被竹桩扎住大腿,倒在竹桩上,浑身是伤全身鲜血淋漓,在沟里哭爹喊妈惨叫呻吟。这惨状叫其他家丁都不敢再去尝试。

冼玉挺愤怒地捡起地上的石块向对面投掷过去,石块砸在木栅栏上。其他俚人也都纷纷捡起石头木棍,投向对面的栅栏。

岭南圣母:冼夫人

143

冼玉挺拿出身上的火石,敲击出火星,点燃了火纸,又点燃了一堆枯干的树枝树叶,把燃烧的树枝到处乱,一些地方的小树林起了火。

冼玉挺领着俚人冲进寨子外面的甘蔗地,一人多高的甘蔗长得正旺。"拔掉踩倒!"冼玉挺命令。俚人狂呼乱叫,在甘蔗地里尽情发泄他们的愤怒。不一会,大片的葱绿的甘蔗东倒西歪,七零八落。

冼玉挺还是不解恨,他把点燃的干树叶扔进稻田,快要成熟的早稻很快就熊熊燃烧起来,发出噼噼啪啪的声音,火光照红了的天空。他又挥舞着铁矛,冲进一片荔枝林和杨桃果树林,在荔枝和杨桃树林间疯狂地东戳西挑,一时间,树叶纷飞,树枝落地,一个个一簇簇泛了红色快要成熟的荔枝,已经分出五瓣的杨桃连同青枝绿叶一起从枝头落到地上,被俚人用脚踩烂。树干上挂着的菠萝蜜更是在劫难逃,全被俚人挑落,纷纷滚落到地上,可怜巴巴地皱缩着。

冼玉挺四下望着,寻找可以破坏的目标。獠人都已经龟缩进寨子里,没有一个獠人在外面活动。冼玉挺找不到报仇的目标。

把宁峒可以破坏的庄稼果树和一些干栏房都烧光毁坏以后,俚人这才呼啸着回去。

回到冼家楼,冼玉挺和冼玉丹阿英一起商量如何攻打宁逵。

阿英说:"刚才刺史老爷嘱咐要我们先安葬老都。我看也对。天这么热,不敢放老都在家的。我们要先安葬老都,让老都入土为安,然后再去攻打宁峒为老都他老人家报仇!"

阿英说完,又哭得头也抬不起来。

冼老太颤巍巍,走下楼。"对,对。阿英说得对,要先安葬你老都!不能让你老都躺在那里!"说着又泣不成声。

冼玉挺铁青着脸,点着头。"我们要给老都举行一个极大规模和声势的葬礼,让獠人不得安生!我真想把宁逵的头砍了来祭老都!"

冼玉丹说:"谁不想这么做啊!可打宁峒不是一下子就能捉到宁逵的!还是先安葬老都,以后再用宁逵的头来祭老都!"

冼玉挺深深叹口气,点了点头:"就这么办吧。"

第二天清晨,冼家楼在大厅堂里搭起灵堂,他们按照俚人规矩为冼文忠操办丧事。俚人各峒纷纷前来吊唁。

冯融带领着儿子冯宝和高凉太守李迁仕专程赶来作吊唁。吊唁完毕，冼玉挺请他们坐下，冯融说："我和太守商量过，为弥补宁逵给尊府造成的无法弥补的损失，决定郡守出钱，请感觉寺僧人主持，给令尊做一场规模宏大的佛教法事，超度亡灵。不知冼公子可同意？"

冼玉挺想了想说："我老都生前已经加入了道教，还是让道士来做道场法事的好。"

冯融沉吟了一下，拈着胡须。

"那倒是好，可我们高凉还没有道观道士，到广州三元宫去请，来回要六七天，到罗浮山朱明洞去请李志宏，时间空恐怕更长。这可如何是好？"

阿英在旁边插嘴说："我看请僧人做法事也一样。先请僧人做，以后请来道士再给老都做道教道场。"

冼玉挺想了想，点头同意："好吧，那就先做僧人法事，以后补做道场。"

"那好，我们立刻派人去朱明洞请道士，明天让感觉寺僧人做法事，超度亡灵。"冯融对李迁仕说。

"你们官府准备怎么治宁逵的罪？他残害了我老都，你们官府不能不管吧？"阿英睁着一双明亮的大眼睛，气愤地质问着冯融和李迁仕。

李迁仕急忙掉转眼睛，不敢看阿英那明亮的喷射着怒火的黑眼睛，小声支吾着："会……的……应该的……可以的……"

阿英气愤地提高声音："会什么，应该什么，可以什么，你给说明确点好不好？"

冼玉挺也有些焦躁："你这么个大官人、大老爷，说话能不能清楚点？你这算什么话？还算不算话？什么应该，什么可以，你这话简直就像放屁！连放屁都不如，放屁还臭一会，你这话连臭都不臭！"

冯融急忙劝解安慰：

"冼公子和冼小姐不要急躁，官府一定替你们做主，一定会惩办杀人凶手宁逵！不过，你们不要着急。善有善报，恶有恶报，不是不报，时候未到。时候一到，一切都报。"

"我们要自己报仇！杀父之仇不报，誓不为人！"冼玉挺咬牙切齿地说。

冯融拈着胡须说："是的，杀父之仇应该报，也必须报。我想请冼公子给

岭南圣母：冼夫人

我一个面子，冼都佬是我的好朋友，这个仇让我来为你报。希望你不要挑起俚獠冲突。还是通过官府来捉拿审讯宁逵，这是我们官府的责任。你看如何？”

“不！”冼玉挺强硬地拍桌子。“这个仇一定要由我们做仔的自己来报！要不我们就不配做老都的仔！”

冯宝这时正陪着阿英说话。冯宝看着阿英红肿的双眼和消瘦的面容，心疼地说：“你瘦了许多，你可要注意身体啊。冼都佬去了，这是没有办法的事，你要节哀顺变才好。”

阿英听话地点着头。冯宝又说：“你劝劝你都佬，不要发动俚人去攻打獠人，俚獠都是世代生活在高凉，过去世代为仇，打不完的仗，双方损失惨重，生活都很艰难。这次的事情，也只是宁逵自己的罪孽，与其他獠人关系不大。要是俚人去攻打，势必造成全体獠人对俚人的仇恨，俚獠双方又会引起械斗，引起双方流血和死人。这又何必呢？冤有头债有主，谁的罪孽谁偿还，何必连累无辜呢？”

冯宝的一席话说得阿英无话可说，只是点头。

冯宝看说动了阿英，继续劝说：“你都佬气愤难平，现在谁的话也听不进，大概还能听听你的话。你去劝劝他，劝他不要发动俚人去攻打獠人。我父亲已经去调动西江督护的兵力，等西江督护带兵一到，就一定能捉拿宁逵，一定会严厉惩罚宁逵给你老都报仇！官兵只捉拿宁逵，不攻打獠人，獠人不会拼死反抗。可是俚人集合起来去攻打，獠人一定要武力抗拒，俚獠的恶战在所难免。这样很容易惊动广州的朝廷官员，万一广州刺史派兵前来弹压，这事情就难办了。我父亲要受处罚不说，广州刺史调集大兵前来，俚獠一起征讨，可就惨了。你知道不知道过去发生过这样的惨事啊？”

阿英说：“我知道一些，听我老都讲，我的太爷、阿爷都是死在官府的征讨中。”

冯宝说：“是啊，我听说宁逵的太爷和阿爷也是在官兵征讨中死去的。是不是？”

阿英点头：“是的。我老都经常夸赞冯刺史，说你老都当刺史这些年，高凉地区最平静，没有发生俚獠大械斗，也没有官兵征讨俚獠，这些年，俚獠的日子好过多了。”

"是啊,我老都真为高凉俚獠着想,他不想俚獠发生惨痛械斗,更不想出动官兵征讨俚獠。这些年日子好,主要还是俚獠双方首领听话,每次发生小冲突,都能和平解决。高凉地区的平静安宁日子,终究还得依靠俚獠自己。你说是不是?这次要看你冼家态度了,要是你都佬一意孤行,我老都真的没有办法帮助你们,他连自己的官职都保不住。你想想看,我说的在理不在理?"

阿英忽闪着大眼睛,连连点头:"是这么个理。我相信你和你老都的为人,我去劝劝我都佬,他还能听我的话。"

冯宝感激地拉住阿英的手,紧紧地热烈地握着,连声说:"阿英,你可真懂事,真是一个通情达理的好细妹!"

阿英突然感到脸上发热,心头怦怦乱跳,一种从来没有过的激动冲击着她的心。这是怎么回事?阿英惶惑地低下头。

冯宝看到阿英的脸突然泛上一阵红晕,自己的心竟也怦怦乱跳起来,一种前所未有的体验叫冯宝心头感到说不出的舒坦和快乐。

平骚乱獠酋被擒　审恶人宁逵伏法

接到周贵年带来的冯融口信,西江督护孙固连夜发兵赶到高凉。一到高凉,冯融就与孙固一起率领官兵包围了宁峒宁逵的寨子,把宁家楼围了个里三层外三层水泄不通。

冯融命人向宁逵喊话。"宁逵!出来投降吧!官兵已经包围了宁寨,你跑不了了!"

宁逵站到干栏楼的楼顶上,双手叉腰,破口大骂:

"鸟你老母的官兵!你能把老子乜了?老子就是不投降!老子还要集合獠人杀你官兵!"说着,他甩动胳膊,用力擂响面前的大铜鼓。

鼓声咚咚,震响了周围的村庄山寨。獠人听到都佬召集集合的鼓声,都从家里跑了出来。"俚人来打我们来了!俚人来了!"他们从四面八方赶来,扛着各色武器,飞快地跑着,呐喊着。

冯融又命人向赶来的獠人喊话。那人扯着嗓子用獠话大声喊了起来:"獠人都佬!不要乱动!俚人没有来攻打!官兵前来捉拿杀人凶手!与你

们没有关系！你们赶快返回去！不要在这里停留！这里有一场大战！你们会白白丢掉性命的！"

喊话人一遍一遍地喊着。

喊声传到乱糟糟的獠人群里，一些獠人犹豫地停下脚步，互相嘀咕起来："官兵来了？官兵可不是好惹的。不是俚人？那我们为乜去送命？回去吧！"

一些獠人放慢了脚步，悄悄落到别人的后面，趁同伴不注意，掉头钻进了树林，溜之大吉。正在往前奔跑的獠人回头看看，发现许多同伴不见了，再看看周围，人越来越少，也都犹豫地站住脚，四下张望，倾听着官军的喊话。犹豫再三之后，也都一个一个悄悄转头，钻进树林消失了。民不和官斗，獠人在被官军的血腥镇压中越来越明白这个道理。

獠人越来越少，刚才黑压压从四面八方赶来的獠人只剩不足一成。

冯融看着孙固，二人相视而笑。

干栏楼顶上的宁逵看见四面八方涌来的武装的獠人，心里高兴极了。你官兵厉害归厉害，可是你再厉害，也不过几百人，我号召的獠人可是黑压压的上千号人。双拳难抵四手，虎落平阳还被群犬欺，我宁逵怕你官府不成？

宁逵瞭望着，等待观看獠人大战官兵的壮观场面。獠人历来尚勇好斗，斗起来不要命，他们就像那些凶猛的看门狗一样，死咬不放，非要把对手打死不可。官兵落在他们手中，绝没有好下场！宁逵信心十足地等待亲眼观看官兵的覆灭。

出乜事了？宁逵突然惊慌失措地看着周围。獠人越来越少，刚才黑压压的獠人明显减少了，只剩下很稀拉的人犹豫不决地四下张望，拿不定主意要不要继续往前走。人都哪里去了？

宁逵愤怒地又一次狠命敲着铜鼓，希望铜鼓声召集来更多的獠人保卫他的宁寨和他家人的安全。獠人极其忠于他们的首领，首领要他们干什么他们就死心塌地地为首领卖命。

铜鼓声在空气中震荡。

官兵在孙固的命令下已经调转过来，做好准备，等待对付四周獠人的进攻。

冯融让那喊话人继续喊话分化瓦解獠人。又有一些獠人钻进树林消失了。

几个不要命的獠人端着铁矛冲了上来，被官兵的乱箭立刻射倒。其他獠人不敢再往前冲。

"返回去！快点返回去！官兵前来捉拿杀人凶手！没有你们的事！"喊话人继续喊着。

剩下几个不多的獠人终于垂头丧气地放下武器，慢慢走开了。

宁逵咒骂着，把铜鼓擂得震天。獠人却四下逃窜散了去。

冯融对孙固说："可以进攻了吧？"

孙固指挥令旗手挥动令旗，官兵拿着木板铺到壕沟上，冲了过去。冲过壕沟，立刻抽过木板，搭在木栅上，士兵纷纷跳下木栅，勇敢地冲进宁寨。

"不要伤害宁家的其他人！"冯融叮嘱着孙固。他又对冯宝说："你也进去，监督士兵，不要让他们伤害无辜，不要抢劫烧掠！不许他们打砸抢！"

冯宝答应着随着士兵进到宁逵家里。冯宝进到宁逵的干栏楼，眼前的金碧辉煌叫他大吃一惊。宁家楼豪华气派，厅堂高大阔绰，一色楠木梁柱，雕花门窗，漆画着花鸟虫鱼，灿烂夺目，鲜艳绚丽。厅堂里，到处张盖着绸缎的帷幕，清一色的花梨木家具，雕刻着精致的花色图案，漆得油光发亮，桌子上摆放着精致的象牙雕刻，犀牛角杯，碧玉翡翠，金银饰品，琳琅满目，美不胜收。

冯宝瞠目结舌，四下环顾。厅堂里地下靠墙摆放着一溜几尺高的白珊瑚、红珊瑚，还有极其珍贵的黑珊瑚和海柳。椅子上铺着斑斓的华南虎皮，墙上挂着几尺长的大象牙，金碧辉煌的孔雀毛编成的孔雀毛大扇，挂在厅堂正面的墙上，孔雀的金钱眼闪烁着、变换着金翠霞光，光彩夺目。

一个士兵去抢桌子上的翡翠花瓶。冯宝大喝一声："住手！刺史和督护有令，不许任何人私自抢拿这里的东西！有人违抗命令，格杀勿论！"那士兵乖乖地把翡翠瓶放回原地，随大家一起冲上楼顶。

楼房里宁逵的家人不多，他们已经被宁逵转移到其他地方，他的老婆孩子都不在，只有他和他的兄弟宁俊杰以及一些家丁。楼房顶上的宁逵一伙正和冲上去的士兵乒乒乓乓地对打在一起。

冯宝冲上去，对士兵喊："不要伤害他们！把他们擒拿下来就行了！"

岭南圣母：冼夫人

士兵人多势众，武器又精良，不多久，宁逵的家人就支持不住，纷纷放下武器投降。宁逵也被几个士兵按倒在地，用绳子捆了。士兵把宁逵和宁俊杰牢牢地捆绑起来，带到楼下院子里，交给孙固和刺史冯融。

冯融见擒获了宁逵，命令士兵收兵。他们既不捣毁房子也不烧毁房子，吩咐放了宁俊杰，只带着宁逵回到太守衙门。

今天是冼家为他们的都佬举行叩见死者的仪式。高凉附近的俚人从四面八方赶来，冼家楼前黑压压的俚人，哭泣声此起彼伏。

院子里摆放着高凉北山最粗最老的紫檀挖空做成的紫檀棺木，等待太阳快要落山时为冼都佬入殓。俚人认为"人死像太阳落山"，他们不在上午和中午殓葬死人。

灵堂设在冼家楼的厅堂里。冼文忠穿着最好的绸缎做成的寿衣，躺在一块铺着专门织成的最美丽的俚人织锦上，上面盖着一块鲜艳的织着龙纹的龙被。他头朝门口，安详地躺着，头前地上摆放着两把稻谷一个酒碗和牛的下颚骨，地上铺着灵席，冼老太和儿子女儿孙子坐在两旁号哭。

俚人各峒峒主组织的吊唁队伍，陆续来到冼家楼。冼家嫁到其他部族的女子连同她们的丈夫，都前来参加葬礼。吊唁队伍中，女人们走在前面，男人在后。老妇人披发空手走在吊唁的最前面，年轻女子挑着担子，腰扎小篓随后，担子一头装一个小缸，另一头是装有5斤米的大箩筐，上面放着一个装有一只煮熟的白鸡的小藤箩。不挑担子的女人，人手提一只小箩筐，里面装着米，上面放着烤乳猪和煮熟的鸡。接着是男人组成的仪仗队，男人手拿锣鼓和箫，吹吹打打进了冼家楼，扛着各色纸扎的男人紧跟着吹鼓手。队伍最后是一个老人，他扛着带叉的竹竿，杆上挂着黄白绿纸剪成的各种神的画像。

头上戴着粗麻布的冼老太听到奔丧的队伍进到冼家楼，急忙率领着阿英和其他媳妇迎上去，她们都披散头发，光着脚，头上披着粗麻布，接过肩挑手提的东西，又回到厅堂的灵席上，跪了下来，开始很悠扬地哭唱起来。吹鼓手和着她们的哭声，吹打着。吊唁的队伍在锣鼓和箫声中，依次进入厅堂向冼文忠告别。

罗州刺史冯融率领着高凉太守李迁仕和西江督护孙固以及儿子冯宝，

亲自参加这盛大的叩见仪式。他们进入灵堂,跪拜了冼文忠以后,冯融命令差役带上宁逵。

差役带着五花大绑的宁逵来到冼文忠的棺木前,喝令他跪下。宁逵支棱着脖子,扭动着身体,挣扎着死不下跪。一个差役走上来,用脚猛踢他的腿弯,他双腿一软,不由自主跪了下去。

"向冼都佬磕头赔罪!"冯融喝令。

宁逵直梗着脖子,把脸扭到一边。冯融给差役使了个眼色,左右两个差役用力按下他的头,把他按倒在冼文忠的面前,按着他"砰砰砰"一连磕了三个响头,额头上立时碰起一个大包。

冼老太站立起来,率领着儿女走了上来,向冯融拜谢,感谢刺史为他们报仇雪恨。这时,阿英身后的那个收养的小姑娘,突然跳到众人面前,指着跪倒在冼文忠木前正梗着脖子挣扎、想挣脱差役站起来的宁逵,又啊啊大叫起来。

阿英走上来,搂着小姑娘,轻声地安慰着她。

小姑娘并不安静,还是指着宁逵,啊啊大叫,同时用手做出杀人的样子。阿英吃惊地望着小姑娘,用手势和她交谈:"他是海陵岛上杀你父母的人?"

小姑娘点着头,啊啊着,说着难懂的话。

冼玉挺一下子跳到宁逵面前,一把抓住宁逵头顶上的椎发。

"你这衰人!是你杀了我的三弟!我今天要亲自刀剐了你!"说着,就去拿砍刀。

冯融急忙让差役拉住冼玉挺,把宁逵郡架到一边。

"冼都佬,你不要急躁,让官府惩罚他!不要在你老都的灵堂前杀人,道教教导我们要多行善事,佛家更是教导我们要慈悲为怀,要像救苦救难的观世音菩萨,千万不要在佛家法事前做这样的恶事!这样会触怒佛祖和菩萨,这可是大忌啊。"

感觉寺的大师也走了过来,口里念着"南无阿弥陀佛",告诫冼玉挺:"施主万不可在佛祖和菩萨面前杀生,阿弥陀佛引导我们进入极乐世界,寿劫无可限量。进入极乐世界必须一信,二愿,三持名,施主得生与否,全在个人的修炼。施主不杀生就是持名的一个方面。现世的修炼全在于为了来生,佛说,善有善报,恶有恶报,你看宁逵就是恶报的现身说法,施主万不可像他一

岭南圣母:冼夫人

样以杀生为乐！作恶一定有报应，有的报应是现报，报应落在他自己身上，有的报应是远报，报应要落在他子孙后代的身上。施主今日不施恶才能修今生和来生啊！"

一席话，说得冼玉挺汗流浃背，好像有所觉悟。

大师继续说法："观世音菩萨更是以慈悲为怀，他以无漏圆通大智观照六道众生，他以观照众生音声为方便，号召众生危难之中称念他的名号，他听到以后，即时寻声而来，解救众生于苦难之中。你记住，如果遇到危难，你只要念：阿缚卢枳多伊湿伐罗，翻译成我们汉人的话就是观世音菩萨，他就会救助你帮助你。但是你一定要慈悲，不杀生才行。观音无处不在无时不在，他可以化为各种形体在我们中间观照我们的苦难和罪孽，有苦难他拯救，有罪孽他惩罚。杀生是最大的罪孽！"说完，顺手拍了拍冼玉挺的头顶。

冼玉挺机械地点着头。阿英也听得入神：佛家具有这么大的威力，看来这佛教比道教还厉害。

冼玉挺看着差役把宁逑架走，没有追上去。

冯融小声对冼玉挺说："你放心，我要把他押回罗州，审问定罪以后上报朝廷，判他死罪。不过你一定要耐心等待，朝廷判定死刑以后大多是在秋后执行。希望你能够以观世音菩萨的慈悲为怀，不要求报复和杀生。"

冼玉挺怅然若失，木然地点头。大师那一番话，叫他领悟了一些事情。领悟了什么呢？他一时又说不清楚想不清楚。三弟的死，让他震惊，老都的死，更给他很大的打击。他冼家陷入极大的灾难之中，他的心里充满恐惧。他杀来杀去，杀出什么结果？来生他的命运如何？会不会遭到报应而陷于更大的苦难之中？

观世音菩萨！冼玉挺在心里呼唤：来解救我的苦难吧！来能解救我们俚人的苦难吧！

我该怎么做呢？冼玉挺迷迷糊糊地想：要找大师去问问。

叩见礼结束以后，由感觉寺大师主持的超度法事开始。僧人们敲着磬铵，唱着超度的经文，气氛庄严肃穆，是俚人从没有见过的。

超度法事结束以后，开始入殓。

一个精通族谱的奥雅，穿着蓝色长袍，头戴银簪，颈戴银项圈，肩挑祭品走在前，冼玉挺和冼玉朱抬着冼文忠来到棺木前，把他轻轻放进母棺，母棺里铺着俚锦,冼老太给他盖上龙被,然后盖上公棺,用竹钉钉死。冼老太、阿英以及冼家媳妇有规律地哭唱起来。

太阳下山时,送葬队伍送冼文忠出殡。奥雅走在最前面,冼玉挺和七个后生仔抬着棺木,后面是冼老太和阿英率领的送葬队伍,她们一路走一路哭唱,曲调极其悠扬哀伤。

棺木放进已经挖好的墓坑,这是道士亲自选定的地方,是一个保佑后代子孙的风水宝地。

三年以后,他们会把棺木挖出来,把死人的骨殖捡起来,按照人体部位排好,放进瓮罐里,用一个大罐子套住,重新埋葬。这是高凉俚人和獠人的丧葬风俗:二次埋葬和瓮罐葬。

岭南圣母:冼夫人

第三章　冯冼联姻

舍身出家冼公子断尘缘　选贤任能小女儿担重任

冼玉挺呆呆地站在菩萨塑像前,合掌低头,默默地念叨着。住持站在他的身旁,暗自喜欢。冼家大公子舍身佛寺已成定局,他的感觉寺从今以后不再为香油钱发愁了。

法事做过以后,冼玉挺经常到感觉寺去听僧人讲经,回到家里经常关起门来独自对着观音菩萨打坐,不再过问冼家事务,每日里痴痴呆呆的。冼玉挺迷恋上那富态的观世音菩萨。菩萨浓眉大眼,安详慈爱地微笑着,看着他,好像在倾听他,好像在告诫他。冼玉挺决心受戒到感觉寺去修炼来生。

冼玉挺把自己准备皈依佛门的事向全家宣布,冼家楼立刻像炸锅似的乱了起来。冼老太哭泣着,死死规劝着,不让儿子出家。他的老婆、仔女也都哭泣着、劝说着,想打消他的念头。

"你是冼家的长子,你老都去了,可是冼峒俚人部落需要你打理,你不能出家!"冼老太哭着劝说。

冼玉挺执意不听,任是谁也劝不醒他。

"我要皈依佛门!我罪孽深重,要是不出家修炼,就不能修成正果,不可能功德圆满。那我来生一定要沦为牛马被人欺负,死了以后要下地狱忍受各种苦难!我今生受罪,来生不想再受罪。"冼玉挺半闭着眼睛,看着地面,面无表情,坚定不移。

"这是我最后的决定！你们谁也别想劝我！我这么做不光是为自己修来生，也是为给我们冼家消灾灭祸，给我们冼家修来生！老都活着肯定会同意我这么做！"

冼玉挺微笑着睁开眼睛，看着冼老太，平静地说："阿妈，舍身佛门有什么不好呢？我们冼家是道徒，能够得到太上老君和许多神仙的保佑，如今我皈依佛门，又能得到佛祖庇佑，以后，谁还能伤害我们呢？我们脚踩两只船，才是最稳妥的办法。当今皇上号召百姓信奉佛教，出家做僧人，朝廷给予许多好处，有什么不好呢？我侍奉佛祖，佛祖就会保佑我们。今生和来生都不怕宁家迫害。这多好啊。"

冼老太只好劝着他的老婆子女："他要走，就让他走吧。感觉寺就在山上，也不远，还是能够见到他的。你们也不必哭哭啼啼。明日，我们一起送入寺院。"

第二天天刚亮，冼老太领着儿子、媳妇、孙子孙女和阿英，一起送冼玉挺到感觉寺。感觉寺的僧人已经念过早课，正等着给冼玉挺做皈依仪式。

皈依仪式在大雄宝殿进行。

冼玉挺在僧人的引领下，站到大雄宝殿上，冼老太和家人被破例允许站到大雄宝殿侧面，安静地观看仪式进行。

这时，大雄宝殿上，钟鼓齐鸣，磬响三下，引领僧人领着冼玉挺面向佛祖释迦牟尼顶礼三拜，行问讯礼（问讯礼：站好，双脚略呈八字，合掌当胸，鞠躬行礼，平身时，两只合着的手掌随即抬起至额前，不能贴额，然后结毗卢印，最后再合掌、小低头、礼毕）引领僧人带领冼玉挺恭立，等待法师、住持、僧人来。住持、僧人来到大雄宝殿，向上顶礼三拜，两个小僧人拈香立在住持两旁。法师升坐、拈香、敛衣上座。这是皈依三宝的第一步：请师。

冼玉挺心里怀着无比的虔诚，注视着释迦牟尼，继续进行皈依仪式。

大雄宝殿上木鱼、磬、鼓、钹等器乐齐鸣，维那僧人举腔唱起赞歌：性觉灵明，寂照真常，昔迷今悟露堂堂，三宝是慈航。一瓣心香，归礼法中王。南无香云盖菩萨摩诃萨，南无香云盖菩萨摩诃萨，南无香云盖菩萨摩诃萨。导引僧人引领着冼玉挺上香顶礼三拜，然后，长跪。这是第二步：礼佛。

跪在佛祖面前的冼玉挺眼睛一热，涌出了热泪。他用力眨巴着眼睛把泪水逼回泪囊。

岭南圣母：冼夫人

阿英站在母亲身后，静静地观看着这庄严的仪式，全身笼罩在一种肃穆敬畏的气氛中。她似乎也感受到佛光的照耀，心里竟也升腾起一种近乎崇拜的感觉。

法师在自己的座位上开口朗朗地说："居士冼玉挺，身处世俗，念欲归真。苟无佛法，无以出尘。我，感觉寺住持慧真僧人，为汝做三归本师。现随我说。"法师看着冼玉挺解释："跟着我说，我怎么说，你就怎么念。明白吗？"

冼玉挺点头。法师大声说："我，冼玉挺，慧静，大德一心念我，慧静，今请大德为三归本师，愿大德为我做三归本师。我依大德，受清净三归。"

冼玉挺朗朗地跟随着住持说了一遍，完成了皈依的第三步：求受皈依。

住持敲了一下戒尺，开始给冼玉挺讲解佛理，进行开示。他简单地讲了讲三归五戒。"不杀生，不偷盗，不淫欲，不妄语，不饮酒，汝能如法受持否？"法师看着冼玉挺，满面庄严地问。

"能持，能持。"冼玉挺连连回答。

住持结束了第四步开示之后，又鸣了一下戒尺，继续说："善男子，汝既能如法受持三归，应当请十方三宝以为依怙之尊。次屈一切万灵，而作镇严之主。汝起立合掌，至心做观，随我启请。称自己名。"

冼玉挺急忙站立起来，合掌肃立，说着自己的法名："慧静启请十方三宝。"住持起座，合掌，拈香。冼玉挺也紧紧跟随着。"跟我说。"住持看了看冼玉挺，大声念诵着："香花迎，香花请，弟子慧真，一心奉请释迦牟尼佛、阿弥陀佛、弥勒佛。"

冼玉挺也大声念诵着，请来所有的佛和各经典佛法，然后又请来观音、文殊等菩萨、尊者和各位天龙八部、金刚力士等护法使者。

"佛家有这么多的神灵啊。"阿英心里暗自感叹着："这么多神可是难敬啊。道家神多，没有想到佛家也这么多神。神多不灵。"

好不容易把所有的神圣都请来之后，主持敲了一下戒尺："现在跟着念《忏悔词》。"冼玉挺跟随着住持念着那些他根本不明白的词语。每念完一段，叩拜佛祖一次。

"南无普贤王菩萨摩诃萨。"冼玉挺念了三次，结束了仪式的第六步：忏悔。

住持敲着戒尺,说:"现在进行仪式的第七步:受归。你已经完成三宝前的忏悔,罪业已经消除,身心自然清净。从现在起,你应起广大慈善心,绝缘一切情,誓断恶修善,利济众生,系法于心,心法合和,名曰三归。现在随我说皈依之语。好,现在端身合掌,跟我说。"

冼玉挺急忙端身合掌,跟着主持朗朗说:"我慧静,尽形寿皈依佛,尽形寿皈依法,尽形寿皈依僧。"

"叩首!"住持说。冼玉挺急忙叩首。然后又说了两遍,叩首两次。

住持继续鸣尺说:"上来三归,正是纳体于心,更加三结。得法圆满,谓之三番劫磨。你当至心。随我说:我慧静,皈依佛境。宁舍身命,终不改志,不皈依外道邪众!"

冼玉挺按照要求说一遍叩首一次,一共重复了三次。

住持在结束了第七步受归以后,又鸣尺说:"善男子,你既归三宝,已获本体,则心有所归,身有所依,当发大誓愿。所言妙用大愿者,应观苦集灭道四谛而发四弘誓愿。一观三界九有一切众生未度苦谛,三苦八苦无量诸苦,迷真逐往,不思出离。所以,你现在发愿:度尽众生。二观三界九有一切众生未解集谛,十使见思五住等惑,缠缚不脱,随业报生。所以你发愿:断尽烦恼。三观三界九有一切众生未安道谛,戒定般若,十二部经,无熏闻思,不知修学。所以你发愿:勤学法门。四观三界九有一切众生未得灭谛。迷觉体者,不信佛心。悟觉体者,分证未圆。所以你发愿:必成佛道。现在你至心合掌,恭对三宝前,发四宏誓愿。现在跟随我念《发誓愿》,一共要念三遍,三叩首。"

冼玉挺跟随着住持、僧人念:"我慧静众生无边誓愿度,我慧静烦恼无尽誓愿断,我慧静法门无量誓愿学,我慧静佛道无上誓愿成。"

住持、僧人更加用劲敲击着桌子,说:"善男子,你已发弘誓愿,希望你有愿必从,坚信道行。你虽身同世俗,心已是菩萨,所获功德,不可思议。《较量公德经》云:若三千大千世界满中如来,如稻麻竹苇,人以四事供养满二万岁。诸佛灭后,各起塔庙,复以香花种种供养,其福虽多,不如有人以纯净心皈依三宝所得公德。如今你已大欢喜,要增信念,坚定宏愿,出烦恼渊,至菩提岸。今所受三归,以为出世正因,慎勿退失,谨守修行。汝能依教奉行否?"

冼玉挺见僧人又在问自己，急忙答道："弟子慧静能依教奉行。"

这第八步结束，住持用戒尺轻轻敲击了一下，敛衣起座合掌说："授归功德圆满，大家合掌同音，念佛回向！"

大雄宝殿上的所有僧众，都肃立念佛，然后让冼玉挺对住持三拜，站立一旁，垂手肃立，等待僧人下座礼佛。住持下座，向佛三拜，两个引礼僧人敲击着手中的木鱼和磬，冼玉挺随其后，住持跟随，慢慢离开大殿，回到他的方丈。

冼老太流着热泪，注视着冼玉挺离开大殿。全部皈依仪式结束，冼玉挺就变成了慧静僧人居住在感觉寺的方丈里，成为高凉地区第一个出家的俚人。

阿英看着走了出去的大哥，心里如同乱麻一样，说不清自己的感觉。想到以后再也不能在家里看到大哥，她的心头发堵，眼睛发热，眼泪扑簌簌地流了下来。

过了一会，导引僧人又出来，手里提着一个鸟笼，里面装着一只美丽的黄莺，黄莺婉转地鸣叫着，在笼子里跳来跳去，十分活泼可爱。

"施主。"僧人走上来，打个问讯，对冼玉丹说："住持请施主跟随我们去放生。"

阿英急忙问："这放生不是道家的事吗？怎么佛家也放生？"

僧人笑了："小施主有所不知，这放生本是佛家慈悲为怀的一种表现。佛家主张众生平等主张慈悲为怀，在佛家看来，鸟兽如人，既有佛性，也可以成佛，所以，佛家对一切人一切生灵包括所有的鸟兽都要大慈大悲，生命是最可惜的，所以佛家戒律中要戒杀生。这放生，正是我们佛家的主张。我们佛家放生要遵守一定的礼节，不像道士那样随便放它一条生路就叫放生了。"僧人一边走一边说，来到大殿的后面。

经幢旁边已经摆好香案，上面放置着净水、杨柳枝，僧人把黄莺鸟笼也放置到香案上。僧人让大家都站在一旁看他主持放生仪式。僧人唱着"杨枝净水"香赞，然后口念观音菩萨，敬献香花，迎请佛法僧三宝，念过灭罪真言，给黄莺授三归，讲十二因缘发四弘誓愿，在确认黄莺明白因缘佛法以后，又衷心地念诵了祝愿颂词，祝愿它不再遭遇魔劫，不再落网被捕，这才在阵阵念诵"南无西方极乐世界大慈大悲阿弥陀佛"的声中，用杨柳枝蘸着净水，洒到黄莺身上,打开鸟笼。

黄莺跳出鸟笼,扑扇扑扇翅膀,黑豆似的小眼四下转动,到处看着,确信自己离开了鸟笼的羁绊,才慢慢振起翅膀,扑棱几下飞上天空,在感觉寺上空盘旋了几圈,飞向自己的家乡,那漫山的原始森林。

阿英眼睛里噙满泪水。僧人郑重其事地做着放生仪式的每一个步骤,都令她感动不已。她唏嘘起来。

冼老太把二儿子冼玉丹和阿英以及各俚峒的峒主召集起来,商量确立冼峒的首领。冼老太年轻的时候和冼文忠并肩作战,也是一个叱咤风云的女首领。以后因为生孩子和哺育孩子,才渐渐脱离了冼峒事务。现在,冼老太依然硬朗矍铄,还是拿得起放得下,很有魄力。三子冼玉朱的被害,冼文忠的去世,叫她哀痛了许久,也叫她大病一场,可是,这并没有叫她垮掉。大儿子冼玉挺执意献身佛教,她奈何不得。二儿子冼玉丹自幼身体孱弱,不堪重负,她暂时担当起冼峒首领的重任。但是,自己毕竟年纪大,长期掌管冼峒不是长久之计,确立冼峒首领已经成了冼峒的当务之急。

把冼峒首领的重担交给谁呢?冼老太很是费了一番心思。二儿子冼玉丹身体孱弱,不堪重负。冼老太把眼光转向女儿阿英。

18 岁的阿英已经出落成亭亭玉立的大姑娘,她很像年轻时的冼老太,敢说敢干,天不怕、地不怕,不怕官府、不怕欺压,在对待宁遽求婚的事情上很显脾性。

这女仔是块做大事的材料,冼老太想,把冼峒的事情交给她,完全可以放心!

冼老太把二儿子冼玉丹和阿英叫到自己面前,说:"你老都去了,现在你大哥又执意修炼,我们冼家那些船队、果园、茶山、田地、渔家以及这千把个俚峒,都离不开头领来管理。我想和你们兄妹商量商量,看以后我们冼家该谁来话事。"

阿英说:"大哥甩手不干,那就只好由二哥话事了。"

冼玉丹很为难的样子,只是摇头。"妹仔知道我身子骨弱,精力不大好,恐怕难以挑起这副重担。我想,妹仔已经长大,也经常随老都和大哥出去处理事务,对冼峒很熟悉。要不就由妹仔话事吧。"

冼老太一个劲点头。

阿英看着冼老太一头白发和一脸皱纹，看看冼玉丹那羸弱的身材，轻轻咬着嘴唇。

"行不行？阿英？"冼老太满怀希望地看着阿英。

"行！"阿英坚定地回答："老都开创的家业不能败在我们手里！阿妈，你放心，我一定挑起这副重担！"

冼老太一把搂住阿英："好妹仔，你没有辜负你老都！你放心，还有我和你二哥在支持你，就是你大哥，在关键时候，也还会出来帮你一把！我们冼家不会败落的！"

阿英扶着冼老太慢慢走进厅堂。厅堂里已经坐着冼峒下属的各大峒主。船队头领阿昌也在座。

阿英大多认识。她把冼老太扶到正堂座位以后，先礼貌地和各位峒主打招呼。

冼老太看着大家，清了清嗓子，说："今天召集大家来，有些大事要向大家宣布。大家知道，冼都佬已经去了，老大又舍身寺院出了家，不再过问俗事，老二阿丹身体不大好，我不放心把冼峒的大事交给他，怕他承受不了这劳累和辛苦，也怕他误了我冼家和俚人的大事。我思来想去，这冼峒头领的事，只能交给我这妹仔阿英。大家都知道，阿英从小胆大刁蛮，泼辣勇敢，现在长大了，这个性更不让他的兄弟，她老都在许多事情上都依靠她。我决定把我们冼峒的话事权交给她！今后，我们俚人冼峒话事的首领就是阿英！不知你们同意不同意？"

各位峒主互相看了看，都异口同声地喊："同意！"

阿英站了起来，朝各位峒主拱手表示感谢。

"感谢各位都佬的支持。阿英虽然跟着父兄学了一些本事，可阿英毕竟年轻，经历的事情不多，俚人的许多事情还不会处理，希望以后能得到各位峒主都佬的鼎力支持！阿英代表我故去的老都向各位峒主都佬表示感谢！"

说着，阿英深深地作揖到地。

各位峒主都急忙站了起来，作揖还礼表示自己的心愿。

阿英挥手朝后面喊："上酒！"

家丁立刻抱来酒坛,仆妇端来大碗,老家人冼忠抱来一个大公鸡。家丁给各个峒主倒满了米酒,阿英把公鸡头一扭,用刀割下,提住公鸡,挨着把鲜红的血滴在各个人的酒碗里。

"来,各位峒主都佬!要是以后愿意听从我冼阿英的话,就饮了这杯酒!"

说着,她端起酒碗,一仰脖子,一大碗鲜红的米酒咕咕嘟嘟灌进肚里。众峒主高声喝彩,也都仰起脖子,把血酒灌了下去。

"好!我们来盟誓吧!"

阿英伸出手,手背朝上,其他峒主都走了过来,把自己的手一个一个摞在上面。

"饮了这血酒,我们就是生死与共的兄弟!我们要有福同享有难同当!"阿英说。

峒主把手摞在阿英手背上,神色庄重地宣誓:"冼峒俚人宣誓,决不背叛峒主!谁要背叛,天打雷劈,不得好死!"

冼老太笑得眼睛眯成一条缝,她朝老家人招手:"快摆开酒席,让我们和各个峒主开怀畅饮,一醉方休!"

家丁和仆妇一阵忙乱,在大厅里摆开十几张大桌,端来准备好的酒菜在大厅里摆开。

"各位都佬请入席!"阿英和冼老太招呼着。

冼峒新首领审讯獠酋　刺史老夫妇议论婚嫁

冯融和都护孙固把宁逵押回罗州审问,为了平息俚人愤怒,冯融特别邀请俚人冼峒首领参加审讯。

阿英带领着冼玉丹和一行随从来到罗州。她特意先去拜访冯融夫人,给冯夫人送上许多俚人特产。上次见冯夫人喜欢他们俚人的织锦,她这一次特意给冯夫人带来几匹各种花色图案的最漂亮的织锦。

冯夫人喜欢得了不得,她拉着阿英的手,把她领进内厅,紧紧靠着她坐下。

"阿英姑娘,你这次来,可要在我这里多住些日子。上次来,你有急事,

岭南圣母：冼夫人

没留你住下来,我就老想你。冯宝听说你来了又匆匆离去,还一个劲埋怨我不留你住下来呢。我悄悄话你知,我们阿宝可喜欢你呢。"

阿英耳热心跳。

冯夫人又接着说:"我好像已经认识你几年了。自打阿宝认识你以来,我就经常听他话起你,他把你的每一件事情都话给我听。所以,我觉得我早就认识你了。"

阿英不好意思地说:"他没有话我的坏话吧?"

冯夫人笑着:"他夸都夸不过来,哪还有坏话啊?不过,他也把你的刁蛮话了不老少。"

阿英不好意思地笑了:"这衰仔! 真坏!"

冯夫人开怀大笑:"你们两个还真投缘,你给我们冯宝做媳妇算了。"

一句话说得阿英粉面绯红,她用双手紧紧捂住脸,从指缝里偷看着冯夫人。冯夫人有口无心的话勾引起阿英深埋在心里的秘密。

冯夫人见阿英捂住脸,以为她有些愠怒,急忙解释说:"阿英,你可别往心里去,我是随便瞎说的。阿宝已经订了婚。"

阿英的心一下子掉落到无边的深渊里,她有些失望。

冯夫人拉着她的手,轻轻抚摸着,关心地问:"你老都安顿好了吧?"

阿英点头。

冯夫人又说:"这宁家也太可恶了。怎么就下这么歹毒的黑手呢? 大家都是乡里乡亲的。"

冯宝正自己的书房里读书,听到母亲在和什么人说话,就走了出来,一面活动活动身体,一面看看母亲在和谁说话。冯宝走进厅堂。

"娘,你在和谁说话?"冯宝还是像个没有长大的孩子一样,亲热地呼唤着,走了过来。

"是你? 小刁蛮?"冯宝眼前一亮,他一眼就看到坐在母亲身旁的阿英,他高兴地喊着,三步并作两步,冲到阿英面前。

冯夫人笑了:"我们说曹操曹操就到。"

冯宝好像一个大孩子一样撒娇说:"母亲是不是在说我的坏话啊?"

冯夫人笑了,拍拍阿英的手背:"你看,我说你们俩人投缘吧? 他问的问题都和你一样。"

岭南圣母:冼夫人

阿英不好意思地低下头。

冯宝问阿英："小刁蛮,来罗州干什么啊?"

冯夫人收敛起笑容,郑重其事地说："你可不要再叫人家小刁蛮,人家阿英姑娘现在可是冼峒的一峒之主了。她是来参加州府对宁逐审讯的。"

"啊?你是冼峒的首领了?真看不出,看不出!"冯宝吃惊地上下打量着阿英:"这么个小姑娘怎么看也不像个首领。"

阿英又恢复了往日的调皮和随意:"你说什么样才像首领?"

"应该像你老都或者你大哥那样,高大健壮,黑红的脸膛,壮实的胸脯。总之大老爷们才像个首领。"冯宝笑着说。

阿英嗔怪地斜了冯宝一眼:

"你可真歧视我们女的。你没有听说过人不可貌相,海水不可斗量吗?你老看不起我!"说着,又像小时候那样噘起起嘴,很娇嗔的模样。

冯夫人不由得又笑了起来,心中略有所动:这两个年轻人,好像真还有那么点意思。不过,她立刻摇了摇头,赶走自己头脑里的荒唐想法。

冯宝看着阿英,关心地问:"你哥为什么不担当首领的重担?把这么一副重担压到你的肩上?"

阿英抬起眼睛,看了看冯宝,她第一次感觉到冯宝这后生仔那么英俊,虽然眼睛小了一点。她的目光不自觉地充满了过去没有过的柔情蜜意。

"我大哥出家了,二哥身体不好,他们不想管事。"

"你大哥出家了?"冯宝吃惊地说:"真没想到,真没想到!阿娘,你看,这佛教的影响有多大,俚人都开始相信了。"

冯夫人正注意观察阿英看自己儿子的目光,随口应付着:"可不是,可不是。我也信佛。"

阿英高兴地说:"夫人也信佛啊?看来这佛教比道教还好啊。我们全家都信道教。"

冯宝说;"信佛信道都行,总之要有个信仰,没有信仰的人可是要干坏事的。你看獠人就什么也不信。他们谁也不怕。"

阿英点点头,爱慕地看着冯宝。

冯融回到寝室,冯夫人叫丫鬟拨亮了桌子上铜灯盏里的几根灯草,卧室里亮堂了许多。冯夫人一边帮助冯融脱衣，一边对冯融说："我们阿宝对那个俚人姑娘很有好感呢。你看出来了没有？"

冯融笑了："你当我是白痴傻瓜啊。我当然早就看出来了，从小他就喜欢她。"

冯夫人把冯融的大袍挂在衣挂上，帮他脱掉官靴，换上木屐。他走进冲凉房，把大桶凉水一瓢一瓢地舀起来冲到自己身上。"真凉快！"他感叹着对夫人说："这天没有一点凉风，看来，飓风又要来了。"

冯夫人继续刚才的话题："你看，那俚人姑娘怎么样？"冯夫人试探地问。

"怎么？你问这干什么？我看她挺好的，很泼辣能干，能管理冼峒。"冯融说。

"我看他们两个后生仔挺投缘的，你不觉得吗？"

"是啊。他们已经相识十来年了，当然挺投缘的。我和她老都关系那么好，他们自然就投缘了。"冯融一边擦拭身上的水珠，一边漫不经心地说。

"老爷，我有个想法，不知当说不当说。"冯夫人试探地问。

"说吧，我洗耳恭听。"冯融笑嘻嘻地。

"要是冯宝到高凉郡任太守，他就得笼络住俚人。要是他和阿英成亲，那不是容易笼络俚人吗？"冯夫人把汗裢和短裤递给冯融，小声说。

冯融穿好衣服，走到卧榻前，斜躺在冰凉的竹子卧榻上，头枕着玉石枕头，把双腿架到竹子编制的大枕上凉快。他们把大竹枕叫如夫人，好像夫人一样抱在怀里睡觉，以图凉快。

冯夫人拿着蒲扇为冯融慢慢扇着。

冯融轻轻闭上眼睛，心里在捉摸着夫人方才的话。

"我的想法怎么样？"冯夫人慢慢问。

冯融没有说话。听说冯宝的任命快要下来了。冯融已经把李迁仕纵容獠人，迫害俚人，挑起俚僚纠纷的情况写成封事报告给广州总管萧励，作为皇帝宗室的萧励自然不敢怠慢上报朝廷，广州刺史捎信来说，奏请朝廷撤李迁仕高凉郡太守职务一旦批准，就立刻保举冯宝补缺任高凉太守。

冯融分析着。

萧励当然希望早一点找一个空缺给未来的女婿，眼下等待一个空缺很不容易。虽然梁武帝又新增设了许多州郡县来安置那些在京城里到处活动,到处送礼想买官做的人,可是毕竟这些人太多,职位还是太少。这官位就像现在他梁武帝发展佛教事业形成的僧多米少的现象一样,一个空缺往往有十来个等待的候补官员在虎视眈眈地窥视着。

如果儿子接替李迁仕做高凉郡太守,这如何处理和俚人、獠人的关系就成为他最迫切需要解决的大问题。他能解决吗?多少官员在这里栽了跟头?他冯宝还是一个乳臭未干的后生仔啊!他能对付这难题吗?

冯融沉思着。

夫人的话倒不失个好办法。联姻历来都是解决民族冲突的好途径。他的姑奶,北魏著名的冯太后就用过这办法,她废除北魏的通婚限制,让少数民族和汉人士族通婚,以平息汉人的不满和反抗。汉元帝的昭君出塞,不也是以和亲解决民族冲突吗?和亲总比战争对百姓好处多,也深受汉族和少数民族百姓的拥戴。自己为什么不可以效仿一下呢?何况冯宝又如此喜欢那俚人女仔?

冯融还在沉思。

冯夫人推了他一下:"怎么样?你倒是说话啊。"

冯融这才慢吞吞地说:"想法不错,但是不可行。"

"为什么?为什么不可行?"冯夫人着急地催问。

"你想啊,我们已经给阿宝定了亲事,亲家是广州总管,是我的直接上司,我能反悔这门亲事吗?"

"我也没有叫你反悔亲事啊!可以给阿宝多娶一房嘛。"冯夫人说。

"这就更不可行了!"冯融断然说,坐了起来,自己接过蒲扇给夫人扇着。

"你知道,我一向反对纳妾,要不我们这个家还能这么平静?不早就打翻了天?再说,你让谁做小?萧家小姐?我们不敢!冼家阿英?那妹仔的脾气你可能还不知道。那宁逵就是想逼迫她做小,她死活不肯,结果得罪了宁逵,给她老都带来杀身之祸。你让她给阿宝做小?那是妄想!快别找那个麻烦!"

"哎,可惜了,可惜了。阿宝没有这个福分。别看是俚人女子,可我看出来,她很聪明,又很能干,将来一定能成就大事。阿宝要是得到她,有她帮助,一定能够治理好高凉,会有出息的。"

冯夫人感叹着。

"等机会吧，也许我们阿宝有福分，也说不定。"冯融安慰着夫人。

公堂上，刺史冯融高坐在座位上，两旁站着拿杀威棒的如狼似虎的差役。冯融请阿英和她的二哥坐在旁边听他审问。

差役带来宁逵。虽然已经被拘禁了好多天，在牢狱也遭受许多折磨，可这獠人依旧不肯低头。他拖着沉重的铁链和铁锁，在差役的驱赶下跟跄走上公堂。宁逵头上的发椎蓬乱，脸上挂着血痕，赤裸的上身伤痕累累，一条短裤丝丝缕缕，几乎成了包阳布。他高仰着头，脸上一副不低头的神情。

阿英一看见宁逵，眼前就浮现起老都临死的凄惨模样，怒火窜上她的心头，她腾地站了起来，瞪着喷火的仇恨眼睛盯着宁逵，心里喊：宁逵，你也有今天！

宁逵满不在乎地拖着沉重的步子走上公堂，他看了看上面的冯融，又扫视了一下公堂上，发现了站起身的阿英，他咧开嘴，朝阿英坏笑了一下。

阿英厌恶地掉开目光，又坐了下去。无耻的家伙！她心里狠狠地咒骂着：处他千刀万刮！

冯融把惊堂木一拍："跪下！"

宁逵拧着脖子不肯下跪，差役走上前，用脚一踹他的腿弯，他身不由己，"扑通"一声朝前扑倒在地。差役把他拉起来，让他乖乖跪在刺史大人面前。

"大胆罪犯宁逵！你知罪不知罪！"冯融大声问。

"不知罪！"宁逵是煮熟的鸭子，嘴硬。

"来人！先给我打20大板！"冯融命令。

差役一拥而上，噼噼啪啪，大板实实在在地落在宁逵的腿上屁股上。一会儿，屁股就像发面蒸饼一样鼓了起来。宁逵哇哇大叫着。20大板打完，宁逵躺在地上已经爬不起来。

"你知罪不知罪？"冯融把面前的堂木拍得山响。

差役把宁逵拉起来，让他跪在刺史面前。"回老爷话！"差役用脚踹着大声喝道。

宁逵疼痛得无法说话，只是呻吟。

冯融说："你不说话，我来替你说。你有如下罪行：贿赂官员买官，是其一；滥用职权，是其二；抢占海陵岛，是其三；残杀渔民十几人，是其四；迫害俚人首领冼文忠，是其五；暗杀冼玉朱，是其六。刁民宁逵，罪大恶极，还有什么话说？"

宁逵勉强辩解着："不是我贿赂，是官员勒索，是官员受贿！我愿意把自己的钱白白送给他？还不是因为他想要钱财？为什么就不追究官员？为什么不判他的罪？"

冯融把堂木一拍："大胆罪犯！还敢强词夺理！你的罪行人证物证俱全，铁证如山，由不得你不认罪！你罪大恶极！不杀不足以平民愤！罗州刺史府现在宣判：罪犯宁逵杀人行凶，数罪并罚，判决死刑！上报朝廷以待核实后秋后问斩！现在画押吧！"

冯融把诉状扔到宁逵面前。长史周贵年走了下来，拉着他的手在印台里蘸了一下，然后在诉状上按下他的手印。

宁逵看着自己手指上鲜红的印泥，号啕大哭起来，他一边大哭，一边大骂："鸟你老母冯融！你从北方跑到我们地界，抢我们的财物，占我们的土地，还杀我们！总有一天，我们獠人要把你们赶尽杀绝！"

几个差役上前，把他拖出公堂。

冯融请阿英和冼玉丹回到后院，厅堂里冯宝正等待着他们下堂。

"审讯顺利吗？"冯宝问冯融。

冯融点头："还可以。他死不承认。"

冯宝说："只要有证据，不怕他不承认。"

阿英想了想，对冯融说："刺史大人，我有点担心，不知当说不当说？"

冯融微笑着："你只管说。"

阿英看了看冯宝，慢慢地说出她在公堂上的一些想法："冯老爷，这宁逵毕竟是獠人首领，在獠人中有大影响，要是仅仅杀了他，又没有其他措施对獠人做一些安抚和笼络，我担心会激起獠人的反抗情绪，造成一些獠人的暴乱。"

冯融很同意阿英的看法，连连点头："你说得很在理呢。你有什么好办法没有？"

阿英笑了："我只有这么一个想法，具体办法还一时想不出来。刺史老爷为官经验丰富，一定胸有成竹。"

冯融转脸问冯宝："你呢？阿宝，有没有好办法？"

冯宝顽皮地看了阿英一眼，说："你给爹爹出了个题，爹爹又来考我。瞧，都是你惹的事。"冯宝转过头，嗔怪地对阿英说。

冯宝认真想了一会，然后抬眼看着冯融和阿英："我想，宁逵不是已经搞到一个小官职吗？既然如此，不如还让他宁家人来接替这官职，让他的儿子或者兄弟做官，这样会平息獠人反抗情绪。"

冯融捋着胡须沉思地在厅堂里走来走去。他在冯宝面前站住脚步："要是将来你到高凉做太守，你不担心宁家与你作对？"

冯宝想了想："我看没关系。宁逵买的官不过是郡守下面的一个小头目，没有多少权力，他还得听太守调遣。我想他不会有多大本事。"

"既然这样，就依你的办法，让他儿子继任他的位置。不过，你知道，这样一来，以后宁家也许就会进入官场。你们冼家介意吗？"冯融转过脸，问阿英和冼玉丹。

冼玉丹沉吟着，阿英却连连摇头。"也没什么。宁家是獠人首领，他们当官，我们俚人也高兴。不过，我希望他们到其他州郡做官。这高凉，俚人多，俚人还得俚人首领来治理的好。"

"那好，我现在就上书给广州总管，报告对这件事的处理。"冯融一边说，一边对长史周贵年说："你马上草拟给广州总管和朝廷的封事。建议任命宁逵的儿子接替他在高凉郡的职务。要写好理由，分析清楚宁逵在獠人中的地位和影响。他的儿子叫什么？"

冯融问阿英。

"不知道。"阿英摇头说。冼玉丹插话："我知道，叫宁猛力。"

老夫人广州探病　小公子高凉上任

冯融风风火火回到自己府邸后院，家人上来为他脱去官服官帽，让他换上木屐穿上汗褂和短裤。

"夫人呢？"冯融问家人。

"在书房看公子练书法。"

冯融疾步来到书房。冯宝满头大汗伏案练习书法，冯夫人坐在旁边看他写字，同时给他扇着扇子。见到冯融进来，冯夫人站了起来："下堂了？"

冯融拉着夫人在卧榻上坐下，说："我刚接到广州的急函，你看看。"

冯夫人接过冯融的过来的函，打开看。

"萧小姐得了急病，这可怎么好？"冯夫人抬起头，着急地问。冯宝也放下笔，走了过来。

"萧小姐得了什么病？"他问母亲。

"你自己看吧。函上也没说什么病，只说是急病。这可如何是好？在岭南得急病，往往是瘟疫。瘴疠之地，瘴疠多。这可怎么办啊？"冯夫人说着竟流下眼泪。

"娘，不必惊慌。急病也不一定就是瘟疫。岭南急病也五花八门，不一定就是瘟疫嘛。爹爹，那我们是不是要上广州去探望一下？"

"是啊，这探望是一定不能免的。萧小姐已经正式聘给我们冯家，我们哪能不管不问？只是我有公事在身，一时走不开。你娘身子骨弱，我不放心让她长途奔波，心下正在踌躇。"

"当然是我去了。"冯宝望着冯融说。

"可是萧小姐到底还没有正式过门，你去还是不方便。"冯融犹疑，看着夫人。

"我和阿宝一起去。我一定要去探望生病的媳妇。路上有阿宝照顾，你就放心好了。"冯夫人站起身，一边说一边急急向外走。

"你干什么去？"冯融也站了起来，拉住冯夫人的衣袖。

"我这就去收拾东西。你看该给萧总管带些什么礼品，你赶快去料理。我们收拾好马上动身，耽误不得。"冯夫人一点也不犹豫，立刻回到自己的卧房去收拾衣物。

冯融吩咐家人帮助冯宝收拾行装，自己去书房准备礼品。这一次要顺便催问一下冯宝任命的事情，这礼品不可不厚重一些。

冯宝和母亲冯夫人连夜启程，第二天黄昏到达广州刺史府邸。

白云山逶迤而来，东西连绵三里，落于珠江北岸，形成一个三山包围的小平原。东南为禺山，西北为番山，北面高峻碧绿的为越王山。三山环抱之中，葱绿一片，是一个小平原。这里曾经是越王宫殿。这块小平原南越国时候，原是一片河湾，南越国国主赵佗在这里采用俚人建造干栏楼的"栅"法建

造起越王宫殿。先用粗大的楠木、樟木做支柱夯进河湾的淤泥层里,再用粗大结实的樟木、楠木做横梁,把厚实的楠木、樟木、沉香木、铁木等大木板横竖排列铺陈在淤泥上,木板上再铺以几尺厚的红土夯实打好地基,然后在上面盖起豪华的宫殿。这种建筑方法使南越国宫殿地基牢固。后来,南越国宫殿被南下楼船杨仆火烧,这里变成一片瓦砾。

时光流逝,沧海桑田,越王宫殿早已荡然无存,当年巍峨宫殿和宫殿后面的御花园早已湮没在垫高的泥土之下,在当年宫殿的基础上,现在坐落着雕梁画栋巍峨高大壮丽的广州总管衙门。这里曾经是汉越王宫殿,风水好,头枕山,面临海,站在越王山上,可以看到南面的汪洋大海,可以看到玉带似的大江如巨龙翻腾。所以,汉代以后几百年,历代的刺史还是看中这块风水宝地,把自己的官衙和府邸建在这里,在汉越王宫殿的遗址上填填埋埋,不断削平周围的山冈坡地,建造府衙。到了萧励时候,他在前人基础上重新修缮和扩建了总管府邸,使这座府邸官衙更加漂亮宏伟气派。

如今的广州总管府邸,比当年南越国的宫殿扩大了许多,宫殿后面的高坡已经被削平,被削平的地方用红土填充夯实,做了坚实的地基,比南越国宫殿地基高出丈把多。

"那是什么树?恁好看?是木笔辛夷?还是榕树?你看它花像木笔辛夷,树干却又像榕树一样垂下许多须根?"冯夫人指着总管府邸东边城隍庙外的多棵高大粗壮的大树问冯宝。冯宝扭头顺着母亲手指的方向望了过去。东面有一片大树,大都四五人合抱粗,大树通体根须蟠结,像老榕树似的,却又满树鲜红,树枝头直立着红色的好像笔管一样的花朵,十分好看奇特。

冯宝说:"那是管树,不是辛夷,也不是榕树。榕树冬天不落叶,它冬天落叶,春天才发出这些新叶,它的叶子要比榕树叶子大。木笔是花,那红卷却是叶子,不是花。等过些日子,这些红色笔管就会舒展开来,慢慢变成绿色叶子了。我们罗州一带有土人叫它压笔,也不知道是哪几个字,我就把它写作压笔。"

"瞧我儿子,真是个小博士,什么都知道。"冯夫人高兴地夸赞着,向总管府邸大门走去,请门子通报。

总管府邸大门建立在高台上,朱红大门,上面钉着金光灿灿的大铜钉,高大的门槛,门前左右蹲踞着两只汉白玉的石雕麒麟,张牙舞爪地保卫着官邸。大门上瓦脊斗拱，雕刻着各种花卉动物，门两旁的青砖上也都雕刻着各色花卉动物图案。看里面的几座殿堂，彩绘画栋，雕刻画梁，梁柱上金碧辉煌，楠木、紫檀木的门窗隔扇，全是精致细腻的雕刻，各色花卉，各色动物，神仙传说人物，都栩栩如生地雕刻在上面。

冯宝和母亲走进广州总管府邸，院子里铺着大青方砖，方砖上雕刻着精致的菱形图案，通道上铺着黄色青色的打磨过的平整石板，夹杂着各色鹅卵石，铺出一些方形、菱形、三角形的图案。

冯夫人看着总管府的雕梁画栋，拱檐斗脊，很是羡慕。她小声说："这官邸比我们罗州官府气派多了！早就听说南海有很精巧的砖雕、木雕、石雕，这下算是见到了，真是名不虚传。"

冯宝见过京都气势，颇不以为然："娘，你真是少见多怪。皇帝宫殿才叫气派呢。"不过，他心里却在暗想：以后要是能把我自己的官邸和宅院修建的如此气派才好呢。

刺史萧励和夫人十分热情地接待冯宝和冯夫人。冯宝送上父亲赠送的各种特产，萧励十分高兴。他看着冯融送来的礼物，高兴地说："我当广州刺史以来，给朝廷进贡了许多财物，使朝廷的收入大增，当今皇帝十分满意，说朝廷就是广州。可是，我自己倒是没有聚敛多少财富。你爹爹送来的这些珍珠、玳瑁、珊瑚、犀牛角，可让我一下子富起来了。"萧励抚摩着面前礼物，笑得嘴都合不拢，他最喜欢那株红珊瑚，围着它左看右看："这比当年石崇斗富的珊瑚小不了多少，真是名贵啊。"

冯宝指着另一株珊瑚样的红色东西说："萧刺史，你看这一盆，这比红珊瑚还要贵重呢。"

刺史萧励说："这不也是红珊瑚吗？"

冯宝摇头："这叫红海柳，你看，它多像北方的柳树啊，婀娜摇曳。它比珊瑚要少，而且生长期特别漫长，你看这棵，不过一尺来高，据说已经生长了千把年了。所以，海柳比珊瑚还要贵重，特别是红海柳黑海柳，才名贵呢。"冯宝很内行地介绍着，其实，这也是冼家送他的礼物。

冯夫人感叹地说："刺史大人是当今皇帝的堂侄子，你不仗恃自己显赫的身世大加敛财，而时时处处以朝廷利益为重，一片公心，可鉴天地。"

萧励感慨地说："历届广州刺史大多贪婪，可能就是因为喝了贪泉之水，

岭南圣母：冼夫人

给广州带来许多苦难，除了晋代吴隐之清廉以外，梁以来我的那些前任，那些宗室，在广州都没留下好声名。我不想继续玷污梁朝皇帝宗室的名声，想以自己微薄之力把广州治理好。不过，积重难返，广州官吏贪污成风，我怕是难以改变现状。"

萧夫人携着冯夫人坐到厅堂里，冯夫人询问萧小姐的病情。萧夫人说："小女不习惯广州又湿又热的天气，春天这阴雨连绵忽冷忽热的鬼天气使她染上时疫，上吐下泻，眼睛都黄了。这一折腾，本来就弱的小女，几乎起不了床。"萧夫人眼睛发红，声音哽咽，说不下去。

冯夫人劝说着："岭南地方湿热，瘴疠猖獗，许多北人不服水土。不过小姐这病并不厉害，吃些药调理调理会好起来。我从我爹爹那里学到一些医方，知道这种上吐下泻的病叫霍乱，不大紧的。"

萧夫人擦拭着眼泪："但愿托你吉人吉言的福，让小女早日好起来，让她和阿宝冬天成婚。"

冯夫人叹口气说："我和他爹爹也想早日把他们的婚事给办了。可是阿宝这孩子却执意要先立业后成家。他说，大丈夫要先立业，无业何以为家？你听听，这是什么话？"

萧刺史却大为赞赏："不错，好男儿应该有志气！先立业后成家！我同意！我赞成！"

萧夫人不满意地瞪了丈夫一眼。

"你同意！你们男人就知道立业！什么是业啊？谁知道立的业有多大意义？今天王侯明日阶下囚，谁知道今天干的事明天有没有意义？我看，这儿女大事才是头等大业呢。"

冯夫人也接着说："我看也是这么个理。爹娘还不是为儿女活着？让儿女生活好，我们的心意就算尽到了。立业，到现在连官职也没有，立什么业？怎么立业？还是等小姐病好之后，及早成亲的好。"

萧刺史听出了冯夫人的话外之话，不由得微笑了。

"冯夫人不必着急，阿宝任命之事，已经有了眉目。我已经把冯刺史的封事转送了朝廷，关于撤换高凉郡守的事情很快就会批示下来，也就是这一年半载的事。"

萧夫人和冯夫人一起惊呼起来："还得一年半载！"

冯宝也笑了："一年半载？说不定一拖就是几年！朝廷办事的拖拉可是有目共睹的。不过，反正我是抱定先立业后成家的信念的。"

萧夫人叹息着："那小女可惨了，还得等待下去。你啊，你这老东西，就不能想想办法，让任命快一点下来？"

萧励笑了："我有什么办法？任命郡守是要朝廷批示的。"

萧夫人不满地斜了萧励一眼，对冯夫人说："你看这死心眼的人！岭南距离朝廷那么远，来回一趟要用几个月。过去那些刺史经常瞒着朝廷自行其是，你就不可以效仿一下？何况这是为朝廷好，老让那个坏人李迁仕占着高凉郡守职务，说不定还要激起俚人、獠人的暴乱呢。把他调离高凉，不是有利于高凉的安定吗？让阿宝到高凉上任，一定会治理好高凉。你说呢？"萧夫人推了一下萧励。

萧励想了想，点头说："可也是，我这个广州刺史作为几个州的总管还是有权任命临时郡守的。不妨那边等待朝廷正式诏令，这边先进行临时调动，先把李迁仕调离高凉，让他等待新任命。这边我先任命阿宝作高凉临时太守，等朝廷正式诏令下来即时转正。这样，阿宝就可以早日施展他的雄心壮志了。你们看这样行不行？"

"那当然好了，当然好了！"冯夫人、萧夫人一起说，互相高兴地拉起手。冯夫人看阿宝只是傻笑，推了推他，提醒说："傻儿子，还不快快感谢你萧伯父。"

冯宝赶快跪下磕头："谢谢萧伯父，谢谢萧伯父！"

萧夫人笑得合不拢嘴："是岳丈，岳丈。"

冯宝又向萧夫人磕头："谢谢岳母，谢谢岳母！"

萧励和夫人笑容满面，慌忙扶起冯宝。

冯夫人说："我想去看望看望小姐，不知方便不方便？"

萧夫人说："丫鬟说，小女刚才睡下，刚好入睡，等一个时辰再去看她。我们先说说话，难得你这么老远赶来，让我们姐妹亲热亲热。你不知道，我在广州很闷呢。"

冯夫人想了想，又问："听说广州这几年建了不少寺院，我想选择一个香火旺的寺院和阿宝一起去给小姐上上香，请求菩萨佛祖的保佑。萧夫人，你看，哪个寺院合适？"

冯夫人想了想："广州这些年建了几十个寺院，比较大一点的还算王园寺，现在叫制止道场。离衙门不远，又是年代最长的寺院，香火一直很旺。"

"那好，明天我和阿宝去上香。"

"小姐醒了。"丫鬟报告说。

冯夫人急忙站立起来："快让我去看看她。"

萧夫人领着冯夫人走出厅堂，从圆形拱门进入院落，院落里紫薇开得灿烂，白玉兰吐放着芬芳，几棵玉堂春盛开着小碗大的洁白花朵，散发着阵阵清香。婆娑的大叶榕树投下满园的荫凉，芭蕉在风中摇曳着绿叶。

她们走过黑白黄色鹅卵石拼花的小径，进入回廊，左拐右拐，来到小姐卧房。

小姐闺房里，青铜熏香炉正轻漾着袅袅的青烟，散发出丝丝缕缕的沉香香气。丫鬟、老妈子见夫人到来，急忙上前迎接。

萧夫人和冯夫人走到床前，小姐勉强睁开眼睛，深陷的、无神的眼睛缓慢地转动着，看着母亲和伏身在眼前的陌生女人。

萧夫人握着女儿的手，轻柔地说："这是你未来的婆母，高凉刺史夫人，冯宝的母亲，她从高凉来探望你。"

萧小姐眼睛一亮，脸上流露出喜悦，她挣扎了几下想坐起身，可是虚弱的她没有力气撑起自己单薄的身体。

冯夫人急忙轻轻按住萧小姐："躺着吧，不要起身了。"

冯夫人双手紧紧握住萧小姐的另一只手，关心地问："是不是感觉好一些？哪里不舒坦？"

萧小姐有气无力地说："全身就好像被抽光了血没有了骨头似的，没有一点气力。这肚子里觉得有些鼓胀。"

冯夫人拨开小姐的上下眼皮，只见她的眼白上布满黄色斑块，黄黄的，好像染着一层雄黄。冯夫人心里一紧：这女子病得不轻！她八成是得了臌症！

这病可是要命的。冯夫人见过这样的病人，初起浑身无力，吃饭不香，上吐下泻，到后期，全身发黄，还会伴以腹水，肚子鼓胀得小鼓一样。

面前的姑娘，瘦弱得几乎只剩了一副骨架，看来怕是熬不过这个夏天了。

冯夫人遮掩着自己的担忧，拉着萧小姐的手说了许多宽心的话。冯夫人告诉她，她爹爹已经决定先行任命冯宝作高凉郡守，等冯宝上任以后，冬天就来迎娶她。

萧小姐凄惨地一笑，有气无力地说："谁知道我能不能支撑到那个时候？"说这话的时候，眼圈已经红红的，眼眶里溢满了泪水。

冯夫人自己也红了眼睛，只是不便在病人面前流露伤感，硬是强忍着伤心，安慰着姑娘："快不要说这些丧气话。病来如山倒，病去如抽丝，这病是要慢慢调理的，急不得。你要安心养病。明日里我和阿宝到王园寺上香，有菩萨和佛保佑，你会很快好起来的。"冯夫人故意很轻松地说。

"阿宝也来了吗？"萧小姐有些羞涩地问。她只见过阿宝两次。

"来了，他在厅里和你爹爹说话。我这就去把他叫来。"萧夫人说，立刻要叫丫鬟去传唤冯宝过来见见小姐。

"不要了。"小姐摇头："我已经支持不住了。"说着，头一歪，又沉沉睡去。

萧夫人流下眼泪，对冯夫人说："你看，她已经虚弱成什么样子？"

"要赶紧请最好的郎中给她看病，她病得确实不轻。"冯夫人走出小姐闺房，深深叹了口气，对萧夫人说。

"可不是，这广州城里凡是有名气一点的郎中全都请过，我也是几乎所有的寺院、道观都去上香求签，什么办法都用遍了，就是不见好。"萧夫人说着，不禁又流下热泪。

冯夫人急忙劝慰着："夫人不必焦心。明日我和阿宝去王园寺进香。夫人看还有什么香火盛又灵验的地方呢？我们都去拜拜。也许哪家神仙会可怜见小姐，保佑小姐好起来，也未可知。"

萧夫人擦去眼泪，强颜欢笑着："王山下有个道观叫越岗院①，是东晋时南海太守鲍靓建造的，传说鲍靓的女儿、道士葛洪的老婆鲍姑在里面修行，里面有鲍姑祠，山前院后有个深井，叫鲍姑井，有人叫越王井，土人说有九个泉眼，说井水清冽，治疗百病，广州土人经常去那里祈祷求签求水。另外东城外还有个城隍庙，也有土人祈求。"

---

① 越岗院：即今天广州的三元宫。

"这些地方我们都去进进香。病急乱投医,说不准哪里就灵验了。"冯夫人说。

第二天一大早,冯夫人和冯宝在萧夫人以及差役仆从的陪同下,到王园寺进香。

王园寺就在总管府邸南边不太远的地方,原来是南越王赵佗第三代孙赵建德的府邸,三国时代吴国孙权的骑都尉虞翻贬徙广州时,开辟为园林,在那里聚徒讲授易经,在园子里植了许多苹婆诃子,人们又称它作诃林、虞苑。虞翻死后,他的家人把它捐献出来作庙宇,命名为制止寺,以后改名为法性寺,晋时叫王苑朝延寺,是王园寺,梁时又叫制止道场。

王园寺是岭南最有名的寺院。从东晋隆安五年(公元401年)到梁这一百多年里,经常不断有外国僧人来这里说法讲佛,隆安五年,三藏法师昙摩取舍东来说法,受皇帝之托,来治理翻译佛经;南朝宋武帝永初元年(公元420年),求那罗跋僧人也到此布道,他指着诃子树对众人说:此西方诃厘乐果林也,也叫诃林制止。于是寺名诃林,僧人在里面建立戒坛和制止道场。梁武帝天监元年(公元502年)天竺僧人智药三藏到此传教,随身带来菩提树一棵,栽在戒坛前。

冯夫人和阿宝进入山门。迎面那棵智药三藏亲手种植的菩提树,已经小水桶口粗细,郁郁葱葱,张着硕大的绿伞,遮盖着盛夏阳光下前来膜拜顶礼的信徒。那些古老的苹婆诃子树,也叫多罗树、贝吉多树,它们老态龙钟,树干扭曲向左盘旋,好像图画里画出来的枯木。二月刚刚发出的新叶已经碧绿一片,三月开的花还没有完全凋谢,许多边白内黄外紫的奇特花朵还挂在枝头,散发着像栀子一样的馥郁花香。诃子树结果七八月熟,子黄似橄榄。每当诃子果熟,寺院僧人就煎熬诃子汤,广为布施,请施主喝。如果再加些甘草,就更加甘甜爽口,清热去火,更得香客喜欢。

冯宝从地上捡起一片被飓风吹落的诃子树叶,对着阳光欣赏着这比菩提叶尖一些、大一些的绿叶,在阳光下,绿色中透出美丽的花纹,很是好看。他又拣了一颗诃子籽,把它们一起揣进袖子里。他要把诃子带回高凉,种在一个他喜欢的地方,把美丽的树叶夹在他读的书里保留下来。

王园寺极其雄伟,以大雄宝殿和山门为中轴线,两边分别是经堂钟楼鼓楼、延寿庵虞翻祠等建筑。左右还有石刻的法幢。大雄宝殿高大巍峨，飞檐斗拱，青砖红瓦，彩栋画梁，是当时典型的建筑。

冯宝陪同冯夫人、萧夫人慢慢走进大雄宝殿，在释迦牟尼前上香，跪下膜拜，请求释迦牟尼佛和阿弥陀佛保佑萧小姐早日康复。

释迦牟尼端庄地站立着，左手下垂，结"与愿印"：伸手掌向外，指端下垂，表示满足众生所求。右手曲臂上伸，作"施无畏印"：竖右手于胸前，舒五指，掌心向前，表示施无畏给众生，能够解除众生苦难。这是释迦牟尼的旃檀像，不同于感觉寺的成道坐像。

冯宝小声给母亲讲解。

释迦牟尼佛的右边是阿弥陀佛的立身像，也就是大家常说的接引佛，他也具备佛的所有相好特征，右手下垂，作"与愿印"，左手当胸，掌中放置金莲台，显示接引众生到极乐世界的形态。

释迦牟尼佛的左面是药师如来佛，结跏趺坐于莲花座上，身披袈裟，左手执药器，右手结施愿印。

冯宝小声对冯夫人说："药师佛他能够解除众生的生死之病，信徒只要呼唤他的名号，他就可以为众生解除一切病痛之苦，就可以叫信徒不入畜道不下地狱，还可以免除九种横死：得病无医死，王法诛戮死，鬼怪乘隙夺得精气死，火焚死，水溺死，恶兽吞食死，坠崖死，中毒死，饥渴死。药师佛可以除去众病，令众生身心安乐。为萧小姐许愿祈祷，最好拜他。"

冯夫人和萧夫人长跪在药师如来佛面前，祈祷着祈祷着。

从广州回来，冯宝就接到广州刺史的公事，任命冯宝为高凉郡代理太守，原太守李迁仕到广州待命。

冯宝到高凉郡走马上任。

阿英听说冯宝上任高凉郡守，很高兴，特意备办了一份厚礼去高凉郡府衙门祝贺。冯宝听说阿英前来祝贺，自然不敢怠慢。

"快请！快请！"冯宝换好衣服来到厅堂接见阿英。

阿英带领着几个挑担子的家丁走进厅堂。阿英看着冯宝，偷偷笑了。过去见到的冯宝常常短衣短裤，一副普通汉人打扮，如今却也宽袍大袖、峨冠博带，官靴官服的，完全换了个人。

冯宝觉得自己做了太守，已经是朝廷命官，难免要拿出当官威仪出来，

于是就拿捏着官腔说："听闻首领见访,不胜荣幸之至。下官不才,还望首领多多提携!首领请上坐!"说着,双手作揖,深深一拜。

阿英"扑哧"一声笑出声来。

冯宝不好意思,闹了个大红脸,为了掩饰窘态,嗫嚅着问:"不知首领缘何发笑?是下官说话不得体?抑或下官行为失措?"

阿英越发感到好笑,几乎笑弯了腰。冯宝见阿英只管傻笑,有些气恼,又不便发作,只是愣愣地看着她笑。小刁蛮,当了首领也秉性不改!真是江山易改禀性难移啊!

阿英依然吃吃笑个不停。冯宝终于也撑不住,禁不住也笑了起来。冯融长史周贵年的儿子周中健,做了冯宝的长史,见二人笑个不停,也傻笑起来。厅堂里一片笑声。

阿英终于笑够了。她嗔怪地看着冯宝,说:"你好像突然换了一个人似的,不光穿衣变了,怎么说话也拿腔作调的,叫我忍不住发笑。"

冯宝恍然大悟,一拍手。

"你就是为这傻笑个不停啊?真是少见多怪!做官的不都是这样说话吗?有什么可笑的?做官就得有做官的样子嘛!"

阿英白了他一眼。

"什么是做官的样子?拿个官架子就是做官的样子?可笑!做官的样子是为百姓多做好事,让百姓生活好起来,才不是端个官架子呢。我们俚人最讨厌汉人官吏狐假虎威的样子!见了上司好像一只狗,见了我们俚人凶得好像雷神!我可不希望你做这样的官。"

"那你希望我做个什么样的官?"冯宝好奇地问。

"我希望你成为一个能给俚人办好事的官!"阿英说:"一个不欺负俚人的官!给俚人好处的官,一个好像都佬一样爱护俚人的官。"

阿英响亮地说,每一个字都落地有声。

冯宝点头,说:"我答应你,做一个这样的官。可是你也得答应我,你要协助我治理高凉,不领导俚人闹事。"

阿英说:"只要你不欺压俚人,我就答应你,帮助你治理好高凉。"

冯宝伸出手:"好,一言为定!来!我们击掌为盟!"

阿英用力在冯宝手掌上击出响亮的一掌:"好!我们击掌为盟!"

冯宝请阿英坐下,家人端来凉茶,这是他母亲冯夫人特意为他配制的消暑、解热、去湿、下火的凉茶,有金银花、菊花,还有白茅草的甜根,加一些甘蔗鲜汁,喝起来清爽甜蜜又略带一些苦味,饮下去舒服极了。

阿英咕咕饮了一杯,问:"这是什么茶? 比我们常饮的云雾茶还爽口?"

冯宝笑了:"这可是我母亲祖传的凉茶秘方,消暑解热,我们饮这种凉茶,才能在罗州度过酷暑,不怕湿热瘴疠。要不,我们就像许多官员那样,一到夏天就得离开岭南回北方去,或者到高要那些高地方度夏。你看,我们一家十几年也没有在夏天离开罗州,就是靠我母亲给配制的各种凉茶度夏。"

"可不是,上次在你家饮的是金银花茶,比这苦却很解渴。"阿英说。

"金银花茶是刚进入夏天时饮的,现在到了仲夏,需要饮这种消暑去燥的凉茶了。等到伏天,就又要加苦丁加蜂蜜加竹叶。总之,这凉茶是我外公在岭南多年摸索出来的秘方,他传给我母亲。"

"原来这样。"阿英沉思地说:"我们虽然祖辈都生活在这里,不怕暑热,可是每到夏天,我们也经常生病,瘴疠也会入侵我们。俚人都活不了很长。要是太守把这凉茶秘方公布出来,教我们俚人饮用,俚人一定很感激太守。你看,这不就为俚人办了好事吗?"

冯宝双手一拍:"这很容易,以后我让我母亲把各种凉茶配方配制出来,开个凉茶铺,让俚人来饮,不就行了吗?"

冯宝又说:"我看,还有许多事情需要做呢,比如教俚人植水稻、桑树,养蚕织造丝绸,我父亲早就说过,也做了一些,不过罗州地方太大,总也力不从心。我以后要在高凉大力推广这些来教化俚人。你同意不同意?"

阿英说:"那有什么不同意的? 用先进技术教化俚人,对我们俚人只有好处没有坏处。我支持你!"

冯宝高兴地说:"你真是一个开通的首领。要是獠人也有你这样的胸怀就好了。獠人的生活习惯更落后野蛮,你看,到现在獠人还喜欢赤身裸体,还是断发文身,还在刀耕火种,也不喜欢接受汉人的东西,比起俚人,差远了。"

阿英说:"獠人也会慢慢变化的,只要官府不欺负不镇压他们,让獠人自己治理自己,獠人也会很快向汉人学习的。"

冯宝点头。感动地想:这小刁蛮已经长大了,她不但能够管好洗峒,也

能够协助官府治理好高凉。要是她能够经常在身边,帮助自己出主意想办法,自己在高凉为官就容易多了。

冯宝的心又怦怦跳动起来,那种隐秘的渴望又悄然从心头潜升。

“要是……你……”冯宝嗫嚅着,不敢说出自己想说的心里话。

阿英突然感到冯宝的目光异样,她的脸一下子发热,心也怦怦跳动着,她不敢看冯宝的眼睛,只是低下头,沉默着。相通的心灵叫他们一时无话可说,竟有些痴痴的,各自想着心事。

阿英猛然醒悟过来,急忙告辞,她觉得自己跟这年轻的太守进行了一次心灵的对话,他们之间似乎产生了默契,一种终身相托的默契。可是他们既不敢、也不好意思捅破那层薄薄的窗户纸。因为,他们都知道,在他们之间横亘着不可逾越的障碍,那就是冯宝已经定亲的事实。

癞蛤蟆想吃天鹅肉　小阿英抗拒慈母令

阿英正在卧房里对着铜镜打扮自己,丫鬟春香为她梳理着黑油发亮的一头乌发,小丫鬟秋香,也就是那个海陵岛上的小姑娘,下楼去端洗脸水。春香把阿英的一头黑发梳理到头顶,熟练地挽了起来,用银簪把它固定,插上一支象牙簪。

春香左看右看,觉得还是不满意。她拉出红木妆台上的抽斗,从里面挑选出一条珍珠链把它缠绕到阿英发髻上。

阿英笑了:“细妹仔还挺会打扮人呢。”

春香噘着嘴:“小姐如今也是我们冼家的都佬了,应该打扮得靓一些喔。可惜小姐的首饰太少。你看冯刺史夫人,脸上擦着官粉和胭脂,戴着满头珠翠,金光灿灿的金钗多靓啊。可惜小姐没有,只好用珍珠来打扮小姐了。”

“对,上次我们去拜访她时,她送了我几件首饰,还有官粉和胭脂。呶,在这个抽斗里。”阿英一边说一边拉开另一个抽斗:“春香,靓是乜啊?”听到春香多次重复使用这个字眼,阿英好奇地问。

春香得意地一笑:“就是我们说的好看啊。我跟冯刺史家丫鬟学的,她说,官家的话和我们俚人的话不一样,他们把好看叫靓,把跑叫走,把走叫行,把他叫佢,把拿叫揾,把是叫系,总之跟我们说话不一样。她说广州官家都是这样说。"春香把一支金钗插到阿英发髻上。

阿英笑着轻轻戳了春香一指头："细妹仔接受新东西蛮快的。去了一趟刺史府,就学会这么多文绉绉的官话。"

春香不好意思地笑着说："官话好听嘛,多斯文啊。"

阿英点着头,"是的,斯文一些好,我们以后也学着斯文一些。"说着,抬头望出窗户,只见一枝白玉兰和一枝紫薇在窗前摇曳,枝头上白玉簪似的白玉兰和紫薇花正盛开着,吐放出阵阵浓郁的清香。

阿英顺手从探进窗户的花枝头摘下几朵洁白的玉兰,递给春香："给我戴上吧。你看这白玉兰,多像白玉簪啊! 这是最好的首饰,是不是? 一年四季可以每天换着戴,今天戴白玉兰,明天戴大红花,后天戴紫薇,然后戴桂花,还有羊蹄甲花、栀子花、柳叶桃、茉莉、七里香、满山红、白鹤花、山石榴、姜花、兰花、菊花、草花、树花,要什么有什么,它们想什么时候开就什么时候开,四时开不完,我们呢,想什么时候戴就什么时候戴,四时戴不完。这散发出缕缕清香的鲜花可比首饰靓,是不是啊,春香?"

春香笑着把白玉兰和紫薇插在阿英发髻上,左右端详："小姐插上鲜花,真靓丽啊。我们这里到处有鲜花,一年四季有鲜花,真对小姐喜欢鲜花的脾性呢。"

阿英顺手也给春香插了一朵,故意学着说："春香也靓了啊。"春香高兴得咯咯笑了。

这时,小丫鬟秋香端着洗脸盆和冼老太一起上楼来。

"阿妈,你早啊。"阿英笑着站了起来。

冼老太坐到凳子上,看着阿英："阿英,你今天真好看啊。"

阿英笑了："阿妈,我今天靓了。"

"凉了? 什么凉了? 天这么热,哪里凉了?"

阿英和春香一起哈哈笑了起来。

冼老太摇头："真是些傻妹仔,傻笑乜呀!"

"阿妈,今天有事吗?"阿英问。

"是的。一会要有贵客来,你二哥已经在安排,等一会你去招呼招呼。"冼老太一脸神秘的样子,慈眉善眼地笑着。

"什么客人啊? 这么神秘?"阿英好奇地看着母亲的眼睛。

岭南圣母:冼夫人

冼老太只是笑,只是摇头:"等一会你就知道了。"说罢起身,笑着摇着头,很满意地走出房间。

阿英看着秋香问:"你知道是谁要来吗?"

春香不待秋香说话,调皮地笑着:"可能是小姐的心上人来拜访冼家大首领吧?"

阿英心头猛得跳动起来:难道是新太守来拜访他们?这是多年以来高凉的规矩,哪个新太守上任之初都一定要先来拜访冼家,高凉俚人的都佬。

阿英急忙坐回梳妆台前,仔细照着自己:脸有些黑黄,要是能像那些北佬一样再白一些就更靓了。阿英想。她拉开抽斗,拿出一盒冯夫人送她的官粉和胭脂。"帮我匀到脸上。"阿英对春香说。

春香模仿着她在刺史府看到的冯夫人和她的丫鬟的打扮,把官粉和淡淡的胭脂均匀地擦到阿英的脸上。春香惊呼起来:"小姐,现在你靓过所有的人呢。比那些北婆还要靓呢。冯太守见了你,眼珠都要掉下来了!"

阿英一下子羞红了脸。她从铜镜里偷偷地打量着自己,镜里的姑娘脸盘白皙,染上淡淡的红晕,配上弯弯长长的黑眉毛和一双黑亮的毛茸茸的大眼睛,确实漂亮极了,她还从来没有见过自己有这么漂亮。

春香捂住嘴偷笑。

"死妹仔,让你笑话我!"阿英用力掐了春香一下。春香故意大声叫喊:"小姐,饶命!饶命!"

厅堂里,冼老太和冼玉丹正招待着远道而来的一个客人,南海獠人首领陈佛智,一个刚刚二十出头的后生仔。陈佛智的父亲与高凉冼家相识多年,他又和冼家老二冼玉丹很要好,这次来拜访冼玉丹,说是为走动走动互相联络联络,加深与俚人感情,加强俚獠来往。其实,他是另有所图。

典型马坝人长相的獠人陈佛智浑身上下打扮一新,一件黑红相间的吉贝无袖衣,葛布短裤,脚上蹬着漆黑发亮的新木屐,椎发上插着银簪象牙簪,脖子上戴着大珍珠项链和银项圈。他让家人把挑来的竹箩筐放在冼老太和冼玉丹面前,把送上的礼物一一让他们过目。最后,他从箩筐下面取出一个黑漆紫檀木包着黄亮铜什件的小盒子,放在桌子上,有些紧张地看着冼老太和冼玉丹,说:"小子还有一个请求,请把这个盒子送给冼都佬,阿英妹子,不知她愿不愿意收下？"

陈佛智打开盒子，盒子里铺着一块鲜红锦缎，锦缎上放着一个饱满的金黄色槟榔。

冼老太欢喜得合不拢嘴，连声说："她会收下的，会收下的。是不是，阿丹？"

冼玉丹也笑了："会的，会的。阿智这么年轻有为，是南海獠人的都佬，正好配我们阿英！你给她送上去。"

冼老太摇头："先别莽撞。这事我没有告诉阿英，她那个性，要是遇上不高兴，被她回绝了，可不大好办。还是我先拿上去的好。"

"算了吧，喊她下来，当着我们的面，她总不会给客人难堪的。"冼玉丹说，一边派老家人上去喊阿英。

阿英高兴地从楼上下来。她的心因为紧张怦怦直跳。近来，她总是情不自禁地想着冯宝。有几天没有见他，新官上任，总是要先忙一阵子，他这些天在忙什么呢？

阿英来到厅堂。羞涩地低下头，悄悄打量着厅里的来客。好像不是冯宝。阿英抬起头。看到一个她不认识的獠人后生仔坐在二哥冼玉丹身边。阿英满腔高兴立时消失得无影无踪，莫名的失望立刻袭上心头。

冼老太说："阿英，过来坐。"

阿英丧气地坐到中间的红木圈椅上，眼光落在桌子上打开的盒子上，盒子里躺着一个黄澄澄的槟榔。她一下子全明白了。这獠人后生仔是来求婚的。

阿英抬起眼睛，冷漠地看着打扮一新的后生，目光落在他的脸上。那是一张典型的獠人脸孔：高眉骨，高颧骨，抠眼窝，大嘴巴，暴牙齿，黑黄的皮肤，精瘦的身材。她的心一凉：难道自己命中注定非嫁给獠人不可？难道就不能嫁给一个想嫁的人？

冼老太清清喉咙，慈祥温柔地说："阿英，这是南海獠人首领陈佛智，你二哥的好友，今天专程来看望我们。瞧，他送来多少礼物！"

冼老太指了指陈佛智，又把面前的礼物指给阿英看。

阿英抬抬眼皮扫了陈佛智一眼，轻轻呜了一声。

陈佛智正大张着嘴，一动不动地盯着阿英看，好像一个傻佬。这么好看

岭南圣母：冼夫人

的俚人妹仔,他还是第一次见。这妹仔那么白嫩,脸腮上还有淡淡的红晕,使她那双黑亮的大眼睛显得更加水汪汪更加灵活光亮,好像漠阳江的水似的光亮鉴人。陈佛智怎么也移不开自己的眼睛。

阿英狠狠地白了他一眼,陈佛智还是不移开他死死盯着阿英的眼睛。阿英心下恼怒:真是野蛮人!她猛然扭转身子,避开陈佛智火辣辣的目光,也不想搭理母亲。

冼老太只好又说:"阿智还送来一个槟榔盒,你看看,喜欢不喜欢?"冼老太把桌子上檀木盒子推到阿英眼前:"你看,这槟榔多好看,你尝尝,甜不甜?"

阿英白了母亲一眼:"你当我是细佬仔啊?哄骗我啊?"

冼老太不好意思地干笑了一下:"我还不是怕你生气吗?阿智可是真心实意喜欢你,他是南海獠人首领,也领有几千峒獠人,家境很好咧。你也不小了,该考虑自己的终身大事了。"

冼玉丹也插话说:"阿英,阿智可是獠人的好后生,你可要想清楚,可不要错过这好机会啊。"

阿英伸手把盒子里的槟榔拿了起来。

陈佛智心里一喜:有希望!他睁大眼睛紧紧盯着阿英的手,眼巴巴看着她,希望她把槟榔放进嘴里,哪怕只咬那么一小口,都表示她接受了自己的求婚。咬吧,咬吧。陈佛智心里祷告着:一小口,哪怕只是一小口!

冼老太也很高兴,眼光光地盯着女儿阿英,心里祷告着,让她快些咬一口。

阿英拿着槟榔仔仔细细地把玩一会,微微一笑,又把槟榔轻轻放进盒子,轻轻盖上盖子,把盒子慢慢推回母亲面前。

陈佛智失望地发出长长的一声叹息,低下头。都说这冼家妹仔挑剔得很,果不其然,她毫不留情地拒绝了自己的求婚。

陈佛智心里慢慢升起恼怒和不满:她到底要挑个什么样的人?我陈佛智可是南海方圆几百里内的人尖,多少人家上门说媒,都让我拒绝了。如今,却被眼前这女仔无情地拒绝了!真是没面子到极点!他感到脸皮发烧。

鸟你老母!你当你是谁啊?陈佛智心里谩骂着,脸色铁青,霍地站了起来。

冼玉丹急忙拉住他:"阿智,等一等。"

阿英也站了起来,一句话不说,转身要上楼去。

冼玉丹大喝一声:"站住!阿英!你眼中还有没有我这当哥的?你眼中还有没有阿妈?"

阿英站在楼梯上,慢慢转过身,看着冼玉丹和母亲,沉默了好久,终于开口说:"阿妈,二哥!不是我不把你们放在眼里,这婚姻大事是我一辈子的大事,我不敢马虎,我不敢把自己一生托付给一个我不喜欢的人。我要不不嫁人,要嫁人,就一定要嫁一个我自己喜欢的人!"说完,一转身,快步跑上楼去。

冼玉丹跺着脚,咆哮着:"好你个死妹仔,当了都佬,眼中没有你二哥了!"

冼老太摇着白发苍苍的头,叹着气。

萧小姐撒手人寰　冯太守梦想成真

冯宝上任伊始,一切事情都需要从头收拾。李迁仕的郡守衙门里公事堆积如山,要他一件一件地处理。虽然郡守长史提醒他,应该抽时间去拜访高凉俚人首领冼家都佬,可是他总是抽不出时间。何况,他知道如今高凉俚人首领是阿英,他和阿英之间已经达成默契,她不会怪罪自己的。

这一天,他正在郡守衙门监督长史周中健整理文书账簿,差人来报,说罗州刺史有公事送达。冯宝让差人把送信人带了进来。冯宝接过罗州刺史的公事,那是父亲冯融的亲笔书信,信上说,他接到广州萧总管的信,说萧小姐病重,药石无救,已经离开人世。

"阿宝吾儿,萧小姐之事令人心伤,可人死不能复生,万望吾儿以政事为要。吊唁之事父已安排就绪,吾儿不必亲到广州,可另派专使吊唁。只是母伤心过度,卧床不起数日。如若有暇,返来看望,以慰佢心。"

冯宝轻声读着。

萧小姐去世的消息,叫他感到有些难过,一个年纪轻轻的女子,这么早就离开人世,他觉得很可惜。可是,从心底里,他却又产生一种解脱的感觉,好像突然从桎梏中解脱出来,变得一下子轻松了。他极力想压抑住自己这

种很不道德的、违背佛教宗旨的感觉,可是,这感觉还是抑制不住地、强烈地滋生起来。冯宝觉得自己失去了往日的羁绊,像一只放生的小鸟,可以自由飞翔了。

一种喜悦浮上冯宝心头:现在他可以去实现自己那个潜藏在心底很久很久的愿望了。那愿望是什么呢? 他却又不敢往下想去。

不过,冯宝还是立刻准备吊唁礼物,让高凉长史代表他到广州去吊唁萧小姐。他自己连夜赶回罗州,去探望安慰母亲。

冯夫人一见冯宝,拉着他的手,哭泣起来。

"我儿怎么这么命苦,定亲还没有把媳妇娶回来,人就走了。我儿,你的年龄不小了,等她这么久,盼着她好起来,与你成亲,没有想到,她却撒手人寰,叫我儿孤单一人。"冯夫人抽泣着唠叨着。

"看你,阿宝不是还可以再重新定亲娶亲吗? 唠叨那么多干什么?"冯融在旁边温柔地责备说。

"都是你阻拦,要不我们帮佢多娶几房,也不至于像现在这样,让阿宝孤身一人。"冯夫人又唠叨起另一个话题。

冯宝笑了:"娘,你可真有意思,你不让爹爹娶妾,怕家里不和睦,如何就允许我娶妾? 你不怕我后院不安定吗?"

冯融苦笑:"佢就这么糊涂! 一会一个样!"

冯夫人唠叨了一番,心下舒坦了许多。她坐了起来,自己也笑了起来。

冯宝见母亲已经好了许多,放心了。

冯夫人对冯融说:"萧小姐已经去世,我们也无可奈何,可是阿宝的亲事却耽搁不得,阿宝转眼就奔二十二岁了,我们要赶快给他说个人家。"

冯宝笑了:"母亲不必为儿担心,儿心中已经有了可意之人。"

"是谁? 快快说出来。"冯夫人和冯融都催促着,意味深长地互相看了一眼,想起过去的谈话。

冯宝不好意思地搔着头皮:"不过,不知道你们是否同意。佢可不是我们北方人。"

冯融又意味深长地看了看夫人,他们相视而笑,心下都明白了。

"同意,同意,我们怎么会不同意呢? 北方人和南方人,不都是人吗? 只要姑娘靓,能干,身体好,没有克夫相,就行。"冯夫人笑着说。

"靓是蛮靓的,只是不知道佢的面相,不知道有没有克夫相。不过,就算佢克夫,我也不怕。"冯宝笑着说:"只要佢答应嫁给我就行。"

冯夫人笑了:"绝对没有克夫相,我见过的。不过为了牢靠,我们去求婚时再带个道士,让他好好给相相面。"

"什么?你们知道我说的是谁?"冯宝吃惊地看着父母。

"你当我们都是傻佬啊?什么也看不出来?"冯融拈着须笑了。

阿英带领着冼玉丹和丫鬟春香去视察茶山。管理茶山的管家来报告说,獠人宁峒首领宁俊杰手下带领着一伙獠人抢了新茶,还破坏了茶山。

阿英站在北山茶山,看着眼前凌乱的茶林,怒火中烧。这宁峒獠人总是惹是生非,令人恼火。这一片整齐茂盛的茶林,都是最好的云雾茶,如今被獠人用棍棒打得一片凋零,叫人看着就心疼。抢茶就抢茶吧,为什么要这般破坏?

阿英看着二哥冼玉丹:"二哥,你看我们该怎么办?"

冼玉丹在茶园里走来走去,心疼地扶起那些被打断的茶树,嘴里咒骂着:"鸟你老母宁俊杰!你都佬被砍头,你还不甘心!总有一天,你的脑袋也要丢掉不可!"听见阿英问,他愤愤不平地说:"我看还是敲铜鼓集合冼峒人,去把宁峒的獠人杀个片甲不留!"

阿英看着茶山管家,问:"宁俊杰来了没有?"

管家回答:"宁俊杰没有来,只是一个小头目带领着十几个獠人干的。"

阿英沉吟着。

冼玉丹却催促:"阿英,快些下命令吧。要不以后獠人更要猖狂欺负我们了。他们就是看到我们冼家的首领是个女的,就猖狂起来了。你可不能让他们看到你怕他们,你好欺负!"

管家也在旁边撺掇:"冼都佬,打吧!你看这么好的茶山被他们糟蹋成什么样了?多气人啊。他们那个小头目指着我们的漆树林说,秋天要来抢我们的漆树呢。"

"他敢!"冼玉丹咆哮着。

阿英说:"谅他不敢!这样吧,这次就先吃点亏吧。我一方面派人去警

告宁俊杰,要是他不管好他的部下,再来骚扰冼峒的话,我们一定要以牙还牙!另一方面,我要到郡守府去把这件事禀告冯太守,让他告诉宁猛力,让宁猛力劝说他的叔父和族人。听说宁猛力还是比较开通的。"

冼玉丹不理解地看了看阿英:"你这么着要吃大亏!他们獠人不识好歹,你的忍让会被他们看作软弱好欺呢!"

阿英命令茶山管家带领茶山家户收拾茶山残局,一边安慰冼玉丹:

"没关系的,让他一次,让他宁俊杰知道,我们冼家不计较他。我们宰相肚里好撑船。他无非是对他大哥的死不满意,想挑起事端,给新上任的太守找麻烦。我们不能上他的当!"

冼玉丹黯然。

阿英和冼玉丹回到冼家楼,老家人端着一铜盆凉水迎出来给阿英洗脸,一边报告:"家里来了贵客,小姐,快洗洗脸去迎接!"

阿英接过葛布擦脸手巾,蘸着清亮淡水洗脸,一边笑着说:"什么贵客?瞧你这慌里慌张的样子?"

老家人冼忠佝偻着背:"你去看就知道了。可是你想不到的贵客。"

阿英擦去满头满脸汗水,走进厅堂。厅堂里还算凉快,阵阵凉风从四面敞开的窗户和屋顶的天窗里吹了进来。这干栏式楼房具有很好的通风和避阳的功能。

阿英一进厅堂,看见正面坐着自己的母亲冼老太,一对穿戴着官服的夫妇坐在红木黑漆的长卧榻上,一个道士打扮的人坐在旁边。

阿英吃惊地"啊"了一声,急忙上前拜见刺史冯融和冯夫人。冯夫人正在好奇地观看着这精致的干栏楼房。

冯夫人亲热地拉着阿英的手:"听说你去处理和獠人的纠纷了?顺利吗?真难为你,这么年轻,却要担当这么重的首领责任。看,还是我们汉人女人好,只在家相夫教子,不用管那么多事。你们俚人怎么到现在还是让女人管事啊?该男人主理外面的事嘛。"

冯夫人唠叨地说。

冼老太让阿英坐了下来,笑着对阿英说:"冯刺史和冯夫人专程来看望你。瞧你,还不赶快感谢冯刺史和冯夫人。"

阿英心里纳闷,不知道冯刺史和冯夫人前来拜访的意思。这时,一旁的道士发话:"冼都佬还认识贫道吗?"

阿英一看,认出当年救他的道士李志宏。"认识,认识!大师的救命之恩小女终生难忘!大师的徒弟苏玄郎呢?"

李志宏笑着:"冼都佬还记得我们师徒二人,叫贫道不胜感谢!我这次与刺史大人前来,可是要你来兑现你老都的诺言的。冼都佬,你可记得当年你老都应允贫道的事情?"

阿英轻轻摇头:"不记得了。"

李志宏笑着提醒:"你老都答应在高凉建立一座道观,你可是一点都不记得了?"

"好像是有那么回事。"阿英微笑着。

李志宏满怀希望地看着阿英:"都佬可愿意替你老都实现这意愿?你老都去世已经快三年了吧?该是二次葬的时候了。如果冼都佬有意修建道观,贫道愿意举办盛大的瓮罐葬的道场。"

阿英想了想,点头答应了。

李志宏很兴奋,他站起身,向阿英深深地作揖道谢,说:"如此年轻一个妹仔领导偌大个冼峒,实在了得!让贫道为你相相面,如何?"

阿英看了看冼老太,又看了看冯刺史和冯夫人,她们都微笑着表示同意。她笑着:"相就相吧。"

李志宏走了过来,上下打量着阿英,说:"道家的相面术极为灵验。相面要从颜面相起,然后相骨相、手相、形相、神相。人有七尺之形,不如一尺之面,相面都要从面相相起。一尺之面,不如一寸之眼。道家相面,首先看眼睛。冼都佬这双牛眼,大而光亮,眼大睛圆视见凤,见之远近不分明。兴财巨万无差跌,寿算绵长福禄终。好目相,好目相!"

李志宏啧啧夸赞着说:"冼都佬这一尺之面,十二宫中,命宫、财帛宫、兄弟宫都很好,属于福首宫相。"

李志宏继续打量着阿英,说:"让我看看冼都佬面相的十三部位。这十三部位是:天中、天庭、司空、中正、印堂、山根、年上、寿上、准头、人中、水星、承浆、地阁。冼都佬印堂放光,将来大福大贵。这天庭饱满,地阁方圆,皆富贵相。特别是这人中。这人中,又叫寿堂,冼都佬人中像沟渠,宽深通达,主

岭南圣母:冼夫人

长寿有子息。嗳，这里还有一条寿带，这纹理从鼻两侧向下延伸过下颏，主长寿。不错，福禄寿子都占全了。这可是一个全福大贵的吉相。冼都佬行貌神态秀美，也是秀相。"

李志宏偏着头，左右上下端详着："冼都佬是九善相。这头圆额平，骨细皮滑，唇红齿白，眼长眉秀，指尖掌厚，纹细如丝，声清如水，笑不露齿，行步徐缓，坐卧端静，神气清和，皮肤细润。不错，不错！"

冯融和冯夫人互相对视了一眼，都微笑了。阿英心中暗笑：我行步可不徐缓，你没有真正见过我走路！

李志宏移动了一下自己的位置："现在来相神相和骨相。观人八相：一曰威，尊严可畏谓之威。冼都佬具有观人八相的第一相，威。这是寿骨，颧骨丰隆连耳，贵相。这是扶桑骨，太阳穴骨丰隆主富贵。"

李志宏突然大惊小怪地惊呼起来："哇！日角偃月！日角偃月！《后汉书·梁皇后传》说，永建三年，十三岁的梁皇后，与她的姑姑一起入选，相公茅通一见就大吃一惊，赶快再拜，说'此所谓日角偃月，相之极贵。臣未尝见也。'贫道也是从没有见过的！大贵人！大贵人！将来是要受封的！"

李志宏又抓过阿英的手，仔细观察着，一边啧啧称赞："好手相，好手相！手相看三才纹：天纹、地纹、人纹，三才乃掌中三大纹，乃在母胎中受孕成型，天纹主根基，居火。第二纹居土，为地纹，主财禄，第三纹居明堂，为人纹，主福德。冼都佬虽然是个女儿身，这手相上的三才纹都主大福大贵，主手中大权在握，主辅助夫君成就大事。"

李志宏专挑好话说，说得冼老太和冯夫人满面笑容。

阿英虽然不大相信，却也喜不自禁，笑容上了眉梢："真的像你说得那样好？我将来一定成大事？福禄寿齐全？"

李志宏指天发誓："贫道相面已有多时，从没见过像冼都佬这么好的面相，福禄寿占全的大福大贵之相。要是贫道所说有一点虚假，马上让太上老君降祸于我，叫我不得寿终！"

冯刺史急忙打圆场说："李大师不必发誓，罗浮山朱明洞的大师，名扬国内。大师的祖师爷葛洪培养出来的弟子，哪有虚假骗人之说？"

"是啊，李大师已经和我们冼家有多年交情，当年他给阿英的老都也讲过相术的。"冼老太也插话。

冯夫人看了看冯刺史一眼,二人已经完全放心下来。冯夫人笑了笑,站了起来,从身边一个精致的藤箧里拿出一个精致的碧玉盒,双手捧着放到冼老太的面前的桌子上。

"老太太,我们今日前来,是为了向小姐递送一件礼物,希望老太太和小姐笑纳。"

冼老太乐得眉开眼笑,嘴都合不拢,她把碧玉盒推到阿英面前,有些歉疚地说:"我是很想收下它。可是,这事必须由妹仔她自己做主,我们不敢勉强她。过去,獠人首领宁逵来,她坚决拒绝了。前些日子,南海獠人首领陈佛智来,她又拒绝了。她啊……"冼老太摇着头。

"阿妈!"

阿英娇嗔地喊了一声,脸红了。她多希望冼老太做主替她收下这求亲的礼物,这样就可以解救她的不好意思,可是母亲偏偏不解她的心思,把槟榔盒子推到她的面前。

阿英犹豫了一阵,装作欣赏碧玉盒似的,把碧玉盒拿到手上,反复观看抚摩着。

"这盒子真靓,里面放的什么宝贝啊?"阿英故意学着用官话说,装出懵然无知的天真样子,慢慢打开碧玉盒盖,碧玉盒子里鲜红的绸缎上静静地躺着一枚金黄的槟榔,发出诱人的香味。

她的心欢快地跳了起来,手微微颤抖着,慢慢从盒子里取出槟榔。

"这槟榔真大,真靓,不知酸不酸?"阿英脸红红的,声音抖抖的,小声说。

冼老太高兴得手舞足蹈,不断向冯夫人挤眉弄眼。

冯夫人目不转睛地看着阿英,沉静地微笑着,提醒着说:"你何不尝一尝呢?酸不酸,尝尝才知道啊。"

阿英脸更红了,她把槟榔慢慢举了起来,放到嘴里,慢慢咬了一小口,慢慢品尝着。这槟榔是那样甜,甜到她的心底里。她幸福地微笑着,一口一口把一个槟榔吃了下去。她在众人几双眼睛一眨不眨地关注下,慢慢吐出满嘴的鲜红汁液,把槟榔核放回碧玉盒。

冼老太哈哈大笑着,站起身,抱住女儿阿英。她早就盼着这一天,早就盼望着看到女儿接受一个好男仔的求婚槟榔。今天她终于看到了。

"一口槟榔大如天,要想变心去问它。阿英吃了你们的槟榔,就是答应

岭南圣母:冼夫人

做你家的人了。"冼老太呵呵笑着对冯夫人说。

冯夫人走到阿英身边,拉着阿英的手:"好阿英,你接受了阿宝的求婚,叫我们好高兴! 阿宝也一定高兴坏了。你知道,他可一直真心喜欢你!"

阿英红着脸:"我知道。我也真心喜欢他!"

冯融插嘴:"那可是太好了。两情相悦,执手到老,你们会很幸福的!"

冼老太向厅堂外的家人大声喊:"快摆酒宴! 我们要庆祝阿英订婚!"

洞房花烛喜结良缘　夫妇同心誓保高凉

凉爽的冬月龙日,高凉城里城外,盛传着俚人首领阿英冼都佬和高凉太守成亲的好消息。

高凉城里,冼家楼和高凉郡太守府,张灯结彩,锣鼓喧天。冯太守迎娶俚人首领冼都佬的迎亲队伍行进在高凉绿树如盖的道路上。通往冼家楼的红泥土路已经扫得干干净净,洒上了清水,绿树上张挂起红色绸带和红绸扎成的红花和绣球,鲜红的灯笼上贴着金黄的双喜字。迎亲的官轿披红挂彩,吹鼓手身披彩带,一路吹打着,向冼家楼走去。

冼家楼的大院里摆放了几十桌酒席。

几个健壮的家丁轮流着把铜鼓擂得震天响,向全体俚人报告这好消息。院子里一堆燃烧着干燥竹子的爆竹火堆,发出的噼噼啪啪的清脆响声,为喜庆增添热闹色彩。

俚汉结合的婚礼正在高凉举行。迎亲的队伍从高凉郡府出发,冯宝太守按照当时汉人的习惯组织了八音队:唢呐、胡笛、埙、锣、鼓、琴、瑟、阮咸(曲项琵琶),吹吹打打,抬着披红挂彩的藤轿去迎接新娘。同时,又按照俚人习惯带了会对歌的两男两女作傧相,随身带着几筐槟榔迎亲。虽然冯宝讨厌俚人嚼槟榔,可他还是很尊重俚人习惯。

迎亲队伍来到冼家楼,冼老太立即请迎亲队伍和男女傧相入席,冼家挑选出来的两男两女歌手也入席,双方歌手开始一边喝酒一边对歌。冼家楼里欢声笑语。

楼上,几个梳头娘正在忙碌地为新娘子梳妆打扮。

阿英凝神望着铜镜里的自己,看着梳头娘为自己梳上已婚女子的发髻,脸微微红了起来。楼下的歌声传到楼上,更撩拨着她的心。俚人新婚对歌不仅是为了热闹,同时通过对歌交换着新婚夫妇的感情。

楼下迎亲的男歌手唱:

道路行来艰难多,
行到花园见花开。
有心摘花篱笆挡,
不知阿妹在哪方?

送亲女歌手急忙答唱:

妹种鲜花引蝶来,
鲜花专等哥来采。
有心采花别怕刺,
阿妹引哥入园来。

送亲的另一个女歌手站起身清脆地唱:

入来见哥面目生,
请哥报上自家名。
哥有心来妹陪坐,
为哥斟上凉茶饮。

迎亲男歌手答唱:

阿哥远方来采花,
一路未见心水花。
坐看满园花鲜艳,
不及阿妹凉茶鲜。

岭南圣母:冼夫人

阿英注意倾听着迎亲和送亲歌手一来一往的对歌,这些并不押韵合辙的山歌,不讲究用词的山歌,用俚人土话唱出来,以俚言土音衬贴着,唱一句延半刻,慢节长声,自回自复,是那么好听,歌词不雅却又极其浓艳,情真意切,使人喜悦悲酸而不能自已。

阿英被那些悠扬的歌曲感动着,自己在心里编着词。进入洞房以后,她要和冯宝亲自对歌欢唱一番,来表达她的心情。唱什么呢?不唱这些流传已久的婚礼上的固定对歌方式的歌词。阿英想。

动身的时辰到了,吃饱喝足的迎亲队伍和送亲队伍准备动身了。装扮一新的阿英在母亲冼老太和陪嫁丫鬟春香和秋香的搀扶下慢慢走下楼来。

厅堂里发出一片赞叹,所有客人的目光都被娇艳美丽的新娘吸引过去,一起看着楼梯上正袅娜下来的那个翩翩欲仙的新娘子。

阿英一身汉人装束的鲜红衣裙,宽大的长裙飘飘荡荡,裙袂翻飞,上面闪烁着耀眼的金色银色百鸟百花图案,叫人眼花缭乱,美不胜收。这些俚锦是冯夫人专门从广州搞来的蚕丝,配以金银线和孔雀翠毛,从俚寨挑选出最巧的织娘织成的。所以,滑爽飘逸鲜艳,超过所有的俚锦。阿英头上戴着冯家送的金银凤钗,满头珠翠,脖子上戴着俚人传统的银项圈和硕大圆润的珍珠项链,胸前挂着成串的银铃银牌,腰间精致的俚锦花腰带上缀着的银链银铃,耀人眼目,随着步履摇曳,叮当作响,清脆悦耳乐。左手腕上戴着翡翠玉镯,右手腕上的金银镯叮叮当当。脚上裹着俚锦绑腿,穿着黑红两色绣着紫薇花图案的鲜艳的木屐,脚腕上也戴着银链。

大约一更天,阿英踏着清脆的木屐声,从楼梯上走了下来。

灯火通明的厅堂里发出欢呼声。冼老太拉着阿英的手,家人捧着酒罐和酒碗,向参加送亲的人们敬酒,大家送新娘子上了迎亲花轿。

迎亲的男傧相向大家散发槟榔。八音吹鼓队伍开始吹起喜相逢的喜庆曲调,迎亲队伍抬着花轿,在火把灯笼的照耀下,出发了。冼家俚人妇女都跟在后面送亲,送亲队伍也吹吹打打,互相对歌,逶迤出了冼家楼,向高凉郡府走去。

高凉郡府里,灯火通明一片。官衙前,点燃了几大堆干竹子的火堆,干燥的竹子在火焰里发出噼噼啪啪清脆好听的声响,冲天的火光照亮了官衙。

盛装的冯宝,头上的官帽上插着大红花,披着红绸结成的大花绸带,和伴郎一起站在郡府大门前等待迎亲队伍的到来。郡府大厅和院落里,到处张贴着红粉金字的对仗工整的诗句,这是冯融和儿子冯宝为练习对仗经常玩的文字游戏,想不到今日冯宝把它派上了正经用场,他自己亲笔撰写了这些对仗工整的吉祥诗句贴到各处,增添着新婚的喜庆。衙门大门前张挂了一排大红圆形灯笼,上面贴着金黄的双喜,灯笼里的鲜红烛火欢快地跳跃着,透过红色的薄纱,把大地照耀得红彤彤一片。大门门框左右贴着硕大的字迹遒劲的诗句:五音奏出鸳鸯谱,六律吹成窈窕歌,这是冯宝自己书写的。

迎亲队伍来了,冯宝和伴郎一起走上前去迎接,伴郎向送亲宾客散发槟榔。

披红挂彩的藤轿在八音队伍的吹奏下,抬进郡府衙门的大院。进门的门上贴着:扫院迎宾客,吹箫引凤凰。进到院子里,厅堂上贴着:笙歌新谱高凉国,鸾凤喜配郡守堂。洞房门上贴着:昔日已曾居月府,今宵始得会嫦娥。

冯宝上前,伴娘揭开鲜红轿帘,冯宝把新娘抱了起来,他要把新娘抱进洞房,放在喜床上,在这里等待拜堂。这时,八音队吹打得更加热闹,院落的火堆里燃烧着干燥的竹子爆发出更加响亮清脆的爆竹声。

郡府里喜筵已经摆放停当,送亲的宾客已经就座,郡府里的官吏招待着送亲的宾客。人们吃喝着,互相对歌,等待新人拜堂。

雄鸡报晓的几声嘹亮啼鸣,传到喜筵上。

"拜堂时间到!"司仪大声喊。喜筵上的喧哗静了下来。

厅堂里灯火辉煌,各处的火把灯盏都跳动着欢快的火苗,发出红黄的灯光。冯融和冯夫人已经在厅堂落座,分坐在八仙桌旁的雕花大椅上,穿着刺史官服。八仙桌的墙上,供奉着冯家祖宗的牌位。

春香和秋香搀扶着新娘,来到厅堂。冯宝在男傧相的搀扶下,站到新娘身旁,面对双亲和祖宗牌位。

"一拜天地!"司仪喊。

冯宝和阿英一起跪了下去,向天地跪拜。

"二拜高堂!"司仪喊。

新郎和新娘向父母跪拜。

"夫妻互拜!"司仪笑着大声喊。冯宝和阿英各自转了过来,面对面,看着,笑着互相跪拜。

岭南圣母:冼夫人

拜完之后,冯宝和阿英站了起来。

"等一下,让我用俚人礼节再拜一次祖宗。"冯宝看了看阿英,。

冯融和冯夫人互相看了一眼,微笑着同意了。

阿英心里很感动。她感激地看着冯宝。

冯宝左膝下跪,右手托着槟榔盘,新娘站在侧位,左手扶着盘子,八音队奏起欢快的俚人婚礼喜庆曲,双方向神位跪拜三次,冼家送亲来宾中的长者和阿英的母舅取去槟榔,又放下一些彩钱。这时,司仪高喊:"送新人入洞房!"

冯宝扶着阿英走回洞房。八音队吹奏着喜洋洋的俚人曲调送新人入洞房。

洞房里,冯宝扶着阿英坐到喜床上,双手抱着阿英的脸颊,仔细地看着,看得阿英不好意思:"看什么啊?"阿英羞涩地低下头。

冯宝笑着:"我认识你这么多年,还是没有好好看过你。现在不好好看看,以后要是丢了,到哪里去寻找你啊?"

阿英笑着用手捂住冯宝的嘴:"瞎说什么啊? 我怎么会丢了呢?"

冯宝抱住阿英,把她抱上床,喃喃地说:"今天我才如愿以偿,把你娶到我身边。你不知道,我早就希望与你永远生活在一起。你呢? 你什么时候才有这想法?"

阿英调皮地笑着:"我从来就没有想和你生活在一起。你是北佬,我是俚人,我害怕生活习惯不一样。"

冯宝捏着阿英的鼻子:"你讲大话,你诓人! 你敢说你从来就没有喜欢过我?"

阿英娇嗔地瞥了冯宝一眼,眼睛里满是娇羞和爱恋:"你说呢?"

冯宝紧紧搂抱着阿英,把嘴紧紧贴在她的脸上,小声说:"从今以后,我们俩人永不分离。"

阿英笑了,从冯宝怀抱里挣扎出来,说:"听说你们汉人主张多妻制,特别是做官的,都有好几个老婆。你将来会不会也娶好几个老婆啊?"

冯宝急忙收敛嬉笑一脸庄重地说:

"我们汉人是有娶多个老婆的传统,但是我们冯家,却没这习惯。你看我爹爹和我娘，不是一直白头到老吗？我会效仿我爹爹，决不会娶三妻四妾。我发誓，永远守着你与你白头到老。执子之手，与子偕老！"

阿英急忙说："不要发誓，不要发誓。我相信你，我相信你！我唱一首歌给你。"阿英说着轻轻唱起自己创作的歌：

> 日出东山落西岭，
> 与哥相爱不变心。
> 虽不同生愿同死，
> 生死同路两人行。

冯宝感动地一把抱住阿英："我的好阿英，我的好阿英。我与你，在天愿为比翼鸟，在地愿为连理枝！海枯石烂不变心！冬雷阵阵夏雨雪，乃敢与君绝！"情急之中，冯宝胡乱说着诗句，表达自己对阿英的爱心。

阿英羞涩地看着冯宝："我还有一个希望。你是高凉太守，我是高凉俚人首领，我希望我们能齐心协力让高凉人过上好日子。"

冯宝轻轻抚摩着阿英的肩膀："你我想到一起去了。我虽然是北方人，可是生在岭南，长在岭南，我已经是一个不折不扣的岭南人。以后，我就是不折不扣的高凉人。为官一任造福一方，我会罄其所能，把高凉治理好，让高凉百姓，不管是俚人、獠人还是汉人，都过上好日子。"

"说说你的做法。"阿英撒娇，抱着自己的心上人摇晃着他的胳膊。

冯宝抚摩着阿英的脸颊："我还没想好。不过，已经想到的有这么些事情。首要的是在高凉推广种植水稻。水稻产量比山禾高得多，水稻种的多了，粮食多了，百姓的日子才会好起来。另外，我想要着推广汉人的一些生活，慢慢改变俚獠的野蛮风俗，不知都佬你同意不同意？像文身文面嚼槟榔这些。"

"我有什么不同意的嘛？我来帮你，跟你一起做。"阿英紧紧抱住冯宝，两颗年轻的心紧紧贴在一起。

冯宝放下锦缎帐，吹熄灯盏，在东方已经泛起淡淡的鱼肚白色的晨曦中，与自己心爱的新娘相拥着甜甜睡去。

冯宝和阿英在梁大通年间结婚，大约是公元 530 年前后。

岭南圣母：冼夫人

下篇　岭南圣母

第四章　繁荣高凉

除旧弊创建新制　惩恶霸拯救村民

婚后,阿英按照俚人不落家的习俗经常回娘家去住,好在郡府与冼家楼相距并不很远,抬脚就可回郡府去。如果冯宝想接阿英回郡守府,他就按照俚人习惯,派八音队抬着轿子,吹吹打打到冼家楼去,接了阿英,再一路吹打着回到郡守府邸。高凉从此多了一道风景,太守府过三天五天,就会拥出吹打队伍,在郡守府衙和冼家楼之间吹吹打打走个来回。每当太守冯宝接郡守夫人、冼家俚人首领回郡守,高凉百姓就走出家门,三三两两站到路边看热闹。

回到郡府,阿英便是汉装,大家都叫她郡守冯夫人。可是,一回冼家楼,阿英就换上自己的俚人装束,俚人都叫她冼夫人或者冼都佬。

冼夫人回到冼家楼,看见院子里跪着一个几乎赤身裸体的年轻男人,正向冼玉丹哭诉着什么。冼玉丹和管家面色凝重。

"什么事?二哥?"

冼夫人走进厅堂问跟着她进来的冼玉丹。

冼玉丹看看院子里跪着的那个男人,满脸忧虑:"这个那西峒的人来告状,说那西峒打架斗殴,死伤了几个人。"

"为什么?"冼夫人关心地问,一边自言自语:"我们俚人打架斗殴的习惯什么时候才能改掉啊?动不动就打架。"

冼玉丹直着眼睛,看着妹子:"还不是为了秋收的分配。一些人嫌峒主分配不公,就哄闹起来。峒主带领着家丁和几个亲信把那几个带头闹事的人绑了起来,关在水牢里。还派人去烧了他们的房子,把他们的老婆仔女都赶出村峒。这个人是偷着跑出来告状的。"

"有这么霸道的峒主?"冼夫人拍着桌子,愤怒地喊:"是哪个峒的?我们去看看这峒主!"

"是几个偏远的俚峒。你刚回来,还是歇息着吧,让我和管家去处理。"

冼夫人摇头:"不行,我还是要去看看。我们俚人不安定,如何安定獠人?冯太守就担心我们俚人不能安定。"

"冯太守去不去?"冼玉丹看着冼夫人:"他要去的话,我们还要先做一些准备。那里太偏远,不大太平,生活也不大好。"

"给他找件衣服穿,这样赤身裸体多难看。"冼夫人对管家吩咐完以后才回答冼玉丹的问题:"我看,还是我先去看看的好。等我们了解了情况,再和他商量。毕竟还是我们俚人自己的事情。"

冼夫人微笑着说。她不是不相信冯宝,而是她具有很强烈的民族自尊感,她不想让冯宝知道太多有关俚人的野蛮事情。

冼夫人带领着冼玉丹、管家和十几个强壮的家丁,让那个俚人带路,沿着弯弯曲曲的山间小道走进那西峒。那西峒在山腰一个平坦的地方。那,俚语指水地、水田。峒,指山涧平地。那西峒村寨呈长方形,前低后高,村外一片水塘,浇灌着村峒的田地。村口上竖立着一块巨大的黄色石头,这是俚人村寨用来抵挡鬼邪的标志。

那西峒是一个只有几十户俚人的小村,在冯融推广水稻种植以后,也开始改变刀耕火种的种地习惯,学着种植稻谷,可是技术不好,他们只会种植旱稻,产量极低。

那西村峒外,水塘里有几只水牛戏水,发出哞哞的沉闷叫声,几个放牛娃在旁边追逐嬉戏,发出尖细清脆的笑声、喊叫声,与水牛叫声交相呼应。

岭南圣母:冼夫人

199

山洼里几片晚稻稻田已经收割完毕,枯黄的旱稻茬子还长在地里,几个黧黑的赤身裸体的细佬仔在稻田里拾稻穗。他们挎着竹筐,竹筐里装着一些稻穗,看见山路上走来一伙陌生人,都站起身子,睁着大大的黑黑的眼睛,一动不动地、呆愣愣地望着来人。

家丁指着山洼里绿树中一片稻草和棕榈、蒲葵叶子苫顶的黑乎乎的干栏房,告诉冼夫人,那就是那西峒。

管家向田地里拣稻禾的细佬仔扬手大喊:"细佬仔,回去告诉峒主,冼夫人来了!"

一个还算机灵的光屁股细佬仔急忙掉头向村里跑去。

"峒主!冼夫人来了!冼夫人来了!"光屁股细佬仔跑上那西峒最新最大的干栏房的梯子,边喘气边大声喊叫。

一个四十多岁的黧黑男人正躺在床上睡觉。作为一峒之主,他在这个几十户俚人的小村里,生活得自在得意。他可以不干活。几十户人家采用合亩制生产方式,大家一起种地,一起劳动,一起收获,然后一起分配。作为峒主,他的任务是分配大家干活,收获以后主持分配。他很精明,分配劳作任务时,他把最轻松的活计分配给他的家人和相好,把最重最脏的活分配给那些最老实的和他不喜欢的村民。主持分配粮食时,他自然懂得给自己和家人预留最多的一份,给那些最老实、他最不喜欢的和那些不巴结他的分配得很少。所以他吃穿不愁,过着大王一样的日子,有村民叫他大榭王,他听着心里很是舒坦。

大白天的,村民都在编制藤席藤椅,准备换取钱财,他却在自己凉快的干栏房里睡大觉,他的女人在房里监督女奴用俚人纺车纺线,不断厉声呵斥。

听到细佬仔的喊声,那西峒主急忙奔下干栏楼。他有些吃惊,那西是个偏僻的山峒,除了管家代表冼都佬一年来两次收取赋税租子和布置徭役以外,冼都佬从不来,现在冼都佬亲自来干什么呢? 是不是他的村民告状告到了冼夫人那里?

峒主忐忑不安地跑步迎接冼夫人一行。

"欢迎冼都佬!"峒主来到冼夫人面前,扑通跪了下去。

冼夫人冷眼看着面前下跪的男人。他的额头文着蓝色花纹,还算穿着衣服,不过只是一条比包阳布长一些的短裤,上身穿着一件盖不住肚脐眼的短汗褡。

冼夫人冷冷问:"你就是那西的峒主? 花名大槲王?"

"小人就是,小人就是。"

"起来吧。"冼夫人冷冷地说:"带我去看看那西峒的村民。"

峒主心中大惊:要是见到村民,他们一起告状,那可咋办? 不能让冼都佬见村民。他急忙挤出一脸讨好的笑容:"回冼都佬,村民都不在家,他们上山砍藤去了。"

正说着,村里涌出许多男女老少,高喊着:"冼都佬来了! 冼都佬来了!"他们一起朝这边冲了过来。俚人男女,几乎赤身裸体,男人仅仅穿着包阳布,女人穿着遮蔽下体的短裤,上身的破烂汗褡,几乎遮蔽不了肉体,有的还露着一对晃荡的乳房。年纪大一些的男女额头都文着蓝色的蛇形图案。

冼夫人几乎不好意思正视这些贫困的女人。她有些愧疚地低头看了看自己一身锦绣,下意识摸了摸自己头上的金银钗钿,轻轻摇了摇头:以后到这些贫穷地方,还是换换衣服好。

"你不说村民都上山了吗?"冼夫人定定地看着峒主,阴沉着脸,问。

峒主抓挠着头皮,差点把头顶上的椎发抓散,他哼哼唧唧,支支吾吾,不知道如何回答冼夫人的问话,他的心剧烈地跳动着,预感到大祸临头。俚人部落有极严厉的惩罚措施,如果有人触怒了首领,惩罚极其可怕,轻的用烧红铁杆穿耳、烙足,重的砍手、剁脚,甚至沉塘、砍头。

村民拥到冼夫人身边,纷纷跪了下来,哭诉着请冼都佬帮助。

"冼都佬,救救我的仔和我的老公吧。他们被峒主关在水牢里已经四五天了,再不放出来,他们就会死在水牢里!"一个头发散乱、面容憔悴的女人在地上爬行着,爬到冼夫人面前,抱住冼夫人的腿,哭喊着。

其他人也都大声诉说:"快把他们放出来吧! 天气这么热,水里有蚂蟥、水蛇,还有蚊子,只怕他们要死在牢里!"

冼夫人愤怒地转向峒主,厉声呵斥:"你是什么东西? 竟敢私设牢狱残害百姓? 走! 快带我去放人!"

峒主还想狡辩,冼夫人的管家已经扬起了手中的蟒蛇皮鞭,几个家丁正虎视眈眈地逼视着他。好汉不吃眼前亏。峒主急忙站起身,喏喏地带领着

洗夫人向村寨走去。

他们来到峒主干栏房的后面,那里是一片蕉林。在蕉林中间有一个不大的水塘,四周围着高高的削尖了的竹桩栏杆,几个精壮的家丁手拿铁铲木棒铁矛守卫着栅栏门。污黑的水塘里站着几个赤身裸体的男人,瘦骨嶙峋,身上满是污泥和伤痕,腿上吸附着蚂蟥。一个只有十几岁的细佬仔在水里挣扎着,哭喊着,声音凄厉。

洗夫人疾步冲到栅栏前,厉声命令:"打开门!"

那西峒打手不认识洗夫人,他们看了看峒主,迟疑着不肯动手。

洗夫人愤怒地拖过一个家丁,把他摔到地上,恼怒地咆哮着:"开门!开门!"

家丁急忙打开栅门。

"你!"洗夫人指着峒主:"下去把他们搀扶上来!"

峒主犹豫着不肯下水。洗夫人上前,揪住他的椎发,把他拎到水里。"先把那细佬仔抱上来!"洗夫人命令。

峒主不敢违抗,急忙抱着那细佬崽上来。洗夫人命令家丁把他身上的污泥洗净,蹲下身,把吸附在他腿上的蚂蟥轻轻揭了下来。

水塘里的人走出水牢,跪在洗夫人面前感谢洗夫人的救命之恩。

洗夫人黑着面孔:"把他们送到你家去,给他们吃顿饱饭!"

峒主心疼地喊叫起来:"洗都佬饶命! 我家管不起这么多人的饭啊!"

洗夫人厉声呵斥:"你管不起,那谁能管得起?! 那西峒属你家粮食多!快回去准备饭菜,我们这十几个人今天也要在你家吃饭! 你管不管?"

洗玉丹和管家一起吆喝着:"快回去准备! 饭菜要丰盛一些。告诉你!洗夫人可是高凉郡守夫人,要是招待不周,小心高凉官府发兵来剿灭你那西峒!"

峒主苦楚着面孔,连声说:"我这就去,这就去。"急忙奔回去准备饭菜。

"去吧,去峒主家等着吃饭吧。"洗夫人笑着对那几个被关押的俚人说。那几个从水牢里放出来的俚人在亲人的搀扶下,蹒跚着向自己破旧不堪的家走去,并不敢去头领家吃饭。

洗夫人知道,他们害怕峒主以后报复。在合亩制耕作方式下,他们一切都受制于峒主。

冼夫人深思着，走回村寨。

村寨中央是一块平整干净的稻谷场地，场地周围长着粗大茂盛的大榕树，浓荫下有许多石板搭的石凳石桌，还有一盘石磨和一盘石碓。这里既是村民加工稻谷的场所，又是村民晚上乘凉的好地方。平整的场面上堆放着收割回来的稻谷捆，一些俚人正在木桶上摔打着稻谷脱粒，一个农人赶着黄牛，黄牛拉着石磙碾压着稻谷。场面上一片金黄色。一些农人正用木叉垒起几个金黄的稻草垛子。

冼夫人拣了一个石凳坐下。

"来，大家坐下，坐下。"冼夫人招呼着村民。

村民互相推搡着，胆小的往后退缩，胆大一些的磨蹭着走到前面，有的蹲着，有的坐到地上，有的坐到石磨和石碓的石盘上，瞪着眼睛看着冼夫人，这个他们听说过却没有见过的都佬，他们俚人的首领，官府太太。

"你们说说，为什么打架？"冼夫人和蔼地问。

村民互相看着，推搡着，迟疑着，谁也不敢开口。一个从水牢里出来的后生仔终于忍耐不住，他气愤地说："我们辛辛苦苦干了几个月，分配时，峒主克扣我们，每家分的粮食连口粮不够，他峒主却把多余粮食偷偷卖了，换了许多金银首饰绸缎给他老婆、仔女用。干活是我们干，好处是他们得，这么不公正、不公平，让我们活不活啊？我们去和他讲理，他就让家丁把我们关进水牢！"

冼夫人问大家："他说的可是真的？"

村民见冼夫人和蔼，不再畏缩，纷纷说："是真的，全都是真的。"

"没有讲大话。"

冼夫人说："你们想怎么办？"

"撤换峒主！"

"鸟他奶！换了他！"

"重新选一个峒主！"

村民七嘴八舌地喊。

还是那个从水牢出来的青年男子说："我看，换谁也还是这样！天下老鸹一般黑！谁当峒主都要为自己牟利！"

冼夫人好奇地看着他："依你的看法呢？"

岭南圣母：冼夫人

那男子想了一会说："这问题我想过许久，我看，还是把土地分给各家，让各家自己耕种，我们给自己种地，干得好，我们就多收，干得不好，自己少收。这样，峒主就没办法克扣我们了。现在这翁堂打方式，难得分配公平！"

村民中有些人响应："这办法不错，不错！把田地分给各家，让我们种自己的田地。我们不想翁堂打种地了。"

冼夫人想了想："可是，官府规定要交纳赋税，把田地分了，这赋税如何交纳？"

那男子又说："赋税分摊给各家，不就行了吗？百姓当然要向官府交纳赋税。我们不会赖赋税的！"

冼夫人点头："这办法听着是不错。要不，允许你们先试一试？"冼夫人沉思了一会，接着说："从现在起，那西峒不再合亩制耕作，我宣布废除翁堂打！明日起，让我的管家来主持分田，把现有的田按人头分了。以后开山开荒的耕地，属于自己，打下的粮食也归自己，各家分摊租税，由峒主收缴。你们同意不同意？"

村民全都站立起来，高举着胳膊欢呼。

冼夫人看着村民赤身裸体的样子，笑着说："我回去以后，禀告高凉郡太守，给那西峒乡亲调拨一些葛布，不知大家愿不愿意做成衣服穿，像我们家丁这样穿上短裤汗褡？男人女人以后都不要文身文面。你们可愿意？"冼夫人拉着一个女人的手问。

"愿意！"男人喊。

"当然愿意！文身很痛苦的！"几个女人说。

"好！就这么定了。见了其他峒的俚人，也就这么告诉他们。俚人以后要穿衣服，不要文身！"

冼夫人站立起来，对那个领头的男人说："我明年再来看望你们，希望明年你们能过上好日子。明年我到你们家吃饭！"

那男人激动地说："冼都佬。你放心，明年再来，我们一定让你吃上最香的那西饭菜。你让我们不种翁堂打，让我们分田耕种，我们肯定能过上好日子！"

这时，峒主亲自走来请冼夫人和随从到他家吃饭。

"他们几个呢？"冼夫人又黑起面孔问。

村民急忙推辞："我们回家吃饭,不用洗都佬费心!"

洗夫人也不勉强他们,和洗玉丹、管家和家丁在峒主陪同下,一起向他家走去。今天一定要海吃他一顿,临走还要拿他许多东西,给这个贪婪的峒主一点教训!洗夫人恶作剧地想。

回到太守衙门,冯宝也刚从前面衙门回来,一看见洗夫人,冯宝大喜过望,他三步并做两步,喊着:"你可回来了。我盼着夫人你回来,秋水都望穿了。"

洗夫人已经冲过凉,换上家居短裤、短汗褡,趿拉着木屐,摇着葵扇,在院里紫薇树下乘凉。鲜艳的紫薇花早已凋谢,枝头上挂满串串紫薇果,肥大碧绿的紫薇叶在晚风中轻轻摇动,发出窸窸窣窣的声音。丫鬟春香和秋香正在忙着摆放吃饭的桌椅。

看见冯宝连喊带跑,走进拱形门,洗夫人从竹卧榻上站了起来:

"老爷回来了。"洗夫人调皮地走上前行礼。

冯宝笑着说:"夫人这般有礼,可是越来越有风度了。将来一定奏请皇帝,请他分封你个品级。"

洗夫人笑着说:"我要让皇帝专门分封我,单独嘉奖我!"

冯宝摇头,颇不以为然:"皇帝分封夫人,都是因老公业绩,好像还没有听说过专门分封女人。"

洗夫人笑了,反驳说:"那是汉人女人依赖老公,没有本事。我是高凉俚人首领,要是不配合朝廷和官吏,看皇帝他要不要为高凉操心?我要是把高凉俚人治理好了,皇帝一定要单独分封我。你信也不信?"

冯宝急忙说:"我信,我信。我哪敢不信?治理高凉俚人,当然要仰仗夫人。"说着,深深作揖到地:"夫人,请多帮忙!"

洗夫人急忙拉住冯宝,嗔怪地说:"瞧你,没正经样!也不怕丫鬟笑话!"

冯宝就势把她拉到怀抱里,亲了一口。"怕什么?不都是你的陪嫁丫头吗?一家人,笑话什么?是不是?春香?秋香?"

春香和秋香掩口笑着跑回厅堂,任他们小两口亲热。

"快先冲凉去吧,满身臭汗的。"

洗夫人从冯宝怀里挣扎出来:"春香,伺候老爷冲凉!"

　　春香答应着，提着木桶拿着手巾皂角和干净的短衣裤从卧室走出来。冯宝站在院子角落里的青石井台上，等待着春香打水伺候他冲凉。天气大热的时候，他总是在这里用刚打上来的清凉井水冲凉。

　　痛快！痛快！冯宝用瓢瓜舀着木桶里的水，浇着全身，一边高兴地喊叫着。春香和冼夫人都掩口笑他。他浑身上下只穿一件短裤，把水哗哗地浇淋在身上，冰凉的井水痛快地冲去他浑身的燥热和一身大汗。

　　冯宝冲完凉，换上干净短裤和汗褡，接过秋香端上来的菊花茅根凉茶，痛快地喝了一碗，抹了抹嘴，夸奖着："这凉茶煮得好极了，已经有了我们冯家家风。"

　　冼夫人笑了："家婆把各种凉茶配方誊写在纸上，给我订成本子，并且注明什么季节喝什么，你说，我还能学不会煲冯氏凉茶？不光冯氏凉茶学会了，这冯氏汤也会煲了。不信，你来尝尝这马蹄甘蔗瘦肉汤的味道？"

　　冼夫人拉着冯宝，坐到餐桌上。春香和秋香端上白瓷蓝花的大汤盆，用白瓷汤匙为老爷和夫人盛上马蹄甘蔗瘦肉汤。冯宝用小汤匙舀着汤，吹了吹，慢慢送进嘴里，故意在嘴里吧唧着品尝着它的甘甜清香。

　　"怎么样？好喝吗？"冼夫人目光定定地看着冯宝，眼睛里流露出期盼夸奖的小姑娘的天真神气。

　　冯宝偷偷看了她一眼，心里忍不住感到好。像个小姑娘似的，眼巴巴等着夸奖。冯宝故意皱了皱眉头。

　　"怎么？不好喝？"冼夫人急忙问。

　　冯宝哈哈大笑起来，一口汤呛了他，一阵剧烈的咳嗽叫他说不出话来。春香急忙上来为他捶背，冼夫人看着他咳嗽得满面通红，也站了起来去给抚摩前胸。

　　冯宝又饮了一口，然后呼呼噜噜一口气把一碗汤饮了个干净。"真好味！真好味！真是冯氏祖传靓汤！"冯宝赞不绝口。

　　冼夫人白了他一眼："衰仔！我还以为你不喜欢饮呢！"

　　冯宝让春香又给他盛了一碗，看着冼夫人说："高凉这么热，全凭汤水养人。天一热，我就不想吃饭，只想饮汤。从小我娘就想法煲各种靓汤给我饮。如今可要靠老婆煲汤给我饮了。"

　　"你放心。我也会煲靓汤的。不要以为只有你娘才会煲靓汤。我们俚人也有许多祖传靓汤,像菜干咸鱼头汤,蚝豉豆豉汤,还有土茯苓花生猪脚汤,你喝过吗?"

"没有。"冯宝老老实实地回答。

冼夫人一下子高兴起来,像个顽皮的小女孩拍手说:"那太好了。明天我就给你煲一煲蚝豉豆豉汤给你喝,那是我们俚人最爱喝的靓汤。清热下火去湿,要是你口舌生疮,喝一次就好。"

冯宝笑着说:"我们冯家祖传靓汤和你们冼家祖传靓汤结合起来,保证我们不生病,保证我们身体健康。以后,冯氏靓汤和冼氏靓汤轮流煲。对,干脆在高凉推广我们的冯冼凉茶和靓汤吧,让高凉人都健康长寿。如何?"冯宝笑着说。

吃过饭,春香和秋香撤了餐桌,在茶几上摆放了荔枝、龙眼和黄皮,斟上茅根竹蔗凉茶,冯宝和冼夫人躺在竹制躺椅上摇着蒲扇乘凉。天上闪烁着几点星光,一轮快圆的明月朗照着高凉,透过茂密的树叶,在地上洒下斑驳的黑白光影,凉风吹过,斑驳的光影摇曳,变换出各种图案。

冼夫人惬意地躺在躺椅上,望着天上的星星,向往地说:"要是我们能够变成星星该多好,可以看见天下各处。我一生没走出高凉,不知道高凉以外是什么样。"

冯宝笑了:"天下各处都差不多,不过,有的地方山多,有的地方水多江河多,有的地方房屋多。北方和南方气候不一样,南方热,北方凉。有些树木果实不一样,北方没有我们高凉这么多样的果子。"

冯宝从盘子里拣起一枝鲜红的荔枝,这是两颗并蒂荔枝,还带着碧绿的叶子,虽然月光下它的鲜红有些黯然,还是依稀看出它诱人的色彩。

"是啊,我们一年四季有鲜果吃,现在有荔枝、龙眼、黄皮,再过半个月一个月,有空心蒲桃、杨桃、橄榄、槟榔、菠萝蜜,秋天有橘柑橙,冬天有香蕉、甘蔗。岭南真好!我看哪里都比不上高凉好!"

冯宝急忙表示同意:"是的,确实如此。听爹爹说,我爷爷刚来岭南时,不断抱怨岭南这不好那不好,经常怀念北燕国。住了十几年以后,再也听不到他抱怨了。后来他自己说,让他回北燕国他也不回。我那在北魏掌大权的太姑奶魏太后托人带信,让我爷爷、我伯父、我爹爹回北魏去呢。"

岭南圣母:冼夫人

听到这里,冼夫人急忙从躺椅上坐了起来,不放心地问:"他们回去吗?"

"瞧把你急的。这都是几十年前的事了。我那太姑奶已经去世四十多年了。他们谁也不想回去,都说自己离不开岭南,回去不习惯。"冯宝摇着蒲扇,赶着蚊虫。

春香在院子里点燃了蒿草,驱赶蚊虫。树上的夏蝉鸣叫着,发出聒噪声,远处传来几声犬吠。

冼夫人轻轻地舒了一口气,不过,她还是又追问了一句:"那你呢?想不想回北方?"

冯宝笑着:"我生在岭南,早已是真正的岭南人,回北方干什么?怎么?你想赶我回北方不成?"

冼夫人用蒲葵扇子轻轻拍了冯宝一下:"你真衰!"她的声音那么娇嗔,冯宝听了,好像吃蜜糖一样甜蜜。

"你回家是不是有事啊?"冯宝随口问。

冼夫人本来很舒服地躺在躺椅上,听了这句话,猛地坐了起来:

"怎么?没有事情就不能回家来?我已经几个月没回家,你不想我回家啊?"

冯宝叹了口气,说:"看你说的!怎么不想你回家啊?不是说望穿秋水吗?隔几天去接你一次,你总是在为俚峒忙碌,我也不好强求你。你是俚峒都佬,不能像我们汉家女人,她们一出嫁就是夫家人,可不敢随意回娘家。"

冼夫人微笑了:"你真的想我?没有偷腥吧?"

冯宝有些心虚,急忙辩解:"怎么会呢?太守府里有什么荤腥给我偷食啊?只有春香、秋香,秋香太小,春香吗,还差不多,又被你紧紧看管着,她时刻跟着你,我有机会吗?府里只有我的老奶娘。"

冼夫人放心地又躺到躺椅上,随口说:"也没什么大事,有几个俚峒因为分配不公,惹起村民愤怒,有的峒打了分配不公的峒主,有的峒主打了闹事的村民。每年到夏收,就有闹事的。我看,俚人的翁堂打有毛病,我在一个叫那西峒的山寨废除了翁堂打。"

"什么叫翁堂打?"冯宝没有听懂冼夫人的这俚话,打断她的话头问。

"翁堂打就是你们说的合亩制耕作。"冼夫人解释着。

"可不是,合亩制耕种是不大好,大家一起种田,一起分配,容易产生分配不公。谁管分配,谁肯定要多占。"冯宝笑着:"人不为己,天诛地灭,谁当峒主都要想办法给自己多分。你想怎么改变这合亩制?"

冼夫人又坐了起来:"我今天回来就是和你商量这事。我想废除合亩制,把田分给村民耕种,谁开的荒就是谁的土地,想种植什么庄稼就种什么。赋税按家征收。你看,这办法行不行?"

冯宝也坐了起来,叹气说:"咳!说了半天,还是有事才回来,要是没事,看你还是不落家。"

冼夫人伸出手,轻轻抚摩着冯宝的脸颊:

"快别抱怨了,谁说我不想你啊?我也是望穿秋水呢。可是我真的走不开。阿妈年纪大,精神大不如从前。大哥进寺院修行,二哥没主意,还犟性子不听人劝。你说,这冼峒的事情我能甩手不管吗?俚人事情管不好,你这太守都做不安稳。过去几十年里,俚僚驱逐官吏的事还少吗?我管好冼峒事务,其实也是帮你,你别讨了便宜卖乖。"

冯宝打了个咳声:

"总是你有理,我不说也罢。"想了想,又接上冼夫人话头,发表看法:

"高凉还算富裕,可收缴的赋税也仅仅够上缴朝廷,百姓交了赋税,便没有多少余粮,如果峒主再分配不公,百姓怎么有心思好好种地啊?我看,你这办法可行,分田给百姓,耕种自己的田,收获自己的粮,交纳自己的租税,不怕峒主克扣,百姓就会拼命开荒种地,让日子好起来。"

"要是你觉得这办法可行,能不能马上以官府名义发公事来推广它?"冼夫人深情地望着冯宝。

冯宝沉思了一会:"好,就这么办。明天让长史周中健拟写告示,布告全郡推广包开荒包种植包交赋税的三包耕种制,废除合亩制。"

冼夫人轻轻拍着巴掌,笑着:"这就好了,冼峒里打架斗殴的麻烦事以后会少许多,村民忙着种地,谁也没工夫去打架了。对,还有一件事,要和你商量。"

冯宝笑着:"瞧我们,这家都成了公事衙门了。"

冼夫人也笑着:"这不是没办法吗,谁叫你是官呢,官不就是管吗?百姓事情你不管谁管?我们俚人认为官就是百姓的仆从,哪个官只谋私利,俚人肯定要把他撵走。你这个郡守也得小心点,小心俚人把你撵走!"

岭南圣母:冼夫人

冯宝装作害怕的样子连声讨饶："好夫人，我可是好官啊，是俚人的好仆从，千万不要撵我走。"

冼夫人笑了："将来我的儿子就起名冯仆，让他做俚人的好仆从。"

冯宝苦笑起来：

"我的好夫人！我一个人做你们的仆从就够了吧，为什么要让我儿子也做仆从啊？真乃苦命。"他连连摇头叹气，脸苦楚成核桃。

冼夫人轻轻抚摩了一下他的脸，笑着安慰：

"看把你苦的。做官终究还是得利多，要不怎么会有那么多人争抢着做官，还花钱去买官做？连宁逵都知道做官好处多，花钱买个小官做，把我老都害死。"说到这里，冼夫人有些伤心，声音竟哽咽起来。

冯宝急忙转移话题："你说，还有什么事情要和我商量？"

冼夫人擦了擦眼睛继续说：

"那西峒太穷，男女赤身裸体，太伤风化，我想让郡府给他们发放一些葛布，教他们穿衣，来改变那里的习俗。你看得不得？"

冯宝想了想，搔着脑勺，有些为难：

"你的想法我当然赞成，可是你不知道，高凉郡府饷银不多，又被李迁仕折腾得亏空很大，账目一塌糊涂！这银两恐怕一时拿不出来。"

冼夫人说："这我知道。我思谋着，俚人历来不喜欢官府，要是高凉郡给贫苦山村送些葛布、粮食去抚慰一下，不是正好可以改善俚人和官府的关系吗？高凉郡爱护俚人，俚人一定会拥戴官府，官府以后不就政令通畅了吗？政令通畅，百姓拥戴，你这郡守的日子不是好过了吗？至于钱嘛，我会想办法从冼家楼收入中贴补的。"

冯宝一下子抱住冼夫人，很是激动："我的好阿英！好夫人！你可真是我的好帮手！太感谢你了，难为你处处为我着想！好，就依你说的办！明天我就派人去购买葛布，让长史和差役送过去。"

"另外，还想让你选派一些懂水稻栽种的人去那些偏僻的俚峒，教他们种植水稻。"冼夫人又说。

"那没问题。我们的长史和差役许多都是从新宁来的，他们懂种水稻，派他们下去送葛布，顺便让他们在那里多住几天，帮教他们种水稻。"冯宝看着冼夫人："你想得真周到。俚人一定会喜欢你的。"

冼夫人甜甜地笑着说:"只要你喜欢我,我就心满意足了。我还有个建议,太守你要是亲自率领衙役到各村峒走一走,看一看,那就更好了,俚人一定会把你当神一样敬起来。"

"是吗? 这么说我也要下去看看?"冯宝笑着问:"可当官的历来高高在上,哪有亲自下乡的先例啊?"

冼夫人摇头:"你们这些食皇帝俸禄的朝廷官员,架子太大,我们俚獠首领就不摆什么臭架子,经常下去。虽说没有先例,你就不能破个例? 你下去,得到俚人百姓拥护,有什么不好? 去朝廷述职,说不定还得皇帝嘉奖赏封呢。"

"那行,我们赶俚人村峒开耕时去,去主持俚人开耕节。"冯宝爽快地说。

冼夫人亲昵地捶了一下:"傻佬,开耕节在过年以后的春天,现在哪来的开耕节?"

冯宝说:"我们特意去给他们过个开耕节,就算是开秋耕的开耕节吧,依着开耕节的所有仪式过,他们一定喜欢。"

"也好,主持开秋耕的开耕节。过几天我们一起去那西峒。"冼夫人微笑着投入冯宝的怀抱。

冯宝突然想起冼夫人刚才说的一句话,他紧紧拥抱着冼夫人,在她耳边小声问:"我们什么时候才有儿子?"

冼夫人羞涩地说:"已经有了。"

冯宝手舞足蹈,从躺椅上跳了起来,大声喊:"我快成阿爷了。春香,秋香,你们听到没有? 以后要小心服侍夫人,要是有什么闪失,小心我惩罚你们!"

沆瀣一气官獠勾结　暗流涌动高凉祸患

"太好了!"宁俊杰一拍大腿,霍地站了起来。他的家丁向他报告,说李迁仕大人已经被任命为阳春太守。老相识了,他一定会念旧情的。宁俊杰想。

自从都佬宁逵被官府处死,宁俊杰和獠人一直慑于官府威力,夹着尾巴做人,老老实实地不敢在高凉治下乱说乱动。他的侄子宁猛力代替他老都

宁遗职务，依然在高凉郡府里统领衙役，可是他总害怕郡守冯宝报复，心情很是不好。宁猛力多次请求宁俊杰，希望叔二帮他活动活动调出高凉。宁俊杰有心无力。

最近，冯宝布告高凉废除合庙，推行三包的告示叫许多獠人峒主不满，纷纷来他这里诉苦。獠人峒主说他们的利益遭受极大侵害，分田以后，村民不再惧怕峒主，峒主不能像过去那样不劳而获。他们纷纷要挟说，要是獠人也实行分田三包，他们就撂挑子不干了。虽然知道他们是在说气话，是在要挟他，他们终究舍不得峒主的地位，不当峒主，以后更没有人搭理他们，他们哪能忍受那种冷落局面？可是，宁俊杰还是不能不郑重其事考虑峒主的话，他是獠人首领、獠人都佬，不能不为獠人峒主利益打算。他和那些峒主，是一根绳子上的蚂蚱，具有共同利益，他的地位需要峒主维持，峒主需要他提携，一损俱损，一荣俱荣。别看他是山野蛮人，也很懂得这一点，所以，他要想办法整倒高凉郡守冯宝和罗州刺史冯融父子，阻挠他们在罗州推广分田三包，以维护獠人原有的耕种方式，维护峒主的既得利益和特权。

听到李迁仕出任阳春太守，宁俊杰觉得希望和机会来了，宁家出头之日为时不远。借助李迁仕，重振宁峒威风，勾结李迁仕，耀武扬威于阳春，想办法赶走冯融冯宝父子，宁俊杰要大干一场，报过去的一箭之仇！宁俊杰确信无疑他能够调遣摆布李迁仕。首先，宁峒在阳春的势力大，李迁仕想在阳春待下去，势必要借助宁峒力量，交好他宁家獠人。第二，他对李迁仕了如指掌。只要有钱财送上，李迁仕就是宁峒的一条狗！让他干啥他就会乖乖地干啥。

"来人！"宁俊杰大声喊。

管家急忙走了过来。"快去准备一份厚礼，我要去拜见阳春太守李迁仕老爷。"

"老爷，准备些什么礼品好呢？"管家小心翼翼地问。

宁俊杰想了想："哥大那时经常送他什么礼品呢？"

管家说："我记得宁都佬那时送李迁仕老爷的礼品多是象牙、珍珠、玳瑁、珊瑚一类珍稀物品。"

宁俊杰轻声骂了一句："鸟他奶！净是值钱的好东西！我们被冼家断绝了海上通道，珍珠珊瑚这些东西没有了，只好送金钱吧。准备百两黄金，去拜访李迁仕。"

管家答应着退了下去。

"叔二，我回来了。"一个穿着官服的獠人青年走了进来，向宁俊杰问好。

"阿力，你回来的正好。我正有事要与你商量。"

宁猛力像他的父亲和叔叔一样，黧黑，凹眼狮子鼻，不过比他父辈高大壮实，因为在衙门上班，穿起官家衣袍，登上鞋袜，脸上少了些蛮气多了些文雅，举止也斯文了。

宁俊杰看见宁猛力回来，十分高兴。宁俊杰有几个儿子，整日吃喝嫖赌，打架斗殴，昏吃昏睡，愚钝粗鲁，不堪造就，只有这侄子宁猛力，在官府里当差，熏陶得人模人样，精明能干，可堪重负。他把侄子宁猛力看作宁家的希望和明天。

丫鬟端上凉茶。宁猛力接了过来，饮了几口。

"什么事？叔二？"宁猛力放下茶碗，看着宁俊杰问。

"你听说了没有？李迁仕到阳春来当太守了。"宁俊杰眼巴巴地看着侄子。

"是的，我回来正是告诉你这个消息。"宁猛力的眼睛里流露出期盼的亮光："我想，叔二是不是去拜访拜访他？想办法把我调到他那里任职？我在高凉总是心惊胆战，冯郡守不喜欢我，我总担心整我。你想，他那冼家的老婆能放过我？"

"是的，叔二知道你的难处。我正想去拜访李迁仕，你和我一起去吧。你的官话流利，我嘴笨舌拙，说官话说不好。"宁俊杰有些忧虑，紧皱眉头，看着宁猛力。

宁猛力点头："好吧。我和叔二同去。"

"走，我们这就去。"宁俊杰站起身。

李迁仕在阳春衙门里走来走去。阳春原本是高凉郡下的县，在李迁仕频繁出入广州梁总管的家以后，梁总管为了安置他，特意上书请求朝廷把阳春改县为郡，安置李迁仕做了阳春的太守。

李迁仕看着这阳春县衙，心里很不是滋味。窄逼、狭小、破旧，哪有郡守衙门的气派啊？不行！当务之急重修重建一个高大宏伟的郡守衙门，以壮

岭南圣母：冼夫人

213

他阳春太守的声威。

想到这里，李迁仕倒背着两手，昂头挺胸，脸上流露出得意的笑容，好像看到高大宏伟气派非凡的衙门一样，竟不禁趾高气扬地大步走过来走过去。

走了几步，李迁仕的气势一下子又低落下去。他耷拉下头，眉头皱了起来。

修建衙门需要大量钱财，阳春县衙的账上只余下不足百两白银，连修建一个像样的茅厕都不够。钱从何处来？

李迁仕烦躁地搔着头皮。钱！钱！钱不是万能的，没有钱却是万万不能的。这是哪个同僚的名言？他一时想不起来。管他谁说的，说的确实是至理名言。

钱啊，钱！你可要难倒我李迁仕这英雄了！李迁仕叹息着。

咳！李迁仕一拳砸在面前的桌子上。笨蛋！蠢货！他咒骂着自己。怎么这么蠢？钱？钱还成问题吗？你不是最善于搞钱吗？怎么会让钱愁倒自己？

"来人！"李迁仕大声喊。长史急忙走了出来。

"马上差人去叫阳春俚獠首领来见我！"李迁仕突然想到，走马上任一天，居然没有见到当地一个豪绅首领前来拜见。真他妈的架子大！这些南蛮子一点礼数都不懂！需要好好教化教化！

正在这时，差人通报：阳春獠人首领宁俊杰请求拜见。

"咳！真是瞌睡给个枕头！"李迁仕高声叫好。几年前，他在高凉建感觉寺正为钱发愁时，宁俊杰都佬宁迍前来拜见，给他解决了许多困难。今天又为钱发愁，他宁俊杰来求见，不是又意味着滚滚财源吗？獠人宁家真是他李迁仕的财神爷！财神爷得罪不得，要好好招待！

"快请宁家大爷进来！"李迁仕恨不得叫他老爷！只要给钱，喊什么都可以，哪怕喊祖宗亲爹呢。

宁俊杰和宁猛力走进厅堂，李迁仕已经就坐在厅堂中央的大圈椅上，等着宁俊杰拜见。虽然他看重獠人首领的钱，可是太守的威风和派头一点也不能丢，獠人要按照大礼磕头拜见他堂堂的朝廷命官。

宁俊杰和宁猛力按照獠人习惯拱手拜见李迁仕。宁俊杰短裤头下扎着裹腿，短汗裙本来就遮盖不住肚脐眼，还敞胸露怀，头上胡乱缠着头巾，插上一根野鸡翎毛，光着脚板。

李迁仕抬起眼睛，面无表情地看着面前的獠人首领，心里很是不满，不过他瞥见宁俊杰身后跟着一个挑夫，估摸着是来送礼的，也就忍耐着没有发作。李迁仕不屑地瞥着宁俊杰的打扮，心里骂着：蛮獠，还是如此没有教养！

李迁仕冷漠地问："宁都佬前来拜见本官，不知有何见教啊？"

宁俊杰没有听懂"见教"，他愣愣地看着宁猛力。宁猛力急忙赔着笑脸，他在高凉太守府中已经学会如何在短时间里把自己的面孔上堆满笑容，学会赔笑脸。"宁都佬专程前来拜访太守老爷，不知太守老爷还认识宁家都佬吗？"

李迁仕皮笑肉不笑地呵呵了几声，站了起来，说："认识，认识！怎么会不认识呢？高凉獠人首领名扬天下，谁不认识啊？看座！"

差役为宁俊杰和宁猛力搬来椅子，端来凉茶。

李迁仕又落座到太师椅上，端起凉茶，饮了一口，拿捏着官气十足的语调："不知二位都佬前来为着何事啊？"

宁俊杰听懂了李迁仕的官话，坐在椅子上，挺着直板板的身躯，粗声粗气地说："李太守，我们记挂老朋友，前来探望，也来祝贺，祝贺李太守就任阳春太守。送上来！"宁俊杰回头挥手朝厅堂外大声喊。

那几乎赤裸着身体的獠人挑着扁担进来，把竹篮放在李迁仕的面前，宁俊杰揭开红绸，摞在筐底的一块一块金条闪烁着灿烂金光。

李迁仕心中狂喜得有些难以把持，他喘着粗气，结结巴巴地问："宁都佬，可是……送……送本官的？"

"是的，送李大人的，请李大人笑纳。"宁猛力替他叔叔用文绉绉的官话回答。

李迁仕喜笑颜开，几乎扑在箩筐上，贪婪地抚摸着，仔细地数着数目，眼睛、牙齿、皮肤上都映着金黄色。

李迁仕数过之后，抬起头，搓着双手，似乎很不好意思："宁都佬送这么重的礼，下官如何受用得起？不知宁都佬何事相求，不妨说出来，让下官掂量掂量看能不能帮上忙。"

宁俊杰哈哈大笑："只要李太守愿意帮忙，没有帮不了的。你看我这侄

岭南圣母：冼夫人

子,在高凉太守冯宝手下窝憋着混官饭吃,什么时候才能咸鱼翻生啊? 想求李太守看在我哥大宁遗与老爷交情的份上,把他调到阳春老爷你的手下,提拔提拔,关照关照,不知李老爷可愿意帮忙?"

李迁仕看着宁猛力,心想:阳春地界獠人很多,许多獠峒归属宁家统领,把宁猛力调到自己郡府,对治理阳春大有帮助。何况这是财神爷,将来许多地方需要他掏荷包。再说,宁家是冼家的死对头,依靠这獠人,将来也许能够整垮他的心头大患冯融父子!

李迁仕哈哈笑了起来:"我以为宁都佬有什么大事求下官呢? 区区小事,何需如此重礼? 宁都佬只要张口说一声,下官立刻调他来阳春郡府当班。阳春由县改郡,吃俸禄的人员名额增加,长史、衙役、牢头、统领等全由我任用。你说吧,想干什么差使?"李迁仕问宁猛力。

宁猛力看着李迁仕:"我在高凉是统领,来阳春还干这个吧。"

李迁仕摇头:"调动一次应该升职一次。我想,你来阳春郡府当阳春县的代县令吧。等我上报广州总管,得到恩准,再任命你为正式县令。"

宁俊杰高兴得一蹦三尺:"那可太好了,太好了。县令才算个官呢。"

宁猛力有些怀疑:"阳春县令也由郡守大人任命?"

李迁仕笑了:"按说郡守没有任命县令的权限,不过这些年,朝廷政令越来越松弛,各地官吏自行其是。特别是我们岭南,官吏任命和行政区域划分,越来越混乱。俚獠地区,不少州郡都采用直接任命俚獠官员的做法,先任命后上报。这郡与县的界限也越来越不分明,阳春由县改郡,阳春郡没有一个所属县,成什么事? 我决定依然保留阳春县。保留阳春县,需要任命一个俚獠人做阳春令,你不正好是现成人选吗? 怎么? 你不想干?"李迁仕故意问。

"哪里! 哪里! 小人衷心感谢大人提携!"宁猛力作揖到地,连声感谢李迁仕的提拔。

差人进来报告:"大人,獠人首领陈佛智前来拜见。"

李迁仕把脸一沉:"带他进来。"

宁猛力看了看宁俊杰,然后问李迁仕:"大人有事,我们是不是要告辞才好?"

李迁仕摆手："不必,我还有事要和你们一起商量。"

陈佛智大咧咧地摇摆着走了进来,上身也只穿一件汗褡,没有扣上褡襻的衣襟随着脚步忽扇,好像大鸟翅膀。陈佛智来到李迁仕面前随意地一抱双拳:"陈佛智前来拜见太守。"

李迁仕还是阴沉着脸:"你的架子可真不小!我不派人去请,你还不来呢。你看宁都佬多识做,亲自上门祝贺下官上任,你请都请不来。"

陈佛智看了看宁俊杰和宁猛力,急忙抱拳作揖:"宁都佬和宁老弟,小弟这里有礼。"然后他又面对李迁仕解释:"李郡守,不是小弟不识做,小弟近来确实事情太多,一时抽不出身,还望老爷莫要怪罪。"

李迁仕稍微和缓了颜色,对差役喊:"看座!"差役搬来椅子,陈佛智坐了下来。

李迁仕又喊:"看茶!"差役送来凉茶,陈佛智咕咕嘟嘟喝了一碗。

李迁仕才些微带出些笑问:"陈老弟近来忙什么?"

陈佛智看了看宁俊杰和宁猛力:"还不是为收稻米钱财的事?晚造都快要收获,各峒早造的稻米却迟迟交不上来。峒主说村民抗着不想交,说今年春夏大旱年成不好,怕晚造收成不好,想留下早造做一年口粮。这还了得?我只好带着家丁一个峒一个峒地讨要,哪有时间来拜访老爷啊?"

李迁仕盯着陈佛智的脸,那张黧黑的脸证明他没有说瞎话。李迁仕点头:"老弟辛苦了。这粮食收缴得如何?什么时候可以交纳官粮?"

"快了,快了,就这几天吧。"陈佛智用手擦了一把额头上的汗水,抬眼看着李迁仕:"老爷叫我来就是为了这吗?"

李迁仕摇头:"除了解官粮收缴情况,还有一事相告。朝廷最近下诏,要官府修整官府衙门以建官府威仪。阳春官衙破旧,乃周遭最为窄逼最为破旧之官府,最不足于体现官家威仪。重修阳春官衙,乃本官上任头等大事,需全郡上下齐心协力,俚獠各峒出钱出力。你们獠人各峒能出多少银两,多少人力?先自报个数目。"

陈佛智苦楚着脸,嗑着牙花子:"哎哟,我的李老爷!这官粮还没催要到手,这官银又摊派下去,要不要獠人活了?"陈佛智唠叨着抱怨。

李迁仕皱起眉头:"收声吧,这是朝廷诏令,你敢违抗?我让你自己先报,是对你的照顾。要是你不愿报,我就让长史计算后分配给你,分配给你

岭南圣母:冼夫人

的数目肯定要大大超过你自己上报的数目。你看着办吧。"

陈佛智苦着脸,轻轻说:"鸟他奶,还是自己报吧。一百多个峒,一个峒出银十两,一共一千两。行了吧,大老爷?"

李迁仕知道,一次征敛太多,难免激起獠人不满,他爽快地点头答应:"行,就依你报的数目收缴。"他指着宁猛力向陈佛智介绍:"这是你们阳春宁县令,以后阳春县赋税由他征收。"

陈佛智心下奇怪:什么时候任命的?不过他也不便发问,高兴地上前向宁猛力施礼祝贺:"祝贺宁大人高升!獠人有了自己的县令,真是大好事!请宁县令多多关照!多多关照!"

宁猛力起身还礼,客套着:"还请陈都佬多支持!獠人一家亲,互相关照!互相支持!"

李迁仕见他们二人如此亲热,心里涌上几分酸溜溜的醋意,急忙说:"你们倒套起一家人来了。你们虽然都是獠人,可都还是阳春郡属下,不要忘记全力支持本官!不要为难本官哟!"

"不敢!不敢!""那当然,那当然。"陈佛智和宁猛力异口同声地说,生怕李迁仕误会。

"你二位乃我阳春才俊,年轻有为,前程无量!本官要借助二位协助,把阳春郡治理成罗州第一郡。"李迁仕踌躇满志。

"对,对。我们要把阳春搞好,超过高凉。"宁猛力急忙附和。

"是啊。高凉郡守冯宝和冼家结亲,靠着俚人冼家帮助,气焰嚣张,不可一世。本官借助獠人,是不是该盖过其风头呢?"李迁仕笑着对宁俊杰说,他要故意激一激这獠人。"不知宁家有没有冼家那样的能耐?"

一直说不上话的宁俊杰被晾在一边,心里正有些焦躁,见李迁仕这么说,便腾地站了起来,脸红脖子粗地大声说:"能耐?冼家那算鸟能耐?冼家不过依靠官府狗仗人势罢了!我们宁家在阳春说一不二!李大人,以后但凡用得着獠人的地方,你只管说,看我们宁家能不能超过冼家!"

"好!宁都佬胆色过人,雄霸獠峒!借助宁都佬、陈都佬,阳春有望矣!我李某人叫朝廷刮目相看也不远了!"李迁仕兴高采烈,满脸得意。

提到冼家,陈佛智就想起当年求婚所受的羞辱,他咬牙切齿地说:"鸟他奶!应该想法子搞掉冼家的后台!扳倒冯家父子换上我们李老爷当罗州刺史,獠人不就彻底翻身了吗?冯家父子一倒,看他冼家还神气什么?"

陈佛智的话一下子拨亮了李迁仕的心。对,要想升官,既要有政绩,还要有垫脚石,冯家父子害得他差点丢了官,为什么不能让他们做自己的垫脚石呢?既报了一箭之仇,要除掉绊脚石做了垫脚石,一石三鸟,何乐不为?

"来人!"李迁仕喊:"准备酒宴,我要宴请几位都佬!"差役摆上酒菜,李迁仕把他们让到酒席桌上:"来,都佬,我们一边饮酒一边商量。"

几个獠人都佬大口饮着美味醇香的岭南米酒,夹着大块鸡鸭鱼肉吃着,李迁仕慢慢饮着酒,一边思量着如何导引谈话。

"你们说,冯宝在高凉主要靠冼家支持,是不是?"李迁仕问。

"是啊。要是没有冼家的支持,俚人、獠人才不服从他呢。"宁俊杰嘴里塞满食物,声音模糊地说。

"要是俚人没有冯宝和冯融的支持,是不是也就没有了现在的威风?"李迁仕又问。

"那是当然的啦。冼家仗势官府保护,互相利用,狐假虎威。"宁猛力小心翼翼地附和着。

"我们如何才能改变眼下局势?"李迁仕一边给獠人首领夹着鱼肉,一边引导试探着问。

"想办法挑起俚人对官府和冼都佬的不满。"宁俊杰转动着凶狠的大眼睛,不假思索地说。

"挑拨俚人峒主对官府的不满。"陈佛智补充了一句。

"如何挑起不满?俚人和獠人一样,非常服从自己的都佬,而俚人都佬又是冯宝的老婆。你们说秤杆离不开秤砣,老公离不开老婆,怕是难办。"李迁仕夹起一块鸡腿,放在嘴里慢慢撕咬着,眼睛在各人面孔上溜来溜去,想从他们不善于掩饰的脸上寻找答案。

"这倒是个难题。"几个人都感到为难。

"我有个办法。"李迁仕眨巴着眼睛,满面诡秘地说。

"那你说出来我们听听。"陈佛智催促着说。

"不过你们可要保密,不能走漏风声。让冯宝或者是冼夫人知道,我们可就死定了。你们知道那些俚人脾性。恨起谁,会恨到死。"李迁仕正色说。

"怎么?你李大人信不过我们?"宁俊杰眼睛一瞪,盯着李迁仕:"疑人不

岭南圣母:冼夫人

用,用人不疑!你这算什么?说话藏头露尾的!"

陈佛智打着圆场:"李太守,我们已经坐在一条船上,是一条绳子上的蚂蚱,你就放心讲出来吧。要不宁都佬可真急眼了!"

李迁仕招了招手:"你们凑过来,听我说。"

几个脑袋凑在酒桌上,听李迁仕嘀咕。

挑拨离间安排美人计策　行奸使坏为害高凉州郡

冯宝正在郡府衙门里处理公事,一阵喧哗声传进厅堂,冯宝从台面上抬起头,皱着眉头对在旁边伺候的差役说:

"去看看外面发生什么事?如此喧嚣?"

差役进来报告说有女子在衙门外插草标卖身救父,围了许多人观看,所以喧闹。

"走,我们去看看。"冯宝带领着长史周中健走出衙门。

火辣辣的太阳照着,蓝天上飘荡着几片白云,知了尖锐地鸣叫着,发出刺耳的声音。衙门前的几棵大榕树下,围着许多闲杂人,衙役驱赶着他们,他们正吵闹着与衙役争吵不休。

冯宝和长史来到人群中间,只见中央跪着一个年轻女子,穿着还算整齐,头上挽着时兴的窝堕发髻,沓布衣裙,绣花木屐,跪在榕树树荫下,拿着一把胡琴,面前地上摊着一张书写着字的白纸。那年轻女子并不羞涩,抬起头,看着面前的人,声音朗朗地说:"大爷都佬,行行好,救救小女子。谁愿意出钱埋葬小女子的义父,小女子愿意终身为奴,伺候老爷都佬一辈子。"说完,拉着胡琴唱了起来,声音清亮婉转,曲调哀怨。一曲唱完,围观的人们高声叫好,有人向她扔去几个铜板。

冯宝看着她面前的白纸,低声读了起来。纸上说,她叫陈秀英,躲避北方战乱与义父一起逃亡流落到岭南,靠卖唱为生,义父年迈,身染时疫,不幸去世,她无钱埋葬老人,愿意卖身葬父。文辞通顺,字也工整,冯宝看了看跪着女子。这一眼,叫冯宝心里满是怜惜。这女子很年轻,不过二十出头,白皙清秀,五官清丽,一双杏核似的圆眼睛上覆盖着毛茸茸的弯曲上翘的长睫毛,最是好看。可怜,可怜!如此姣好女子,沦落在此,可惜可叹!冯宝暗自叹惋。

陈秀英见来了两个官人，又听到人们议论："冯太守也是北人，也许可以救这女子。"心下暗喜。她抬眼看着冯宝，倒头便磕头，一边磕头，一边哭诉："大官人救救小女子！大官人救救小女子！"

冯宝急忙让差役去搀扶她。陈秀英却是怎么也不肯起身。"大官人救救小女子！小女子无路可走，还请大老爷发发慈悲！"

冯宝弯腰搀扶起她："有话起来说，有话起来说。"

陈秀英正要站立，却突然头一歪，晕倒在冯宝的臂弯里。冯宝急忙抱住她，喊衙役过来："快把她抬近府里去！她热晕了。"

衙役七手八脚把陈秀英抬进太守府。冯宝喊春香和秋香，却不见她们出来。冯宝想：她们一定是和夫人一起洗家楼去了。只见冯宝的奶母走了出来："公子，什么事情啊？夫人回洗家楼去了，晚上才回来。"

"这女子晕倒在衙门前。你快来救救她。"

奶母走了过来，翻起陈秀英的眼皮看了看瞳孔，摇头说："没有什么，她已经醒了过来。"说着，接过衙役递过来的凉茶扶起她的头，说："饮杯凉茶吧，歇息一下就好了。"

陈秀英睁开眼睛，眼睛转着，看了看面前的人，饮下凉茶，一翻身从卧榻上滚到地上，跪在奶母的面前，一个劲磕头："谢谢老夫人的救命之恩！还望老夫人大发慈悲，买下小女子，小女子愿意做老夫人的奴婢，终身作牛做马伺候老夫人。"

奶母看着冯宝，懵然不知所措。冯宝笑着对乳母解释："这女子想卖身，来埋葬她的爹爹。"

"喔，如此孝顺，难得！难得！真是可怜见的，可怜见的！"奶母颤巍巍地说着。她也是北方人，如今这么可怜个北方姑娘，不由动了慈悲心。她看着冯宝："公子，你准备怎么办？"

"先安置她吃顿饭。然后打发她一些钱，让她去埋葬她爹爹吧。"冯宝说。

听说要打发她走，陈秀英放声痛哭，抱住奶母的胳膊不放："求老爷可怜小女子！求老太太可怜小女子。不要打发小女子走。小女子孤身一人，无处安身，万望老爷可怜收留小女子，小女子愿意作牛做马服侍老爷夫人老夫

岭南圣母：冼夫人

人小公子小姐一家!"说着泪流满面,泣不成声。

老奶母动了恻隐之心,便试探着问:"公子先把她留下,如何?"

冯宝为难:"我有两个丫鬟,府里不需要人手。"

老奶母小声说:"老爷老夫人那里,一个丫鬟出嫁,只剩一个年纪幼小的小丫鬟,是不是可以留下她,送给老爷老夫人,表表你一片孝心呢?"

冯宝想了想:"可也是个办法。救人一命,胜造七级浮屠。也罢,暂且留下她,等夫人回来再做商议。"

陈秀英连忙磕头感谢,一双会说话的大眼睛流露出顾盼自如的光辉。

冼夫人回到太守官邸,一进厅堂,就看见一个年轻女子在厅堂里打扫,这女子面容很娇媚,不像丫鬟。一见冼夫人进来,她急忙退到一边,恭身问好:"夫人回来了?"说话间,眉眼里飞着一种卖弄风情似的亮光。

冼夫人奇怪地问:"你是谁?哪里来的?"

那女子急忙回答:"我叫陈秀英,是太守刚刚买来的丫鬟。"

冼夫人摇头,心里不悦:买丫鬟为什么不和我商量?

正在这时,奶母走了出来,笑着招呼:"夫人回来了。公子在书房里等待夫人。"

冼夫人说:"知道了,等我冲过凉后进去。"春香和秋香急忙伺候夫人冲凉,陈秀英一见,立刻凑上来张罗着帮手提桶。春香毫不留情地拦住她:"你放着吧。夫人冲凉有我和秋香呢。"说着,白了她一眼:"你还是扫你的地吧。"陈秀英只好放下木桶,讪讪走开去,继续扫着厅堂。

冼夫人冲过凉,在春香和秋香的伺候下,换上一套淡绿色的宽松家居葛布衣裤,飘飘逸逸,去书房里见冯宝。

"回来了?夫人?冼家事务处理完毕?"冯宝放下笔,扭过头,笑着问。

冼夫人坐到黑漆卧榻上:"叫我有什么事情?"

冯宝从书桌旁站立起来走到冼夫人身旁,扶着她的肩头坐下,轻轻抚摩着她的湿发,关心地:"你怀有身孕,需要多休息,不要这么频繁回冼家楼去。这样你会累着的。"

冼夫人说:"不要紧的,我心中有分寸,你叫我有什么事情?"

"你看见厅里那个女子了吗?"

冼夫人脸色一沉:"我正要问你,什么时候买了个丫鬟?为什么不和我商量?"

冯宝赔着笑脸:"这不是和你商量吗?是这么回事。"冯宝把上午的事情说了一遍:"奶母的意思是把她送给爹爹和娘做丫鬟,我想有道理,也是救人吧,就同意把她先留在我们这里,等到罗州去,再把她送去伺候父亲母亲。"

冼夫人沉思了一下:"就这样吧。不过,这女子细皮嫩肉的,不像苦人家出身,看人眼睛滴溜溜转,倒像风尘中人。瞧她的眉眼,总爱斜睨,好像很会勾引男人,你可得防着点,不要被勾了魂。"冼夫人笑着警告冯宝。

冯宝笑了:"瞧你说的。有你在身旁,任是什么狐狸精也别想勾我的魂去,我的魂早就被你勾走了。"说着,冯宝爱昵地亲着冼夫人的面颊。

"你想让她干什么?去伺候你,行吗?"冼夫人故意试探冯宝。

"你让她干什么,你分配好了。我有春香秋香伺候就行了,你这么不放心,看来我要找个小书童来伺候,好让你放心。"冯宝搂抱着冼夫人,耳鬓厮磨,小声说。

冼夫人轻轻唾了一下:"去你的!当我是醋坛子啊?"

冯宝想起陈秀英婉转清亮的歌喉,笑着说:"她很会唱曲呢,哪天让她唱一曲给你听听,歌喉婉转,很可人呢。"

冼夫人警惕地看了冯宝一眼,黑亮的大眼睛闪过一丝疑虑,冯宝语气里明显的赞赏叫她心有所动。防患于未然,还是把陈秀英打发到他接触不到的地方好。

"去叫陈秀英来。"冼夫人对秋香说。秋香去把陈秀英叫了进来,冼夫人问了问她的年龄家庭,说:"老爷已经把你的情况都对我说了。你也怪可怜的,先去葬你的爹爹,回来在我家做丫鬟,到后院做些扫地浇水一类活计。你可要遵守府里规矩,不该你问的,你不要乱问,不该你管的事,你不要插手,你就老实待在后院,没事不许往前院来。要是触犯规矩,我饶不了你!"

陈秀英千恩万谢,眼睛却时不时瞟那边坐着的冯宝一眼。

冼玉丹在冼家楼里坐着饮早茶。高凉天气热,早晨饮多一些茶水,一天才不干渴。自从妹子嫁到冯宝太守家,她经常带来冯家的一些生活习惯,煲凉茶、药材煲汤、饮早茶一类,确实叫他们身体好了许多。

岭南圣母:冼夫人

223

家丁进来报告："南海陈佛智前来拜见。"冼玉丹心下奇怪：自从登门求婚被阿英拒绝，他摔门而去，以后再无来往。今天，他来干什么？

"快请。"冼玉丹站了起来，迎到厅堂门口。陈佛智打扮一新，穿着崭新的葛布夏衣，扎着裹腿，脚上穿着黑亮描画的木屐，头上围着红色俚锦，插一根五彩野鸡翎，挺胸叠肚，神采奕奕地走了进来。

"冼都佬，你好。"陈佛智向冼玉丹抱拳问好。

"陈都佬，好精神！哪阵风把你吹来了？近来好吗？"冼玉丹走上前，抱拳回礼。

"来人！"陈佛智回头向厅外喊。两个家丁挑着担子走了进来，放下担子，陈佛智揭开竹篮子上盖着的红布，从中拿出礼物，一字排在冼玉丹面前。

"原来陈都佬大喜了！怪不得全身喜气洋洋！"冼玉丹看着他排出的四色礼品，笑着说。獠人结婚报喜，送四色礼品：猪肉一挂，槟榔88粒一盒，装着公鸡母鸡的漂亮精巧的小鸡笼，一罐贴着喜字的米酒。

陈佛智把礼品都摆放在厅堂中，捧起黑釉陶瓷酒罐，揭开红纸封口，在茶碗里倒满米酒："来，冼都佬，饮我一杯喜酒！"

冼玉丹接过酒碗，看着陈佛智："陈都佬，还没告诉我，你娶了哪家妹仔啊。"

陈佛智哈哈大笑："你的老相识，宁俊杰的细妹仔。"

冼玉丹心中一惊：宁俊杰的女儿？他成了宁俊杰的女婿？两个死对头结成亲家，他冼家怕是又多了一个对头。

陈佛智高声说："来，饮酒，饮酒！饮了这杯喜酒，我还有事情要和你商量。"

冼玉丹饮过陈佛智的喜酒，抹了摸嘴唇，问："陈都佬还有什么事情？"

陈佛智拉着冼玉丹，坐到长榻上，拍着冼玉丹的肩膀："都佬，你的运气来了，宁俊杰想和你攀亲。听说你有个女儿，到聘人的年龄，他想为他的侄子宁猛力求亲。"

"宁猛力？可是太守郡府中做官的那一个？"冼玉丹问。

"是的，就是他，如今是阳春县令了，年轻有为啊！你们两家结成亲家，高凉阳春可又成为俚獠天下了。高凉原本就是我们俚獠的，这些年，被那些躲避战乱跑来的北佬霸占许多地方，还个个当官，骑在我们头上屙屎屙尿！让我们缴税、服徭役，把我们整治得无法活。想我们上辈，多威风啊，说撵北佬官员，北佬官员就得滚蛋！可现在，我们像孙子似的，任北佬作威作福！你说，我们俚獠不联手起来怎么行啊？要是俚獠都佬互相结亲，不就又可以恢复过去老辈的威风吗？"陈佛智口若悬河，滔滔不绝，发表着声讨北佬檄文。

冼玉丹没有应声。他并不讨厌汉人，冼家地位的提升，不也仰仗了冯家父子吗？他怎么能讨厌汉人呢？

陈佛智见冼玉丹不说话，突然一拍大腿："你看我，怎么这么糊涂？我忘了你们冼家已经和汉人官家结了亲戚！你们已经不是俚人了！"

冼玉丹突然被激怒："谁说我们不是俚人？我们不是俚人难道成了汉人？"

陈佛智急忙赔不是："对不起，冼都佬，你知道俚獠都是直肠子，说话不会拐弯抹角。你千万不要往心里去！不要往心里去！那你同意把女儿嫁给宁猛力了？"

冼玉丹想了一会，有些犹豫："这我还要和妹仔商量商量。"

陈佛智白了冼玉丹一眼，撇了撇嘴："我来的时候，宁俊杰就说，你冼玉丹在冼家做不了主，一切要听你妹仔的。我说，他别的事情做不了主，自己女儿的婚事他应该能够做主的。看来宁俊杰说对了，我算是白跑了！"陈佛智摇着头站了起来，一脸轻蔑不屑的神情，怪声怪调地说："算了吧，算了吧。你这男人算是白当了。"

冼玉丹被激得满脸通红，他腾得站了起来："好！我就做主给你看看！我同意把女儿嫁给宁猛力！让他送定亲礼来！"

"好！痛快！"陈佛智满脸嬉笑，拍着冼玉丹的肩膀："像个俚家男人！这是求亲槟榔盒，你请收下！我回去告诉宁俊杰，让他送定亲礼物来！我们一言为定！"

冼夫人回家看见陈佛智送来的求亲槟榔盒。"这是谁家来求亲？"冼夫人问二哥冼玉丹，不等回答，她又笑着自言自语："看着侄女就长大了，已经有人上门求亲了。日子过得可真快！哪家来求亲啊？"

冼玉丹笑着说："你大概想不到，是宁猛力求亲。"

冼夫人大吃一惊："宁猛力？怎么是他？谁来说亲的？"

冼玉丹呵呵笑出声："你就更想不到了，是陈佛智，他来替宁猛力说亲。"

"怎么是他们？奇怪了。他们怎么勾搭到一起了？"冼夫人沉思着，一边自言自语。

"那又什么值得大惊小怪的？都是獠人，自是经常走动互相往来，也就有这互相帮着说亲的事情了。再说，陈佛智娶了宁俊杰的细妹仔，他们成了亲戚，更要互相帮忙了。"

"他们成了亲家？"冼夫人惊呼起来，她皱起眉头，看着冼玉挺，很忧虑地说："以后他们要联手对付我们了。"

冼玉挺笑着："他们来求亲，说明他们不想和我们作对，想改善和我们的关系了。"

"不那么简单，我看这里面有鬼名堂。二哥，你没有答应他吧？"冼夫人担忧地看着冼玉丹，期待着他的否定回答。

"答应了。你看，已经接下他送来的求亲槟榔盒了。"冼玉丹眉开目笑，女儿有人来说亲，他很是高兴。

"不行！我不同意这门亲事！"冼夫人断然说。

冼夫人断然的口气叫冼玉挺不大高兴，他辩解着："我的女儿，我有权决定把她许配给谁！"

冼夫人脸子一沉，提高声音责备着冼玉丹："二哥，你怎么这么糊涂！你怎么能答应这门亲事啊？宁猛力是我们家的仇敌，他的老都被冯刺史处死，他与我们有杀父之仇啊，作为宁逵的儿子能喜欢我们冼家的妹仔吗？他这是别有用心！将来女仔要吃亏的！"

冼玉丹看着妹仔变脸，心中已经产生很大的不快，又被妹仔劈头教训，更是有些恼火。他阴沉了脸，提高声音说："宁猛力已经高升为阳春县令，过不了几年，他就能升至太守，他年轻有为，这么好的一门亲事我为什么不能答应？"

"我的二哥，"冼夫人更提高声音，尖锐地说："他宁家是我们冼家的仇人，宁逵杀了老都，杀了我们的亲兄弟！这个深仇大恨你忘记了吗？"

冼玉丹毫不相让，他把手一摆："事情过去了许多年，老记着那仇干什么？何况杀人的又不是宁猛力。宁猛力是官人，他不像他老都，他有教养！"

说到这里,冼玉丹抬眼看了看冼夫人,想起陈佛智的话,更大的不快笼罩在心头。"你不是害怕我和獠人官家结亲,势力盖过你和你的冯宝吧?"他白了妹仔一眼,突然冒出这么一句话。

冼夫人吃了一惊。她没想到,自己的亲哥会这么看待她。

"你……你……你怎么能说出这话?"冼夫人伤心地流下眼泪。抽泣起来。

冼玉丹见妹仔哭了,很是手足无措,他有些后悔,后悔自己不该说这么伤妹仔心的话。他沉默着,想找些话来向妹仔道歉,却又不知道如何开口,不知道说些什么来表示自己的认错,更不知道该说些什么来安慰妹仔。

冼夫人甩手回了自己的家。

"你怎么啦?"冯宝关注地望着冼夫人红红的眼睛:"你哭了?为什么?是不是谁欺负你了?还是身体不舒服了?"冯宝手足无措地连声问着,他很是焦急张皇。

冼夫人见老公这么关心,竟一时控制不住,眼泪哗哗地流了出来,她把头抵在冯宝的怀里,呜呜咽咽,抽抽搭搭,酣畅淋漓地宣泄着胸中的委屈和郁闷。

"你怎么啦?怎么啦?"这更吓着了冯宝,他满脸惊慌,搂抱着冼夫人一个劲地追问。

冼夫人痛快地大哭了一场,心中舒服了许多,才擦了眼泪,擤了鼻子,从冯宝怀里抬起头,不好意思地看着冯宝:"你笑话我吧?"

"瞧你!把我吓得要死,哪里还有心情笑话你?你说嘛,到底出了什么事情?惹你这样伤心?"

冯宝抚摩着冼夫人黝黑的头发,扶着她坐到长榻上,温柔地劝慰着:

"你都快要临盆了,还这样东奔西走!我实在心疼担心你。我娘说,怀孕期间要心情愉快,要注意给胎儿实行胎教,要不将来孩子脾气暴躁。"

冼夫人看了看冯宝,很歉意:"我这不是没有办法嘛。谁叫我是冼家都佬?他们推举我做都佬,我就得冼氏部族的事情管起来。我自家亲哥却不和我同德同心,你说,我以后该有多为难?"

冼夫人把事情经过说了一遍。

岭南圣母:冼夫人

冯宝抚摩着冼夫人的黑发，息事宁人地劝说："宁家来提亲，我看也不一定是坏事。俚獠历来有联姻，现在宁俊杰想和你冼家联姻，正看出他想交好于你们，这没有什么不好。俚獠联姻总比交恶要好，他的侄子娶了你的侄女，以后宁冼不是不再打斗了吗？俚獠安宁，高凉就安宁。这有什么不好呢？"

"你啊，你！太实心眼啦！你以为这是獠人宁峒的好意啊？我告诉你，这是宁家的恶毒之处哩。他想通过和我二哥的联姻来孤立我们，来挑拨我们和我娘家的关系。将来，我二哥会慢慢疏远我们，然后投向獠人宁峒那边。到时候，看你孤立无援，可怎么好？"冼夫人气愤地说，用手指恨恨地戳点着冯宝的额头："你们怎么都这么冥顽不化啊？"

冯宝有些不高兴："你怎么光从坏处猜测人啊？总是俚獠蛮人习惯！"

冼夫人生气地推了一把冯宝："你……你……怎么这么说话？谁是蛮人啊？你到现在还这样轻视我们？"

冯宝见冼夫人动怒，急忙站起身作揖鞠躬连连赔不是："夫人息怒，我一时说溜了嘴，不是有心的，还望夫人饶恕。"

冼夫人终于撑不住，"扑哧"笑出了声。

冯宝见冼夫人不再生气，心里也舒坦了。他笑着说："我本来有个好东西给你看，叫你这么一哭，忘了我的事。你看这是什么？"冯宝指着一堆薯蓣、粉葛样的块状东西。

冼夫人走了过去，仔细看着："这不是薯蓣吗？"说着，拣起一个看，她马上摇头否定刚才的说法："不是薯蓣，不是薯蓣。俚人薯蓣没有这么大的块，也不是紫红的皮。可这也不是粉葛啊。这是什么？"

冯宝笑了："这是电白县官送我的，他说这是电白霞洞一个林姓郎中从交趾国带回来的，叫番薯。这番薯，比俚峒薯块大，一窝生十几个，又比俚峒薯甜。电白许多村峒都开始种植，他送我一些，让我在高凉种。你看如何？"冯宝说着，对使女春香说："你拿一个去洗净，让夫人尝尝。"

冼夫人接过春香洗净的番薯，咬了一口，果然满口清甜脆爽，很好吃。"好好味，好好味。"冼夫人连声赞叹着，又一连吃了几口。

"拿一些到厨下，让厨子蒸一些，晚饭时大家食。蒸熟了更好食，比薯蓣好食多了。"看着冼夫人这么喜欢吃，冯宝对春香说。

"那林姓郎中到交趾去干什么?"冼夫人把番薯给了春香,洗了手,在躺椅上坐了下来。

"累了吧?"冯宝关心地问:"身子这么沉,还要东奔西跑,也真是的。"冯宝心疼地责备着:"你刚才问什么?"

冼夫人笑了:"睇你,像个老娘婆似的埋怨。我问你,那林姓郎中到交趾去干什么?"

"是这样的。去年电白大旱,林姓郎中随灾民到交趾关,在那里治好了扼守关口的将军的病。后来,交趾国公主病了,这将军就推荐林姓郎中去给公主医病。林姓郎中医好公主的病,国王感谢他,赠他金银财宝,他都拒绝了。他知道薯蓣是交趾主要食物,好食又多产,就想,要是把薯蓣带回电白霞洞种,乡亲就饿不死了吗? 可是这薯蓣是交趾国的国宝,决不许外传。郎中对公主说,他很喜欢生食薯蓣,能不能给他几块生食呢? 公主答应了,送他一条生薯,他食了一半,把另一半偷偷藏起来,急忙辞别,离开王宫返回高凉。他刚离开王宫,国王就得到禀报,说郎中偷窃了国宝薯蓣,国王非常愤怒,派遣将军追捕,将军的船很快赶了上来。郎中把家乡的灾荒和饥民的情况说给将军,告诉将军,自己这样做只是为了拯救家乡亲人。将军听了郎中的话,大为感动,毅然决然送郎中过江。将军送郎中过了江,自己却投江自尽。林姓郎中朝江水跪拜,把番国薯蓣带回电白霞洞,给霞洞俚人种植,果然高产,几块薯蓣切了小块,种下以后,当年就结了几百斤。这种薯蓣个头大,每个重一斤多,有的还重几斤呢,一窝结几个、十几个。听说霞洞还准备建造番薯林公庙,来感谢林姓郎中和番薯,祈祷来年番薯丰收。"

冼夫人急忙说:"好动人的故事。那我们把它送给那西峒,让他们先种,要是种好了,不也解决那西粮食了吗?"

冯宝点头:"好,听你的,送到那西峒去种。"

阳春太守进谗言　广州总管布机关

李迁仕虽然部署了宁俊杰和陈佛智一些做法,还是放心不下。官场上的事,他参悟得明明白白。如果有后台,即使做天大坏事,官位也掉不了。没有后台,即使大好官,只要有人进谗言使坏,也当不成当不长。李迁仕一

岭南圣母：冼夫人

直在千方百计地为自己寻找靠山，可是在前任广州总管那里，他说不上话，前任广州总管是刺史冯融的亲家，他有什么办法呢？广州新总管上任，给了他机会和希望，不断登门拜访，不断送礼，他和广州新总管结下深厚交情。

广州新总管萧映喜欢下围棋，这可乐坏了李迁仕。李迁仕棋道颇为精湛，自吹是下遍岭南无对手，赋闲在广州等待另行安排的那些日子，他天天在总管府里陪新总管下棋。下棋时，他细心揣摩总管棋路，常常在总管最需要的时候给总管开方便之路，让总管赢自己那么一目半目。这样善解人意的棋友千载难逢，广州新总管萧映喜欢得不得了。

既然与广州总管默契，李迁仕决定充分利用这关系，来加快动作，争取早日把冯融父子扳倒。

李迁仕准备了一份厚礼，亲自上广州，到总管府邸拜见上任一年的广州新总管萧映。

广州总管萧映，是梁武帝的侄子，自小聪明伶俐，深得梁武帝喜爱，被武帝称为"吾家千里驹"，封为新渝侯后，不久到吴兴任太守，后被武帝送到岭南这富庶之地做广州新任总管。

萧映见到李迁仕，非常高兴，他哈哈笑着，热情接待："你可上广州来了。这些天无人陪我下棋，正烦闷着呢。来，来！先下一局，解解闷。"

萧映立刻命令下人在铺着藤席的竹卧榻上摆上，摆上棋枰，二人用古代汉人习惯跪坐下来，开始斗智斗勇。几个时辰下来，还是胜负不分。尽管李迁仕采用惯用伎俩，揣摩着萧映的心思和动向，无奈萧映总是患得患失，结果反倒让李迁仕多占了许多地方。萧映拈着一颗黑子，沉思着，犹豫不决，不知道把它放到哪里。

李迁仕看出，这盘棋他赢定了。如何替萧映解围？他心下盘算着。何不趁这个时机，把话头引到高凉和罗州的治理上呢？一则分散萧映的注意力，打消他对下棋的兴趣，另则达到他上广州的目的，他来广州可不是来下棋消遣的。

"总管大人，"李迁仕堆起满脸讨好的笑容，用手指了指棋枰的一个位置："这是一着好棋，放到这里如何？"

萧映摇头："不好，这是孤棋，容易被你吃掉。"

李迁仕呵呵笑了："正像小官在高凉的处境，孤子一个，总有一天，难免被高凉郡守吃掉。"

萧映抬头看了李迁仕一眼,哂笑起来:"你小子脑瓜子转得还挺快,怎么扯到你身上来了?"

李迁仕尴尬地一笑:"可不是嘛,小官在罗州孤掌难鸣,苦衷太多,睹物思情,容易比兴罢了。"

萧映也看出局势不利,自己难于取胜,便放下黑子,直直腰,伸伸胳膊,活动活动四肢:"说说你的苦衷吧,要不一会儿你又睹物思情,大发比兴,我这棋就难下了。"

李迁仕心里高兴,嘴上却连声赔罪:"小官不识时务,搅了大人的雅兴,实在罪该万死,罪该万死。"

"没有关系的,没有关系的。"萧映说,又仔细看了看棋枰,摇了摇头:"算了,不下了,我有些疲累,说说话吧。"他推开棋枰,喊下人端上好茶,他们要品茶聊天了。

"说说你的处境,为什么是孤子一个?"萧映用茶碗盖小心地拨弄着漂浮在上面的茶叶,慢慢啜了一口,在嘴里品味着,缓缓地问。

"大人,你看,罗州刺史冯融,在罗州做刺史快20年,培植起一大群私人势力。又让他的儿子冯宝做了高凉郡太守,娶了高凉俚人首领冼夫人,这样,不仅高凉是他们父子的天下,罗州也全控制在他们父子手里。我这个阳春郡守可不是孤子一个吗?"

萧映拈着胡须微笑点头:"是这样。"

"冯冼联姻以后,两家势力联合,威霸罗州,罗州已针插不进、水泼不进。宋齐时代,高凉就如此,我朝武帝以来,有所改观。如若任其发展,旧观重现,高凉与罗州,成为冼冯天下。小人担忧朝廷诏令不得下达,总管意图难于贯彻,政令不通,百姓只知冯冼而不知朝廷不知总管,将如之奈何?"

萧映脸色逐渐凝重起来,他站了起来,倒背双手,在厅里踱步。

李迁仕端起茶盅,慢慢饮着,到现在,他才品出茶的味道,感到这茶分外香甜。

"以你意思,如何防范此局面发生?"

萧映站住脚步,转身看着李迁仕,定定的目光泻出了担忧疑虑。

李迁仕急忙站了起来,走到总管面前:"以小官之见,总管还是要防患于

未然的好。是不是可以调他们父子的其中一个离开罗州或者高凉？"

"不！"萧映断然摇头："既然你说他已和俚人结成联盟,俚人是不会同意这种做法的。万一激怒俚人,俚人搞出暴乱,本官担当不起如此重大责任。罗州高凉地区,已平静十几年,本官一接手就发生暴乱,如何向皇帝交代？皇帝能不怪罪于本官？本官虽然是皇帝的侄子,皇帝也不会饶恕本官！此等低下计谋决不可提！"

"那……"李迁仕语塞,挠着头思来想去,沉默很久,嗫嚅着："不然的话,总管另派官员到罗州去行使监督？"

萧映还是摇头："罗州和高凉没有编制、机构,如何另行增添官员？没有职务,谁肯离开广州到那荒僻之处？"

李迁仕灵机一动,突然想出一个办法："朝廷不是允许俚獠地区自行设置左州左郡左县吗？可不可以在高凉设州,重新任命高凉州刺史？如此一来,缩小罗州管辖范围,削弱罗州权限,同时又有数个官职空缺,以供总管大人使用？此乃一举两得一石两鸟呢。"

萧映看着李迁仕,极为赞赏："还是你有头脑。不过,增设新州,不是本官权限所及,非朝廷批准不可。本官只能上书朝廷,提起疏请,供朝廷决策参考。"

萧映又倒背着手走了几步,站住脚步："普通四年(公元523年),当时广州刺史萧劢上表朝廷,请求高凉立州,一直未得朝廷诏令,此事一直搁置。本官不妨上表,旧事重提,督请朝廷恩准。如若高凉设州,本官一定推荐人选,以代替冯宝。"

"小人斗胆打听,大人心目中何人合适？"李迁仕满怀希望急切地问,眼光光地盯着萧映的嘴,多么盼望他的嘴唇一张,吐出一个"你"来。

萧映似乎猜透了他的心思,故意挑逗着问："你说呢？"

李迁仕嗫嚅着："总管高屋建瓴,统摄全局,小官局促于岭南一隅,目光如豆,缺乏总管大人胸怀,哪敢胡乱猜测大人部署？猜不出,猜不出。"

几句漂亮的恭维让萧映开怀哈哈大笑："谅你也猜不出。不过,不必着急,此事八字还没一撇,到时你自会知晓。"

李迁仕的心咚咚跳了起来:萧大人是不是在暗示我？我有希望做将来高凉州的刺史吗？李迁仕心神不宁,想入非非,开始做着美丽的升官梦。

岭南圣母：冼夫人

这时，一个年轻壮实魁梧的将官走了进来，用吴语说："报告总管大人，小将陈霸先处理了城里乞丐流民暴乱，请大人指示。"

萧映向李迁仕苦笑一下："北方战乱不断，广州流民乞丐不断增加，真叫人头疼。寺院收留不下，尚有许多流窜于广州街头，偷盗强抢，聚众闹事，扰乱治安。丐帮头子纠结流民乞丐，暴乱官府，不知天高地厚！陈将军负责治安，头疼得很。"

陈霸先了看李迁仕，不知为什么，他不喜欢这个地方官员。

李迁仕讨好地向陈霸先微笑着，这年轻的武将身上，有一种说不出来的霸气，威慑着他，让他浑身不自在。

萧映对陈霸先说："这是阳春郡守李迁仕，你们认识一下。以后也许会派你去罗州高凉一带督军事，那里的俚獠势力很大。"

陈霸先操着很难懂的吴语官话，抱拳作揖："李大人，久仰久仰。"

李迁仕急急还礼，一揖到地，十分谦恭。

长史周中健来见太守冯宝："冯太守，你可听说外面的童谣了没有？"

"什么童谣？"冯宝微笑着漫不经心地问。

"阳春的儿童到处在唱：

　　高凉风，阳春无，
　　高凉风，见李停，
　　阳春李树罗州种。

你看，这是不是在影射什么啊？"

冯宝轻轻重复着："高凉风，阳春李，高凉？阳春？风？冯？李？好像在影射什么。什么意思呢？影射什么呢？"冯宝转着眼睛想了想，又摇头说："童谣不过是黄口小儿顺口溜而已，也没什么值得大惊小怪的。算了，不必去管它。"

周中健摇头："冯太守，可不要轻视童谣啊。从上古以来，童谣都是一些别有用心的人专门用来制造舆论散布谣传的谶言。他们利用人们相信童言无忌和童言藏谶的心理，编制成童谣，广为传播，迅速流传，以散布他们想要

岭南圣母：冼夫人

散布的舆论,煽动人心,鼓惑民众。利用童谣做谶言,最容易影响百姓啊。"

冯宝点头:"是的,从上古以来就有这么个传统。史书上就记载着尧时的流传的童谣,暗示尧应禅位于舜。孔子还听童谣:沧浪之水清兮,可以濯我缨。沧浪之水浊兮,可以濯我足。秦始皇时有童谣:阿房阿房,亡始皇。结果秦朝果然因为阿房而亡。"

"冯太守果然博闻强记。"周中建不失时机地奉承了一句,接着冯宝的话说:"在我们岭南也一样啊,也曾有童谣谶言流传,做舆论蛊惑的事情。前朝义熙年间(注:东晋安帝年号,公元405—416年间),广州卢循卢元龙暴乱进攻广州,驱逐了刺史吴隐之,自摄广州号平南将军,后来安帝只好给他个征虏将军广州刺史的官做。到义熙中,广州大街小巷流传童谣:官家养芦化成获,芦生不止自成积。童子到处传唱,搞得人心惶惶,大家都警觉起来。这童谣揭示卢循的狼子野心,预示卢循的失败。后来卢循果然起事,却被刘裕所破,卢循逃到交州,被交州刺史杜慧度所杀。这童谣是不是很灵验?"

冯宝不以为然地一笑:"其实我看,这是卢循败后人们编造出来的童谣,并不是卢循败前的预示卢循暴乱和失败的谶言。你看有无道理?"他征询地看着长史周中健。

"我同意郡守的看法。童谣作为谶言无非两种,一种是事前用来蛊惑人心号召民众制造舆论,另一种是事后编造出来警示后人。不过,据本人剖析,眼下流传的童谣是前一种。大人不能掉以轻心。"

冯宝看着长史周中健,疑惑不解地问:"这高凉风,看来是指我,那阳春李,可是指阳春太守李迁仕?"

周中健一拍手:"大人终于完全明白过来了。不是指他,还能指谁啊?"

"那他李迁仕是借童谣来蛊惑高凉生民,想把我们父子扳倒?"

"看来是这么个意思。"周中健嘟囔着:"那是个野心家,对冯刺史当年的处理耿耿于怀。大人你可得提防着他。"

"他能奈何我?我身正不怕影斜。只要清廉为官,不贪不占,不坑害百姓,他能奈我何?"冯宝颇为不屑地说。

"大人你可不要小看小人能量,小人难防啊。小人要陷害人,可是不择手段,无所不用其极。无中生有,造谣中伤,捏造事端,构造陷阱,进谗言说小话,打小报告整黑材料,手段千奇百怪,无所不有,构陷诡计叫你防不胜防。"周中健有些忧虑地看着冯宝那满不在乎和坦荡的样子,极力提醒他的注意。

"好,听你的。你说,我们应该如何对付?"

周中健却摇头:"我暂时也没有什么办法好想。他现在编造一些童谣叫小孩传唱,我们又不能禁止。依我之见,只有请冯刺史到广州拜见新总管,与他拉拢感情,取得信任,也许不至于被李迁仕的谗言所迷惑。"

冯宝点头:"可我爹爹的脾气你也知道,他大约不会去的。不过……"冯宝沉思着:"不过,我可以请西江督护孙固大人帮忙。他和新总管关系不错,由他去说比我们自己去说还好。"

周中健点头:"不错,不错。事不宜迟,大人要尽快去求见孙大人。"

萧映等李迁仕离开,对陈霸先说:"李太守来说,罗州刺史冯融和高凉太守冯宝父子与俚人首领冼家联姻,他担心冯家父子在罗州搞独立王国,独霸一方,你看,有无此种可能?"

陈霸先摇头:"我看不会,冯融父子乃朝廷命官,在罗州多年,俚獠还算听话,没有发生暴乱,罗州高凉地区稳定平静,这是冯融的功劳。至于与俚人联姻,正是笼络俚人的办法。不然,俚人能宾服他一个北方来的汉人吗?依下官之见,冯氏父子没有什么野心。他们能把罗州治理安稳,大人还是应该继续信任他们的好。"

萧映端着茶盅,慢慢啜饮着,默然不语。许久,萧映放下茶盅,看着陈霸先:"我还是决定安插一个自己人过去,这样才放心。"

陈霸先点头:"对,大人考虑得甚为周全,毕竟要稳妥一些,防患于未然的好。"

萧映说:"你一直追随于我,从我在吴兴当太守,你做天师道小头目开始,就一直为我出力,又不远万里,不避瘴疠,随我从吴兴来到广州,夙夜辛劳,劳苦功高,理应得到提升。现在封你做振武将军,派到西江去当督护,驻防罗州,你可愿意?"

陈霸先急忙跪下:"感谢总管提拔栽培。小将愿意为总管肝脑涂地。"

萧映端起茶盅:"起来吧,我们就这么约定。你到罗州去,为我镇守罗州七郡,一方面督军事,另一方面,协助刺史治理罗州高凉一带。以后再委任

岭南圣母:冼夫人

你做一个州刺史。这样，有你镇守，我就放心了。以后，西江一带安宁全要依靠你了。"

陈霸先站了起来，声音朗朗地："我一定不叫总管大人失望。不过……"陈霸先犹豫了一下，看了看萧映，他想到一个问题："那原来的西江督护，大人准备如何安排？"

萧映想了一会："原来的西江督护叫孙固，在罗州多年，熟悉罗州高凉情况，我想还是留他在当地为官的好。我准备接纳李迁仕的建议，在高凉设州，调孙固任高凉州的刺史。让高凉郡归高州，这样就调开冯融父子，防患于未然。我已经上书给朝廷，皇上很快就会批准我的奏请。"

陈霸先笑了："皇上那么信任大人，又那么喜欢大人，大人奏请无不准行！"

萧映自得地微笑着："我也这么想。所以，事不宜迟，你要立刻准备赴罗州上任。孙固那里先调到广州待命，等准予高凉设州诏令下来，他就可以走马上任高凉州刺史。"

"冯融那里呢？"陈霸先问。

"那里就不动他了，我看他也快到致仕年纪了。冯宝那里嘛，你到罗州以后，明察暗访，若发现有不轨举动，再做定夺。"

怀鬼胎丫鬟引诱　生疑虑夫妻龃龉

冯宝走进厅堂，冼夫人和丫鬟春香、秋香一个都没见着，她们到冼家楼还没返来。

冯宝心里有些气恼。生了孩子刚刚满月，就急里慌忙地往娘家跑，连孩子阿仆也被带走了，她又要在冼家楼住一段时间了。

老奶娘走了出来，为冯宝解衣换鞋。

陈秀英拿着扫帚从院外慢慢蹭到厅门口，她轻轻呼唤了一声："老爷，下堂。"便怯生生地站在门口。老奶娘却说："阿英，过来帮帮手，去给老爷端凉茶过来。"

陈秀英等的就是这句话。她顿时喜笑颜开，把扫帚放到门外，急忙连跑带跳进了厅堂，故意在冯宝面前扭动了一下腰肢，回头给冯宝一个明媚娇艳灿烂的笑容,进入厅后去端凉茶。

陈秀英把凉水舀到铜盆里,对着水盆里的水梳理了一下发髻,从衣袋里拿出几朵鲜艳的绢花,插到乌黑蓬松的云鬟发髻上,又急急掏出胭脂官粉,轻轻涂抹。她仔细看着水中的影子,原本就好颜色的吴越女,这一淡淡的妆叫她更加唇红齿白,粉白细嫩,魅力无限。进冯太守家几个月来,洗夫人看守她很紧,让她住在后院小屋里,整日在后院做些扫院浇菜一类粗笨的活,不许到前院里来,她没有一点机会见到冯宝,无法向冯太守施展她的魅力。好在太守府里伙食很好,比在广州教坊里的日子好过,她也就很安心地住在太守府里,当一个看守后院的粗笨丫鬟。不过,她从没放弃希望,时时窥探着留心着,寻找一切可以接近太守的机会。

一有机会,她就找借口到前院里来,有时帮帮老奶娘做些活,老奶娘也常常到后院去找她说话。都是北方人,她们像娘俩一样,能说到一块。

今天,老奶娘知道洗夫人回娘家住一段日子,就大着胆子把陈秀英从后院叫到前院,让她来帮助自己做些伙计。陈秀英的刺绣手艺很好,老奶娘想让她帮助自己为刚刚出世的阿仆绣几件衣服、鞋帽和肚兜。陈秀英来前院之前,特地梳了一个当时教坊最流行的双凤髻,插上一朵素净的绢花,把几朵鲜艳的绢花揣到怀里。原本想涂脂抹粉,却被奶娘呵斥了,只好把胭脂也偷偷揣进了怀里。

陈秀英对着水盆打扮了一番,确信自己已经楚楚动人,这才端着面盆走到厅里:"老爷请洗面。"陈秀英娇媚地说,把面盆放到冯宝面前的盆架上。

冯宝早就淡忘了这个丫鬟。他好奇地看了她一眼,问老奶娘:"她是新来的丫鬟吗?是不是夫人新买的?"

老奶娘笑了:"老爷可真是贵人多忘事,她可不是夫人买的,是老爷你自己买的。"

"我自己买的?"冯宝惊诧地反问:"什么时候?我怎么没有印象?"

陈秀英霸用一双水灵灵毛茸茸的大眼睛紧紧逼视着冯宝,嫣然一笑:"半年前,是老爷把小女子买来,让小女子埋葬了自己的爹爹。老爷的救命之恩小女子没齿不忘。"说着,眼圈一红,眼泪扑簌簌地落了下来。

"我想起来了,有这回事。这半年我怎么没有见过你?你到哪里去了?"

陈秀英故意轻轻噘起小嘴,弄出稍微有些娇嗔的样子,撒娇似地:"老爷

237

还问呢。老爷把小女子打发到后园子里浇地种菜,让小女子没有报恩答谢老爷的机会。"

"唔,我说没有见过你呢。原来是这样。"冯宝想了起来,原本是说要送给母亲的,可这半年一直忙,倒把这事给忘了。冯宝看了看陈秀英,心想:这么靓的女子去种菜,也有些委屈她了。想到这里,冯宝就说:"这些日子春香、秋香和夫人都不在,你就在前院帮助奶娘做些事吧。"

陈秀英喜出望外,急忙跪下磕头道谢。

老奶娘也高兴,急忙说:"还不快去给老爷端凉茶?"

陈秀英嫣然笑着,脸颊上露出两个迷人的小酒窝,叫她的颜面好像总是在甜甜地微笑着一样,很迷人。冯宝看着她,有些走神了。

"今天我们该回去了吧?"春香从冼夫人怀里接过阿仆,抱起来轻轻拍着他的后背,一边问冼夫人。

冼夫人掩上衣襟,说:"再住几天,还有些事务需要我处理。"

春香噘着嘴,嘟囔着:"我们回来一个多月,从生阿仆到现在,夫人只回去做了个满月酒,住了几天,阿仆现在都快过百岁了,老爷来接过好几次,夫人还是不回去。这几天怎么也不见老爷来接啦?是不是出什么事情了?"

冼夫人笑了:"能出什么事情呢?对俚人来说,我在老公家住的时间够多了。你看,还有那么多的俚人女仔不落家呢。"

春香说:"老爷的奶娘经常对我说,俚人的不落家不好,他们汉人的女子一出嫁就是男家人,除非被休,是不能回娘家的。可是被男家休,是女人最大耻辱,她们不敢也没脸面回娘家,她们生是男家的人,死是男家的鬼。"

"小女仔懂得还蛮多呢。"冼夫人亲昵地捏了春香的面颊一下,笑着说:"这么说来,还是我们俚人女子金贵,我们想回老公家就回,不想回,还可以长住娘家,随心所欲,多好啊。"冼夫人可心地笑着,整理着自己刚刚喂完奶的襟怀。

"反正奶娘不赞成你长住娘家,她说是为你好,我看也是,我也赞成奶娘的说法,长住娘家不好。为什么老爷还不来接夫人呢?我有些不放心!"春香嘟着小嘴说。

冼夫人见春香那副真心诚意为她着想替她着急的样子,挺感动,却并不在意,她用手指轻轻戳了她的额头一下:"鬼妹仔,我还不着急呢,你倒着急了?"

春香脸一红,车转身,逗着怀里的婴儿玩,还嘟囔着:"反正是该回去了。我总不放心那个陈秀英,你看她的眼睛,看见老爷就放光,狐狸精似的。"

"别瞎猜,那个陈秀英在后院里,老爷见不到她。何况老爷又不是那种好色之徒。"

春香还是继续小声辩解:"奶娘说,男人都是好偷腥的猫,她让我经常提醒着你一点,不要离家太久,还是早点回去的好。"

"好,听你的。等我看着把秋粮收上来以后,去看看那西峒,我就回去,热热闹闹地给阿仆过百岁。"

正说着,冼玉丹进来通报:"太守来了。"

冯宝进来。冼夫人笑着说:"我们这里刚说到曹操,曹操就到了。今日衙门无事?"

冯宝眼睛暗淡,脸色有些阴沉,声音也透出极大的不高兴:

"我来看看仔仔,已经有些日子没见到他,老婆见不到,仔仔也见不到,我这寡男的日子可不好过。"

冼夫人急忙吩咐春香把阿仆交给冯宝,让他抱抱。冯宝小心翼翼把儿子阿仆抱在怀里,亲了又亲。阿仆被冯宝脸上的须髯扎得哭了起来,冯宝一边拍着阿仆,一边问冼夫人:"你什么时候回去啊?你要是忙得回不去,我要把阿仆抱回去,找个让奶娘去喂养他。"

冼夫人迟疑了一下,说:"我还有些事情需要处理,再过几天,等官粮都收缴上来,我就回去。"

"到那时候,怕是阿仆都不认识我这当爹爹的了。你瞧他,现在就有些认生了。"冯宝不高兴地说。

"他这哪里是认生啊?他还不认识人呢。"冼夫人笑了。

"不!反正我要带他回去。"冯宝说着,抱着阿仆就往外走。

冼夫人急忙阻拦:"你不能带他回去。他还在吃奶呢。"

冯宝不搭理冼夫人,还是继续向外走去。冼玉丹看着冼夫人,劝说着:"那你就先回去住两日,我们过几天再去那西峒也不迟。"

冼夫人心里有些气闷,一句话不说,跟随着冯宝回太守府。

岭南圣母:冼夫人

冼夫人在太守府里还没有起床,她赖在床上,眯着眼睛,悄悄注视着冯宝的举动。冯宝正在慢慢地从床上移动下来,蹑手蹑脚地慢慢往外走。

冼夫人没有动,看着他走出去。

回来这几天,冯宝每天清晨总是早早起身,偷偷摸摸地向外溜。一次问他干什么去,他说是操练五禽戏以养生。

冼夫人知道冯宝练五禽戏。冯融致仕以后,邀请罗浮山朱明洞道士苏玄朗到他罗州府上,和他一起切磋养生之道。苏玄郎有时也来高凉,在太守府或者冼家楼小住几天,给一些人做道场,代替师父李志宏来高凉宣传道义,催促高凉建道观。

"生命在我不在天",道士苏玄朗经常对冯宝和冼夫人说,把道家调息静坐的养生气功以及动静结合的五禽戏教给他们。冯宝喜欢动静结合的五禽戏,而冼夫人则喜欢调息静坐的气功,她把道家气功和佛家打坐结合起来,在闲暇的时候,也修炼修炼。

听着冯宝在院子里打一通五禽戏,冼夫人出来看,他却不在院子里。"你去哪里了?"冼夫人有时候好奇地问。

冯宝却显得有些不高兴:"我到府衙外走了走。"

冯宝的反常引起冼夫人的狐疑,今天,我一定要看看他到底干什么。冼夫人等冯宝走出卧房,听到厅里门打开,也起了身。春香和秋香在隔壁房间里睡得正香,她不想惊动她们。冼夫人穿好衣服,略微整理了一下发髻。头上的倭堕发髻已经有些散乱,她用金钗正了正,光脚走出卧房。

来到院子里,冼夫人四下张望,院子里寂静一片,只有微弱的晨风吹过树梢,发出簌簌的声音,不见冯宝的踪影。冼夫人急忙走出院门。衙门外面也没有人。她来到太守府衙正门。朱红的大门紧紧关闭着,两只漂亮的白石雕刻的麒麟高高蹲踞在石座上,守卫着太守衙门。这高凉太守衙门,经过翻建,也已经大为改观。差役没有上班,连扫院的差役都还没有起身。

冯宝哪里去了?怎么一转眼就不见了?

冼夫人走回院子。突然,一道阳光照亮她的头脑。也许冯宝到后院练五禽戏去了。她急匆匆转到后院去。

后院是一片菜园,也很安静。后院里,青菜葱绿,莴苣菜张着肥厚的叶片,滚动着一颗颗晶莹剔透的露珠,瓜棚豆架上晃荡着碧绿的青瓜、葫芦,一串串半尺长的豆角，晨露中的青瓜一身嫩刺，上面染着一层白色的露水水汽，顶着没有脱落的黄花，叫人看见就垂涎三尺。

冼夫人在瓜棚下张望着。

菜园边上有一间小屋，里边传出轻轻的说笑声，一阵悠扬的琵琶声响了起来。

冼夫人慢慢走了过去。小屋的房门紧紧关闭着，一个小窗户挂着一块染了绿色的葛布。

冼夫人走到门前，侧着耳朵贴到门板上，里面有轻微的声音，分明是男人的喘息和女人的呻吟。

冼夫人知道，这是冯宝买来的粗活丫鬟陈秀英的房子。谁在里面？是冯宝吗？她想推门进去看一看。

冼夫人举起手正要推门，手却停在半空。万一不是冯宝，她这堂堂太守夫人闯粗话丫鬟的房算什么？要是冯宝呢？她的脸面更是没有地方放。冯宝呢，被老婆抓奸在床，他这堂堂朝廷命官的脸面又往哪里放？

不妥，不可造次。冼夫人放下手。

转回去？

不行！她不能转回去。搞不清楚里面的男人是谁，她难以平静。冼夫人的心紧紧地揪扯着皱成一团，焦灼和愤怒让她浑身微微颤抖。这样回去，不知道结果，她不会安生！她要弄个明白，一定要看个明白！

冼夫人轻轻离开小屋，躲到茂密的瓜棚下面，透过瓜秧菜叶的缝隙，张望着小屋。

露水打湿了冼夫人的头发和赤脚。只听"吱呀"一声，小屋的房门慢慢打开，头发蓬松、面如桃花的陈秀英探头出来，四下张望了一下，送出一个身穿白色沓布汗褡短裤的男人。陈秀英恋恋不舍地紧紧抱住那男人的腰，在他的脸上摩挲了一会，才推开那男人："你走吧。明晨早点来。"

冼夫人头发晕，几乎倒在瓜棚下面，她勉强支撑着自己，慢慢蹲了下去，抱着自己的头，让自己冷静下来。

怎么办？怎么办？头脑中只有这一个声音敲击着她。冲出去？抓住冯宝？捉他们的鲎？

鲎，是海湾里一种软体海洋生物，圆鼓鼓的好像古代武士头盔，雄性与

雌性双行双栖,肉味鲜美,鲨血寒凉,专治热症。渔民很珍贵它,所以很少捕杀,如果要用它的血治病,至多只从它身上取一半血,取血以后一定要再放它回归大海,回到大海里,它可以继续成活而且能够重新造血。渔民却又鄙视它,因为雌、雄鲨总是成双地叠在一起,很有些伤风败俗的意味。渔民捉鲨总是一捉一双,所以高凉一带的渔人把捉奸叫作捉鲨。

冼夫人眉头拧在一起,紧张地思索着:和他大闹一顿?然后再回冼家楼?永远不落家?

冯宝走过瓜棚,他的脸上洋溢着幸福满足的微笑,那是一个男人的欲望得到满足以后极为幸福快乐的笑容。

冼夫人几乎站起来冲过去。不能!冼夫人出奇地冷静下来。如果这时抓住他,以后叫他如何做人?他的体面官威在自己面前一败涂地,他在自己面前将永远无地自容。在女人面前无地自容,他还能和她生活在一起吗?不行,她不能这么冲出去!

冼夫人手抓着棚架,拼命控制着自己,她身体僵直,一动不动,眼看着冯宝走过身边,向后院小门走去。

突然,远处冼家楼方向传来咚咚的铜鼓声。冼夫人一机灵,站了起来,等冯宝走出后院,她这才急匆匆回去。冼家楼的铜鼓声,把她从恍惚中拉回到现实,她忘掉刚才所见到的一切,冼家楼俚人那里需要她,她要赶回冼家楼。

冼夫人回到卧房,抱起儿子阿仆,亲了亲他的小脸蛋,对春香、秋香说:"走,我们回冼家楼!"

"怎么又要走啊?才回来几天呀?"春香不高兴地问。

"叫你走,你就乖乖给我走!问什么问!"冼夫人突然发怒,大声喊起来。春香吓得一句话不敢再说,接过阿仆,跟着冼夫人出门。

"你们大清早到哪去?"冯宝刚跨进院子,撞到出门的冼夫人身上。冼夫人冷着脸,一句话不说,径直走出郡守大门。

冯宝呆愣愣地站在大门口,心中有些忐忑。

推行新制招嫉恨　视察那西起风云

听说冼夫人要来那西峒参加上田节,那西峒村民喜笑颜开忙碌着做准备。

那西峒的村民今年真高兴，去年冼夫人来那西峒，让他们采用三包种地，他们把原有水地做了划分，各家分得了水田，官府派来的差役，手把手教他们种植水稻，他们种植的水稻今年第一次获得丰收。冼夫人送来的番薯也在那西峒生根结实，第一次种的番薯挖了几百斤，大大小小堆得小山似的，大的有十几斤重，一个细佬仔都抱不动，紫红的皮，紫红的瓤，又好看又好食。被三包调动起热情的村民，纷纷上山砍树烧荒，扩大干栏地，种了许多山禾和薯蓣。一年的辛苦，换来了丰收。村民各家都比合亩制的收成多。还有许多稻谷堆在场面上，家里的稻谷囤子已冒出金黄尖顶了，他们从没有见过这么多的稻谷。

每个那西峒的俚人都忘不了那西峒去年补过的那个开秋耕的开耕节。开耕节也叫鞭春，是流行在岭南许多地方的风俗节日，在岭南的北部、西南和珠江三角洲广大地区，这风俗一直流传到 20 世纪初。开耕节在各地的时间不大相同，有的在立春，有的在冬至后一天，一些獠人村峒定于三月三，还有的壮人定于二月二，高凉俚人习惯在立春那天过开耕节。立春那天，俚人赶出自家黄牛水牛，贴上花纸，驮上稻谷米袋，驮上木制的叫"春子""太岁"的芒神，杀鸡摆宴祭祀祖先天地，请出村峒的首领，由首领用鞭子赶着群牛和芒神到田里去走一遭，一路上村人都来争相打牛，争相向芒神撒稻谷，希望太岁保佑来年五谷丰登。由于大家都来鞭牛，黄牛经常身受重伤影响耕作，许多地方后来都用土牛代替活牛，那西峒也一样。

冯宝和冼夫人来到那西峒，让衙役和俚人在田地里用土堆了个土牛，照着俚人的习惯，举行了开耕节的仪式。冯宝和差役一起，抬着芒神，在田地里巡回一圈。"来啊，大家都来向太岁撒稻谷。去年他没有保佑你们村峒丰收，这是芒神的不是。来，大家一起责备他！"冯宝向大家喊着，鼓励着俚人。从没有见过官人的那西峒村人还犹豫，不敢责备芒神。

冼夫人也鼓励着大家："你们一定要做这个礼节，要不芒神就以为你们软弱好欺，今年他还不保佑你们，你们还是丰收不了。来！我们一起来责备他！"冼夫人说着，向芒神撒去大把稻谷。那个被冼夫人救出来的俚人青年也喊着，向芒神撒去稻谷。这个仪式后来被叫作礼太岁，一直流传到后世，有些地方一直流传到民国初年。

岭南圣母：冼夫人

冯宝抬着芒神来到田地，接过那西峒的农具铁锸，走进田里开始挖地。他挖了第一铲土，抬起头高声说："一铲风调雨顺。"然后又一连挖了三下，说了三句吉祥话："二挖国泰民安，三挖六畜兴旺，四挖五谷丰登。"

"得了，得了，冯太守。该鞭牛了。"人们喊，都跃跃欲试，等着鞭牛以后蜂拥上前去抢土牛碎块。

冯宝放下铁锸，走到田地里的土牛旁，拿起准备好的蛇皮皮鞭，狠狠抽了土牛几鞭。冯宝一放下皮鞭，俚人村民就欢呼着跳跃着围拢过来，纷纷动手，把土牛打得粉碎，争抢着掬起一捧土牛碎块和牛肚子里的稻谷，带回家撒到猪圈、牛栏、鸡舍以及自己的田地里，争取五谷丰登、六畜兴旺、家人平安。

鞭春仪式结束以后，那西峒在场面上举行了歌舞聚会庆祝。"走，我们去俚人家里看看。"冼夫人拉着冯宝，向农户家里走去。

一走进俚人的干栏楼，便看见几只猪在干栏楼的阶梯下哼哼着，用嘴拱着脚下的湿泥，几只牛在猪栏旁边哞侔叫，两只五彩斑斓的鸡公高昂着骄傲的头，正咕咕召唤着一大群鸡婆和鸡仔，鸡婆和鸡仔都扑扇着翅膀，扑腾着飞着跑着奔了过来，互相争抢着鸡公为她们寻觅到的食物，鸡公却心满意足地高昂着骄傲的头，扬着脖颈高声歌唱起来，显示着它的功绩。一只刚刚生了蛋的鸡婆"咯哒咯哒"地欢快地叫着唱着，无比自豪地夸耀她的功劳。

这番生机勃勃的景象并没有引起冯宝的注意，他皱着眉头，用手捂住了口鼻，猪牛鸡鸭的粪便把他熏得睁不开眼睛。冯宝摇着头对冼夫人说："这种居住方式太不好了。还是应该推广人和牲畜分开。"

冼夫人转过头，对那西峒村峒首领和几个俚人说："冯太守希望你们把牲畜另外圈养，就像我们冼家楼一样，把牲畜养到房屋后面去！"

"好！好！我们明天就照办！"村峒首领点头哈腰连声答应。

走上木楼梯，进入俚人房屋。里面十分黑暗，什么也看不见。冯宝连声说："房里太暗了，黑黢黢的，什么也看不见。要教给他们给房屋开几个窗户，上面开一个天窗。"

冼夫人又向村峒首领传达了冯宝太守的指示，并且详细告诉那首领什么叫窗户，如何使用，首领连声答应。

这时候，冯宝和冼夫人才看清房屋中央有一个俚人女人在纺线，她摇动着纺车,自管干活,头也不抬。

冼夫人走到纺车前,和那女人交谈起来。原来这是一个崖州女人,来那西峒投奔她的一个亲戚。冼夫人奇怪地看着她的纺车,这纺车和高凉俚人纺车不大一样。这用脚踏的纺车同时纺二个锭子。那女人纺着线,均匀的白色木棉线从她手下抽出来,自动绕在二个饱满得像苞谷穗一样的锭子上。

冼夫人奇怪地问:"你这纺车怎么能够一次纺两个锭子啊?"

那女人见一个穿着绸缎戴首饰的高贵女人走过来问她话,才抬起头,看了冼夫人一眼,又低下头继续嘤嘤纺线,一边说:"崖州俚人的纺车就是这样的了。这纺车纺线又快又匀。"

冼夫人看了看冯宝:"这么好的纺车,要在高凉推广才好。这妹仔,你崖州俚人还有什么新东西?"

那女人站了起来,走到旁边,那里放着一台弹木棉的弓和一台织布机。她看着冼夫人说:"你看这是不是新东西? 这都是我刚从崖州带来的,也是崖州南边这些年才用上的。"

冼夫人走过去,摸着那弹木棉的弓子和织布机,问:"这和我们这里的有什么不同?"

那女人笑着说:"这弓子比你们的大,你看这捶弓,有四尺长,比你们那二尺长的捶弓大得多,用牛皮绳子做弦,又比用绳子做弦有劲得多,弹出的木棉又快又均匀,把木棉弹得很松软。木棉弹得好,纺线不断线,线又细又均匀。这织布机,比原来的投梭织布机轻便小巧,你看才这么一点,可以坐到地上织。织完以后,可以收拾起来。我看你们的织布机,那么大,占很大地方,很不方便。我这织布机,可以织出提花来,你那种大织布机不行。"

冼夫人连声说:"太好了! 要推广开来! 推广开来。"她转向冯宝,商量着说:"太守,能不能派几个会木匠手艺的衙役来看看,让他们学会造这织布机和捶弓? 以后在高凉推广它们,你看行不行?"

冯宝说:"当然行了。推广以后,高凉的织布技术不就更好了吗? 看来,崖州俚人也有好东西啊。"

冼夫人笑着:"你总是小瞧我们俚獠。其实,我们俚獠也有许多很好的东西呢,只要你不带偏见,总可以发现。"

"对,俚人打稻谷的风车听说也比北方的机巧,能够很快把稻谷壳和米

岭南圣母：冼夫人

糠吹干净,要比北方用木锨扬场快得多。对,还有造纸,高凉的纸比其他地方的纸好,我们的纸光洁平整,还有一些好看的纹理,这就多亏俚人在用麻、桑树皮、竹瓢造纸的时候,掺进一些海菜。"冯宝说着,和冼夫人慢慢下了楼。

这是那西第一次开耕节的情景,深深留在那西俚人心里。从此以后,高凉地区由县太爷亲自主持开耕节的风俗就开始流传下去。

那西峒的村民正扶老携幼拥向场面。听说今天冼夫人来参加那西峒庆丰收的上田节,那西峒的俚人怎能不高兴? 全靠冼夫人的关照,他们才又有好收成。

上田节是俚人庆祝丰收的盛大节日,这天,村峒、场面、地头,到处都插上彩色小旗,男人女人来到自家田头,摆放上米酒、猪肉、鸡鸭,全家跪下,一起喃喃唱说着:"田头公,田头婆,保佑今年好好禾。五风十雨好世道,五谷丰登割多多。""上田青青,下田绿绿,朝间插下,晚上长起,穗大牛尾,粒大榄子。"田头跪拜以后,收拾起祭品,把米酒猪肉鸡鸭装进竹篮,回到村峒,把竹篮供品摆放到黏米做成的稻谷粒"禾胎"前,全村一起乞求五谷丰登。

高凉的上田节大多在夏收夏种以后,今年为了隆重庆祝丰收,那西峒特意推到晚造收割以后举行。这天,那西峒全村女人动手,用黏米做了一个特大"禾胎",摆在场面中央,这"禾胎"过去只做成七八寸长、手指粗细的、两头尖尖的谷粒,眼下却做了个丈把长尺把粗细的巨型谷粒。村民正陆续从田头归来,把自家的竹篮摆放到巨大的"禾胎"前,场面上一切欢声笑语,很是热闹。

有人欢喜有人恨。那西峒首领把自己关在他那黄澄澄稻草和樟木盖的干栏楼里,蹲踞在三块石头的灶火前,用打火石猛烈敲击着,溅起的火星点燃了灶里易燃的松毛,松毛冒出白烟,他抓起吹火筒向灶火里吹,一股浓烟猛然从灶火里喷了出来,扑在他的脸上,他剧烈地咳嗽起来。白色浓烟弥漫了全屋,他流着眼泪,不断咳嗽着,向灶火里添加着松毛和木柴,木柴慢慢燃烧起来。"鸟他老母!"他骂骂咧咧地,站了起来,向铁镬里添着水。他从没有过过像今年这样难受窝憋的日子。过去,他分配村寨的里的人轮流来家里做活伺候他,他什么活都不干。自从冼夫人宣布废除合亩制,他的好日子一去不返,村民全都去忙着种自己的地,没有人来伺候他。老婆病了,要想喝汤,只好自己去生火。

"鸟他奶!"那西峒首领继续咒骂着,擦着泪水,站起身,在屋里走来走去,胸膛里积攒了一腔仇恨。

他仇恨三包。合亩制给了他许多好处,叫他不劳而获,叫他吃穿不愁,叫他多吃多占,叫他有人伺候,叫他作威作福。废除合亩制,他和家人不得不去种地开田,全靠他和家人的辛苦劳动换取全年的口粮。

"跳达不了多久!"那西首领咬牙切齿说:"你一进那西村峒,就别想回去!"他冷笑起来。

"都佬,冼夫人快到了!"一个马仔在外面喊。他只好对老婆说:"你自己熬汤吧,我要去迎接那死八婆。"

首领率领着几个马仔来到山脚下迎接冼夫人,他恭敬地跪在路上:"冼都佬,欢迎你来那西峒。"

冼夫人在藤轿上摆着手:"起来吧。起来吧。"

首领谄媚地笑着,趋步上前,凑到冼夫人的轿子旁,说:"请冼都佬先下轿来歇息一下,我们再上山不迟。"他挥着手,他的马仔端来新鲜的荔枝、龙眼:"冼都佬,下来尝尝鲜果吧。"

冼夫人说:"不必了。我们还是先上山去,村民一定等急了。"

首领还想说什么,冼家总管却不耐烦了:"你还啰嗦什么!冼都佬说上山你就上山吧。"

首领四下看了看,只好向他的一个马仔使了个眼色,自己带着冼夫人向上山小路走去。那马仔趁人们不注意,刺溜一下溜进密林。

冼夫人藤轿上到村寨旁的小路上,站在高台上的乐队指挥大手一挥,喜洋洋的曲调由乐手手下和口中和谐地流淌出来,飘荡在山寨的树梢头。木鼓咚咚,铜锣锵锵,丁冬嗡嗡,鼻箫洞箫俐咧清脆悠扬婉转,山林里飘荡出欢快喜悦的曲调。场面上的盛装的舞蹈队,伴随着欢快的曲调,开始他们竹竿舞。

冼夫人在头领的搀扶下,走下藤轿,被头领牵引着来到场面大榕树下的几张藤椅上坐下,盛装的姑娘捧着各种鲜果和焦黄流油的烤乳猪欢迎着冼夫人。

那西峒乐队的小伙子穿着冼都佬送来的葛布做成的新衣，头上插着美丽的孔雀翎或野鸡翎，站了一排，使劲地吹打敲奏着。他们是那西峒的乐队。

那西峒俚人乐队，同当地的俚人乐队的构成差不多，都是由弄、丁冬、口弓、鼻箫、洞箫、俐咧组成。

弄是俚人木鼓，由一段大树干当中掏空，把丁字形的木签交错穿进鼓洞里，两端蒙上牛皮，用木签钉固定。鼓面上画上鲜艳的花鸟虫鱼图案，鼓身上雕刻着各种美丽的花纹，用高凉特产山上漆树的汁液染成油光乌黑。木槌敲击，咚咚嗡嗡的响亮声音传向很远。俚人敲击木鼓庆丰收，众人敲着铜锣和其他乐器，奏出叮咚的乐曲，俚人男女随着乐曲跳起庆祝丰收的招福舞、竹竿舞。

丁冬，又是一种木制的打击器。高凉一带的山里有许多野兽出没，特别是大象和野猪，经常祸害俚人獠人的山岚田，每当山岚田的庄稼熟的时候，俚人獠人就在山岚地里建一个茅草寮，悬挂起两根木杆，敲击木杆发出叮叮咚咚的声音驱赶野兽保护庄稼。当守田人孤独无聊的时候，他也敲击木杆玩，有一个喜爱敲击木鼓的小伙子发现一种叫中平树的树木发出的声音特别好听，他就用不同粗细的中平树木杆来做丁冬。以后，俚人就把这种敲击的木杆变成一种特制的乐器，打击它发出各种粗细高低不同的音响来表达自己的感情。

口弓，俚人叫改，是一种用竹片制造的弹奏乐器，四寸长，不到一寸宽，头大尾小，形状像舌头，中间有一个一寸多长的小活片，吹奏时，左手拿住口弓的尾端，右手拇指弹拨头端，利用口唇吸吐气让小活片在撩拨时发出振响，弹出优美动人的曲调。传说，从前有一个叫改的小伙子，整日唱着美丽动听的歌曲，吸引了龙宫里龙王的小女儿。龙公的小女儿倾听着这美丽悠扬的乐曲，就爱上了他，龙公坚决不同意女儿嫁给民间的俚人后生仔，便残忍地割去改的舌头，让他无法唱歌。可是聪明的改，用竹片削成舌头形状，来代替自己的舌头，又吹奏和弹拨出美丽动人的曲调，终于把美丽的龙女娶回自己的村峒。

鼻箫，俚人叫巡，是用竹制成的吹奏乐器。在竹管的两头，保留原始竹节，管的上方下方，各有三个音孔，吹奏时，箫管向右侧横斜，箫头压着右鼻孔,左手食指或中指按着上方音孔,右手拇指按着尾部上端音孔,利用右鼻孔吐气和按放技巧,来控制音调的高低,发出小而微弱的优美曲调。俚人姑娘喜欢吹鼻箫。每当皓月当空,俚人男仔就会弹吹着口弓,来到自己喜欢的女仔的干栏楼下,向她弹拨出倾诉心声的悠扬曲调。女仔也会吹起鼻箫应答,于是月光下的凤尾竹林梢头,就荡漾摇曳起婉转悠扬绵长的俚人音乐曲调。

洞箫,俚人叫酌,也是竹制的吹奏乐器。四尺多长,一寸粗,头端开有吹音孔,管上有几个音孔,吹奏时,左右手分别按着管上的各个音孔,用四五寸长的细竹管插在吹音孔,用嘴含着竹管吹奏出宽厚优美的曲调。

俐咧,俚人叫德垒,是吹奏乐器。七寸多长,头大尾小,用山竹的细竹管制成,管杆上大管套小管,一共套了八节,首节用来吹奏,如玉米粒大小,含在嘴里吹奏,其他七节都有音孔,用手指按着配合吹奏出欢快、活泼、清亮的曲调。

场面上,竹竿舞跳得正紧。小伙子手执竹竿,把它们互相碰撞着发出清脆的声响,几个身手敏捷的小伙子和姑娘在竹竿中轻快地跳跃着,舞出各种优美的动作。他们一对对灵巧地跳出竹竿时,持杆的后生就高声呼喊着"嘿!呵嘿!"要是跳舞的后生胆怯,或者一不小心,动作稍微慢一下,就会被竹竿夹住双腿,让持杆人用竹竿抬了起来倒到场外,观看的人们发出愉快的哄笑。

冼夫人高兴地观看着。从村民愉快的舞蹈中,她已经看到了三包制给山寨那西峒带来的好处。"可以推广三包了。"冼夫人回过头,小声对她二哥冼玉丹说。冼玉丹默默点了点头,他正紧张地寻找那西峒的首领。他把他们安置好以后,却悄悄溜走,冼玉丹到处找都找不到他。

冼玉丹小声问总管:"那西峒首领呢?"

总管四下看看:"他刚才还在这里的,可能去安排饭食了。"

冼玉丹点点头,继续观看着场面上的舞蹈。场面上的竹竿舞已经结束,村民又跳起舂米舞,这是由女仔们跳的。八个俚人女仔面对面地站着,扭动着胳膊和头部,双腿时曲时直,发出"咕——吃""咕——吃"的有趣的声音,表演着舂米动作。女仔们欢笑着,跳跃着,热情洋溢,活泼生动。冼夫人看得高兴,竟高声大笑起来。

那西峒首领趁大家不注意,溜出了笑语喧哗的场面,闪身进了村寨旁的密林里。密林藏着几十个精壮的獠人和俚人打手,为首的正是宁峒的都佬宁俊杰和獠人首领陈佛智,这是那西峒首领精心策划的。那西峒实行了三包,他的心头总是扎着一根尖刺,让他寝食难安,他日思夜想的只有一件事,就是如何报复冼夫人来出胸中的那口恶气。他早就听说宁峒首领嫉恨冼家俚人,于是想尽办法结交了獠人宁峒首领宁俊杰,专门备了份厚礼,来拜见宁俊杰。

宁俊杰听他说冼夫人要推广三包制,也是气愤难平。他咆哮着:"她想废除祖先留给我们的合亩制,这是妄想!"凭直觉,他知道三包是他们这些当首领的克星。三包会叫他们失去特权和利益。不能凭借手中的权力进行分配,也就没有多分多占的便宜。那怎么行?首领嘛,肩负着领导的重任,怎么能像村民一样去干活呢?没有好处当什么首领?不行!坚决不能让这俚人婆瞎来乱来,不能让她和高凉太守冯宝在高凉任意妄为!

宁俊杰在厅堂里来回走,心情十分烦躁!鸟他奶!决不能让她推广三包制!一定要阻止她!宁俊杰把拳头擂在方桌上下了最后的决心。

然后,宁俊杰约见陈佛智,他们一拍即合。陈佛智倒不是害怕推行三包,他只是恨冼夫人,他忘不了当年求婚所受的侮辱。只要是和冼夫人作对的,他就积极支持和参与。所以他毫不犹豫地答应了宁俊杰的要求,参与绑架冼夫人洗劫那西峒的阴谋。早几天,他就率领着家丁住到宁峒,等待时机。

听说冼夫人要来那西峒,那西峒首领急忙派人下山去报告宁俊杰。

宁俊杰哈哈大笑,立即带领着陈佛智以及几十个精壮剽悍的家丁马仔拿着武器来到那西峒,躲藏在山路旁的密林里,等待那西峒首领把冼夫人引下藤轿而后动手。

冼夫人却坚持没有下轿,一直向村峒里去。那西峒首领没有办法,只好眼看着冼夫人和她的部下一直上山去了。

宁俊杰眼睁睁看着冼夫人从眼皮下走掉,无计可施。等冼夫人的人走远了,他们才骂骂咧咧钻出树林,抓挠着身上、脸上、脚上、腿上被蚊虫蜈蚣咬的红包,从另外的小路上山,等待其他机会。

那西峒首领钻进村寨后面的密林里,把双手捂在嘴上,学着布谷的叫

声:"咕——咕——""咕——咕——"地叫了几遍

宁俊杰也把手捂在嘴上,"咕咕——咕——咕,咕咕——咕——咕!"回应着,从密林深处钻了出来。

"怎么样?能不能动手?他们觉察了没有?"宁俊杰迫不及待地问。

那西峒首领奸笑着:"她们正看歌舞呢,一点都没觉察,现在动手正是好时候。歌舞结束了,村民走动起来,难免有人会看到我们。我看,动手吧。"

"好!现在动手!"宁俊杰向他的家丁发出了命令。

陈佛智脸上狞笑着,挥手让家丁跟着自己,两队凶悍的家丁们轻手轻脚地向村寨场面上包抄过去。

冼夫人像小孩子一样开心地大笑着,那西峒的歌舞实在太精彩了,叫她忍不住发出开心的大笑。冼玉丹总是轻轻地咳嗽着提醒着她,可她并不理会他。摆什么架子啊?她才不要在俚人面前摆派头。

冼玉丹微微皱着眉头:什么样子?一点也不顾及身份!这般随便亲切没有一点都佬的派头,俚人能听你的命令吗?百姓是欺软怕硬的!

冼夫人又发出一阵开心的清脆的大笑,观看的村民也都哄笑起来。原来一个跳春米舞的姑娘一不小心跌倒在场面上,引起大家开心地哄笑。

冼玉丹突然听到身后的树丛中传来树枝折断的噼啪声。不好,是不是大虫来了?还是野猪?冼玉丹急忙起身。他还没来得及抽出砍刀,树丛里跳出几十个精壮的獠人打手向他扑来。坏了!遭遇埋伏了!

"獠人来了!"冼玉丹大声喊叫着,向冼夫人报信。

家丁刚刚跳起来想保护冼夫人,獠人挥舞着砍刀长矛大棒已经冲过来,逼近冼夫人,他们挥舞着武器向家丁疯狂地乱劈乱砍,几个俚人家丁倒在血泊中。宁俊杰指挥着精壮獠人打手包围住冼夫人,把冼夫人身边最后几个家丁也砍倒在血泊中。

那西峒的村民纷纷抄起竹竿,向獠人冲过来,和獠人格斗,想冲过去保护冼夫人。陈佛智指挥着自己的打手挥舞着武器,凶横地冲进那西峒村民中,见人就砍,有的打手动手抢劫,把姑娘头上的银钗项圈耳环拽了下来,姑娘的耳朵流出鲜血。场面上哭喊着尖叫着,乱成一团。

宁俊杰指挥着他的打手架起冼夫人,拖着她向树林丛里跑去。

岭南圣母：冼夫人

冼玉丹想去救助，只听"扑"的一声，脑后挨了一棒，一道热流冲下他的脸面，流进他的双眼。他一头栽倒在地，什么也看不到听不见了。

挥舞着大刀指挥的宁俊杰见打手已经把冼夫人拖进了密林，就急忙擂鼓让他的人退进树林去。

陈佛智见宁俊杰撤了，也急忙呼喊着自己家丁撤退："回来！我们走！走哇！鸟你老母！还不快走！"陈佛智冲上前，挥舞老拳，劈面打在一个还在和那西峒姑娘撕扯的打手脸上。

"蒙上她的眼睛！"进入树林，宁俊杰命令打手。打手用黑布蒙上冼夫人的眼睛，架着她急匆匆向阳春方向奔去。宁俊杰不敢把冼夫人留在高凉，他想把她弄到阳春去藏起来。

冼夫人遭恶人绑架　陈将军遇路途援助

陈霸先骑马率领着他的部下向高凉方向慢慢行去，他已经摘掉头盔，脱掉了沉重的军服，穿着小袄短裤凉快悠闲地欣赏着风光。他还是第一次离开广州。自打随着萧映从吴地来到广州，他总是守护着萧映，不敢离开广州一步。对这美丽的西江流域的风光，他还是第一次领略。过了西江以后，风景又有了新特点，走在穿越热带雨林的路上，看着那参天的古树，缠绕盘旋的古藤，看着树和藤的纠缠，观察着古藤形成的各种造型，听着美丽的热带鸟鸣，欣赏着各种各样的热带植物的形状，很是惬意。盛夏的天气，虽然炎热，但是却有阵阵海风吹来，还是很舒服的。

"快到阳春了。"陈霸先的长史侯安都靠了上来，在马上欠身说。

侯安都是始兴曲江人，世为始兴曲江郡的显著大姓。父亲叫文捍，少年时就在州郡里任职。史书说侯安都"涉猎书传，兼善骑射""为邑里雄豪"（《陈书·侯安都传》卷八，143页）。他很早就在广州刺史府任职，对广州以及广州西南情况十分了解。这一次，萧映特别把他调给陈霸先，让他充当陈霸先的顾问，帮助陈霸先熟悉了解西江情况。

"进了阳春就是进了罗州地界。"他又补充说。

陈霸先点头。

"我们要不要去阳春郡府？"侯安都又问。

陈霸先摇头："不必了，还是直接到罗州去吧。"他想起阳春郡守李迁仕，他不大喜欢他。

"看来，今天恐怕赶不到罗州。要不，我们先到高凉去住一夜，休息一下？"

侯安都抬头用手遮住眼睛看看天空，太阳已经西斜，拉长了树木和人马的影子。

陈霸先又摇头："到高凉有些绕路，算了吧，不如连夜赶往罗州，夜里走路还凉快些。"

侯安都点头："也好。那我们就不进阳春，走那边那条大路。"他转头对领队的军官参军沈恪说。

沈恪，初为新渝侯萧映的主簿，萧映为广州刺史，他为府中兵参军，曾经多次为萧映带领军队征讨俚峒。他也是吴兴人，与陈霸先同乡，很得陈霸先的喜欢。这次到罗州，陈霸先特意请求萧映允许沈恪同行，做他的主簿和参军。

沈恪正与陈霸先的远亲陈拟并排行走，说着家乡话，闲聊着。听到侯安都的传令，他急忙命令前头兵转进密林掩映中的一条大路，让队伍慢慢走进了山脚下那条通往罗州的路。

远处密林里隐约可见一条小路，从密林里蔓延不尽的绿色里迤逦出来。小路上走出一伙獠人，椎发裸体，有的拿着大刀砍刀，有的扛着长矛铁戟，背上背着弓箭斗笠。为首的两个首领模样穿着短裤，短汗褡敞露着，正哈哈狂笑着说话。后面几个獠人用绳子牵着一个头蒙黑布的女人，穿着绸缎衣裙，俚人打扮。

沈恪拍马上前，对陈霸先说："督护，你看，那伙獠人。"

阳光从树荫里洒下刺目的光芒，陈霸先眯着眼睛看了看，说："好像是强盗抢了个民女。拦住他们，问问情况。"

沈恪催马上前："呔！大胆强盗！站住！"

宁俊杰正与陈佛智哈哈狂笑着说话，突然看到面前站着一队官兵，吓得一下子愣住了，半天回不过神。

冼夫人听到前面有人说官话，心中一喜，急忙喊了起来："救命！救命啊！强盗打劫了！"

宁俊杰把绳子一拽,喝道:"收声吧！八婆！"

冼夫人拼命挣扎,大声呼喊着求救。

"箍颈！"陈佛智命令他的马仔。一个獠人冲上来,用胳膊勒住她的颈,冼夫人挣扎着,却喊叫不出来。

陈霸先命令沈恪:"去把那妇人救出来！"

沈恪带领着几个军官下马,拿着朴刀,冲到獠人跟前:"放开她！"他们把刀架在宁俊杰和陈佛智的脖子上。

宁俊杰想命令手下人反抗,陈霸先已经指挥他的队伍把他们前前后后包围起来。好汉不吃眼前亏,宁俊杰想着,只好放开手中的绳索。士兵冲上来,把冼夫人拉出獠人圈子,取下她头上的黑布,用刀挑断捆绑她的绳索。

陈霸先也跳下马,走到冼夫人面前。冼夫人急忙向他鞠躬道谢:"感谢官人救命之恩。"

陈霸先见这女人俚人打扮,却说着一口还算清楚的官话,心下有些奇怪:这还算标致的俚人女子,怎么会说官话？她是什么人？

"你是什么人？为何被他们捆绑？"陈霸先戴上头盔,问。

"我是高凉俚人的都佬,高凉郡太守冯宝的夫人,冼夫人。"冼夫人恭敬地回答,自我介绍。

"啊？"陈霸先大吃一惊,急忙抱拳作揖:"让你受惊吓了,冼夫人。他是什么人？竟敢绑架打劫官家眷属俚人首领？"

"他是高凉獠人都佬,叫宁俊杰。他也是獠人首领都佬,叫陈佛智。"

"他们为什么绑架你？吃了熊心豹子胆了？竟敢光天化日朗朗乾坤绑架朝廷命官家眷？"陈霸先愤怒地问。

冼夫人想了一下,微笑着说:"他们獠人经常喜欢和我们俚人玩绑架游戏,来显示他们的力量。今次是我的下人失手,让他占了便宜。不过,过去我们也曾多次绑架他们,他们也经常输给我们。"

"噢,原来是这样。这么说不必追究？"

"是的,不要追究了,放他们走吧。敢问官人是？"冼夫人说。

"我是广州总管刚刚任命的罗州督护陈霸先,正要前去罗州上任。"陈霸先说。

冼夫人高兴,急忙邀请说:"感谢督护救命之恩。同时也请督护到高凉小住一日,让我和高凉郡守略表感谢之心。"

陈霸先沉吟着:李迁仕说高凉冯宝和俚人冼氏结合,大有脱离朝廷之倾向,顺便去高凉暗中查看查看,倒也是时机。

"也好,我们先去高凉看看,歇歇脚。"陈霸先操着浓重吴兴口音说。

"他们怎么处理呢? 冼夫人?"陈霸先用马鞭指了指宁俊杰几个,尊敬地问。

冼夫人笑着:"他们獠人和我们俚人都是世世代代生活在高凉,还望督护上任以后,能关心我们。俚獠有许多自己的古老习惯。喜欢互相绑架,不过是闹着玩罢了。让他们回去吧。宁都佬,你说是吧?"

宁俊杰听说自己遇上的是新上任的督护,心中早就慌成一团,听到冼夫人这般为他开脱,又感动又惭愧,急忙红头涨脸地说:"是的,是的,冼夫人说的是,冼夫人说的是。我们是在闹着玩。"

陈霸先看着眼前这光景,心下明白,暗中称赞:好个宽厚女人! 难得! 难得! 不过,他还是决定要敲打敲打眼下这一伙凶蛮的獠人!

陈霸先脸色一沉:"这种玩闹可不好! 要是万一玩出什么意外,可怎么好? 要是今天我把你等当作强盗,不问清情况,命令士兵下手,你们还想活着回去吗? 以后再遇到这种事情,本督护决不留情! 滚回去吧!"

宁俊杰急忙率领着自己的马仔钻进树林。

陈佛智看了冼夫人一眼,咬牙切齿地小声说:"我们没完!"

冼夫人微笑着看着他。

陈佛智急惶惶地一头撞在大树上,眼睛冒着金星,趔趄着倒在扑过来架住他的马仔怀里。马仔架着他,在陈霸先士兵的一片哈哈哄笑声中钻进密林。

冯宝在高凉郡守府里急得团团乱转。

冼家人前来报告,说冼夫人去视察那西峒时被獠人绑架。他派出高凉郡府所有差役和冼家家丁一起出去寻找,天都已经昏暗下来,还是没有一点音信。

春香和秋香都站在厅里抹眼泪,奶娘和陈秀英也都很着急。

一个差役从前院里冲进后院,又冲进厅里:"老爷,老爷,夫人回来了!

岭南圣母:冼夫人

夫人回来了!"他高声呼喊着。

冯宝一把抓住差役的胳膊:"真的？在哪里？"说着就要向外面冲去。

"在这里。"一个熟悉的声音温温软软地说。

冯宝惊喜地转过头,看见他的夫人阿英,他一下子扑了过去,紧紧抱住冼夫人,抽泣起来。

冼夫人又感动又不好意思,轻轻推着冯宝:"看你,看你。我这不是好好的吗？快别这样,叫他们笑话。"

"我不管,谁笑话就让他们笑话去吧,你可急死我了！你不知道,我着急得一天都没有吃饭,还管谁笑话？"说着,两只胳膊紧紧抱着冼夫人,好像生怕别人再把她抢走似的,把她放到长榻上:"快说说,快说说,谁绑架了你？是不是宁俊杰？是不是他？该死的獠人！"

冼夫人脸红红的,急忙从长榻上站了起来:"看你,也不等我把话说完。你还没有见过我的救命恩人呢。"

冯宝转过身,看见厅门口站着一个将军打扮的人。

"他是？"冯宝疑惑地看着冼夫人,小声问。

"这是我的救命恩人,广州来的将军,"冼夫人爽朗地笑了起来:"今天多亏将军援手相救,不然真不知道能不能再见你了？"说到这里,冼夫人有些伤感,眼圈也红了。

冯宝走到陈霸先面前,抱拳作揖:"感谢将军搭救下官夫人,请接受下官一拜。"说着,就要下跪。陈霸先急忙扶住他。

"这是新任命的罗州督护陈将军陈霸先。"冼夫人介绍着。

冯宝更是吃惊,张着嘴,呆呆地望着陈霸先:"新任命的督护？那原来的督护孙固将军呢？"冯宝一边让着陈霸先,一边问。

"孙固将军调回广州待命,罗州督护的职务暂时由本将军代替,以后西江七州的军事都由本人肩负。还请冯太守多多支持。"

冯宝又抱拳作揖,见过督护,请督护陈霸先入座,吩咐长史周中健带着差役去接待督护的部属,安排督护部属的歇息。

"陈督护先在寒舍歇息,明日闲暇,我再向督护禀报高凉郡事务。"冯宝毕恭毕敬地说,脸上很是忠厚诚恳。

"冯太守不错嘛,哪有李迁仕说的霸道？全是那李迁仕的诬陷。"陈霸先想,心下对李迁仕又增添了几分不满。

蛮首领挑衅无端　冼夫人临危不乱

陈佛智甩开结实的臂膀,敲击着放置在庭院廊下新近铸造的铜鼓。

这是一面半人高面宽丈余的大鼓,大铜鼓通身黄澄澄,发着耀眼的金光。铜鼓中间凹两端鼓,以区别冼家的中间突出的铜鼓式样。鼓面蒙着最好的牛皮,绘着太阳光芒,叫人看着就眼花缭乱。鼓身遍是铸造出虫鱼花鸟和腾飞的龙,通体均匀,只有二分厚薄。鼓面的边缘上站着四只金光灿灿的蟾蜍。自从陈佛智看到冼家楼的大铜鼓以后,便下决心要铸造一个超过冼家的大鼓,现在他如愿以偿,终于拥有周遭几个郡俚獠村峒最大、最精致、最漂亮的铜鼓。

陈佛智用最好的沉香木做成的鼓槌得意地敲击着,铜鼓发出响亮的咚咚声,震荡在村峒上空。

"都佬敲铜鼓了! 都佬敲铜鼓了!"新宁獠人村寨里响起人们的喊声,一些看着像是首领模样的男人匆匆走出干栏楼,向陈佛智的干栏楼跑来。

每一个跑来的男人都拿着一把金银做的大叉,进到陈佛智的庭院里,首先来到铜鼓前,用自己的金银大叉敲击着铜鼓。敲过以后,放下金银大叉,离开铜鼓到厅里去。陈佛智收拾起这些金银大叉,这些金银铜鼓叉,是他的部属祝贺他铸造铜鼓的贺礼。

"都来了吗?"陈佛智走进大厅,用自己深陷在眉骨下的豹子眼环视着厅里坐着的十几个獠人首领,问。

"都来了,都佬!"十几个小首领齐刷刷地站了起来,扯着嗓子喊。要是哪个声音不够大,就会被陈佛智认为是心怀异议,被他抓出来鞭笞一顿。

陈佛智召集他的峒主,正是为了实现他谋划的另一次行动。陈佛智站在大厅中央,一手叉腰,一手在面前挥舞着,口角白沫飞溅。他正在发布讨伐冼夫人的讨伐令。想起上次行动,他就恼怒不已。本来想绑架冼夫人,出出自己心中窝憋很久的那口恶气,可是人算不如天算,计划周密的绑架却被一个新上任的北佬官给破坏了。他和宁俊杰真是偷鸡不成反蚀把米,丢死人。

岭南圣母：冼夫人

他并不感激冼夫人的宽宏大量，那天绑架失败以后，和宁俊杰钻进林子，他就对宁俊杰说："不成，我们不能就这样算了。这八婆的三包推广以后，我们这些当都佬的人还会有什么好处啊？我们不如去抢劫那西峒，去烧那西峒人开垦的田地，让他们种不成地。走！我们这就去！杀他个回马枪！血洗那西峒！"

宁俊杰却直摇头。

"你怎么啦？被那个八婆吓怕了不成？我们杀回去，一定能抢许多粮食和牲畜，那西峒一定预料不到。我们能搞掂的！走吧！你犹豫什么？"陈佛智催促着，拉着推着宁俊杰。

"不！我不想去！"宁俊杰从陈佛智手中抽出自己的手："我厌倦了与冼夫人作对！她刚才的举动叫我感动，我不能以怨报德！算了吧，伙计！好男不和女斗！她都放了我们一马，我们为何还要去自讨没趣呢？"

"你不去，我自己去！"陈佛智暴躁地咆哮着，用脚跺着地："走！我们走！"他转身挥手命令自己的马仔，他的家丁跟着他哄喊起来，拥着他往回走。

宁俊杰摇头："唉！真是鬼迷心窍！有你的苦果子吃！"

陈佛智和马仔回头向那西峒走去，走着走着，他的脚步却渐渐慢了下来。

"都佬，快走吧！天快黑了，要是天黑我们还走不出这密林，那可就要喂大虫野猪啦！"马仔催促着。

好像响应马仔的话似的，远处传来一声悠长的虎啸。陈佛智和他的马仔都一哆嗦。

"好啦！我知道了，催命鬼！"

陈佛智嘴上骂着，心里却发虚。没有宁俊杰的支持，他感觉自己很孤单。去打那西峒，会不会招惹来高凉俚人的报复？陈佛智停住脚步，看看自己周围十几个人。算了吧。他想：还是回家先啦！君子报仇，十年不晚，他在心里安慰自己。在高凉，他心里不踏实，只有在自己地盘上，他才觉得自己具有呼风唤雨的力量。"回新宁！"陈佛智大声喊着，率领着自己的家丁马仔撤了回去。

"高凉冼夫人，仗着她是朝廷命官的夫人，经常欺压我们獠人弟兄！高凉獠人和俚人弟兄,都生活在水深火热之中,赋税沉重,不堪忍受。仅有的一点口粮,都被冼夫人逼着交了官粮。最近,我去了一趟一个叫那西峒的俚人村寨,那里的俚人没有土地耕种,没有葛布做衣,冼夫人在那里搞了个什么三包,废除了我们俚獠自古以来传下的翁堂打,俚人弟兄被逼迫得走投无路,只有去投靠獠人首领。你们说,我们应不应该去解救我们的俚人兄弟?"陈佛智开始向他属下的首领演说。

"应该!"十几个首领振臂高呼起来。

"好! 大家说应该,我这就发动我们新宁獠人去攻打高凉冼夫人,去解救我们高凉的獠人、俚人兄弟! 你们说好不好?"

"好!"十几个首领又振臂高呼。

陈佛智灵敏的耳朵捕捉到一个显得犹豫和细弱的声音,那声音的底气不如其他人足。他气势汹汹地走到首领面前,一把揪着其中一个矮个子首领的汗褡衣襟,把他揪出队列:"阿发,你是不是没有劲头啊?"

"不是的,都佬! 不是的,都佬! 我只是在想,冼夫人是高凉太守的老婆,我们去打她,官府会不会出兵? 我们可不是官府的对手啊。这些年,官府的兵力越来越厉害,我们这些人打不过他们。"那个叫阿发的首领畏畏缩缩地说。

"鸟你老母! 还没出兵呢,你就长别人的志气,动摇自己的军心?"说着,扬起巴掌,左右开弓,噼噼啪啪扇了起来,把阿发扇得杀猪似地嚎叫。

打了一通,陈佛智觉得解了气,才住了手,他搓着自己发红有些疼痛的手,继续发布他的命令。

"现在,我命令你们回去召集家丁,明天天一亮,在这里榕树下集合! 我们要在明天凌晨赶到高凉! 要是哪个峒来晚了,可别怪我无情!"

冼家楼里,冼玉丹刚刚起身,他光着脚走下楼梯,来到庭院里,脸上头上还敷着草药。家丁急忙端来铜盆,伺候着他洗脸。一个丫鬟端着黑漆描花的茶盘,上面放着青花细瓷的茶壶茶碗,站在一旁等待。一个家丁匆匆走过大门,向冼玉丹走来,慌里慌张地喊:"不好了! 冼都佬! 陈佛智率领着新宁十几个峒的俚人打来了!"

"鸟他奶! 陈佛智! 老子高凉俚人招你了惹你了? 你来打老子做也!"

岭南圣母:冼夫人

冼玉丹一巴掌把铜盆打翻在地。

"都是妹仔惹的祸！那年陈佛智来求婚她不答应,这鬼佬到现在还在记仇！鸟他奶！不嫁他就不嫁他！他倒不断来找麻烦！还说要结亲呢,全是鬼话!"冼玉丹嘟嘟囔囔地说着,从丫鬟手里拿过茶碗,咕咕噜噜地饮了几大碗。

"抬铜鼓来!"冼玉丹大声喊。

家丁急忙从大厅里抬出铜鼓,放置到廊下的鼓架上。这铜鼓是他们上辈传下来的,黄铜已经有了暗绿色锈斑,没有那耀眼的金光了,但是还是十分精致,突出的黄铜鼓身上铸造出的各色图案还是十分鲜明,那条腾空的龙还是活灵活现的盘旋着,眼睛吐放着咄咄逼人的光芒。

家丁把沉香木鼓槌递给冼玉丹。冼玉丹抢起胳膊,用劲敲击起来。咚咚的鼓声惊醒了附近村寨,各峒峒主都匆匆赶来。

"发生乜事了?"峒主互相询问着,走进冼家楼大院。

冼玉丹神色严肃地站在院子里等待着各位峒主的到来。峒主抱拳作揖,见过他们的首领:"冼都佬,出了乜事?"

冼玉丹皱着眉头:"鸟他奶！新宁獠人陈佛智打上门来了。你们说我们该怎么对付?"

峒主都纷纷议论:

"我们冼家已经多年没有发生争斗了,他们新宁獠人找上门了做乜啊?"

冼夫人一进冼家楼大院,首领就齐声欢呼起来:"冼都佬回来了！这下可好了!"

"出了乜事? 为乜敲铜鼓?"冼夫人镇静地问冼玉丹。

"新宁陈佛智打上门来了!"冼玉丹简单地说了一句。

冼夫人皱起眉头:"真没想到！真没想到！他有什么理由打我们?"

"还不知道呢,他们刚刚到北山。"

"我来敲鼓!"

冼夫人接过冼玉丹手中的鼓槌,甩开臂膀,有节奏地敲击着。一阵激越却带着委婉和悠扬的鼓声立即荡漾在高凉城上空,慢慢扩散着传向附近俚峒村寨。

"冼夫人击鼓召集我们了!"

俚峒的男人们立即从床上跳了起来,抄起武器,戴上斗笠,女人们把粽子或者糯米鸡塞到他们手里,他们匆匆地一边食着手中食物,一边向冼家楼跑去。冼夫人亲自击鼓召集他们,说明一定发生了大事,要他们立即赶去保卫冼家楼,保卫他们自己的家园。

四面八方的俚人匆匆赶来,集合在冼家楼前面的场地上。

冼夫人站到高台上,镇静地看着前来的父老兄弟。不能让他们白白流血。冼夫人想。冼家俚人已经很久没有和獠人或者其他俚人部落发生过械斗事件,今天一定要想方设法化解和陈佛智的纠纷,不让事态扩大。也许冯宝的敌人正在兴高采烈幸灾乐祸地等待着看这场热闹,添油加醋地去汇报给广州总管,挑唆广州总管撤了冯宝,他取而代之。不行! 她冼夫人一定不能让这阴谋得逞! 她要想方设法维护冯宝,维护了冯宝,才能维护高凉她自己家园的安定。

"有人打来了!"下面有人惊慌地喊着。陈佛智的队伍已经出现在不远处的路上,透过树林的稀疏处,可以看到他们晃动的身影。

"莫要慌! 请大家坐下来!"

冼夫人扬着手高声喊着:"坐下来! 坐下来! 他们也是来听我讲话的! 不要慌! 不要乱! 不许动手! 要是谁动了手,我一定不放过他和他全家! 按老规矩杀他一家! 烧他房子!"

冼夫人继续高声喊着,安定指挥着乱哄哄吵吵嚷嚷的人群。

冼玉丹不解地看着她,生气地责问:"你糊涂了! 看着陈佛智就要打过来,你却要大家坐下来! 这不是要大家坐着等死吗?"

"坐下来! 坐下来! 听我讲话!"冼夫人不搭理冼玉丹,继续喊。

场面上的人群渐渐安静下来,人们听话地坐到地上。冼玉丹不大放心,带领着几十个家丁,在场子外面摆开阵势,防止陈佛智的攻打。

"不要先动手!"冼夫人对冼玉丹喊着说。冼玉丹点头。

冼夫人看着陈佛智的队伍走到场子前,她立刻清了清嗓子,大声地演讲起来:

"都佬细佬们,今天召集大家来,是要告诉大家一个好消息! 大家知道,那西峒是我们各峒中间最贫穷的村峒,今年他们丰收了! 他们头一次交了官粮! 他们家家有了口粮,再不会整年吃薯蓣了! 大家说,这是不是好消

岭南圣母:冼夫人

息啊？"

"是！"场子上响起一阵雷鸣似的喊声。

黑压压的人们静静坐着听冼夫人讲话，人群外面站立着手拿大刀长矛长戟身穿藤甲牛皮甲的武士，虎视眈眈地望着走过来的陈佛智的队伍。陈佛智带领着的队伍被眼前的场面镇住，不敢轻率冲进去。

陈佛智的人拄着手中的武器站在场外，侧起耳朵听冼夫人讲话。

"这是怎么得来的呢？我要告诉大家，这全是因为实行了三包。今年那西峒采用了三包，那西峒获得空前的好收成。"

"什么是三包？"场下的人纷纷议论："三包这么好啊？"

连陈佛智的人也都互相交头接耳小声议论着。

冼夫人及时地接着大家的问话说："三包就是把田地分给各家，各家自己种自家的地，不参加俚人过去的翁堂打种地，打下的粮食归各家，各家交纳自己家的税粮。各家税粮，按照自家人头多少来交，十岁以下的细佬细女每人交纳一半。你们说，这种办法好不好？"

"好！"场下又发出一阵雷鸣般的喊声，连陈佛智的人也都禁不住一起喊了起来。

"鸟你老母！不许跟着喊！"陈佛智用手中长矛戳着呐喊的部属。他的手下急忙躲到远处去，有的偷偷坐进人群里，陈佛智身边的人越来越少。

"我宣布，在我们冼峒里，以后一律实行高凉太守的告示，实行三包，废除翁堂打合亩制种地！大家同意不同意？"冼夫人挥着手问。

场下开始交头接耳地议论起来。

冼夫人站在台上，微笑着看着场边陈佛智。

陈佛智的手下，许多已经离开队伍，偷偷坐到人群里，和身旁的人低声嘀咕着，征求和倾听着他们的意见。陈佛智一脸无奈，他暴躁地咒骂着，用长矛戳着坐在场中的马仔。冼玉丹带着家丁走了过来，他沉着脸，看着陈佛智，责问着："你这家伙屡次挑衅，究竟为了什么？你不是还给我家妹仔做媒吗？为什么转脸来攻打我们？"

"不关你的事！我为她而来！"陈佛智黑着脸，指了指冼夫人。

"怎么不关我的事？"冼玉丹反驳着："我劝你还是赶快回去！我们俚人不是好欺负的！你跑到冼峒，怕是有来无回！"

岭南圣母：冼夫人

陈佛智不再说话，挥舞起长矛向冼玉丹刺过来。"动手吧！"陈佛智大声号召他的家丁。冼玉丹吆喝着闪避着，并不与他交手。身边的几个马仔互相看了看，不见同伴上来，都向后缩，谁也不敢上前。

那边高台上，冼夫人微笑着提高声音，追问着："大家同意不同意？"

"同意！"场面上山呼海啸般地回答，包括许多陈佛智的手下来人。

"那好，我现在正式宣布，从今年开始，冼家各峒推广三包，自家包开荒，自家包种，自己一家包交赋税。你们谁有本事多开田，你们就能多种地。你们谁有本事种好田，谁家就能多打粮食，交纳赋税，剩下的粮食完全归你们自己！多种多收，就能多得！"

场面上又是一阵欢呼。

"远道来的獠人兄弟，你们说，我们冼家的办法好不好？"冼夫人故意朝陈佛智喊。

"好！"有几十个新宁獠人不管陈佛智的恫吓，也扬着手中的武器高声喊了起来。

鸟他奶！陈佛智咒骂着，垂头丧气地一屁股坐到地上。这仗，是打不成了！

冯宝的太守府里，陈霸先和冯宝一起听取差役的报告。

"这还了得？本督护刚到高凉，就给本督护一个下马威啊？"陈霸先愤怒地说："走！我们去会会这陈佛智！我记得几天前路上释放了他，他倒又找上门来！"

陈霸先命令他的参军沈恪和陈拟："去召集队伍！"

冯宝急忙劝阻："陈督护鞍马劳顿，走了多日，来高凉几日，尚无歇息过来，还是暂时在寒舍里安歇，让下官和冼夫人去处理吧。想他陈佛智也没有熊心豹子胆，竟敢跟官府作对！"

"不行！这陈佛智根本没把官府放在眼里，他是来者不善善者不来！你去没有用的！你那几个差役对他根本就没有威慑！让我去杀杀他的威风！也树树本督护的威风！让他们知道陈督护这马王爷有几只眼！走！我们一起走！"陈霸先大手一挥，长史侯安都和参军沈恪、陈拟都紧紧跟随着陈霸先出去召集队伍。

"官兵来了!"冼家楼前有人高喊。

"不要动! 坐着不要动!"冼夫人急忙喊,安抚着场面上的群众:"官兵不是来打我们的! 不要怕!"她知道,俚人被官兵欺压得太久,有许多俚人非常害怕官府和官兵,一听说官兵来了,他们会做拼死的反抗。

"千万不要乱!"冼夫人声嘶力竭地喊着,用手势安顿着俚人群众。

陈佛智听到喊声,他一机灵,站了起来:"鸟他奶! 官兵打来了! 跟他干!"他喊着,挥舞起手中的长矛:"冲啊! 冲过去!"他带来的獠人部属都纷纷站了起来,随着他向场外冲去。

"不要去! 不要去!"冼夫人急忙跳下木台,慌忙中,她跳在一块石头上,崴了脚踝,她一拐一拐地朝陈佛智跑去:"新宁的都佬们,听我劝说,千万不要去! 官兵人多,武器好,你们要吃亏的! 只要我们坐到这里,没有反抗他们,他们不会动手的! 相信我!"冼夫人声音嘶哑地喊着,伸出双臂试图阻拦那些冲过去的獠人。

陈佛智恼怒地跳了过来,一拳把冼夫人打倒在地:"鸟你老母! 你和官府穿一条裤子!"他咆哮着,挥舞着长矛:"快走! 快走!"

冼夫人被冼玉丹拉起来,捂着红肿起来的脸颊,还是拼命嘶哑着嗓子大声喊着阻拦着混乱的獠人:"不要听他的! 他是把你们往火坑里推啊!"

一些獠人犹豫着,不知该听谁的话,有几个精明的家伙,又坐了下去,把头深深埋到双腿中,不让陈佛智发现。

陈佛智率领着几十个獠人家丁迎着官兵的队伍冲了过去。

马上的陈霸先看见一群挥舞着长矛砍刀的獠人冲了过来,急忙命令陈拟和沈恪带领着人马包围过去。官兵分成两路,朝陈佛智的人包抄过来。

陈佛智看见官兵包围过来,高声喊叫着:"官兵来了! 杀我们来了! 跟他们拼了!"他扬起长矛朝官兵刺去。

"杀他狗日的!"马上的陈霸先大声喊。沈恪和陈拟都喊了起来:"冲上去! 冲上去!"多日没有打仗的官兵兴奋起来,眼睛放光,高声呼喊着:"杀啊! 冲啊!"端着锋利的闪闪发光的长矛冲向陈佛智的人群。陈佛智的队伍立刻混乱起来,哭声、喊声,交织在一起,鬼哭狼嚎,叫冼家楼前的俚人胆战心惊。

冼夫人疯狂地冲到陈霸先的马前,一把拉住陈霸先的马缰绳,喊叫着:

"陈督护,放过他们吧! 不要杀了! 让他们投降吧!"

陈霸先的坐骑喷着气,发出咴咴的愤怒叫声,他紧紧勒住马嚼,让坐骑避开面前的太守夫人。

"鸣锣收兵!"他命令传令兵。

铿锵的锣声响起来,镇住了正在厮杀的官兵。陈拟和沈恪互相看了看,陈拟很遗憾地说:"士兵刚杀得性起,还没有尽兴,就收兵了,真可惜。"士兵已经把几十个新宁獠人包围在中央,把他们逼到一起,正准备一个一个结果他们。在这些经常征剿俚獠的士兵眼里,杀个俚人、獠人,就好像杀鸡一样轻松,而且比杀鸡更能激起他们的兴奋,叫他们高兴。可是收兵的锣声响起,他们只好恋恋不舍地退了回去,几个正杀得红了眼睛的士兵,心有不甘,趁参军没注意,突然冲到獠人中间,朝一个獠人猛戳了几枪,那獠人惨叫一声倒了下去。

陈霸先从马上跳了下来,不解地问洗夫人:"他们来打你们,你为什么要替他们求情啊?"

洗夫人抱拳作揖:"感谢陈督护收兵! 他们都是无辜百姓,上有老下有小,家里等着他们搵食,望督护饶过他们,放他们回家吧。"

陈霸先想了想:"也好。你去对他们说,告诉他们以后不要与朝廷和官府作对,老老实实种地,老老实实交纳赋税! 若再聚众暴乱,本督护重惩不贷! 不过……"陈霸先看了看被几个士兵捆绑着的陈佛智:"他不在饶恕之列! 带他到罗州去,我要重重治罪于他!"

洗夫人看了看陈佛智,摇了摇头,狠狠地说:"你这是罪有应得!"

她大声把陈督护的话传达了一一遍,新宁獠人欢呼起来,齐刷刷地跪倒,感谢洗夫人的救命之恩。洗夫人急忙指着陈霸先:"你们感谢陈督护陈将军!"新宁獠人又转过头去感谢陈霸先。

陈霸先挥手:"回去吧! 回去吧!"新宁獠人站了起来,撒丫子向新宁方向拼命跑去,他们害怕官家变卦。

"送信给我的弟兄! 叫他们来解救我!"陈佛智扯开嗓子大声叫喊着。

陈霸先命令士兵:"把那个带头闹事的头领绑了,带他走!"士兵们栓了陈佛智,带着他随大队回太守府邸。

"回太守府吧,夫人。"陈霸先尊敬地对洗夫人说。

冼玉丹也说："你回去吧，这里没事了，我让大家散去。"

陈霸先又说："回去我还要向夫人请教治理俚人、僚人的方略呢。请吧，夫人。"陈霸先挥手，让参军拉来一匹马，士兵扶着冼夫人上了马。第一次骑马的冼夫人胆战心惊地坐在马背上，僵直着身体，一动不敢动，生怕马一尥蹶子把她摔下来。

冯太守设宴谢督护　冼夫人送女配将军

回到太守府，冯宝设宴招待陈霸先和他的部下，感谢他们为高凉平息了一场灾难。陈霸先脱去沉重的头盔甲衣，冯宝让仆从挂在衣挂上。

陈霸先把佩刀解了下来，交给冯宝，冯宝接了过来，看了一眼，不由叫起好来。这佩刀刀锋闪着寒光，刀柄刀身有些地方铮铮闪光，有些地方黯然无光，黯然无光的地方呈现着一些隐约可见的灵龟花纹。冯宝用手去抚摩那些看起来凸凹不平的灵龟时，却觉得手指下一片平滑，没有任何的凸凹不平。奇怪！冯宝又用手仔细抚摩着，还是光滑得很。冯宝翻来覆去端详，看不出原因。

"陈将军，好刀啊！这是什么刀？如此精致？下官从没见过？"冯宝拿着刀，翻来覆去，爱不释手。冯宝身为文臣，却也喜欢佩刀佩剑，不过，他除了健身舞弄几下花哨的剑舞，并不会真正使用刀剑。

陈霸先哈哈笑着："冯太守真乃识货之人，一眼就看出这佩刀不同凡响。告诉你，这是我们吴越之地最新的刀剑，叫花纹钢刀。这花纹钢刀，根据刀剑花纹的不同，有不同的名称。我这刀上的花纹有灵龟，所以叫灵宝；色似彩虹的，叫流采；彩似丹霞的叫含章，状似龙文的，叫龙鳞。都是采用百辟方法炼制而成，所以，也叫百辟宝刀。剑呢，就叫百辟宝剑，匕首叫百辟匕首。"

冯宝一边让陈霸先入座，一边说："陈将军这么一说，倒叫我想起来了。当年我跟随父亲读书时读到傅玄的《正都赋》，里面有一句说：'苗山之铤，铸以为剑，百辟文身，质美铭鉴。'父亲解释说百辟是一种铸造剑的方法，只说这剑精美异常，可我总不理解这精美的剑到底如何文身？我想，剑非人也，如何可以文身呢？当时追问父亲，父亲也只是支吾，说不明白。原来就是指的这花纹剑花纹刀啊，果然是文身！"

冯宝说着，抚摩着刀锋，继续说："这文身的刀剑，在古人的许多文章里都提到过，比如曹毗的《魏都赋》，裴景声的《文身刀铭》《文身剑铭》，张协的《七命》等都提到过的。裴景声的《文身刀鸣》说：'良金百炼，名工展巧，宝刀既成，穷理尽妙；文繁波回，流光电照。' 你看，古人把这宝刀描写得多生动。可是为什么近年来却不见了呢？"

陈霸先叹息着："冯太守果然博闻强记，居然记得这么多文章！我不知道原来古人已经有这宝刀宝剑，我只知道吴越之地近年来十分时兴这花纹钢，用它造了不少宝刀宝剑匕首，但是价钱也惊人。这么一把宝刀要银两上千呢。"

冯宝猛然拍了一下脑门："我想起来了。这花纹钢最早见于春秋末年！你们吴国的铸剑大师干将莫邪铸造的干将剑，史书上说它身作漫理，那漫理就是水的波纹，那莫邪剑身做龟文，不就是将军宝刀的龟文吗？对，对，《越绝书》卷十一载，越国铸造刀剑的大师欧阳子制作了三把剑，一叫龙渊，一叫泰阿，另一叫工布，说龙渊'观其状如登高山'，说泰阿'观其状巍翼翼，如流水之波'，说工布'文若流水不绝'。将军你看，这不都说的是这花纹钢吗？"

陈霸先惊叫起来："哎哟，我的祖宗！原来我们老祖先这么早就有了花纹钢啊？就有了这么厉害的宝刀宝剑啊！我还以为这花纹钢是吴越近年的新玩意呢，原来不过是学老祖先的啊！春秋末年到现在也有几百年了吧？"

"可不是，已经整整九百年了！"冯宝也叹息着："我们的老祖先多聪明啊。可惜这一二百年战争太多，许多好东西都灭绝了。看来这花纹钢也慢慢失传了，不过在曹魏的时候，还是有的嘛，刚才说的那些文章都是那个时期的。对，还有曹丕，曹操的大儿子，他写的一篇《剑铭》，说建安二十四年，他命令图工精炼宝刀宝剑九枚，全按照刀剑上的花纹命名，对，就是将军刚才说的那些名字，有灵龟、流采、含章、龙鳞什么的！我也忘记了，说不全了！"

陈霸先哈哈大笑，笑得一时气都接不上来，他一边大笑一边断断续续地说："我还以为我们吴越人聪明呢，既能造出这么精巧的刀剑，又能起许多美好的名字！却原来不过是拾人牙慧！还是拾老祖先的牙慧！真令人好笑！"

大家都笑了起来。

冼夫人终于有了说话的机会，她急忙插话："看我们老爷，可算是有了一

岭南圣母：冼夫人

个难得的卖弄学问的机会！也不向陈将军表示我们的谢意,只管说着什么宝剑宝刀的古！"

冯宝这才举杯,向陈霸先表示感谢:"陈督护,请接受下官水酒一杯,感谢督护出兵保护高凉。"

冼夫人也站了起来:"我代表高凉冼家俚人敬督护一杯,督护今天保护了我们高凉冼家和俚人部落,我代表全体冼峒俚人向督护表示感谢。"说着,她恭恭敬敬地向陈霸先鞠躬。陈霸先忙不迭地摆手。冼夫人看了看冯宝,微笑着提醒说:"请个会唱歌的丫鬟给将军听,让将军高兴高兴吧。"

冯宝为难地看着冼夫人:"太守府没有会唱歌的人,哪里去找歌女呢?"

冼夫人微笑了:"谁说没有?老爷太健忘了吧?请陈秀英来为将军演唱。"冼夫人命令差役。

冯宝一愣:陈秀英?怎么想起她?冯宝满腹狐疑,可是心中有鬼,又不敢流露出什么来。冼夫人频繁地不落家,他终于没有抵抗住陈秀英的诱惑,在陈秀英那里,领略到冼夫人所没有的销魂方式。如果一个长相还不错的女人成心去勾引一个男人,恐怕没有几个男人能抵抗住这勾引,冯宝经常这么为自己开脱。

听说冼夫人请她去酒宴上演唱,陈秀英也大吃一惊。不过,她终究还是很高兴,风尘女子怕的是寂寞和孤独,向往的是热闹和繁华,太守老爷酒席上的场面她还没见过,肯定有许多山珍海味,有些达官贵人。

陈秀英心中暗喜,急忙梳洗打扮,擦粉抹胭脂,把自己带来的首饰和冯宝送给她的珍珠花和绢花插在倭堕髻上,换上光鲜的绸缎服装,抱着琵琶,来到太守大厅里。

"拜见太守和夫人。"陈秀英行礼。

冯宝把眼睛从陈秀英身上掉转开来,有些尴尬地看着冼夫人。冼夫人倒是与往常一样,脸上挂着微笑,微笑中流露着威严和权势,叫陈秀英有些心惊。

冼夫人意味深长地看了冯宝一眼:"老爷,这陈秀英可是你买回来的,你不知道她会唱吗?你没有听过她唱吗?"

冯宝心里乱跳,干笑了两声。

陈霸先倒是眼光光地盯住陈秀英,心里直赞叹:这岭南荒蛮处还有如此靓丽的佳人,难得,难得!

冼夫人平静地看着陈秀英,说:"太守冯老爷宴请陈督护,陈老爷是北人,他听不懂我们高凉曲,听说你会唱北方小曲,就拿出你的本事,给陈老爷唱几曲。要是唱得好,陈将军高兴,我会好好奖赏你。"

陈秀英抬眼,瞥了陈霸先一眼。陈霸先浑身都燥热起来,这女子的眼睛好像放射出一种勾魂摄魄的光芒,叫陈霸先为之心动。

陈秀英调着丝弦,拨动转轴,三两声中,虽然未成曲调,却已透露出几丝思乡的哀怨。陈秀英确实思念家乡,思念吴兴,思念烟波浩渺的太湖,思念太湖边上的渔家和渔家日子。童年时代,她和父亲一叶小舟泛于湖上,撒网捕鱼,夕阳西下,在一片橘黄色霞光中收网,渔歌唱晚,摇橹归来。童年时代的这生活经常出现在她的梦中。后来她的爹爹被萧映的军队抓去当兵到处流动,听说到了岭南,她在亲娘死了以后,跟随着叔叔到岭南来寻找爹爹,在广州被叔叔卖到教坊,后来遇到李迁仕,被李迁仕赎买,算起来前前后后也有了四五年光景。

陈秀英拨动琵琶,弹起家乡小调。她最喜欢吴声中的《子夜歌》,她从小就会哼唱太湖美。陈秀英慢慢拨弄着丝弦,悠扬婉转的江南丝竹小调像淙淙的流水,流淌荡漾在厅堂上。陈秀英婉转唱了起来:

> 蚕生春三月,
> 春蚕正含绿。
> 女儿采春桑,
> 歌吹当春曲。
> 采桑盛阳月,
> 绿叶和翩翩。
> 攀条上树表,
> 牵坏紫罗裙。

陈霸先不等陈秀英弹完唱完,就惊呼着推开座位站了起来:"这位姑娘,侬是吴兴人?"他激动地冲到陈秀英面前,眼睛直直地望着她,改用纯粹的吴兴方言说。

岭南圣母:冼夫人

陈秀英一听到这多年没有听到的乡音，稍一愣怔，竟泪水满面，激动得不知说什么，只是一个劲点头，过了一会，她才用吴兴话结结巴巴地说："侬是吴兴人？侬是吴兴人？"

陈霸先伸出双手，一下子拉起陈秀英："姑娘，我们是老乡亲啊。侬什么时候来到岭南？"

陈秀英双眼含着眼泪，看着陈霸先，简单地说了说她的经历。陈霸先的眼睛竟也饱含着泪水，只是不停地摇头叹息，不停地说："可怜见的，可怜见的。孤身一个女儿家，跑到这荒蛮地方。可怜啊，可怜。"

叹息了一阵，陈霸先说："我的队伍里有许多士兵，都是随新渝侯萧映从吴地来到岭南的，我会帮你打听你爹爹的下落，看他还在不在我的队伍里。"

冯宝愣愣地看着陈霸先和陈秀英亲热交谈，心里有些酸溜溜。

冼夫人推了他一把："陈督护这么高兴，是怎么回事啊？"她听不懂他们的吴兴话。

冯宝说："陈督护遇到老乡了。"

冼夫人高兴地站起来："让我们过去祝贺一下，别这么傻坐着。"

冯宝只好端起酒杯，和冼夫人一起走了过去。"祝贺陈督护他乡遇故己。"冯宝说。冼夫人端起酒杯："陈督护，祝贺你们！为你们老乡亲相遇饮一杯！"

"好啊！来，姑娘，坐到我旁边！让我们好好饮几杯！"陈霸先拉着陈秀英，让她坐到自己旁边的座位上。

冼夫人看在眼里，一个念头突然出现在脑海里，她微笑了，几天来一直困扰她的问题看来迎刃而解。

陈霸先不停地给陈秀英夹菜，不停地用吴兴话跟她说着什么，他简直已经忘记了主人夫妇。冯宝有些气恼地瞪着陈霸先和陈秀英，可他们根本就不看他一眼。

冼夫人轻轻咳嗽了一声，陈霸先从陈秀英身上转过眼睛，看了冼夫人一眼，看见冼夫人正看着他，就哈哈笑了起来："太守，夫人，你看我，在你们这里遇到一个老乡，高兴得什么都忘了！在广州，除了队伍里的老乡，还从没有遇到过老乡。今日遇到这姑娘，叫我高兴坏了！"

冼夫人直点头："可不是,高凉地区外来的北方人不多,难得遇到乡亲。这可是有缘千里来相会啊。要是督护不嫌弃这姑娘的丫鬟身份,我和太守愿意把她送给督护伺候督护老爷。老爷,你说呢?"冼夫人转过脸,问冯宝。

冯宝心里一愣,支吾了半天,说不出什么。

陈霸先一听,腾地站立起来,抱拳拱手向冯宝和冼夫人行礼："本人感激不尽!太守和夫人如此厚爱,本督护永远铭记心头!姑娘,你可愿意随本督护前去罗州?"

陈秀英心中还在犹豫,可是见陈霸先转来询问自己,却不由自主地点头了。凭她多年卖笑生涯养成的察言观色的本事,她知道跟随陈霸先有更光明的前途。她看了看支支吾吾的冯宝,很幽怨地给了他一个媚眼,款款柔柔地说:"感谢太守和太守夫人!"说着,起身向太守和冼夫人跪了下去。

冼夫人举杯对陈霸先和冯宝说:"来!让我们开怀畅饮,庆祝陈督护喜得美人!陈督护,请接受我们两公婆的祝贺!"

陈霸先举起酒杯,哈哈笑着:"我老陈戎马倥偬几十年,一直没有家眷累赘,今日得太守和夫人见赠,叫我老陈从此有了眷属。今后,我老陈就是你们公婆最好的朋友!不管有什么用着老陈的地方,只管开口,老陈赴汤蹈火在所不辞!来人,准备好马十匹,送冯太守和夫人!"

冼夫人说:"等等!督护是朝廷命官,娶个没有名分的家室会叫人笑话。来,摆上香案,按我们俚人的习惯,我要和秀英结拜姐妹。"

家人摆上香案,香案上备好香烛神位,冼夫人拉着陈秀英跪到香案前,祭告天地。冼夫人从自己怀里拿出一块晶莹剔透的淡绿色的圆形玉佩,交给陈秀英:"这是我家的一块传家的龙凤重环佩,听说还是我先祖从南越王后裔那里得到的,现在我把它送给你。"

说到这里,冼夫人转身提高声音对大家说:"从今以后,陈秀英就是我们高凉俚人的一员,是我们冼家的妹仔,要是谁敢笑话她,就是笑话我冼都佬!我要按照俚人规矩严厉惩罚他!"冼夫人对大家说。

陈秀英感动得眼圈发红,她紧紧抱住冼夫人,呜咽着说:"大姐,你对我太好了。我以前对不住你!不过,小妹这是奉李迁仕的命令而来。以后,阿姐的事就是我的事,我一定以死相报!"

陈霸先也说:"那也就是我的事。你们夫妻的事我一定会竭力帮助!"

岭南圣母:冼夫人

大家重新入座，继续开怀畅饮。陈霸先提到陈佛智，说要带他到罗州去，先示众后问斩，给当地俚獠一个下马威，来树立他督护的威风。

冼夫人想了想说："这陈佛智聚众闹事，理应重惩！可他毕竟是獠人都佬，希望督护看在我的面子上，不要太为难他！俚獠食软不食硬，治理獠人俚人还是要靠笼络和感化，不能靠武力镇压。督护刚刚上任，立足未稳，先杀獠人都佬，怕是难以收复獠人心！督护在罗州为官，还是要先得俚獠支持才是上策！"

陈霸先惊讶又敬佩地看着眼前这貌不惊人的俚人夫人，很是感慨：如此宽容大度的女人实在难得！他爽快地说："既然夫人为他说情，本官也就顺水推舟做个人情。把那陈佛智带来，让本官严加训斥，放了他吧。"

冼夫人高兴极了，连连感谢。

冯宝一直不痛快，眼下更加别扭，他嘟囔着说："我看他狗改不了吃屎！你放了他，他未必就感恩戴德，他还是不肯改过自新。只怕你这是放虎归山！有一天，他又来捣乱！以怨报德！"

冼夫人微笑，想解释什么，陈霸先却豪爽地挥手，对冯宝说："冯太守不必过虑！夫人以德服人，便是顽石，也受感动。若是他冥顽不化，以怨报德，我这七州督护可不是吃素的！我会叫他吃不了兜着走！"

李迁仕为仕途行贿　萧总管听掌故生气

陈佛智这边动身去高凉寻衅，李迁仕那边就立即动身上广州，带着很多礼物，装了满满一车。陈佛智去进攻高凉冼家，意在挑起冼家俚人的不满，如果能挑动起高凉俚人和新宁獠人的流血械斗，他李迁仕就成功了。所以，他急忙带上厚礼上广州去求见总管萧映，迫不及待去向他反映高凉俚獠内讧械斗的情况。

前几次来广州，都是匆匆而来，匆匆而回，这一次，他准备在广州多玩几日，广州有那么大的寺院，寺院里不断举行讲经会，有各种辩论，听说在辩论人死之后神灭还是不灭，一个叫范缜的说人死神灭，引起皇帝菩萨和僧人群起而攻之，双方辩论得十分精彩和激烈。还听说有外国来的大师在广州翻译和讲解佛经。这些都引起他的兴趣，很想去听听。

像往常一样，萧映在李迁仕送过礼物以后，召见了他。李迁仕进到萧映的总管府花厅，萧映在那里等着见他。

"大事不好了。"李迁仕拜见过总管萧映，急惶惶地说，满脸的焦急忧虑与不安。

"发生什么事了？"萧映急忙问，心中不免慌张起来，心也怦怦跳个不停。岭南这地方的俚獠百越总叫他放心不下。从接受武帝任命来广州这几年，他萧映总是战战兢兢，生怕俚獠暴乱，破坏岭南安定，辜负武帝信任。岭南，地处遥远，富庶又不易管理，梁武帝是非宗室亲人不委任岭南。可是，派到岭南的梁朝宗室诸位子弟，并没有给武帝争光。天监初年的萧昌，是武帝的堂弟，性好饮酒，经常酩酊大醉，酒醉以后，行为放浪，径直进入百姓家为非作歹，不抢即淫，或者独自到野外草莽，胡乱闹事，处理公务，任意而为，判刑杀戮，没有法度尺度，在广州民怨沸腾，武帝不得不免去他的职务。接着派来乐山侯萧正则，武帝的侄子，京城最顽劣的四大豪门公子之一，因为被人检举说他藏匿在京都劫杀沙门的劫盗而被削去爵禄，武帝爱惜他，把他派到岭南郁林，他却劣根不改，招诱亡命，进攻番禺，刚刚举事，事情败露，他逃到茅厕藏匿，被村人捆绑送官，武帝下诏斩于南海。

只有萧映的前任萧励，在广州还算有所作为，得到广州当地人的好评。萧映知道，皇帝派他来岭南，是对他的高度信任，是想让他接续萧励，治好广州。所以，他总是战战兢兢，唯恐在广州留下骂名，辜负了朝廷和武帝的信任。

李迁仕看萧映有些张皇失措，急忙安慰："总管不必惊慌，也没什么大事。"

萧映舒了口气，生气地瞪了李迁仕一眼："你可吓死本官！没有什么大事，你惊慌什么？大惊小怪的！"萧映又很不满地白了他一眼，坐了下来，端起青花瓷杯，慢慢啜饮着，平服着刚才的紧张心情。

李迁仕赔着笑脸，补充解释："大人有所不知，新宁獠人和高凉俚人打起来了！"

萧映一惊，手中的茶杯哐啷一声，掉到青砖地上，摔成碎片，他腾地站立起来，大声喊叫着："这还不是大事？什么时候？"

李迁仕心里发笑：一听说俚獠打起来，就把他吓成这样！他故意打住话

岭南圣母：冼夫人

头,慢腾腾地站起来,慢腾腾地说:"下官来时,新宁獠人刚动身,双方交战结局,尚不得而知。"

萧映大怒:"你这人是怎么回事?俚獠打起来,你不留在阳春解决俚獠纠纷,跑到这里干什么?要是你阳春的俚獠也趁风扬沙闹起事来,事态如何掌控?"

李迁仕哈哈大笑:"总管过虑了。我阳春俚獠尽在下官掌控之中!阳春县令乃獠人,治理俚獠很有方略!总管大人尽管放宽心!"

萧映定定地看着李迁仕流露着狡點神色的脸,稍微安心了一些,他询问着:"本官记得你曾说过,高凉郡守夫人也是俚人,高凉郡守冯宝应该能够掌控局势,应该说是没有什么危险的吧?"

李迁仕眉头一皱,做出急切的样子,反驳萧映:"大人尚不能断言。新宁獠人就是冲那俚人婆去挑衅的,下官以为,冯宝无法掌控局势,这次俚獠必然大打出手。再说,冯融父子图谋不轨,已初露端倪,罗州一带,流传童谣,大人要不要听听?"

萧映皱着眉头:"你就说说吧,童谣是民心民意的反映嘛。"

李迁仕喜出望外,急忙摇头晃脑地学唱起来:

"罗州有风不得旺,遍地种李食得饱。

罗州风水旺,全在李树上。

阳春旺,李树上,高凉败,在风向。

大人你看,是不是有点意思?"

萧映还是皱着眉头:"这风大概是指冯融冯宝父子,这李,是不是就是指你李迁仕啊?童谣大多是别有用心者编造出来叫童子传唱的,这是不是你自己编造的啊?你这点伎俩还想来骗我?"

李迁仕呵呵地笑着,急忙作揖鞠躬:"大人明察秋毫,明察秋毫。小人不敢欺骗大人。请大人海涵。"

"好了,好了,不要装神弄鬼,还是治理好阳春,有了政绩,本官一定关照你。告诉你个好消息,高凉设州之事,已获朝廷恩准,本官正寻找合适人选做高凉州刺史。你还是很有希望的嘛。"

李迁仕心花怒放，一通鞠躬作揖，甜言蜜语，感谢总管栽培重用之恩。

"好了，早早回去吧。俚獠没有信誉，说闹事就闹事，你还是小心为妙，不要让阳春发生意外。对了，皇帝菩萨继续推广佛教，诏令地方大建寺院，阳春郡有没有实际行动响应皇帝菩萨之诏令啊？"

李迁仕急忙回答："下官已选好寺院地址，正筹措资金，不日即将动工，到时还请总管大人赏光去举行奠基仪式。阳春风光旖旎，俚獠女仔擅长歌舞，到时下官为大人选几个上好歌女，以娱大人平素劳顿。"

总管萧映微笑了一下："你的心意本官心领，只是本官公务繁忙，无此闲情逸致消受，你还是快返阳春，勿使阳春发生意外。否则，高凉刺史职务……"萧映故意吞回后半句话，意味深长地看着李迁仕，拈着须髯，微笑着。

李迁仕心下明白，连声答应，他明白了总管的暗示，高凉刺史一职非他莫属了。李迁仕心里美滋滋地离开总管府邸。

陈霸先到罗州接任了孙固的差使，孙固回到广州，到总管府去述职交割自己的差使，等着总管重新任命。

孙固去拜见萧映，萧映在客厅里接见孙固，孙固禀报他任职罗州督护的情况。

"听说新宁獠人和高凉俚人打了起来，结果如何？事态有何进展？"总管萧映这几天一直挂念着这事，又得不到任何消息，见了孙固，便首先打问此事。

孙固笑了："回禀大人，说来十分凑巧也十分可笑，此事恰被上任去罗州的陈督护路遇，很快被平息了。陈督护原想重重惩处新宁獠人首领陈佛智，但是高凉俚人都佬冼夫人苦苦求情，陈督护严加训斥后释放。现今俚獠稳定，家家忙于开荒种地呢。"

"俚獠变化从何而来？"萧映很感兴趣地问。

"此乃冯宝与冼夫人之功劳，他们在高凉废除合亩制、推行三包，极大调动俚獠种地热情，人心稳定。"孙固兴致勃勃地讲起三包制，萧映专心听着。

"罗州刺史冯融，是否配合服从督护？"萧映想起李迁仕的话，顺便问孙固。

"冯刺史这人很不错,多年为官,勤勉恭谨,小心慎重,在安定俚獠、维持人心、治理罗州上自有一套。在他之前,罗州特别是高凉,俚獠暴乱,驱逐官员,反抗朝廷,抗拒赋税徭役,他去了之后这十几年二十年,罗州未有大型的俚獠暴乱。眼下,他年老体衰,要求致仕。他的儿子冯宝太守与俚人首领冼夫人联姻以后,高凉安定,这两年粮食丰收,税粮多缴许多。"

"原来是这样。"总管萧映拈着须髯沉吟起来。为什么李迁仕所说截然不同?谁的话可信?萧映打量着孙固,凭知觉,他知道孙固的话更可信一些,可是,感情却又让他不能不相信李迁仕,李迁仕给了他那么多好处,他哪能不相信李迁仕呢?

"你尝尝这个,满甜的。"萧映指了指面前小几上的碟子,碟子里有些蜜饯果仁。他又问孙固:"这叫什么来着?我忘记了。"

孙固从碟子里拈起一颗,看了看,放在嘴里品尝,笑着:"大人,这叫益智仁。益智仁好像毛笔笔毫,七八分长,二月开花,花朵鲜艳好像莲花,五六月结实,果子味辛辣,可以盐渍,也可蜜糖渍。这是用蜜糖腌渍的。"孙固详细地给萧映介绍。

"这是谁送大人的?岭南风俗不请人吃益智仁。"孙固笑着,又补充了一句。

"哦?为什么?这又是什么岭南风俗啊?"萧映对这岭南特殊的民情很有兴趣,总是想多了解一些。

"岭南人认为,请人吃益智仁,是影射此人蠢笨。因为它叫益智仁,只有蠢笨之人才须吃它以补益心智。"孙固又拈起一颗,放在嘴里,一边品尝,一边笑着说:"岭南还流传着一个关于益智仁的故事,不知总管想不想听?"

"什么故事?"萧映勉强微笑着问。

"安帝义熙元年(405 年)时,卢循为广州刺史,五月端午节,卢循送安帝刘裕益智粽,就是用蜜饯益智仁包的粽子,安帝一看,明白了卢循的意思,无非是嘲弄他蠢笨,于是就回赠了他一条续命缕。卢循接到安帝的续命缕,不敢轻举妄动。"

萧映哈哈大笑:"好!好一个续命缕!五月五日续命缕,可以延续人的性命。看来,我是不是也应该回赠李迁仕一条续命缕?以回报他送的益智仁?"

"噢？是阳春太守李迁仕赠总管的礼物？得罪得罪！"孙固急忙道歉赔罪。

"没什么，没什么，与你无关。"萧映拈起一颗蜜饯益智仁，放进嘴里，慢慢咀嚼着。"岂有此理！"萧映突然一拍桌子，怒喝起来。

孙固惊吓得从座位上跳了起来，战战兢兢，趴伏地上："总管恕罪！总管恕罪！下官胡言乱语，万望总管海涵，饶恕小官则个！"

萧映笑了："不关你事，起来吧。本官恼怒李迁仕，他在本官这里极力贬低冯融父子政绩，无非是想取而代之！不行！本官不能让他得逞！你对罗州高凉一带民风熟悉，与冯融多年共事，去治理高州最为合适，本总管奏明朝廷后任命你为高州刺史，你准备准备，不日动身上任。"

回到阳春，李迁仕思谋如何赶快建造寺院，以敷衍他在广州向总管讲的大话，当时，他根本没有筹划过在阳春建造寺院。做官不讲大话，哪能为官？他在上司面前所讲的话，十句只有一句是实话，其余九句不是大话，就是谎话、假话，要不就是空话。从广州总管萧映那里，他知晓这建造寺院依然是当前的中心任务和大事，不能只以大话来应付上司，想升官，一定得有政绩。

寺院地址选在哪里呢？他一时还没有主意，要叫宁猛力来商议商议。自从把宁猛力调到阳春做县令，宁猛力成了他最可靠的心腹，什么事情都要和他商议。何况宁猛力对阳春的山水比他熟悉得多。

"去请宁猛力县令来。"李迁仕对差役吩咐。

"郡守大人叫小官来？"只一会工夫，宁猛力就乐颠颠地跑了进来，微微喘着气。作为年轻的獠人，在讲究出身的梁武帝时代，不是世族出身，居然做到县令，他对提携他的李迁仕充满感激，也充满讨好的心思。要想升官，讨好顶头上司永远不会错。

"阿力，请坐。"李迁仕屁股动也不动，用十分亲昵的语气说，这语气一下子拉近二人的距离，叫宁猛力感到郡守大人的关心爱护，感受到大人对他特有的亲昵，当然，也叫宁猛力感到大人的官威和居高临下的威严，叫他不敢造次，叫他产生敬畏。

宁猛力战战兢兢在李迁仕的下手坐下："大人，什么事情传唤小人？"

李迁仕微笑着："我刚从广州回来，见到萧总管，萧总管说高州设州呈文

岭南圣母：冼夫人

277

已批复下来,叫我们早点做好建州的准备。"

"真的?"宁猛力惊喜地反问:"高州刺史可是大人?"

李迁仕故意不回答,脸上流露出一种很有把握的自信的笑容,微微摇着头:"说不准,说不准。"

"祝贺大人! 祝贺大人!"宁猛力看李迁仕一脸的得意和自信,急忙起身作揖表示祝贺。

李迁仕还是那样一副洋洋自得的表情,不过,他立刻把话题拉到他的目的上来:"朝廷眼下继续号召全民向佛,皇帝菩萨数次舍身寺院,把高僧请进皇宫,高坐在上,跟他谈佛论经。萧总管部署说,各郡县要继续落实皇帝诏令,大修快建寺院,大兴佛事,寺院要建造到郡县上。阳春至今尚无寺院,怕是难以通过总管查验。本官以为,要尽快在阳春建造起比高凉感觉寺还大的寺院。今天叫你来,就为此事,你对阳春熟悉,看在阳春哪里建造适宜。"

宁猛力轻轻皱了皱眉头,小心翼翼地问:"请问太守大人,这钱从哪里来? 修建寺院很费钱,大人知道,阳春并不富裕。"

李迁仕一挥手:"钱以后再说,先选好地点。我们要在阳春选择一个风光最好的地方修建寺院。你看,阳春哪里风光好?"

宁猛力只好打住自己的问题,想了想,说:"天下名山寺院占,阳春的名山也就是锦石岩了,那里有很大的岩洞,山中有小溪,树木遮天蔽日,风光很美,那里的俚獠妹仔靓歌喉也靓。"

李迁仕点头:"我也听说过,可惜没有去过。我们现在去考察一下,如何?"

宁猛力高兴地说:"我也正想再去玩玩呢。也不算远。我们现在就去。"李迁仕和宁猛力一行出阳春。

阳春四面皆山,西南有高大的白水山,北有凉伞岗,远看像张着的一把凉伞,又像寺院里的宝幢。东西有云林、射木、磁木数山,山山笼翠,云霭缭绕,面江耸立,与江水相映成趣。一条碧江由黄泥湾起迤逦到阳春,汇入左泷水,又迤逦南行与轮水汇合,波涛滚滚地汇入漠阳江。

宁猛力专门找了个当地獠人衙役做向导。他们出郭向西走了三里路,过渡转向南,又走了四里,满目葱茏遮天蔽日的树林中,矗立着五六座赭红色的高大石峰,山峰并不峭拔。向导介绍说,这就是空同岩峰。

放眼看去,空同岩下长满翠绿的佛肚竹、松树、榕树,还有各种葵蕉。向导拨开树丛,一个巨大的石洞入口出现在众人眼前,这洞口倾斜着通向幽深的山体。

向导点燃起火把,让人举着,领着大家小心地下到洞口。众人鱼贯相随。

洞里凉风习习,不知从什么地方吹来的风把火把吹得上下左右摇曳跳荡,明灭不定。"那边也有个洞口,风是从那里吹来的。"宁俊杰对李迁仕说。说话的声音震荡在石洞里,响起嗡嗡的回声。大家举起火把照亮石洞,石洞里上下怪石嶙峋,有的像床几,有的像盘盂筐篮,洞顶上下垂倒挂着朵朵玉兰、紫葳,倒垂着各种蝙蝠、鹰隼。

向导引领着大家走过各种静止不动的石雕似的石笋,进入里面。里面另有一洞天,大家的眼睛一下亮堂起来,火把的光在灿烂的日光的照耀下已经失去光芒。抬头向上望去,原来这是一个巨大的上下两层的石洞,如同巨大的两层干栏楼,在几柱巨大石柱的支撑下,上面还有一层,日光从顶层照射下来,把两层石洞照耀的光亮一片。

"真靓啊!"李迁仕不由赞叹。

石洞里到处是白色的石雕,好像高明石匠的精心雕刻,瓜果菜蔬,日常家具,树木花朵,动物鸟兽,无不栩栩如生,鬼斧神工。石洞顶壁上有些涓涓小水流动,不断滴答着水珠。正是这些水珠水流在不断地建造着石洞里的雕刻,有些石笋还在慢慢生长着。

走出石洞,只见群山青翠,满目葱茏,片片闪光处,皆深潭湖泊,周围是各种岩石,有的像巨龙探水,叫龙水岩;有的像童子骑豹,叫赤豹岩;有一石如水牛抵角,叫牛角岩。岩下是形形色色的岩洞,蔚为壮观。

在向导的引领下,他们从深不见底的绿潭边走过,潭水深绿,掩映在四围翠竹绿树中,潭后的石壁上垂挂着开着黄红紫白各色小花的绿萝葛藤,好似虬龙须髯。两座石峰夹峙,中间有碧流从石壁上泻出,叮咚作响,又穿石洞喷薄涌出,轰然作声,争相流出山涧。

> "妹妹唱歌哥斫柴哎,
>
> 妹妹浣衣哥种禾哎,

岭南圣母:冼夫人

妹妹纺纱哥种田哎，

和和美美一家亲哎——"

这时，一阵悦耳清脆的妹仔对歌的歌声穿过密林飘过树梢，漾在山涧。接着，又有清脆委婉的女声唱着：

"中间日出西边雨哎——

一树石榴颗颗红哎——

有情妹仔思情郎哎——

腮边泪珠飞纷纷哎——"

山下传来一阵姑娘的清脆的大笑。

"这是这里最有名的歌仙刘三妹的歌声。"向导对大家说："周围俚獠村峒都喜欢她的歌声，她经常在这里和人对歌，四方成百百姓来观看，可热闹了。俚獠人叫她歌仙，有好事的人还在山腰上给她建了个小寮棚，还有些老太婆上去烧香祭拜呢。瞧，就在半山腰那块锦石岩上。"向导指点着。

大家顺着他的手指向上望去，半山腰突出一块巨大的红黄相间杂色的巨石，半悬在空中，好像一个半亩大的平台，平台上长着一丛翠竹几棵松树，一块两丈多高的红黄杂色的巨石斜倚山壁而立，好像一只猛虎似的，它的下面还有一块小一些的淡绿色的小石，紧紧依偎着巨石横卧着，好像初生的虎犊紧紧依偎着母亲。旁边果然有个小茅草寮棚，似乎还有袅袅的青烟。

"那就是锦石岩。"宁俊杰对李迁仕说。

"这个地方不错嘛。"李迁仕抬眼望去："既然有歌仙的祠，那就说明这里有神气。看来，我们就把阳春的寺院选在这里。你看如何？"

宁俊杰看了看："不错，不错。前有巨龙，后有猛虎，已经有上山的路，看来建造寺院不难。对，依山靠壁，可以建造一个不小的寺院。"

"我们上去看看。"李迁仕兴趣很浓。

向导引领着大家，走向上山的小路。上山的小路紧靠着山涧，曲曲折折逶迤通向山腰。小路很崎岖，间或有些石板石块搭成的阶梯。山坡上满目葱茏，老态龙钟的大榕树垂挂着密匝匝的须根，红棉挺拔直插云霄，荔枝、龙

岭南圣母：冼夫人

眼、大果五加、樟木、山茶都间杂着竞争生长，最奇特的是一片树干血红、好似猪血的粗大的猪血木林，血红的粗大树干上寄生着各种菌类，黑色的木耳、银白的银耳、点缀着斑点的金黄的猴头菇、鲜红的蛇菇，与青翠欲滴的青藤缠绕在一起，十分鲜艳夺目。猪血木林子中，地面上生长着许多肥厚的植物，开放着鲜艳的黄黑相间的花朵，好似老虎颜色，这种虎颜花只生长在这里。向导介绍说。李迁仕不由赞叹起来。他这才知道，自己管辖的阳春有如此美丽的风光，一时间，竟叫他生出许多感慨，也令他生出豪情和良心，一时心潮起伏，竟思谋着应该如何治理好这好山好水。这是他为官生涯中唯一一次最为干净的没有想到如何捞钱的为政念头。

上到锦石岩上，大家才发觉这平台很大，平台下面是悬崖峭壁，幽深怕人，平台里面是巨石陡壁，生长着不见天日的高大粗壮树木。在那块耸立着的大石旁边，确实建了个小寮棚。寮棚后面，居然是一个窅然山洞。向导点燃了火把，大家进入山洞，里面石床、石几、石凳、石碗、石盆俨然，全部天成。火把照着岩壁，只见岩壁上青苔斑斑，好似字迹，仔细辨认，才发现不过是青苔浸润出的痕迹。洞里卧着一块巨石，好像曲几，正可以卧睡一人。石洞里偶然听到滴答的水声，增添着里面的幽静。

宁猛力叹息道："可真是修行的好地方。"

"就在这里建造我们阳春寺院！"李迁仕大声说："这里太美了。等寺院建造起来，我要请一些高僧，将来我致仕之后，也来这里住些日子。我看就叫它通真寺吧。这里真是通向佛真的圣地！"

寺院地址选好以后，他们才下山，沿着水流走了半里，只见山势趋平，一个小村峒坐落在山洞，几个獠人妹仔坐在山洞溪边的黄色大石上洗衣服，有几个漂洗她们用靛青和红花草染的沓布和俚锦，水流里流出一股股青色红色。妹仔们一边漂洗一边唱着她们的山歌。

这些浑圆的大石都是被山洪冲下来的，一块块圆滑晶莹，煞是爱人。

"她们哪个是刘三妹？"李迁仕问向导。向导哈哈笑着："她们都叫刘三妹！"原来，这里把会唱歌的女子一律叫作刘三妹，也有叫刘三姐的。

李迁仕和宁猛力都笑了起来。今天是他们为官生活中唯一风雅的一天。

官员设州兴土木　夫人使计保那龙

李迁仕在自己的郡府里欣赏着歌舞，他从广州买了几个歌伎带回阳春，闲来无事，就让她们排练歌舞娱乐。宁俊杰和宁猛力也被邀请来欣赏。李迁仕准备在高凉设高州时举行一个盛大的庆祝，要有花车、舞狮、高跷游街，让这些歌伎在花车上跳舞。

李迁仕和宁俊杰宁猛力一边喝酒一边商量高凉设州的庆祝活动。宁俊杰说："搞这么一个大活动，要花很多钱的，我们宁峒可没钱出啊。"

李迁仕举起酒杯，打着哈哈："宁都佬不要太孤寒嘛，钱，挣来就是给人花的，谁不知你宁峒的宁都佬家产万贯？你不为高州出点血，可不要怪我不关照你们宁峒人。我调任高州刺史，这阳春郡守的职位不就空缺了吗？你想想，有多少人觊觎这位置？你不想让你侄子高升一级？你要是不想要，这职位可就是高凉冯宝的了。"

宁猛力急忙说："太守不要多心，我叔父就是心直口快，说话有口无心。郡守庆祝高州设州，也是宁峒大事，宁峒欢喜都欢喜不过来，哪能不全心全意支持太守的活动呢？太守需要什么，只要太守张口，要钱有钱，要人有人。你只管说。"

李迁仕这才舒展眉头微笑了，他看着宁猛力，极力夸赞着："还是后生仔懂事识做，官场上可不能太孤寒啊。多少人跑官要官，为什么有人跑来了，要来了？有人跑断腿也跑不来，要不来？为什么？这里面大有春秋啊。你以为都是吏部考察政绩的结果啊？傻了你！政绩不过是掩人耳目的口实而已，提升官吏的秘密全在于一个钱！钱送到了，没政绩也有了政绩，说你行你就行！钱送不到送不够，就算是多有政绩，恐怕升迁也轮不到他，说他不行就是不行！好坏还不是凭上司说？这嘴是圆的，舌头是软的扁的，想怎么说就怎么说。我听说有人为了一个县令，可是花了十几万银两的。"

宁俊杰心里骂道："丢你奶！这不是说给我听吗？要我花十几万，没门！"他举起酒杯，哈哈大笑："十几万？有十几万我买那个官做什么？我有钱，不是照样可以快活？"

李迁仕轻蔑地发出"哧"的一声："咳！真是蛮夷，球也不懂！你当有钱就有了一切？我告诉你,有权才是有了一切。有权,就有了钱,权可以换钱。而且最重要的是有了威风。人活在世上,为的什么？还不是为了威风吗？你宁都佬的威风,不就是因为你是宁峒的首领吗？有权！可是,你那点权力比起朝廷官吏来,就一钱不值了。你不是被西江督护捉了去,罚了一笔钱,不是你侄子来求我,我去求情,才放你回来了吗？所以,花钱买官绝对上算。要不,怎么会有那么多人去花钱买官做呢？许多人想花钱还没地方花呢！你都佬倒好,放着这么好的门道你不用,还说什么不当官照样快活！快活个球！不信,老子明天就叫你快活不成！"

宁猛力随声附和着:"是这个理！是这个理！我们獠人还没有充分尝到做官的好处,所以难免还看不起官人。不过,我是知道的,做官和平民就是大不一样。其实我叔父也是知道的,只不过被官府捉过几次,心里憎恨官府罢了。"

宁俊杰被李迁仕和宁猛力数落的有些恼怒,他啪的一下把手中酒杯摔到桌面上,瞪着圆大的眼睛朝李迁仕喊:"鸟你老母！用你来教训老子！老子去高凉还不是听了你的撺掇！结果害得老子死了好几个细佬,还被督护捉了去,关了几天大牢！你他娘的还在这里唠叨你的能耐！老子要你赔老子的损失！"说着,一把抓住李迁仕的衣襟,把李迁仕提留的离开了座位。

"宁都佬,有话好说！有话好说嘛！"

李迁仕连声求饶。好汉不吃眼前亏！李迁仕知道獠人发起怒来,可不是好惹的。他赔着一脸讨好的笑,左一声都佬右一声都佬地喊,同时又作揖又抱拳鞠躬。

宁猛力站起来:"叔二,不要生气！不要生气！"

宁俊杰猛地放下李迁仕,怒喝道:"丢你奶！要是再揭老子的短,小心你的脑袋！"

李迁仕陪着笑脸:"再不敢了。"说着坐了下来,小声嘟囔着:"真他妈的狗脸！说变就变！"

"你说什么！"宁俊杰眼睛一瞪,嚷着。

"没什么,没什么。"李迁仕急忙辩解:"我说这天怎么说变就变,变得这么热。宁都佬,再饮一杯,来饮胜了！"说着,举起酒杯。

宁俊杰也举起酒杯,学着他的话说:"饮胜！饮胜！"

岭南圣母：冼夫人

283

厅堂里歌舞继续着,李迁仕讨好地劝说着宁俊杰和宁猛力饮酒。

一个差役从院子里匆匆走了进来:"报告太守,前面太守府衙来了一个差人,说是新上任的高州刺史府里送公事的。这是他送来的公事。"差役递上一个公事封。

李迁仕急忙接了过来,他的心颤抖起来:新上任的刺史?他是谁?怎么不是自己了?他颤抖着双手,胡乱扯开公事封套,抖出里面的公事。他轻声读着:高州府台孙固晓谕高州所辖郡县太守县令,高州府定于下月初一午时于高州临时衙门高凉太守府与各位大人晤面,恭请各位大人拨冗莅临。

李迁仕愣怔在原地,手中的公事飘落到地上,嘴张得老大,说不出一句话。

宁猛力走过来,从地上拣起公事,自己读了起来。他已经粗识一些汉字,能够读一些简单的公事。

"出了什么事情?"宁俊杰问。

宁猛力小声回答:"任命了新的高州刺史。不是李大人。"

宁俊杰小声嘟囔:"丢你奶!刚才还在大张狮子口夸耀自己,这转眼间升官就泡了汤。这官场算也!"

宁猛力见李迁仕脸色难看,急忙摆手挤眼叫他不要再说。宁俊杰也只好不说什么,看着李迁仕发呆。

李迁仕愣愣地坐回座位:"不能这么罢休!"他自言自语。

"你能有什么办法?朝廷已经任命,你就认命了吧。"宁猛力小声劝说着。

"不行!不能这么善罢甘休!我非要把他挤出高州不可!"李迁仕还是自言自语。

宁俊杰倒是哈哈笑了起来:"有种!对!不能善罢甘休!来!让我们帮你想想办法。别看你吹嘘你是朝廷官吏,告诉你吧,在这獠人地界,强龙还是压不住地头蛇。看我们獠人帮助你夺回你的刺史地位吧。不过,你得答应,要让阿力做阳春太守。"

"我答应!我答应!只要你能够帮我夺回刺史官位,我就一定答应让阿力做太守。你说,你准备怎么帮助我?"

宁俊杰想了想:"我被督护捉了去以后,我的细佬去交州联络了交州獠人都佬李贲，又联络了南海獠人兰钦，他们答应去罗州抢我回来。后来你出面作保，陈督护放我回来，他们也就不动静了。我出面去联络他们，獠人一同起事，赶走孙固，拥戴你上任如何？"

李迁仕皱着眉头，想了许久："也只好这么办了。不过，这可是要闹大了。"

"鸟他奶！老子早就想和官府闹一次大事！官府太欺压我们獠人了！"

李迁仕急忙摆手："都佬千万不能率性而为，这要从长计议，要慎重从事！这非同小可非同儿戏！"

宁猛力也劝说："叔二，你不要乱来！还是让李大人从长计议！"

"那好吧，你来出谋划策；我听你的；你决定起事的时间。"宁俊杰痛快地说。

"我要先去高凉会会这刺史孙固，我们也是老熟人了。要是他对我还好，我们就晚一些日子起事，要是他和冯宝关系密切，我就提早动手，以防不测。"说着，李迁仕脸色舒展开来，笑得花朵一样灿烂。

"欢迎各位！"换上刺史官服的孙固，站在高凉太守府高衙门的台基上，抱拳迎接各位前来聚会晤面的太守和县令。冯宝站他的身后，作揖鞠躬迎接同僚。

"李大人请进。"孙固对李迁仕说："各位都到了，就等你了。"

李迁仕作揖鞠躬，一个劲地表示歉意："实在对不起，路途上轿夫把脚给崴伤了，故此来迟，还望大人海涵。"其实，李迁仕故意让轿夫行慢一些，他想看看新刺史大人对他的态度。

冯宝上前，抱拳迎接："李大人，久违，久违！贵体一向安康？"说着，亲自把他引入太守府衙大堂，亲自安置他在左手首位入座。李迁仕心下才觉舒坦一些。

孙固在中间的雕刻着龙虎的紫檀木椅子上坐了下来，看看左右太守县令，清了清嗓子，说："广州总管重视高凉地区，特意奏请朝廷恩准，在高凉新设高州州治，辖下阳春、恩平、高凉三郡五县。下官孙固不才，被委任以高州刺史，战战兢兢，走马上任。从今以后，下官与诸位大人唇齿相依，望各位大人与本官精诚合作，建造高州。高州虽地处偏远，多山靠水，但此地物产丰富，民风淳朴，只要诸位戮力同心，一个繁荣富强之高州指日可待。你说呢？

冯太守?"

坐在右手首位的冯宝急忙站立起来,恭敬回答:"有孙大人之英明,高州繁荣指日可待!"

因为首先问冯宝没有问他,李迁仕心里十分不舒服:马屁精!只会逢迎!

"李大人,你说呢?"孙固转过脸,微笑着问李迁仕。

突然听到孙固问到自己,李迁仕也急忙站立起来,垂手恭立,点头哈腰:"是的,有大人之英明决策,高州繁荣指日可待,指日可待!"

孙固笑着:"本官得诸位大人之拥护,不胜欢忭。皇帝菩萨诏谕全民向佛,诏谕地方兴办私学、官学,高州地处偏远,可皇帝菩萨之诏谕尚需落实。有诸位大力鼎力扶持,高州定能成为广州辖区之典范。诸位以为如何?"

李迁仕带头鼓掌:"大人所言极是!阳春定为其首!"

见李迁仕表态,冯宝和恩平太守也都忙不迭地说愿意效力。

孙固微笑着想:李迁仕乖巧识做、圆滑巴结、见风转舵,是不可多得、不可缺少之下属,为官没有如此下属支持,真的还很不好办。他与广州总管有直接交往,想必很有些手段。自己过去做西江督护,与罗州刺史打交道多,与太守隔了一级,几乎没有来往,不知道他的厉害,今后既要依靠他,就不能不另眼相待,给他以甜头。

孙固微笑着对李迁仕点头:"李太守欣然响应,下官甚为感动!阳春愿为各郡之首,也望高凉、恩平紧随其后。"孙固转过头,微笑着对冯宝和恩平太守说。

孙固继续说:"今请诸位前来,除传达高州设州之诏外,尚有一事与诸位相商。此番高州设州,事出突然,准备不足,高州尚未有刺史衙门,下官暂时栖身于高凉太守府衙办公。此终非长久之计。高州州治设于高凉,作为州治,现今之高凉过于简陋,不足以显示高州风貌。下官窃以为,修建刺史衙门为是年之首任;次年,为高州之防护安全,修建城墙为要;三年,整治城里房舍,布局城市。三年届满,下官要高州大变。不过,修建刺史衙门,总管只拨银两一万,其余皆由高州自行筹措解决。各位大人,下官请求诸位,各自盘算一己郡县之财力,先自报数目,以后核对。"

李迁仕心想:糟了,刚才自己过于踊跃,现在可不能第一个表态,多了,拿不出,少了,又怕得罪刺史,要看看同僚自报数目,再行定夺。

孙固说过以后,就把脸转向李迁仕,期盼着这个乖巧识做的阳春太守痛快地报出一个大数目,给其他太守县令树立典范。有李迁仕的数目,哪个太守县令还好意思说个小数目叫同僚耻笑?孙固的眼光定在李迁仕的脸上。

李迁仕的脸慢慢地皱了起来,眉毛拧在一起,眼睛挤到一起,鼻子嘴巴都挪了位置,发出轻微的呻吟。

孙固关心地询问:"李大人,你?"

李迁仕捂着肚子弯腰曲背站立起来:"大人包涵则个。下官突然肚子疼痛难忍,需离座行个方便。"

宁猛力小声问他旁边的恩平县令:"什么叫方便?"

恩平县令微笑了:"就是我们所说的屙屎屙尿。官场上讲究说话文明,叫方便,也有人叫出恭。"

宁猛力也微笑了:"汉人的讲究真多。"

孙固皱了皱眉头:老狐狸!真是奸诈狡猾!需要他真正表态,他却要开溜了。

"也好,也好,李大人需要方便,我想诸位也需歇息一下。诸位暂行休息,候李大人方便之后,我等再行讨论。"孙固宽宏大量地微笑着站了起来。

李迁仕只好苦楚着脸请差役引领着他去如厕。

孙固走出高凉太守府衙,率领着诸位太守县令出来选择刺史衙门府址,初步为未来的高州城做规划。现时的高凉太守府位置是梁武帝初年的高凉太守选择的,也曾有风水道士看过,说它背靠龙脉,前有漠阳江滔滔江水送来滚滚财气,后有龙脉,是个风水宝地。

孙固环视着太守府衙,说:"本官看,未来之高州可以此为中布局州治,起名安定。城墙方正,东西南北设四门,周围五里,诸位以为如何?刺史府衙设在太守府衙对面不远处,诸位大人意下如何?"

冯宝点头:"我看可以,这一带的水风应该不错,不过,为了保险起见,还是要请一个道士看看风水的好。可以请罗浮山朱明洞道士李志宏大师或者他的高徒苏玄朗大师来看看。苏玄朗是我们高凉郡谋士。"

孙固是武夫出身,不大相信玄门。他摇头:"窃以为不必,本官看此处不

岭南圣母：冼夫人

错，只要把那个村峒搬走，正好可以建造宽大的刺史府衙。"他指着远处平畴上一个绿树掩映的村峒。

"走，我们过去看看。"孙固兴致很浓。刚才各位太守县令慷慨解囊，自报了几万银两。他约莫估算了一下，建造一个相当规模的刺史衙门已经绰绰有余。他决心要建造起高凉第一的漂亮官邸，像建康寺院和大户府邸一样豪华气派，改变眼下高凉太守府邸陈旧低矮缺乏官家气派的寒碜相。

"路还远着呢。"冯宝急忙劝说着："小官以为还是用餐之后乘轿去吧。"

孙固兴头正浓，他不想等待："走吧，都是些后生仔，走几步路算什么？"说着，他甩开大步走下台基，朝平畴上的村峒走去，冯宝、李迁仕一行官员只好紧紧跟随。

官员信步走过树林，来到村峒里。

看见一下子来了这么多官员，村峒里的俚人都跑了出来，惊慌地看着这些陌生的官员，不知所措。冯宝用俚话对大家说："大家不必惊慌，新上任的高州孙刺史来看望大家。过来欢迎孙刺史！"

头顶上椎发已苍白的村峒长听说了，急忙走了出来，领着全体村民过来拜见孙刺史和冯太守。他们跪在地上，齐刷刷地磕头。

"起来吧。"孙固弯腰挽扶起年长的俚人峒长。

孙固询问了这个俚峒的人数和其他情况。"要是高州官府征用你们的土地，你们可愿意？"孙固私下问峒长。

峒长摇头："恐怕村民不会同意，这里土地肥沃，已经耕种了多年，要是征用，我们又要重新开山砍树，重新刀耕火种，难着呢。"

孙固低下头，沉思着。换个地方做刺史衙门？不行，刺史衙门和太守衙门应该靠在一起，而且这风水龙脉宝地只有这里最好。刺史衙门一定要选在这里。

孙固看了看冯宝："冯太守，可否说服此峒之俚人搬迁？"

冯宝有些犹豫，模棱两可地说："不妨一试。"他想了想，补充了一句："不过，此事还得我内人冼夫人出手才行。"

孙固点头："太守所言极是。尊夫人乃俚人都佬，高凉俚人皆服从之。请太守务必说服佢出面促成此事。"

冯宝拍着胸脯："请刺史大人放心好了。我一定说服内人办好这事。"

"太守请看，此地两山夹一水，乃风水宝地也，高州州府设于此，定可兴盛高州。为高州也为高凉，下官想尊夫人会协助的。"孙固依然兴致勃勃，指画着，筹措规划着未来高州府邸。

冯宝回到府里，冲凉之后，换上轻薄的竹布汗褡和短裤，赤脚穿上木屐，摇着大蒲扇，坐到阴凉的厅里，丫鬟秋香急忙端上凉茶，斟了一杯，递给冯宝。冯宝抬眼看着秋香。秋香已经长成一个大姑娘，发育得比一般俚人姑娘要丰满得多。冯宝的眼睛又有点发直。陈秀英走了以后，冼夫人几乎不回冼家楼住，她白天去冼家楼处理俚人事务，晚上就回太守府。不过，冯宝被陈秀英逗引起来的欲望却没有断绝。

秋香被冯宝直直的目光看得有些不好意思。她转身正要离去，冯宝问："夫人呢？还没有回来吗？"

秋香急忙回答："回老爷，夫人已经回来，正在房里和小少爷阿仆一起玩耍。"

"叫他们出来。"冯宝啜着凉茶，吩咐秋香。

"老都！老都！"阿仆脆生生地喊着，挓挲着两只小手，跌跌撞撞地向冯宝跑了过来。"慢点走，慢点走！别摔跟头了！"冯宝看见儿子跌撞着跑过来，心惊惊地站了起来喊着，伸出手，一把把他接了过来，紧紧抱在怀里，用下巴上的须髯去扎阿仆的嫩脸蛋，把阿仆痛得哇哇尖声喊叫。冼夫人走了过来，嗔怪地把阿仆从冯宝手中抢了回来。

"叫我来什么事情？"冼夫人抱着阿仆坐到竹躺椅上，问冯宝。

冯宝简单地说了说新设的高州刺史选刺史衙门的事情。

"他选中那龙？"冼夫人吃惊地看着冯宝："他可真有眼力！那龙是我们高凉最富的村峒，那里土地开发早，峒民最会种植水稻，水稻的产量比山禾的产量高得多，我们冼家主要靠那龙交纳稻谷做口粮呢。他竟要来征用那龙的土地盖刺史府衙？他不知道这情况，你难道也不知道情况？告诉你，不行！我坚决不答应！"

冼夫人说着，站了起来。

冯宝急忙拉住冼夫人宽大的吉贝沓布汗褡，说："夫人先不要生气。坐

岭南圣母：冼夫人

289

下来,我们再商议商议。我们不能感情用事。你可知道,官场上官大一级压死人,孙大人是高州刺史,我们怎么能驳他的面子呢?他看中这块地,我看只有任由他去征用好了。"

"那不行!"冼夫人坐了下去:"我要替我的峒民着想!把他们刚刚种熟的土地占用了,峒民以后谁还会去开荒种田啊?峒民不好好种田,官府的赋税怎么完成?刺史大人这样做简直是搬石头砸自己的脚!你想想,是不是这个理?"

冯宝想了想,点头:"有道理,有道理。可是,刺史那里,我已经拍胸脯保证过了,你叫我如何向刺史大人交代?要是得罪了顶头上司,我这官帽恐怕就戴不成了。一个李迁仕瞪着眼睛寻找我的毛病,再得罪高州刺史,你说我这官帽还能不能再戴?"

冼夫人想了想:"可也是。可是那龙的土地绝对不能占用。要不,让那龙峒民自己去找刺史大人请愿,也许可以让刺史改变主意。"

冯宝连连摇头:"这可不行!你不了解汉官心思,他们不会改变主意的,只要说了,他们便要坚持到底,死不认错,绝不收回!而且,让峒民去请愿,会造成他的误会,他一定会认为是你我挑唆支使,他能不怨恨你我?不过嘛,除非说那龙风水不好,有碍于他仕途升迁。"冯宝沉思着,想出这么一句话。

"那好办。"冼夫人笑了:"明日我找一些怪病病人,冒充那龙峒民,然后去刺史那里请愿,说那龙龙脉遭到破坏,峒里近年生此怪病,看他孙大人还敢不敢在那里建刺史衙门?要是还不行,我再连夜派人去请苏玄朗,让道士大师来看风水。苏玄朗会按照我的话去做的。"

冯宝笑着用指头轻轻戳着冼夫人的额头:"你这方法可够阴损的。让怪病病人去请愿,亏你想得出来。"

冼夫人笑了:"这不是被你逼出来的嘛!"

小阿仆看见父母只顾自己说话,没有人理他,感到委屈和愤怒,开始哼唧着在冼夫人怀里折腾,踢胳膊踢腿,用手抓挠着冼夫人的发髻,把冼夫人的凤髻一把抓散,拔着她的银簪玩。秋香急忙走了过来,从冼夫人怀里抱过阿仆,让冯宝和冼夫人继续说话。

冯宝看了看秋香,对冼夫人坏笑了一下,小声说:"秋香也长成大姑娘了。你看,是不是也该像春香一样给她找人家了?"

冼夫人摇头:"我舍不得她们走。她们跟了我十几年,知冷知热,跟我的亲妹子似的。"

冯宝又说:"你不知道,老女不嫁,踏地唤天,爹娘都会成仇人的。你还是给她们想个出路吧。"

冼夫人看了冯宝一眼,冯宝的脸上浮着一层暧昧的笑。"你是不是在打什么坏主意?"冼夫人疑惑地问。

"哪里,哪里。我哪敢有什么坏主意? 我不过是提醒夫人一下而已。不过,按照我们汉人的习惯,陪嫁丫鬟可都要收房的。"冯宝笑嘻嘻地说。

"我就知道你准动了什么歪心眼。我们俚人可不兴娶几个老婆。"冼夫人不高兴地说。

"当然,当然,我知道。不过,你看,我的那些同僚,哪个不是三房四房的? 哪有我这么清白的从一而终的节夫呢?"冯宝嬉皮笑脸。

冼夫人白了冯宝一眼,没有说什么。

"明天,我要去那西峒一带看看那些怪病病人。你说,那叫什么病啊?"冼夫人问。

"按听说的病症行状,好似汉人所说的麻风病,也叫大风,那是传染的,你去可要千万小心,千万不要接触他们!"冯宝关切地嘱咐着。

"你给打听到药方了没有?"

冯宝点头:"我从我爹爹和母亲那里,打听到一种可以治疗麻风病的偏方,说是用蛇毒和蟾蜍身上的毒液加苍耳煲水可以治疗。不过,这药方还没有人敢试用。你拿去试一试。蛇毒和蟾蜍的分量少一些。"

"我让你给请的郎中请到没有?"冼夫人又问。

"还没有。汉人都知道麻风的厉害,没有人愿意来治疗麻风病。"冯宝摇头说。

"这可怎么好? 我在北山脚下盖了一些干栏,准备把那些病人全都带来,集中住下,然后派人给他们治病。没有人去给他们治疗,他们什么时候能好起来? 会不会传染别人?"冼夫人忧虑地自言自语:"只好我学着给他们配药了。"

冯宝笑了:"瞧你,还想当郎中啊。"

岭南圣母:冼夫人

"可不是，高凉地方湿热，瘴疬严重，需要许多高明郎中。我们俚獠祖祖辈辈积累了许多治病的土方子，可是还不够，还要请些高明郎中来，可惜不能如愿。"

"你别灰心，我一定多方寻找。我母亲也在替你找呢。她的娘家人，有许多继承我外祖父家传，有几个是很高明的郎中，她也许能说动他们中的一个来这里给俚人治病。"冯宝安慰着夫人。

冼夫人那西峒探病　麻风人高州衙请愿

冼夫人一大早就带着人到那西峒去。近来，那西峒发生的怪事叫冼夫人忧虑。

那西峒是冼夫人推广三包为俚人树立的典范，那西峒的改变叫许多俚人村峒羡慕。俚人自古以来使用翁堂打的合亩制耕作，峒主打着公正公平的旗号搞不公正、不公平、不公开的分配和欺诈，俚人没有生产热情，都在合亩制里混饭，出工不出力，稼禾收成越来越差，税粮交不上，俚人食不饱。那西峒自从实行三包以来景象大变，许多俚人村峒都来那西峒考察，回去以后也开始三包耕作。所以，冼夫人关心那西峒，经常过问那西峒的情况。

近来，有传言说，那西峒推广三包触犯天神，天神降灾祸到那西峒，让那西峒的后生仔生了一种可怕的怪病，一些青壮年男子身上出现红疹和斑块，疼痛难忍，脸上的斑块慢慢变成硬块和瘤子，大大小小，疙疙瘩瘩，好像狮子一样狰狞可怕。有人身上的斑块溃烂流脓，烂掉了鼻子。一些人手腕脚腕下垂，软软的，丧失了劳动力。

冼夫人还听说，那西峒峒长到处煽风点火，说什么"三包触怒天神，天神惩罚那西峒了"！他命令把那西峒的病人都关进水牢，然后杀生祭天。一时间，那西峒和周围的俚人村峒人心惶惶，一些胆小的人又加入了峒主的"翁堂打"，放弃了"三包"。

冼夫人决心揭开这种怪病的秘密。今天，她亲自来那西峒考察，看看这里到底发生什么怪事和怪病，同时，也要带那些病人回高凉去。

冼夫人率领着管家和随从家丁，让冼玉丹陪着一起来到那西峒。看到冼夫人从藤轿里下来，那西峒峒主满脸奸笑着，把冼夫人迎接到自己的干栏楼里。

"我想听听你们这里的怪病情况。"冼夫人坐到厅里，直截了当地说。

峒主的脸苦楚到一起，皱得好像核桃，他摇着头连连嘬着牙花："可怕啊，可怕啊。真是可怕得很！自从实行三包，那西峒就流行起这种怪病。已经有十来个人得病了。我们求神拜天，就是不管用。我只好把他们关在水牢里，防止病情流传扩散。"

"管用吗？"冼夫人冷冷地问。

"还真管用！关起来以后，如今这病没有流传了。"峒主奸笑着说。

冼夫人想，看来冯宝说得对，这是传染性的病。从哪里传来的呢？

"走，带我去看看那些病人。"冼夫人站起身，往外走。

"不行啊，冼都佬，可是传染的啊。"峒主伸出手，阻拦着冼夫人。

"走吧，我们不接触他，哪能染上？"冼夫人断然说，走下干栏楼。峒主没有办法，只好随着冼夫人走了出来。

冼夫人依稀记得通往水牢的路，她带着自己的随从，径直向峒主干栏楼后走去。还没有走到水牢，远远地就闻到一阵奇臭。来到水牢处，只见十几个男子赤身裸体，身上红斑块块，有的流着白色脓液，有几个脸上长满瘤子，他们东倒西歪地或躺或坐靠在水牢的栅栏上，奄奄一息，苟延残喘着。水牢用葵叶苫了个简单的棚子，遮蔽着雨水。

冼夫人认出了当年积极支持三包、反对峒主假公济私的那个后生仔，现在已经骨瘦如柴，气息奄奄。冼夫人鼻子发酸。她走近水牢的栅栏，她的管家急忙拉住她，朝她使着眼色，制止她接触那些病人。

"后生仔，你还认识我吗？"冼夫人站住脚步，远远地喊。

那个后生仔睁开眼睛，无神地看了看冼夫人，眼睛里突然闪过一丝亮光，他腾地翻身起来，跪在水里："冼都佬，救救我们！救救我们！"

冼夫人流着眼泪："你们做了乜事，变成现在这模样？"

那个叫黎龙的后生仔愤怒地指着峒主："都是他！嫉恨我们告了他的状，嫉恨三包，就暗地使坏！不知从哪里找了一个害这种病的女人，让她来勾引我们。凡是和她睡过觉的人，如今都害了这种病！"

冼夫人愤怒地扭过头来，看着峒主，眼睛里喷出愤怒的火焰，咬牙切齿地问："是这样的吗？他们所说的可是实情？"

岭南圣母：冼夫人

293

峒主扑通一声跪到地上，大声叫喊着："他们冤枉小人！没有这回事！是他们自己招惹了天神，天神降祸来惩罚他们的！"

"是他害我们！那女子如今被我们关在一个地方，她就是证据！"水牢里的人一起喊着。

"去！把她带来！"冼夫人命令着随从。随从犹豫着不动。冼夫人命令峒主："放他们出来，让他们去把她带来。"峒主磨蹭着不动手，冼夫人的随从立刻围拢上来，用长矛对着他。峒主只好从裤带上解下一把铜锁匙，打开水牢铜锁。那几个病人一拥而上，把峒主按倒在地。冼夫人的随从呵斥着："起来！快去找那个女人！"他们这才互相搀扶着，去找那个女人。

冼夫人坐到树荫里等着，不一会，那些病人便拉着一个年轻的衣衫褴褛的女人来了。病人的家属听说了消息，纷纷跟着来，他们咒骂着，哭泣着，用木棍戳打着那女人。

"说说，你是哪里人？怎么来到这里？"冼夫人冷冷地问。

那女人跪到地上，哆哆嗦嗦地哭泣着，用一种很难听懂的言语说了事情的经过。一个村民给冼夫人翻译了过来。这女人是远处山里一个獠峒人，全家都得了这病死了，只剩下她一个人，虽然患病，还没有发作，脸色红红的，挺好看。她来投奔那西峒她的一个远房亲戚，把自己全家的情况说给他。这亲戚是峒主的一个家人，他去求峒主收留她，峒主说，只要她能够和那西峒的几个后生仔睡觉，他就允许她住在那西峒，要不，他就把她沉到江里去。为了活命，她只得服从峒主的威胁，在那西峒勾引了这几个后生仔，把怪病染给他们。

冼夫人看着峒主，眼睛里喷出怒火："你还有什么话说？"

峒主浑身如筛糠一样簌簌颤抖着，跪在冼夫人面前，只是请求冼夫人饶命。

"拉过去，砍了！"冼夫人咬着牙，命令随从。随从立刻架起峒主，朝树林里拖去。"饶命啊！冼都佬！饶命啊！"峒主凄惨地号叫着，声音难听得好像杀猪一样凄厉。

"把这女人装到猪笼里沉塘！"冼夫人又命令。

冼夫人命令随从和病人的家人："你们立刻去采苍耳，采来以后，加些蟾蜍，放到锅里煲水，让他们又饮又洗。"

人们立刻散到树林里寻找苍耳。冼夫人对病人说："你们先去河里洗干净。到远处那些没有人去的河里洗,不要弄脏了峒里的水。"

病人互相搀扶着走进远处的水塘,那些没有人用的水塘,去洗干净自己。

不一会,采苍耳的人回来了。冼夫人把苍耳收集起来,对那西峒的俚人说:"我要把这些病人带回去,关起来给他们治病。你们去准备干净衣服,还要给他们带够口粮。"那西峒的俚人马上回去准备亲人的衣服和口粮,送了过来。

冼夫人来到场面上,召集那西峒的村民开会,让大家选举新的峒主。"今后,那西峒还要实行三包生产,自己开荒自己种自己纳税。大家不要轻信谣言。这些人得病,完全是峒主使坏,不是什么天神的惩罚!"冼夫人对那西峒的村民说,又发放了一些葛布、稻谷,作为慰问。

孙固心惊惊地看着太守衙门前聚集的那些俚人。这些俚人面目可憎,脸面上布满着疙里疙瘩的红色肿块,有的还溃烂着,流着黄白的脓水。还有一些,赤裸的身上腿上布满着黄色浓疱,流着黄色浓水。

"要求官府给我们治病!"那西峒来的那个后生仔黎龙带头呼喊。

"官府占我们的土地,就应该给我们赔偿!"其他俚人也呼喊着。

冯宝站在太守衙门前的青石台基上,用手势安抚着这些病人。"都佬们,安静,安静。本太守知道都佬的痛苦,本太守正在到处征求郎中来给都佬医治! 希望都佬耐心等待,郎中一到,本太守立即在太守衙门前支锅发药,给大家治病!"

孙固小声问冯宝:"这些人等生什么疾病? 他们聚集起来意图如何? 是否俚人獠人想闹事? 是否要示西江督护大人,请他派兵弹压?"

冯宝急忙摆手:"不必要,不必要。这些俚人都有病,他们是那龙人,听说官府要征用他们的土地,要求官府给他们治病来赔偿损失。"

"那龙人? 什么病?"孙固厌恶地看着下面站的病人,皱着眉头问。

"他们说,那龙地方龙脉不好,得了这种病。这种病叫大风,也叫麻风。大人看他们的脸,疙里疙瘩,麻麻咧咧的,多可怕。这是一种传染性很强的病,谁要接触他,谁就也会得这种病,慢慢的连鼻子耳朵都会烂掉的。孙大

人,你看,这刺史府选在这里,可否妥当?"

孙固沉吟了。

冯宝小心翼翼看了看孙固的脸色,又说:"要是大人心中有疑虑,还是另选地方的好。你看,太守府衙那边的那块树林,背靠着一只大鼍一样的山冈,高凉俚人叫它鼍山,要是把刺史衙门建在下面,可是好风水呢。当年道士苏玄朗看过风水,说是龙脉地。我当初都想把高凉郡守衙门建到那里,只是因为这郡守衙门已经建好,不好再破土兴建劳民伤财。大人看,鼍山下建衙门不是很好的地方吗? 那地方叫安宁,名字也好,刺史衙门和太守衙门又距离很近,方便我向大人讨教,听从大人指示。大人说呢?"

孙固微微点了点头:"也好,也好。那些那龙病人,你准备如何安置? 不能让他们到处跑,去传染更多的人啊。"

"依大人之见,该如何处置呢?"冯宝赔着笑脸问。

"本官以为,要把他们迁徙至偏远地方,建立专门之村峒,隔离禁闭,而后寻郎中精心医之,"

冯宝点头:"孙大人爱民如子,这办法实在好,只是怕他们不愿意。"

"由不得他们。此乃刺史府决定,立刻命长史拟写告示。"孙固冷冷地说:"不如此,如何防止此疫之蔓延? 此疫蔓延,高州如何长治久安?"

冯宝点头。

冼夫人高兴地走进大厅问冯宝:"怎么样? 成功了吧?"

冯宝刮了冼夫人的鼻子一下:"真有你的! 如你所愿了。刺史已经答应把刺史衙门建在太守衙门旁边的树林里。你的谋划还真管用。"

冼夫人得意地大笑着:"我的谋划没有不成功的。"

冯宝故意做出不满意的样子,撇撇嘴:"说你肥,你就喘。你可知道,你的谋划可害苦了那些麻风病人啦。"

"为什么? 怎么害苦了他们?"冼夫人急忙追问。

冯宝让春香先端来凉茶给冼夫人饮:"你先饮了白茅根凉茶以后,我再说。天这么燥热,你还是要多饮凉茶的好。"

冼夫人接过春香递过来的凉茶,饮了,她一抹嘴,催促着:"说吧。"

冯宝又拉她坐下:"你还是先坐一下,歇息一下,让火气消消再说。"

冼夫人嗔怪地瞪了冯宝一眼："你可真啰嗦。好了,说吧。"

冯宝一边为冼夫人解开上衣的褡襻,一边说:"刺史说要把麻风病人集中到偏远的村峒去隔离他们,不让他们和人交往。你说,你是不是害苦了他们?要是你不把他们带回来,他们不还是和自己的家人住在一起吗?"

冼夫人摇头:"不,我带他们回来,也是为了更好的安置他们。让他们和村峒的人生活在一起,不是还会不断有人生病吗?我也要把他们关在一起,隔离他们,派郎中去给他们医治。看来刺史大人和我想到一起去了。"

冯宝笑了:"你可真有诸葛孔明般的远见。不是吹牛讲大话吧?"

冼夫人眼睛一瞪:"你看我什么时候说过大话?你不信,去问那些病人,我在那西峒就这么说。何况,给他们居住的村峒我建造好了,在北山山坳里。"

冯宝看冼夫人急眉急眼的模样,笑了,拍拍她的手背:"我知道你不讲大话也讨厌讲大话,跟你开个玩笑嘛,瞧你,眼睛瞪成铜铃了。"

冼夫人嗔怪地擂了冯宝一拳头:"衰佬,净逗人生气。哎,建造刺史衙门的活计让谁来做啊?"

冯宝摇头:"不大清楚,孙刺史没提过。"

"你要尽量争取这单工程,我们冼家愿意承担,让冼家多挣一些官府的钱。"

"不大好说吧。"冯宝有些为难。

"有什么不好说的?你只要向他暗示,活计给了我们冼家以后,我们会给他一定的好处。比如给他活计银两的一成。他难道能不答应吗?"

冯宝摇头:"这可是贿赂朝廷官员啊,有罪的。"

冼夫人不屑地笑了:"官员从来贪污受贿,我们俚人花了不知多少冤枉钱来贿赂官府,就算我们不贿赂他,自有其他人来贿赂。我敢跟你打赌,李迁仕一定要争夺这工程,这活计可是肥差,要肥一批官员。你要是把这活计搞到手,发给我冼家,这是冼家发家致富的迅捷办法。这活计叫李迁仕拿去,他有了钱,然后去贿赂朝廷和总管,你可要吃大亏。我先给你提个醒,你要掂量着办,不要迂腐顽固不化。"

冼夫人看着冯宝,冯宝忧心忡忡的样子告诉她,自己这番话全然白费口舌,他冯宝不会去做的。

岭南圣母:冼夫人

李迁仕来拜见高州刺史孙固。孙固厅堂里客气热情地接待他。高州属下三个郡，好像鼎立的三国，要治理好高州，要笼络住三郡太守，孙固在感情上更亲近冯宝一些，可是他明白，必须让其他郡守同时也感受到他的关心、重用与信任，这是为官之道。好的上司能够让每一个下司都以为，只有自己才是他的心腹，其实谁也不是心腹。

"李大人有什么事情来拜见啊？"孙固极其亲热地把李迁仕让到座位上，自己也拉了把椅子坐到他旁边很近的地方，不再打官腔，以表示亲热和对他的特殊关系。

李迁仕期期艾艾地寒暄了许久，先十分得体地表示了他对刺史大人的极大关怀，又东拉西扯地表明自己对高州政务的关心，这才慢慢把话头引向高州刺史衙门的修建上。

"修建高州刺史衙门是我们高州每个郡县的头等大事，我们阳春郡和阳春县上下一心，准备投入最大的人力财力，支持修建刺史衙门，希望早日建成岭南一流的花园衙门。阳春郡全力以赴，大人要什么，我们支持什么，要人有人，要钱有钱。"

李迁仕说得激昂慷慨，唾沫星四溅。他这次前来，志在必得，做足了各种准备，力争要夺取修建刺史府的工程。从早年修建感觉寺，他就明白负责修建工程的好处，一下子从中得到几千两白银，填补了他挥霍的亏空。当时，他包养了好几个现在已经成为他的小妾的女人，府上的花销太大，光靠朝廷的俸禄根本无法支付花销，做官靠朝廷，花钱可是要靠自己，靠自己活络的头脑，靠自己机敏的点子。

孙固听着李迁仕激昂慷慨的陈此，尽管他不大喜欢这种阿谀逢迎，还是架不住攻心战术的进攻，心里美滋滋的。有这么忠心耿耿的部下真是幸事！孙固有些感动，眼睛里流露出满意和赞许的光芒。

是时候了。李迁仕暗自得意地想。

"孙大人，建造刺史衙门，高凉郡贡献土地立了头功，可我们阳春，除了出些银两，还是英雄无用武之地啊。孙大人，可得给阳春一个表现的机会啊！不能只让高凉出力，一来恐怕高凉负担不起，二来凉了我们阳春报效高州的一片炽热之心啊。"李迁仕故意用一种委屈抱怨的腔调说，就好像一只想讨主子欢心的狗发出的那种邀宠取媚的叽叽咛咛的叫声。

"李大人,说到哪里去?阳春一片心,本官我怎么会不知道呢?只是这刺史衙门选在高凉,这不仅是本官个人的意思,也是广州萧总管的意思,我们不好违背啊。要是把高州州治放在阳春,阳春当然要多出力了。"孙固嘴上说着,心里却在猜测:这家伙到底为什么而来呢?他不会仅仅是来表白他的忠心吧?

"高凉府出了地,该让阳春多出力了。"李迁仕眯缝着小眼睛,疙里疙瘩的脸皮挤出谄媚的笑,恭身俯在孙固的座位旁,柔声细气地说。

"那是自然的。建造府衙,不光需要钱财,还需要许多劳力,各个郡都有出力的时候。"孙固打着哈哈。

"高州是我们高凉、阳春、恩平的高州,让各郡都为刺史府的修建出点力。特别是我们阳春,劳力多,自然应该多出点力。"李迁仕继续说。

"是的,是的。"孙固应付着,还是拿不准他的目的。

"李大人,这里有萧总管给大人的一封信。"李迁仕趁机拿出萧映的推荐信。这是他专门上广州送礼请客讨要的,是萧映举荐李迁仕承建刺史衙门的亲笔信。

"这是总管给刺史大人的一封亲笔信,请大人过目。"李迁仕双手捧着萧映的信,好像捧着祖宗牌位似的,恭敬地递给孙固。

孙固接过信,拿出信纸,读了起来。这家伙,真有办法。孙固心里想。

李迁仕向外面一挥手,差役挑着竹筐走了进来。李迁仕让差役揭开竹筐上的红布,他自己亲自拿出里面的礼物,金银首饰,翡翠环佩,二尺多长的黄玉雕刻龙船,一尺多高的珊瑚树,一件一件摆在孙固面前。

孙固读完信,抬头问:"李大人想承揽建造衙门的工程?"他突然觉得眼前金光灿烂,有些头晕目眩,他瞪大眼睛,面前的金银首饰、贵重的黄玉雕刻龙船和珊瑚树眩花了他的眼,他一时说不出话来。

"是啊,阳春正在建造通真寺,有人又有经验,我们会建造一所西江地区最漂亮的刺史衙门!"李迁仕急忙说。

"当然,当然。既然如此,本官答应你,这工程非阳春郡莫属了。"孙固喃喃自语。李迁仕工作做得这样到家,他孙固有什么理由拒绝呢?

李迁仕说:"孙大人放心,下官承建的刺史衙门,必定会花费最少,工期最快,又最为壮观。下官还准备搞个庞大的奠基仪式,把萧总管、陈督护都

岭南圣母:冼夫人

请来，再找一些靓丽的美女服侍，让前来的官员永远忘不了我们高州和大人！大人，你看如何？"

陈佛智勾结李贲起事　冼夫人受托高要求救

果然像冯宝预言的那样，冼夫人宽恕了陈佛智，陈佛智却并没有被感化。在高凉丢了面子，更是新恨加旧仇，决心要联合更多的俚獠部落和村峒起事，要把高凉闹个底朝天。我没有好日子过，你也别想过好日子！陈佛智是王八食了秤砣，铁了心要和高凉冼夫人以及官府做对到底。

陈佛智派人到交州，送了许多礼物给交州俚人首领李贲，他的舅舅，请求李贲出兵高州高凉，进攻冼夫人，为他雪耻。

李贲是交州的豪族，俚人首领，有才学又有野心，一直在谋求着向外扩张。一年前他去京都求官，吏部尚书因为他不是世族，没有显赫人物的后台，只授予他广阳门郎的官职。广阳门是京都建康西南面的城门，广阳门郎就是负责把守这个城门的小官吏。李贲愤而不受，返回交州，回交州的途中特意到阳春去见陈佛智，说是想念外甥，实则想私下考察考察高凉。李贲暗中觊觎高凉，很想在高凉占一块地盘，一则因为高凉富庶，二则因为高凉是交州通向广州的要冲，一旦占据高凉，就可以慢慢向广州逼近，有朝一日，去实现他夺取广州的野心。陈佛智见到李贲，很是高兴，把自己的烦恼全部倾诉给舅舅听，李贲拍着胸脯说，只要需要他，他一定会毫不犹豫出兵来帮助外甥报仇雪恨。其实，李贲因为求官不得，更加憎恶朝廷，原本就不满意、憎恶官府，对交州官府满肚子愤怒，交州的武林侯萧谘，贪得无厌，横征暴敛，欺压交州俚獠，他很想联合交州广州的俚獠起事，想把萧谘撵出交州，然后进攻广州。

李贲接到陈佛智请求出兵的信，很高兴。一年来，他一直在暗中做着起事的准备。李贲立刻在交州宣布起事，杀了交州刺史，攻打交州府衙，把萧谘撵到广州。他杀了一些地方官吏，然后纠结了自己的部下几千俚人向高凉进发，声称讨伐高凉，为俚獠首领雪耻。一路上，他不断发动俚人獠人加入他的队伍，到达罗州时号称万人大军。

孙固和冯宝听到这个消息时，交州李贲万人大军已经离罗州州治石龙郡不远。

罗州新任刺史急忙送信给高凉刺史孙固，孙固连夜召集郡县太守县令商量对策。唯恐天下不乱的李迁仕听闻消息心中大喜，讨伐高凉，正是他求之不得的事情，他才不着急呢。他从孙固那里争得了建造刺史衙门的工程，正忙着为工程事务，他才不想和俚人打仗呢。

孙固刺史看着冯宝，问："陈佛智勾结交州李贲，进犯我高州，你看这事如何是好？"

冯宝想了想："下官以为，李贲进犯高凉为陈佛智雪耻只是借口而已，他与陈佛智交好不假，可是他决不仅仅是为陈佛智而来。依下官愚见，李贲是为夺取广州而来的。他占据了高州，就可以高州为据点，继续向广州进逼，去攻占广州。加上陈佛智一些俚獠首领的响应和支持，他觉得自己有这个能力。"

孙固直点头："有道理，有道理。可眼下他直奔我们高州而来，你看，依高州情况，能抵挡住吗？"

冯宝摇头："他李贲在交州起事，已招降许多俚獠兵力，消灭了交州的官军，一路上，又不断招纳俚獠部众，号称百万，虽然夸大其词，不过，几万人是有的。以高州的兵力抵抗，无疑以鸡卵碰石头。"

"那可如何是好？"孙固有些着急："若我还任西江督护，我就可以发西江七州兵力去弹压。如今兵权不在我手，如之奈何？"孙固倒背双手在厅里走来走去，苦苦思索着眼下的局势。

冯宝一拍手："刺史大人去请西江督护发兵，不就解决难题了吗？"

孙固摇头："你有所不知，新命督护为刚到岭南的北人，与我们这些生长在岭南的汉人还不一样。他上任之初，本官尚无接到任命，也就不曾专程拜访。官场中，十分重视这送往迎来的人情礼数，本官礼数没有尽到，和他又无同乡之谊，贸然求见，只怕他拿架子不肯帮手。"

冯宝摇头："下官以为，也不尽然。既然刺史不好说话，下官夫人与陈督护倒有些交情，请她去求援，也许能够成功。"

"那可是太好了。"孙固喜出望外："那就有劳尊夫人出面，去求助于陈督护，来解决高州燃眉之急。"

"陈佛智这边有什么动静吗？"冯宝问。

岭南圣母：冼夫人

301

"他这里暂且还没动静。我估计他在静候李贲，待李贲大军打过来时，以做内应，约定时间，一起动手。"

"李贲从西边过来，陈佛智从东边过来，前后夹击，高州危机了。"冯宝担忧地说："只有请西江督护出兵，方可解救高州。我这就回去找冼夫人商量。"冯宝起身告辞。

冯宝来到冼家楼，冼夫人正在与冼玉丹以及管家和几个村峒峒主商量盖冼家楼的事情。"太守来了。"冼家总管和冼玉丹都急忙起身迎接。

冼夫人笑着说："我们正在议论你呢，你就来了。"

冯宝笑着："你们大概又在说我什么坏话了吧？"

冼夫人嗔怪地白了他一眼："我们为什么要说你坏话呢？我们正在议论，说想请你来设计冼家楼，你见过大世面，你从小生活的罗州官衙和府邸非常之漂亮，我们想仿照罗州你家府邸来盖冼家楼。不过，我们还是要干栏式，下边是厅堂、书房、厨房、仆妇房间，上面做卧房。"

冯宝一笑："那没问题。让我来替你们设计好了。罗州刺史官邸和我父亲的府邸也都是我设计的。你看我们高凉太守府邸的样式也还不错吧？这是中原流行的前衙后府的样子。我设计的样式保管你们满意。我会结合汉人豪宅加上你们干栏特点，设计出一种新式的俚人住宅。不信，你们就等着瞧吧。"

"你的太守府也需要重建了。新的刺史衙门修建起来，你的太守衙门就显得陈旧不堪。高凉郡的衙门应该是高凉最漂亮的地方，要不，官府气派官家威风从哪里看出来？"冼玉丹笑着说。

冯宝摇头："修建官府要花百姓血汗钱，修建刺史府邸，已经勉为其难，高凉太守衙门暂缓了。修建刺史府邸，冼家怕是要筹措一番的。"

"鸟他奶！"冼玉丹拍桌子："这刺史衙门的工程为什么给了阳春太守？这么一大块肥肉，让李迁仕捞了去！真是气煞人！本来是我们冼家的发财机会，却白白送了李迁仕这契弟！"

"他这下子可要捞个盆满钵满了！"冼夫人也插嘴说，一脸的无奈和遗憾。

冯宝知道李迁仕为争揽这工程，费了许多心力，往刺史孙固那里跑了许多趟，不知送了多少礼物，虽然他也希望争取到手，可是他没有李迁仕那般本事。冯宝沉默了。

冼夫人苦笑着看着冯宝，只要一说到他理短的地方，或者一提到他的一个短处，他就来个徐庶进曹营——一言不发。

"你来找我干什么？不是为了来看我们商量盖房吧？"冼夫人推了推冯宝。

"嗷——"冯宝醒悟过来："我来是要告诉你个大事，交州李贲起事，大军向高凉进发，刺史孙固希望我们去向西江督护陈将军借兵救高凉。"

冼夫人有些不大相信，她睁大圆圆的眼睛，满脸迷惑："不可能吧？交州发兵打高凉？这么远，他为什么呢？"

"还不是陈佛智勾结的？他声称是为陈佛智雪耻，矛头直接指向你我。不过嘛，这只是李贲的借口，他打高凉的真实目的，是想进攻广州。项庄舞剑，意在沛公啊。"

冼夫人沉默了一会，问："为什么让我们去找西江督护？高州刺史去求救，不是名正言顺的吗？"

冯宝苦笑："官场上，官员面和心不和，孙大人顾虑与陈督护交情不深，唯恐陈将军拒绝。他请求我们以私人名义去求救，也许更容易成功。"

冼夫人微微点头："也是。要是我不去，高州可能面临兵燹。为高州、高凉和我们冼家，我也要走这一趟了。好吧，我这就准备动身，你们去为我准备一下。"冼夫人转身对管家和丫鬟春香、秋香说。

高要刺史府衙院落里，左一堆，右一堆，到处堆着砖沙、土石、木料，高要刺史兼西江督护的陈霸先和几个幕僚站在院子中间，指手画脚说着什么，院子里干活的人来来往往，很是繁忙，这里正大兴土木修建着督护府邸。陈霸先虽然生性节俭，不喜奢华，上任以来，不主张修建豪华住宅。可他毕竟来自京都建康，又在广州城里住了多年，乍一见高要刺史府的寒碜样，心里还是十分不舒服，加上沈恪、左安都一干左右官员、幕僚的整日撺掇，他还是像所有新上任的官员一样，把修建官府作为上任的第一件大事，他也未能超脱官场惯例。官威来自于高大气派、威严庄重的官府，新官上任，首要任务是大修特修官府，这是各级官员通例，人们见怪不怪了。

岭南圣母：冼夫人

"报告刺史大人，"差役过来向陈霸先报告。陈霸先正在听管家和工程总管、他最信任的副将胡颖汇报工程情况，他急于在新衙门里办公，每日催促工程进度催得正紧。

"说吧。"陈霸先转过头，看着差役说。

"高凉俚人首领冼夫人前来拜见大人，说有重要事情商量。"

"快请进来！快请进来！"陈霸先喜出望外："你们先去办自己的事情吧。这可是贵客稀客！对，你，管家，快去吩咐厨子准备一桌上好宴席招待贵宾！快去传唤夫人，让她出来迎接冼夫人！"陈霸先对管家吩咐。

陈霸先急忙回去换上官袍，快步走出厅堂，他的夫人陈秀英也从后面花园里急急出来："冼夫人在哪里？在哪里？"她有些气喘地喊着问陈霸先，她脸色红润，腰身明显粗大了许多。

陈霸先急忙上前扶住她，爱怜地责备说："看你急的，还是要小心从容些，过于匆忙动了胎气，可如何是好啊？那可是关系着小陈霸先的健康大事啊。"

陈秀英红了脸，娇嗔地说："瞧你，总是把小陈霸先挂在嘴上。说不定还是一个小陈秀英呢。"

陈霸先急忙捂住她的嘴："不许你胡说！一定是个小陈霸先！"

说话间，冼夫人已经带领着随从走进院落。陈霸先和陈秀英趋步上前，陈秀英扑过去抱住冼夫人："阿姐，我的亲阿姐，什么风把你吹来？高兴死我了。"

陈霸先也呵呵笑着："冼夫人，真没想到，你跑这么远来看望我们。"说着，夫妻二人把冼夫人迎进厅堂。

冼夫人一挥手，总管带领着十几个挑担的俚人家丁鱼贯走了进来，取出竹筐里的珍珠、玳瑁、珊瑚，各种金银绸缎，俚人的特产竹布、葛布、沓布和俚人织锦，摆放在厅堂上。金银绸缎和织锦闪烁着诱人的光彩，照亮了厅堂，也照亮了陈秀英的眼睛，她和陈霸先都笑得嘴都合拢不。"阿姐，你送这么多礼物做什么啊？你能来看我，我就高兴不尽了。"陈秀英抚摩着那些美丽的绸缎，连声说。陈霸先也推辞着："冼夫人，你太客气了。来看望我们，就是有心，何必这么破费呢？"

冼夫人笑着："这礼物可不完全是我一个人送的，我不敢掠人之美，主要是高州新太守孙固大人托我送来的。"

陈霸先急忙摇手："孙大人送的礼我可不敢收！哪天他到广州总管那里参我一本，说我私自接受他的礼物，说我收受贿赂，我可是吃不了兜着走。"

冼夫人大笑："官场上的官员真是心眼多多，逢事左右掂量，好像谁都在成心害人似的。"

陈霸先苦笑："官场就是这样，你难道还没有体会出来？人心叵测，你不得不防啊。"

冼夫人点头："陈督护言之有理，不过今天孙固大人送礼，实在是不得已为之，他有求于大人，我也有求于大人。"

陈秀英拉着冼夫人坐到长榻上，亲热地抚摸着冼夫人的手，嗔怪地说："阿姐好不容易来一趟，也不和阿妹说说体己话，只管说什么公事啊。"

冼夫人也抚摸着陈秀英的手："我也好想和阿妹说说体己话，我看出阿妹有喜了，祝贺督护和阿妹！下一次，我要专门登门祝贺，可现在，高凉有难，还需督护援手襄助，不然，高凉俚民百姓遭殃，我们冼家也要大难临头！"

"嗷？什么事情？这么严重？"陈霸先霍地站立起来。

冼夫人把陈佛智勾结交州李贲起事，李贲正在向高州进发的事情说了一遍。

陈霸先把拳头擂在桌面上："狗日的陈佛智，是不是绑架你的那个僚人首领？当时真应该砍了他！看你，慈悲招来大祸！"

冼夫人摇头："是啊，我确实没有料到他这样忘恩负义恩将仇报！我念他是岭南僚人，俚僚原本一家，才恳求大人饶他一命，谁知他狼心狗肺！竟勾结交州李贲对高凉实行东西夹击，置高凉于死地！这还不可怕，可怕的是李贲想借灭高凉来控制这条交州通往广州的西南通衢，切断广州与扶南、交趾、天竺、林邑等国的联系，切断南夷向朝廷进贡的通衢，然后慢慢向广州推进。要是高凉落到他手里，广州也将岌岌可危！"

陈霸先默不作声，皱着眉头注意认真地听着冼夫人的分析，不断点头。冼夫人说完以后，他倒背双手，在厅堂里踱步，紧张思考着对策。作为西江督护，他就是保护西江一带的安全，维护广州西面以及西南一带的安定，要是李贲占据从交州到广州通衢的要冲高凉，确实直接威胁广州。他不能不管！

岭南圣母：冼夫人

陈霸先霍得停住脚步，转过身，看着冼夫人，问："他们有多少人马？"

"号称十万，其实不过三几万吧。"冼夫人回答。

"现在到了什么地方？"

"听说到了电白一带。"

陈霸先严峻的神色慢慢松弛下来，他微微笑着说："俚人部队虽然凶悍，但是他们没有好武器，又缺乏好将领好部署，不过乌合之众，根本不能与官军抗衡。夫人回去回复孙固大人，高州安全包在我陈霸先身上。不过……"说到这里，陈霸先停住话头，意味深长地看着冼夫人。

冼夫人立即明白了，急忙问："督护有话尽管说，有要求尽管提，只要能够办到，我们一定全力以赴！孙大人也一定会有求必应。你就尽管说，不必吞吞吐吐！"

陈霸先竖起大拇指："痛快！痛快！冼夫人果然女中豪杰，说话办事爽快利落，很有男人风范！既然如此，我就直说了。打仗消耗很大，兵书说，人马未动，粮草先行，这粮草的筹集，需要大量银两，光靠朝廷所拨军饷，杯水车薪，连半月都难以维持。俗话说，重赏之下必有勇夫，让将士打仗，也需奖赏激励。夫人你看，高州能补充给多少军饷？"

冼夫人拍着胸脯："督护大人需要多少，我们高凉供给多少！官府不够的，我从冼家收入里支付！"

"好！痛快！就这么定下来！我让我的长史、典记和副将做个预算，你拿回去，孙固大人派人送来军饷，我这里立刻发兵电白，保证把李贲赶回交州去！"

冼夫人十分感动，立即起身要向陈霸先跪下去道谢，却被陈秀英紧紧拉住。"阿姐，不要这么见外。陈将军早就有言在先，你们的事就是我们俩人的事。"陈秀英紧紧拉着冼夫人的手，恋恋不舍地乞求着："阿姐，在这里住一天再返回去，行吗？"

冼夫人叹了口气，轻轻抱了抱陈秀英："妹仔的心意我领了，可我实在不能耽搁，也不敢耽搁，刺史孙固大人立等我的回话，高州安危系于我这一趟。等妹仔生仔的时候，我一定备厚礼专门来看望妹仔，到时候，我在这里住他十天半月。"

陈秀英恋恋不舍地送出冼夫人，一再叮咛，让她再来探望。

谢故人督护西江出兵　平叛乱将军广州解围

交州的武林侯萧谘狼狈地从交州逃到广州,来见新渝侯萧映,他在路上慌里慌张地走了几天,衣服褴褛,面黄肌瘦,蓬头垢面。

"你怎么这般模样?"萧映吃惊地看着自己的宗室弟兄。

萧谘哭诉:"交州李贲闹事,召集千余人,闯入交州刺史衙门,砍杀官吏数人,幸亏我不在府衙,若不然,早已成其刀下鬼矣。"

广州总管萧映大惊,这几年,他一直忙碌着在广州建造宝庄严寺。梁大同三年(公元537年)梁武帝萧衍的母舅昙裕僧人,从柬埔寨求得佛舍利即将返回,梁武帝命令萧映在广州迎接这尊贵的舍利子,为讨梁武帝欢心,萧映决定在广州建造一个寺院,在寺里建造一座九层佛塔,专门安放这颗珍贵的佛舍利。这一年,他正忙得焦头烂额,如今总算建造起命名为宝庄严寺的寺院和佛塔,圆满地安放了佛舍利,让广州又多了一所寺院,算是他对梁武帝向佛诏谕的坚决执行。刚刚忙碌完了这件大事,他正准备好好休息享受一下,却听到这么个坏消息。

萧映的心"咯噔"一下沉了下去,偏偏在他的任上传来这么丧气的消息。萧映就怕在他任上发生俚獠造反,不管政绩如何,只要没有暴乱,他就能平平静静任职广州,直到奉诏调离。可是一出乱子,广州总管的职务很可能被朝廷撤换。他希望长留广州任职,广州不仅富庶,还有许多识做的、会送礼的下属,北方哪里找啊?

萧映不敢怠慢,立即派人星夜赶赴高要,命令督护陈霸先出兵,然后急调高州刺史孙固和新州刺史、南江督护卢子雄带兵到广州保护广州。

孙固不敢怠慢,急忙召集高州几个郡守商议。孙固把广州刺史萧映的命令传达以后,征求大家的意见。

冯宝首先谈了自己的想法:"李贲得到陈霸先将要出兵高凉的消息,已经不敢直接进攻高凉,他绕过高凉,屯兵于电白,目前尚不清楚动向,对广州威胁还不大。眼下正值春季,春草已生,淫雨连绵,潮湿阴冷,瘴疠方起,出兵不利。下官之见,不如暂缓个把月,等雨季过去再行出兵,可避免士兵大批死于瘴疠,方可一举消灭李贲。"

岭南圣母：冼夫人

恩平郡守同意冯宝的看法，他还补充着："可不是，瘴疠横行时，士兵会在路途中大批死亡，如何有战斗力呢？"

李迁仕并不说话，只是点头，似乎同意大家的看法。

孙固说："确实有道理。我这就去联络新州刺史卢子雄，让他向萧映大人提出建议。"

听说交州李贲发兵进攻高州，李迁仕乐坏了，他总算找到一个搞掉孙固和冯宝的借口。"快去叫阳春县令宁猛力来见我。"李迁仕一回自己的衙门就命对差役。

"大人叫我？"宁猛力急忙来见，一边拜见李迁仕一边问。

"交州李贲发兵高州，你听说了没有？你看，这是不是我们的机会来了？"李迁仕喜出望外，满脸都是笑，眼睛眯缝成了一条线，橘皮似的脸上的每一个疙瘩都在笑。

"真的？"乍一听这消息，宁猛力也精神焕发起来。

"广州刺史命令高州刺史和新州刺史发兵打李贲，冯宝却提出暂缓出兵，要孙刺史推迟个把月。你看，我们可不可在这里做点文章？"

宁猛力皱着眉头认真思索了一会，抬头看见李迁仕拈着胡须，一脸得意的样子。

"大人，看来你心中有数，可是故意考察小人？"

李迁仕得意地哈哈笑着："你小子需要栽培磨砺，我正是想考察考察你，看看你这孺子是否可教？说说，你想到什么点子了？"李迁仕眨巴着狡黠的眼睛，直直看着宁猛力。

"我是这么打算的。"宁猛力微笑着，他觉得自己已经成熟了许多，也不推辞，不谦让，直截了当地说着自己的打算。

"冯宝建议孙固推迟出兵，显然有拖延的目的在里面。为什么要拖延呢？因为冼家的缘故。李贲是俚人，虽然号称进攻冼家，可毕竟都是同族人，对官兵剿灭征讨，总有些狐死兔悲的感情。最主要的是，她冼家自认为高凉豪酋，总想和朝廷分庭抗礼。冯宝正是配合冼夫人，意图阻挠朝廷打击李贲。我们正好利用这个借口告发孙固、冯宝和冼夫人，揭发他们的阴谋。"

"对！英雄所见略同！"李迁仕得意地仰天大笑，对宁猛力的看法赞不绝口。

"我们要写一些帖子到广州散发,大造舆论,让广州知道李贲造反的事,让广州人惊慌。然后说高州有人支持李贲,拖延出兵时间。你看,这样灵不灵?"得到夸赞的宁猛力兴奋起来,继续谋划着。

李迁仕点头:"就这么办!我们马上写揭发帖子,你派人到广州到处散发。要把事态说得严重点,让人都认为高州有人在勾结李贲,要里应外合进攻广州!那才能引起萧映的警觉和愤怒。"

新州刺史卢子雄听了孙固的建议,去广州请求萧映到秋天起兵。广州刺史萧映犹豫着。被李贲赶出交州的梁宗室武林侯萧谘却拍案发怒:"你们拖延时间!让李贲有时机集结壮大势力!不立即出兵消灭他,他可能回兵去占领交州,把朝廷势力赶出交州,宣布独立,脱离朝廷控制,甚至自己称帝。这分裂疆土可是因你们拖延造成,这严重后果你们能承当得起吗?何况,广州已经出现一些无名帖子,说高凉有人勾结李贲,正准备里应外合向广州进军。你不是那准备内应的内奸吧?你是土生土长的广州人,是不是与李贲有勾结联系啊?"

卢子雄是广州卢安兴的长子,卢安兴曾为广州南江督护、新州刺史,他的弟弟卢子略、卢子烈也都是广州豪侠义士,父子数人在广州有相当影响。卢安兴死,他的部将拥戴卢子雄接替了卢安兴的职务,

一番话说得萧映满腹狐疑。卢子雄为打消萧映的怀疑,只好宣布发兵,但是军队到合浦,十之六七的兵士已经在路途中死于瘴疠,剩余士兵纷纷逃亡,军队不战自溃。卢子雄只好收兵回广州。

萧谘见卢子雄、孙固没有替他收复交州,极为不满,四处收集广州城里的帖子,上告朝廷说卢子雄与李贲勾结,逗留不前。不明真相的梁武帝于是下令将卢子雄和孙固在广州处死。

卢子雄被杀,卢子雄的部下大将杜天合、杜僧明兄弟以及周文育,非常愤怒,立即集合部众,号召说:"卢公累代待遇我等,亦甚厚也。今见枉而死,不能为报,非丈夫也。我等僧明,万人之敌,若围州城,召百姓,谁敢不从?城破,斩二侯(萧谘、萧映)祭孙、卢,然后待台使至,束手诣廷尉,死犹胜生。纵其不捷,亦无恨也。"

岭南圣母:冼夫人

杜天合、杜僧明兄弟是广陵临泽人(今江苏高邮人),周文育是义兴(今江苏宜兴)人,三人都是梁大同中(534—545)随萧映部下卢安兴到广州来的,卢安兴为南江督护,他们同行,到任后,多次参与征发俚獠,与卢氏父子关系深厚。

在杜天合三人的号召下,卢子雄部众群情汹涌,同仇敌忾,大家结盟,共同推举卢子雄弟弟卢了略为主,宣布起事,进兵广州,为卢子雄复仇。

起事的队伍围攻了广州,卢子略、杜天合屯兵城南,杜僧明、周文育屯兵城北,城里俚人纷纷响应,一日之间,发展到数万人。广州城危在旦夕。

萧映大惊,急忙派人到高要向陈霸先求援。陈霸先在高凉冯宝和冼夫人的协助下,已经成功地阻击李贲,把李贲撵回交州。听说广州吃紧,他选调三千精兵,准备亲自率领出发。

"将军,你可不能去啊!我这里就要坐月子了,你不在家,让我去找谁呢?"陈秀英紧紧抱住陈霸先,哭诉着,脸上的泪水好像小河似的,冲刷着脸上的脂粉,把个娇媚的粉脸搞得斑斑驳驳,阑珊一片。

陈霸先心里乱作一团,陈秀英的哭泣好像刀子剜割着他的心。他也舍不得离不开夫人和孩子,可是,广州需要他去拯救,萧映的命令他也不能违抗。怎么办?陈霸先抱着在怀里哭成一团的陈秀英,左右为难。

仆从进来报告说,高凉冼夫人求见。

陈秀英高兴得从陈霸先怀抱里站了起来,她擦着满脸的泪水,笑着对陈霸先说:"你走吧,阿姐来了,我就不怕了!"

"你来得太好了。"陈霸先高兴地欢迎着冼夫人:"你可是我的及时雨,解了我的大围!我这里正发愁呢!"

冼夫人笑着,对陈霸先说:"陈将军解了高凉的燃眉之急,我代表高凉郡和冼家百姓前来感谢,代表高凉太守前来犒劳慰问将军和军队。听说将军又要出征广州,我还代表高凉太守送来一些军需。另外嘛,还有第三件事情,就是专门探望秀英妹仔。"

陈霸先笑了:"夫人此行,可是重任在肩啊。"

冼夫人微笑着,关心地问:"秀英妹仔呢?生了吧?"

"生了!生了!生了个小陈霸先!"陈霸先呵呵笑个不停。

"祝贺将军喜得贵子!"冼夫人急忙祝贺,回转身向外招手:"担进来。"

几个挑夫担着担子进来,挑夫从竹筐里拿出猪腿、鱼和鸡三牲、米酒、糯米、鸡蛋,全套的婴儿服装以及背婴儿的背带,上面绣着色彩鲜艳的花朵图案。冼夫人笑着说:"这是我们俚人规矩,娘家来看望生子的女仔,要送这些礼品。请将军不要笑话。秀英妹仔无亲无故,我就是她的娘家人。我还带了奶娘来,她老人家伺候过我家婆坐月子,又伺候过我坐月子,很有经验的,让她来照顾秀英妹仔坐月子,陈将军可以放心走。"

陈霸先十分感动:"冼夫人,你可真有心,真有心! 秀英死活不让我走,可广州那边又急调我去,你看,我两边为难。你能不能帮我劝劝秀英,让她放心地放我走?"

冼夫人笑了:"你就放心去吧。我带来奶娘,秀英会放心让你去的,她明白事理。有我招呼,她一定会同意你去为国家朝廷效力。"

陈霸先激动地握住冼夫人的手:"你可真是救命的观世音菩萨! 这下秀英可以放心了。你不知道,她不光不想让我去,还一直在为孩子没有娘舅感到心里不安宁呢。这下好了,这下好了,娘舅家来人了!"

"带我去看看秀英妹仔吧。"

陈秀英的门楣上按照当地习俗挂着槟榔叶和紫苏叶编的花圈,中间是红色布条。这是产房的标志,外人不会贸然闯了进去,踏了婴孩的运气和产妇的乳汁。陈霸先掀起房门门帘,门帘绣着鲜艳的戏水鸳鸯。

"阿英,你看,谁来了?"陈霸先温柔地说。

陈秀英一见冼夫人,急忙坐了起来挣扎要下地。冼夫人急忙趋前轻轻按出她:"千万别下地,别下地。奶娘说下地早了脚后跟疼。"

奶娘笑着:"是的,是的。你们这些妹仔不听老人话。你看,她这么劝你,可当初她生阿仆的时候,三天就下地了,根本不听我的劝。"

冼夫人笑着:"我们俚人没有你们汉人这些讲究。我们俚人身体结实嘛。"

陈秀英抱着冼夫人的肩膀又哭又笑:"阿姐,你来了,我可是有了依靠!"冼夫人把作为母舅家的礼物放到陈秀英的面前。陈秀英唏嘘不已,拉着冼夫人久久不放手。

"孩子用老姜、葱和柚子叶煎水洗过了没有?"奶娘关心地问。

岭南圣母:冼夫人

"洗过了。"

"这就好了,将来仔仔勇敢胆大。"奶娘高兴地说。

"阿姐,你要亲自为仔仔摆满月酒,将军可能到时赶不回来。"陈秀英拉着洗夫人的手说。

洗夫人笑着安慰陈秀英:"你放心,仔仔的满月酒席我一定会操办的叫你和将军都满意。陈将军为国家大事去征战,我会替他操办家事的。你就放心让他去吧,月子里的事情,由奶娘来伺候,奶娘伺候坐月子,极有经验,我家冯老爷是她伺候的,我家阿仆又是她老人家伺候的,她伺候得叫大人仔仔都舒坦,不会有一点事。真多亏了她,她可是宝啊。"

洗夫人夸赞着,拍了拍奶娘的手。奶娘不好意思地笑着:"看洗夫人,还这么客气起来了。秀英也是我的亲人,我会全力照顾好她。"

洗夫人又说:"如果将军去的时间长,几个月回不来,我会把阿英接到高凉去,住在我们洗家楼,我们洗家上下都会好好照顾她,你就一百个放心去广州吧。"

陈霸先看着陈秀英,感动地说:"有洗夫人和奶娘的照顾,我还有什么不放心的呢?你不来,我还真放心不下他们母子。"说着,伏下身子亲了亲还在熟睡的婴儿。

陈霸先昼夜兼程,很快赶到广州。卢子略的军队千把人驻扎在广州城南,大河的对岸,与广州隔河相望。陈霸先决定绕过滚滚大江,到广州北面去。北面是迤逦而来的大王山,也叫王山,起伏连绵,成为广州的北面的屏障。大王山山头下,有越王台,是南越王赵佗修建起来朝拜天子的地方。赵佗一共修了四个台,越王台和距离它不过几十尺的朝汉台,另外还有长乐县五华山下的长乐台,是赵佗受汉封时筑的,新兴县有白鹿台,是赵佗猎白鹿祈求祥瑞时修建的。

大王山越王台下驻扎着杜僧明和周文育的军队。

陈霸先早就听侯安都和沈恪介绍过杜僧明和周文育的情况,知道他们也是他的老乡吴地人。

陈霸先来到大王山越王台下,让沈恪带领着他的子弟兵用吴语唱起吴地的家乡小调太湖美。虽然这些兵士唱得走腔跑调,可是那优美的小调还是传到越王台上的军营里。

杜僧明和周文育倾听着,那熟悉亲切的家乡小调勾引起他们离别家乡多年的思乡之情。"哪里来的吴调?"杜僧明问周文育,周文育摇头。

"走,我们出去看看。"杜僧明拉着周文育走出营帐,来到越王台上,向下瞭望。只见山下一队士兵正在高声唱着。

陈霸先看见两个将军模样的人站在越王台上,就高声用吴语喊了起来:"侬是卢子略的杜将军和周将军吗?我是朝廷梁皇帝将军陈霸先,西江督护。我今天会老乡来了。我们都是吴地人,没有理由互相残杀,希望侬念老乡情分,投奔于我,我一定重用将军。我这里大部分将士都是江东吴地子弟兵。我们自相残杀,要叫岭南俚獠笑话的,亲不亲,一乡人,美不美,家乡水。你们难道不念乡情亲情吗?"

杜僧明和周文育你看我我看你,心有所动。

陈霸先又喊:"侬是为俚獠卖命啊!侬是江东子弟,不要背叛祖宗啊!卢子略本是广州当地人,侬为什么要为他卖命呢?回来吧!回到江东子弟兵里来吧!你看,他们都是侬的家乡人!"说着,他让兵士用吴语喊了起来。

杜僧明和周文育眼泪汪汪,他们高举双手,情不自禁地也用吴语喊了起来。他们的部下,有不少北方人,也有他们从江东带来的家乡兵士,都眼泪汪汪的,思乡情勾引起他们怀念家乡亲人的满腔惆怅,常年背井离乡,他们谁不思念家乡和亲人啊。

"这仗打他为什么?他卢子略又不是我们的亲人。"周文育首先嘟囔起来,杜僧明没有说话,却也并不反驳周文育。

"算了吧,我们干脆去投奔老乡吧。"周文育又试探着说。

"我大哥怎么办?他还在卢子略那里呢。要是知道我们投奔陈霸先,卢子略还不杀了他?我们不能害他!"杜僧明游移地说。

周文育为难地搔着自己的后脑勺。

"要不,我们派人去联络杜大哥,把这里的情况讲给他,劝他离开卢子略。"

"不!他不会的!给卢子雄报仇,是他号召大家起事,他不会出尔反尔,他可不是那种见利忘义的小人。"杜僧明沉思着。

"那我们只好和乡亲打仗了?"周文育嘟囔着,心里很不高兴。

"我们去见陈霸先,看他是不是真心重用我们。要是他是可以托付的仗义之人,就把我们的情况告诉他,与他商定假装失败,然后把我大哥的队伍调过来,让陈霸先去攻打卢子略、卢子烈兄弟。你看如何?"

周文育高兴起来:"这个办法不错,我们这就过去看看。"

"不,让他陈霸先过来。要是他有诚意,他就敢过来。要是他没有诚意,他就不敢过来。"

"好,我们这就派人去联络。"

陈霸先听了来人送来的口信,哈哈大笑起来:"好,我这就跟你过去。"侯安都和沈恪、陈拟急忙阻拦:"将军不可!万一有诈,将军安危如何?"

"他们就是用这办法来检验我是否有诚意,若是不去,他们就要做拼死抵抗,我若敢去,便会打消他们疑虑,也许可以说服他们弃暗投明。你们说,我能不去吗?"

陈霸先带着沈恪和陈拟,爬上大王山,来到越王台。

越王台是当年南越国赵佗修建的歌舞台,他经常登临,在这里欣赏歌舞,欣赏他的南越国全貌。现在,这里已成为北面防守广州城的一个烽火台,被杜僧明和周文育占领着。

陈霸先爬上四方形的平台,向下瞭望,绿色的广州已经在他的脚下。

杜僧明和周文育拔刀立在台上,虎视眈眈威武雄壮地雄视陈霸先。

陈霸先哈哈大笑:"两位将军约我来,却这般不友好。你看,我只带着两个乡亲来会见乡亲,什么也没带。你看……"陈霸先扯开自己的战袍衣襟,在他们面前转了一圈:"看见了吧?我身上没有武器吧?他们也一样。"说着,他撩起沈恪和陈拟的衣襟,推着他们也转了一圈。

杜僧明和周文育这才松了口气,把大刀放回刀鞘,他们拱手告罪:"陈督护,多有得罪,多有得罪。请到营帐里饮酒说话。"

陈霸先和沈恪陈拟随着他们走进营帐。营帐里已经摆下酒菜,等着招待陈霸先一行。陈霸先也不推辞,径直入席。

杜僧明和周文育屏退左右,用吴语和陈霸先交谈起来。

萧映很高兴,陈霸先打垮了包围广州的卢子略军队,收服了卢子略的部将杜天合、杜僧明和周文育,他重重犒赏了陈霸先。同时,梁武帝也授陈霸先为直阁将军。

萧映自己,经过这么一场惊吓,却生病倒下了。

陈霸先匆匆回高要看望了陈秀英和他的儿子,又回到广州。病重的萧映离不开他,他在广州为萧映镇守军务。

萧映终于不治,在冬天到来的时候死了。

萧映死,陈霸先护送萧映回都发丧。这时,朝廷任命梁武帝的另一个侄子、封为南安侯的萧恬代理广州刺史。陈霸先护送萧映灵柩到大庾岭时,朝廷又诏授他交州司马,命令他进兵交州。此时,交州李贲已经完全占据了交州,在大同十年(公元544年正月),称越帝,年号大德。

接到诏令的陈霸先回高要安置家事,把陈秀英母子送到冼夫人家里暂住,自己又匆匆到广州去召集几个州的军队,部署征讨李贲。杜僧明和周文育两员大将归降以后,他对征讨交州李贲更有信心。

同时,朝廷正式封衡州刺史兰钦为广州刺史。兰钦携带全家从衡州过大庾岭进入岭南。不想离开广州刺史职务的萧恬,用重金收买了兰钦的厨子,兰钦的厨子在刀上涂上毒药,然后送了一个瓜给兰钦,兰钦用涂了毒药的刀切瓜,与爱妾食瓜以后,双双死去。

萧恬以为这样就可以继续留在广州当刺史。朝廷听说以后,十分震怒,把萧恬调回京都,削去其爵位,又委派元景仲为广州刺史。

元景仲,鲜卑人,北魏皇帝宗室,原姓拓跋。北魏孝文帝在文明太后冯太后死之后,从平城迁都洛阳,禁止拓跋鲜卑人姓拓跋,改姓元。元景仲本是北魏投降的将领,与侯景关系十分密切,仰仗侯景在朝廷中的美言和推荐,到广州任刺史。

侯景给梁带来祸害,元景仲给广州带来混乱。

岭南圣母:冼夫人

315

第五章　乱世砥柱

审时度势发兵军坡　顶风破浪攻占崖州

冼夫人在冼家楼大厅里召集各峒首领，了解交纳租税的事情。实行三包后，各峒上缴的粮食明显多了，可是海上收入叫她很不满意。冼家的渔船经常遭受崖岛上海盗袭击，难于出海捕捞，而崖岛上的渔户又被当地土豪控制，过来交纳租税的渔船越来越少，按时交纳租税的船户几乎没有了，这情况叫冼夫人感到忧虑。

"阿昌，你什么时候缴珍珠、玳瑁、珊瑚啊？海鱼交的也不如上年多，这是咋搞的啊？"冼夫人冷着脸，看着阿昌。

阿昌急忙站立起来，向冼夫人鞠躬作揖抱拳："冼都佬，可怜可怜小人。小人实在是有难处。如今这海上揾食是越来越艰难，我们的船队进不到崖岛，当地人在岸边设各种障碍阻挠我们登岸。我们没有办法啊！"

冼夫人冷着脸："东南上不去，儋耳那边上不去，你们难道就不会从崖岛西北上岸？绕远一些，到西北去，难道也上不去？"

阿昌苦楚着脸："我们试过的，上是上去了，可没有用。西边人烟稀少，而且那里的人非常凶蛮，经常躲在密林里用毒箭毒弩射杀船民，还挖了许多捕猎野兽的陷阱来活捉我们。他们不宾服我们冼家，我们无法让他们交纳财物。"

其他首领都纷纷议论：

"这崖岛俚人原本和我们一家,如今却大水冲了龙王庙,自家人不认自家人了。"

"我们要去征服他们才行。"

"是啊,要想想法子了。"

"要不以后就没有渔产收入了。"

阿昌又小心翼翼地看了看冼夫人,说:"冼都佬,这样下去,他们会越来越厉害,要赶快想办法收复他们才行啊,要不,崖州就控制不住了。"

冼夫人看着自己的大侄子冼挺。冼挺已经长成一个大小伙,住在太守府里,跟着冯宝习文学字,出落成一个文质彬彬的后生仔。

"你有什么办法?"

冼挺想了想:"我看,要发兵上崖岛,不然那些海盗越来越猖狂,势力越来越大,万一占领了整个海岛,到时候我们将一筹莫展,说不定他们还要过海峡来滋扰我们。"

"是啊,这崖岛自从汉代伏波将军马援征讨归附朝廷以后,先后设立朱崖、儋耳两郡,领有十六县。可是这几百年,却越来越松懈,朝廷所设郡县已经名存实亡,现在越发脱离朝廷的管辖,连我们冼家也不认了。他们世世代代在冼家和朝廷双重管辖下,我们不能坐视不管!是要给他们一些教训,不能让他们越来越猖狂,不能让他们脱离朝廷更不能让他们脱离我们冼家!另外,听说李贲利用他距离近的便利条件,想出兵占领朱崖,这可坚决不行!我们冼家不能让他的狼子野心得逞!"

冼夫人说着站了起来,在厅堂里走来走去,她猛然站住脚步,抬起胳膊在空中用力地劈下来,斩钉截铁地说:"现在就定下来,等年一过,我们就出兵崖岛!我亲自带领军队过去!你们各峒现在就开始准备!各峒出一百个青壮年兵丁,出十石稻谷,一石薯蓣。另外还要准备弓箭武器!"

冼夫人又补充说:"现在正好是出兵时机,广州城里混乱得很,走马灯似的一会一换刺史,西江督护调去攻打交州李贲,冯太守被停职在家,高州刺史也空缺着,正是没有官府约束我们的时候,我们趁这个时机正好扩大冼家地盘。"

年一过,冼家各峒就开始忙起来。冼夫人已经准备好船队,准备渡海。

春天没有飓风,海上风平浪静,渡过海峡十分容易。

听说冼家要渡海峡去征崖岛,冯宝很不赞成,他苦口婆心劝阻着冼夫人,试图说服她改变主意,极力打消她征伐崖岛的念头。可是,各种理由都改变不了冼夫人的决心,冯宝只好使出最后一着,试图用儿子冯仆来挽留她:

"你这么一去,少则几个月半年,多则一年,你让我和儿子阿仆怎么生活?"冯宝生气地说:"阿仆正在念书学习,你不在家教育督促他,反倒要带兵到崖岛,你知道这危险有多大? 崖岛上瘴疠横行,民风剽悍,海上经常遭遇飓风海浪,你不怕回不了高凉? 你不怕阿仆失去阿娘照顾? 你不怕阿仆成孤儿?"

冯宝因为孙固被杀受了牵连停职在家,可是因为广州动乱,无法委任新太守,他依然住在高凉郡守衙门里,依然行使太守职权。

冼夫人平静地说:"这是我们冼家的事,我这做都佬的,如何能不管? 阿仆的教育只好托付给老爷你了,我也认识不了多少汉字,留在家里也没有多大用。这崖岛,我是非亲自去不行!"

冯宝非常沮丧地叹着气抱怨说:"我就知道,你这倔婆子根本不听我劝! 你还有什么要嘱咐的,趁阿仆不在,赶快嘱咐,一会阿仆散学回来,又脚跟脚缠着你,没我说话的时间了。"

冼夫人甜甜地笑着,拍着冯宝的手背:"还是我的冯老爷开通,从来就支持我! 还有什么嘱咐的?"她沉思地眨着眼睛,想了想:"别的也没什么要嘱咐的,冼家的事,我都安顿好,官府的事,有老爷你,我还嘱咐什么呢? 对,只有俚人村峒办学,我还有些挂念,高凉城里办了官学,可城外村峒,还是没有一所学校,富人家请私塾先生来教孩子识字读书作对,可贫穷村峒的孩子还是目不识丁。要是能在大一些的村峒里兴办几所乡学就好了。老爷把这事放在心上,看看能不能办起来。"

冯宝摇头叹气,心情很是沉重:"广州那里,走马灯似的换刺史,高州刺史也没有任命,我这里已经停职,恐怕什么事情也办不成。"

冼夫人笑着:"管他广州干什么? 反正你在高凉依然是太守,你一样干你的事。广州乱,我们高凉不能乱! 高州没有刺史,你就是高州的刺史,管他呢? 没有刺史,你正可以放开手脚干你想干的事,高凉天高皇帝远,谁也管不了我们!"

冯宝笑着点头:"你说的也是,我听你的,你就放心去吧,希望早日平安归来,不要让我和仔仔挂念!"说到这里,冯宝戚然动容,眼泪在眼眶里打转转。冼夫人被冯宝弄得也伤心起来,眼睛发热,她擤了擤鼻子,掩饰自己。

阿仆冲了进来,一脸稚嫩的阿仆快和冼夫人一样高,他刚刚从郡守官学散学,急急跑回来。阿娘很快要离家,他心里很依恋,这些日子,只要一放学,他就急忙跑回家守在阿娘身边,寸步不离。好在这有十几个官家孩子上学的郡守学堂就在衙门附近,他抬脚几步就到。

"老都,阿妈。"阿仆像俚人一样喊着打招呼。

"仔仔散学了?"冼夫人慈爱地招手:"过来,说说今日先生教你们什么?"

阿仆放下书包,接过春香递来的凉茶,饮过以后,抹了抹嘴,才回答冼夫人的问题:"今日学了《论语》《孟子》,还学了《诗》和《骚》,另外还临摹了王右军的兰亭字帖,学着作对。"

"哎呀呀,学了这么多东西啊?你能记住吗?"冼夫人惊奇地说。

"当然能记住了,不信,等晚上你看老都考我。"阿仆自豪地说。

"晚上我不能看你老都考你了,阿妈要率领队伍出海到崖岛去。"冼夫人有些忧伤,一丝遗憾闪过她明亮的眼睛。

"快,对你阿妈说,阿仆不让她去。"冯宝捕捉到这一丝遗憾,急忙拉着阿仆,教他说。

乖巧的阿仆,立刻扑到冼夫人的怀抱里,在她怀里扭动起来,把自己的脸紧紧贴到冼夫人的脸上,哼哼唧唧起来:"阿妈,你不要去嘛。我舍不得你去。"

冼夫人也紧紧抱住阿仆,亲着他的脸蛋:"阿妈也舍不得仔仔啊。可是阿妈非去不行。阿妈很快就回来,从崖岛给你带回大珊瑚大玳瑁,带几个最靓的大海螺,还给你带崖岛的大椰子。你不是最爱饮崖岛的鲜椰子汁吗?阿妈给你带一大堆回来,让你每天饮一个,还让厨子给你做椰丝饼,加上甘蔗汁,再放上石蜜,让你天天食,你看好不好?"

阿仆立刻破涕为笑:"阿妈,崖岛上有没有靓螺壳?"

冼夫人抚摩着阿仆的黑发:"有啊,崖岛有最靓的螺壳,大的像小瓦盆,小的像指头豆。各种各样,靓极了。阿妈一定让兵士给你捡多多的带

岭南圣母:冼夫人

回来。"

阿仆高兴得紧紧抱着冼夫人："那阿妈可要说话算话，早一天回来。"

冼夫人亲着阿仆，叮嘱着："你要听老都的话，听奶娘的话，好好读书上学，可别逃学啊。"

这时，冼玉丹和冼挺进来催促冼夫人，冼夫人知道，船队就要出发了。他们要趁着夜色的掩护出海，早日登陆崖岛。

冼夫人和冼玉丹、冼挺来到漠阳江入海的海口处，船队已经整装待发，白色沓布的白帆张挂在高高的桅杆上，各船的船老大和船工都已经各就各位，船舱里坐着年轻的俚人，背上背着箭筒弓箭，手里拿着大刀长矛，牛皮或藤制的铠甲穿在身上。早春的天气还不热，在江面上甚至还有点凉意，他们都戴着藤帽或斗笠。

冼夫人一行登上最大的头领船。船舱里准备着卧榻几桌，船头上放着铮亮的新铸的大铜鼓，这铜鼓高大，更豪华，更精致漂亮。冼夫人站在船头，海风吹拂着她的黑发，她把拂到脸上的一绺黑发向后拢了拢，扬起胳膊挥手，冼玉丹擂动铜鼓，船老大高喊："开船!"几十条大木船一起扬帆出发。

头船慢慢破开水面，在水面上破开白色的浪花，岸上模糊朦胧的树团慢慢向后移动。白色的船帆在迷蒙的黄昏中慢慢鼓了起来，白白的，慢慢飘向苍茫的南海。

船队开出漠阳江口，驶进南海。海上没有风，但是无风三尺浪的南海，依然波涛起伏。黑蓝的海水汹涌着，波浪撞击着船舷。木船在海面上颠簸着，忽上忽下，好像树叶似的在浪尖和浪谷中飘摇，船上有人呕吐起来。

冼夫人坐在大船的船舱里，心里也开始发呕。冼玉丹看了看她发白的脸，急忙递来一块槟榔，她接了过来，慢慢嚼着，蠕动的胃才慢慢平静下来。

"你行吗?"冼夫人看着脸色苍白的侄子冼挺，问。

从没有出过海的冼挺，胃里正翻江倒海般翻腾着，不过，他还是强忍着，不想在姑妈面前显出自己的软弱无能。他知道，姑妈坚持带他来，就是想磨炼他，让他能够经受住大风大浪。姑妈把他看作冼家未来的峒主，将来他要代替姑妈掌管冼家家业，连这么点风浪都经受不了，他怎么对得起对他寄予厚望的姑妈?

"还行。"他对姑妈冼夫人笑了一下,拼命控制自己。冼挺到底年轻,虽然有些眩晕,却还是坚持下来,没有呕吐。

"要不要嚼块槟榔?"冼夫人关心地问。

冼挺摇头,他从小生活在姑妈的太守府里,很少嚼槟榔,他讨厌满嘴鲜血似的槟榔汁液,更讨厌那满嘴黑牙。

"那就是海陵岛。"冼夫人指着海面上黑乎乎的一团影子,对冼挺说:"你三叔就死在那里。"

冼挺看着那黑乎乎的岛屿,心中充满遗憾。老都就是因为二叔和阿公的死,才抛弃家庭到寺院出家的。

"你们眯觉吧。等一会到深海,浪还好大呢,眯一觉就不难受了。这路还远着呢。"冼玉丹站起来:"我去船头看看船队。"

"天这么黑,船队会不会迷失方向?"冼挺问。

"不会的,这些船老大都是成天在海上行的老行尊,他们闭着眼睛也能找到朱崖岛。"冼夫人侧身卧到船舱的光滑的柚木船板上,头枕一块碧玉枕头。

"你也躺下吧,阿挺。"冼夫人指了指对面。

"我躺到卧榻上。"冼挺说。

冼夫人笑了:"傻仔,你会滚落下来的,卧榻躺不住啊。"

冼挺不信,他还是躺到卧榻上。

海面上,哗哗的波浪扑打着船舷,黑蓝的天幕上闪烁着几点灿烂的星光,半弯的月牙挂在天海交接的天幕上,闪烁着淡淡的柔和的光。船队的大小船只首尾几乎相连着,在海面上行驶。圆鼓鼓的张风的帆,在夜色中泛着白光,为后面的船指引着方向。船上静悄悄的,士兵们都抓紧时间在睡觉。

一个高大的波浪发出沉沉的吼声,从远处推来,浪头扑打在头船上,头船颠簸起来。船舱里"咚"的一声,好像什么东西摔到船板上,冼挺发出几声痛苦的喊叫。冼夫人开怀大笑起来。

黎明,黑蓝色的海面染上红色的朝霞。太阳快要升起,海面的景致美极了。一半墨蓝,一半火红,红与蓝浸染着海面,互相争斗,忽而蓝,忽而红,闪闪烁烁,光暗明灭。太阳慢慢从海平面上升起,蓝色慢慢消退,红色占领了

岭南圣母:冼夫人

321

海面。太阳跳出海面,朝霞慢慢退去,海面上红色越来越浅越来越淡,蓝色一寸一寸地出现,慢慢扩散着,最后的一抹红色终于消融在一片蓝色中。这时候,海上是蓝色的世界,天蓝水蓝海蓝。

船队慢慢接近朱崖。

"看,那就是朱崖。"冼夫人和冼挺并肩立在船头,看着白色的海浪扑打着船头,溅起朵朵浪花,冼夫人指着远处一团蓝色海面上漂浮着一团黑绿色说。

"从齐康出发,只要一天,就可以渡过海峡到朱崖。齐康是海上最好的港口,从齐康可以到海外去。"冼夫人解释说。

"那我们为什么不从齐康过海呢?"冼挺问。

"从高凉到齐康要行三天,时间太长。现在交州李贲闹事,齐康也不安全。"冼夫人微笑着,遥望着越来越清晰的海岛,海边上茂密的红树林依稀可见,红树林里栖息的鹤鸟在树林上空盘旋。

"我们从哪里上岸?"冼玉丹过来请示冼夫人。船已经靠近朱崖,需要选择上岸的地方。

"不能从那里上岸。"冼夫人指着最近的海岛突出点说:"那里虽是港口,齐康过来的船大多在那里登陆,但是我们不能在那里登陆。在那里登陆容易被俚人发现,他们会立刻集合起来射杀我们。我们一定要选择一个不被他们注意的地方。"冼夫人眯缝着眼睛,瞭望着朱崖海岸。

"东岸如何?"冼玉丹指着朱崖的东面海岸。

"东面海岸不行,"船老大阿昌说:"东海岸岩石突出,石壁陡峭,水深流急,无法泊船,就算勉强泊船,人也攀不上去。"

"西边如何?"冼夫人问阿昌。

"西边我们去的次数不多,好像有些地方可以登陆。"阿昌也眯缝着眼睛,瞭望着海岛的远处。

"向西岸开。"冼夫人低声命令。

船队慢慢绕过朱崖最北面的尖角,向海岛西面驶去。船队尽量接近海岸,慢慢行驶。海岸线上有的地方悬崖峭壁陡立,有的地方险滩急流,有的地方红树林翁郁封闭着海滩。船队一时间还是找不到靠岸的合适港口。

"看来,我们只能从当年伏波将军马援上岸的北部湾里上岸了。"冼玉丹注视着海岸。

"不要灰心,再看看,也许能在这一带找到登陆的港湾。要是找不到,还是把船队开进南渡江里,再寻找合适地方登陆。"冼夫人立在船头,看着海岸,沉静自若。

"依我之见,船队进南渡江吧。要是再往西行驶,又要花费一天时间,我们已经在海上行了几天,士兵太疲倦,需要赶快登陆休息,也需要及早补充食物和淡水了。"冼玉丹商量着对冼夫人说:"你看,那就是南渡江的入海口。"他指着海岸上一个弯进去的海湾说。

一条淡绿色的像绸缎飘带似的海水环绕着绿色的海岛,近岸和海湾里海水从深蓝变成淡绿,一道白色的水流缓缓流进淡绿色的海水,形成一条很清晰的水道,一看就知道是一条淡水江河的入海口。海滩上铺展着黄白色的沙滩,浅水滩上长着一些红树林,上空盘旋着白色灰色的鹤鹭鹳鸟。白色的水鸟落在碧绿的红树林碧绿的枝叶上,远远看去,好像枝头上绽开着雪白色的花朵。船队开过来,激起了波浪声,惊动了红树林枝头上栖息的水鸟。水鸟成群飞了起来,一阵扑愣愣的展翅,冲上蓝天,在蓝天蓝海上面,在红树林上空盘旋翱翔。

"江大不大?船队可以开进去吗?"冼夫人问船队首领阿昌。

阿昌回答:"没问题,我驾大船进去过,水深河宽,船队可以直接开进去,不用泊在海湾。"

"好!开进南渡江!"冼夫人命令着。冼玉丹立刻让指挥发号施令,命令船队开进南渡江。

船队离开海面,慢慢驶进被两岸茂密的树林染成绿色的南渡江。白帆在绿色的海洋里穿行,不时地惊起岸边树林里栖息的水鸟。岸边茂密的热带雨林遮天蔽日,粗大的几个人、十几个人合抱的古树伸展着枝繁叶茂的丫杈,垂着粗粗细细枝的须根,遮蔽着天光。各种古藤缠绕着大小树木,与各种攀缘植物交相缠绕,互相纠结,攀缘而上,在树木枝干间交缠,形成各种绿色圆柱绿色拱门,紫红、金黄的三叶花,挺立着金黄的花蕊,挂在绿色的藤蔓上,蓝黑的、青紫的、黑白的蝴蝶和一群嗡嗡的蜜蜂在花间飞舞。

船队开进南渡江行驶了半天,江中出现一个绿色沙洲。沙洲三面环水,一面通向陆地。沙洲上长满各种不算太高的灌木,高大的乔木不多,由江水

岭南圣母：冼夫人

冲击而来的鹅卵形石头铺在靠近江边的沙洲上。石头中间生长出的茅草一人多高。沙洲靠近陆地的地方还有些开垦的山禾地,种着山禾。刚刚插种的山禾已经青翠一片,长势喜人。灌木掩映处,隐约露出一片黑色的茅草、稻草、棕榈、蒲葵苫顶的干栏屋顶和红色泥砖的土墙,几丛黄色佛肚翠竹点缀在干栏房屋中间,屋前屋后还种着一些开着红花的焦花,张挂着渔网,晾晒着银白的咸鱼干。

"这里有村峒啊?"冼夫人问阿昌。

"回都佬,这里有个叫沙坡的村峒,也叫沙源,是个俚人村峒,村民大多姓梁,已经归附了我们,过去每年向我们交纳租税。"阿昌说:"泊船在这里安全。"

冼夫人说:"好!命令船队停泊!这里易于出海,又利于进攻!"

船队抛锚,军士们纷纷上岸。

"传令下去,我们驻扎村外沙洲,各队人马不得进村扰民!发现有抢劫者立斩!"冼夫人对冼玉丹和冼挺命令,让他们立刻传令各队首领和军士。

营根比武大胜山王　　中和平乱安定九峒

安营扎寨以后,部队在沙坡休整。这一日,冼夫人在中帐里召集几个主要都佬研究进军方案。冼夫人说:"崖岛地大人少,人口稠密的地方主要集中在环岛靠海的西部和东部。我看,兵分东、西、中三路向南部推进。中部山区俚人不多,派冼挺指挥,阿昌辅助。东部由冼玉丹指挥。西部叛乱最为严重西部,由我亲自带领。三路大军分别向南进发,一路上收复俚人村峒。每到一峒,要注意安抚俚民,不要乱杀无辜,除非有俚人拼死抵抗,否则不要血洗村庄。如果首领归附,就让他们歃血为盟,举行我们俚人古老的归附仪式,让他们每峒雕刻下跪石人,写上首领的姓名和归附日期,全峒举行盟誓,宣布归附条件。"

冼玉丹看了看侄子冼挺,有些不放心地问冼夫人:"阿挺行吗?他第一次出征,没有经历过征战。"

冼夫人拍拍冼挺的肩膀:"我想他行。虽然后生,但是有阿昌这老行尊的辅助,我看行。阿挺,行不行?"

冼挺声音铿锵："没问题！我一定顺利进军到最南边，在海边和二叔胜利会师！"

阿昌也说："我看没问题。中路只有很零星的村峒，大多是被当地恶霸撵进山里的俚人，住得分散，人数很少，没有抵抗能力。他们憎恨欺压他们的豪族大户，早就希望有人来救助他们。我估计，我们进驻那里，不仅不会遇到抵抗，反而会得到他们的支持援助。不过，我有些担心西路，叛乱势力都集中在西部临高、中和一带，多是当年伏波将军的后人，很是凶猛。都佬一人率领部众，力量会不会单薄一些？是不是多拨一些军士为好？"

冼夫人点头，接着说："也好，从中路拨五百军士充实西路。我这里先说的是，你们各路一定要严加约束部众，决不允许伤害俚人百姓！不许抢劫俚人财物，不许祸害俚人妹仔！若是发现此等事情，立即就地正法！决不宽恕！我们孤军深入崖岛，要是胡作非为，激起俚人百姓一致反抗，不供给粮食淡水，我们不仅难以取胜，恐怕插翅也难飞回高凉！只有让当地俚人亲眼看见我们确实给他们带来安宁，让他们过上平静日子，比那些欺压他们的盗贼和当地头领好，他们才会支持我们。有了他们的支持，我们才能取得胜利！"

大家都点头。

"我重申这一点！要是哪支队伍出现了这些叫我深恶痛绝的事情，我一定要严惩你们这些首领！我决不会因为你们是我的亲人就原谅你们！"冼夫人提高语调，又重新严厉地强调了她对部队的要求。

"我们出兵前，先在沙坡大肆演练几天，再搞一个声势浩大的出兵仪式，让岛上人都知道我们冼家军的威风。"冼夫人继续她的部署。

"那不是走漏消息了吗？兵贵神速兵不厌诈啊，若是我们的行动传到当地人的耳朵里，他们不是会做好准备来对付我们吗？我们如何打赢他们？"冼玉丹满怀狐疑地看着冼夫人，实在想不明白她的用意。

"你说的不错，兵贵神速，不让敌人知道消息最好，"冼夫人沉静地看着各位指挥，解释着："不过，这里俚人村峒分散孤立，各村峒没有紧密联系，我们声势浩大地练兵出兵，小村峒一定会害怕，有些村峒会主动归顺。我想，不费一兵一卒，不动一刀一枪，正是兵家所说不战而胜。所以，我们要在沙坡大练兵，搞得声势浩大一些，让消息传得越远越好。"冼夫人沉静地说着。

岭南圣母：冼夫人

冼挺还是不解，他也提出疑问："俚人听闻有所准备，我们不是很难取得胜利了吗？"

冼夫人耐心解释说："几天摸查，我掌握了岛上情势。力量最大的叛乱队伍在临高的中和一带，大约有九个峒，每峒有兵丁千人，但是这些峒历来互相仇恨，械斗不断，互不宾服，很难聚合。你说，他们哪个峒的势力能抗衡我们？所以，就算消息传到他们的耳朵里，又能怎样？相反，我们大造声势，反倒可以震撼他们，一旦军心瓦解，士气动摇，必将不战自溃。他们先各自瓦解或者溃散，我们不就省事了吗？何必动手呢？真刀真枪干起来，既伤害他们，也伤害我们弟兄，何必呢？"冼夫人微笑着说。一番话说得大家直点头。

按照部署，冼夫人在沙坡举行大规模的演练习武，进行出兵前的准备。沙坡村峒外的一片沙洲，铲除了灌木茅草，平整了地面，变成演兵场，每200人编成的军士方阵，在穿戴着很齐整的牛皮甲胄，雄赳赳气昂昂，来回演习队列，练习格斗拼杀，震耳欲聋的呐喊回荡在沙坡村峒的上空，惊飞了一群群水鸟。

一传十十传百，方圆几十里的村峒听说冼夫人沙坡大练兵，都好奇地从四面八方跑来看热闹。冼夫人率领大军上岛的消息像海风一样，很快传开，朱崖岛上，从东到西，从北到南，许多村峒都听闻了这传闻。一些小股匪盗估计不是大军对手，有的自动解散，有的转移进中南部的深山里藏匿起来。

二月初九，冼夫人在沙坡举行装军仪式。她把队伍集合起来，进行出兵前的总动员。士兵们把牛皮铠甲拿在手里，弓箭队战士背着箭囊，挂着弓箭，大刀队士兵腰里挂着大刀，长枪队手执亮晃晃的长枪，站在平整的沙洲上。春天阳光不太强烈，天气不太热，军士们斗志昂扬、意气风发，同仇敌忾，威武雄壮。

冼夫人站在临时搭起的台子上，向全体士兵进行训话。"都佬细佬们！"冼夫人扬起胳膊高声喊。看着台下整齐的队伍，她很兴奋。现在的冼家队伍，已经像官军一样齐整，再不是当年俚人散兵游勇模样。她曾经把一些年轻的冼家村峒首领和后生送到官军队伍里，接受官军校尉的约束、训练，回来以后，他们按照官军方式分别训练各村峒队伍，各村峒队伍的纪律相当严明。经过多年训练和整治，集合起来的冼家军像官军一样齐整，很有战斗力。

"今天,我们高凉军要出发了!我们来解救朱崖的细佬亲人,安定朱崖混乱局面!我们代表朝廷作战,我们代表高凉和高州官作战,我们要严明约束,严明行为,要精神焕发,斗志昂扬,要衣着整齐,军纪严明!到了村寨,一不许祸害百姓,二不许抢劫财物,三不许祸害女人!我要你们记住,朱崖的老人就是你们的父母,朱崖的细妹就是你们的细妹!杀朱崖的老人就是杀你们自己的父母,奸淫朱崖的细妹就是奸淫你们自己的细妹!听到没有?"

"听到了!"沙洲上响起排山倒海的吼声。士兵举起手中的武器呐喊着,喊声惊飞了远处树林里栖息的鸟群,一大群水鸟扑棱棱飞上天空。

"记住没有?"

"记住了!"又是排山倒海般的呼啸。

"开始穿戴盔甲!武装自己!"冼夫人命令。

士兵们放下武器,穿戴起牛皮盔甲,带上藤条头盔,背上武器,大刀队、长枪队也都背上箭囊和弓箭。

"开始游军!"总指挥冼玉丹高声喊着。

中路的队伍开始出发,四人一列的队伍保持着整齐的队形,校尉喊着口令,肩上扛着长枪的士兵们呼喊着口号,在统帅冼挺和阿昌的带领下,出发了。接着是东路军,最后是西路军。队伍呼喊着,通过冼夫人站着的高台时,士兵高举起武器,整齐地呼喊着:"冼夫人!高凉!冼夫人!高凉!"表示他们的敬意和必胜的信心。

盛大的阅兵仪式一结束,各路人马就向海岛东、西、中部挺进。

各路军队离开沙坡以后,在向导的带领下,各自进军。

冼夫人率领的西路军继续乘船沿南渡江溯江而上,向朱崖郡方向前进。朱崖郡已经空有其名,朝廷对它的控制早已名存实亡,郡守衙门成为当地豪族傀儡,原本由朝廷任命的郡守早就被当地恶霸充任。

队伍来到一个叫那大的村峒,这里山匪猖獗,多股山匪互相勾结,称霸一方,危害俚人,当地百姓没有一天安宁。冼夫人决心第一仗奸灭这里的山匪。

南渡江在那大与几条河汇合,在这里形成一个宽阔的水面,再往上,江

面狭窄起来,船队不好通过。冼夫人命令船队驻扎下来,士兵离船上岸。

周围的俚人村峒听说冼夫人率领的官军来了,脸上文着各种蓝色图案的土人男女,只穿包阳布,几乎赤身裸体,纷纷跑出来,聚拢在道路旁,好奇地观看热闹。看着大陆来的穿着铠甲的、脸上干干净净没有蓝色花纹的士兵,他们指指点点议论着,感到很新奇。俚人首领在路途上献上粮食家禽,冼夫人命令部下犒赏他们葛布和绸缎衣物,给那些只穿包阳布、没有穿衣习惯的俚人发放了短衣短裤。

冼夫人让队伍在岸边一个平坦的地方安营扎寨。安营以后,冼夫人召见当地村峒首领。周围愿意归顺的村峒首领抱着公鸡,提着米酒,前来求见,不想归附的首领逃到山林,聚集各路山匪准备和冼夫人决一死战。

冼夫人安抚了归附的村峒首领,和他们歃血为盟,立了归附约定,冼夫人让他们各自回村峒雕刻归附石人,安放在村子祠堂,以示永远宾服。

村峒首领走了以后,冼夫人在自己的营帐里歇息,突然,外面一阵喧哗,好像有人叫阵骂战。冼夫人命令卫兵去看,卫兵回来说,一个文身椎发的俚人首领在外面叫战。

"哦? 有人叫战?"冼夫人笑了起来:还有如此不怕死的人? 没有听说我冼家和官军的声威?"走! 我们出去看看!"

冼夫人信步走出营帐。只见一个文身椎发、穿包阳布的俚人,被士兵反剪着双手,推搡着过来。这首领脸上身上,都文着蓝色花纹,从额头到嘴角,是一道一道蓝色花纹,胸脯上飞腾着一条蓝色巨龙,后背游走着一条盘旋的大蛇,胳膊上飞舞着一双矫健的大鸟,腿上盘绕着蛇,虽然没有穿衣服,倒也不给人赤身裸体的感觉,好像穿着一件蓝色的花衣服。

冼夫人笑了,她在高凉已经很久没有看到如此精致多样的文身,高凉俚人已经废止了文身文面习惯,接受了汉人的生活习俗。

那俚人正大喊大叫着挣扎。

"放了他!"冼夫人命令。士兵放开他,他抚摩着自己被士兵捆绑得有些疼痛的手背,哇哇啦拉喊叫着。冼夫人走了过去,士兵急忙掣出大刀跟在后面,警惕地盯着俚人,生怕他伤害冼夫人。

"你要干什么?"冼夫人用高凉俚话问这俚人。

俚人哇啦哇啦说着,手里比画着,指着士兵手里一支带羽毛的箭。冼夫人终于明白了过来,这俚人是替他的头领前来送信,俚人首领要求和冼夫人比武,如果冼夫人赢不了他,冼夫人就要放过他们村峒,他们不归附。如果冼夫人赢了他,他就带领着周围几个大村峒的全体村民归附冼夫人和朝廷,答应永远不作乱。

冼夫人的副手摇头,小声说:"答应他这要求干什么?带兵过去一举围剿,不就行了吗?"

冼夫人也小声说:"我看,能不打尽量不要打。既然他提出比武,我们就答应他的要求,让他输得心服口服。"

冼夫人对作为使者的花里胡哨的俚人说:"好!我们答应你们的要求!明日让你们的首领带人前来参加比武!"

第二天清晨,冼夫人登上连夜搭起的高台,冼夫人微笑地看着已经集合起来的军队。士兵们精神焕发,斗志昂扬,听说俚人前来比武,都很兴奋,他们全副武装,等待着俚人到来。

"俚人到来后,先进行阅兵仪式。"冼夫人对副手说。

"他们来了。"副手指着不远处山脚下,一队花花绿绿的俚人正向这里走来,扛着长矛,背上背着箭囊和弓箭。

"开始阅兵!"冼夫人大声命令。

各队校尉喊起了口令:"开步行!"横竖成列成行的队伍雄赳赳地通过高台,高喊着"冼夫人!高凉!"的口号,挥舞着长枪大刀。一个方阵过去,又一个方阵通过高台,他们环绕着来回走了几趟,叫前来的俚人眼花缭乱,不知道究竟有多少官兵。在他们眼里,官兵好像数不清,人山人海。

俚人队伍停在场外,呆愣愣的,看着这从没有见过的场面。在他们的一生中,从来没有见过如此多的人和队伍。

俚人首领高扬着手中的长矛,背上背着藤制的弓和竹做成的箭,催促着自己的队伍:"快走!快走!"可是被震惊了的俚人只是呆站在原地,并不前进。俚人首领气恼地咒骂着,用手中的长矛戳着面前的土人。这首领精壮高大魁梧,脸上文着蓝色和红色的花纹,嘴部好像是只振翅高飞的崖鹰,前胸上文着一条腾飞的巨龙,后背是一条盘旋的大蟒蛇,腿上也是盘旋的花蛇,吐着鲜红的信子。他的椎发上插着一根美丽的孔雀毛,以区别于插野鸡

岭南圣母:冼夫人

毛的部下,显示出他的尊贵地位。

冼夫人挥手,让已经走了多趟的队伍停了下来,由校尉带领着回到场子边上,各自站好,等待俚人队伍入场。

从没有见过这种场面的俚人早已经吓得蒙头转向,木头人似的被带到场子中间。头领的心里也发毛,"扑通扑通"直跳。不过他毕竟是头领,和朱崖的官军有过多次交锋,也算经过风雨和世面,所以,他还算镇静地率领着队伍走了进来。

首领后面,四个俚人抬着一个独木皮鼓,一个赤身裸体的男子抡着膀子敲击着走进场子。这是一面崖岛俚人村峒常见的牛皮鼓,用百年的紫檀木掏空制成,三尺多高,三人合抱粗,用竹钉钉水牛皮做鼓面。鼓面边缘用朱砂画着鲜艳的太阳光芒似的花纹,中央用各种颜料画着色彩鲜艳的人骑鹿、人骑牛等图案。鼓手抡着膀子把鼓敲击出有节奏、有规律变化的鼓点,后面的俚人随着鼓点的节奏高呼着自己都佬的名字。

俚人都佬十分神气地傲慢地抬脚登上台子,他手下把那独木鼓敲得如同爆豆一样。

冼夫人让传令校尉把首领带到自己面前,冼夫人威严地看着首领,问:"你就是中和俚人首领?"

首领点头。

冼夫人微微一笑:"敲铜鼓!"

士兵把冼家铜鼓抬了上来,放在高台中央,朝阳正照射着铜鼓,铜鼓立刻向四面八方散发出灿烂耀眼的光芒,金光灿灿的。顿时,俚人首领眼前只剩下金光灿灿,别是什么也看不清楚了。他眯缝着眼睛,用手遮蔽着阳光,这才看见台上摆放着的一个高大灿烂鲜艳的铜鼓,比他的独木皮鼓要高二尺多。

两个鼓手抡起膀子敲击出进攻的鼓点,急促、雄壮、震撼人心。

首领脸上的得意傲慢消失了,他带着一脸好奇和景仰,走到铜鼓前面,小心翼翼地抚摸着金光灿灿的黄铜鼓身,抚摸着上面精致的阴阳花纹,一个一个地把上面的六个活灵活现的小青蛙都摸了一遍,又伏身到鼓面上,看着鼓面上面的图画,仔细地和自己的木鼓上的图画做着比较,一边发出啧啧的赞叹声。他直起身子,看着旁边自己的木鼓,苦笑似的摇了摇头,从鼓手的手中接过鼓椎,在铜鼓上敲了起来,像孩子似地哈哈笑着敲击着。

冼夫人看着这都佬,微笑着,等他疯敲一顿之后,才命令军队:"比武开始!"

冼夫人看着都佬,说:"你要求比武,本帅接受你的请求进行这场比武。我来问你,要是你输了,你能履行你的诺言吗? 你能心悦诚服地率领中和各峒归附本帅吗?"

首领眨了眨眼睛,一脸傲慢地说:"当然了! 朱崖俚人说话从来算话,决不食言! 不过,要是我们赢了,都佬你能退兵中和吗?"

冼夫人哈哈大笑:"都佬你看我们这军队会让你赢吗? 当然,要是你得到陈帝的保佑,有这奇迹出现,你赢了,我一定按照约定退兵中和!"

"好! 我们一言为定!"俚人首领伸出右手,和冼夫人击掌三下。

"都佬准备如何比武? 是单对单还是队伍对队伍?"冼夫人微笑着问。

首领看了看场下整齐的官军队伍,思忖了一下:"还是单对单吧。我们一个对你们一个,先比试射箭,然后比试长矛、大刀。"

"好! 一切依你!"冼夫人爽朗地笑着,答应了首领的要求。

"不过,我还有个要求。"首领看着冼夫人,迟疑地说。

"你尽管说! 不管什么要求我都会答应你!"冼夫人明朗的眼睛看着首领。

"要是我们输了,你得答应我,不伤害我和我的弟兄!"

冼夫人又哈哈笑了起来:"都佬你把我冼都佬看作什么人了? 你去高凉问问,我冼都佬干过这种卑鄙的事情没有? 比武伤人,那是最卑鄙的! 我既然答应和你公开比武,就决不会伤害你们! 即使你们输了,我也不会动你们一根汗毛! 你尽管放心! 我也是俚人! 我们的脾气是一样的!"

俚人满面狐疑的脸开朗起来。

首先比试射箭。俚人首领从队列里叫出十个俚人射手,冼夫人也叫出十个射手。箭靶挂在远处一个高大榕树树枝上,是一个小牛皮鼓,鼓面上画着鲜艳的太阳花纹。俚人箭尾是孔雀毛,冼夫人射手的箭尾是野鸡毛。

比赛开始了。俚人射手走到射台上,拉弓射箭,飞出去的箭飞向牛皮鼓,扎在牛皮鼓的太阳花纹上。场上响起欢呼声,连官军士兵也为这俚人的

箭法欢呼。

俚人射手得意洋洋地看着自己的都佬，都佬朝他竖起大拇指，他哈哈笑着神气活现地跳跃着离开了箭台。

官军射手上来，他不慌不忙地搭箭瞄准，然后用力拉开弯弓，把弓拉得像满月似的，"嗖"的一下，箭飞了出去。众人的眼光都紧紧随着飞箭。带着响声的飞箭在空中拉出了一道弧光，"嗖"的一下，稳稳扎在牛皮鼓中央的太阳圆心上。满场掌声和欢呼声雷动，俚人也都情不自禁地叫着好。

冼夫人沉稳地微笑着。俚人首领轻轻皱了皱眉头，立刻又舒展开来。

双方射手一替一换地一个一个走上来，飞箭一支支飕飕地飞向牛皮鼓，有的扎在牛皮鼓上，有的落在地上。

等十个射手都射完，冼夫人和首领双双走下高台，来到榕树下，士兵和俚人一起把牛皮鼓取了下来，首领从牛皮鼓上拔下带孔雀毛的箭，冼夫人拔下带野鸡毛的箭。首领手中只有 5 支，而冼夫人手中却有九支。冼夫人把自己手中的箭递给俚人首领，俚人首领不识数，他一遍又一遍地拨弄着，和自己手中的箭反复比较着，最后终于点头说："你们赢了。"

下面比试盖猎。盖猎是山里俚人用来强身健体的一种游戏，也是经常用来比赛的项目。盖猎用汉语说是串藤圈。

俚人首领看着自己的 5 名选手，滚动着染成红色的大小不等的藤圈上场，得意地微笑着。他们的选手是岛上出名的盖猎能手，无往不胜，方圆几百里没有人赢过他们。

官兵的 5 名选手也推动着染成绿色的藤圈上场。双方站到十丈开外的地方，互相推动藤圈。双方又各派出 5 名选手，各拿着红色和绿色的长矛，站在十丈以外的地方，互相向对方的滚动的藤圈里投掷自己的长矛。俚人红色长矛投进官军推动的绿色藤圈里，官军绿色长矛投进俚人红色的藤圈里，投中以后，藤圈和投枪都被放倒，哪方投中的多，哪方为胜。红色绿色的长矛划过空中，有的投进藤圈，有的落到藤圈外。点算之后，俚人 5 投 5 中，官兵 5 投 4 中。

"你们赢了！"冼夫人微笑着对俚人首领说。

下面开始长矛比武，双方选手要在场上比试长矛对打。

双方选手上场，各自手端长矛，互相围着兜圈子，寻找进攻的时机。俚人选手个子不大,却机敏灵活,像猴子一样跳跃着寻找机会进攻。官兵高大壮实,沉实地一步一步移动,等待机会进攻。双方虎视眈眈。

俚人选手主动进攻,长矛刺向官兵的胸脯,官兵一闪,俚人向前一扑,闪空了。官兵举起长矛,向俚人胸脯刺去。俚人跳了起来,一下子跳出圈外,官兵的长矛没有刺中。俚人鹞子翻身,回身举枪,枪尖直逼官军咽喉。官兵一个下蹲,避过俚人的长矛,然后一个鲤鱼打挺,跳了起来,压过俚人,扬起手中长矛,大喝一声:"看枪!"长矛裹挟着风声,"啪"的一声,把俚人长矛打掉地上,长矛明晃晃闪着寒光直冲俚人的咽喉刺去。

俚人选手被官军选手逼到角落,脚下一个趔趄,倒了下去。

"不许伤人!"冼夫人厉声喊着。

官兵选手急忙收拢手中长矛,伸出手,把倒地的俚人拽了起来。全场的官兵和俚人一起欢呼起来。

俚人首领抱拳向冼夫人拱了几拱,表示感谢。他回转身,向自己的俚人大声喊了起来:

"我们服输了! 服输了!"他高声喊着,挥舞着手中的弓箭,把弓箭远远地抛到地上。俚人一起欢呼起来:"冼夫人! 冼夫人! 冼夫人!"他们有规律地呼喊着。

俚人首领向冼夫人跪了下来,场上的全体俚人也都跟随着首领跪了下来,向冼夫人恭恭敬敬地磕了三个响头。冼夫人急忙伸手把俚人首领搀扶起来:"起来,起来! 都佬!"

俚人首领说:"我回去就去联络中和九峒的都佬,我们要连夜雕刻归附石像,三天以后,在中和举行归附仪式。"

三天以后,在中和,这个最乱的地方,举行中和九峒向朝廷和冼夫人表示归附的盛大仪式。

中和,风光秀丽旖旎,一边是北门江清水流淌,一边是松林岭原始热带雨林遮天蔽日,枕山面水,钟灵毓秀。它在历史上很有名,也是朱崖开发最早的地方。西汉武帝元封元年(公元前110年)伏波将军马援登陆朱崖,就屯军这里,以后在这里设儋耳郡。自汉代以来,这里就聚集着比较多的人口,聚集着从大陆来的伏波将军和他的将士的后裔,聚集着官员、商人、农

民、渔夫。可是，这几十年来，官府腐败，导致俚人不断暴乱反抗，中和官府瘫痪，行使不了行政权力。周围九个俚人村峒联合起来，宣布脱离官府管辖，他们占领了官府衙门，杀了几个官吏。但是，几个俚人村峒又互相攻斗，争夺中和的地盘。中和原来属于冼家的俚人也趁机拒绝向冼家交纳赋税，宣布脱离冼家和官府。听说冼夫人率领大军前来，几个村峒的俚人首领急忙又联合起来，选派这个最有力量的首领来和冼夫人比武。

俚人首领心悦诚服地回去召集俚人村峒都佬，把比武的情况向大家说了一遍。九个村峒的都佬一致同意归附冼夫人。大家分头连夜准备归附的仪式。

三月十二，中和一片热闹。九峒首领带领着九峒俚人，打着槟榔木杆的大旗，上面绣着"俚人向化"四个大汉字，抬着陈帝像、关公像、一个与人等高的冼夫人石像，后面抬着一头黑猪熊和一只黄鹿，背着很大块的、结着花的沉香，这是宾服以后的进贡物品。俚人乐队敲着铜锣、俚鼓和铜鼓，吹奏着俚人鼻箫和丁冬，欢天喜地地走过中和的各条大街，最后来到大场子上。他们把石像抬进祠堂，高高供在祠堂里，点燃中和香烛，燃烧了各种供品。

"冼夫人！冼夫人！"九峒俚人都佬欢呼着，把冼夫人抬了起来，让到祠堂高座上，九峒的首领齐刷刷地一字跪在她的面前，一起宣誓说："崖岛中和九峒都佬向陈帝、关公和冼夫人宣誓：从今以后，诚心诚意归附朝廷，服从高凉冼夫人管辖，若有异心，陈帝关公降罪，老天惩罚！"

冼夫人命令手下抱来几只公鸡，割下鸡头，把鲜红的鸡血滴进米酒碗，九峒首领和冼夫人都举起酒碗，大声欢呼着，仰起脖子，把还冒着热气的血酒一口气灌了下去。

场子上的官兵和俚人一起欢呼起来："冼夫人！冼夫人！冼夫人！"

九峒首领抬出九个雕刻成下跪模样的石人，在铜鼓铜锣的敲打下，放到冼夫人的石像前，作为永远归附的象征。

俚人又欢呼起来。他们归附冼夫人，也就算归附了朝廷。

冼夫人对九峒首领说："我要上书朝廷，建议在这里设崖州郡。现在，我要留下我的人来治理朱崖岛。我要让我的士兵来教大家种植水稻，织沓布和俚锦，以后，男人也要学着穿衣服，男人女人都不要文面。朱崖天气热，文身文面容易溃烂流脓，很痛苦的。你们看，我们官兵身上没有你们这么多疤瘌,好看是不是?"

九峒首领都点头。

消息传到沙坡,沙坡的俚人也很兴奋。他们俚人从来就没有真心归附
过朝廷,朝廷派来的官员总是欺压他们,他们不得已,只有从海边的富庶的
村峒迁移到朱崖中心地区的山地密林里,过着艰难的刀耕火种的日子。现
在他们归附了冼夫人,也就算归附了朝廷,从今以后,他们可以过上比较安
定的日子。沙坡的俚人,举行了盛大的庆祝活动,他们模仿冼夫人出征前的
仪式,把全体俚人召集起来,举行模仿冼夫人出兵游军的全套仪式,高举着
各种农具做武器,排着整齐的队伍,高喊着"冼夫人! 冼夫人!"的口号,在沙
坡村峒外绕圈走。

游军以后,村峒都佬安排了最好的酒席饭菜,全体村峒俚人一起吃军坡
饭。每家做一个最好的饭菜,叫"打赏",然后各家把打赏都摆放到村里场院
拼起的大桌上,全村俚人都集合起来一起吃。场面上欢声笑语激荡在南渡
江上,连江水都流出哗啦啦嬉笑的声音。

军坡饭后,酒足饭饱的俚人开始迎接冼夫人归来。村峒乐队敲击着铜
锣、铜鼓和木鼓,在村峒都佬的带领下,用藤轿抬着冼夫人和关公陈帝的石
像开始游行。大人细佬都尾随在轿子后面,跳着唱着,有的还头戴着各种动
物形的头饰,后生仔舞着龙,他们挨家挨户地送关公冼夫人。每到一家,就
要在家门口放下藤轿,抬出关公和冼夫人,把他们抬到家里,去坐一会,然后
再抬出来放回轿子,到下一家去。各家的主人都恭迎恭送,人人欢笑着,凡
是迎来关公冼夫人的家,都不再担心鬼怪妖魔的侵害,有了关公和冼夫人的
保佑,他们全年平安。

村峒都佬决定在沙坡建立梁沙婆祖庙专门祭祀冼夫人。

这就是海南军坡节的来历,一直持续到现在。海南民谣说:二月就是军
坡期。这风俗从朱崖西部地区扩展到东部,流传至今。到近代和现在,这军
坡节更加热闹,有了唱戏、舞狮等更热闹的活动。

中和平定归附以后,朱崖岛上西路其他地方都纷纷归附。

东路中路的俚人几乎更没有抵抗就全部宣布归顺。一时间,儋耳"归附
千余峒"。实在不归附的俚人,纷纷逃进深山老林躲避起来,在五指山深处

安家落户,过着不与外界沟通的半原始的生活。

刺史叛乱祸患岭南　将军平叛安定广州

　　陈霸先自任前锋,经过数月艰苦跋涉,平了交州,听说冼夫人发兵朱崖,他迅速回兵,驻军石康,准备接应。

　　在石康,陈霸先闲来无事,这一天,天气晴朗,风和日丽,他带着沈恪、胡颖、周文育、杜僧明等几个主要部从到石康海边视察海上丝绸之路,视察石康到朱崖的海道。一路上,他在当地向导的带领下,边走边看,很是写意。

　　"那是谁的庙?关公还是土地?"陈霸先指着一处建筑俨然的庙宇,问向导。向导告诉他:"那是陈王庙。"

　　陈霸先笑了:"在广州就听说粤人好鬼神,果不其然,到处建有听都没有听过的神庙鬼祠。不过这神有点意思,我得进去看看。这陈王与我同姓,原本是一家人了。"陈霸先笑着向神庙走去。

　　进得庙来,只见高台上供着一个泥塑的陈王,面黑眼白,形象丑陋。

　　"陈王十分灵验。"向导告诉陈霸先:"这陈王凶恶异常,如果不供奉他,他便化作巨龙,兴风作浪,掀起几十丈高的巨浪,刮起一阵盘旋的飓风,可以卷走树木房屋水牛和人。一路卷过去,所过的地方树倒屋塌。"

　　陈霸先想了想,眼睛一转,命令部从马上上香。他煞有介事地对大家说:"陈王与我同姓,从今以后便是我的叔父。我凡事都要向叔父请教,征得叔父同意,然后方可行事。"他跪倒在陈王泥塑像前恭恭敬敬地磕了几个响头,郑重其事地对泥塑说:"小侄愿意与叔父同行。"说着,从陈王供桌上取下牌位,让沈恪捧着。

　　同行的土人敬畏地看着陈霸先,就像看着陈王一样。路上的土人看到汉人官兵过来,虽然愤恨,很想放冷箭攻击,可是看到他们捧着陈王牌位,心惊胆战,不敢加害他们。

　　陈霸先到了海边,看着风平浪静的大海。要不要出兵朱崖?他没有得到冼夫人的消息,自己也有些拿不定主意。

　　"问问陈王吧。"他笑着说。

　　陈霸先向空中抛掷了一枚玉玦,玉玦的背面朝上落在地上。陈霸先急忙跪拜:"叔父明示,小侄听从叔父教导,暂不出兵朱崖!"

他诚惶诚恐地拜了又拜,一再谢罪。好像陈王就在眼前似的。土人惊吓得面无血色,各个瑟瑟发抖。

"他们不敢乱来了。"陈霸先心中暗喜。

就在陈霸先安定交州时候,梁朝廷里发生了侯景叛乱。

侯景,朔方(今内蒙古杭锦旗北)人,是北魏六镇戍兵将军,善于打仗,有谋略,追随高欢开创东魏基业,高欢派他领兵十万,总揽河南十三州军政。武定五年(公元 547 年)高欢病死,侯景便据河南之地反叛,遣派使者向南朝萧梁武帝请降。东魏派兵攻侯景,侯景见萧梁援兵迟迟不到,又以河南十三州请降于西魏。西魏丞相宇文泰正想向东扩展自己的势力,就派兵东进解除了东魏军对侯景的围攻。宇文泰深知侯景是个反复无常的野心家,未必会真心归附西魏,他在东魏军退走之后,命西魏军东进,逐步侵蚀占领侯景领地,又征侯景入朝,准备削去他的兵权。侯景识破宇文泰的计谋,又调转头请降于萧梁。

梁武帝看见侯景带着河南十三州来降,十分高兴,不顾满朝文武大臣反对,决定接纳侯景,他沾沾自喜地说:"得景则塞北可清,机会难得"[1],于太清二年(公元 548 年)六月,正式接纳侯景。

侯景请降以后,梁武帝便开始任用侯景进行北伐来扩张自己的势力。但是,向东扩张势力的梁朝大将萧渊明不久被东魏打败,东魏开始攻打侯景。侯景只好向南转移,侯景的兵士留恋河南不愿南下,纷纷倒戈。侯景见大势已去,只得收拾残部,占据安徽寿阳,向梁武帝请求兵器甲杖,梁武帝不顾文武大臣的反对,发放兵器满足侯景要求。

东魏在打败侯景以后,与梁朝议和,提出用侯景换宗室萧渊明。梁武帝同意东魏的议和条件,侯景却极力反对,梁武帝置之不理,却不加防范。侯景见自己走投无路,便起兵叛梁。侯景假借为民请命号召天下:"皇帝有大苑囿,王公大臣有大宅第,僧尼有大寺塔,普通官吏有美妾满百,奴仆数千,他们不耕不织,锦衣玉食,不夺百姓,从何处得来?"

---

① 《南史》卷 80《贼臣侯景传》。

岭南圣母：冼夫人

侯景从寿阳起兵，率领军队万人，战船千艘，一路攻下许多城池，他又秘密联络萧衍侄子正德，答应攻下建康立他为主。萧衍得到侯景渡江消息，派正德迎敌。里通侯景的正德便迎侯景入建康。10月24日，侯景进兵朱雀门，围了石头城。25日，侯景指挥将士围台城（皇宫），挖掘沟壕，堆土为山，准备攻城。

被围在台城里的萧衍，命令城里官军堆土以抵抗侯景，他命令城中王公朝臣每日背负二十石黄土。围城多日以后，城里无柴，拆尚书省、武库、左右仓库的梁柱以为柴烧。城外虽有援军，因侯景围城紧密无法传递消息。有一个小儿提议，放飞纸鹞出城联络。太子萧纲做了数十丈的绳，头部缚一纸鹞，纸鹞北部绑着一封求救信，又在纸鹞口里写着："若有得鹞送援军者赏银百两。"太子萧纲出太极殿放飞纸鹞，纸鹞趁西北风飞出台城。但是城外的侯景一见飞起纸鹞，就命士兵走马射落。屡放屡射，终于没有与援军联络上。台城被围多日，城里无粮，人多相食。城外侯景也缺粮草，侯景诈称求和。萧衍信以为真，命令城外援军撤退，还命令援军调拨战船三百艘给侯景。言而无信的侯景得到喘息，继续攻城。130多天的台城保卫战之后，于太清三年（公元549年）三月十二日侯景破台城。

破城后的台城里，"自云龙、神武门外，横尸重沓，血汁漂流，无复行路。"侯景入城，收尸焚烧，烟气张天，臭闻数十里。原来建康有男女十万多人，如今只余二三千人，繁华六都景象不再。侯景自为大都督，执掌朝政军事大权，又囚禁梁武帝，萧衍梁武帝在建康活活饿死。不久，侯景以萧纲为傀儡皇帝，改元。

在侯景叛乱以前，梁朝廷任命了元景仲为广州刺史。元景仲原本是东魏降将，与侯景同时投降梁朝。太清三年三月，侯景攻破建康以后，6月派人到广州来诱劝广州刺史元景仲，侯景答应元景仲为主，使元景仲终于背叛了梁朝，打出反梁大旗，配合侯景起兵，在广州宣布支持侯景。

广州城里一片混乱。忠于梁朝的官兵和叛乱官兵发生了混战。

陈霸先听说，十分愤怒，他要回兵广州去消灭叛贼，安定广州。但是，要回兵进攻广州，他必须有一个稳固的后方根据地作为支援。谁可以做他坚强的后方支援呢？冼夫人，舍她其谁？

陈霸先专程到高凉拜见冼夫人。

从朱崖回来的冼夫人，已经上书朝廷，朝廷批准朱崖建立崖州，任命冼夫人主管崖州，她委派自己的侄子冼挺和二哥冼玉丹到崖州总管崖州事务，并且从高州带了许多冼家户籍和兵丁到崖州去，住在崖州治所临高中和。

冼夫人非常高兴地接见了陈霸先。

"久违了，陈将军！"冼夫人在自己按照中原的院落结合干栏楼的样式新盖的豪华大宅里接见陈霸先，把陈霸先让进宽阔高大的厅里。

"冯郡守呢？"陈霸先关心地问。

冼夫人有些凄然："冯相公身体不好，已经卧床几个月。"

陈霸先摇头。冼夫人关切地问："将军前来有什么见教？"

陈霸先说："朝廷近来发生混乱，广州刺史元景仲和朝廷叛贼侯景勾结一起，在广州宣布叛乱。我作为朝廷任命将军，自有拯救广州和朝廷于危难之中的责任。我前来是想和夫人商量一下出兵广州的事情，我想得到夫人为首的地方首领的支持。"

冼夫人沉思了一下，为难地说："我家老爷也是朝廷命官，理应为朝廷效力。可自从李迁仕被委任以高州刺史以后，处处与冯郡守为难，虽然有我冼家势力，他李迁仕不敢把冯老爷怎么样，可毕竟处处掣肘，叫他难以作为。所以，没有高州刺史李迁仕的命令，他是无法支持你。我呢，新近征伐朱崖刚刚返回，大部分士兵留在崖州，恐怕也不能帮你多少。"

陈霸先急忙摇头："我不会请求夫人援助兵力，我只是想和夫人结成联盟，在需要的时候，帮助我筹集粮草钱款，在需要的时候，助我一臂之力。现在，我已经联络了几个州的刺史，以我们几州兵力进攻广州富富有余！"

冼夫人爽朗地说："既然如此，将军尽管放心。高凉冼家就是将军你的后方，什么时候需要，我什么时候把粮草给你送去！将军有什么打算，可否给我说一说？"

陈霸先笑了："看夫人客气的！我有什么不能跟夫人说呢？我想联合几州刺史，打进广州消灭元景仲，以安定广州！"

冼夫人佩服地看着陈霸先："将军真乃肝胆英雄！可惜我一个俚人女人，不能随将军同去消灭叛贼。我有一个想法，不知当不当讲？"

陈霸先豪迈地挥挥手："夫人何必客气？有何想法只管讲，霸先洗耳恭听。"

岭南圣母：冼夫人

　　冼夫人想了想，理着自己的思绪，慢慢地说："我和冯老爷经常议论眼下混乱局势。眼下朝廷很是危机，无人可以挽救朝廷于危难之时。道士苏玄朗说将军有成就帝业的贵人相，我也看出，将军是成就大业的英雄，非一般无能之辈。在此混乱之时，将军何不挥兵北上，打到建康，消灭叛贼侯景，以恢复梁朝江山呢？"

　　陈霸先一怔，惊愕地瞪大眼睛，看着冼夫人："夫人何以出此言论？叫霸先大吃一惊。霸先才疏，出身微贱，恐怕难以担负如此重任。"

　　冼夫人笑着摇头："将军过谦了，我和冯老爷私下议论，以为将军神勇过人，定能成就大业。将军难道没有听说过当年陈胜起事说的那句振聋发聩的豪言吗？"

　　"帝王将相，宁有种乎？"陈霸先与冼夫人异口同声地说了出来，又一起哈哈大笑着。

　　陈霸先敬佩地看着冼夫人："夫人远见卓识，令霸先佩服！我原本出于义愤，只想举兵安定广州，本无长远计谋，夫人一番话如醍醐灌顶，叫霸先茅塞顿开，心头为之一亮，也许霸先应该思谋长久之计！"

　　冼夫人笑道："冯老爷常对我夸赞将军，他说，以将军之才，安定朝廷，方为鸿鹄之志，陈胜乃山野村夫，尚存振臂天下之志，何况将军？我觉得他说得很对，将军不妨再思忖思忖。"

　　陈霸先被冼夫人说得心动，一时激情难耐，站了起来，在厅堂里来回踱步，认真思索冼夫人的一番话。走了一会，他停住脚步，面对冼夫人，激昂慷慨地说："霸先愿意听从夫人所言，挥师北上，灭叛勤王，拯救朝廷！"

　　"好！将军有此壮志，想必有方略在胸，我愿意听闻其详。"冼夫人也站起身，很有些激动。

　　陈霸先整理着自己的思绪，继续说："听夫人一番话，霸先心中有个想法。首先联合几个州发兵广州，消灭叛贼元景仲，安定广州，然后迎梁宗室为主管。广州安定之后，立刻挥兵北上，联合北方兵力攻打建康！"

　　冼夫人拊掌叫好："将军英雄气概，即刻显现出来！不过，将军一去，恐怕再也不回岭南，准备如何安排秀英和孩子呢？"

　　陈霸先挠着头："这个问题我还没想，幸亏夫人提醒！依夫人看法呢？"

　　冼夫人说："依我之见，将军还是把秀英和孩子送回老家去，较为妥当。

这样一来,将军无后顾之忧,可以全力以赴,破釜沉舟,一举消灭叛贼侯景!将军应该早日北上,不要迟疑耽搁!"

陈霸先只是不断点头。

冼夫人继续说:"北上以后,如果将军一举消灭叛贼,朝廷势必委将军以重任,振兴梁朝也许就靠将军。所以,将军北上之前先把家眷送回老家,恐怕是最稳妥的办法。将军最好派得力心腹,一面送家眷回北方,妥善安顿家眷,另一方面,借此时机在北方为将军招募兵马,等将军回师北上之时,正可以配合将军行动,我以为比联合北方其他势力更为牢靠!"

陈将军一拍桌子:"夫人如此神机妙算,霸先佩服之极!一切依照夫人谋划办理!我回去立刻筹划送秀英回去!"

冼夫人站起身,坚定地说:"将军北上,我在岭南全力以赴支援,除了为你筹集粮草,如果有需要,我一定会配合你,消灭和牵制一些追击你的兵力。我看,将军此次定能逐鹿中原,拯救朝廷,力挽狂澜于危难!"

陈霸先看着冼夫人,满脸感激神色:"夫人襄助,我陈霸先没齿不忘!"

陈霸先回到高要自己家里,夫人陈秀英和儿子热烈欢迎他。陈秀英把陈霸先迎进厅堂,欢喜地说:"今天早上一起来,就看见喜鹊在院里白玉兰枝头喳喳地叫,我估摸着老爷要回来了。"

陈霸先说:"可不是,我在外奔波征战一年多,儿子都这么大了。过来,让阿爷抱抱。"陈霸先向儿子伸出手,刚学着走路的儿子却畏缩地藏在陈秀英身后,怎么也不出来。

陈霸先苦笑着:"瞧我这儿子,都不认识他阿爷了。"

陈秀英把儿子拉了过来,轻轻推到陈霸先的怀抱里:"去,让阿爷抱抱。"陈霸先把儿子紧紧搂在怀里,用自己满是胡子的脸去蹭他的小嫩脸,扎得他不停地尖叫。父子亲热一通,秀英让奶娘带儿子出去玩。

"老爷,这次回来,不走了吧?"秀英试探地问,她实在不想再让陈霸先去征战,她已厌倦了过这种整日牵肠挂肚的思念日子。

陈霸先笑了:"我们当兵的哪有安坐家中的日子啊?以后恐怕更要打仗了。"陈霸先苦笑着。

"为什么?"陈秀英急忙问。

岭南圣母:冼夫人

陈霸先把当前的局势给她简单地说了说。"我要把你和儿子送回老家去,你现在就收拾,等收拾好了,叫沈恪送你们回去。"

陈秀英神色凄然,很忧伤:"我已经习惯了这里的生活,这里生活方便,冬天不冷,夏天也不算太热。我们老家冬天太冷,夏天又很热,回去恐怕都不习惯了。"

陈霸先笑了:"你可是忘本了。原本吴人,居然说不习惯吴地生活?我想,以后我们怕是要在老家生活一辈子,不会有机会再来岭南了。"

正说着话,家人进来通报,说外面有高凉冼夫人来拜访。

陈秀英高兴地从座位上蹦了起来:"阿姐来了,快请进来。"说着趋步到门口迎接。冼夫人已经进来,秀英抢步上前,一把抱住冼夫人:"阿姐,正说到你,你可叫我想死了。一年多没见你了。"

冼夫人笑着:"还不叫我坐下,我跑了这么远的路,都快累死了,让我坐下再说话。"

陈秀英拉着冼夫人,生怕她跑掉似的,紧紧拉着她的手,把她让到座位上。陈霸先笑着欢迎她:"前几天刚见过你,你可没有说要来啊。"

冼夫人笑了:"当时我也没想到这一层。等你走了以后,我才想到,你这次是要送秀英回老家的。我不来一趟,恐怕永远见不到我这妹仔。"说着,冼夫人眼圈有些发红。

秀英已经掉下眼泪,轻轻啜泣起来。

冼夫人让家丁把礼物送了进来,说:"妹仔远行,阿姐这里送一些高凉特产,让妹仔在北方也记挂着高凉阿姐。"说着,把高凉的犀牛角、象牙、碧玉、珍珠、珊瑚等拿了出来。

陈霸先摇头说:"夫人真是情义中人!对秀英这么好,叫我都不知道该怎么表示我的感谢好。将来,要是有机会,我一定报答夫人!"

冼夫人笑了:"快别说什么报答不报答的!只要将军此行能够安定朝廷,报效国家,也算我这岭南俚人首领对朝廷尽了一点心意。"

陈秀英把儿子喊了回来,让儿子认冼夫人为干娘。

陈霸先让沈恪送家眷上路,随后挥兵广州。几个州的兵力合围广州,陈霸先带人到曲江亲自迎接梁宗室曲江公萧勃。

梁宗室萧勃,封为曲江乡侯,是前广州刺史萧励的弟弟,定州刺史。萧勃原本怀有野心,交州李贲暴乱时,朝廷命令他和交州刺史会合到西江随陈霸先征讨李贲,萧勃却贪生怕死拖延不出兵,他还挑唆交州刺史留到曲江,不要随陈霸先出征。交州刺史没有听从,随陈霸先出征交州,并且夺回交州。就这么一个小人,陈霸先还要去迎接他,让他做广州刺史总管,只因为他是梁朝宗室,具有号召力。

被围在广州城里的元景仲并不甘心失败,他继续纠集力量,准备进攻陈霸先。

陈霸先集合了成州刺史集兵于南海,发檄文征讨元景仲。檄文说:"朝廷以元景仲与贼(侯景)连从,谋危社稷,今使曲江公(萧)勃为刺史,镇抚此州。"

元景仲的部下听说陈霸先发兵,个个惊魂,纷纷逃跑。元景仲无计可施,七月在广州自缢。

太清三年(公元549年)初夏,陈霸先迎萧勃到广州,让萧勃做了广州刺史。

萧勃野心乱广州　霸先北上展宏图

太清三年(公元549年)八月,正是广州最热的时候,飓风时不时地袭击广州城,一场飓风过后,城里被连根拔起的老榕树横七竖八地躺在街道上,被飓风吹断的树枝树叶撒得满路。

广州刺史衙门前后,也是一片狼藉,飓风过后,萧索遍地。高大壮丽的衙门里,萧勃皱着眉头,在大厅里走来走去,谋划着自己的未来,部署着在广州的行动。

萧勃知道,建康城里,他的叔父,梁武帝萧衍,已经被侯景围城活活饿死,侯景拥立了萧衍儿子萧纲为简文帝,改元为大宝,明年为大宝元年。萧勃心里很清楚,虽然新帝即位,但野心勃勃的侯景拥立萧纲不过是权宜之计,有一天侯景还是要杀萧纲以自立的,这朝廷内,未必能够安定下来。朝廷不安定,这天高皇帝远的岭南一时就顾及不到,他虽然没有得到新皇帝的正式任命,只要他能够控制住陈霸先,有陈霸先的拥戴,他这广州刺史的职

岭南圣母：冼夫人

位暂时还能够做下去。同时,他也清楚,他虽然是梁宗室,有些号召力,可是在岭南没有根基,广州刺史能不能做长,还是未定之数,眼下他只能依靠陈霸先。

陈霸先!这陈霸先是关键。萧勃继续思谋着。只有牢牢控制住陈霸先,让他为自己所用,趁朝廷内部自顾不暇,抓住这大好机会,利用岭南天高皇帝远的优势,慢慢扩充自己势力,在广州发展壮大起来,以便将来有能力和朝廷抗衡。

萧勃正默默地谋划自己未来,陈霸先进来报告:"刺史大人,刚接到消息,说前衡州刺史兰裕,出兵攻打始兴内史萧绍基,正在夺取始兴郡。大人认为该如何对付?"

萧勃站住脚步,眉头紧皱,忧心忡忡地看着陈霸先问:"始兴内史萧绍基,也是梁宗室,他兰裕发兵攻打是何居心?"

陈霸先走到萧勃面前:"末将的看法是,兰裕想打通通往岭北的门户,然后慢慢向北进军,扩大他的地盘和势力。也许他想学侯景打到建康去坐天下呢。"

萧勃咬牙切齿:"这兰裕,也太不知道天高地厚!依他岭南小小刺史,就想打到建康!恐怕也太不自量力了!"

陈霸先摇头:"刺史大人也不能小觑兰裕。我得消息说兰裕已在始兴联合煽动始兴十郡力量,欲吞并霸占一方水土呢。我还听闻,说他前去说服现任衡州刺史欧阳頠一同起事,若是欧阳頠响应,广州将岌岌可危!"

萧勃顿时慌张起来:"那可怎么好?怎么好?"他连声说,紧张地搓着出汗的手掌,眼睛里流露出恐惧和惊慌。

陈霸先心里有些好笑,原来这么一个草包,这么个消息就把他吓成如此模样。不过,他还是安慰着:"大人不必惊慌,兰裕如今不过仅仅占领始兴郡而已,他攻打衡州,也不过计划而已,欧阳頠尚未同意他之要求,反而劝说与他,责备他不该趁京城之危,自行跋扈,劝他北上声讨叛贼。"

萧勃勉强稳定住自己的情绪,慢慢说:"始兴是广州大门,如今被他强占,广州已增添几分危险。本总管以为,广州大门只有掌握手中,广州才够安全。本总管派将军前去夺回始兴,任命将军为始兴内史,如此一来,广州北方才有可靠屏障。不知将军可有北上的意思?"

陈霸先思忖着:据守始兴,而后北上,要比从广州北上有许多便利条件。这可真是瞌睡给个枕头!

陈霸先不露声色地表示愿意服从:"感谢刺史大人的信任!末将愿意为大人赴汤蹈火!"

陈霸先率领自己的军队北上进发始兴。

听说陈霸先的大军到,兰裕的联合阵线就开始土崩瓦解。陈霸先没有花费多大的气力就占领了始兴。

陈霸先一进驻始兴,就召集部众部署北上。他激昂慷慨地对自己的部将说:"我们都乃朝廷命官,如今朝廷被侯景妖贼所惑,我们岂能坐视不救?我准备发兵北上,任命杜僧明为先锋大元帅,周文育为左先锋大元帅,统帅北上军队,不日出发。"

正在这时,原始兴内史的主簿侯安都求见。侯安都是曲江豪门子弟,他的父亲侯子捍很年少就任职州郡,他自己从小涉猎书传,兼善骑射,是曲江一雄豪,后来做始兴内史的主簿。

"请他进来!"陈霸先知道侯安都是当地豪雄,急忙起身去迎接。

侯安都雄赳赳地昂首而入,他一身戎装,见了陈霸先,急忙拜见,口里说:"曲江侯安都拜见陈将军!"

"主簿请起。"陈霸先伏身扶起侯安都。

"侯主簿为曲江豪杰,不知今日前来见鄙人,有何见教?"

"将军即将北伐,侯安都愿意随将军北上。不知将军是否准允?"侯安都笑着说。

"侯主簿哪里话?北上平定叛乱,安定朝廷,原是大家事情。不过,侯主簿原本岭南人氏,北上难免难处较多,故不敢强求。霸先本为北人,北上理所应当!"

侯安都眼睛瞪得如铜铃一般:"将军此话差矣!国家有难,匹夫有责!安定朝廷,为我义不容辞之大业!难道还分什么南人北人不成?北上勤王,平定叛乱,也是我岭南仁人志士之责任!安都不才,但这点道理还是明白。若是蒙将军不弃,安都与曲江弟子千余愿随将军,北上声讨侯景!"

陈霸先双手抱拳,一揖到地:"侯主簿大义凛然,霸先很是感动!请接受

岭南圣母：冼夫人

霸先一拜!"陈霸先把侯安都让进议事大厅,把他介绍给自己的部将:

"诸位将军!这是曲江英雄侯安都,他自愿率领曲江子弟兵千余,加入我北伐队伍!让我们欢迎侯安都将军!"陈霸先话音落下,大厅里响起热烈的鼓掌声。

侯安都站起身,抱拳向大家致谢:"请诸位兄长多多关照!小弟初来,请多指教!"

陈霸先继续说:"我宣布,任命侯安都将军为右先锋大元帅,北上由先锋与左右先锋大元帅统领。主帅杜僧明都督全军行动,先期到达南岭,打通南岭北上通道。"

"什么?陈霸先要北上?"萧勃在广州刺史衙门接见始兴来的信使。陈霸先送信给萧勃,通报他不日北上讨伐侯景。

"这怎么行?"萧勃走来走去,思忖着。陈霸先是他主要的依靠力量,他这北上一走,自己在岭南依靠谁人?不能放他去!一定要想方设法把陈霸先留在始兴!北上讨伐侯景?侯景势力那么大,能讨伐得了?拯救朝廷?用你多管闲事?我们远在岭南,偏安岭南,在岭南建一个小朝廷,岂不快哉?

萧勃立刻伏案写信给陈霸先,同时派个能言善辩的使者送信到始兴,试图去说服陈霸先。

"萧勃的使者?"陈霸先正在与主帅和左右元帅一起商议军务,军士来报,他急忙起身去迎接。

叫锺休悦的使者拜见了陈霸先,拿出萧勃的信。陈霸先读着,眉头慢慢地拧了起来。

"什么事?将军?"北上的主帅杜僧明问。

"萧勃不同意我们北上勤王。"陈霸先抬头看着使者锺休悦说。

"为什么?"杜僧明奇怪地问:"他可是梁朝宗室,对我们北上去拯救他们萧家天下应该感到高兴才是啊。他为什么会不同意?"

陈霸先摇头:"我也想不明白。你说,这是为什么?"陈霸先问使者。

使者锺休悦急忙鼓起三寸不烂之舌:"将军有所不知,刺史大人厚爱将军,曲江侯关心将军安危。侯景势力强大,兵力雄厚,以将军之兵力,与之对抗,无异于以卵击石自取灭亡,刺史大人不忍心眼看将军覆灭。"

"这就是他信上所说的理由吧?"

陈霸先展开信纸读着:"侯景骁勇,天下无敌,前者援军十万,士马精强,犹不能克,君以区区之众,将何所之? 如闻岭北王侯,又皆鼎沸,亲寻干戈,以君疏外,讵可暗投! 未若且留始兴,遥张声势,保太山之安也。"

"他信上的理由挺充分的嘛。"杜僧明笑着对周文育和侯安都说。

使者摇唇鼓舌,又要劝谏,陈霸先一摆手:"你不必多说。我北上勤王之心,早已有之。只因元景仲与兰裕之乱,扰乱计划,未能成行。今京城陷落,主上蒙尘,君辱臣死,谁敢爱命? 此乃为臣之大理,霸先虽一介武夫,此理尚明。曲江侯身为梁朝廷至亲宗室,更应为我等微臣表率。他应遣派军队北上,摧锋千里,雪此冤痛,才足以显其为宗室子弟之贤良,为人之理,为臣之节,为宗室之情。如今非但不愿发兵,还阻他人报效朝廷,传了出去,不知曲江侯何以为人?"

锺休悦满面通红,张口结舌,一句话也说不出来。

使者被送走以后,侯安都深思熟虑了一番局势,对陈霸先说:"将军刚才正气凛然,实在让安都佩服。不过,刚才之拒绝定遭曲江侯萧勃嫉恨。他不欲将军北上,无非出于自己打算。他已怀狼子野心,欲在岭南建独立小朝廷,欲仗恃将军力量,达一己之目的。依我之见,他定不甘心轻易放行将军北上,将军应未雨绸缪,预料他将取何举措阻挠,予以事先防范才好。"

陈霸先赞许地点着头。

杜僧明想了想:"他一定会调动广州附近州郡的兵力来阻挠将军北上。"

周文育同意杜僧明的分析。

侯安都说:"仅仅调动兵力尚不可怕。我唯恐他放风说将军背叛梁朝,打出为朝廷消除叛贼之旗号,如此这般,他便具有强大号召,可蒙蔽不明真相的州郡,使之联合,前来进攻阻挠我们!"

对侯安都鞭辟入里的剖析,大家都点头认可。

陈霸先来回踱着步,思考着。踱了一会,陈霸先站住脚步,转过身,看着侯安都:"为杜绝萧勃把不实之罪名强加于我,我要立即派人求见湘东王萧绎,向他表示我们归附之心,以次堵萧勃之口。你们看这办法是否可行?"

杜僧明看了看周文育,周文育又看了看侯安都,他们都点头,齐声说:"这办法好,这办法好。萧绎也是梁朝宗室,他萧勃还有什么话好说?"

岭南圣母:冼夫人

"既然都同意,我看事不宜迟,请安都兄弟跑一趟衡州如何?"

侯安都笑了:"我正欲请战。湘东王萧绎与萧勃历来面和心不和,我们背离萧勃投靠于他,他必定接纳无疑!"

陈霸先摇头叹息起来:"我等非梁朝宗室,在此热血沸腾,商议着如何为萧家天下流血打仗,他们倒同室操戈,钩心斗角,如此昏聩,怎能长久?"

大家都叹息起来。

陈霸先大手一挥:"不管他们了! 我们做臣子的,还得尽我们做臣子之本分! 安都兄弟,立刻起程,等你返来,我们大军即出发北上!"

萧勃见自己拉拢陈霸先的办法没有奏效,立刻撤掉陈霸先始兴内史的职务,任命自己的亲信谭世远任曲江县令,同时命令他和南康(今江西)土豪蔡路养在南岭一带阻止陈霸先,阻挠他过南岭。

陈霸先听说,哈哈大笑:"好个萧勃,你以为如此便可阻我过岭南? 真是蚍蜉撼树,螳臂当车! 我们南岭见吧!"

陈霸先于大宝元年(公元550年)正月,率大军从始兴出发北上。

李迁仕过南岭阻挠义师　冼夫人破獠寨智取贪官

李迁仕终于如愿以偿,从罗州刺史转到高州当了刺史。高州比罗州富庶得多,他那么精明会算计的人自然知道应该在哪里做官好。他在孙固修建的刺史府邸的基础上,把高州刺史府邸重新修建得更加富丽堂皇。

这一天,他正在刺史府里和宁猛力几个亲信郡守饮酒作乐,突然接到广州总管萧勃的命令,命令他马上准备兵力开赴南岭去阻挠陈霸先北上。

李迁仕看着公事,迟疑地对宁猛力说:"广州总管萧勃命令我出兵,去阻挠陈霸先北上,你们看,我是不是要出兵呢?"

宁猛力在官场上混了多年,已经成了李迁仕最好的参谋和助手,他深思熟虑一番,慢慢开口说:"我看此时是个机会,陈霸先北上,借口是勤王,听说各路诸侯好汉都打着这旗号北上了。他们真是去勤王吗? 我看未必。许多人心怀鬼胎,想乱中夺权。李刺史如今也是高凉一方霸主,难道就没有扩张的心思吗? 要是刺史有心,现在可是大好机会,正好趁萧勃调你北上的机会北上,说不定也能打到建康,去三分天下呢!"

李迁仕眼睛放光,眼光光地盯着宁猛力:"你看,我们会有机会?"

宁猛力断然说:"当然有机会!这胜算的机会还大着呢。没有萧勃命令,你怎么能随意调兵遣将?现在有他的命令,你正好名正言顺地招兵买马,而后率领高州军队北上,过南岭,上赣州,遇到陈霸先就打,遇不到,就一直向北,打出北上建康平息叛乱的勤王旗号,谁敢阻挠?"

李迁仕听得连连点头,心里不住赞叹:这宁猛力如今真是出息得了得,真是应了士别三日,当刮目相看的老话。他李迁仕虽然有野心,但这野心也不过是争取当上高州刺史而已,他连做梦都没有想过要到建康坐天下。眼下宁猛力的一席话令他胆战心惊,也叫他蠢蠢欲动,挑逗起他潜伏在心底的更大欲望。既然有这么个好机会,为什么不紧紧抓住它呢?机会稍纵即逝,谁善于抓住机会,谁就能成功,何妨一试?

李迁仕轻轻地咬住嘴唇,眉头紧锁,紧张地思考起来。自己那点兵力,怎么能和陈霸先的兵力抗衡?要想成事,必须先招兵买马。

宁猛力见李迁仕还在犹豫,便继续煽风点火鼓动他。宁猛力作为一个岭南獠人官员,很想打出岭南,到北方去见见世面。可以他的现状,他根本不具备这种实力,只能借助李迁仕来实现自己的想法,所以他竭力鼓动李迁仕北上。"李大人要是决心已下,我愿意助大人一臂之力。阳春郡和宁家兵力随时供大人调遣。另外,大人还可以召集高州其他郡,让他们一起出兵,高州的财力能够支持大人的军事行动。"

李迁仕把左手攥起的拳头砸在右手心里:

"好,就这么决定了!周典记!"他向厅外喊。周典记急忙跑了进来,李迁仕命:"立即草拟刺史衙门公事,命令各郡各县募集兵丁,准备武器、粮草。我现在就召集郡守和县令商讨这事情!"

冯宝像往常一样,喜欢在晚饭前太阳快落山时走出郡守衙门,站到郡守衙门前的高台上,抚摩着汉白玉的麒麟,眺望着西方的落日。红红的落日慢慢西下,把西边天空染上红黄色的瑰丽晚霞,红黄色的瑰丽霞光落在太守衙门前那一片茂盛的榕树林梢头,在林子间平整干净的红色土地上洒落下点点斑驳亮色。这一小片榕树林,其实只是一棵十分古老榕树的气根形成的,

岭南圣母:冼夫人

老榕树枝杈垂下的气根在远离老树干的地方垂地，便钻入土地扎根，重新生出一棵小榕树。这片榕树林是老榕树繁衍出的子孙后代，已经蓊蓊郁郁。正像他们冯家一样，当年孤身来到岭南的阿公，已经把老根深深扎在这片土地上，业已繁衍了一小群后代，他们这些像榕树小气根一样的子孙也已经成长独立了。

冯宝微笑着，心情舒畅极了。

冯宝把目光从夕阳西下的天边拉回到高凉城里。高凉城已经建立起来，高大雄伟的城墙四字方方，环绕着一条护城河，东西南北四个结实的城门，正如它的古名安宁一样让高凉人感到安宁安全。以郡府衙门和远处鼍山下的刺史衙门为中心的街道呈现"井"字形，街道铺着青石条，两边有排水沟渠，雨天不再黄泥遍地、泥泞不堪。许多草顶泥砖的房改建成青砖瓦顶的大房，街道两旁有凉茶铺、药铺、米铺、布铺，专门贩卖高凉人需要的东西。街道上，行走的高凉人衣着光鲜，绸缎绫罗，沓布竹布，焦布俚锦，各色衣物争鲜斗艳。即使炎热盛夏，也见不到只穿包阳布在街道上行走的俚人。嚼槟榔满嘴像流血的已很少见，文身的陋习在渐渐消失，来来往往的高凉人，脸上挂着满足平静的笑容。

过来过去的行人不断向冯宝打招呼致意，冯宝拈着须髯微笑着，他已经像他父亲留起长须。儿子冯仆到了弱冠年龄，一个女儿也十来岁。他已经步入中年，尽管官职没有高升，依然不过是高凉郡守，他却很是心平气和。他根本不想离开高凉，他在高凉为致仕的父亲盖了一所漂亮的宅第，让年老体衰的父母在他身边颐养天年，他既可以安心为朝廷效力，又可以在父母膝下尽孝心，可谓忠孝两全。他也想过升迁，但是高州有李迁仕阻拦，在高州升迁已然无望，除非离开高凉到其他州去。冼夫人却坚决不同意。在高凉，有冼夫人家族作后盾，即使李迁仕作梗使坏，也不能把他怎样。离开高凉，仕途险恶，谁知道前途如何？冯宝尊重夫人意见，安心守着高凉郡守职务，和冼夫人戮力同心治理高凉。眼下的高凉郡，比他刚上任时，面貌大为改观，亲眼看着他和冼夫人戮力同心推行的汉人习俗改变着俚人，亲眼看着他多年努力的乡学、私学在四乡村峒兴办起来，看着俚人孩子和汉人孩子一样上学习字读书，他打心眼里高兴。为官一任，造福一方，他心满意足了。

"老爷，食饭了。"冼夫人像往常一样，在晚饭准备好了之后，来这里叫他。

"又在欣赏落日?"冼夫人站到冯宝身边,微笑着问。

"可不是,高凉这夕阳西下的风景越来越美。"冯宝指点着西方天空说。这时,夕阳已经落山,西边天空只剩下一片红火的晚霞,晚霞绚丽的红色中间杂着几抹黑色的云彩。一群飞鸟恰好飞进晚霞,在让火红晚霞的霞光里映上一些黑色的移动的影,给这幅静静的晚霞图增加了动感。

"真是太美了。"冼夫人感慨地赞叹着。

"你看,我们高凉城是不是越来越美了?"冯宝爱怜地看着冼夫人,冼夫人的眼角已出现细密的皱纹,高高挽起的芙蓉归云式发髻里闪烁出几丝银白。老了! 冯宝在心里怜惜地感叹着。

"可不是,我们高凉人也越来越美了。"冼夫人由衷地赞叹着:"我们这二十几年的心血看来没有白费。你看,高凉人不是也会打扮了吗? 女人学会涂脂抹粉,学会梳理发髻,京都流行的什么灵蛇髻、反绾髻、百花髻、堕马髻、流苏髻、翠眉惊鹤髻、回心髻、凌云髻、归真髻,在高凉也都能见到。俚人不再嚼槟榔,不文面,也穿起绫罗绸缎,人变得靓多了。"

"是啊,汉人习俗正潜移默化着俚獠,改变着高凉风俗,也算我们对得起高凉父老了。"冯宝微笑着说。

"老爷,你该满足了。"冼夫人笑着拉起冯宝的手:"走吧,回去食饭吧。"

冼夫人让春香伺候冯宝冲凉以后,一家人围坐在大厅里吃晚饭。冼夫人看着自己的一双儿女,心里高兴。阿仆已经长大成人,也要为他谋一个官职了。女儿还小,过几年要寻个好人家给她订婚,她和冯宝都已经见老了。

想到这里,冼夫人不由叹了口气。冯宝奇怪地问:"怎么啦? 好好的有什么心事啊?"

冼夫人说:"要去广州走走,该给阿仆找个差使了。"

冯宝也叹口气:"他就要行加冠礼了,弱冠了,该入仕了。可现在局势动荡,朝廷被侯景攻破,皇帝被活活饿死,新皇帝即位,这皇帝位子也不知他能不能坐得住? 听说各路诸侯都带兵到建康去声讨侯景,这局势还不知道如何发展呢。广州的局势看来也不会安稳,陈将军刚刚平息叛乱,迎来新刺史,恐怕还在动荡中,眼下不宜上去。"

"我倒不担心广州，"冼夫人一边夹菜，一边说："广州历来天高皇帝远，朝廷动乱影响不到。陈将军平息了叛乱的元景仲，迎来梁宗室萧勃做刺史，广州已经稳定了。"

冯宝摇头："不见得，这萧勃人品不端，却野心勃勃，总想招降纳叛，拉山头为王。像陈将军这些从中原来的将领，能不能真心拥戴他，还很难说。他是否真正信任陈将军，恐怕更难说。我担心早晚有一天，广州和朝廷一样混乱起来。现在这种时候，难于给阿仆谋个一官半职，还是让他在家用心读书。冼家有什么事情让他去帮手，也算个磨炼吧。"

冼夫人点头："老爷所说也对，差使就以后再说吧。老爷，是不是先把他的婚事办了？早早生个孙子，我们也好享受饴孙之乐啊。你看阿挺做了老都，这人也就一下子成熟起来，他在崖州，把崖州事务治理得很有条理。要不，先把阿仆派到崖州去，协助阿挺一起治理崖州，磨炼磨炼他。你看如何？"

冯宝躺在躺椅上，摇着蒲扇，看着庭院里紫葳树枝头，枝头上挂满了一串串一簇簇黑色的小果实，还有几簇晚开的紫葳绽放着灿烂的紫色花朵。蒲桃树间碧绿的枝叶里闪现着鲜红艳丽的小果子，十分好看。他漫不经心地说："就按你说的办吧，先给他娶亲。可是定谁家的姑娘呢？你打听好了吗？"

冼夫人笑了："我二哥已经给说了一个好人家。"

冯宝停住手中的蒲扇："谁家的女子？"

冼夫人狡黠地笑着说："他女儿嫁的那家的女儿。"冼夫人担心冯宝不接纳，故意兜了个大圈子，没有直接说出宁家。

"什么？宁家的女儿？你疯了，为我仔找个獠人妹仔？我不干。"冯宝嘟囔着说。

冼夫人说："獠人妹仔有什么不好？这女仔长得很漂亮。她不是宁俊杰的女儿，她原本姓麦，是宁俊杰最小弟弟的媳妇的娘家侄女，和我们没有什么恩怨。宁俊杰告老以后，他最小的弟弟接替了宁家财产和都佬地位，把宁家管理得很不错。宁俊杰这些年也变了，信佛以后，人良善了许多，早就不再闹事了。现在的宁家小辈识文断字，举止文雅。宁猛力自从做阳春太守，也卖力推行汉人风俗。他生怕落到高凉冯太守后面，所以时时处处看你怎

岭南圣母：冼夫人

么做,然后见样学乖。这可是我们俚獠的长处,我们喜欢向好东西学,善于仿摹,我们改变也快,不是吗?"

冯宝直点头:"是的,是的,这确实是岭南人的长处,兼收并蓄,善于模仿和接受外来新东西,变化确实很快。你看高凉,这才不过一二十年,变化有多大? 过去的干栏房看不到了,到处是两进深的院子,穿着打扮尽量模仿官家,说话之乎者也的不再说俚话。不过,他们的官话实在太蹩脚,总带着俚话味道,跟广州官话还不一样。"冯宝笑着说。

"那没关系,虽然带有高凉俚话味道,那也还是说明我们喜欢接受新东西。这样也好,高凉应该有我们自己的官话,带点高凉味,才算高凉官话!"冼夫人哈哈笑了起来。突然,冼夫人停住笑声,问:"刚才说到哪里去了? 怎么扯到高凉话上来了?"

冯宝轻轻摇头,笑着说:"我们正商量儿子的亲事呢。你不是说要给他聘宁家女仔做媳妇吗。"

"你同意不同意? 要是你同意,我们过几天就请媒人去说媒。"

"你觉着好就行,我不反对。"冯宝笑着又加了一句:"我找了个俚人妹仔,我的仔再找獠人妹仔,我们一家是汉、俚、獠齐全了。"

"那不好吗? 这才利于高凉稳定地呵呵笑了起来。"冼夫人快活地呵呵笑了起来。

夫妻正计议家事,衙役走进报告,说刺史李迁仕大人叫冯太守到刺史衙门议事。

冼夫人在书房查看儿子冯仆的书法,听见冯宝回来,便从书房走了出来:"老爷,回来了?"她上前帮助冯宝脱去官服。深秋的高凉,天气依然热得像盛夏,只是晚上的海风吹来阵阵凉爽的夜风。冼夫人看着冯宝愁眉紧锁,关切地问:"你怎么啦? 李迁仕为什么事情召集你们?"

冯宝长叹了一口气:"李刺史接到萧勃命令,命令他带兵到南岭,去阻止陈霸先将军北上。他命令我和宁猛力带领高凉和阳春的兵力做他的后援。"

"他什么时候出发?"冼夫人关心地打听着。

"他正在准备,就在这三两天吧。"冯宝接过丫鬟秋香端来的茶水,饮着。

冼夫人看着冯宝满腹心事的样子,便拉着他坐到竹躺椅上,拿起一把蒲扇给他轻轻扇了起来。

冼夫人皱着眉头思忖了一会，说："李迁仕不会心甘情愿执行萧勃命令，他一定有他自己的小九九算计。你看他会不会趁这个机会北上，也趁乱去扩展他的势力？"

冯宝微微闭着眼睛："我看他一定有这种打算。要不，上次萧勃调他到广州去平息元景仲的时候，他借口有病拖延不去，现在为什么却一反常态，这么热心执行萧勃的命令？他呀，诡计多端，一定另有打算。"

"既然老爷你也有这看法，那你就不能听他的话，万一他对朝廷怀有异心，你带兵跟他开拔，就会被他控制和胁迫。我们可不能干那些背叛的事。何况，我和陈将军有约，我要支持他的北上行动，我不能说话不算话。我不能让李迁仕去打陈将军。我要想办法帮助陈将军。"

"有什么办法？官大一级压死人，他是刺史，他的命令我能不听吗？我敢不听吗？"

冼夫人断然地说："你不能去！你就说你有病，不适宜打仗，但是你答应为他运送粮草。到时候，你卧床不起，我代替你去，我自有办法对付他。"

冯宝有些为难，他搔着头皮，说："这能行得通吗？李迁仕为人奸诈，诡计多端，我要是不去，他一定要加害于我。"

"我这个办法，一定行得通。他李迁仕打仗需要粮草，我们冼家的财富早就叫他流口水。现在你说帮他筹集粮草，他求之不得。你筹集粮草，不能与他同行，要晚他一些日子。我们那时再看他的动静，要是他果真出兵打陈将军，我要破坏他的部署，想办法帮助陈将军。"

"好，就按照你的想法办！明日我就去跟李迁仕说，但愿他批准。"

陈霸先率领着自己的军队来到南岭关隘。他站在南岭古道的关隘前，望着面前这雄伟的高山。岭上的梅花刚刚含苞，远远望去，鹅黄透着淡绿，煞是好看。清香飘溢在空气里，叫人精神为之一振，陈霸先顿时兴奋起来。

这里是南雄和江西交界的大庾岭，重山叠嶂，险阻异常，岭上古树葱茏，茂密幽深。大庾岭自古以来又称梅岭。据说梅岭得名于岭上种植着许多梅花，春天梅花盛开，香飘岭南岭北，岭南的梅花先开，岭北的梅花后开，连绵数月，花期不绝，所以人称梅岭。又有人说梅岭得名是因为秦始皇北逐匈奴，南开五岭，从这里翻越时，看见岭上梅花盛开，便赐名梅岭。还有人说，梅岭得名是因为战国时越王带一个叫梅销的人躲避迫害来到岭上,在岭上筑城居住,人们就把这个岭叫梅岭。

陈霸先遥望着高峻的山岭,寻找着他曾经走过的古道。在这重山叠嶂和幽深的古树丛林里,有一条极险要的小路,那是一条很古老的小道,相传秦始皇伐岭南就是从这里过岭。这条古道,经过历代过岭军士的开凿,已经形成一条还算通畅的通途。道两旁的悬崖峭壁上,有刀劈斧凿的痕迹,道路上有车辙马蹄的印记,有砍伐的树根,在风雨中已经发黑,长出木耳蘑菇青苔。

这条路,陈霸先已经走过一次,从吴地追随萧映来广州上任,他们走的就是这条古道。想起上次越过这条道路的情况,陈霸先至今还心有余悸。这条古道蜿蜒穿行在高山密林里,密林里是几人合抱不过来的大古树,树间生长着高大的灌木和野草,严严实实地遮掩着地面,根本无法判断深浅,以为是平地,一脚下去便踏空,一个趔趄,便跌落到深不见底的悬崖深渊。虽然有过往军队或商队经过,砍伐出道路,可只要几个月没人过往,荒草、灌木、小树便疯长起来,把道路遮蔽得密不透风,与原来的密林连成一片,叫人难于辨认。

密林深处,会时不时传出虎啸,有时窜出野猫、豹子、山猪,树枝上游走着毒蛇,吐着鲜红的信子,发着"嘶嘶"的声音,昂头寻找进攻的目标。林密树多,树枝阻挡着人,划破兵士裸露的皮肤。飞舞的毒虫叮咬着兵士的颜面,蜈蚣、蚰蜒、山蚂蟥在兵士睡觉的时候,从草丛里钻了出来,吸吮着兵士的血,有的钻进兵士的耳朵、鼻孔、肛门,叫兵士痛不欲生。

从哪条路翻越大庾岭呢?陈霸先曾经有过犹豫。从岭北入粤,本有经大庾岭和骑田岭两条路线。赵佗称王于南越,在横浦、阳山、湟溪谷聚兵把守,扼守了两条入粤要道,使北来的人无法进粤,出粤的人无法北上。东晋以前,入粤多从桂阳翻过越城岭,然后再向南到郁林、交趾或合浦,也可以从从水路到番禺。东汉建武二年(26年)当时桂阳太守"凿山通道五百余里,列亭传,置邮驿。"使桂阳入粤方便多了。

东晋以后,政治、经济中心转向东南的建康,从建康到岭南的番禺,经豫章(今江西南昌)沿赣水越大庾岭到南海广州,是最近的路程。所以,尽管道路艰险,还是不断有人从这里翻越。义熙六年(410年),卢循起义,北伐建

岭南圣母:冼夫人

康,就是从始兴出发,越大庾岭,然后分兵,卢循攻长沙,徐道覆率领水军沿赣水克南康、庐陵、豫章(今江西赣州、吉水、南昌),甚至连到达南海的印度僧人,应梁武帝诏前往建康时的来回往返,都走这条艰难但最为捷近的路。

陈霸先决定走大庾岭,他准备翻越大庾岭到达南康后,在南康建造船只,等赣水上涨,他便率领队伍乘船一路下建康。他要争取早日赶到建康,在路上多耽搁一天,到达建康的军阀可能就越多,朝廷的局势就越复杂。

陈霸先指挥着军队翻越大庾岭。

陈霸先艰难地翻越大庾岭,来到南康。南康太守蔡路养阻挠他进城,他在南康与蔡路养展开激战。

"鸟他奶!"李迁仕气喘吁吁地走在大庾岭的盘山小路上,大声咒骂着,他从没有走过这么难行的路。虽然陈霸先的军队已经砍出一条路,可是依然崎岖不平,小路时而通向山谷,时而蜿蜒在悬崖峭壁旁边,让人心惊胆战。

宁猛力紧紧跟着李迁仕,他是这次军事行动的左先锋。宁猛力已经大汗淋漓,累得上气不接下气。从高凉出发已经走了一个多月,还是没有赶上陈霸先,他们赶到始兴,陈霸先已经率领军队翻越大庾岭。

翻越了大庾岭古道,地势渐渐平坦。

"总算翻过了山。"李迁仕大声说。军士们都纷纷坐到路边,有的跑到山溪边上掬水喝。李迁仕和宁猛力也在一棵大树下坐了下来。放眼看去,远处是一条白色的河道,弯弯曲曲地流向东南。李迁仕叫来向导,向他询问了路线。这时,派出的探子回来报告,说陈霸先在南康外驻扎,正受到南康太守蔡路养的阻击。

"我们是去支援蔡路养还是继续前进?"宁猛力问李迁仕。

李迁仕眼睛望着那条白色的飘带似的河道,若有所思地说:"我看陈霸先是想夺取南康,然后从南康乘船到豫章。蔡路养有2万兵士,力量很强,不用去支援他。我们直接奔下游的大皋口,在那里等待陈霸先。要是他被蔡路养打败,他一定会率领残兵败将逃亡大皋口,万一他胜了,他依然还要走大皋口,那里是他的必经之地。我们在那里等着,一定稳操胜券,擒拿于他。"

"将军部署英明!"宁猛力赞叹不已:"那里离豫章更近一些,要是打败了陈霸先，我们可以继续北上，很快赶到建康去看看风景。也许我们还可以打进京城，在建康风光风光呢。"宁猛力十分向往地说。

"是啊，此举也许会成就一番大业呢！这等混乱局面，谁都可以坐龙廷，说不定建康龙廷正虚位以待呢！"说着，李迁仕得意地哈哈大笑起来。

"可粮草恐怕难以支持。"宁猛力有些担忧，提醒李迁仕。

"不必担忧，一个月后，冼夫人会运送粮草到南康，她已经与我立了军令状。她代替冯宝前来运送粮草。"李迁仕随意说。

"冯宝不来，派冼夫人来，终究有些不妥当。"宁猛力接过随从送上的饮水罐，"咕咕嘟嘟"地大饮了一通，抹着嘴角上流下来的水，说了一句。

"他们总是两公婆，谁来都不紧要，已经立了军令状，军令如山，谁也不敢违抗的！而且冼夫人挂帅，可以运送更多的粮草，以备军需。冼家有的是粮草钱财。"

李迁仕和宁猛力休息着，饮水，食干粮，恢复体力，等一会，还要继续赶路。

冼夫人带领着一支两千人的队伍北上。李迁仕命令她在七月中把粮草运送到南康。

冯宝恋恋不舍地送别冼夫人。

冼夫人开朗地笑着安慰冯宝："老爷不必伤感，我带兵打仗比你经历得多。你身体不大好，在高凉好好养息。我答应过陈霸先将军，要尽力支援他北上。他北上去为朝廷清除叛乱，是正义之举，我一定要帮助他。"

"让仔仔跟你去，一路上好照顾你。"冯宝对冼夫人说。冼夫人犹豫了，儿子冯仆不过二十，嫩了一点，远征打仗，艰难险阻，万一有个三长两短，可怎么办？

冯宝坚持他的建议："你都可以翻山越岭，他一个后生仔，年轻力壮的，为什么不能磨炼磨炼呢？不经磨炼，将来如何接替你？"

冯仆也跃跃欲试，极力撺掇母亲带他一同去。冼夫人经不住父子二人的劝说，只好勉强同意了。"你一定要跟在我身边，听到没有？不许你随意行动。打仗不比一般事情，一定要服从命令听从指挥！"冼夫人严厉地告诫着儿子冯仆。

岭南圣母：冼夫人

冼夫人和儿子告别冯宝，率领着由兵丁化装成的挑夫队伍由高凉出发。肩挑着稻谷薯蓣竹筐，牛背驮着稻谷薯蓣麻袋，挑夫和牛队跟随着李迁仕的踪迹翻越大庾岭，向南康进发。

冼夫人坐在牛车上指挥着队伍。"阿仆，坐车吧。"冼夫人看着儿子冯仆，招手说。

"不必了，阿妈。我行得动。"冯仆摆手。

冼夫人心疼地看着儿子冯仆单薄的身体，摇着头。

七月中，冼夫人率领着运送粮草的队伍经过艰苦卓绝的跋涉，越过大庾岭来到南康。这时，陈霸先的队伍早已打败蔡路养，进入南康，在南康制造战船，准备和已经结盟的王僧辩一起进攻建康。

江面上陈列着陈霸先已经制造好的千艘战船，有平房、金翅、青龙等大型战船，又有艨艟、斗舰等小型战船，还有拍舰、水舫、水车等多种专门用途的战船。

冼夫人看着江面上巨大的战舰楼船，感叹不已。楼船修建了三重重楼，高达十余丈，船四周布列防护女墙，上面开着弩窗矛孔，专门用来放射弩箭。甲板上设置抛车，可以抛掷石头等重物来砸伤敌人。楼船可以远攻，也可以近搏，威力无穷。

艨艟船是小型的进攻战舰，它以生牛皮蒙船，不怕箭石，船舱开设掣棹孔，划船水手都在舱里，船上左右设有弩窗矛穴，敌人不能接近。这种船防卫性很好，速度快，可以用来冲锋，在敌人猝不及防的时候，快速冲破敌人的防线，向敌人发动攻击。

斗舰也是一种冲锋陷阵的战舰，上面设有多重防护女墙，可以正面冲击敌舰。拍舰是当时的炮舰，可以发射掷远兵器。火舫、火车等船，是用来火攻的战船。

冼夫人看着这些战舰，陷入了沉思。一定要想办法把这里的战船制造技术引进到高凉去，给冼家船队制造这样先进的船舰才好。

陈霸先派人热烈迎接冼夫人。看到冼夫人千里迢迢送来粮草，陈霸先感激不尽。陈霸先要把冼夫人安置进南康城，冼夫人拒绝。

"不必了，陈将军。我听说李迁仕已到大皋口，我奉他的命令要把粮食送到大皋口。我把粮草给了将军，希望将军早日打到建康去勤王，也算我们高凉冼家和冯宝对朝廷忠心的一点表示。现在我要到大皋口去，帮将军打败李迁仕。为了不引起李迁仕的怀疑，我不能在南康久留，这就告辞了。陈将军，我们后会有期！"冼夫人拱手向陈霸先告辞。

"要是冼都佬有要事商量，而当时被围困的话，冼都佬可以放纸鹞进行联系。"陈霸先嘱咐着，并且拿出一个纸糊的鹞鹰送给冼夫人。"这是侯景围困台城时，梁武帝为与城外联络，使用的办法，你也不妨一用。"

冼夫人点头："这倒是个好办法。"她让儿子冯仆小心地收收拾起纸鹞。

冼夫人告别陈霸先以后，率领着疲惫不堪的队伍顶着炎热的骄阳慢慢向大皋口进发。挑夫把粮食卸在南康，又挑着装满谷糠的竹筐，牛背上驮着干牛粪麻袋，伪装成运送粮草的样子，继续北上。队伍轻装行进，速度快多了，但是冼夫人故意让队伍慢慢行进，等着陈霸先的队伍先到。

冼夫人赶到大皋口，陈霸先的队伍也到了大皋口，李迁仕已经和陈霸先展开了激烈的阻击战斗。陈霸先派周文育出迎李迁仕，周文育打败李迁仕的先锋宁猛力，俘获了宁猛力。

李迁仕凭借着大皋口的地势，固守大皋口。陈霸先一时无法攻占，双方僵持在大皋口。

李迁仕固守在大皋口，心中很忧虑。他被陈霸先紧紧包围着，眼看着供给开始紧张起来。要是高凉的粮食运送不来，他还能坚持多长时间？

正在他忧虑的时候，守兵前来报告：高凉冼夫人运送粮食到大皋口外。

李迁仕派出一支队伍，打开城门，迎接冼夫人进城。

冼夫人的兵丁已经准备好武器，一进城门，兵丁就抽出武器，把守门的兵士杀了，陈霸先的队伍涌进大皋口。

李迁仕正在等待冼夫人运来的粮草，突然听到兵士报告说城门失守，陈霸先攻了进来。李迁仕吓得浑身哆嗦，率领着部下死命冲撞，终于冲出一条活路，急急逃离大皋口，往岭南方向逃窜。

冼夫人和陈霸先集合了李迁仕带来的高州士兵，却找不到李迁仕。"叫他逃掉了！"陈霸先气恼地说："他要是逃回高州，怕是依旧加害于夫人。"陈霸先忧虑地看着冼夫人。

冼夫人轻蔑地一笑："我不怕他，谅他不敢把我怎样！"

岭南圣母：冼夫人

宁猛力被士兵推搡着过来，陈霸先看了他一眼，问冼夫人："这不是阳春郡守宁猛力吗？他可是李迁仕心腹，拉出去砍了！"

冼夫人起身向陈霸先作揖求情："请将军看在我的面子上，饶他不死。他和我有些亲戚关系，我的仔聘了他的内侄女。"

陈霸先惊讶地说："原来如此！看夫人面子，饶他不死！"冼夫人谢过陈霸先。陈霸先命令士兵将宁猛力释放。宁猛力感谢了陈霸先的赦免之恩。陈霸先说："你还是感谢冼夫人吧，她为你求情。你回高凉，洗心革面，痛改前非，莫要再受李迁仕蒙蔽。以后服从冼夫人，不可与她作对，她对你们宁家情义不薄，你可万不要学你叔父，不知好歹，恩将仇报！如若不然，本将军一定不轻饶于你！"宁猛力喏喏。于是陈霸先释放了宁猛力和他的部下，让他带领着自己的阳春獠人士兵回岭南。

看着宁猛力远去，陈霸先有些担忧地对冼夫人说："夫人如此宽宏大量，霸先担心夫人好心不得好报，万一他们恩将仇报，加害于你，令霸先终身不安。夫人大约不明白小人心思，小人不会感恩戴德，只会疯狂而不择手段报复，霸先担心万一连累于你，将如何是好？"

冼夫人微笑着："我相信宁猛力会感激我，将军尽管放心！即使他真的使坏，我也能够应付。"

陈霸先摇头叹息着："夫人真乃菩萨心肠！霸先不知如何感谢于你！霸先此去，难以再见，望夫人好生保重，好生治理高凉。高凉地区稳定，全仰仗夫人与冯太守。"

冼夫人和冯仆告别陈霸先，动身返回高凉。路上，冼夫人对冯仆说："我看陈将军此去，一定会成就大事。陈将军是一个英才，他出身贫寒，打仗勇敢，有勇有谋，他生活又很简朴，虽然身居高位，依然保持家乡布衣粗茶淡饭的习惯，是个不可多得的人才。我们有机会就一定支持他！你记住了没有？"

冯仆点头。

冼夫人率领着自己的队伍翻越大庾岭时，突然有士兵喊："这里有个奄奄一息的岭南人，好像高州刺史李迁仕的部下！"

冼夫人急忙走了过来。草丛里躺着一个人，正大口喘着气，瞪着无神的眼睛望着天空。冼夫人低头，拨开草，果然是李迁仕的部下。那部下看见冼夫人,眼睛涌上泪水,他拼命挣扎着,说:"冼夫人……冼夫人……救命则个。"

冼夫人心里涌上同情:毕竟都是高州人,已经到了山穷水尽的地步,她不能见死不救。

"来人!"冼夫人喊。

"走吧!阿妈,这种衰人别管他!"冯仆拉了冼夫人的衣服一下,小声说。

"不能那样没人性!"冼夫人小声呵斥儿子:"给他喂点水和干粮!"原来李迁仕和他的部下逃跑张皇,没有来得及准备足够的干粮,在翻越大庾岭的时候,许多士兵支持不住,倒毙在草丛里。

这是大宝二年(公元551年)二月。

李迁仕设计赚獠酋　冯太守大意入虎穴

李迁仕率领残部回到高州,已经将近四月,天气炎热起来,一路上饥饿、疲劳、生病,许多部下倒毙途中,回到高州,部下已经所剩不多。回想此次出征残败,李迁仕把原因完全归咎于冼夫人的背叛,他一路上一直在想着如何报仇。经过广州,原本想去总管萧勃那里告状,可是萧勃正忙于向湘东王萧绎施加压力讨要各种封号,正与萧绎斗得不可开交,根本没有心情管高凉的事情。李迁仕又听说萧勃因为他没能阻止陈霸先北上,正在盛怒中,他不敢前去广州拜见萧勃,匆匆回到高州。

"不报此仇,誓不为人!"李迁仕在高州刺史衙门里走来走去,一嘴牙咬得嘎嘣乱响。

宁猛力一脸愧色,他不安地安慰着李迁仕:"刺史大人暂且消消气。冼夫人勾结陈霸先铁证如山,我们一定要等待合适时机与她算账。现在萧勃只忙于扩张,野心不小。陈霸先背叛了他,他岂能饶恕陈霸先?不用多久,等萧勃立足已稳,到清算旧账之时,他定不饶恕勾结陈霸先的冼夫人!刺史大人还是暂且忍耐,等萧勃总管不再恼怒我们失利之时,再想办法。"

"不行!不能如此罢休!你快替我想办法,我要出这口恶气!"李迁仕从紧咬的牙关里挤出几句话。

宁猛力为难地搔着脖颈:"不大好办!冼夫人不是朝廷官员,你能定她

岭南圣母:冼夫人

什么罪呢？你只能找冯宝的茬。"

李迁仕站住脚步，眼睛转了几圈，计上心来。

李迁仕自言自语地说："等着瞧！蛮子婆！有你的好果子食！我一定要让你赔偿我全部损失！"

"刺史大人有什么好主意？说出来听听。"宁猛力讨好地走到李迁仕前，小声问。

李迁仕警惕地看了看宁猛力："怎么？想刺探秘密，去报告那个蛮子婆啊？"

"哪里，哪里。刺史大人怎么这么说？我怎么会去报告她呢？"

李迁仕满怀狐疑："那谁知道啊？听说你被陈霸先捉了，为什么又放了你？是不是她为你求情了？"

"哪里，哪里。怎么会呢？她怎么会为我求情呢？宁家和冼家世仇，刺史大人不是不知道。"宁猛力急忙辩解着，唯恐李迁仕误会。

李迁仕阴沉着脸，不肯再说什么。宁猛力也不好再问下去，告辞回家。

"回来了。"宁猛力进了宁家楼，宁俊杰从高大阔绰的宁家祖屋里走出来，招呼着侄子宁猛力。

宁俊杰已经明显老了，头发几乎全白了，脸上皱纹道道。他穿着绸缎的短衫短裤，依然习惯地光着脚。

"打仗回来了？打败了陈霸先？"宁俊杰招呼宁猛力坐到厅里，让使女为他端出凉茶。桌子上摆放着新下树的荔枝和龙眼，宁猛力拣起一串龙眼，慢慢剥去褐色的外壳，放进嘴里，吐出核，又迫不及待地放了另一颗。一连食了几颗，才算解了馋。

宁俊杰笑道："看把你馋的，年年都食的。"

宁猛力摇头："一年只有这几天才可以食到龙眼，我早就馋着呢。龙眼甜里微带酸，食多少也不腻人，它不像荔枝，一颗荔枝三把火，食多了烂嘴烂舌，脸上起疙瘩。我只贪食龙眼不食荔枝。"

"你走了这么久，打败陈霸先了没有？"宁俊杰又问了一遍。

"咳！快别提了！这一次差点被陈霸先砍头，要不是冼夫人说情，恐怕再也见不到叔二了。"宁猛力沮丧地说。

宁俊杰摇头："我就劝你不要跟李迁仕卖命,你偏不听。他为当大官去拼命,你跟着他有什么好处?阳春太守当了这么多年,不还是个太守?他自己都升不上去,哪能关照到你?这李迁仕是个阴险狡诈的家伙,不可靠。他与我们交往,不过是看中我们宁家在高凉一带的势力和钱财。你看,这么多年来,我们宁家都成了他的钱荷包,我们在他身上花了多少钱?他的刺史衙门的修缮装修,哪次不是我们捐赠?咳!想起来就心疼。钱都像肉包子打狗了。连喂条狗都不如,喂狗还能看家护院,还能围着主人摇头摆尾逗主人高兴,喂他有屁用?动不动摆他官员的臭架子,拿他做官的威风,他给了我们屁好处?鸟他奶!想起来就叫人生气!"

宁俊杰越唠叨越生气,竟大声骂了起来。

宁猛力也不敢反驳,只是默不作声,闷着头吃龙眼。

宁俊杰自己叨咕了一阵,看了宁猛力一眼,又问:"现在你打算怎么办?"

宁猛力苦笑了一下:"怎么办?不是还得在官府当差?他李迁仕还是高州刺史,我还是阳春太守,这差还得当下去。不过,这李迁仕确实也太心黑了一点,他还想要和冼夫人为敌,又在动黑心眼打算坑害冯宝和冼夫人。"

宁俊杰瞪起眼睛:"鸟他奶!你以后可不敢再干坑害冼家的事了。我现在真的服了冼夫人的为人。你看,她对我们,真的是仁至义尽,当时你老都把她家害得那样苦,她和冯宝太守真的没计较,对我们还是很不错的。这些年,她的侄女嫁给你,我曾想报复她,专门给她侄女气受,可是她们家只来跟我们讲理,并没有喊打喊杀。人心都是肉长的,我们也不能只是小肚鸡肠,以怨报德。何况,现在,冼夫人正在派媒人来给她的儿子说你内侄女。要是这婚姻说成了,我们可是更亲了。你可不能再跟着李迁仕胡闹!要不!我饶不了你!别看你是太守!你总是我们宁家子弟!要是不听老都的话,小心赶你出宁家祠堂!"

宁俊杰拧着黑刷似的眉毛,眼睛里迸发出威严恐吓的光芒,紧紧逼视着宁猛力:"你听见没有?"

宁猛力急忙说:"我听见了,叔二,你老放心,我比你还明白事理。不然,我也不会回来跟你说这事了。我就是想告诉你,让你帮着想想办法。"

宁俊杰的脸色这才和缓下来,声音也柔和了许多:"我们能想什么办法?他在暗处,谁知道他会使什么坏?倒是你可以故意亲近他,看能不能从他那

岭南圣母:冼夫人

里套出点什么。"

宁猛力点头："我会留心的。不过你也要多留点神。那家伙是个卑鄙阴险的小人,最善于挑拨离间,借刀杀人,小心他来挑唆你!"

"你放心好了,我宁俊杰可不是过去那个什么也不懂的獠人佬了!"

"小心没害处。"宁猛力还是不大放心地嘟囔着。

李迁仕来拜访宁俊杰。

"哈哈,李刺史李大人,哪阵风把你老给吹来了?"宁俊杰拱手作揖,在院子大门前欢迎李迁仕。见李迁仕撩着官服走出藤轿,他立刻趋前做出搀扶的样子,不过,还是慢了一步,李迁仕已经步出藤轿。

李迁仕拱手："宁都佬,本官久未见都佬,今日闲来无事,特意来找都佬倾谈倾谈。"

宁俊杰大笑起来："李大人不是又来找小民要赞助的吧?"

李迁仕尴尬地打着哈哈："看宁都佬把下官看成什么人了? 下官真是想念都佬才来拜访的。"

"那好,那好,不是要钱就好,小民真是被官府要钱要怕了。"宁俊杰一边说,一边把李迁仕让进大厅。李迁仕环顾着宁俊杰的府邸夸赞起来："啧啧,看宁都佬这房屋也建成官府式样了。一共几进几院落啊?"

宁俊杰听出李迁仕语气里的嘲弄,便哈哈大笑着："高凉如今时兴这种样式,我也学学样子。我这房子,五进五院,远比不上刺史大人的官府衙门。"

李迁仕心想:哎哟,这家伙,真有钱! 官府不过三进三院落,他比官府阔绰多了。真他娘的!

宁俊杰把李迁仕让进前院大厅。大厅里房顶上的亮瓦敞开,阳光从天窗上射了下来,把大厅照射得亮堂堂的。一色紫檀木家具雕刻得精致靓丽,刚刚铸造的特大铜鼓摆放在厅堂门口最显眼的地方,高大精致,闪烁着耀眼的光芒,上面立着八只蟾蜍,鼓面上描画的太阳光芒鲜艳夺目。厅里还摆放着高大的红白珊瑚,墙上挂着象牙和犀牛角,一张灿烂夺目的虎皮张挂在正面的墙壁上,作为这个家族荣耀的象征。

李迁仕落座在正中的紫檀木雕花圈椅上。

"上茶!"

家人捧着雕花黑漆描金托盘,托盘上放着极为精致的青瓷茶具,李迁仕接过茶碗,把玩着,很是羡慕地连声赞叹:"好瓷!好瓷啊。"

宁俊杰微笑着:"大人今天前来,不是为了欣赏我的茶碗吧。"

李迁仕啜饮了一口清香的茶水,说:"下官前来,是向都佬女儿求婚的。"

宁俊杰愣怔了一下:"向我女儿求婚?不可能吧?老爷你已经妻妾儿女成群,难道还想老牛吃嫩草不行?"

李迁仕尴尬地笑着:"看宁都佬说的什么话?怎么这么不客气?我今年不过刚刚四十出头,怎么能算老呢?我也想效仿冯宝冯太守,和当地豪族联姻,以便更好总管高凉事务。宁都佬要是不嫌弃的话,下官愿意成为宁都佬的乘龙快婿。"

宁俊杰愣愣地看着李迁仕,不知道该如何回答他。

"可是,小女已经许配人家了。"宁俊杰终于想出这么个借口。

李迁仕哈哈大笑:"看来宁都佬是没有看上我这东床快婿啊。不过,我知道宁都佬的弟弟有个小细妹刚十八岁,还没有许配人家。怎么样,把她许配给本官,如何?要是宁都佬同意,明日我在寒舍设宴招待宁都佬全家,举行晚秋赏月,希望宁都佬携夫人、小姐、侄女赏光。"

冯宝应李迁仕的约请,按时来到李迁仕的刺史衙门后宅,他摆家宴请客的地方。冯宝本不想来,可是又无法拒绝顶头上司的好意邀请。官大一级压死人,冯宝在李迁仕的手下窝憋了多年,以后恐怕还要继续在他的矮房檐下讨生活,怎么能驳回他的面子不去呢?另外,最近高凉大旱,各村峒的早造收成不好,村峒百姓希望减少赋税,这事他需要向刺史请示报告。

冯宝备了一份礼品,换上官服,前来赴宴。走进李迁仕的院门,一个差役上前迎接:"冯大人来了,请跟随小人到后院去,老爷正在后院等待冯太守。"

冯宝随着差役,走过一个院落,院落里房屋俨然,宽阔的廊檐,粗大笔直的楠木做成的柱梁,用金粉和颜料描画出鲜艳花鸟人物,满眼的金碧辉煌。宽大的庭院中间置有假山水池,种着多种树木,几树桂花正吐放着清香,沁人肺腑。冯宝不由得深深地吸了一口。

岭南圣母:冼夫人

他们穿过一个大门,进入后院。一池湖水绿波荡漾,湖面上游移着白鹅、灰鸭和几对鸳鸯。湖中央漂浮着碧绿的睡莲,圆而大的碧绿叶子上托着鲜艳粉红的朵朵睡莲。湖边的一个临水亭榭,飞檐斗拱。

差役指着飞檐斗拱的亭榭:"冯太守,李大人和宁太守在楼上恭候。请大人去吧,小人还要回到前院当值。"

冯宝径自走向亭榭。他登上木楼梯,心中有些纳闷起来:为什么这么安静?在这里摆宴席,总应当有些人声喧哗才是啊。

冯宝上楼,推开雕花木门走了进去。里面还是很安静,没有一点声音。冯宝感觉不对头,正想退回,听到里面有声音,他只好硬着头皮走到雕花屏风后面。

屏风后面,是一张雕花大床,缂丝锦缎帷帐高高挂起,床上躺着一个很年轻的姑娘。一个年纪稍大的女人坐在床头。这是昨夜在刺史府里赏月的宁俊杰老婆和她女儿、侄女,被李迁仕安置在这里过夜歇息。

冯宝愣在原地。宁俊杰的老婆扭过头来,看见冯宝,尖叫起来:"你是什么人?怎么闯到这里来?"

冯宝急忙作揖解释:"夫人不要误会,我是高凉太守冯宝,李刺史约我前来赴宴,家人带我进来。实在是走错了,请夫人原谅。"

宁俊杰的老婆只是尖叫:"快来人啊,来人啊!"

宁俊杰和李迁仕在亭榭最上层的露台上,正在饮茶说闲话。突然听到下面女人的尖叫。宁俊杰听出是自己老婆的尖叫声,他急忙说:"发生什么事了?我老婆在喊叫!"他跑下楼梯。

冯宝正想走出,却被闯进来的宁俊杰抓住:"好一个道貌岸然的官人!你怎么这么下流,溜进房里偷窥我老婆女仔!"宁俊杰暴躁地喊叫着。

冯宝急忙解释:"宁都佬不要误会,都是差役领错了路,这完全是误会!是误会!"

"误会?我在这里抓住你,还有什么误会?"宁俊杰狰狞地笑着,他头脑里只有愤怒,愤怒的烈火让他失去判断能力。

李迁仕也落下楼来。宁俊杰一把拉住李迁仕,大声喊叫说:"李老爷,看你的属下,这咸湿佬官员!私自闯入我老婆女仔的卧房,你可要给我们个说法!要不,我要大闹你刺史衙门!"

李迁仕看着眼前的情况,心中明白了。他暗笑起来:这可是歪打正着。他本来想把冯宝和宁俊杰叫到一起,向冯宝宣布他自己要娶宁俊杰侄女的消息,以打消冯宝和宁俊杰联姻的如意算盘,然后找机会挑动宁俊杰来对付冼夫人。他却没想到,冯宝一脚踏错门,实现了他到现在还没计划好的报复办法。瞧,宁俊杰像一头愤怒的老虎,真可以把冯宝吃了。

李迁仕故意装作惶恐的样子,责备冯宝:"冯太守,怎么回事?怎么这么不给我面子?这是宁都佬的老婆女仔,你怎么可以乱来呢?你不看僧面,还要看佛面啊。这事要是传了出去,可叫宁都佬的面子往哪放啊?"

冯宝很生气,提高声音厉声说:"刺史大人,你说的是什么话?你的差役告诉我,你在这里请客,他让我自己进来,没想到误入宁太歇息的房间。我堂堂正正,又没有做错什么,有什么怕传出去的?大人这不是火上浇油挑拨离间吗?"

李迁仕暴跳如雷,他跺着脚,用手指着冯宝:"冯宝!你太放肆了!自己行为不检点,触怒宁都佬,本官好意劝解,你却如此不识好歹!居然辱骂本官!你!你给我滚回去!"

冯宝转身要走,宁俊杰却一把拉住冯宝:"你不能这么走!李大人,你要放他走,我跟你没完!"

李迁仕也有些发愣:这可如何是好?扣押冯宝?

"对!不能让他走!把他扣押在衙门里等他反省!"宁俊杰咬牙切齿。

救亲人冼夫人发兵围高州　开杀戒李刺史投机送小命

冼夫人几次走出院门,来到衙门前的高台上张望。冯宝大清早上到刺史那里赴宴一直没有归来,眼看着夕阳已经落山,还是不见他的踪影。

冼夫人派衙役去刺史府打探消息。

"什么?太守被刺史和宁俊杰扣押了?"冼夫人勃然大怒:"他凭什么扣押太守?"

"来人!"冼夫人喊。冯仆听见母亲愤怒的变了样的声音,急忙跑了出来:"阿妈,发生什么事情?"

"快去集合冼家兵!我们要去救你老都,他被狗官李迁仕扣押了!"

岭南圣母：冼夫人

367

"阿妈，你可要想清楚，出兵打刺史，可是与朝廷作对，大逆不道啊！"冯仆劝说冼夫人。

"鸟他奶！什么时候？还管他朝廷不朝廷？救你老都紧要！"冼夫人头脑中一下子浮现出当年她老都被官府捉拿惨死的情况，她的头脑都快要爆炸。要赶快！赶快！她把铜鼓擂得震天响。铜鼓声在高凉城上空嗡嗡地传向冼家楼和城外冼家各村峒。

听到这熟悉的铜鼓声的各冼家村峒的青壮年男子们，都纷纷跑出家门，他们诧异地谛听着。好久没有听到这鼓声了，这些年，很少有部落械斗，冼夫人已经很少用这种方式召集他们。今天是怎么了？发生了乜事？都佬一定有十分火急的事情，否则不会召集他们！男人们抄起武器，从各个方向朝冼家楼奔来。

"叔二，你这是怎么回事嘛？"宁猛力听说了这事，急忙来见宁俊杰。见李迁仕吆喝着差役带着冯宝下了楼，小声抱怨着："你听，冼家铜鼓声。你这么一闹，可是把冯宝大人坑害了。李迁仕正想这么做，他一直没找到借口和机会，今天可是借你的手来报复冼夫人了。哎！你可真是的！冯宝大人不过走错了屋，值得你这么大闹嘛！"

宁俊杰搔着头皮："我不是见你婶娘她尖叫得那么可怕，一着急，就发火了嘛。咳，我说老婆，你尖叫得那么响，到底这冯宝对你们做了什么？"

宁俊杰老婆说："他闯了进来，妹仔正睡觉，我就喊了起来。"

"咳！你这死婆娘！瞎喊叫个乜？"宁俊杰恼怒地捆了他老婆一巴掌："都是你惹祸！"

"阿力，你说我们现在做乜？"宁俊杰看着侄子。

宁猛力摇头："我也不知道。你看李迁仕小题大做的样子，肯定不会放过冯宝。冯宝要遭受皮肉之苦了！这还不紧要，我只怕高凉要乱，冼夫人一定要发兵来攻刺史府衙。我们还是赶快离开这是非之地的好！"

宁俊杰急忙让老婆带着女儿、侄女，收拾收拾从后门离开李迁仕的家，急忙回阳春去。

李迁仕把冯宝带到前堂，看着冯宝满脸不服气的样子，新仇旧恨一起涌上心头。既然已经扣押了冯宝，干脆一不做二不休，置冯宝于死地，也算报了冼夫人背叛的仇。现在正是混乱,广州总管顾不了地方州郡,他作为高州刺史,就是高州山大王,在高州城里,他想怎么办就怎么办。

李迁仕命令衙役把冯宝拉到州牢狱里。"给他松松筋骨!"他小声对牢狱头说。

冯宝见衙役把他往牢狱里带,大声抗议道:"刺史大人,你不可以私设公堂,你不可以私自扣押朝廷命官!我是朝廷正式任命,你不可以这么做!"

李迁仕阴沉着脸:"你老婆勾结陈霸先,广州总管命令本官追究此事!你要好好交代你们是如何勾结陈霸先的!"

冯宝愤怒地喊着:"陈将军应江陵王上京勤王,冼夫人支援他,也是支援朝廷!这有什么罪?倒是广州总管拖延阻挠陈将军北上,实在是不忠。你作为朝廷命官,在皇帝和朝廷危机之时,不出兵援助,反而为虎作伥,助纣为虐!冼夫人仁慈,宽恕于你,你反而恩将仇报,真乃卑鄙小人!冼夫人不会放过你!"

李迁仕嘿嘿冷笑:"我一朝廷命官,她一地方俚人,敢跟朝廷作对?她有几个脑袋?我要禀报广州总管发兵讨伐,刘平高凉俚人村峒!看她冼家猖狂到几时?"

冯宝指着李迁仕的鼻子大骂:"狗官李迁仕!要是高凉的稳定安宁毁于你手,你将遭报应!不管佛祖还是三清神灵,都不会放过你!"

李迁仕还是嘿嘿冷笑:"让他们来报应好了!本官我不怕!"

冯宝这才知道,李迁仕平素到处宣扬佛道,大肆弘扬佛法,不过是他媚上种手段而已,他骨子里没有任何真正的信仰。

"给我好好伺候冯大人!"李迁仕倒背双手,踱着方步,步出了公堂。他背后,响起冯宝凄厉的叫声,李迁仕嘴角漾起一丝得意的笑容。

李迁仕得意洋洋步入后院,来到池边的芙蓉榭上,准备和宁俊杰宁猛力商议婚事。

李迁仕登上芙蓉榭,只见几个丫鬟在收拾。"人呢?"他急忙问。

"宁都佬和宁太守已经告辞回家了。"

"娘的!"李迁仕咒骂了一句,恼怒地转身下楼回前面宅院。

前面衙门公堂的大门处传来吵闹声。"去!看看发生什么事?何人敢

在刺史衙门前闹事？"李迁仕命令自己簿记周中。

"不好了！大事不好了！"前面站班的衙役冲进中院，大声喊着。

"放肆！狗奴才这么没有规矩？这里是你大呼小叫的地方吗？跪下报告！"李迁仕上前去，踢了那衙役一脚，衙役急忙跪下："报告大人！府外开来一队兵士，把刺史府前前后后都密实地包围了起来！"

"狗奴才！连话也说不清！谁的兵？"

"好像是冼夫人和高凉郡守的兵！"衙役战战兢兢地回答。

"反了！反了！居然敢包围刺史衙门！"李迁仕心惊胆战，却装出大义凛然无所畏惧的样子，趔趄着朝前面公堂走去。

"不好了！大人！不好了！"他刚转过走廊，进入前院，另一个站班衙役又大呼小叫地跑了过来，气急败坏，好像公堂起火一般。

李迁仕又想责骂，可是还没等他来得及骂出口，那衙役就高呼："他们冲进来了！"果然，他背后的大门轰隆隆地倒了下来，十几个抱着圆木撞门的冼家士兵也随着冲了进来。

冼夫人在儿子冯仆的紧紧护卫下走了进来，冼夫人身穿牛皮甲，腰上挂着环首腰刀，威风凛凛地大步走了进来。

"我老都呢？"冯仆看见李迁仕大声喊着问。

李迁仕还要摆刺史的臭架子，他大声呵斥道："黄毛小儿，也敢和刺史这般说话？"

冼夫人眼睛都红了，她抢步上前，一把抓住李迁仕的衣襟："冯——宝——在——哪——里？你——这——狗——官！"说着，就伸手向腰间去拔腰刀。

还想摆架子的李迁仕大惊失色：这蛮子婆，说得出做得到，万一她手起刀落，我的脑袋可就要搬家了！好汉不吃眼前亏！

李迁仕急忙挤出一脸笑容，一边摆手后退一边求饶："冼夫人有话好好说，有话好好说！千万别动手！君子动口不动手嘛！"

"快说！冯大人在哪里？"冼夫人还是紧紧抓着李迁仕的衣襟不放，不断摇晃着。

"他在我后院饮酒！"

"你胡说！"冼夫人怒喝。冯仆对身边的几个士兵说："细佬，到后院去看看!"几个士兵跑步进了院门,向后院跑去。

洗夫人死死抓着李迁仕的衣襟不放:"走！带我到公堂后面的牢房去！走！"

李迁仕磨蹭着不肯走。忍无可忍的洗夫人,仓浪一声抽出环首刀,把亮煌煌的刀锋逼近他的脖颈:"你走不走！"

李迁仕浑身哆嗦起来:"洗夫人你不要乱来！杀朝廷命官要犯死罪！"

"走吧！"洗夫人推搡着李迁仕。揪着他向羁押监犯的牢笼走来。冯仆带领着一队士兵紧紧跟随其后向公堂后的牢狱冲了过来。看管牢笼的衙役看见一下子冲进这么多武装的俚人兵丁,都吓得不知所措,乱作一团。

"老都！"冯仆大声喊着,冲向一个牢笼。冯宝躺在一堆稻草上,浑身血迹斑斑。冯仆用刀逼着衙役打开牢门,洗夫人和冯仆同时扑了过去。

"老都！"

"老爷！"洗夫人抽泣着,抱住冯宝。"你受苦了！"洗夫人心疼地抹着眼泪,小心地替冯宝擦拭着脸上的血迹。冯仆也流着眼泪,抚摩着老都手上胳膊上的鞭痕。

冯仆和洗夫人小心翼翼地扶着冯宝走出牢笼。

"狗官李迁仕！我打死你！"冯仆愤怒地喊着转过身,寻找李迁仕。

李迁仕趁洗夫人和冯仆去搀扶冯宝的时候,慢慢缩到士兵后面,趁大家不注意,撒腿向后院跑去。他的士兵在征陈霸先的时候,就死的死伤的伤跑的跑逃的逃,已经散了个七七八八,剩余一些残兵败将根本无法抵抗俚人兵士。三十六计走为上,眼下拯救自己的办法只有躲藏这一条路。

李迁仕跑进后院,东看西看寻找藏身的地方。亭榭目标太大,容易被发现,李迁仕不敢躲进亭榭去。他弯腰跑进太液池岸的树木里,在树木的掩护下,钻进湖中心的一座假山,假山中央有一个很小的石洞,他慢慢爬了进去。石洞里突出的石头划破他的手和脸,帽子也掉在洞外。

李迁仕趴伏在狭窄黑暗的石洞里,捂住自己蓬蓬乱跳的心口,轻轻念叨着:"南阿弥陀佛！南阿弥陀佛！救苦救难观世音！救苦救难观世音菩萨保佑！"他一遍又一遍地念叨着。

岭南圣母：洗夫人

外面天色慢慢黑了下来,李迁仕又饿又累,他小心翼翼地从石洞里探出头四下张望,冼夫人离开剌史衙门了吧？他猜测着,慢慢向石洞往外移动身体。

院门口出现一队火把,红黄的跳动的火把火焰照亮了夜空。李迁仕心中一惊,急忙缩回石洞,蜷缩着身体,一动不敢动。

火把越来越近。冼夫人的声音传进石洞：

"好好找！一定要找到那狗官！"

"他跑到哪里去了？"好像是冯仆说。

"他跑不了！就是上天入地也要把他揪出来！后生仔！好好给我找！谁找到重奖谁！"冼夫人高声喊。

"冼都佬,你放心,我们一定会找到他！他跑不了！"士兵们高喊。

李迁仕胆战心惊,浑身簌簌地颤抖起来。他紧紧闭住眼睛,捂住耳朵,不敢看也不敢听。

"在这里！"一声惊喜的喊声在李迁仕藏身的石洞外响了起来。一个士兵一手高举着火把,一手扬着一顶官帽向冼夫人喊。冼夫人和冯仆都举着火把跑了过来。

"是狗官的帽子！"冼夫人说："仔细给我搜！他就躲在这附近！"

士兵们都拥了过来,纷纷用火把照着地面、树丛和假山,更加仔细地搜索起来。紧闭着眼睛的李迁仕,还是能够看见石洞外面明灭的火把。"这下玩完了。"他绝望地想,嗜杀的俚人怕是要开杀戒,佛祖如今也救不了他。

一个士兵探手进石洞,在石洞里到处摸索,一下子抓住李迁仕的脚："在这里！"他惊喜地大声喊着,一边用力向外拖拉着李迁仕。石洞里的李迁仕双手死死抓住假山石,终究还是被几个士兵死命拖了出来。士兵把拖出来的李迁仕架了起来拉到冼夫人面前。

冼夫人和冯仆举着火把,照着地上的李迁仕："让我看看,是不是那个狗官！"冼夫人把火把举到李迁仕的面前："哈！果真是你！狗官！"冼夫人咬牙切齿地喊着,把火把交给身边的冯仆,双手紧握环首刀,高高扬了起来,也不多说,手起刀落,李迁仕的头滚了下来,热血喷在冼夫人、冯仆和围着的士兵身上。

冼夫人踢了他一脚,把他的头颅踢进湖里去。

"走！我们回去！"冼夫人头也不回,举着火把回到刺史衙门前院。

"从今天起,我们占领高州刺史衙门！行使刺史权利,掌管高州！"冼夫人对冯宝和冯仆说。

不甘失败獠首领又挑衅　多方筹措冼夫人再赈济

宁俊杰和宁猛力关心着高州的事态发展。听说李迁仕被杀,宁俊杰和宁猛力都倒吸了几口凉气。幸亏那天他们走得快,要不连他们也得被冼夫人砍掉。现在的冼夫人,不仅拥有高凉,还占了朱崖大部分地方,人多势众,发兵围刺史衙门,还不是小菜一碟？可怜李迁仕不自量力,非要仗着自己是朝廷官员,和冼夫人作对,这下算自食苦果了。宁俊杰幸灾乐祸地想。

"高州没有了刺史,也就是说朝廷管不了的,我们是不是趁机拉出队伍占山为王啊?"宁俊杰提醒他的侄子。

"不行。"宁猛力摇头:"冼夫人已经宣布她接替李迁仕掌管高州,我们不能去插一杠。"

"凭什么她接替?"宁俊杰不服气地嘟囔着:"她可以去接替,我们宁家为什么就不能去接替?天下轮流坐,她能当那个刺史,我们宁家为什么就不能当那个刺史?高州又不是她冼家的天下,我们宁家也该有份！我看你也该去占领刺史衙门！"

"算了吧,叔二,谁知道事态如何发展！说不定广州总管会行师问罪的!"宁猛力面露难色地说。

"你啊,真是稀屎上不了粪叉！狗肉上不了席面！"宁俊杰指点着侄子的额头,恨恨地说:"你怎么这么软弱怕事?她冼夫人敢占领刺史衙门,宣布做高州刺史,你为什么就不敢学她的样?这刺史她冯家冼家做得,我们宁家也就做得!"宁俊杰拍着桌子说。

"话是这么说,可我们没有冼夫人的实力啊！冼夫人据守朱崖,这高凉自古就是他们冼家天下,她人多兵强,我们宁家无法比。历届刺史哪个不是小心翼翼地侍奉着冼夫人和冼家?只有这李迁仕不自量力,要想和她较量,总想压她一头。结果如何?再说,我们宁家现在已经和冼家结为亲戚,何苦要去和冼夫人做对自讨苦吃?"宁猛力皱着眉头,劝说着宁俊杰。

岭南圣母：冼夫人

宁俊杰撇着嘴,很不服气,一直嘟囔:"我还是心有不甘,他们冼家能,我们宁家为什么不能?我总想和她较量较量,现在是个好机会,如果不用,真可惜了。"

宁猛力想了一会,劝说着:"叔二也不必太着急,还是先看看情形再做决定。要是高凉乱了,要是有人不服从冼夫人,我们也不妨尝试尝试,看能不能把高凉掌握到我们手中。眼下还是安定住阳春,把阳春牢牢掌握在手中的好。"

"对,也好!听你的!先看看吧。"

陈佛智这些年,一直很窝囊地生活着,虽说跟着李迁仕鞍前马后地跑,可李迁仕除了让他多交钱粮多出劳役,并没有给他多少好处。所以,陈佛智慢慢憎恨起李迁仕,对李迁仕不再那么服从。李迁仕征陈霸先,要他出兵出人,他就借口有病,没有跟去,听说李迁仕在北方打了败仗灰溜溜跑了回来,他既幸灾乐祸,又暗地里庆幸自己没有跟他去,要不,自己恐怕就再也回不了家了。

可是,陈佛智还是一直关注着高凉,尤其关注着冼夫人,对她又恨又怕,总想找个机会去挑衅,却又不敢枉自行动。听说高州发生事变,冼夫人杀了刺史李迁仕,陈佛智大吃一惊,冼夫人竟然敢杀朝廷官员,真是吃了熊心豹子胆,看来这天下要大变了!俚人和獠人要掌握高凉了。

陈佛智又高兴又担忧,高兴的是俚人、獠人可以重新掌握高凉,不再听任汉人官员的欺压,也许以后天下大乱可没有朝廷了,谁有本事,谁坐天下!担忧的是高凉被冼夫人占领,自己的势力会给冼夫人吃掉。

陈佛智胡乱想着,心神不宁。对,出去探探风声。"来人!准备出行!"陈佛智对家人喊。家人急忙给他准备木屐、衣服。

陈佛智到阳春找宁俊杰。

"都佬,哪阵风把你吹来了?"宁俊杰拉着陈佛智的手哈哈大笑:"都佬可是嗅出了什么味道,来探听风声的?"

陈佛智擦拭着满头大汗:"宁都佬果然厉害,细佬瞒不了你。真人面前不说假话,我确实是来探风声的。听说高州发生了变故,可是真的?"

宁俊杰哈哈大笑:"怎么?陈都佬有心?"

"是啊,乱世出英雄,难道宁都佬不心动?这可是獠人夺取高凉的好机会啊。"陈佛智狡黠地看着宁俊杰。

宁俊杰低头沉默不语。

"怎么?宁都佬被汉人和冼夫人降伏得俯首帖耳了?"

"难道你陈都佬还不甘心?这么多年,我们一次次闹事,一次次失败,我们还能成什么气候?我早已心灰意冷了。"宁俊杰看着陈佛智,摇头叹息,一脸沮丧。

"也不见得就成不了事,事在人为,只要我们齐心协力,现在就是成事的大好机会。"陈佛智站起身,在厅里走来走去,激动地挥舞着双臂,兴奋地说。

宁俊杰还是沉默不语,只是静静地观察着陈佛智。

"何况,你还有宁猛力宁太守做后盾呢,你害怕什么?"陈佛智见宁俊杰总不明确表示态度,有些焦躁,他站在宁俊杰的面前,定定地看着他,目光焦灼而凶恶。

宁俊杰摇头:"我不是害怕,我只是觉得没有把握,不想白白送死。我哥大宁逑的教训我还没忘记。"

陈佛智恼怒地一摆手:"算了,算了,算我白费口舌了。我自己想办法吧。"

宁俊杰拉了陈佛智一把:"陈都佬,你坐下先,这事是急不得的。我们还是看看动静再说。"

陈佛智红头涨脸,瞪着一双牛眼睛,吼了起来:"急不得?等广州方面派兵来,我们还能干什么?现在是最好时机,朝廷方面乱成一锅粥,侯景和他新立的皇帝,正忙于和陈霸先、王僧辩作战,根本顾不上管岭南。岭南呢,湘东王萧绎对萧勃不那么放心,萧勃也不那么服从萧绎,他们正为争夺广州忙活得不可开交,听说萧绎要派王琳来广州接管萧勃。你看,这么混乱,还有谁来管高州啊?谁夺了高州,谁就是高州的一哥都佬,她冼夫人正是瞅中这大好机会动手的。你还要等?等什么?过了这村怕是就没有这店了!"

这时,宁猛力的媳妇,冼玉丹的女儿,正好从后院过来,经过厅的后门,听到陈佛智粗声大气地说到冼夫人,急忙闪身到一旁,注意听他们谈话。

宁俊杰深深地叹了口气,试探着问:"那你准备怎么办?你有什么计划?"

岭南圣母:冼夫人

陈佛智见宁俊杰有些动心，坐回他身旁，小声说："我想联合起来发兵攻打高州，把冼夫人和冯宝赶出刺史衙门，让高州回到我们手里！"

宁俊杰看着陈佛智："你的把握有多大？"

"只要你都佬动手，我看我们一定可以夺回高州！"陈佛智咬牙说。

"既然这样，我答应你！明日我们盟誓！"

门外那个身影一闪。他们谁都没有注意。

听了侄女的报告，冼夫人和冯宝都沉默不语，都紧张地思索着对策。冼夫人救出冯宝，冯宝一直卧床不起，冼夫人让冯仆代理高州刺史，主理高州事务。

冼夫人看着冯宝："老爷，你看如何办？"

冯宝侧过身子，看着冼夫人："夫人自有高见，还要问我吗？"

冼夫人笑着："当然要征求老爷的意见了。老爷是朝廷命官，这高州是朝廷设置，我这俚人首领哪敢自行做决定啊？我听从朝廷安排！"

躺在床上的冯宝想了想，从枕头上支起头，说："听说陈霸先已经与沈恪在吴地募集的子弟兵会合，马上就会攻破建康，这皇帝是谁还说不定，恐怕朝廷要混乱几年。眼下朝廷顾不上岭南事务。广州方面也一样，萧绎和萧勃互相争夺广州，也根本顾不上高州事务！对大官武将来说，他们可以乱中夺权，乱才可以造就他们的英雄业绩，给他们机会，叫他们青史留名，所以说，乱世出枭雄。但是，天下大乱是百姓黎民灾难，我可不想我们高州乱。我看，我们一定要千方百计把高州牢牢控制在我们手里，等将来朝廷大局分明，我们马上归附朝廷，让高州继续置于朝廷统治之下。夫人，你的意见呢？你不会想趁这机会，生出让高州归回俚人的想法吧？像陈佛智和宁俊杰一样？"

冯宝眼睛定定地看着冼夫人，期盼着她的回答。冼夫人沉思了一下，慢慢说："我是俚人首领，话办事要从俚人方面考虑。但是我又做了多年朝廷命官的老婆，也算半个朝廷人，所以我办事也还要从朝廷方面想。我听从老爷安排，老爷不想背叛朝廷，那我也不会背叛朝廷，等朝廷安定下来，我们就归附朝廷。不管是从俚人还是朝廷方面想，老爷的想法都是很对的，我也愿意高州安定稳定，我不会让陈佛智、宁俊杰扰乱高州的阴谋得逞，我会协助老爷保持高州安定。老爷在高凉这么多年的政绩不能被他们破坏！我们把高凉建成现在的样子，可真不容易，我们在高凉办学，推广水稻种植，推广汉人生活，花费多少力气！他陈佛智居然想来抢夺！告诉他，只要我冼夫人在，他就永远别想！"冼夫人捶着桌子，斩钉截铁地说。

冯宝坐了起来，靠在床头上，冼夫人扶住他，把枕头塞在他的后背，让他坐得舒服一些。冯宝深情地看着冼夫人，继续说："我想，眼下这样，怕是要大乱几年，高凉只能靠我们自己来维护，尤其靠你们母子！"

冼夫人点头："可不是，朝廷那里安定不下来，这局势就要一直乱下去。我看，梁朝的气数怕是到了尽头，你看现在，湘东王萧绎在我们南边几乎就是新皇帝，可是他能管好吗？连广州萧勃都不服他，这局面如何能安定下来？"冼夫人忧郁地说。

"我看，陈霸先将军早晚会成大事。"冯宝接过冼夫人递过来的茶碗饮了几口，接着说："听说他开始进军建康，侯景已经日暮途穷了。我们支持了陈将军，但愿将来他能记得我们的支持，给我们一点回报。"

"我也这么看，陈将军会成大事的。你放心，他不是那种忘恩负义的人。何况还有陈秀英呢，她哪会忘记老爷你的厚爱？"冼夫人说，眼光里闪过调皮和讥讽，瞟着冯宝。

冯宝不好意思："瞧你，又来了，多少年了，你还记着那点破事？"

冼夫人微微一笑，岔开话题："这些年，是要靠我们来维持高州稳定了，我们要把高州牢牢掌握在我们手里，谁也别想搞乱！阿仆，你马上发公事，命令阳春、恩平太守安定民心，维护地方秩序，要是阳春、恩平发生暴乱，拿二郡太守是问！特别提醒宁猛力，不能让他参与陈佛智和宁俊杰的叛乱行动！"

冯宝一个劲点头，他十分赞赏冼夫人处理问题的果断。他想了想，又说："高凉今年大旱，农人收成不好，饥民与流民增多，一定会趁机参与獠人暴乱，那样一来，高凉之稳定很难维持。你看，是不是要采取措施赈济农人？尽量防止农人变饥民、饥民变流民的事情发生？"

"幸亏老爷提醒！好，马上开官仓赈济灾民！"冼夫人向冯仆发布指示，又征询地看着冯宝问："高凉官仓和高州官仓的粮食够不够？"

冯宝摇头："不够，不够。高凉郡年年上缴官粮最多，官仓里没有多少粮

食储备。高州又被李迁仕折腾的没有多少粮食,他花天酒地、奢侈挥霍、用兵打仗,全是调拨官仓官粮!"

"鸟他奶!这狗官!衰人!早就该杀了他!"冼夫人咬牙切齿地说,虽然杀了李迁仕,还是难于平息她的愤怒。

"粮食不够,可怎么办呢?"冼夫人皱着眉头,思索了一下:"有办法!官仓粮食不够,开我冼家粮仓,再传书给冼挺,让他从朱崖支援一些,我想,虽然不能保证饥民有饭吃,但是至少可以保证饥民有粥喝,不至于流离失所去做流民。"冼夫人眼睛亮晶晶的,闪烁着决断的光。

冯宝频频点头:"夫人实在明大义识大理。农人只要有粥喝,就不会参与造反暴动,他陈佛智号召百姓暴乱的阴谋恐怕难于得逞,没有俚人和汉人的参与,仅靠人数不多的獠人,他们成不了气候!"

高州刺史衙门前的高台上,冼夫人和冯仆正在向兵士分配任务。"一队到高凉郡西边几个村峒,二队到东边村峒,三队负责北边村峒,"冼夫人说:"根据人数多少发放粮食,每人一升,不许多发,也不许冒领!要让村峒长在旁边监督着,听明白了没有?"

"明白了!"各队校尉答应着。

"好!现在出发!"冼夫人挥挥手。

车轮辚辚,牛声哞哞,扁担吱吱扭扭、咿咿呀呀,运送粮食去赈济灾民的队伍从刺史衙门出发,开赴高凉各村峒。

一个衙役跑来报告:"报告冼夫人!朱崖来人要见冼都佬!"

冼夫人高兴地说:"快叫他们来,我这里正着急着呢,粮食不够,还有几个最穷的村峒得不到赈济。他们可是帮大忙了。"

朱崖派来的首领见过冼夫人,报告冼夫人说朱崖支援高凉的粮食已经运到,在闸坡口卸,请冼夫人派人去运。冼夫人立即部署了兵丁,让冯仆带领着兵士赶到闸坡。

"是不是要先把粮食运到刺史衙门再做分配?"冯仆问母亲。

"傻仔,那多费事啊。闸坡直接分配好,直接送到村峒去赈济。"冼夫人爱昵地戳了戳冯仆的额头:"真是个傻仔!"

冯仆不好意思地笑了笑,急忙带领着人开往闸坡。

一辆牛车吱吱扭扭向刺史衙门方向行来。冼夫人奇怪地看着越来越近的牛车:这车怎么又赶了回来? 发生什么事情了?

牛车赶到刺史衙门前,一个人从牛车上跳了下来,朝冼夫人跑来。

"冼都佬,你好。"他来到冼夫人前,扑倒身子跪下便拜。冼夫人看着眼前这俚人打扮的壮年男人,一时想不起他是谁。

"冼夫人,你不认识我了? 我是那西峒的黎龙啊,你救过的那个俚人后生仔! 不是冼都佬相救,黎龙早就没命了!"那俚人男人抬起头,眼睛里汪着两包眼泪。

冼夫人想起来,这就是那个被坏村长陷害得了麻风病的后生仔。她注意地看着他的脸,还好,他的脸上没有留下痕迹,幸亏治疗得及时,那批麻风病人大多恢复了健康,只有少数病情严重的病人还留在麻风村里隔离治疗。

"你的病全好了?"冼夫人惊喜地问。

"是的,全好了。都是冼都佬的偏方治好的。我们这些病情不重的人,吃了癞蛤蟆,以毒攻毒,都好了。现在我是那西峒首领,听说冼夫人要赈济灾民,村民乡亲就捐了这一车稻谷,让我送来,算我们那西峒的一点心意。"

冼夫人看见牛车上堆满装满粮食的麻布袋,十分感动:"太感谢你们了。那西峒的粮食够不够啊?"

"够! 冼都佬,你放心! 那西峒越来越富有,除了山坡上种植山禾、薯蓣,在平地上大面积地种植了水稻。水稻产量高,家家户户的粮囤都是满满的! 大家说,多亏冼夫人和冯太守教我们种水稻,让我们富了,现在我们富了,也不能忘记其他村峒的兄弟! 这只是我们那西峒村民的一点心意,请冼都佬一定收下!"黎龙说着,又跪下磕起头。

"快起来,黎龙! 你和那西峒乡亲的心意我领了! 我和冯太守都感谢你们! 带黎龙去歇息! 把那西峒捐献的粮食给麻风村送去!"

高凉和高州不会乱的!

看着跟着衙役行过去的黎龙背影,冼夫人想,有乡亲的支持,她和冯宝会渡过这次难关。不管獠人如何闹事,她都有信心平息它。

冯宝饮着冼夫人亲自煎熬的中药,脸苦楚得像核桃一样。

"真苦! 真苦! 今天是什么药啊? 这么苦?"冯宝苦着脸,吸溜着,勉强

饮完最后一口。

"郎中今天换了药方,新添黄连和岗梅根,这两味药特别苦。郎中说你还有内热,需要清热下火。现在觉得精神如何?"冼夫人抚摩着冯宝的脸颊,温柔地问,把漱口水递给冯宝,让他漱口。

冯宝连连漱口以后,擦拭着嘴角的水,说:"精神好多了,浑身都有劲了。"

"要是你觉得浑身有劲,我们出去行行,到刺史衙门前看看我们新设的粥锅,怎么样?能不能行得动?"冼夫人微笑着,用力搀扶着冯宝。

冯宝故意歪倒在冼夫人的怀里:"还是行不动,除非你抱我。"

冼夫人笑了:"你可真坏!你看我能抱动你?你说,到底想不想去看看我们以刺史衙门开设的粥锅粥棚?"

"当然想去看看了,看看能救多少流民和饥民。"冯宝站直身体,甩了甩胳膊,踢了腿:"没问题,夫人,我们行吧。"

冼夫人搀扶着冯宝慢慢走出厅堂。衙役抬来小轿子,冼夫人搀扶着冯宝上了轿,轿夫抬着轿子来到刺史衙门前。

刺史衙门前,真是热闹,竹子和蒲葵搭成的大凉棚,遮蔽了夏日的炎炎日光,穿着刺史衙门和高凉太守衙门号衣的衙役杂工正在分发白粥。一些流落高凉的乞丐和流民赤裸着肮脏的身体,人头涌动、挤挤挨挨,肮脏的手伸着瓦盆土碗,喊着,叫着,你争我抢,让衙役装白粥。

"排好队,一个跟一个,不要拥挤!粥洒到身上,小心烫坏!"一个年老一些的衙役很温和地喊着说。

乞丐流民继续拥挤,争抢着往前涌,把分发白粥的衙役都推得站立不稳。

"丢你奶!"另一个年轻的衙役举起手中盛白粥的长柄铁勺,朝面前拥挤的乞丐狠命乱砸下去:"我叫你挤!我叫你挤!"

被打中的乞丐惨叫着,用手捂住脑袋,左闪右躲,躲避着还在头顶上乱飞舞的大铁勺,等着分发白粥的人群更是乱成一团。

"你干什么打人?"冼夫人搀扶着冯宝刚走下轿子,看到这情景,火气竟不打一处来。鸟他奶!冼夫人满头大火腾的蹿上头顶。她最见不得这等狗仗人势欺负弱者的家伙。官府里这种狗奴才太多了,什么好事也都得让他们这班狗奴才给办砸了。官府里的小吏是最可恶的！极势利眼！她三步两步冲了过去，分开人群："给我放下！你这狗东西！"冼夫人炸雷一样大喝一声。

人群一下子安静下来。大家都回头去看。那衙役不知道发生什么事情，手举着还没有砸下去的铁勺愣怔着。

冼夫人一把夺下衙役手中的铁勺，愤怒地砸向衙役的脑袋："你这狗奴才！让你尝尝挨打的滋味！"

那衙役还没有看清谁打他，他一边用手护着脑袋，一边大声叫骂："丢你奶！你是什么东西？敢打老子？老子是刺史衙门的差人！老子把你拉到衙门里去！"说着，就撕抓着要去拉冼夫人。

这时，他才看清楚打他的是谁了。"哎哟！我的老母！"他一下子瘫软在粥锅前。机灵的他，就地趴下，一下子抱住冼夫人的双腿，高声哭喊起来："冼夫人饶命！冼夫人饶命！小的再也不敢了！"

冼夫人喝令随行的差役把他拉走。"我来分！"她说。

人群听说高凉太守冯宝和夫人冼夫人分粥，大家都规矩地站好，不敢再拼命争抢。

"站好队，一个挨一个地站，谁抢不给谁发！"冼夫人阴沉着脸，大声命令。粥锅前的大群乱哄哄的乞丐都听话地一个一个站成一行。冼夫人开始给人群分发白粥，每人一大铁勺。

粥锅里的热气一会就把冼夫人熏得满头大汗，汗珠一串串滴落到地上。一个校尉急忙上来接替冼夫人："冼夫人，你歇息一下，让我来分。"

冯宝站在凉棚里。凉棚里虽然没有太阳直射，可也并不凉快。凉棚地上铺着草席，那些领到白粥的人坐到草席上喝着，发出吸吸溜溜的很大响声。喝完粥，他们就势躺到席上，东倒西歪、四脚八叉、呼呼噜噜、舒服惬意地睡了。这里也是他们过夜的地方，刺史衙门专门为这些无家可归的乞丐流民设立了收容站。

凉棚里散发出难闻的气味，冯宝感到有些头晕，他前后晃动了一下。

冼夫人看见冯宝支持不住，急忙把铁勺给了校尉，走到冯宝跟前搀扶住他。

"我们回去吧。你是不是支持不住了？"冼夫人关心地问。

岭南圣母：冼夫人

冯宝点头："是的，有些头晕，受不了那些难闻的气味。哎，这样的赈济点一共有几个？"

"一共三个。感觉寺门前设了一个，由僧人负责，那里的人比这里的还多。还有一个在三元宫前，由道士苏玄朗负责。听说人也不少。"冼夫人搀扶着冯宝上了轿子。

冯宝摇头："寺院道观哪里有钱和粮食搞赈济？"

冼夫人笑了："你可不要小看寺院道观，他们可是最有钱的，香火钱、香油钱，还有官府大户的布施，他们年年收入很多，足够赈济几百饥民。他们有钱，为什么不让他们出点力？你看当年梁武帝，左一次右一次舍身寺院，又是布施又是交纳赎身钱，为寺院挣了多少钱啊？有几千万吧？"

"不止，就拿大通五年（公元 533 年）二月在同泰寺举行的四部大会，梁武帝就向同泰寺布施钱绢、锡杖等物二百多种，值一千九百一十六万，皇太子又布施钱绢值三百四十三万，六宫布施二百七十万，朝臣民庶随喜的布施，也值一千一百一十四万。你算算，同泰寺一下子得多少钱？太清元年（公元 547 年）最后舍身寺院，群臣以一亿万奉赎皇帝菩萨。皇帝菩萨一共舍身寺院四次，真是为寺院积聚了不少钱财。"冯宝靠在轿子的后背上，揽住冼夫人的腰，把头抵在冼夫人的肩膀上，笑着说："另外，寺院还有无尽藏，可以使钱财源源不断地流入寺院。"

"什么叫无尽藏？"冼夫人听到这个她不懂的词，急忙打断冯宝，好奇地问。

冯宝就喜欢冼夫人这脾气，她不好装假，不懂就是不懂，不懂就问，从不掩饰，这恰恰满足冯宝好为人师的心思。他笑着解释："无尽藏，也叫长生库，是一种以本钱生钱的藏钱方式，把一笔钱放在寺院里做本钱，以本钱生钱，子母滋生，招引百姓把钱全往寺院里放，于是民间的钱源源不断地流入寺院。这寺院真会算计，也多亏梁武帝重视寺院，给他们想了这么好一个敛钱方法。"

"你看，寺院有钱吧？我听我大哥说起过，感觉寺也一样，很有钱。可是，没想到，皇帝菩萨自己却被饿死了！"冼夫人叹息着："养那么多不劳而获食白食的人，朝廷能不垮吗？所以，我不养食白食的僧人道士，我要让他们为高州做事。"

"你可真精明！"冯宝由衷地夸赞着。

"对，还有一件事。"冼夫人又想一件事，见冯宝精神好，便在路上继续与他商量："听说陈佛智和宁俊杰正在鼓动宁猛力闹事，为杜绝宁猛力参与陈佛智暴乱，我觉得老爷你应该想想办法，笼络住宁猛力才好。"

"如何笼络宁猛力？我现在一时还没办法。"冯宝惬意地靠在冼夫人的身上，半闭着眼睛，随意说："夫人赛孔明，还是夫人给想个主意吧。"

冼夫人笑了："赛孔明不敢当，不过主意倒真的有一个。听说罗州刺史也被人赶跑，要是想办法让宁猛力出任罗州刺史，也许能笼络住他的心，他既能安定罗州大局，又心存感激，就不会再参与陈佛智闹事了。"

冯宝吃惊地看着冼夫人："你放心他？你不怕放虎归山，壮大宁俊杰的势力？"

冼夫人摇头："为高凉安宁，只能这么做。何况俚獠毕竟一家，宁家还是我们的亲戚，我们不还想去为儿子求婚吗？我看这两件事可以同时进行。只有这样，宁家才会死心塌地摆脱陈佛智，和我们一心，维护高凉地区安定。"

"你准备怎么对付陈佛智？要不要发兵去打？"冯宝问。

"我看算了，现在发兵总归不稳妥，万一引起其他村峒闹事，恐怕得不偿失。只要拉出宁猛力和宁俊杰，他孤掌难鸣，不得不老老实实做缩头乌龟，用不着我们再出兵。"

"说的是，说的是。"冯宝点头："我这就动笔给萧勃写公事，向他报告高州、罗州情况，请求他任命冯仆为高州刺史，任命宁猛力为罗州刺史。"

"眼下这局面，他哪里顾得上我们这里的事情啊？你写也白写，不会得到答复的。"冼夫人摇头说。

"不管他，回复也罢，不回复也罢，反正按照我们计划行事，他缩在广州什么也不知道。"冯宝笑着说。

"老公，你总算开窍了。"冼夫人高兴地拍着冯宝的手。

为什么叫我到高凉？有什么事情啊？祸还是福？去不去？

听说冯宝和冼夫人请他到高凉去，宁猛力忐忑不安，反反复复问自己。

高州大权完全掌握在冼夫人和冯宝手中，这个时候叫他到高凉，是不是

岭南圣母：冼夫人

要褫夺他阳春太守职务？去不去？宁猛力反复问自己。思前想后，他还是拿不定主意。

回家问问叔二吧。宁猛力跺了跺脚，对自己说。尽管叔二经常出一些臭主意、馊主意，可他毕竟有一把年纪，吃的盐比自己吃的饭多，姜是老的辣，问问他，放心一些。

宁猛力回家，去征询叔二宁俊杰的意见。

"不能去！"宁俊杰咆哮着："这是黄鼠狼给鸡拜年，没有好事！"

"万一是好事呢？冼夫人说有好事和我商量，叫我一定去！"宁猛力犹豫不决地说。

"我看，那是诳你的！根本没有好事！等你一去，他就把你囚禁起来，让你回不了阳春，你这太守不就被废了吗？别当傻佬，千万不能去！"宁俊杰很肯定地说，好像他参与了冼夫人的决策一样。

"我看，还是去一趟，你知道冼夫人的为人，她从来没有诳过我们！她说话算话！"宁猛力看着宁俊杰："就算是祸，也躲不过。我就冒个险吧。"

宁俊杰见说服不了侄子，只好说："那你去吧。要是有什么危险，赶快带信回来，我会派人去救你！"

宁猛力备了一份礼物，去见冯宝和冼夫人。冼夫人看见宁猛力，很高兴，她笑着说："宁太守相信我们！我总怕你不来，来了就好办了。"

"不知冼都佬和冯太守叫侄子来，有什么事情？"宁猛力小心地试探着问。

冼夫人哈哈笑着："肯定是好事，没有好事我们还不叫你来呢。你说给他听吧，我猜他心里一定很不安。"冼夫人哈哈笑着对冯宝说。

冯宝让家人给宁猛力上了茶，才慢慢说："罗州最近发生了暴乱，罗州刺史被当地暴乱的獠人给赶跑了，罗州现在很乱，冼夫人和我想去整顿罗州，可我的身体不太好，冼夫人又不愿意离开我去罗州，我们想到你，你是獠人，年轻力壮，去罗州是最合适人选。叫你来，就是想征求你的想法，要是派你去做罗州刺史，去安定整治那里的秩序，你可愿意不愿意去？"

"真的？让我去当罗州刺史？"宁猛力喜出望外，不过转念一想，又问："可没有朝廷的任命，这刺史算不算数呢？"

"咳！这时候，朝廷都没有了，还要什么任命啊？"冼夫人不屑地说："眼下谁厉害,谁能控制住局面,谁就是大王。你能把罗州稳定住,你就是罗州大王,谁也干涉不了。你去罗州,要比其他人可靠,你当过多年太守,又爱护黎民,不会让罗州俚獠受罪。要是让别人占先,可就难说了。再说,我们只是代替朝廷暂时管理高州、罗州而已,等有了朝廷,我们再上书去请求任命好了,我们又不背叛朝廷。你说呢?"

宁猛力点头:"是的,是的,眼下这乱世,确实无法得到朝廷的任命。"

冯宝也说:"我们都是朝廷命官,我们不站出来维护这地区的安定,万一俚獠暴乱,一些暴乱分子掌握罗州大权,你说,罗州俚獠百姓能有安生日子过吗? 所以,我们一定要站出来!"

宁猛力使劲点头。

"怎么样? 能不能把罗州整治好,让罗州不乱?"冼夫人定定地看着宁猛力,目光充满了期望和信任。

宁猛力很感动,急忙立起身,抱拳作揖:"冼都佬和冯大人如此信任小侄,小侄一定不辜负都佬和大人的信任,把罗州整治好。"

"这就好了,有阿力去主持安定罗州,我就放心了。"冼夫人看着冯宝:"我就说,阿力是个人才,俚獠有阿力这样的人才是我们的骄傲。"

等了一会,冼夫人微笑着看着宁猛力,轻柔地说:"我还有一事想请求阿力侄子。"

宁猛力急忙说:"冼都佬尽管说,没有什么我不能答应的!"

冼夫人眼睛含着温柔的笑意:"我希望你出面说服你叔二,不要让他跟着陈佛智瞎折腾。"冼夫人微笑着说:"我听说你叔二和陈佛智商议着,要联合起来对付我们,好争到高州刺史的位置。有这事吗?"

"怎么会呢? 不会的! 不会的!"宁猛力急忙辩解:"我叔二是个明白人,他不会做这种糊涂事的。"

冼夫人继续微笑着:"是啊,我也这么认为。他陈佛智一直有野心,总想来高凉强占地盘。这事大家都知道。你宁家和你叔二,从来都是高凉人,你们也不愿意看着高凉落入外人手中。再说,我们宁冼两家已经是亲戚,我还想亲上加亲,向你叔二说媒讨要你叔二的细女,让她做我们冼家媳妇呢。你看,你叔二有什么理由参与陈佛智的捣乱啊?"

"是的,是的,没有理由的,没有理由。"宁猛力连声说:"这件事,交给我,

岭南圣母:冼夫人

我保证我叔二以及我们宁家不参与陈佛智和其他人的捣乱！请冼都佬和冯太守放心！"

冼夫人和冯宝相视而笑。

"另外，我还要提醒宁太守，到罗州以后，要多结交当地豪绅，亲善他们，尽量让他们支持你，一同维护罗州地区安定。这些年，天下可能要大乱，说不定还会改朝换代，我们罗州、高州要安定不乱才好。"

宁猛力只是点头："是的，是的，我一定尽力而为。罗州、高州安定，是俚僚百姓幸事，百姓谁也不想天下大乱。"

"有宁太守，不，以后应该叫宁刺史了，有宁刺史这番话，我和冯太守就放心了。以后，我们联络高州、罗州豪族，大家聚一聚，共同商议商议如何在天下大乱的时候维护我们高凉周围地区的安定才好。老爷，你看这想法好不好？"

冼夫人看着冯宝，尊敬地问。

冯宝和宁猛力都一个劲点头，他们异口同声地说："太好了，太好了。"

起豪宅欺压村民　责亲人化解纠纷

冼玉丹从崖州回来修他的府邸。他的府邸虽然几经修缮重建，可还没有脱离俚人传统的干栏样式，他总不满意。看了李迁仕的府第，他羡慕极了。这宅第住起来才舒服惬意呢。他学着用了这么个文绉绉的"惬意"。自己进入老年，儿子都大了，需要修建一个这么大、这么漂亮的宅院了。

冼玉丹马上开始动工。他在城边的一个村峒里选择了一片土地，请道士苏玄朗看过风水之后，便在那里动工。

工程一天一天地进行着，房屋在建着，后花园的大湖在开挖着，挖出来的土石堆砌到湖中央，做湖心岛，修建假山。冼玉丹的新宅占地面积比李迁仕的宅院要大得多。既然新建，就一定要建造一所高凉最大、最靓、最气派的，来显示他冼玉丹的威风和气派。他好歹也是冼家二哥，崖州的副总管，这威风一定要摆，体面一定要讲。

后花园的湖占去村峒一片最好良田，圈占花园的围墙还要穿过村民院落，需要推倒村民院落围墙，拆掉几户村民的干栏房。围墙已经修到村民的

岭南圣母：冼夫人

院落,冼家总管派来一队家丁开始动手拆村民的围墙和住房。

一大群村民紧紧包围着家丁,吵嚷着:"拆了房,让我们住哪里啊?""你们不能说拆就拆啊!"

工头扬着手中的牛皮鞭,恶狠狠地威胁着:"你们谁敢闹事? 你们知道这是谁的宅院吗? 告诉你们,这是高州刺史冯大人的内兄,冼夫人的亲哥哥的宅院,你们是不是不想活了,敢在这里阻挠工程?"

胆小的村民一听这话,吓得伸伸舌头,人缩了回去,慢慢退到人群外,悄悄溜跑了。可是房主们却死不相让,这是关系到他们自己切身利益的事情,院落住房被侵占,他们坚决不让!

"管他是谁,也都要讲理不是? 越是当官的亲戚,越要讲理吧。我已经在这里住了几十年,你刚来建房,就要拆我的住房,说不过去吧?"一个从外地迁来的獠人房主,大声抗议着,他并不是冼家的佃户,所以说话也硬气。

工头凶神恶煞地上前抓住房主的衣服:"告诉你,你这住房愿意拆得拆,不愿意也得拆! 这是刺史命令! 你不要敬酒不食食罚酒! 别不识好歹!"说着,用力一推,把他推到一边,房主一屁股摔倒在墙根下。

"给我拆!"工头厉声喊。民工只好又抢起镢头开始刨墙。

房主站起来,回身从墙根下抄起一把锄头,风火轮般地抡着、喊叫着扑了过来:"丢你奶! 老子和你拼了!"

工头一个躲闪不及,被房主的锄头劈头砍了下去,鲜血"哗"地一下从他的头皮下涌流出来。那房主哇哇乱叫着,抡着锄头向刨墙的民工奔来。

"打死人了! 打死人了!"民工扔下镢头,凄厉地喊叫起来,惊慌失措,四下逃散。

"老子和你们拼了! 拼了!"红了眼睛的房主又抡圆了锄头,回身朝捂住头痛苦呻吟的工头砍了过去。几个民工急忙拖着工头闪开,几个村民上前抱住房主。

"谁敢拆老子住房,老子就和谁拼命!"房主声嘶力竭地喊叫着、挣扎着,还想去追赶工头。

"反了! 反了!"冼玉丹听着头上包着白沓布还渗着鲜红血水的工头的诉说,通通地擂着拍着面前的桌子,额头鬓角的青筋暴露,突突地跳个不停。

岭南圣母:冼夫人

"走！我们去扒他的房子！烧他的房子！看他还敢不敢阻挠我的工程！"冼玉丹挥手命令管家。管家急忙去召集家丁。

冼玉丹率领着几十个背弩箭、提环首大刀、肩扛镢头的家丁直扑工地而去。一进村，家丁就乒乒乓乓动手扒村民的房子，打着火镰火石，四处点火烧房子，有几家稻草顶的房屋已经开始起火。

"不好了，不好了！冼家派队伍来镇压我们村峒了！"村峒的人呼喊着，从屋里奔了出来。

"和他们拼了！"房主喊。他抢起锄头，朝一个正在举着镢头扒他房子的家丁砍去。村民愤怒起来，纷纷抄起锄头、镢头、镰刀、扁担，朝那些点火扒房的家丁打去。家丁举起武器朝村民回打，一时间，"乒乒乓乓"的响声和喊杀喊打声，震荡在上空。

有的村民受伤，有的家丁受伤，呻吟声，惨叫声也混合进去。

冼玉丹跳着脚在旁边喊："给我打，给我往死里打！把这个村峒都烧掉！让他一个不留！打死一个有赏！"

听到有赏，家丁们更是奋勇当先，他们抽出环首大刀，冲进村民群，见人就砍。一时间，血肉横飞，鲜血四溅，被砍断的胳膊、腿脚、手飞了出去，落在房顶上，地面上。受伤的人倒在地上，哭爹喊娘。

"给我烧！"冼玉丹还是不解气，继续咆哮喊叫着。

有村民急急跑去报告官府。

听到报信的冼夫人和冯仆带着差役，匆匆赶向城边。但愿不要把事态扩大。冼夫人暗自思忖暗自祈祷，冯宝身体不好，眼下陈佛智蠢蠢欲动，千万不要乱上加乱。

刚一下轿，冼夫人和冯仆就被眼前的惨相惊呆了：十几个村民躺在地上，东倒西歪，血肉模糊，呻吟号叫着，被大火烧过的房屋还冒着白烟，不少房屋已经被烧得面目全非，一些房屋被扒得七零八落。一些妇孺老人正哀号着，跪在地上为自己的亲人包扎伤口。

"这是怎么回事？"冼夫人和冯仆急忙跑过来，大声喊着问。

村民一下子围了上来，女人和老人齐刷刷地跪在冼夫人面前，一边磕头一边哭泣着："冼都佬，救救我们吧！救救我们吧！"

"这是谁干的？下手怎么这么狠？"冼夫人勉强压抑住愤怒，搀扶着下跪的白发老人。

"喏，就是那些打手！"老人指着一队往回走的家丁说："就是他们，一进村，不问青红皂白，见人就打，见房就烧。他们说，明天还要来拆这个村峒呢。冼都佬，这可叫我们怎么活啊？"说着，老人号啕大哭，女人孩子全都跟着号哭起来，一时间，哀号震荡着村峒上空，令人惨不忍听。

"勿哭，勿哭。你们说，什么事情引起来的？"冼夫人搀扶起老人，继续问。冯仆也学着母亲的样子，把一个下跪的白发老太搀扶起来。

"那都佬要盖宅院，他的院墙穿过几家的院子和住房，工头命令民工来拆，那个房主不让，就和工头动起手来。工头回去叫了家丁来打我们！"

"这是谁家新盖的宅院？"冼夫人问冯仆。冯仆摇头。老人看了看冼夫人，嗫嚅着说不清楚。

"这是谁家盖的宅院？你们没人知道？"冼夫人奇怪地又问了一句。

老人们你看我我看你，面露难色，还是说不出话来。

冼夫人奇怪地看着冯仆："这是怎么回事？他们为什么不说？"

一个老人终于开口："小民不敢说。"

"为什么不敢说？难道是皇帝菩萨盖的宅院？"冼夫人开着玩笑。

"工头说，这宅院是冼都佬二哥的！"

冼夫人吃惊地瞪着眼睛，看着冯仆："我怎么一点也不知道？你知道你二舅盖房子吗？"冯仆也是懵懂地摇头。

"原来是这样。"冼夫人皱着眉头，慢慢走过受伤的人，大家都呆呆地看着她，她慢慢走到烧毁的房子前，仔细查看一番。

冯仆紧紧跟着她，小声问："阿妈，你看这怎么处理？"

"你说呢？"冼夫人抬眼看了看冯仆。

冯仆搔着脖颈："不好办，这是二舅带人来打的，我可不敢处理他。"

冼夫人没有说话，还是紧皱着眉头，不过心里却气恼得要命。没想到，她的二哥，竟然怎么霸道！老都一直教导他们要仁慈，不要欺人太甚，可是二哥近年却是越来越飞扬跋扈了。

"先安抚好村民再说。"冼夫人轻轻地说。

"那好，我去搞掂。"冯仆说着，走回人群。

"都佬细佬，婆婆公公们，我是高州代刺史冯仆。今日之事令我非常之

岭南圣母：冼夫人

难过,关于凶手,冼都佬必定会处理。被打伤之人,官府会妥善安排,本官决定从官府支银钱一百、粮食一升,给被伤之人作为赔偿。烧坏和毁坏房子之每户,赔偿银钱二百、粮食一斗。明日大家到刺史府衙去领取银钱。官府允许你们还在原来地方盖你们之住房!"

"谢谢刺史大老爷!"村民一起跪下磕头感谢。

冼夫人十分感慨:这些村民,受到如此严重伤害,竟没有一点反抗,得到一点赔偿,便如此满足。想来真是可怜! 正因为百姓这么听话,这么可怜,这么无力,她才要秉公办事! 为百姓秉公办事,她不能饶过自己的二哥!

冼夫人也走到村民前,看了看还跪着的村民,清了清喉咙大声说:"都佬细佬,婆婆公公,你们不要难过,我一定不让冼家宅院侵占你们的家园! 你们只管放心重建你们的房屋! 我向你们保证,以后没有谁敢扒你们的房子!"

村民听了冼夫人的话,欢呼着,捣蒜般连连磕头,感谢冼都佬的恩德。

冼夫人和冯仆上轿,直奔冼家楼。冼家楼十分辉煌,高大巍峨的三层高的干栏楼,雕楼画栋,围在一起,形成三进三院。

"你看,这冼家楼已经多靓了,怎么你二舅还不知满足,又去盖新房做什么?"冼夫人不满意地说。

"是啊,可能是给儿子们盖的吧。"冯仆猜测着说。

"这么大一座楼,他三个儿子哪个没地方住? 我现在又不经常回来,还不是他们住? 真是人心不足蛇吞象。"冼夫人摇头。

一下轿,冼家家人急忙上来搀扶和迎接冼夫人和冯仆。"冼都佬和冯公子回来了!"管家大声通报。

冼玉丹带领着家丁回来不久,还没有换过衣服,正在厅里坐着凉快和饮茶,工头垂手站立在他旁边,等待听取他关于工程进展情况的指示。听说冼夫人来了,冼玉丹急忙放下茶杯,站起身走到门口等着。

冼夫人大步流星地走进大厅。大厅里金碧辉煌,中间的亮瓦投射着明亮的光芒,照亮着大厅。迎面墙壁上,挂着一张毛色斑斓的虎皮,一把用金碧辉煌的孔雀翎毛做成大扇挂在虎皮旁边,另一边张挂着顾恺之的一张立轴女神,鲜艳的画面上洛神甄妃形态飘逸,面容生动,好像会活动说话一样。

这画是梁武帝赏赐冯宝的,原来挂在冯宝府上,冼玉丹一去,就望着它发呆。见冼玉丹这么喜爱这幅画,冯宝只好割爱,送了他,但是他却把它张挂在虎皮旁。真是明珠暗投了,冯宝经常这么想。连冼夫人今天也觉得委屈了顾恺之和洛神。

东西山墙上,也挂着许多花花绿绿的东西,有图画,也有俚人的织锦,凡是冼玉丹喜欢的,他都把它张挂出来。所以,墙上还有梁武帝送冯融和冯宝的画,那是梁武帝喜欢的宫廷画家张僧繇的画——天女散花,鲜艳的青绿色为基调的画面上的天女面短,丰腴,但是却十分艳丽,画面上天女的胖胖的面颊,好像可以触摸到肌肉的绵软滑腻和温热似的,很有质感。

"以后要把皇帝赏赐的物品全都收集起来,不能让他这么糟践。"冼夫人看着天女散花想。

"都佬来了。"冼玉丹恭敬地迎接着妹子。

冼夫人阴沉着脸,哼了一声,走进大厅,坐到中间的雕花紫檀木大圈椅上。冼夫人指了指雕花紫檀木方桌那面的大圈椅,让冯仆坐。

冼玉丹只好坐到下手的长椅上。"都佬和阿仆今日回来有什么事情啊?"冼玉丹小心地问,实在猜不透原因。

"二哥,你新近在盖新宅院?"冼夫人接过丫鬟送来的茶水,一边饮一边问。

原来是为这!冼玉丹安心了。"是的,我在城边选择了一块山地,苏玄朗道士亲自看过风水,风水很好。"

"你刚才到工地去了?"冼夫人重重放下带耳的茶杯,加重声音问。

冼玉丹心头一沉:坏了,她是为刚才事情而来。"是的,我刚才去工地看了看,处理了一点纠纷。"冼玉丹故作轻松,随便地说着,口气十分轻佻,满不在乎。

"好一个纠纷!"冼夫人拍桌:"你把村峒的村民都打伤了那么多,你知道不知道?你把人家的房子都烧了,房子都扒了,这是处理纠纷?你可真厉害!敢随便烧人房子!敢随便打人!"

"这有什么?做都佬的不处罚那些不听话的、敢于反抗的下人、家丁、佃户、农人,还能管住他们吗?我打了几个不听话的村民,有什么值得大惊小怪的?"冼玉丹还是很轻松随便地说着。

岭南圣母:冼夫人

"放肆！自从冯大人任高凉郡守这十几年，我们多次严厉禁止随意殴打村人，严厉禁止烧毁村人房屋，你难道忘了吗？这可都是以衙门告示张贴过的！你怎么全忘了？"

冼玉丹还是很不服气的样子梗着脖子辩解："他们阻止我盖房，我能饶过他们？不给他们点颜色看看，他们还不上房揭瓦？放过他们，他们还要骑到我们脖子上屙屎了！你看，他把我的工头打成什么样子？"冼玉丹说着，把工头推到冼夫人面前。工头就势向冼夫人唠叨起冲突的经过。

"你俾我收声！"冯仆看着工头在冼夫人面前比比画画，张牙舞爪，突然感到愤怒。他一拍桌子，大喝一声。工头浑身颤抖着，张口结舌，再也发不出什么声音。

冼玉丹不满意地白瞪了冯仆一眼：你这乳臭未干的黄毛小儿，竟也敢在老舅面前威风起来了！真是！

冼夫人挥手："去！这里没有你说话的地方！"工头只好退了出去。

"你为了一个围墙，打伤那么多人，你就不心疼？你的围墙，向后退让几步有什么关系呢？"冼夫人很沉痛地看着二哥说。

"让他？我为什么要让他？他一个臭獠人，别说打伤他，就是打死他，又有什么了不起？我们冼家怕过谁？"冼玉丹斜着眼睛，不屑地看着冼夫人。

"话不是这么说，这不是怕谁的事。人心都是肉长的，你对他好，他才会对你好。说不定哪天他会来帮你的忙。你有钱有势，大度一些，对下人好一些，大家才宾服你。何苦要让大家戳你的脊梁骨骂呢？"冼夫人放缓了语气，劝慰着。

冼玉丹不说话，只是呆呆地看着冼夫人："你说怎么办？打都打了，烧也烧了，你现在来说顶屁用？"

冯仆急忙插话："二舅，办法还是有的。你只要去俾他们赔个不是，赔偿一些钱财，把围墙向后撤几步，让过村民之院落，不就行了吗？"

冼玉丹牛眼睛一瞪："乜话？让我去给一个臭獠人赔不是，没门！"

冼夫人微笑了："算了，只要你答应把围墙撤后几步，让过村民的院落，不再带人去扒他们的房屋村峒，就行了。赔不是的事，我和阿仆已经替你做了，赔钱的事阿仆也替你出了。你就不用为难了。"

冼玉丹不好意思地搔着脖颈："既然这样，我当然答应了。这就让工头把围墙后撤几步,让过村民院落。反正我的花园也够大的,少几尺没什么关系。"

冼夫人哈哈笑了起来,对冯仆说:"你看你二舅,多明事理!我们冼家人都这么明大理,要不,冼家怎么能治理高凉那么多代?你说是不是?"

冯仆也急忙夸赞冼玉丹:"是啊,我也早就说过,二舅乃明白事理之人,所以我才敢代替佢答应村民要求,说围墙不会再穿过佢之院落。有二舅如此明白之人,我这高凉郡守与高州代理刺史做起来就非常之容易。若是亲戚不俾面子,不用多长时间,就会被人告状告得难以为继了。"

冼玉丹被他母子一唱一和的夸奖搞得红头涨脸,很不好意思,不过心里甜丝丝的,很熨帖,嘴上却嘟囔着责备外甥:"满嘴什么之啊、俾啊、佢啊,酸死了。"

安抚高州归顺陈朝　伤心冼太永别冯宝

这年十二月的一天清晨,冯仆像平素一样来给父母请安。冯宝披着衣服,坐在床上,冼夫人正看着他服药。

冯仆问安后,接过父亲的药碗,把药碗放到桌子上,搀扶着冯宝下床走动走动。

冯宝把身体斜倚在儿子身上,慢慢走动着。他这身子骨这几年时好时坏,近来又犯了老病,只好卧床歇息。

冯仆把冯宝搀扶到大圈椅上,让他坐到窗户旁。院落里的羊蹄甲开放得正热烈,桃红色花朵灿烂一片,映红了冯宝蜡黄的脸。庭院中的菊花也正在怒放,黄的、白的、红的、紫的、黑墨的,大朵大朵,云霞似的。几盆鸡冠花不甘寂寞,火红火红地怒放着,耀人眼目,夺人注意。几棵金桂开放着一簇簇黄色的小花,整个庭院和房间都荡漾着香甜的沁人心脾的桂花香。岭南冬月的庭院,生机勃勃,充满盎然勃发的生命气息。

冼夫人走了过来,靠着冯宝,看了看庭院里浇花淋水的家人,问:"天气这么好,晴空万里,阳光暖洋洋的,要不要到院子里行一行?在院子里饮饮早茶?屋里还是阴冷阴冷的。"

"好吧。"冯宝说着,站了起来。冼夫人吩咐家人和丫鬟在院子里摆放好

岭南圣母：冼夫人

藤桌藤椅,端出从外地刚刚弄来的一套镂空青瓷薄胎茶具和餐具,有青瓷罐、尊、壶、耳杯、碗、盘、洗、羹、水注。洗夫人最喜欢里面那个莲花尊,通高一尺多,盖面上浮雕着莲花瓣,尊身和颈上雕着一株出水莲花,粉红花瓣衬着碧绿莲叶,袅袅婷婷,椭圆形的尊肚上刻着凸凹的浮雕莲花。尊底和尊口装饰着一串镂空的菱花形小孔,透出亮光。这尊精巧别致,通体透亮,真是晶莹剔透。

丫鬟家人摆上茶水和点心,伺候着,一家人慢慢饮茶,慢慢说话。

"媳妇呢?"洗夫人问冯仆。

冯仆笑着:"她最近发懒,还在卧室里躺着呢。"

洗夫人喜眉笑眼,看了看冯宝:"可是有喜了吧?"

冯仆不好意思地笑着:"大概是吧,又馋又懒,不是说想食年子①,就是说想食荔枝。这季节,我到哪里给她找啊?"

洗夫人拍手呵呵笑着:"肯定有喜了,酸男辣女,她怀了个男仔! 快算算,看明年哪个月份生?"她掐着指头一个月一个月地数算:"一月,二月,八月,九月。明年九月到月份! 九月,好天气啊,天气不算太热,坐月子不受罪! 宁家知道不知道?"

冯仆摇头。

"赶快去给宁俊杰报喜,让他这做公公的也高兴高兴。"洗夫人对冯宝说。

冯宝笑着:"看把你阿妈高兴的! 她就盼望着当婆婆抱孙子。"

"你不盼望着抱孙子啊? 你比我还眼巴巴地盼望着呢。"洗夫人笑着,轻轻拍着冯宝的手背。

刺史府衙长史周中建走了进来,他抱拳作揖:"冯太守、冯刺史、洗都佬早晨好。"

"什么时候从广州回来的? 你辛苦了。"冯仆说着,拉出一张藤椅:"来,坐下饮茶。"一个月前,他听从父亲和母亲的建议,派长史到广州去,住在高凉设广州的驿馆,专门打探朝廷和广州的消息。动乱时期,随时掌握朝廷和广州的消息是很重要的。

---

① 年子:粤西的一种野果。

"有什么消息吗？"

等长史周中建坐到藤椅上，冼夫人问，一边给长史斟茶。

"谢谢冼都佬。"周中建欠了欠身，表示感谢。他啜了一口喷香的青茶，说："都佬，刺史，你们听说了没有？湘东王萧绎上个月在江陵即位做了皇帝。"

"什么年号？"冯宝放下茶碗，问。

"梁元帝，承圣元年。"

"建康有没有消息？"冯宝又急忙打听。

"听说陈霸先和王僧辩八月攻下建康，侯景被部下所杀，建康已经大乱了。"

"广州情况如何？有什么动静？"冯仆更关心广州，他着急地问。

"广州的萧勃暂时还没动静。他屡次上书，请求萧绎正式任命他为广州刺史。可是萧绎到现在还没有正式封他的意思。所以，这岭南还不会平静。"长史微笑着说。

"可不是，萧勃的广州刺史是陈将军陈霸先任命的，从没有正式得到朝廷的任命，他当然着急了。没有朝廷的正式任命，他还是不能行令岭南，对我们高州也没有管辖权。"冯宝笑着说。

"不管他，还是维持高州目前状况，我们自己维护高州和高凉的稳定。什么时候有了朝廷，我们什么时候朝见，请求正式任命。"冼夫人看着冯仆说，她知道，冯仆总想得到正式的任命，想名正言顺地做高州刺史。

"岭南许多州都陷入瘫痪，有的州赶跑了朝廷官员，地方俚獠首领互相争斗，百姓日子很艰难。我们高州很幸运啊。没有灾民流民，百姓能过着安定日子，实在不容易啊。连广州都是饥民遍城，城墙根、坡山渡口、寺院前，到处倒卧着饥民和流民，惨着呢。"周中建叹息着说。

"阿仆，听到了吗？你要好好干好你的代理刺史，不要管有没有正式任命，有我和你老都的支持，你就好好干，维护好高州安定。我看，这萧绎的朝廷能不能长，还说不准呢，陈霸先一定有自己的打算，我知道他，他很有雄心壮志。"

"是，冼都佬说得很对。听说陈霸先和王僧辩大将军已经开战，他们这一打，又要乱一阵，萧绎的皇帝恐怕也长不了。"长史周中建又说了一个

岭南圣母：冼夫人

395

消息。

"周长史，回来好好歇息一个月，等过了正月十五，再返回广州，用心打探消息。一有什么消息，要连夜回来报告。"冼夫人对周中建说。

承圣三年(公元554年)五月，广州萧勃的官府里，萧勃正在大发脾气。

"什么？要把我调离广州？"他刚刚接了朝廷梁元帝的圣旨，圣旨说调离他离开广州，任命为晋州刺史，广州刺史由湘州刺史王琳接替。

萧勃像一头愤怒的狮子在厅堂里走来走去。真他妈的狡猾！萧勃咬牙切齿地骂着在江南即位的新皇帝萧绎。好一个萧绎！看着湘州刺史王琳兵强马壮，离江陵不远，他不放心。看我在岭南有了点势力，他也不放心，便想出这么一个计策，调王琳来替代萧勃我，好一个一箭双雕，一石二鸟的把戏，同时削弱两方势力！

"不！我不会听任你摆布！"萧勃挥着拳头，跺着脚，大喊。

萧勃喊叫了一阵，转身问长史："王琳动身了没有？"

长史告诉他，王琳不敢不从，已经带领着自己的人马家眷离开湘州，动身到广州来。

"我该怎么办？"萧勃在心里又一次问自己。

俯首帖耳听从萧绎摆布？还是拉出来，闹独立？广州地域宽阔富庶，物产丰富，远离朝廷，高山峻岭阻隔，就算宣布独立，朝廷能奈我何？何况，我手中的兵马完全可以和萧绎对抗。

想到这里，萧勃拈着须髯微笑了。

与其服从萧绎，被他慢慢吞食，还不如起而反抗，也许还能获得一条生路。说不定，也可以在岭南宣布自立称皇帝，像几百年前的南越王赵佗一样。对，何不效仿赵佗呢？他一个冀州人，被皇帝派到岭南，于是就在岭南番禺称了王，修建了王宫，多神气啊！自己现在的衙门宅院就是当年的越王宫殿！这不是个好机会吗？干吗不试一试呢？

心怀鬼胎的萧勃开始阳奉阴违地做着叛乱的准备。

首先，他去祭拜南越王墓。南越王墓已经淹没在象岗山草丛杂树林里，不过，那高高的土堆，前面的墓碑和象岗山中的掩埋的越王骸骨还是可以保佑他。

岭南圣母：冼夫人

然后，萧勃暗地里调兵遣将，加紧准备独立。可是，王琳很快发兵南下广州，九月，王琳军便到小桂（今广东连州），为了稳妥，他先派副将孙玚进驻番禺，暂时代替他行广州刺史之权。

听说王琳军开进番禺，萧勃为避开王琳军队锋芒，决定先到始兴。他认为，到始兴进可以直下广州，退可以轻而易举度过南岭北上。

萧勃到了始兴，满以为能够得到当地士绅豪族和官员的盛大欢迎，可是，当他开进始兴时，城里一片冷清，没有官员，没有列队的士兵，没有豪绅，没有任何欢迎的仪式。东衡州刺史欧阳頠率领着他的部下，别居一城，避而不见萧勃。

"他妈的！居然这么蔑视本王！"

萧勃大怒，率兵攻打欧阳頠，收缴了他的武器资财。

不过，萧勃很快改变主意，不管南下还是北上，他需要更多将领支持，不能树敌过多。小不忍则乱大谋，他说服自己和欧阳頠搞好关系，又主动归还了欧阳頠的资财兵械，和他结盟。正在这时，西魏军攻到江陵，王琳又被朝廷召回去做湘州刺史，领兵援助江陵。不久，梁元帝萧绎被杀。在广州的孙玚听到江陵陷落的消息，不敢久留广州，急忙领兵北返。

萧勃南下，重新占领广州。

江陵陷落以后，梁朝更为混乱，陈霸先拥立了萧绎的儿子萧方智为梁敬帝，西魏拥立了梁武帝的孙子，北齐拥立了他们俘虏的梁武帝兄长的儿子萧渊明，用武力逼迫王僧辩接纳。天成元年九月（公元555年），当王僧辩迎立萧渊明到石头城为帝的时候，陈霸先召大将侯安都、周文育、徐度等密谋商议征讨王僧辩，陈霸先派遣徐度和侯安都率水军往石头城，自己亲自率领步兵前去会合。侯安都到石头城，弃舟登岸，乘石头城里军队没有防备，一举攻入，陈霸先大军随后杀到，擒拿了王僧辩父子，王僧辩的其他主将，也被陈霸先的大将周文育消灭。于是，陈霸先正式拥立了梁敬帝，年号太平元年（公元556年）。这一年的九月，梁敬帝任命陈霸先为丞相，加九锡。

朝廷的混乱，叫广州的萧勃觉得时机已到，太平二年（公元557年）二月，萧勃公然打出大旗，起兵岭南，以欧阳頠为副将北上，参与中原夺主竞逐了。

岭南圣母：冼夫人

"不好了！萧勃叛乱了！"冯仆回到家，急忙报告冯宝和冼夫人。

正在厅里静坐的冯宝腾地站了起来："你说什么？"

"萧勃叛乱了！他要北上去参与夺权了！"冯仆重复了一遍。

"夫人，你快出来！"冯宝对卧室喊。

冼夫人走出她的佛堂，她正在那里打坐。冯宝身体不好，感觉寺主持，她的大哥冼玉挺，慧定大师，就劝他们参禅礼佛，每天静坐入定以养神。而三元宫的道士苏玄朗也教他们每日修炼气功以治病。她和冯宝每天要花一两个时辰打坐，修炼气功以养生。

"高吆二喝的，把我的气全赶跑了。"冼夫人不大高兴地埋怨着冯宝。

"你快听听阿仆带来的消息吧。"冯宝看了看儿子："快对你阿妈说一遍。"

"什么？萧勃终于按捺不住跳了出来？"冼夫人听完冯仆的话，惊诧地说。

"阿妈，阿爷，我们该怎么办？服从他还是不理睬他？"冯仆看着母亲又看看父亲问。

冯宝背着手走来走去，思索着眼下局势。

"你坐下来。"冼夫人拉了冯宝一把："你来回走得我头晕眼花。"

冯宝坐了下来，看着冼夫人，坚定地说："我看，决不能响应他！他想趁朝廷混乱，在岭南独立，狼子野心还不小呢！"

"是的，我们不能助长他的野心！"冼夫人蹙着眉头："萧勃这人小肚鸡肠，决非成就大事的人！这个家伙，需要你，会死皮赖脸地求你，当他不需要你，会一脚把人踢开！我们不要理睬他！他无法命令我们！"冼夫人断然说。

家人进来通报："罗州刺史宁猛力来访！"

"快请他进来！"冼夫人和冯宝都站了起来。

"冼夫人冯大人好！"宁猛力抱拳作揖。

"阿力，你来得正好！你可听说广州的事了吗？"冼夫人请宁猛力坐下，一边让家人上茶，一边问。

"我就是听说了消息，才赶来向冼都佬讨要办法的。那边几个州刺史都很不安，他们连夜聚到罗州，派我来向冼都佬和冯大人商议对策。"

"他们有些什么打算?"冯宝问。

"他们也是六神无主,不知道该怎么办。是继续听从那个有名无实的朝廷呢,还是服从广州总管的命令,去参与反抗朝廷的斗争?"

"他们有没有支持萧勃的打算?"冼夫人看着宁猛力,平静地问。

宁猛力摇头:"萧勃在广州,对我们西边几个州并没有多少约束力,也没有给我们这几个州多少好处,没有人想支持他。"

"既然这样,我们西边还是继续保持现状为好,何必参与萧勃叛乱?能维持这里安定最为重要,不必过问其他事情。你们都是地方官员,不管朝廷如何混乱,总还是要忠于朝廷和职守。依我之见,不必理睬萧勃,他愿意怎么叛乱,让他自己叛乱去,我们还是一如既往,以不变应万变。要是我们一参与,我们这几个州一定会有俚獠首领趁机作乱,像陈佛智等人,一定趁机拉起队伍攻打官府,攻打官员。"冼夫人很严肃地看着宁猛力:"阿力,你不想看到这种混乱局面发生吧?要是一乱,百姓可就又要流离失所了。"

"是的,我们西部本来就贫穷,俚獠百姓生活艰难,要是有人趁火打劫,百姓就更可怜了。这些年,冼夫人和冯大人推行三包制、推行汉化,百姓生活才算好了些,也多亏我们听从冼夫人安排,没有参与朝廷纷争,保持地区安定,俚獠争斗械斗减少了,各个州也繁华了。西部各州确实不能乱!"宁猛力频频点头。

"好!既然阿力同意我们的意见,那我们就这么决定下来:西边州郡不参与萧勃的任何军事行动,也不向他提供粮食钱布等一切军需用品!坚决不理睬他所有号令!"冼夫人看了看冯宝,斩钉截铁地向宁猛力发布指示。

"这样一来,等于宣布脱离萧勃,他会不会发兵来攻打?"冯仆有些担心地问冼夫人。

冯宝笑了:"你过虑了。你想,他举兵独立,首先要北上去攻打朝廷兵马,他已经派欧阳頠为副将北上,他还有多少兵力来攻打我们西边?我们几个州的兵力合在一起,他不敢小瞧的!"

"他也不敢前后同时开辟两个战场,要是那样做,他可能死得更快一些。"宁猛力欣然接着分析。

冼夫人看着宁猛力,继续说:"不过,我们也不能大意。最好能够把西部这高州、罗州、交州,以及合州和朱崖几个州郡县的刺史太守召集到起来,大

家坐在一起商议商议，协议出个一致方略，大家同舟共济齐心协力，也许更稳妥一些，更容易共同度过这混乱时期。你们看我这想法行不行？"

"那太好了，大家也都有这想法，只是缺少召集人。小侄看，推举冼都佬做召集人，在高州搞个见面会。不知冼都佬可愿意？当然，这是需要破费的！"宁猛力笑着说。

"破费是小事，只要大家拥戴，我愿意为大家效力。不过，我还得征求一下我家老爷和少爷的意见。"冼夫人笑着，一脸顽皮，看着冯宝和冯仆："冯老爷和冯少爷可同意？"

冯宝笑着看看冯仆："瞧你老娘，这么大岁数了，还像个妹仔一样顽皮。我们为什么不同意？为高凉地区稳定，我们举双手拥护你，你就按照阿力说的办吧，到时候，我和阿仆做你们的仆人。"

宁猛力哈哈笑着："那可是要折我们的寿了。冼都佬，具体联络由我来做。等我联系好各位刺史，我再来与你们商议聚会时间。"

"那就要辛苦你了，阿力。我也不说客气话，都是高凉人，为高凉做点事出点力，原本都是应该的。是不是？"冼夫人深沉的黑眸子里闪烁着真诚热情的光，把她的脸照得圣洁而美丽。

作为梁敬帝丞相的陈霸先得知萧勃举兵，甚是愤怒。陈霸先如今名义上是梁敬帝的丞相，其实已经大权再握操纵朝权，尽管如此，他还是准备取而代之。听说萧勃反叛，如何能不愤怒？陈霸先命令平西将军周文育、平南将军侯安都南下征讨萧勃，不久，周文育在巴山（今江西抚州西）俘获萧勃的副将欧阳頠。

周文育送欧阳頠来到京都。陈霸先看见老熟人欧阳頠，十分高兴。欧阳頠把罪责全部推到萧勃身上，念旧的陈霸先很痛快地赦免了欧阳頠。

萧勃的军队听到副将欧阳頠兵败被俘，十分惊慌，有的反水，有的逃跑，队伍很快散去三成。不久，萧勃的主将又被陈霸先军队杀死，萧勃军队发生哗变，一个叫夏侯明彻的部下杀了萧勃，带着他的首级投降了陈霸先。陈霸先命令侯安都和周文育合力攻打南昌附近城池，彻底打垮了萧勃的军队。周文育取得胜利以后，返回京都。陈霸先任命欧阳頠为衡州刺史，让他继续征讨岭南不归附的部众。这时，欧阳頠的儿子欧阳纥攻打拿下始兴，迎接欧阳頠回到岭南。欧阳頠一回到岭南，岭南各郡纷纷宣布归附，萧勃在广州的剩余势力全部投降归附了欧阳頠。

任命谁做广州刺史呢？已经逼迫梁敬帝禅位，自己做了皇帝，宣布改元为陈的陈霸先很花费了一番心思。

派自己的心腹去？岭表"八桂之土，蛮夷不宾，九嶷之阳，兵凶岁积"，他那些心腹都是中原北人，很难治理岭南俚僚。派沈恪去？陈霸先踌躇。沈恪送他妻子陈秀英回吴兴以后，在吴兴为他招募了一支强悍的子弟兵，与他准时会合在建康，帮助他打败了侯景。沈恪实在劳苦功高，他需要沈恪在身边辅助他，不想也不能把自己的心腹远派岭南。

只有欧阳頠了。陈武帝陈霸先想。

尽管欧阳頠这次作为萧勃叛军的副帅被他俘获，可是毕竟还是有功于他。陈霸先北上时，得到欧阳頠的帮助。欧阳頠是土生土长的岭南人，作为始兴豪族，他有治理岭南俚僚的经验和威望。

可是，欧阳頠朝三暮四，变化莫测，把他放回岭南，会不会是放虎归山，万一反叛，如何控制？怎么做才能够钳制于他，采用什么办法来制衡呢？

陈霸先皱着眉头，背起手，来回走着，思虑着这个棘手问题。

在岭南多年，他了解岭南土人性格。他们好斗，又反复无常，实在叫人难于放心。虽然岭表终究地远天高，影响不了朝廷局势，可以不必太操心，他完全可以把心思放在朝廷和江东一带，把稳定江东局势作为当务之急。江东是朝廷维持统治的心脏，他决不能掉以轻心。可是，陈霸先还是很重视岭南这片广袤富庶的土地，不想让它轻易脱离朝廷。

用什么办法笼络欧阳頠呢？陈霸先轻轻地拍着额头，想拍出一个妥贴的办法来。这样一拍，果然使他清醒了许多，一线亮光照亮他原本乱糟糟理不出头绪的心窝。有办法了，陈霸先微笑着。

欧阳頠还有两个弟弟，都跟随他征战。把广州刺史交给欧阳頠，把交州刺史给他大弟弟，把衡州刺史给他次弟，一家三兄弟，都做了岭南高官，他欧阳頠还有什么不满足的呢？得到满足的欧阳頠一定会听命于朝廷、听命于

皇帝、听命于他陈霸先，岭南这块肥沃土地不就稳固了吗？

陈霸先正在高兴，可是立刻感觉到其中的不妥。弟兄三人同时掌握三个大州的大权，若是心生反叛，将如何是好？

一定要找一个能够钳制欧阳頠的办法。陈霸先突然想到冼夫人。冼夫人是岭南西部俚獠首领，拥有重兵，又有威望，万一广州发生事情，可以秘密征调冼夫人军队去帮助平息事端。召冼夫人进京一趟，把监管广州的重任秘密托付给她。陈霸先经过一番深思熟虑，做了决定。

欧阳頠一路畅通，顺利回到广州，被陈霸先任命做了广州刺史。这是陈武帝永定二年（公元558年）暮秋。

"你觉得好一点了没有？"陈武帝永定二年（558年），阴雨连绵的冬月，冼夫人满面忧虑地走进卧室，揭开雕花大床的丝绸蚊帐，小声问。

憔悴瘦削的冯宝从高高的方形玉石枕头上转过脸，睁开眼睛，无神地望着冼夫人，轻轻摇了摇头。

"该服药了。"冼夫人来到床边，轻轻扶起冯宝，为他披上一件厚实的棉袍，让他靠在自己怀里。冯仆端着药碗进来，冼夫人接过药碗，自己先抿了一下试试："不热，来，吃了吧。"冯仆把父亲冯宝轻轻抱在怀里，让冼夫人用小羹匙喂他服药。

冯宝饮了几口，摇头："不吃了，吃也无用。"他慢慢推开冼夫人的手，喘息了一阵，气息微弱地说："我知道，病入膏肓，已无药可医了。"

冼夫人温柔地劝说着："老爷不要说丧气话。把药吃了，病会好起来的。你娘不是经常说，病来如山倒，病去如抽丝嘛。这病要慢慢调养治理，急不得。"

冯仆也劝说着："老都，吃了吧。这是最好的郎中开的药方，听说还是南阳张仲景的弟子的弟子呢。"

冯宝长长叹了口气："就是张仲景再世，怕也是无能为力。我知道，我拖不过明年春天了。"说着，一行清泪从他深陷的眼窝里流了出来，滴落在冼夫人的手背上。

冼夫人再也控制不住自己，把药碗放到桌子上，抓住冯宝的双手，轻轻抽泣起来。

冯仆也止不住热泪纷纷。

冯宝勉强控制住自己的情绪,勉强笑着:"你看我,把大家搞得都伤心起来。竺道生的《辩佛性义》[1]说:'一切众生皆有佛性,但是在七地内没有悟道的可能,必须到十地的最后一念,才能觉悟。'过去一直不明白什么是十地,现在我一下子觉悟了。十地即死地,死来临的时候,人才能顿悟。我现在已经顿悟了,所以也就到了十地。你们看,顿悟后显现佛性,我现在已经有了佛性,也就是成佛了,你们还有什么悲伤的呢?应该高兴才是。"

冼夫人勉强忍住悲痛,苦笑着:"老爷你少说几句吧,还是把这药吃了吧。"

冯宝笑着:"我今天好容易有了点精神,你就让我多说一会吧。你看,慧远高僧[2]说,形尽而神不灭,神也者,原应无生,妙尽无名,感物而动,假数而行。你看,我的神自会借助外物而存在,我的气数尽了但是神还在,你们不必难过。"

冯仆看冯宝说话气喘,上前替老都抚着胸口:"好的,老都,我们知道了,你歇息一会吧。阿妈,听说广州有一个叫西来庵的寺院,是天竺国高僧达摩渡海到广州的登岸地,后来,达摩从京师回来,就在那里讲经译经,寺院里还建了佛祖释迦牟尼的舍利塔,这些年香火很盛。要不我去广州给老都求佛?"

冼夫人摇头说:"你暂时还是守着你老都的好,他舍不得你离开。要做法事,就让感觉寺做好了。"

冯仆和冼夫人把冯宝慢慢放倒在床上,为他盖上厚厚的锦缎棉被,帮他掖好被角。这个冬月,又阴又湿又冷。

冯宝闭着眼睛歇息了一会,又睁开眼睛,望着冯仆:"暄儿呢?把他抱来让我看看。"冼夫人急忙对冯仆说:"快去把暄儿抱来,让老都看看。"

冯仆起身向后边自己的院落走去,刚走进圆形拱门,迎面进来奶娘和他的媳妇,奶娘抱着一个头戴老虎虎头帽的孩儿,这就是冯宝想看到的长孙暄

① 竺道生:?—435年,南朝宋著名的僧人。本姓魏,师从竺法汰,遂改姓竺。后在庐山修行。有佛教著作多种。

② 慧远(334—416年)本姓贾,雁门人(今山西宁武),从小博览群书,后出家为僧。公元378年以后,到江陵,后到庐山,在香炉峰下建东林寺,在东林寺里传教著述,直至终老。

岭南圣母:冼夫人

儿。冯仆的媳妇如今又是大腹便便，看来又快生了。

"快，抱暄儿到老都房里。老都想看看暄儿。"

"老都，暄儿来了。"冯仆把暄儿抱到冯宝的床头前，小声呼唤着。

冯宝睁开眼睛，他的眼睛一下子亮了起来。孙儿细嫩的小脸正凑到他的脸前，小手抓挠着伸到他的脸上，咿咿呀呀地喊着，抓挠着他的鼻子、嘴唇和胡须。

媳妇也挺着大肚上前给公爹问好。冯宝看了看媳妇，微笑了。他不仅有长孙，看来还要有第二个孙子。看媳妇腹部高挺的尖形样子，以及还是喜欢食酸的性情，再生个男仔是一定的。我要等着第三个男孙出生，他想。

长史周中建派人来叫冯仆和冼夫人，说朝廷来了密信。冼夫人和冯仆急忙到前边公堂去见来人。

"什么事？"冯宝看见冼夫人和冯仆笑逐颜开地进来，急忙从枕头上抬起头，问。

"新即位的陈武帝，就是我们的陈将军陈霸先，要召见我们。"冼夫人说："看来，他还不是那种忘恩负义的人，还记得当年的情形。"冼夫人叹息着。

"什么时候去？"冯宝着急地问。

"你还没有好，我怎么能走得开？只有等你病情好转以后再说吧，也不着急。"

"我想，还是快些去的好。陈朝刚刚建立，岭南归附与否，一定是皇帝的心病。我们需要早日去朝见皇帝，表明高凉一带几个州对陈朝和皇帝的拥护。要是拖延太久，容易叫皇帝误会，也容易给一些别有用心的人以造谣生事的口实。"冯宝喘着气说。

冼夫人满脸难色："可你现在这身体，我如何敢远离啊？"

冯仆看着母亲冼夫人说："要不，我在家侍奉老都，阿妈率领着几个州的刺史和俚獠首领上京去朝见皇帝，如何？"

冼夫人摇头："那可不行。我放心不下你老都的病情。"

冯宝歇息了一会，睁开眼睛："依我之见，不如让阿仆率领刺史和首领上京，北上路途遥远又艰难，你阿妈不适宜走那么远。你看如何？"冯宝看着儿子，满怀希望地问。

冯仆有些为难:"我去虽然比较合适,可这一去,来回需要大半年,我也放心不下老都病情。"

冼夫人想了想:"也是,陈武帝下诏让我们去见他,我们这里迁延拖宕不去,万一发生误会,我们想解释都解释不了。陈朝刚刚建立,这里的几个州要是不去拜见,不去表明态度,不去朝贡,确实很容易发生事端。我们既然拥护陈朝,就要立刻北上去朝贡。就这么决定吧,阿仆率领高凉几个州的刺史,加上几个俚獠首领,早日动身北上。朝贡的礼品,现在就下令给各州准备。家里的事,交给我,你放心去吧。见了陈武帝和皇后,一定要替我和你老都拜贺,要替我把礼物送给皇后,她可是我们冼家干妹仔,你的阿姨。阿仆,你能不能搞掂这事?"

冯仆认真想了一会,很严肃地说:"进京拜见皇帝,想起来是叫我有些心惊。不过,我想也没什么可怕的。陈武帝是我们的熟人朋友,他一定会热情招待我。我想我能搞掂。阿妈你就放心好了。"

冼夫人连连摇头:"你这么说,反叫我有些担心。陈武帝过去是我们的熟人朋友,可现在,他是皇帝,你可千万不要当面向他提起过去的事,尤其不能说什么我们帮助过他的话。要是他感念过去,他会主动提起。要是他不说,就是他不想提起过去。你不是读过《史记》陈胜吴广起义吗?陈胜称王以后,哪能让他过去的朋友直呼他的名字啊?"

"对,你阿妈提醒得很及时。此一时彼一时,千万不要提起过去。"说着,冯宝咳嗽起来,脖子上的青筋都暴露出来。

冯仆急忙为父亲轻轻捶着后背,看着冼夫人:"老都这样,我怎么能安心走呢?"

冼夫人神色庄重地看着冯仆:"好男儿应该以大事为重。你的肩上担负着高凉地区几个州的安定,你一定要把这事办好。你得答应我!"

冯仆郑重地点着头,他又看着冯宝:"老都,你也答应我,好好养病,等着听我回来报告好消息。等着看陈武帝的赏封。"

冯宝微笑着点头:"你放心去吧,我等着你,我还要等着看第三个孙子的降生呢。"

冼夫人说:"我记得陈将军喜欢我们的犀牛角雕刻,这次要送他一把犀牛角雕刻的犀杖。这是我特意按照佛家锡杖让人雕刻的,想来陈武帝会

岭南圣母:冼夫人

405

喜欢。"

　　北方的冬季来临,岭南还是明媚的秋天。高凉街道上传来阵阵喇叭锣鼓声。面向墙壁躺着的冯宝翻转过身,看着床前坐着的冼夫人,气息微弱艰难地问:"今天是什么日子? 敲锣打鼓的?"

　　"今天是腊八,寺院里又要布施腊八粥了,举行腊八游街,往年又要来请你我去分粥、去敲响第一声游街鼓了。"冼夫人太息着对冯宝说。卧床不起已经差不多一年的冯宝更加羸弱了。去年的腊八他还能挣扎起来去参加寺院的所有活动,今年他却卧床不起。

　　腊,在远古的时候,是一种祭礼名称,夏朝称清祀,商带称嘉平,到周朝改为腊。腊是从猎演变来的,农忙以后的秋冬,人们开始狩猎,然后祭祀祖先,秦代统一历法以后把十二月叫腊月。腊月初八,是佛祖释迦牟尼成道的日子,这一天也叫"佛成道节",民间叫它腊八节。据说释迦牟尼在成道之前,为求真理,曾苦修六年,形容枯槁,但终究也没有修出结果,他开始寻找其他修行办法。他来到尼连禅河边,脱下褴褛衣衫,跳下河中,洗去浑身上下的污垢,清澈的河水也涤荡了他的心灵。上岸后,他精神振奋,感到自己好像新生。这时,一个在河边草地放牧的牧女善生,送他一碗牛奶,喝了以后,更是觉得体内元气大增。他来到河岸上一棵毕波罗树下,结跏趺坐,默默发誓:我今若不证,无上大菩提,宁可碎是身,终不起此坐。他坐了七天,在最后一天,十二月初七的晚上,清风习习,月色溶溶,树影婆娑,万籁俱静,释迦牟尼在凝思静想中战胜了众魔的纷扰,入定中得到"宿命通",在初夜中知道前世的善恶业,知道从此生彼的究竟原因;在中夜知道,得了"天眼通",知道众生过去未来从此生彼的原因;在后夜得"漏尽通",得到无碍自在智慧,大彻大悟了。教徒为了庆祝佛祖得道成道,在初八这一天,寺院举行庆祝活动,举行得道仪式,举行游街活动,为众生祈福禳灾,用黄米、糯米、小米、大米、栗子、枣、绿豆、红豆等煮成腊八粥,加石蜜或者甘蔗水、蜂蜜等,供寺院僧人食用,也布施路人。寺院尊敬官府,往往要请郡守来盛第一勺腊八粥给僧徒。

　　街道上的游街是很热闹的,僧人穿起袈裟,戴上僧帽,敲打吹奏着寺庙乐章,百姓则穿着新衣,带着假面具,跟着游行队伍祈祷福寿平安。

"快回来了吧？"冯宝聆听了一会，扭过头，眼巴巴地看着冼夫人，问。这问题他每天都要问几次，只要看见冼夫人进来，就这么问，问得冼夫人很心酸。他这是在挣扎着等儿子冯仆的归来，不见冯仆归来，他硬撑着不甘心离去。

"快了，就是今明天。"冼夫人坐到床边，用小茶壶喂着冯宝喝鸡汤，心疼地抚摩着冯宝干瘪的脸颊安慰着他。

冯宝已经骨瘦如柴，眼睛深陷在眼窝里，凝滞的眼珠转动很是艰难，说话都含糊不清了。

突然外面传来一阵喧闹。"回来了。大公子回来了！"家人欣喜地从外面跑进来报信。

"在哪里？在哪里？"冼夫人一下子站了起来，脚步趔趄着向外面跑。冯宝在后面气息微弱地喊着："让我也去看看。"冼夫人回头摆手："你不行，先等一等。让我去看看马上回来。"家人说："大公子已经回到衙门，让我们来报告一声，他马上就来看望老爷。冼夫人就守在老爷身边吧。"

冼夫人停住脚步，笑着说："你看我慌张的。快一年没见阿仆，我都快想疯了。"她回到冯宝床前，坐回藤圈椅，拉住冯宝瘦骨嶙峋的手，轻轻抚摩着："阿仆回来了，你的病也该好起来了。"

厅里响起脚步声和说话声。冯宝把脸倏地转向门口，无神的眼睛一下子迸发出熠熠光彩。

"老都、阿妈，我回来了！"冯仆大声说着，走进卧室，"扑通"一声跪倒在床前。

"快起来！让我们看看你。"冼夫人伸出手拉冯仆起来："你老都想你都想疯了。"

冯宝勉强从枕头上抬了抬头，又无力地跌回去，艰难地翕动着嘴唇："阿仆，回来了。"冯仆拉着父亲的手，伏身到父亲的脸前。冯宝哆哆嗦嗦地伸出手，颤巍巍地去抚摩冯仆的脸颊。冯仆的眼泪一下子涌上眼眶，他努力控制着自己，不让眼泪滴落下来。父亲病得这么严重，是他没有想到的。他原本以为，自己回来时，父亲的病早就好了，一个精神矍铄的父亲站立在他面前，听他讲述到朝廷觐见皇帝的情形。眼前，父亲却已经奄奄一息。

"快给你老都讲讲觐见情形。"冼夫人催促着。

岭南圣母：冼夫人

407

"陈武帝很想念你们,佢让我转达对你们的感谢。佢对高凉一带稳定局势很是赞赏,希望我们冯洗继续维护好高凉地区的繁荣和稳定。他强调,新朝刚刚建立,有许多事情要做,需要地方全心全意支持朝廷。佢特意单独召见我,对广州的事情做了特别的指示,正式任命我为高凉郡守。"

"高州刺史呢? 委任给谁了?"冼夫人急忙插话问。

"还是空缺。"冯仆说。

冼夫人叹息了一声,小声说:"看来你还有希望。"

冯仆接着说:"陈武帝说,佢虽然委任欧阳頠做广州刺史,但是佢对欧阳頠并不放心。佢说佢了解欧阳頠,欧阳頠是反复无常有奶便是娘的势力小人,哪方势力大,佢就投靠哪方。所以,陈武帝让我们在高凉关注广州,防备欧阳頠在广州搞独立。佢原本想任命父亲做广州总管,可是又惧怕拥重兵的欧阳頠生事,所以,就采用笼络策略,用任命来收买佢的忠心。"

冼夫人摇头:"如果他是个不折不扣的势利小人,又是个有野心的小人,用给好处、给官职的赎买办法根本无济于事,恐怕收买不到他的忠心。忠心是人的本性,小人没有忠心,小人欲望是无底洞,满足不了的,满足他一时的野心和欲望,无法满足他将来欲望,能够满足他此时欲望,却满足不了不断滋长出的更大的野心和欲望。靠收买,只能调动起小人新的更大的欲望和野心,到了欲望野心得不到满足的时候,他照样反叛。不信,你们等着瞧,欧阳頠和他的儿子欧阳纥总有一天要危害岭南!"冼夫人对陈霸先这种糊涂做法感到灰心和气愤,恨恨不已地唠叨着。

冯宝的眼光里流露出赞成的神色,他微微地点着下巴,把儿子的手握得更紧一些。

"欧阳頠确实很精明,"冯仆叹息着:"我到京城不久,佢也专程到京,除给朝廷进贡大量岭南珍奇和钱布以外,佢专程去进表。佢说,广州城和罗浮山见到白龙,所以专程去上贺表,祝贺当今天子,乃天上真龙再世,是天下百姓福气。当时把陈武帝高兴得嘴都合不拢,哈哈大笑了好长时间。于是满堂朝臣都跪下高呼万岁万岁万万岁! 皇帝当时就奖赏了佢一个爵位。而且可以世袭。"

"真是小人,他见过白龙? 讹神讹鬼!"冼夫人皱着眉头:"小人如此受重用,将来一定要成祸害。这皇帝如今也变了,变得糊涂了,看不清好歹了。"冼夫人一个劲摇头,很是忧心忡忡。

"陈武帝送了你们许多礼物。"冯仆说,转身对厅里喊:"把礼物拿进来。"

"见皇后了吗?"冼夫人追着问。

"见了。阿姨听说我来了,专门在后宫设宴招待我,佢很想念阿妈,佢特意送了许多礼物给阿妈。这是一套朝服,凤冠霞帔,首饰有赤金凤钗、耳环、手镯、碧玉、如意,还有许多绫罗绸缎,她问阿妈好,让阿妈多保重。"

冼夫人感动得眼睛湿润起来,喃喃说着:"难为秀英了,今日成了皇后,还想着我。难得,难得! 人啊,要是一贵一富起来,就会很快忘记过去的艰难日子,忘记艰难岁月里同患难的旧人,而且还最怕人家提到过去情况。同患难容易,同富贵可是最不容易啊。连陈胜吴广这样穷人出身的人,刚当了王,就忘记了贫贱时的故人朋友。"

冯仆笑了:"我看,陈武帝就有点这样,佢根本不提当日在岭南的情况,倒是皇后一再说,当年要不是阿妈,就没有佢的今日,反复说,要不是路途太遥远和艰难,佢一定要让你去宫里住几日呢。皇后还真的念着旧日感情。"

"可惜再也见不到了。"冼夫人叹息着说。

家人把皇帝赏赐的礼物都搬进房里,冯仆一件一件地指点着解释。

"真漂亮啊!"冼夫人把凤冠霞帔放在身上比画着,赞叹着,一脸灿烂的光辉和高兴的笑容,连冯宝蜡黄的脸上都染上些微兴奋的红晕。

"阿妈,你穿起来吧。"冯仆笑着。

冼夫人急忙摇头:"不,凡是皇帝和皇后赏赐的东西,我们都要好好保管,连同梁武帝赏赐的,都要专门收拾起来,这是特殊荣耀,我们要世世代代传下去,给我们的后代子孙,让他们分享我们的荣耀,也可以教育他们向乃祖学习,出人头地。对,一定要记住把你二舅家里挂的那几幅图画要回来,那可都是梁武帝赏赐的宫廷名画,挂在他那里是明珠暗投了。"

冯仆敬佩地直点头:"阿妈想得真长远和周到,这可是我们冯家流传给后世最好的传家宝啊。我会好好保管的。"

"好了,快收拾起来,过去看你媳妇吧。她又给你生了一个大肥男仔,好靓的,像暄儿一样,你老都给他起名叫冯盎。"冼夫人喜笑颜开,轻轻推着冯仆:"快去吧,要不阿萍要生气了。"

岭南圣母：冼夫人

冯仆不好意思地笑着了,拔步往外走。

见到儿子归来,冯宝安心了,他不再挣扎着努力维持着最后的生命。胸部剧烈的疼痛早就叫他无法忍受,只是因为冯仆没有回来,他不甘心离去,才一直拼命挣扎着,不让生命离开他的躯体。现在他安心了。

冯宝长长舒了口气,浑身一下子松懈下来,生命随着那口舒出的长气飘出他的身体。他慢慢闭上眼睛,脸上挂着安详和明亮的笑容,入睡了。

冼夫人看着他的脸,这脸是那么安详和平静,这叫冼夫人感到欣慰,他已经无所牵挂,他的生命虽然不算太长,但是,他对高凉问心无愧,为高凉的繁荣出了力、尽了心,高凉的俚人獠人和汉人会记起他的,这就够了。

冼夫人伏身到冯宝的身上,轻轻地亲了亲他,眼泪静静地从她明亮漆黑的眼睛里流了出来,滴落在冯宝的脸颊上。凉凉的泪水刺激着冯宝最后的一点意识,他感受到爱妻的怀念与痛惜的情感。他最后抖了抖他的眼睫毛,道别爱妻,飘飘荡荡,上了一条新的路,去寻找另一个光明的极乐世界,一个佛的世界。

感觉寺在冼玉挺的主持下,做了声势浩大的法事,高凉三元宫苏玄朗道士为他做了浩大的追荐道场。

高凉郡的百姓听到冯宝太守辞世的消息,自发地聚集起来为他送别。冼夫人把冯宝葬在北甘山山脚下叫花厅的地方,那里有五块巨石形成五星环拱,远处还有北甘山、顿硃山、望瞭山、罡山和王屋山五山环绕,前面对着滔滔漠阳江和大海,后面枕着山脉,道士苏玄朗说那里是龙脉地,可以福佑子孙万代。花厅生长着许多花树果树,其中有冯宝从广州波罗海神庙移来的波罗树,那是梁武帝的舅舅从海外带回的种子种植的,有的说是大戏司空种植,佛家叫优钵昙。

冼夫人抚摩着冯宝亲手种植的波罗树,感慨万分。这树已经开始结果,树干上挂着十几个枕头似的金黄果实,十分有趣。这种波罗树如果不结果,可以在树干上砍它一刀,让它流出白色乳汁似的汁液来,以后就可以结果,一砍一果,十砍十果,当地人叫它刀生果。波罗树无花而果,有的果实还可结在地里,味道更香。冼夫人把一颗巨大的枕头似的金黄色的波罗果放在冯宝的坟墓前的石拜桌上,不禁又眼泪涟涟。冯宝很爱食这波罗果,叫冼夫人睹物思人，禁不住又难过起来。

冼夫人缓步走到像山禾稻谷的大青石下，巨石上已经刻下了两个大字：瑞禾，这是她叫道士苏玄朗镌刻的。她仰望着巨石上的大字，擦干了眼泪。冯宝把瑞禾带给高凉，让这巨大的水稻谷粒永远陪伴在他身旁，与他相伴。生长在另外两块大石上的麻楝树，更加粗壮，几十年过去了，大树还是那么茂盛，人却已经不在了。冼夫人久久地抚摩着粗大的麻楝树干，端详着麻楝树上那繁茂的淡黄色花朵，嗅着馥郁的花香，默默祈祷着："阿宝，你安心长眠在这里吧，我和儿孙会常常来看望你，将来我要来这里陪伴你！你不会孤单的！"

冯宝去世大约在陈武帝永定三年(公元559年)。

欧阳纥举兵反陈　冼夫人明义助友

七月十四的晚上，天空晴朗无云，一轮圆月早早升了起来，几点稀疏的明星点缀在黑蓝色的天幕上，闪闪烁烁，明明灭灭。

高凉城里的井字形街道上，家家户户门板上还贴着过年时换上的荼郁门神，门脚上贴着从道士那里求来的保佑全家平安的符篆：地官赐福天官赐福，家里厅堂里供奉着观音菩萨和关公，门前点燃起香火和油灯，焚烧着黄表纸、各种金银元宝纸钱、写着祖宗姓名的衣物纸扎，燃烧了送给远在另一个虚无缥缈的世界的亲人。火焰蹿动，火苗闪烁，高凉城通火明亮，烟火缭绕，使本来就热的天更热了。七月十五是寺院里的盂兰盆节，高凉人还是按照这里的传统和习惯在前一天晚上烧纸祭祀死去的先人亲人。

几个女孩在街头玩斗草，几个玩挑线线。三四个女孩子坐在家门口地上玩点痞痞，大家都伸出右脚，一个女仔一边用手点着各人的光脚指头，一边唱着："点脚泥鳅，龙蓬初秋，三更落地，骑马龙旗，龙旗飘飘，师公佬闸门口，早也踢，晚也踢，踢上观音菩萨，个人缩一只。"只字点着谁的脚，谁就把脚缩回去。小女仔玩得嘻嘻哈哈。

一群小男仔在月光下玩打陀螺，另一些在玩赛棍，把砍削正两头尖的翘放在地沟上，手拿着一条尺把长的木棍来打那个叫作翘的短棒的尖部，一打，翘就飞了出去，男孩追着，在空中连连击打着，让它飞得更远。等翘落地

岭南圣母：冼夫人

以后,用手中的木棍去丈量,看谁击打得最远。男孩子嘻嘻哈哈,争吵斗嘴,很是热闹。

　　冼夫人带领着冯仆和孙子冯暄、冯盎,在高凉冯家府邸的大门前点起硕大的灯盏,插满香火,香火散发出好闻的檀香,沁人肺脾。这些上好的檀香香,都是从朱崖临高专程运来的。冼夫人和冯仆一边点燃黄表纸,一边喃喃着和冯宝说话。年年的今日,冼夫人都要这样祭祀冯宝。

　　十岁的孙子冯暄和九岁的冯盎,弟兄俩互相追逐着、捕捉着空中明灭闪烁的萤火虫,唱着高凉儿歌:

　　　　排排坐,唱山歌,
　　　　爷打鼓,子打锣,
　　　　饮杯酒,夹块鹅,
　　　　夹了你来我又无。

　　　　月光光,照地堂,
　　　　年卅晚,摘槟榔,
　　　　槟榔香,摘子姜,
　　　　子姜辣,喝米汤,
　　　　米汤甜,上学堂。

　　　　月光光,照池塘,
　　　　骑竹马,过莲塘,
　　　　莲塘水深不可渡,
　　　　拉个小猪趟过塘。

　　他们的两个小妹,坐在青石板砌的高台上,拍手唱:

　　　　你拍一,我拍一,
　　　　一只喜鹊叫喳喳;
　　　　你拍二,我拍二,

二只山雀飞过塘；

你拍三，我拍三，

三只蚂蚱蹦过山；

你拍四，我拍四，

四只蛤蟆满街跳；

你拍五，我拍五，

五只孔雀飞过去；

你拍六，我拍六，

六只黄狗汪汪叫；

你拍七，我拍七，

七只小鸡叫叽叽；

你拍八，我拍八，

八只小鸭叫呀呀；

你拍九，我拍九，

九个女仔学数数；

你拍十，我拍十，

十个阿公在屙屎。

唱完以后，两个小女仔都大笑起来。

冼夫人烧完纸，站立起来，正好听到她们的唱词，笑着说："什么屙屎不屙屎的，多难听。阿婆教你们一句：十个阿婆在织布。"小女仔立刻跟着冼夫人说："十个阿婆在织布。"

"要是你们的阿公在，一定能给你们编个更好的儿歌教你们唱。"头发已经白了大半的冼夫人抚摩着孙女的头发，充满深情地说。

这时，几个首领模样的人捧着黑漆描金的紫檀木盘子走了过来："冼夫人，请接受高凉的结缘。"他们恭敬地把盘子捧上，盘子上放着龙眼和槟榔。

冼夫人急忙让差役接了过来，又回送了自己送给高凉人的龙眼和槟榔。这是每年七月十五的仪式：行结缘礼。

公元 569 年，是陈朝第三个皇帝即位的太建元年。陈武帝陈霸先即位三

年于公元 559 年病逝以后，他兄长的儿子陈蒨即位，为陈文帝，在位 7 年死，陈文帝的儿子伯宗即位，在位不到三年，被陈蒨之弟陈顼废掉，陈顼自立为宣帝，年号太建。在十几年的经营中，陈朝的政权也算巩固，可是各地军阀反叛的事情也还是屡屡发生。江州刺史周迪、缙州刺史史留异、湘州刺史华皎相继谋反，搞得陈朝皇帝忧心如焚。

在岭南广州，位于山麓下的刺史衙门更加气派，广州刺史衙门像皇帝宫殿那样富丽堂皇，像皇帝宫殿那样气派。刺史欧阳頠进广州的第一件大事，便是大兴土木建官府衙门。岭南远离朝廷，基本是独立于中央朝廷的小王国，他这广州刺史就是这小王国的土皇帝，他要在这片独立的土地上营造一个气派的宫殿和都城，让他可以大天白日做他的皇帝梦。

广州城也扩大了许多，修建了新的城墙，刺史衙门也扩大了许多，把南越王的宫殿以及后花园的全部占地扩建成衙门建筑，后花园向后延伸出去，几乎抵达城墙根。

尽管广州远离朝廷，可是朝廷还是知道这里的情况。朝廷对兄弟几个都是刺史的欧阳豪族从来就没有真正放心过，一边采用封官的办法，把欧阳頠的儿子任命为衡州刺史，同时也大睁着一双警惕怀疑的眼睛注视着欧阳頠兄弟父子的一举一动，加上西部冼夫人的严密监视，欧阳頠兄弟父子也没有敢于揭竿而起。

天嘉四年（公元 563 年），欧阳頠死，已经当了衡州刺史的他的儿子欧阳纥接任了他的爵位和广州刺史的职位，从衡州进到他垂涎已久的广州。这时，江州刺史周迪、缙州刺史史留异、湘州刺史华皎相继谋反，欧阳纥原本就不安分的心开始痒痒的，他要实现父亲欧阳頠蓄谋已久的意愿了。

正在欧阳纥蠢蠢欲动的时候，朝廷却抢先动手。欧阳纥接到陈宣帝的诏书，征欧阳纥为左卫将军，赴京都上任，重新任命沈恪为广州刺史。

欧阳纥惊恐极了。离开广州到京，就意味着他要失去一切，意味着他的死期已到。是乖乖到京上任束手待擒？还是马上举旗反叛？欧阳纥起初有些举棋不定。

他的部下都不愿意让他赴京就任，作为生死与共多年的战友，他们离不开欧阳纥的关照，欧阳纥离开，他们也就失去了到手的所有好处和利益，也就意味着他们的荣华富贵到了头。这些结成团伙的政治势力是一损俱损一荣俱荣,他们十分清楚这种关系,谁甘心失去利益呢?

"反了吧!老爷!现在不反,还待何时?"部下纷纷劝说他。

"不能反,老爷。"流寓岭南的太子中舍人袁敬一次又一次劝说着:"按时到京赴任,只不过失去广州的地盘,依然有权在手。如果反了,朝廷势必发兵前来征讨。湘州刺史华皎和南豫州刺史余孝顷,他们不是自恃兵力雄厚,举旗反叛,可结果如何?华皎和余孝顷不是都被擒获斩首了吗?欧阳公是聪明人,千万要以前车为鉴啊!"

"失去岭南,让我在别人的监视下生活,生不如死!我不能背叛我的弟兄!"欧阳纥主意已定。

袁敬摇头叹息着:又一个聪明的脑袋要搬家了。

欧阳纥开始联络广州属下各郡太守,准备反叛。

冼夫人在后院的书房里练习写字,同时监督孙子孙女们学习。教书先生管不了这几个仔女,经常被他们气得走出去找冼夫人告状。特别是冯盎,刁钻古怪,古灵精怪,脑子特别活,计谋特别多,经常搞一些恶作剧,让先生中招儿。

先生正在大书房里给冯暄、冯盎、冯娟、冯媚,以及冼家几个侄孙一起上课。里面传出一阵响亮的诵读声:"子曰——学而时习之——不亦乐乎——?"其中突然蹿出一声古怪的腔调,上扬,曲折,还带着变声,书房里发出哄堂大笑。

"不要捣乱!冯盎!不要捣乱!"先生用戒尺啪啪敲打着桌子,大声呵斥着。

冼夫人放下笔,侧耳倾听着里面的动静。必要时,她要进去给先生撑腰。冯盎天不怕地不怕,只怕阿婆她,只有她说话,他才听。

书房里虽然还有喧哗,却也并不厉害,先生继续讲课。冼夫人又拿起笔,练习写字。

冯仆进来请安。"母亲大人,早晨安详。今天精神可好?"

冼夫人放下笔,安详地微笑着:"今天精神不错,一会回冼家楼去看看。你有什么大事要办?"

冯仆坐到冼夫人对面的椅子上,看着母亲:"我正要禀告母亲大人。我接到广州刺史欧阳纥的命令,让我今天到南海去见他,有要事商量。"

"什么事情,能估出来吗?"冼夫人关心地问。

"能估计到一点,可能是商量目前局势问题。听说朝廷要调动他到京都去,也许是安排部署广州政务。"

冼夫人点头:"有可能。去了以后,要多听多想,不要贸然表态。一定想办法把详细情况及时告诉我。"

冯仆点头答应。

"不管他说事,你都要稳住自己,不要在脸上流露出心里想法。带上几个家人,有事让他们星夜赶回来报告。"冼夫人又吩咐。

南海一所刺史花园别墅里,亭台楼阁,水榭曲廊,假山小湖,垂柳花树,灌木花草,精心修剪,精巧穿插,精心点缀,透着岭南园林特有的玲珑雅致。这是欧阳纥做广州刺史的政绩之一,是欧阳家族庞大产业的一小部分。

冯仆进来的时候,欧阳纥正在宽敞高大凉快的花厅里接见朝廷派来的使者。冯仆只好在厅外等候。

陈宣帝派遣中书侍郎徐俭来劝说欧阳纥。欧阳纥十分傲慢冷淡。

徐俭说:"欧阳刺史大人要三思而行。皇帝陛下希望刺史大人按时入京就职,希望大人不要枉生不轨之心。广州前有'吕嘉之事'①,诚当以远,将军独不见周迪、陈宝应乎! 转祸为福,未为晚也。"

欧阳纥嘿嘿冷笑着:"我不是周迪,更不是陈宝应之流的窝囊小人! 我欧阳纥,宁死也不想受制于人! 我在岭南如鱼得水,广州城里浸透了我们欧阳父子心血,如今却要把我调离广州,这明明是对我的不信任,是调虎离山的老计谋! 我如何肯上当? 要让我俯首帖耳听命于朝廷,除非撤销皇帝诏令,继续留我于广州任职!"

徐俭叹息着:"看来刺史大人主意已定,不可改变了?"

"是的! 这就是我欧阳纥的答复! 你就这样去回复皇帝吧!"欧阳纥嘿

---

① 吕嘉:汉南越国丞相,从赵佗三世为丞相,南越国赵兴时杀赵兴,拥兵另立赵建德为南越王。汉武帝派伏波将军和楼船将军杨仆南下,占领番禺,放火烧城,南越国灭,后在顺德擒获吕嘉。

嘿冷笑着，凛然回答。

徐俭告辞。

"来人！送徐大人！"欧阳纥并不挽留。

看着欧阳纥送走客人，冯仆才被迎进花厅。

"冯太守来了！欢迎！欢迎！"欧阳纥拱手抱拳迎接冯仆，今天他分外客气。看来是有求于我了，冯仆心里想着，一边还礼，嘴里说着："刺史大人客气了。下官来迟，叫刺史大人久等，还请大人海涵！"

欧阳纥上前，与冯仆携手走到座位上。"上茶！"欧阳纥喊。

冯仆啜着香浓的清茶，环视着欧阳纥装潢豪华的花厅，额头上已经沁出密密的汗珠。

"冯大人觉着热了吧？"欧阳纥关心地问："我们到湖边水榭上去，那里凉风习习，凉快着呢。"

冯仆起身与欧阳纥携手，步出花厅，穿过圆门，来到花园。花园里垂柳拂地，小叶紫葳灿烂开放着，红色、黄色芭蕉花盛开，姹紫嫣红，一片热闹景象。

欧阳纥与冯仆坐到水榭上设置的藤椅上，啜着凉茶，享受着湖面上吹来的习习凉风，看着涟漪圈圈的湖水。湖面一角的荷花正翁翁郁郁，碧绿的莲叶上滚动着晶莹的露珠，在阳光下发出耀眼的光。一朵一朵鲜艳荷花亭亭立在荷叶中，有的含苞待放，有的正张开着自己粉红的花瓣，尽情享受着雨后的清新，展露着自己的芳容。

冯仆放下茶杯，小心翼翼地问："不知大人召下官来，为了何事？"

欧阳纥把玩着手中精致的青花瓷茶杯，很随意地说："冯太守令堂大人可是高凉俚人都佬？"

冯仆心下奇怪，不知道欧阳纥突然问起母亲的原因，也只得回答说："家母是高凉俚人首领。"

欧阳纥很关心地问："令堂大人可掌管着俚人军队？"

冯仆点头。

欧阳纥微笑着，很和蔼的样子："最近，北方有几个州发生谋反事件，朝廷征调我京都任将军，我呢，有些舍不得离开岭南，岭南的部属也舍不得我离开。所以，有部属劝我不要听朝廷调遣，留在广州。可是，不听从朝廷调

岭南圣母：冼夫人

417

遣,无异于谋反。因为冯太守在高凉拥有俚人势力,我想听听冯太守的意见。"

冯仆心下惊异:这不是在怂恿我支持他吗?怎么应付他?表示反对?他能轻易放我走吗?表示支持,那不是要反叛朝廷吗?母亲同意吗?

冯仆心里激烈地翻腾着,脸上却还是平静地微笑着:"哦,是这样,是这样。"他嘴上支吾着,又端起茶杯,慢慢地啜饮着,好像在品尝着茶香。"不错,好茶,好茶。真的不错。"冯仆自言自语。

欧阳纥正想继续追问。冯仆突然眉头紧皱,满脸苦楚成一个干核桃,同时轻声哎哟哎哟地呻吟起来。

"冯大人,你怎么啦?"欧阳纥心里生气,却也只好装作关心的样子问。

"路途上饮食不检点,大约食用不洁食物,这肚子突如其来刀绞般疼痛。哎哟,不好,刺史大人,下官可是大不敬了,下官要赶回馆舍去行方便,下官恐怕忍耐不住。"

欧阳纥皱着眉头,急忙送冯仆出门。

冯仆捂着肚子向欧阳纥告辞:"刺史大人,下官惭愧惭愧,没有时间和大人商量正事,倒连累大人关心担忧。过几天等下官恢复体力,再来拜访。下官先告辞了。"他捂肚弯腰,匆匆而去。

欧阳纥皱着眉头,望着他的背影。

冯仆匆匆回到馆驿,急匆匆修书一封给冼夫人。封了口以后,叫过家人:"你赶快送信回高凉,亲手把这信交给冼都佬,千万注意,不要落到他人手里!然后连夜赶回来,把冼都佬的回信带来。不要叫别人,特别是欧阳纥的人看见。现在动身,昼夜赶路,争取明早回到高凉,后日早晨我要看到母亲的回信。你能按时送到,按时赶回来吗?"

"老爷放心,小人是有名的土行孙,保证按时送到按时赶回。"

冼夫人接过家人送来的信,打赏了他以后,让他到厨房去食饭歇息,自己到小书房里去看信。

"母亲大人膝下敬禀者:

儿仆见过欧阳纥刺史,已明刺史之意图。刺史欲说儿参与乱事,儿举棋不定,禀告母亲,为儿定夺。见信后立复。儿仆上。"

原来是这样!冼夫人站了起来,在书房里踱来踱去,思谋着眼前难题。

欧阳纥既然向冯仆显露其谋反野心,便一定要千方百计威逼利诱冯仆参与谋反,冯仆如若不从,他定会毫不犹豫地下毒手以灭口。冯仆凶多吉少!

怎么办?怎么保全儿子的安全?

冼夫人来回走着,紧张地思考着对策。

让他答应欧阳纥的要求?不行!这种事情我冯冼都不能做!冯氏家族三代为官,耿耿忠心,现在怎么能坏了冯家名声?她要亲自出马保护儿子的性命!

冼夫人提笔写信给冯仆。她封好信,叫来家人,嘱咐他火速送到南海冯仆手中。冼夫人立即动身回冼家楼去召集冼家军队,她要确保儿子平安归来。

冯仆在南海馆驿中心如火燎,着急地等待着冼夫人的回信。欧阳纥多次派人询问他的健康,催促他去商讨大事,他推托多次,再推脱下去,只怕引起欧阳纥的怀疑。听说欧阳纥已经召集了另外几个郡的太守,并且得到他们的拥护,正在部署进军衡州。

最好马上离开南海,冯仆想。

冯仆走出馆驿,四下看着,南海郡城不大,馆舍俨然,房屋高大华丽,显示出这里的富庶。这里平畴万里,水道湖泊四通八达,交通便利,桑蚕业发达,水稻一年两熟,是广州最富庶的地区之一。冯仆装作散步观赏风光,慢慢向远处走去,几个兵士模样的人从馆舍周围走了过来。

"郡守大人哪里去?欧阳刺史大人有令,冯大人出门要由我们保护。我们有责任保护大人的安全。"冯仆只好停住脚步,转回来。欧阳纥已经把他监视起来了,他一时无法离开南海。

冯仆无奈,只好又回到馆驿。

这时,家人赶回来,冯仆急忙接过母亲回信,关起房门读着。

"吾儿:

来信悉。吾家忠贞,经今两代,不能惜汝辄负国家。吾儿见信,勿轻举妄动,以拖延候高凉兵前来解救。"

冯仆忐忑的心安宁了。这时,欧阳纥又派人来请冯仆。冯仆换过衣服,随来人去见欧阳纥。欧阳纥的花厅里,已经来了几个郡守,冯仆与他们一一行礼见过,坐到座位上等待欧阳纥。

岭南圣母:冼夫人

欧阳纥精神焕发，走了出来，见过太守，他定定地看着冯仆："冯大人身体可复原？"

冯仆谢过刺史的关心。

欧阳纥转向大家："今日请太守前来，要与大家一起商议进攻衡州之事。各位已经表态，支持本刺史军事行动，但仍需要各位拿出行动来。各郡要出兵出钱，以支援北伐军北上。各位，说说你们的打算，是出钱还是出兵？"

冯仆故作懵懂，他惶惑不安地看着欧阳纥问："刺史老爷北伐，不是等于谋反朝廷吗？谋反朝廷乃十恶不赦之首罪，大人不惧怕吗？若是朝廷龙颜震怒，发兵讨伐岭南，我们如何自保呢？"

欧阳纥不高兴，他脸色阴沉下来，阴郁的目光逼视着冯仆："冯太守这是什么意思？你不是已经表示支持这次行动了吗？你可不要出尔反尔。"

冯仆依然惶惑不安的样子，很胆怯的样子辩解着："下官身体欠佳，一直没有机会与大人商量大事。下官何时有过表示呢？如果大人现在叫我表态，我可是不敢同意参与的。高凉郡并不直接隶属广州，我属高州管辖，在高州刺史没有表态之前，我不敢表态。"

欧阳纥生气了，他猛然一拍面前的桌子，大喝一声："大胆冯仆！你故意刁难本刺史！你明明知道，高州刺史一直没有正式任命，所以高州一直由广州代管，哪里可能有高州刺史表态？你是不是故意与本刺史为难？"

冯仆站起来，镇静地看着欧阳纥，慢慢说："我冯仆一家三代为朝廷命官，一直忠诚于朝廷，这背叛朝廷的事情我是不干的！即使我想答应，我母亲也不会答应！她已经率领兵士，陈兵于高凉通广州通衢，等待我归。要是今天看不到我回去，她将率兵进攻南海，恐怕刺史大人也回不了广州！"

欧阳纥脸色大变，心里慌张起来，不过，他依然控制着自己，让自己尽量镇定下来，装出不相信的样子撇了撇嘴："你不要威吓本官！本将军征南征北，取衡州，进广州，怕一个老太婆不成？"

一个兵士头领进来向他报告，头领附耳向他小声说着："刚才得到从高凉过来的行人报告，说高凉冼夫人率领着俚人军队正向这边开来。"

欧阳纥咬牙，黑着脸，挥手让头领下去，他阴沉地看着冯仆，问："你老娘想干什么？难道想攻打广州不成？"

冯仆笑着摇头："我老娘从来不想进攻别人，她完全是为了自保。如果没有人侵犯她,她决不会去侵犯别人。可是,要是有人侵犯她,她一定要以牙还牙以眼还眼,坚决拼死争斗到底,决不屈服! 她这脾性,西路人没有不知道的,所以,俚獠和官府,都敬佩她,也宾服她。"

"这么说她并不想进攻广州?"欧阳纥还是心怀疑虑地问。

"我可以发誓,只要我平安归去,她不会再前进一步,决不会越过高凉地界。"

欧阳纥看了看冯仆,无可奈何地挥手:"去! 去! 快走吧! 本将军没有你高凉郡的支持,一样可以夺取衡州!"

冯仆向各位太守拱手抱拳:"在下告辞了,请各位多多保重!"

冼夫人在阳春西等待冯仆。见到冯仆安全归来,冼夫人很是高兴。冯仆把欧阳纥的情况向冼夫人详细地说了说。

冼夫人说:"当年我就说朝廷采用收买的办法笼络不了欧阳父子,他们迟早要谋反的。今天果真如此。虽然陈武帝早就不在了,可是这陈家朝廷我还是要维护的。他欧阳纥放了你,我也就不继续前进,我们现在去攻打广州没有多大意义。我想,朝廷一定要发兵来征讨他,等朝廷发兵时,我一定要配合朝廷来消灭这小人。现在,我只把大兵陈列在高凉边界上,防止俚獠首领兴风作浪,以维护我们高凉的安定。"

冼夫人和冯仆部署了军队以后,返回高凉。

罗州刺史宁猛力听说局势动荡,急忙前来拜见冼夫人和冯仆,商量对策。

冼夫人和冯仆把广州的变化原原本本告诉他。宁猛力看着冼夫人,说:"我听从冼都佬的意见,我不会支持欧阳纥,我会尽全力来维护罗州安宁。罗州这些年的安定,是冯刺史当年希望的,我不会让冯刺史失望。"

见宁猛力提到自己的阿公冯融,冯仆很是感动,冼夫人也很感动。她问起宁俊杰的情况:"你叔二还好吧?"

"还好,自从搬到罗州宁峒以后,他是全力建造宁峒住宅,如今的宁峒已经今非昔比,可热闹了,房屋已经变成砖瓦楼房,獠人学校也办了一所,请来几个汉人先生教细佬仔学习"四书""五经"。那里的人也像高凉人一样穿戴了。不过,叔二老了许多,头发已经全白了。"宁猛力叹息一声,补充说。

岭南圣母:冼夫人

"是啊，他比我大十来岁，你看，我的头发也都快全白了。"冼夫人也叹口气："岁月不饶人啊。"

"我那外甥们怎么样?"宁猛力笑着问冯仆。

"他们正在学堂里念书，可调皮啦。"冯仆笑着说："尤其那个老三阿盎，简直是个小马骝(猴子)，谁都管不住他。"

"我去看看他们。叔二很想念他们，给他们带了许多好东西。"

后院里响起蹦跳的脚步。冼夫人笑了："你不用去了，他们放学了。"

说话间，冯暄、冯盎和冼家几个小表兄弟蹦跳着、喊叫着冲进客厅。"真是一群马骝。"冼夫人爱昵地笑着："阿暄、阿盎，快过来见舅父。"冼夫人喊着。

阿暄和阿盎已经看到宁猛力，急忙跑了过来，把他紧紧抱住，喊着："舅父，你好，外公好吗?"

宁猛力把他们紧紧抱在怀里，高兴地说："一年多不见，都长成了后生仔了。让我看看，哪个是阿暄，哪个是阿盎。"宁猛力端详着面前两个个头差不多一样高的外甥，笑着说。

"你是阿暄。"宁猛力抚摩着阿暄的头发，说。

"你是阿盎。"宁猛力抚摩着另一个，他的脸上一脸的顽皮和无赖样子，正嬉皮笑脸地朝他笑。

大家都笑了起来。

"这个阿盎，可是个混世魔王，天不怕地不怕，打跤不要命，谁都怕他。"冼夫人说。

"那好啊，将来能成为带兵打仗的勇敢将军。"宁猛力笑着说："他身上流着汉俚獠三种血脉，肯定是个勇敢的家伙!"

"那我就不是汉俚獠人了?"阿暄见大家都夸奖弟弟，心里气愤起来了，大声抗议着。

"谁说我们阿暄不勇敢了? 阿暄身上，汉人的文气多一些，将来一定是个好文官。"宁猛力急忙赞扬着："你们一文一武，一定能成就大事!"

阿暄和阿盎互相看了一眼，都雄赳赳地做了个十分神气的鬼脸，似乎他们已经成就了大事业似的。

朝廷派出大将军章昭达率兵进攻已经攻下东衡州(今广东始兴)的欧阳纥,徐俭做监军。

这一天,冼夫人正在准备出门到冼家楼,家人报告说,有一个北佬请求见冼夫人。冼夫人对上门求见的人,不管地位身份,不管认识与否,全都要见。

"叫他进来,在门厅等我。"冼夫人吩咐。

冼夫人来到门厅,一个北方打扮的人向她拱手作揖行礼。

"你是从哪里来的?"冼夫人摆手。

"我是建康朝廷皇宫里来的一个内监。"那人看看左右,小声说,从怀里掏出一个晶莹剔透圆润的碧玉交给冼夫人。冼夫人接过来,那是一个龙凤重环佩,是当年她送给陈秀英的家传信物。冼夫人大吃一惊,急忙说:"请跟我来。"

来人随冼夫人进入到内厅,冼夫人让使女上茶,然后屏退所有人,这才小声问:"你是太皇太后派来的?"

内监说:"是的,太皇太后派小人送信给夫人,她怕你不相信,把当年你送的礼物带来。太皇太后说,夫人一见这碧玉,就会相信的。"

冼夫人摩挲着那块雕刻精细的碧玉,叹息了一声:"这是当年我送太皇太后的结婚礼物。多年不见了,她身体可好?"

"还好,只是见老了。"

"公公来有什么事情?"

"小人这里有密信一封,请夫人过目。"

冼夫人认真读着太皇太后来信。原来,朝廷要派沈恪来岭南任刺史,同时发兵征讨欧阳纥,想让冼夫人在必要时协助朝廷和沈恪。

冼夫人抬起头:"公公可知道现在朝廷官兵与欧阳纥的情况?"

内监摇头:"小人不大清楚。我和朝廷委派的监军徐俭一起从京城出发。他到衡州,我来高凉,当时听说各路军队已经过了南岭,估计已经会合东衡州了。"

"公公在高凉多住几日,我会想办法的。"

内监摇头:"多谢夫人好意。我还要很快返回去,宫里事务繁忙,太皇太后那里需要小人伺候。"

岭南圣母：冼夫人

"那好,我也不强留你。请公公禀告太皇太后,高凉民女冼夫人一定全力支持官军和沈恪刺史。沈恪也是我们的老朋友了。"

冼夫人安置好内监,马上叫冯仆前来。冯仆读完太皇太后的密信,抬起头看着母亲:"太皇太后这么信任我们,我们是需要出点力了。母亲,你准备怎么做?"

冼夫人摇头:"我一时还没有主意,叫你来,就是想和你商量商量,看你有什么好办法?"

冯仆想了想:"出兵如何? 我们在高凉边界陈兵五千,是不是调动他们去支援南下官兵?"

冼夫人摇头:"不行,不行。出兵之事断断不可。我们不知道官兵什么时候到达东衡州,无法与之约定,贸然出兵不仅不能帮助他们,反而可能破坏官军作战部署,甚至还会引起官兵误会。我看,出兵不行!"

冯仆蹙起眉头:"那就只能在必要时供给官军一些粮食武器了。要不,我们再召集一次郡守聚会,协调西路各州郡行动,通报官军动态,告诫他们不要参与欧阳纥行动,这也是对官兵的支持,是吧?"

冼夫人点头:"好,先就这么办。"

西路的罗州、双州、交州、朱崖州以及高州几个州的刺史,与其属下各郡太守,都集合到高凉,参加冼夫人召集的聚会。陈朝建立十几年来,一直无力控制岭南西路,西路几个州的刺史和郡守还是当年旧人,自从梁朝末年冼夫人创建西路州郡集会制以来,一直持续到现在。凡是遇到大事,西路州郡便在冼夫人的召集下集合起来,互通情报,共商对策,齐心协力,同舟共济,所以,十几年来,尽管天下不太平,而西路各州郡还能够相对安定平静。

冼夫人在高凉举行聚会时,对前来参加聚会的刺史郡守招待得很是周到,丰盛的宴会叫他们大饱口福,聚会结束,冼夫人还会以冼家名义,出手大方地赠送纪念品,从珍珠、玳瑁,到珊瑚、孔雀毛,甚至还有犀牛角制成的精美器皿,有时也送高凉特产漆器,礼品精美昂贵。所以,每当听说冼夫人召集聚会,西路各州郡官员都踊跃参加。

"各位都佬,辛苦了。"冼夫人在冯仆和几个家将的簇拥下走了进来,向各位拱手抱拳。她按照俚人习惯称呼他们,他们喜欢这种亲切的称呼。

冼夫人穿着一件黑红双色的箭袖俚锦上衣，外罩一件青地缂丝黄花的花缎斗篷，腿上按照俚人习惯缠着绸缎的绑腿，脚上蹬着一双软皮靴子。花白的头发梳拢在头顶，梳了一个时下流行的郁葱髻，簪着金银凤钗、凤簪，插着几朵白玉兰和栀子花，显得干练精神。

冼夫人坐到主位上，两个使女在她身后低垂着眼睛小心地扇着扇子。5月的天气已经十分炎热，冼夫人又穿戴得这么整齐，她的额头已经沁出细密的汗珠。

"今天聚会，商量一个重要事情。想必大家都已听说，广州刺史欧阳纥谋反，攻占了东衡州。而朝廷不能容忍他的谋反，派出大将军章昭达率兵正在进攻东衡州。我们西路是支持欧阳纥呢，还是支持朝廷消灭欧阳纥呢？"

大家七嘴八舌："当然是协助朝廷了，我们都是朝廷官员嘛。"

"干吗支持欧阳纥啊？他对我们有什么好处？"

"管他呢，让朝廷去灭欧阳纥算了，我们何必参与？又不关我们的事。"

大家争持不下。

宁猛力清了清嗓子说："依我看，我们应该支援朝廷。西路虽然以俚獠人居多，但我们诸位食朝廷俸禄多年，朝廷有恩于我们。我们獠人总是说，食谁家饭，报谁家恩，俚獠都知恩图报，应该报恩于朝廷。这些年，虽然朝廷对西路关心不多，可我们俸禄照拿。要是不帮助朝廷，不是也成了欧阳纥般小人，知恩不报了吗？与谋反好像也差不多。你们说是不是？"

大家都点头。

"可是，我们怎么支持朝廷呢？"几个郡守问。

冼夫人摇头："我想，朝廷方面并不需要我们出兵去征讨欧阳纥。朝廷派出的军队足以剿灭欧阳纥。我在高凉边境部署的兵力，只是为了防止欧阳纥向西路转移。朝廷军队和欧阳纥军队，都需要粮草，供给欧阳纥，便是支持他，供给朝廷，便是支援朝廷，你们说，我们向哪一方供应粮草？"

冼夫人灼灼目光环视着在座的官员。"供给朝廷军队！"郡守刺史们异口同声说。

"朝廷新派来的广州刺史是谁？"阳春太守问。

冯仆说："听说是沈恪，是当年陈武帝陈霸先将军最忠心的部下，在罗州和高凉一带住过多年。陈武帝北上前，他送陈武帝皇后回吴兴，在吴兴，为

陈武帝招募了一支精悍的子弟兵,这支部队和陈武帝的军队会合以后,帮助陈武帝打了胜仗。"

"这么说,他对高凉也许会亲近一些。"阳春太守说。

"他认识冼都佬,应该亲近一些。当年,连陈武帝也受过冼都佬的帮助呢。"宁猛力笑着说:"总比从没来过高凉的人做广州刺史要好。欧阳纥虽然也是岭南人,可对我们西路一点也不亲近,除了盘剥我们,就是想方设法压榨我们,连徭役赋税都比始兴征收得多,一点好处不给我们。"

"鸟他奶!"双州刺史骂了一句,引起大家的哄笑。

"这么说,大家同意我的看法了?"冼夫人笑着问。

"同意!这些年西路没有大乱,全靠冼都佬决策正确。冼都佬决策,我们放心!我们还是跟着圣母行动!"宁猛力在大家七嘴八舌的吵嚷声中大声说。

"那好,我们就这么决定下来:朝廷军队进入岭南,西路几个州派一支队伍,送粮草去表示我们的支持和慰问。好,为感谢大家拥戴,冼家还是备薄酒招待!诸位都佬,我们去食饭!"

以徐俭监军、章昭达作主将的朝廷军队很快翻过南岭,来到东衡州始兴。当朝廷整齐的军队下了南岭来到始兴城外时,占据着始兴的欧阳纥吓坏了。官军如同神兵一样突然出现在东衡州,他一点防备都没有。他原打算在东衡州站稳,继续从西路召集一些后援队伍,调集一些粮草,然后翻越南岭北上,可是,西路几个州郡拖延着迟迟没有援军和粮草运来,叫他前后为难。现在官军已经出现在他的面前,他怎么办呢?欧阳纥反复斟酌形势,知道自己不是章昭达对手,当年章昭达平息周迪和陈宝应叛乱,可是威震四方。

欧阳纥放弃东衡州,匆匆逃离始兴,向洭口进发,他率领着队伍集聚在洭口(今广东英德),准备在这里阻挡章昭达。他估计,章昭达要沿水道从始兴乘战舰到洭口。欧阳頠命令部下在洭口的溱水上建造木栅,用竹笼盛沙石,置于水栅外,准备以此阻挡章昭达船只进洭口。

章昭达果然乘船而下。船队在洭口上面被木栅和沙石阻挡,无法前进。章昭达和徐俭一商量,办法有了。章昭达从队伍中寻找出几十个水性好的兵士,命令他们用口衔刀,潜入水底,砍破竹笼。水底的竹笼破散以后,积聚在上游的水流汹涌而下,战舰也随着汹涌的水流冲到木栅前,木栅一下子被汹涌的水流和战舰冲垮,战舰顺利进入浬口。欧阳纥的军队看见势不可当的朝廷军队到了眼前,不战自溃,散了大半。

章昭达命令水军在船上使用最新的武器"拍"来攻打剩余的欧阳纥军队。"拍"是一种利用杠杆原理制造的抛石机,他曾经使用这最新式的武器平定了王琳之乱,侯安都使用它平定了留异和华皎的叛乱。士兵把拍碎放进船雉里,一声令下,"拍"发,一时拍碎纷飞,击中岸上的士兵和营地的防卫工事。岸上立时大乱,剩余的兵勇立刻做了鸟兽散。

章昭达率领军队上岸,直捣欧阳纥的军营,来不及逃跑的欧阳纥束手就擒。徐俭让士兵押送他进京师。皇帝立刻下诏,斩之于闹市,以儆效尤。

平息了欧阳纥叛乱,皇帝派自己的心腹沈恪到广州。沈恪顺利进入广州任刺史。沈恪在广州很快地肃清了欧阳纥的势力,恢复了广州的平静。沈恪任广州刺史一直到太建四年(公元572年)才调离。

新上任的沈恪特意去拜访了冼夫人和冯仆,向他们转达了皇帝和朝廷的谢意和表彰,颁发了皇帝的赏赐,封冯仆为信都侯,转到石龙郡(今广东茂名西)任太守,册封冼夫人石龙太夫人。

岭南圣母：冼夫人

第六章　归顺隋朝

庆佳节太夫人盛世思危　感恩德老祖母传统教孙

陈宣帝太建十三年（公元581年），岁月又流逝了十年。这一年，中国北方在几百年的兴衰废替的混乱之后，北周最后一个皇帝宇文赟被他的岳父杨坚杀死，杨坚入宫总揽大权，废掉小皇帝而自立，国号隋，年号开皇。北方各个小国，统一到隋的天下里。此时的南方，还是陈朝的天下。

石龙太夫人健步走出冯园。儿子冯仆在石龙郡任太守，她留在高凉，有时住在冼家楼，大部分时间住在新建的冯家大宅冯园里。新建的冯家大宅位于那龙村，那是道士苏玄朗亲自为她选取的风水宝地，当年高州刺史衙门选中的龙脉宝地。

冼太夫人走出冯园，两个年轻英武的后生仔跟在她身后，这正是当年两个马骝似的孙子冯暄和冯盎。

冼太夫人的头发已经全白，那双黑不见底的眼睛依然漆黑明亮，灼灼有神。去年她过了七十大寿，看上去并不显老，依然身板挺直，走路虎虎生威，浑身上下透着武将的威武，令人生畏。

"到石龙郡以后，要听你们老都的话。"冼太夫人拉着两个孙儿的手，抚摩着，叮咛着。冯暄和冯盎都已到弱冠年纪，冼太夫人要让他们到他父亲的衙门里去经受些磨炼，他们要去协助父亲冯仆管理士兵，以后回来负责指挥冼家的队伍。

这十年来,冼太夫人过得很平静。陈朝的统治继续维持着,广州的刺史却是走马灯似地换了许多,沈恪之后是宗室陈方泰,陈方泰残暴,被陈宣帝免职以后,换了宗室长沙王陈叔坚,接着是沈恪的儿子沈君理,沈君理像乃父一样,尽心安抚俚獠,广州尚且安宁,可惜两年以后病死广州。接着就是现任的刺史马靖。

现任广州刺史马靖,也很得广州民心。马靖是个武将,他拥有自己的队伍,他的队伍兵精马壮,能征善战。来广州三年多,他不断招兵买马,队伍又扩大了许多。

陈宣帝听说这个情况,开始对马靖产生了怀疑。陈宣帝派遣吏部侍郎萧引来广州视察,名义上说是来收取俚獠贡物,其实不过是来明察暗访,探听调查马靖情况。侍郎萧引来广州收齐贡物以后,就极力敦促马靖派他的儿子押送贡物上京师。马靖明白,这是要用他的儿子去做皇帝人质,来挟制他在广州的行动。为打消皇帝怀疑,马靖立刻派儿子押送贡物上了京师。

听说北方被杨坚统一,成立了隋朝,冼太夫人意识到,南方这陈朝天下恐怕又要起风云。所以,她决定立刻让孙子到石龙郡衙门去协助冯仆,去历练率领队伍的本事,以掌握真正的统领官兵的经验,以防天下风云突变。

冼太夫人站立在大门前,挥手向孙子告别。

陈后主至德二年(公元584年),中秋节快到了。中秋是高凉隆重的节日,高凉城里一片热闹,冯园里一派热闹和喜庆。中秋团圆,冯仆也带着家眷和孙子回来过节。

冯园总管周中建正上上下下忙活着。周中建作为冯宝的长史跟随冯宝多年,冯宝去世,又跟随着冯仆做了多年的长史。年纪大了,不想在官府奔走,冼太夫人就把他收养在自己家里,做了冯家总管。他忠心勤勉,很受冼太夫人的喜欢。

冼太夫人在厅里坐着,等着儿子冯仆率领着家眷归来。

下午时分,冯仆全家归来,拜见冼太夫人以后,各自回到房里换过衣服。大家集中在大厅里饮茶说话。

冯仆摇着大蒲扇,端坐在卧榻上:"母亲大人,可听说最近局势了吗?"

冼太夫人摇头:"我最近不大回冼家楼,没有听说什么。怎么?这局势

岭南圣母:冼夫人

又恶化了？不还是陈后主主持陈朝天下吗？"

冯仆说："是的,还是陈后主。太建十四年(公元582年),陈宣帝死,陈后主陈叔宝即位,为至德年号。今年是至德二年。"

冼太夫人笑了："这我还是知道的,你阿妈还没有老糊涂到不知道什么年的份上。"

坐在冼太夫人旁边为阿婆剥着柚子的冯盎插嘴说："阿婆精明着呢!谁也别想诓她。"

冼太夫人捏了冯盎的鼻子一下："就你话多!马骝仔!"大家都哄堂大笑起来。二十岁的冯盎在冼太夫人的眼里,还是一个长不大的细佬。

冯仆继续说："这陈后主陈叔宝骄淫,喜欢饮酒作诗,即位以后,整日在宫中与张贵妃、孔贵人等八个美人饮酒作乐,美人夹坐左右,文士江总、孔范等十个狎客参与宴会,他让八美人制五言诗,然后让十狎客同时和诗,做得慢的,就罚酒,经常是酣醉无态,横卧竖躺,高呼小叫,君不君,臣不臣,通宵达旦胡闹。他从即位开始就大兴土木,修建扩建宫殿,从不考虑黎民百姓的赋税徭役过重。大臣劝谏他,说北方的隋正虎视眈眈,准备打过江统一天下。他却说,北齐、北周打了多次,怎么样?哪个打过江了?有长江天堑,他放心着呢。你看,这么昏庸的陈后主如何能保住陈朝江山?"

冼太夫人默然。过了许久,她才喃喃地说："可惜了陈武帝的英名,他一生节俭,却要败在奢侈子孙身上。看来,他也逃不过梁武帝的下场,梁武帝信佛,只食素不食荤腥,每餐饭只食一素菜一饭,寒暑都是布衣布被。陈武帝也一样,不用金银玉器,只用瓦盆,一日三餐都很简单,不过四菜一汤。可他们的后代都极端奢侈腐化,终于把大好江山给断送了。没办法,天要下雨娘要嫁人,这改朝换代我们管不了。广州方面咋样?"

"广州方面吗,让阿暄给你讲吧。我讲得有些口干了,我也谗这柚子,让我吃一会。"说着,冯仆端起茶杯饮了几口,从桌子上的黑漆描金果盘里拿起一瓣柚子,慢慢地品尝着。

冯暄咽下最后一口柚子,笑着："还是老都讲吧,我怕讲不好。"

冯仆瞪了他一眼："什么话?成了我的副手,对局势也一清二楚。讲吧,让阿婆看看你长进多少。"

冯盎笑着小声说："没多大长进!"

冼太夫人又拧了他的耳朵一下："马骝仔！少说一句行不行？阿暄，说吧。"

得到阿婆的鼓励，冯暄开始口若悬河地讲了起来："广州局势也不很好。马靖将军把自己的子弟送到京师去做人质，也还是没有打消朝廷对他的疑虑。上个月，陈后主派了宗室陈方庆为仁威将军、广州刺史，率领军队前来广州接马靖的班。朝廷怕陈方庆进不了广州，又任命王勇做超武将军、东衡州刺史、始兴内史，援助陈方庆。他们正会师于东衡州始兴一带，准备进攻马靖呢。"

"哎——！"冼太夫人长长地叹了口气："我们岭南又要大乱了。真是的，这陈朝才三十年，就气数尽了？可惜了陈霸先开创了一份帝业，他的子孙却守不了这份家业！可惜啊，可惜！都是他们不会用人！要是当年给你老都一个高州刺史，也许我们还能帮助稳定稳定广州局势呢。都是那沈恪，对我们俚僚总怀着戒心，不想重用我们冯冼的人！哎！我们多忠心啊，可惜总得不到重用！"

冯仆很吃惊：这种抱怨可是他第一次听到。母亲总是维护朝廷，今天才吐露出她的一些真实想法。

冼太夫人还在唠叨："其实，他陈宣帝要是真心重用我们，把你们老都留在高凉任高州刺史，即使没有那些花哨的册封，我也会尽心尽力去帮助朝廷看着广州，用不着他发兵前来，不至于搞到今天这地步。我估计那马靖一定不会束手就擒，这不又像当年欧阳纥一样了吗？罪过罪过！又要有多少生灵涂炭了！"冼太夫人十分难过，连连叹气，不断摇头。

"阿婆，还听不听我说？"冯暄笑着问。

"你接着说，接着说。"冼太夫人接过冯盎为她剥的另一瓣柚子，一边吃一边说。

"上个月，马靖已经被王勇擒获，被王勇和陈方庆诛灭，他在京师的子弟也都被斩。"

"哎，人家说伴君如伴虎，真是一点都不假。这些人，不管怎么说，都是朝廷臣子，也为朝廷做了许多事情，没有功劳还有苦劳，怎么说杀就杀，真是不讲情面！"冼太夫人忍不住又大发起议论。

"阿婆——你听不听了？"冯暄只好又问。

岭南圣母：冼夫人

"听,听,你说,接着说。"

"那你老人家就不要打断他嘛。"冯仆笑着提醒冼太夫人。冼太夫人不好意思地笑了:"你看,这人老了,就好唠叨不是? 管不住自己的嘴了。好了,不打岔,你接着说。"

"陈后主因为王勇灭马靖有功,授了王勇一个镇南将军,听说又命令他徙往广州镇广州呢。"

"不是任命陈方庆为广州刺史了吗?"冼太夫人放下柚子,扬起眉毛吃惊地问。

"是啊,陈方庆现在在广州做刺史呢。"冯暄微笑着回答。

"那朝廷可是在自找麻烦,自己挑起王勇和陈方庆的争斗。"冼太夫人摇头:"这些皇帝,从来就不会真正相信过任何一个人,连他们的宗室他们的至亲子孙也一样。不信任就不信任吧,为什么要故意挑起几个人之间的争斗呢? 这不是搬起石头砸自己的脚,自己引火烧身吗?"说完,一个劲摇着她白发苍苍的头。

"阿婆这么精明,怎么这点道理就弄不懂啦?"一直没有插嘴的冯盎终于忍耐不住,插嘴说:"这不是明摆着的吗? 只有挑起臣子的互相争斗,才能让他们不至于跟朝廷作对啊。"

"不懂,真的不懂。你们不信,就等着瞧,这王勇一定要想办法把陈方庆赶走,自己占据广州。这不是陈后主搬起石头砸自己的脚吗? 蠢! 真蠢!"

"那陈后主本来就不是个当皇帝的料! 去做文士还差不多,听说他写的诗蛮好,有几首广为流传呢。"冯仆说。

"那有什么用? 皇帝要把朝政治理好才是正业,才是明君,他不务正业,昏庸糊涂,非把陈朝的江山给断送了不行!"冼太夫人愤恨地说:"天下又要乱了。我们还是那个办法,不管天下如何打大乱,也不管广州局势如何变化,我们只维护住这高凉地区的安定!"

"我看难!"冯盎激动地插嘴:"高州现在不属阿婆你控制,新来的刺史戴智烈是王勇的心腹,我们如何能保证高州地区听从我们控制?"

冯仆也摇头:"可不是,如今我远离高凉,在石龙郡能有什么作为呢? 陈宣帝也真是糊涂! 我是土生土长的高凉人,他非把我调离高凉! 现在我们怎么能控制住高凉?"

冼太夫人微笑："船到桥头自然直！到时候，我们会有办法的！总之，高凉一定不能让它乱！"

"阿婆，要是陈后主灭了，我们该怎么办？"冯暄问。

"乌鸦嘴！不许说这么丧气的咒语！陈朝不会灭的！陈霸先会保佑他的子孙！"冼太夫人厉声说。

陈暄吓得伸了伸舌头，不敢再说什么。

城里，小孩子们提着各色各样的灯笼、鱼、蝴蝶、鸟、荷花、白菜、瓜果等到处晃动，灯笼里闪烁着烛光，和天上的萤火虫一样，这里那里闪烁飘荡。高凉的小孩子在街头追逐着嬉笑着，一片热闹与祥和的节日气氛。

冯园里，大家还集中在厅里说话。管家周中建前来，叫大家到后花园去吃晚饭和赏月。

一轮圆月已经露出了北山山头，向大地投射出柔和的银色的月光。高凉城里响起噼噼啪啪的火烧爆竹声，增添了中秋的喜庆。

像往年一样，冯家赏月搞得热闹又隆重。花园中央的小岛上，所有的树上都挂着大小各色灯笼，红的、绿的、黄的、紫的，散发着幽暗的灯光，在月色中闪烁着，显示出各自的形状，有孔雀、鱼龙、花瓣、柚子等圆的、方的、八角的。微风吹来，摇晃着，煞是好看。花园的小湖上，也浮着一些灯盏，满湖闪烁，明灭可见。

湖岸上水榭里已经摆好赏月桌。两张雕刻精细的花梨木方桌并在一起，各种黑漆描金盘里摆放着各色祭月的糕饼瓜果，那些用炒熟的米粉在模子里压出然后又放进泥炉烘熟的米粉饼，是冯家特制的祭月糕饼，每年可以存放很久。有的米粉饼里还放着咸鸭蛋经过晾晒的蛋黄，好像金黄的月亮。这些上面模子印出漂亮的花鸟虫鱼图案的米粉饼，大大小小，叠放在一起，摆得小山似的。黄澄澄的祭月柚子，也叠放成宝塔形状，黄澄澄的香蕉芭蕉，一串一串的，放在几个白色青花瓷大盘中，占据了很大的地方。青铜香炉里，朱崖临高送来的沉香冒着袅袅青烟。

冼太夫人看了桌子，觉得好像少了一件什么东西。她看着冯仆和老管家周中建，问："这里好像少件东西？"

冯仆和周中建对视了一下。周中建拍了一下脑门："看我，可是老糊涂

了！我去拿。"说着急忙吩咐家人去取。不一会，家人抱着一个黑漆描金盒子交给管家。管家正要打开，冼太夫人急忙说："让我来。"周中建把盒子小心地递给冼太夫人。

冼太夫人小心翼翼地把盒子放到供桌上打开，取出一个亮澄澄的青铜壶。冼太夫人小心地擦拭着，深情地抚摸着，把自己的脸颊贴到铜壶上久久不愿挪开。

这是一把青铜壶，它是冯家的传家宝。当年冯融的伯父冯业带着冯融的父亲离开高句丽到岭南时，冯业的父亲把这把珍贵的铜壶交给冯业。以后，冯业又交给了冯融。冯融离开人世交给了冯宝。冯宝去世时亲手交给冼太夫人，让她保管好，以后交给孙子传之后代。冯宝去世后，冼太夫人便把它收藏起来，和那些朝廷赏赐的东西以及各种册封圣旨一起收藏在紫檀木的箱子里，过年过节拿出来，算是全家团圆。上午她取了出来交给管家，谁知管家他人老糊涂居然忘记了。

冼太夫人深情地抚摸着这个侈口、束颈、鼓腹的光滑铮亮的青铜壶。这是一件造于西汉的青铜器皿。冼太夫人抓住肚子两边的首衔环，轻轻地把它提了起来，上下左右端详着。

这是西汉时代最精美的青铜制品，叫金银错铭文铜壶。金银错是在青铜器上刻镂出精细的花纹，然后再把金银丝嵌入，最后用错石打磨抛光，让金银丝和铜体表面平滑一体。

这金银错铭文青铜壶，暗绿色的铜体上闪烁着金黄和银白的亮光，瑰丽堂皇又古色古香，散发着奇谲诡异神秘的光彩。嵌入铜体表面被打磨得与铜面一样光滑平整的金银丝已经和青铜浑然一体，金银错丝组成的菱形、三角形、云形和龙虎动物图案，分别环绕装饰在铜壶的口部边沿、肩部、鼓出的腹中部和足部。颈部及腹的上下各有一周金银丝错的鸟虫篆铭文，共 29 个字，是祈求生活美好、延年益寿的吉祥语。这些字体，不用单线，而采用了双钩法，屈曲的线条纠缠交错，虽为铭文，却又与上下的菱形云纹龙虎动物花纹交融，十分和谐。

冼太夫人深情地抚摸着上面的铭文。

孙子冯盎凑了过来，也抚摸着铭文，问冼太夫人："阿婆，这是什么字？"

冼太夫人不好意思地摇头："忘记了。当年你阿公给我讲过的，可我老是记不住。反正都是一些很好的吉祥语,可以彪炳后世的。"说到这里,冼太夫人的眼睛黯淡下去:"要是你阿公还在,他会一个字一个字教你们读的。他的学问可深了,比你老都强多了。"

见冼太夫人睹物思人,大家也都默然不语。

冼太夫人小心地放下铜壶,把铜壶放置在供桌中间,然后往香炉里上了几支香,朝铜壶拜了拜。冯仆和阿暄阿盎也上了香,祭拜了太公和月亮。

"来,后生仔食芋头糕。"冼太夫人像个活泼的小姑娘,欢快地喊着,把蒸好的糖滑糕和芋头糕分给大家。

冯盎又多嘴多舌:"阿婆,这是细佬仔食的。我们都是后生仔了,不食了吧?"

冼太夫人眼睛一瞪:"马骝仔,你当你有多大啊?食了芋头可以剥疮剥疥,可以不生病。你看高凉有多少细佬长疮生疥啊,都是中秋节不食芋头糕的原因。"

大家都哄笑起来。

冯盎想辩解,冯仆瞪了他一眼,他只好咽回自己想提起当年食了中秋芋头糕还生疮的事情来驳斥阿婆。

"你们两兄弟还像小时候那样去赛月灯吧。我就喜欢这红火和热闹。"冼太夫人对冯暄和冯盎说。

冯暄和冯盎走到水榭前,用瓦片垒成空心宝塔,把干柴放在塔中燃烧,火焰熊熊燃烧着,大家都一起拍手唱起来:"旺火,旺火,旺了冯家和冼家。"

月亮慢慢升到东方的半天,又大又圆,月亮里的嫦娥、吴刚和桂花树都能清清楚楚看见。

"你们父子吹奏一曲吧。"冼太夫人吩咐。

冯仆吹起箫,冯暄弹起琵琶,冯盎弹着筝,他们的妹妹拉起胡琴,父子几人吹奏出欢快的《襄阳踏铜蹄》,这是梁武帝亲自谱曲作词的曲调,当年冯宝很喜欢,经常吹奏,所以他的儿子孙子也都会。

"来一支悠扬婉转的吧。"冼太夫人又吩咐。

父子几人头抵头商量着:《采桑渡》吧。"冯暄提议。他的琵琶弹得很好,是家庭乐队的指挥。"梁简文帝的《乌栖曲》诗说:采桑渡口碍黄河,即今欲渡畏风波。这曲子可悠扬婉转了。"

冼太夫人笑着："这曲子还有点忧伤呢。"

冯盎又取笑："看我阿婆，还很有点诗意呢。她居然能听出曲子的忧伤来。真不简单！"

"怎么？你以为你阿婆就是一个不中用的老太婆啊？告诉你，马骝仔，你阿婆可是一个好学习的人呢。当年跟你阿公学会写字读书，也粗通一些音律，不信，你再弹一首让阿婆听，阿婆能说出曲子名称呢。"

冯盎当下重新调了丝弦，他弹拨了一首北方胡地传进的《西凉乐》。

"这是《西凉乐》，是北方胡地凉州地方小调，北魏太武帝平河西的时候得到的，然后传进中原又来到南方。"冼太夫人不动声色地说："对不对，马骝仔？"

"阿婆，真了不起！"水榭上一片热烈的欢呼声。湖中央的小岛上"扑棱棱"飞出几只黑白的长尾巴喜鹊。

过了中秋，就是九月九重阳日。那时候，重阳是一个很热闹的节日。

冼太夫人坐在藤轿里，穿戴一新，头上簪着菊花，胸前插着茱萸，笑容满面，看着后面几顶车轿，里面乘坐着冯冼两家的孙子、孙女和重孙，十几个没有成年马骝仔，几十个仆从、仆妇、家丁簇拥着。冼太夫人的轿子和队伍从高凉城里出发，出了北门，过了环城河来到郊外。

重阳日以后，是高凉最好的季节，天气不算太热，时时吹着小凉风。天空湛蓝湛蓝的，时时飘过几抹淡云。满眼都是绿、黑绿、墨绿、暗绿，也点缀着浅绿和淡绿，只是少了些油绿，油绿是春天的颜色，所以看起来秋天的绿虽然绿得没有春天那么盎然勃勃有生气，但是依然满眼浓浓的绿。小凉风吹过，也可能飘落几片黄叶。秋天正是岭南开花的季节，菊花黄遍地，缠绕在树上的牵牛花爬满树，形成一棵棵绿色的圆柱、绿色的巨伞，上面开放着紫色的淡蓝色的和粉红色的喇叭状花朵。三叶梅又灿烂地开放了，红的、黄的、玫瑰红的，三瓣叶状花心里高挺着金黄色花蕊，招蜂引蝶。山坡上树林里也还开放着红黄紫白各色草花，甚至还有几簇迟开的紫薇在碧绿的枝叶灿烂的绽放着，更加抢游人的眼睛。许多野果已经成熟，红红的，在枝头摇晃。一些嘴馋的孩子跑进树丛，寻找年子一类小野果。大芭蕉小香蕉挂着宝塔似的果实，向人们炫耀着自己的成熟。

路上行人熙熙攘攘，摩肩接踵，穿戴着新衣服，头上插着菊花，胸前挂着茱萸，手里提着果品香火，小孩子拿着各色纸鸢，喜气洋洋的。青年男女成双成对地并肩而行，中年男女扶老携幼，人们都穿戴一新，大多都已是汉人装束，偶尔的俚獠装束还引来许多人的回头。追求新式样的高凉人已经喜欢汉装。汉装长裳下裙，随风飘荡，那么飘逸，那么好看，自然让高凉人趋之若鹜。孩子们人人拿着风车，迎风跑着，手中的风车飞快地旋转着，叫人眼花缭乱。

冼太夫人哼着俚人小调，颤颤巍巍地随着藤轿的颠簸起伏，满脸满眼的笑。路上人群不断向她打着招呼，她也不断从藤轿里探出头，向行人招手，回答着众人的问好。空旷的平原山上，都已经有了许多放纸鸢的人。天空中飘荡着各色五颜六色的各色纸鸢。放纸鸢的人拉紧手中的线绳，控制着天空中摇曳的纸鸢。蝴蝶、蜜蜂、孔雀、鸢鹞、百足虫、龙虎、瓜果，还有各色站立的仙女，都在空中飞翔，软翅的纸鹞忽闪着翅膀，硬翅的纸鹞平稳翱翔，串类的百足巨龙摇摆着，互相争抢着飘上高空。去年冯家争夺头魁的灵芝纸鹞，今年更是多人模仿制作，天上翻飞着许多延年益寿的吉祥的仙草"灵芝"。几个顽童跑着喊着，拉着自己糊的蝌蚪，可那些拖着长尾巴的蝌蚪总是头重脚轻，摇摇晃晃，好不容易升了起来，又一头从空中扎了下来，引起人们的哄笑。

"冼都佬来了！"看见冼太夫人的轿子和家人，放纸鹞人们喊了起来，都围拢过来。

轿夫急忙停住脚步，冯暄和冯盎上前搀扶着冼太夫人下了轿。管家周中建上前去搀扶她，她摆摆手，快步走到放纸鸢的人群里，像个小姑娘似的拍手喊叫欢呼着，指点着天空中的纸鹞，评点着。周中建急忙让家人拿着藤椅跟了上去。

冯暄和冯盎指挥着家人开始摆弄他们制作的纸鹞。他们把百足虫和巨龙展放在绿草地上，黑红黄绿四色组成的两个纸鹞都有十丈多长。冯冼两家今年制作了两条巨型纸鹞，一个极长的百足虫纸鹞，一个巨龙。他们年年推陈出新，以新的纸鹞替代旧的。这也推动了高凉纸鹞的变化。高凉的纸鹞种类多样。在高凉城里，还出现了专门制造纸鹞的师傅和作坊。

冯暄指挥着放百足纸鹞，冯盎指挥着放巨龙纸鹞。几十个家丁小心翼

翼地托起纸鹞,十几个家丁放线。"开始!"冯暄一声令下,放线的家丁飞快地跑了起来,几十个托纸鹞的家丁也一起跑了起来。鲜艳的百足虫纸鹞和巨龙纸鹞慢慢离开人们的头顶,飘飘荡荡的,慢慢向空中飘了起来。终于,百足虫全部飘上半空,在半空蓝天的映照下,摇曳地飘荡。巨龙更是威武,飘上天空以后,血盆大口一开一合,火红的舌头一伸一缩,在空中张牙舞爪,活脱脱是一条神气活现的长龙在蓝天下飞舞。

人们都被空中这鲜艳的巨龙和百足吸引住了。

"哇!真靓啊!"

"真大啊!""真长啊!"

"到底是冼太夫人的纸鹞,不一般!"

人们纷纷议论着。

"可不是嘛,这纸鹞原本就是冼太夫人平李迁仕时,从官兵那里学来做联络和传书用的嘛。"一个白胡子老人拄着拐杖,对自己儿孙说古。

冼太夫人微微一笑。是的,从那年平李迁仕学会制作纸鹞以来,高凉已经把放纸鹞当作重阳日一个重要活动。看着高凉人这么喜欢这活动,她心里有说不出的高兴,这也算是她对高凉的一个贡献吧。

"阿婆,我们上山去观看吧。"冯暄和冯盎过来。

"好吧。"冼太夫人说。冯暄向轿夫招手,轿夫抬着轿子跑了过来。

山坡野地里一片欢呼声,惊动远处观看放纸鹞的一个人。这是一个身材高大的人,三十多岁的年纪,三绺黑髯飘在胸前,浑身上下布衣打扮,举止却流露出一派斯文与气度不凡。

这是刚来高凉上任不久的高州刺史戴智烈。因为是新任广州刺史陈方庆智从北方带来的官吏,他对高凉很陌生,来高凉上任几个月,还是两眼一抹黑。

今天,趁着重阳日,他走出官府来到民间,想更深入地了解一下高凉。

可是,他发现太难了。高凉人凭他的长相和说话,就立即断定他是新来的外乡人,断定他是新来的官人。他走过去,人们便自动散开。他张口与人说话,可他一口朝廷官话,大部分人听不懂,当地人说的高凉汉话,他也听不懂。好在封建社会的官吏好当,不用接近百姓,只要坐在官府里发号施令就可以了。

他走了过来，冼太夫人正要抬脚上轿，他抱拳作揖："老夫人，请问这纸鹞可是你府上的？"戴智烈用官话问。

"是的。这是我冯冼家放的纸鹞。可有什么问题？"冼太夫人放下脚，看着这说官话的陌生人。

"这纸鹞太靓了，下官实在太喜欢了，所以前来冒昧地询问。"

"公子是？"冼太夫人游移地问。

"下官是高州刺史戴智烈。老夫人可是石龙太夫人冼都佬？"戴智烈小心地询问着。

原来还算知道我。冼太夫人心里想：上任这么久，不见上门拜访，还以为他目中无人呢！冼太夫人微微冷笑了一下："原来是刺史戴大人，不知对老太婆有何教诲？"

戴智烈急忙作揖赔礼："太夫人不要责怪下官。下官从北方来，实在不懂高凉言语，何况又是刚刚接任，公务实在繁多，没有专程上门拜访太夫人，实在罪该万死！"

冼太夫人颔首微笑："既然刺史如此诚恳赔罪，老太婆也不怪罪大人了！走，和我们一起上山，去看看高凉如何过重阳，也算是与民同乐吧。先夫在世，经常参加各村峒的开耕节和各种节日呢。"冼太夫人说着，径自上了自己的轿子。

戴智烈也招手，叫来自己的小轿，跟着冼太夫人上望瞭山。

望瞭山头上，是一片茂盛的银杏树林。其中十几棵几百年将近千年的银杏树，十几丈高，三丈多粗，五个人合抱都搂不住。银杏长着心脏形状的叶子，十分美丽好看。碧绿的枝叶里，正结着繁茂的银杏果，果实已经接近成熟，淡绿的果肉，上面泛出淡红。一串串，一簇簇，挂在枝头。

高凉俚人很喜欢银杏，不少人喜欢用银杏治病，有的用银杏树叶泡水喝，有的用银杏树皮煮水洗浴，治疗疮疥癣、皮肤病。银杏果核是人们饭后的干果，炒熟以后香脆好吃。

冼太夫人最喜欢这片银杏树林，特地命令不许人砍伐它，这里银杏林高低错落，有几百年的老树，也有落地的银杏果刚刚萌生出来的小树和树苗。

岭南圣母：冼夫人

冼太夫人的登高瞭望棚就搭建在那棵最大最高树龄最长的雄银杏树下。一亩地大的大树荫里,几乎透不进阳光,地上没有洒落下斑驳的太阳光影,浓荫遮蔽了明媚还散发着热量的太阳光。冼太夫人可以舒服地在棚子里高台上坐着躺着,饮着菊花酒,吃着果品,欣赏高凉这热闹的节日,欣赏全城各色纸鹞。

"给刺史大人准备高坐!"冼太夫人命令下人。冯暄和冯盎都过来见过刺史,冼太夫人向他做了介绍。

管家和下人为刺史摆上果品茶酒,冼太夫人举杯:"戴大人,今天是重阳,让我们饮菊花酒来庆贺。"大家都一饮而尽。

"戴大人来高凉,不知有什么宏图大志啊?"冼太夫人把果品推到戴智烈面前,请他品尝,一边问。

戴智烈拣了一枚小果,放在嘴里嚼,一边说:"宏图大志谈不上,蒙朝廷任命,蒙广州刺史陈方庆仁威将军信任,下官自会勤谨勉力,尽自己所能,为高凉出力。只是初来乍到,还望得到太夫人和冯仆太守的鼎立襄助才好。"

冼太夫人点头:"这是自然的。我家受朝廷恩宠两代,自当为官府效力。只是我不大明白眼下局势,不知北方局势如何?"

戴智烈沉吟了一下,觉得还是对这德高望重的太夫人实话实说的好。他叹了口气:"下官不敢相瞒,这局势不大明朗,北方的隋皇帝杨坚正在向长江进发,陈朝江山真的有些岌岌可危。"

"刺史大人有什么打算呢?"冼太夫人进一步问。

戴智烈摇头:"走一步看一步吧,现时尚无任何谋算。"

冼太夫人正色,说:"我不管你有什么打算,高凉要继续维持稳定局面。我希望刺史大人任何时候不要搞乱高凉。要是高凉发生混乱,俚獠首领不会放过你! 希望戴大人记住我的话,我说话可是认真的!"

戴智烈频频点头:"下官记住了,记住了。"

冼太夫人指着山下放纸鹞的热闹欢笑的人群:"你看,高凉经过几十年的安定,庶民也算过上像样日子,他们也不会容忍任何人来破坏!"

戴智烈只是点头称是。

"你再看,"冼太夫人站起来,指点住远处绿树掩映下的高凉城。高凉城城墙高大宽阔结实,环卫着城里鳞次栉比的房屋,城墙下一条白色的护城河在阳光下闪烁着银光,泛着涟漪。城墙四角的四个阁楼,飞檐斗拱,雄伟壮观,城墙上来回走动着荷枪的哨兵。"这么安详的城,要是乱起来,一夜之间就灰飞烟灭,什么也没有了。你知道,造反第一件事就是放火,这城要是一烧,又得多少年才能重建起来啊。"冼太夫人叹息着说。"当年那么漂亮个阿房宫,被烧得什么也没有了。高凉可禁不起这么折腾啊。"

戴智烈急急点头。

山下纸鹞漫天飞舞。这是一个祥和的节日。

隋陈纷争岭南地盘　圣母力保高凉平安

冼太夫人正在佛堂打坐,管家周中建进来报告:"冼都佬,刺史戴智烈要求见太夫人。"

冼太夫人睁开眼睛:"有什么事情吗?"

周中建摇头:"不知道。只是说事情紧急,一定要尽早见都佬。"

"那好吧,在左厅里见。传阿暄和阿盎一起来。"冼太夫人慢慢从蒲草团上站了起来。她现在既吃斋念佛,也参拜太上老君,真正响应了当时佛道一家亲的风尚。

管家引着高州刺史戴智烈进入左厅等待冼太夫人。厅里到处摆放着的贝壳吸引了他的注意。

这厅是冯暄的贝壳收藏室,墙壁上桌子上,柜子里,到处都摆放着各种贝壳。这些贝壳熠熠生辉,闪烁着珍珠般的五颜六色。这些贝壳都是冯暄让他的舅舅冼玉丹和家人在崖州各地为他收集的。只要他自己出海去崖州,他也会亲自去渔民那里收集。最大的有几尺,最小的只有半寸。有些光滑,有些有着美丽的图案和皱折,有的圆,有的尖如宝塔。他最喜欢美丽的龙宫螺贝,还有那可以当号吹的大型南风螺。螺壳上闪烁的五彩光辉,总叫他着迷。每逢听说哪里有一种稀奇的螺壳,他总要想尽办法把它搞到手。冼太夫人总责备他玩物丧志,预言说他要为螺壳坏事。可是他总不以为然。

戴智烈兴致勃勃地看着各种螺壳,他从没见过这么多种的螺壳。

冼太夫人和两个孙子走进大厅。戴智烈急忙从座位上站立起来,抱拳作揖:"高州刺史戴智烈拜见石龙太夫人。"

冼太夫人抬手："坐下吧,戴刺史。上茶!"冼太夫人坐到主位上:"戴刺史屈尊寒舍,不知有何事见教啊?"

"不敢,不敢。下官今天接到新任广州刺史王勇将军的密令,要求下官率领5000骑到广州迎接原刺史陈方庆,命令与陈方庆组成联军去支援京师。我特地来通报太夫人一声。下官恐怕离开高凉以后,造成高州衙门空虚,所以想请太夫人协助高州官府以稳定高凉局势。"

冼太夫人看看孙子冯暄和冯盎,说:"他们弟兄统领着冼家兵丁,这是可以做到的。不知戴刺史是不是还有秘密任务?"

戴智烈摇头摆手。

冼太夫人仔细地看着戴智烈的眼睛,摇头:"恐怕不是为了联军支援建康,而是另有所图。刺史大人不愿意如实相告?"

戴智烈一头汗水。

目前形式复杂有多变,叫他左右为难。陈方庆是陈后主亲自委任的,如今却又委任个超武将军、东衡州刺史、始兴内史王勇来广州上任,叫他戴智烈不知道该听谁的好。陈后主因为王勇援助陈方庆擒拿了马靖有功,同时又害怕陈方庆作为宗室割据岭南,就任命王勇迁徙广州做广州刺史,以替代陈方庆。但是,陈方庆据守广州,并不准备相让,王勇一时也进不了广州。前不久,听说隋军渡江,陈后主诏授王勇总督衡广二十四州军事,让他进京援助京师。王勇趁机要求戴智烈和其他附近各州,各将5000骑往广州迎陈方庆,让他们组成联军去支援建康。其实,王勇是想以此逼迫陈方庆让出广州。

戴智烈很清楚王勇的诡计。但是他左右为难。他原本是陈方庆带来的人,如今新刺史王勇却命令他去攻打旧刺史。不去?那将违抗新刺史命令,开罪于王勇。王勇目前领衡广二十四州军事,他敢违抗吗?去?却又于心不忍。左右为难之际,他想起冼太夫人。来冼太夫人这里,一方面争取她的支持,另一方面给自己留一条退路。

戴智烈决定把实情告诉冼太夫人。"是这样,太夫人。因为军机秘密,所以下官不敢透露,只是太夫人有朝廷册封,自不必隐瞒。朝廷那边隋军进逼,东衡州刺史、超武将军王勇被任命为广州刺史,领衡广二十四州军事,他让下官率领5000骑到广州,名义是迎陈方庆组联军,实则是让下官擒拿陈方庆,然后迎接他王勇进广州。太夫人,你看,下官不敢不去,去了以后,又不知道前途如何,左右为难。所以想请太夫人指点迷津。"

冼太夫人看着戴智烈,她判断戴智烈说的都是实情。"确实为难了你。"冼太夫人颔首。"你们有什么建议给戴刺史?"冼太夫人转过头,看着孙子问。孙子摇头。

"你到广州,这高州如何处理?"冼太夫人问。

"这正是我来请教的原因,太夫人德高望重,在高凉很有民望,下官希望太夫人出面暂时替我主持高州事务,等我从广州归来再交付与我。我担心一离开高凉,高凉马上会乱的。"

"你不怕我趁机占领高州?再也不归还高州于你?"冼太夫人哈哈笑着问,十分顽皮的样子看着戴智烈。

戴智烈苦笑着:"太夫人可真会说笑话。下官早就知道太夫人赤胆忠心光明磊落,那鼠偷狗窃,鼠辈小人行为,太夫人尚且不齿于说,何况于行?下官何怕之有!"

冼太夫人点头:"难得你这么信任我一个老太婆!既然刺史大人抬爱,又是为我高凉家园的安宁,这个忙我是要帮的!刺史大人尽管放心去,我不会让高凉动乱。我和我的孙子会维护高凉的稳定。"冼太夫人斩钉截铁地说:"我看,刺史大人只能服从。官大一级压死人,你敢不去?你不去,他王勇一怒之下,发兵来讨,可要给高凉带来更大灾难。所以,你只能服从命令。军令不同儿戏,不能不服从。至于这高州,你可以放心,我和我的孙子会帮你安定的,这里不会发生任何混乱。"

戴智烈站了起来,深深地作揖到地:"感谢太夫人支持,下官这就放心了。下官这就告辞,军命在身,不敢耽搁。"

戴智烈正要走出大厅,迎面进来两个人。

冼太夫人看见儿子冯仆和罗州刺史宁猛力来,高兴地站了起来招呼着:"阿仆,阿力,你们怎么回来了?"

戴智烈并不认识石龙郡太守冯仆和宁猛力,他已经匆匆走出大厅。

"戴大人,请留步。"冼太夫人在后面高声说。戴智烈停住脚步。冼太夫人说:"戴刺史,请稍停片刻,我给你介绍这两个人。"戴智烈返进大厅,宁猛

岭南圣母：冼夫人

443

力冯仆与他见礼。

"这是我们高州刚上任不久的刺史戴智烈戴大人。这两位是罗州刺史宁猛力宁大人和我的儿子石龙郡太守冯仆。"冼太夫人为他们介绍。

戴智烈急忙抱拳作揖再拜："幸会两位大人，真乃下官福分。今日前来贵府，便是叨扰太夫人的。"

宁猛力说："我们前来，也是有要事与太夫人商量。"

戴智烈急忙问："可是与眼下局势有关？"

宁猛力点头。

戴智烈说："不知可否让下官一听？"

宁猛力看看冯仆，又看看冼太夫人。冼太夫人点头。宁猛力说："大人但听无妨。"

冼太夫人请大家入座，宁猛力说："我们在罗州得到密报，说京师已被隋军攻下，隋朝皇帝杨坚已发韦洸军队南下，正准备翻越南岭。我和太守回来商量对策。"

冯仆接着补充："听说一些俚獠首领已在蠢蠢欲动，想趁乱闹事，攻占一些郡县。南海的一些首领已经闻风而动了。我和宁刺史担心西路局势，赶回来和母亲商量对策。"

冼太夫人站了起来，习惯性地用手拢了拢鬓角的头发。冯仆发现，母亲的头发已经稀疏了许多。他的心头一紧：母亲马上就要过八十大寿了。

冼太夫人皱着眉头，走了几步，转过身，看着宁猛力说："我刚才已经对戴大人说过，不管朝廷那面局势发生什么变化，高凉和西路不能乱。不能让几个小人把我们几十年努力才创造出来的好日子给破坏了。戴大人不日就要领命到广州去迎接新刺史王勇来，这广州的大乱看来是不可避免。不过，我还是那老话，广州我们管不了，你自管服从王勇的调遣，但是这高凉，你一定要保证不发生混乱。所以，你走了以后，高州局势就由我来控制。等你归来，你继续做你的刺史。至于西路其他州郡，我们一定想办法也维持稳定。宁刺史，你看采用什么办法好？"

宁猛力说："我觉得当年我们在梁陈交际的混乱时期采用联合一致的办法很好。所以，我还主张，西路几个州，包括高州、罗州、双州、南合州，加上崖州，再联合起来，推举共同的首领，采用一致行动，抵抗各种入侵和暴乱。

这样，不至于给人可乘之机。"

戴智烈拍掌："这确实是个好办法，我赞成。我也同意加入这联盟。"

宁猛力说："现在除了南合州的刺史暂时没有联络以外，其他几个州都已经表态参加西路联盟。"

冼太夫人看着冯仆："阿仆，你的意见呢？"

冯仆说："我当然同意。局势这么险峻，不如此难以维持地方安宁，也许会两面受敌，既要遭受隋军袭击，又会遭受叛乱骚扰，一个州势单力薄，难以抗拒如此强大的军队。我同意宁刺史的看法。"

"你们准备推举谁做共同首领呢？"戴智烈问。

宁猛力犹豫了一下："暂时还没考虑好，想先召开联席会以后再做决定。"他看了看冯仆。冯仆点头。

戴智烈很激昂地说："我有个建议，不知该不该说？"

宁猛力说："戴大人只管说，一切都在商量中，只要能确保西路几州安全，没有什么不能说的。"

"我觉得石龙太夫人德高望重，信义服人，她老人家若是担当此任，可以团结几州人心。如果推举他人，恐怕难以让众人宾服。万一出现貌合神离，或者阳奉阴违，就难以保障西路安稳。不知宁大人以为然否？"

宁猛力点头："这也是我的意思。只是冯太守担心太夫人年事高，担心太夫人过于操劳影响健康。我们也犹豫着。"

"其他州是否同意下官之意见？"戴智烈问。

"崖州是太夫人娘家哥哥和侄子掌管，拥戴冼太夫人毫无疑问。双州刺史曾表示同意，他那里势力更弱，若不结成联盟，恐怕更抵挡不住叛乱势力。只有南合州刺史是新任的北人，没有联系上。"宁猛力说。

"五州中已有罗州、高州、双州、崖州四州同意，下官之见，不如我等便以五州名义，恭请太夫人担当此任，如何？"戴智烈真心实意地向宁猛力建议。

冼太夫人坐回自己座位，呵呵地笑着："我老了，不能像三十年前那样了，我看，你们还是另请高明吧。"

宁猛力站了起来，走到冼太夫人面前，抱拳作揖鞠躬："太夫人，冼都佬，这事非你莫属，你老看，我们哪个具有你老的威望？若是互不宾服，在联席议会上争执起来，闹得不欢而散，不光联盟搞不成，反而先乱了自己，大家分

岭南圣母：冼夫人

道扬镳,这西路和高凉的稳定就竹篮打水一场空了。你老能忍心吗?"

戴智烈也走到冼太夫人面前,一揖到地:"太夫人识大体顾大局,眼下局势险恶,容不得太夫人推三阻四,若延误时机,隋军打进岭南,大势已去,悔之晚矣。"

冼太夫人犹豫地看了看冯仆。冯仆无可奈何摇头劝说着:"母亲大人,眼下只好勉为其难了。"

冼太夫人又看了看一直不说话的冯暄和冯盎弟兄,冯暄急忙点头表示支持。冯盎说:"阿婆,你就答应吧。你老人家只要答应挂帅,其他事情都交与我们弟兄办,我们两兄弟愿做你老的马前卒,会保护你老人家的。"

大家都笑了起来。

冼太夫人转着眼睛,摇了摇头:"看来老太婆已别无选择,只有答应了。为我高凉和西路安宁,老太婆答应出任这首领职务,也许还能号令众人。"

宁猛力笑了:"不是也许,而是一定能号令起众人!西路人谁不敬佩冼都佬啊?说冼都佬放话,我敢说,要人有人,要粮有粮,俚獠首领俯首帖耳,叫往东不敢往西!"

冼太夫人呵呵地笑了起来:"看阿力说的!我哪里有那么大的威力啊!俚人首领还算听话罢了。"

戴智烈想了想,看着宁猛力,征询说:"下官以为,为更好号令西路,最好给太夫人以响亮封号。"

"对,是个好主意。"冯盎朗声说。

"什么封号不封号的,搞那些名堂干什么哟?我不还是我吗?"冼太夫人笑眯眯地嘟囔说。

"有个响亮封号更容易号令百姓。我看,是该有个封号。"宁猛力背着手,走来走去,苦苦思索着。"都佬?太旧了,好像只是个俚獠首领。有一个更文雅一些的封号才好。"他自言自语。

"岭南圣母如何?"戴智烈又建议:"下官好像听人这么称赞太夫人。"

"太好了!岭南圣母!又文雅又响亮又好听!比都佬好听得多!"冯暄和冯盎异口同声说。

"那好,就这么叫!圣母冼都佬,什么时候宣布呢?"宁猛力顽皮地笑着问。

冼太夫人捏了捏宁猛力的鼻子："马骝仔!"大家都笑了起来。冼太夫人又说:"我看,还是先召集各州郡来协议商讨过,再宣布的好。"

"母亲说得对,还是先行商讨的好。不久便是太夫人八十大寿寿辰,我看,不如借给太夫人做寿的名义召集各州郡,不来的也不勉强,等大家商议通过,再打出岭南圣母旗号。名正言顺,诸位宾服,以后便可以圣母名义号令西路。"

"我同意。"戴智烈马上表示拥护。

十一月二十四日,是冼太夫人的诞辰,大家决定,在这一天借着给冼太夫人过寿,召集西路各州郡集会。

这一日,西路几个州的刺史与十几个郡县太守、县令都集中到高凉,连崖州刺史冼玉丹和冼挺也都率领着他们的子孙,带领着崖州所属郡县的官员,包括当年归附冼太夫人的十几个俚獠首领,携带着丰厚的寿礼,前来给冼太夫人祝寿。

寿礼摆放了一厅,大厅硕大的青铜熏炉里点燃着崖州最好的沉香,冒着袅袅青烟,把大厅熏得喷喷香。

冯暄和冯盎搀扶着冼太夫人走进寿堂。冼太夫人穿着锦缎大红缂丝团花寿字衣,头上簪着赤金凤钗,别着大红的绢花、几朵红色栀子和白玉兰,散发着阵阵清香,一步三摇地走了进来。冼太夫人脖子上挂着俚人的珊瑚、珍珠、玳瑁串子,手腕上戴着碧玉镯和赤金钏,拄着崖州进献的沉香龙头拐杖。

全体宾客都站了起来,给冼太夫人行礼。童颜鹤发的冼太夫人满脸满眼都是笑,大声说:"同喜同喜! 同贺同贺! 有劳诸位前来,十分感谢。"冼太夫人吩咐冯暄和冯盎向来客每人发一包红色赏封作为感谢。

客套礼仪之后,冼太夫人朗朗地说:"今日请大家前来,除了儿孙为我祝贺寿辰之外,还有重要事情和大家商量。眼下局势危机,隋朝已派上柱国韦洸将军进军岭南,但是广州新任刺史王勇将军还在忙着对付旧刺史陈方庆,岭南岌岌可危,战乱就在眼前,西路和高凉一带的安定怕是要遭破坏。今日召集大家,就是想同大家商讨维持西路安定的办法。当年多亏西路郡县联盟,才安定住各州郡。眼下,我想,只有恢复这联盟,才能抵抗入侵,保证安定。"

宁猛力第一个响应："冼都佬的提议正是我们罗州各郡县的想法，罗州各郡县全力拥护支持。"

崖州现任刺史冼挺接着表示热烈响应。高州所属阳春、恩平等郡，早就得到戴智烈的一切听从冼太夫人的指示，也热烈响应着。于是，崖州和罗州下属各郡县太守和县令争抢着表态，支持赞同自己上司的意见，场面很是热烈。

双州刺史和属下的几个郡县太守县令商量了一下，也表示支持。只有南合州来的几个郡没有表态。他们的刺史是新任命不久的北佬，也和戴智烈一样率领着军队到广州去了，他们一时不好表态。他们互相看着，小声议论着。

宁猛力看着南合州的几个太守和县令，问："你们同意不同意？"

几个太守和县令支吾着。

宁猛力急了："你们能不能痛快一些，说个响亮话？要是不同意，也没有人勉强你们，只是你们那里要是发生变故，可得不到我们援助。孰轻孰重，你们自己掂量着办。"

几个郡县太守和县令又头对头商量起来。北佬刺史不知能不能平安归来，万一发生变故，南合州几个郡的安定还得靠他们自己来维持，失去邻近郡县援助，势单力孤，他们无法平息骚乱。何况，南合州的齐康郡历来与高凉、崖州关系密切，应该与他们保持亲密接触，保持行动一致。经过商量，齐康郡太守站起来代表大家表态："我们齐康等几个郡同意参加西路联盟。"

"好！"冼太夫人挥手："既然是联盟，还要推举一个大家宾服的首领，否则这联盟无法指挥，发挥不了作用。"

宁猛力大声说："我提议，让冼都佬出任首领。当年这联盟维持了高凉安定，如今也只有太夫人能够胜任这职务。大家说，同意不同意？"

"同意！"大家齐声喊了起来。

"大家信任我，我也不推辞！为西路的稳定和安定，我当仁不让，担当起这首领职务，带领大家维护地方稳定，坚决不让隋军入侵！也不让一些衰仔趁机捣乱！有些衰仔会趁局势大乱来抢夺财物，强占地盘，杀人放火，打家劫舍，十分可恶！"

"对！打出岭南圣母大旗，听从岭南圣母号令！你们说得不得？"宁猛力高声喊。

"得！同意！"大家又齐声喊了起来。

"还有，俚獠信神敬鬼，为使百姓敬畏太夫人，我们要让太夫人穿上最隆重的衣服，张起锦伞，把太夫人打扮成圣母，到处宣传圣母威力。你们看行不行？"鬼点子多的宁猛力又想出一个花招。

大家都齐声高喊："得！得！"

太夫人摇头微笑着："装神弄鬼，怕是神厌鬼憎啊！"

冯盎急忙劝说："阿婆，不过是为更好安定俚獠嘛！俚獠从古以来敬鬼神、畏鬼神，只有装神弄鬼才能让他们真正敬服。阿婆出行，要张起锦伞，打起圣母大纛，俚獠百姓肯定十分敬畏，这威力也就有了，也许还省了武力呢。"

"上酒！歃血为盟！"冼太夫人豪爽地说。"来人！"冯暄挥手喊来家丁，家丁抱来酒坛，使女拿来酒碗，一个家丁抱着一个灿烂毛色的大雄鸡，冯盎割断它的脖子，把热血滴进酒坛，给各位倒了一碗鲜红的血酒。

"来！让我们饮胜！"大家喊着，扬起脖子灌下了血酒。

听后主劝遣孙率众归附　定岭南一顺天应时从命

南海樵山，是个风景如画的地方，不高的山岭上，覆盖着茂密的热带森林。山涧小平原上，坐落着一个很大的村峒，青砖青瓦的干栏式楼房，组成几进几院的院落。干栏楼房吸收了中原地方的建筑风格，屋檐上翘，屋脊上站立着麒麟、鹿、马和各种吉祥野兽。

这里是陈佛智的村峒，几十年前，他从阳春搬到这里安家落户。如今也是白发苍苍的陈佛智，拄着龙头拐杖，走出他的卧室，来到院子中间。院子里阳光明媚，让四月的连阴天有了灿烂和喜悦。

陈佛智晃动着满头白发，在院子里慢慢踱步，让明媚的太阳光晒去连日阴雨而渗入皮肤的潮气和霉气，同时监督着家人在各个门口给天官地官烧香。门口的地脚上贴着红纸黄纸，上面写着天官赐福、地官赐福的字样，还画着一些符，门板上贴着荼郁二门神。

一个中年人走进院子："老都好。"他拱手行礼。

岭南圣母：冼夫人

"阿仲，有什么事吗？"陈佛智问。

被叫作阿仲的中年人是陈佛智的女婿，他的接班人。当年在与冼太夫人的争斗中马失前蹄的陈佛智，被冼太夫人挫败了他争霸高凉一方的野心后，不久就搬离阳春来到南海与番禺交界的樵山下居住下来，至今也已将近二十年了。作为南海的獠人首领，虽然一直没有进入官府，他的家业在这二十年里有了很大发展。几十年工夫，成了远近闻名的豪族，拥有相当多的俚獠家丁兵勇。他的几个儿子都没有大出息，他把管理家族的权力给了自己的女婿王仲宣。王仲宣是个颇有心机的人，上过学，一口官话说得十分流利和地道，善于与官府交往，很得历届广州刺史的欢心。

王仲宣生得浓眉大眼，像大多数岭南獠人一样，高耸的眉骨和浓眉几乎遮掩了那双大眼睛，高颧骨，狮子鼻，黧黑皮肤，处处都显示出他岭南獠人特征。

"老都，刚得到广州刺史陈方庆的密令，让我率领着我们的 5000 家兵去广州抵御隋军。"王仲宣走过来搀扶着陈佛智，大声说。

"什么？隋军进了岭南？"陈佛智大惊失色，扬起眉毛，看着王仲宣。

王仲宣笑了："老都，不必惊慌。隋军还没进到岭南，只听说隋军的上柱国韦洸刚刚打到南康，在南康受到豫章太守徐镫的阻击，他一个月两个月都无法越过南岭。"

"那刺史为什么要调我们的家兵去抵抗隋军？"陈佛智感到奇怪。

"老都，你坐下，听我慢慢说给你。"他喊家人搬来藤圈椅，扶着陈佛智坐下，自己也在他对面的小竹凳上坐下，才慢条斯理地给他讲了起来："这是陈朝内部狗咬狗的事。陈后主害怕陈方庆在岭南拥兵自立，就派了个叫王勇的将军来替代陈方庆做广州刺史，而且给了这王勇总领衡广二十四州军事的大权。王勇征调岭南多个州的军队到广州，名义上是和陈方庆组成联军共同抵抗隋军，其实是要撵陈方庆出广州。这陈方庆当然不愿意拱手相让，他就征调我们的家兵去帮助他对付王勇征调的各州官军。老都，你看，事情就是这样，我来和你商量，我们去不去？"

陈佛智挠着头皮，已经很稀疏的椎发勉强簪着银簪，却也摇摇晃晃。"你的看法呢？"陈佛智反问王仲宣。

王仲宣摇头："我一时拿不定主意。我不想和周围几个州的官兵作战，可是又害怕陈方庆,万一他继续占据广州,我们没有听他的调遣,不是要倒霉吗?"

"你看他还能不能在广州待下去?"

"说不准,也许能,也许不能,都玄乎。"王仲宣游移地说。

"你今天说话,怎么就像放屁。什么叫也许能,也许不能?模棱两可,怎么做决断?你要放个响屁,告诉我,根据目前局势,他陈方庆能不能占住广州?"

王仲宣尴尬地挠着脖颈,张口结舌,一时说不出话来。

陈佛智拍着他的头:"阿仲,姜是老的辣。我说,这陈方庆根本无法在广州待了,他迟早要滚出广州,不是王勇把他撵走,而是隋军把他们俩都撵走。陈霸先的陈家天下已经完蛋了,你还看不到这一点?陈霸先当年差点杀了我,还是冼太夫人饶了我。这冼太夫人还是很仁义的。"陈佛智眼光有些迷蒙起来,他陷入对往事的回忆中。

"那老都你的意思是,我们出不出兵呢?"看见陈佛智走神,勾引了回忆往事的闸门,他可要等待多时了,王仲宣急忙插嘴打断他的回忆。

"噢——噢——"陈佛智从往事的回忆里转了回来,眼睛落在王仲宣的脸上:"你说什么?"他一时迷瞪起来。

"我在问老都,你说我们出不出兵?"王仲宣只好又重复一遍。

"你可真是猪脑子!这么明显的局势,你还要问我出不出兵?出兵干什么?去找死不成?去给陈方庆做替死鬼不成?不出兵!你拖延着他!他很快就抵抗不住要撤离广州了。我们这里坐山观虎斗,看局势发展,如果岭南大乱,我们也可以趁机在乱中吞并几个郡县,发展发展我们的势力。你说呢?"陈佛智得意地笑着问。

"老都果真是一块老姜,辣得很呢!"王仲宣哈哈大笑着:"小婿就听老都的话,我们在家里等着看局势变化发展!"

"不是让你整日坐在家里等!你还要四处走动走动,去联络拉拢周围一些俚獠首领,像高要、东官、新宁那些俚獠村峒,平素与我们有些来往的,都要走动走动,等将来起事的时候,争取他们的响应。"陈佛智语重心长地教诲着他的接班人。

"对,对,老都的想法很英明,我这就准备照着做。对,老都,高凉那里我

岭南圣母:冼夫人

们要不要去走动走动、笼络笼络？"

陈佛智摇头："冼太夫人那里恐怕难以笼络成功，西路州郡结成同盟，行动一致。而且，她历来不喜欢我。"

"我还是想去试试。去年我结识了冼太夫人的大孙子冯暄，他和我一样都喜欢收集螺壳，他听说我有许多稀奇的螺壳，早就说想来看看，让我送他一些。可是，我一直没有时间邀请他来。这次，就以邀请他来看我的螺壳为名和他联络联络，也许今后有用处的。"王仲宣故作神秘地小声说。

"不错，有心机。"陈佛智亲热地拍着女婿的头："就这么办吧，多一个朋友多一条路，也许有用的。"

冼太夫人在盟誓之后，就组成了联军，由各郡出兵5000，让冯暄统帅，驻扎在高凉进行训练。

又是端午节，高凉在漠阳江举行小规模的龙舟赛。主要由各郡兵士参加。

王仲宣借着来高凉看龙舟赛的名义，带着几个人来到高凉。他上门请求见冯暄。冯暄听说南海王仲宣来，十分热情地把他迎到自己家里。

"冯公子，这是我送你的螺壳。"王仲宣把一只极大的螺壳送给冯暄。这是一只极珍贵的很少见的南海深处采到的螺壳。

"哇，这么靓的螺壳啊！"冯暄高兴地喊着，竟然像小孩子一样欣喜若狂。

"阿婆，你看，这螺壳多靓啊！"冯暄把螺壳捧到冼太夫人面前，让冼太夫人欣赏。

"可是，你还没有把客人介绍给我呢。"冼太夫人慈祥地笑着，略带责备地说。

"这是南海的獠人首领王仲宣。"冯暄急忙把王仲宣介绍给冼太夫人。

"冼都佬，你老人家好啊。"王仲宣抱拳作揖。

"阿婆，你看他送我的这个螺壳，多好看！"冯暄迫不及待地炫耀螺壳。这确实是一个十分罕见的螺壳，通体粉红透明晶莹，上面点缀着天然的黄黑色黄纹，像一个宝塔一样，一层一层的，一共5层相叠。下面的底盘一尺左右，上面塔尖圆润，放置在桌面上，闪烁着五彩光芒，从不同的角度看，都有不同的色彩和花纹出现。冯暄爱不释手。

冼太夫人笑着对王仲宣说:"看我这孙子,这么大的后生仔,还像个细佬仔一样,喜欢玩些螺壳。"

王仲宣急忙说:"螺壳确实太靓了,谁都喜欢呢。我比冯公子年长许多,一样喜欢这玩意,我搜集了许多,今天特意来和冯公子交换着玩玩。"

冼太夫人摇头:"那就请王都佬去阿暄那小厅里看吧,那里全是螺壳。"

"好,阿婆,我和王都佬去看我的螺壳了。"冯暄高兴地领着王仲宣到他的厅里去。

"这马骝仔!"冼太夫人摇头微笑着骂。她并不知道王仲宣与陈佛智的关系。

冯盎带着一个信使来见冼太夫人。"阿婆,他说是从北方来的信使,有重要书信当面亲自交给你。"

冼太夫人说:"当真? 从哪里来的?"

信使跪下拜见冼太夫人,双手捧上一封书信:"这是陈后主陈叔宝给高凉石龙太夫人的书函,请太夫人过目。"

"哦? 陈后主的书函?"冼太夫人一下子站了起来:"他没有被隋军俘获?"

信使回答:"他已经被隋晋王杨广俘获。这是晋王杨广让他写的书函。"

冼太夫人长叹了一声,失望沮丧地坐回座位,自言自语:"我还以为陈朝有希望呢。这下是全完了。"

冯盎代冼太夫人接过书函,交给冼太夫人:"阿婆,你读一读吧,看陈后主有什么话对你说?"

冼太夫人木然地接过书函,抽出信纸,低声读了起来:

"石龙太夫人亲启:不肖废帝叔宝腆为陈武帝后,无颜告太夫人,不肖废帝叔宝无能,致使先帝蒙羞。今陈朝已灭,天下归隋,隋主文帝宽宏大量,谋略过人,天下归附,四方定一,实属幸事。太夫人德高望重,俚獠宾服,若说服岭南归顺,可保岭南一方平安。幸甚! 幸甚! 已废陈主叔宝绝笔。"

冼太夫人吃惊地抬起头:"这函是真还是假啊?"

信使说:"这里还有信物交给太夫人,请太夫人过目。"信使掏出一把精致的犀牛角雕刻的犀杖和一只陈朝皇帝调集军队的兵符,双手捧着给了冼

岭南圣母:冼夫人

太夫人。

冼太夫人看到这雕刻的犀杖，一阵眩晕，摇晃着瘫倒在椅子上。冯盎急忙喊着："来人！来人！"总管周中建和老仆妇春香都跑了出来。总管喊来家庭郎中，给冼太夫人掐人中，用黄酒灌服了急救丹散。冼太夫人长长出了一口气，慢慢睁开了眼睛。她抬起手，又看了看手中的信纸，突然像小孩子一样号啕大哭起来。

"陈武帝啊，你的心血白费了！"冼太夫人号啕着诉说。大家这才明白冼太夫人是替灭亡了的陈朝哭丧。

"命令全家，从现在开始，大小上下全部服丧二十七天。全部斋饭，为陈朝居丧！"冼太夫人号哭着说。管家立刻传令，准备白沓、白麻、白葛孝衣。

冼太夫人还是低头哀哀地痛哭着。陈朝统治三十一年间，冯宝和冼太夫人一直服从陈朝的统治，尽心尽力维护着陈朝的统一。一朝灭亡，她感到刻骨铭心的痛苦。

小厅里，冯暄和王仲宣一边赏玩着各种螺壳，一边融洽地闲聊着。王仲宣有意把话题引导到目前局势上。

"要是陈朝亡了，你们高凉如何打算？有没有打算独立，恢复俚僚古国？"王仲宣试探着问。

冯暄笑了："都佬尽说笑话，这陈朝未必就能亡。你看，陈后主已经命令东衡州刺史王勇将军领衡广二十四州军事，已经组成联军北上去抵抗隋军了。谁胜谁负还没有见分晓呢。你怎么说这么丧气的话？何况，都佬不是不知道，我们冯家历来是朝廷命官，我可不是俚僚。"

王仲宣尴尬地拍着脑门："你看我，我总是把你们冯家看作俚人，皆因你阿婆是俚人都佬的缘故。"

冯暄也不以为意，随便说："可不是，大家经常这么认为，总把我们冯家人看作俚人。真是的！"

王仲宣继续试探着："你们高凉成立了联盟，可是为了打隋军的？"

冯暄摇头："我们只是为保护高凉和西路地区的安定，没有准备打隋军。不过，我阿婆拥护陈朝，你是知道的，她受过朝廷册封。你呢？都佬你是拥护陈朝还是隋军？"冯暄突然问。

王仲宣摇头："我是獠人都佬，和你不一样，我只想维护獠人利益。官府只要不欺压俚獠，我就拥护官府，如果他欺压俚獠，我就不拥护他，眼下还没什么主张，要等局势进一步明朗再说。反正我们在南海有些势力，官府也还怕我们，不大敢太欺压。你同情我们獠人吗？"王仲宣把玩着一个漂亮的南风螺，抬起漆黑的抠眼睛，问冯暄。

冯暄笑着说："我虽然是汉人，可也还有俚獠血统。我阿婆是俚人，我母亲是獠人。所以我也同情俚獠。"。

"你将来可不要带领人来打我啊。"王仲宣笑着说。

"那怎么会呢？我们都是一家人嘛。"冯暄拍着王仲宣的肩膀。

"有你这句话，我就放心了！"王仲宣也拍着冯暄的肩膀，二人哈哈大笑起来。

"你听，大厅里好像有哭声？"王仲宣突然停住笑声，侧耳倾听着，说。

冯暄也侧耳听了一会："是的，是哭声。我们去看看。"冯暄和王仲宣急忙跑了出来。

"出了什么事？阿婆为什么大哭？"冯暄慌乱地询问弟弟冯盎。

冯盎只说了一句："陈朝彻底灭亡了。"就哽咽着说不下去。

王仲宣听到这句话，心里一愣：岳父陈佛智果然料事如神。他们的机会到了。他急忙对冯暄说："冯公子，府上有事，我不叨扰了。"他告别了冯暄，连夜赶回南海，去和陈佛智部署大事。

冼太夫人痛哭了一天，水米不沾，把全家都急坏了。好在总管周中建担心冼太夫人身体，怕她受不了这打击，当时就派人去石龙报告冯仆。冯仆连夜出发，第二天清早赶了回来。媳妇孙子众人围拢在冼太夫人的床前，看见冯仆回来，才安心一些。

冯仆跪在冼太夫人的床前，流着眼泪，劝说着："母亲，你不要这样，你要把大家都急死了。你知道，眼下这局势需要你，高凉需要你，周围这些郡县州都需要你，你要是有个三长两短，我们高凉可怎么办啊？"

说到这里，他自己竟有忍耐不住，号啕大哭起来。一时间，媳妇、孙子、家人、仆妇，全都号啕大哭。

冼太夫人终于翻转过身，从玉石枕头上抬起头，对冯仆说："看你，这是

来劝我的,还是来勾引我伤心的?"

冯仆不好意思地笑着:"还不是看见母亲这样心里着急,一时忍耐不住?你还说我呢,都是母亲大人惹的祸!"冯仆哽咽着,就势撒起娇来。

冼太夫人终于撑持不住,"扑哧"笑了出来。

大家都长长出了一口气,这心才算落了地。

"母亲,饮碗粥吧,你老人家已经一天一夜水米不沾了。"冯仆从仆妇手中接过镂空青花瓷碗,对母亲说。

"阿婆,食了吧。"冯暄说。

"阿婆,食粥吧。"冯盎说。

大家你一言我一语轮流规劝着。

冼太夫人这才抬手示意媳妇搀扶她坐起来,媳妇急忙搀扶起她,冯仆用羹匙一下一下地喂着她。饮了几口,冼太夫人说:"算了吧,还是让我自己食,这么喂着,我心里着急,食不舒坦。"大家都笑了。看着冼太夫人食了一碗莲子皮蛋瘦肉粥,大家的心才算落了地。

冯仆又连说带劝,叫冼太夫人饮了一碗参茸鸡汤。

冼太夫人看着冯仆,沉痛地说:"陈朝是彻底亡了。"说到这里,眼圈又红了,眼泪又扑簌簌地落了下来。

冯仆急忙说:"这陈朝亡,也是天意和定数,我们哭也无法把它哭回来。隋朝的晋王让陈后主写信来告诉陈朝灭亡,母亲大人你准备怎么办? 我看,这是我们当紧要做出决定的事情。"

"可也是。"冼太夫人点头,擦去眼泪:"我们要立即做出决定! 阿暄,阿盎,你们过来,其他人,你们都去歇息吧,也累了你们一天啦。"冼太夫人挥手,其他人急忙退了出去。

"现在隋军到了哪里?"冼太夫人问冯暄。

冯暄说:"听探子来报,说隋军的韦洸还被阻在岭北的南康。"

冼太夫人沉思着。

冯盎突然说:"阿婆,现在正是乱世,乱世可是出英雄的时候,我们高凉拥有这么多的兵力,何不趁机自己独立出来呢? 干吗要去支持什么隋军啊!"

"放屁! 马骝仔! 不许你胡说! 以后再胡呲这一类屁话,小心我敲你脑袋！我家从你太祖冯融起，就是朝廷命官，如今已经三代，怎么能干这种不忠不义的事？我们生是朝廷的人，死是朝廷的鬼！脱离朝廷的事情我们决不能干！记住了没有？"

"记住了，阿婆。我不过随便说说，我在外面听到这些议论。"

"不管别人议论什么，也不管别人干什么，我们冯家和冼家都不能脱离朝廷搞独立！这是我们的定性，决不能动摇！"冼太夫人坚决地说。

"这么说，阿婆打算出兵去援助隋军了？"冯暄急忙问。

"是的，我看应该出兵去援助隋军，帮助那个叫韦什么的将军进岭南。"

冯暄嘟囔着："阿婆连他的名字都叫不全，帮他做什么啊？"

"不得无理！"冯仆小声呵斥着。

"你看，我们让谁领兵去？"冼太夫人问冯仆。

"让阿暄去吧，锻炼锻炼。"冯仆看着冯暄说。

冼太夫人看着冯暄："这马骝仔，我有些不放心。"

冯暄笑着："阿婆，你就放心吧，孙儿已经成人，带兵打仗的事也该做一做了。要不在你老人家的眼里，我们永远都是马骝仔！"

冯盎也极力怂恿："对，让大哥当主帅，我当副帅，我们两兄弟一定能把那个韦什么将军迎接到广州！"

冼太夫人看见孙儿调皮地模仿她，笑着捏了冯盎的鼻子一下："说你们是马骝仔，你们还不服气。看，还不是马骝仔的脾性？"大家都笑了起来。

"我这就去召集各地首领调集军队。"冯暄说。

冯暄立即在高凉和联盟的州郡里召集了一支五千人的队伍，做了一面极大的红色纛旗，用金银线绣着岭南圣母冼字，又特意制作了十面特大铜鼓，还模仿崖州俚人的做法，制造十面特大铜锣，每面鼓和锣配备五个打手，经过专门训练，敲打得非常和谐响亮。这一天，出发的队伍，最前面打着大纛，十辆牛车上装载着铜鼓和铜锣和打手，大纛旗迎风招展着，铜鼓和铜锣整齐而响亮地敲打着，大张旗鼓开拔了。

岭南圣母冼都佬的队伍北上迎接隋军了！人们呼喊着，传播着这惊人的消息。消息像一阵飓风，立即在岭南传向四面八方。

冯暄选派了几十个人，让他们化装成两伙过岭北上贩卖粮食的商贾，日夜兼程向大庾岭赶去。一路上，他们散布着岭南圣母冼都佬皈依隋朝，正在

发兵大庾岭去迎接隋军进岭南的消息，他们走到哪里，这消息就传到哪里。

两小队商贩一前一后来到大庾岭崎头城，守城兵士拦住了他们，告诉他们，岭北山下是隋军队伍，正在翻越山岭，兵士们劝他们不要继续北上。一队商贩好像很害怕，迟疑不决地逗留在上头。另外一伙好像并不害怕，很快下山继续北上。他们是怀揣着冼太夫人写给隋文帝同意归附信笺的信使，一定要赶路进京，同时也是去向隋军将军报告岭南冯暄正在迎接他们过岭的消息，要他们立刻打上山来翻越大庾岭，准备与岭南圣母的队伍会合。

不想继续下山的商贩们苦着脸对士兵说："我们也不敢返回去了，岭南山脚是打着岭南圣母大旗的军队，正在滚滚向大庾岭扑来，也许这一两天就上得山来。"

守卫不敢迟疑，急忙带他们去见统帅王勇。王勇急忙问："他们是哪里的兵？是不是哪个州前来援助作战的军队？"

"不是啊。"商贩们纷纷喊着："他们打着岭南圣母冼都佬的纛旗，说是北上来迎接隋军的！"

"啊？"王勇大惊，急忙问："你们看到岭南前来援助我的军队了吗？"

商贩又纷纷喊着："看到几支。不过，有好几个州的队伍拖拖拉拉慢吞吞地走着，走上十里八里就停下来歇息歇息，好几支已经被冼都佬的队伍赶上来打垮打散了。我们一路上还没有看到援军上山！"

将士们都变了脸色。

"我们前后受敌了。"

"广州回不去了。"

"大庾岭守不住了！"

将士惊慌失措，互相窃窃私语，消息立刻传遍山头崎头城的每一处。

黑夜来临的时候，士兵在商贩的策动下，偷偷下山，一下子逃跑了许多。

早晨，阳光照亮崎头城的时候，崎头城里却是一片混乱，有些士兵正用绳子从城墙上往下坠。城墙上王勇挥舞着大刀愤怒地喊叫着，砍翻了几个被拽了上来和追回来的士兵。

那边的守备又匆匆前来报告说，住营里的士兵已经偷跑了一多半。

王勇大声咒骂着："他奶奶的！给我追回来！都追回来！"

正在这时，城头哨兵大声喊了起来："隋军上岭了！"

王勇一看,可不是,北山几条崎岖蜿蜒的小路上,密密麻麻地爬着穿隋朝服装的士兵。

王勇长叹了一口气:"完了!"瘫倒在城墙上。

这时,隋军中一个将军模样的人站到一块大树后面的一块黄色大石头上,用手拢成喇叭状大声喊着:"投降吧!隋军占领了南康!陈朝灭亡了!"

一个将军又向城头的城墙上射来一封书函,兵士们把它交给王勇。王勇打开。这是韦洸写给他的,函上说,陈朝后主业已降隋,将军若识时务以降,隋主文帝诺,将军仍镇广州,为广刺史!

王勇长叹一声:"既然陈后主都已经投降,我们做臣子的还在这里抗拒干什么?开城!迎接隋军过岭!"王勇挥手命令。

韦洸率领的隋军浩浩荡荡开过岭南,实现了隋朝对中国的统一。

这是隋开皇九年(公元589年)的十月。

支援广州除叛乱　囚禁冯暄罚亲孙

在院子里散步的陈佛智见王仲宣走进院门,就急忙向他招手:"快过来。我正着急着呢,怕你耽搁着回不来。"

"老都,什么事情?"王仲宣走到陈佛智面前。

"探子从广州回来说,高州刺史戴智烈已经带兵进了广州,陈方庆不愿交出广州,与戴智烈交战,被戴智烈打败杀死了。另外,新刺史王勇也要召见我们,听说准备让我们配合他出兵大庾岭去抗拒隋军呢。"

"当时幸亏没有急着服从陈方庆。要不,我们可惨了。"王仲宣嗫着牙花,感叹地说:"姜是老的辣,真不假。老都,幸亏有你给拿主意。"

陈佛智得意地大声笑了起来:"是啊。是啊。老人家食的盐比你们后生仔食的米都多,自然有定性的了,要不怎么说,不听老人言,吃亏在眼前呢。"

王仲宣撇了撇嘴:"瞧你老,说你肥你就喘了起来,把你能的。咋就不说你那些走麦城的事了?"

"你马骝仔倒嘲笑起你老都了?"陈佛智笑骂着,举起龙头拐杖朝王仲宣头上打去。王仲宣闪身躲开到一边:"你老要是没有事,我就走了。"

"怎么没有事?刚才说的大事还没有商议呢。你跟我到小厅去,让我们

岭南圣母：冼夫人

好好商量商量。这可是大事。"陈佛智颤巍巍地走回长廊,进入小厅。

王仲宣急忙跟了去。

陈佛智斜倚到卧榻上,王仲宣急忙上来给他递了个藤编的长靠枕。

"你看,要不要跟王勇出兵打隋军?"陈佛智看着王仲宣问。

王仲宣反问:"老都你的看法呢?"

陈佛智皱着眉头:"我看这新刺史得罪不起,怎么说,他也要在广州呆他一年两年,你不听从他的召唤,他将来能不报复我们?官员各个都心狠手辣,又小肚鸡肠,得罪不起的!我看,还是集合一点兵力跟他到大庾岭去抗击隋军吧。"

王仲宣摇头:"老都,这次你这老姜可不如我。我赶回来,就是要告诉你,我在高凉得到确切消息,陈朝已经完蛋了,连陈后主都亲口承认现在是隋朝的天下,他亲自写书函规劝冼都佬归附隋朝。既然这样,我们还跟着王勇干什么?他这广州刺史怕是做不成了!"

陈佛智急忙坐了起来:"你这消息当真?陈霸先的天下果真完了?"他惊喜地问。他对陈霸先没有一点好感,一直盼着陈朝早日完蛋。

"当然是真的啦,冼都佬哭得和泪人似的。"王仲宣笑着说。

"既然这样,我们确实要重新考虑我们的策略了。跟他王勇上大庾岭,自然要与隋军为敌,将来万一隋军打过大庾岭,进了广州,做了广州刺史,我们不惨了?"陈佛智忧心忡忡地看着王仲宣:"你脑子活络,快想个万全之策啊。"

王仲宣笑着安慰陈佛智:"你老人家不要着急嘛,我这就是回来和你商议万全之策的。我觉得你过去说的办法不妨试它一试。"

"什么办法?"陈佛智瞪大眼睛盯着王仲宣,目光里满是迷惘和疑问。

瞧这老东西,居然全忘了!王仲宣心里骂道,嘴上却说:"老都不是说我们应该趁乱起事吗?现在可是最乱的时候,正是獠人坐广州的时候了!"王仲宣神气地挥舞着拳头,吐沫星子四溅地说。

陈佛智点头:"可不是,我说过,我说过。年轻的时候,我一直和官府斗,就是想争夺獠人天下,可是终究斗不过官府,胳膊拧不过大腿。你小子有这野心,我支持。让我看看,现在是不是好时机。"

"当然是最好的时机喽,你老人家看,陈方庆刚死,王勇要上大庾岭,戴

岭南圣母:冼夫人

智烈等各州刺史和他们的兵将,也正开赴大庾岭去和王勇汇合。这广州正空虚着呢。隋军还在大庾岭北,过不来。现在谁管广州啊?我们趁机占领广州,打着替新刺史王勇照管广州的旗号,等在广州站住脚跟,再打出我们自己的大旗,一定不费吹灰之力,不用折损兵卒,就可以把广州夺回我们手中。你说,这是不是千载难逢的好时机啊?"

陈佛智频频点头:"可也是,可也是。照你这么说,你准备马上出兵广州?"

王仲宣摇头:"我还要拖延几天。我要先修书给王勇,说军队暂时没准备齐全,需要晚一些北上。我要拖延到戴智烈等各州刺史全都离开广州北上以后,再修书给王勇,告诉他广州局势不稳,不能把兵力都抽调北上。我提出替他守卫广州,在广州迎接他胜利归来。那时,他就是不同意,也没有办法,鞭长莫及,不能调兵遣将来讨伐我,只好听任我安排了。至于以后,他要是能回来,我也不会拱手让出广州。何况我看他根本不可能胜利归来,他很可能要被隋军消灭。不过,我只是担心高凉冼都佬可能出兵援助隋军,帮隋军来攻打我。"

"这不可能吧?冼都佬很忠于陈朝,她和陈霸先关系不一般,她不会帮助隋军的。"陈佛智把头摇得拨浪鼓似的。

"没有什么不可能。她冼都佬当年虽然和陈霸先关系不一般,可是陈朝并没有给冯冼多少好处。她老公冯宝不还是个太守,也没有晋升为刺史,她儿子冯仆不也只是个太守,还调到石龙郡去,连高凉都不给他。这不是明摆着的吗,调出去削弱冯冼在高凉的势力。她冼都佬那么聪明明白个人,会看不到这一点?看到这一点,她冼都佬会不介意?我不相信。"

"你搞不懂冼太夫人那老太婆。"陈佛智摇头:"她不是你说的那种人,她从来是维护朝廷利益的,她从来觉得自己是朝廷命官,不能背叛朝廷。"

"要是这样的话,她就更要援助隋军了。因为陈朝已经亡了,而且陈后主又亲自书函给她,劝她归附,她一定会听从的。不信,我们走着瞧!"王仲宣直着脖子和陈佛智辩论。

"要是这样,确实要三思后行,不能贸然表明态度。万一估计错,会招来大祸。陈家好不容易熬到今天光景,可不能就这么一下子就完了。"

"是啊,依我的办法就是万全之策,让他们谁也拿不准我们的真实想

岭南圣母:冼夫人

461

法。"王仲宣得意洋洋地梗着脖子。

"好！就依你！"陈佛智用力拍打着卧榻,断然说。

陈佛智在大厅里等待王仲宣。王仲宣这几日忙着招募队伍,一直没有见到他,今天一定要找他来听听报告。

王仲宣兴冲冲地一路小跑进来。

"瞧你高兴成什么样子？队伍召集起来了？"陈佛智看见女婿进来,端起茶碗,慢吞吞地用碗盖拨弄着茶叶,眼光看着茶碗,慢吞吞地说。当年他自己就是这么急躁的马骝仔性,所以经常坏事,他要磨炼女婿王仲宣具有大将风度,遇事沉稳,不急不躁,从容不迫。

王仲宣大声说："哎呀,老都,你怎么还在这里磨蹭啊？队伍已经集合起来,等着你老去训话呢。训话之后,我们就要出发去占领广州了！"

陈佛智慢吞吞地放下茶碗,抬起眼睛,看了王仲宣一眼,又垂下眼睛,慢吞吞地问："一共召集了多少人？"

"大约五百人吧。"王仲宣说。

"什么？才五百人？"陈佛智腾得一下站了起来,眼睛瞪得如铜铃似的,逼视着王仲宣："五百人你就想去占领广州？"

"是啊,一共只征来五百多人,大多数青壮年都被官府征集北上了。"王仲宣解释说："五百人足够了,广州城如今没有多少守城士兵,这消息很准确的,五百人一定能攻进城去。而且我打着奉王勇之命加强广州防卫的旗号。根本不费一兵一卒。"

"进了城,你还要守住城啊！五百人能守住城吗？！痴心妄想！"陈佛智怒喝着。

"没有人啊,你老人家说怎么办？你让我到哪里去找人啊？"王仲宣委屈地嘟囔着："要不,你老人家亲自去找吧！"

"我找就我找！告诉你,用不了几天,我就能招募到一支上千人的军队！你等着瞧！马骝仔！别不服气！"陈佛智气哼哼地走出大厅。

"等你找到军队,别人早就占领了广州！"王仲宣在陈佛智背后大声喊。

"没关系！我们攻进去,把他撵出来！"陈佛智头也不回地大声说。

冼太夫人等冯暄率领的队伍出发以后，她便和冯盎又率领着另外一支只有千人的队伍向广州奔去。一路上，他们偃旗息鼓，昼歇夜行，两天就到了广州城南的坡山古渡口的对面。

　　冼太夫人站在黄红色石头岸边渡口上，望着波涛滚滚的清澈的江水，江水从上游滚滚而来，在广州城前分成两道，中间包围着一个巨大的绿色岛屿，岛屿被碧波环绕，好像嵌在碧水中间的一颗椭圆珍珠。

　　冼太夫人望着滚滚江水。在靠近广州北岸的江面上，有一块突出的红岩石，矗立在江水中，好像漂浮在江水上，随着滚滚滔滔的江水荡漾。

　　"那是浮丘石。"冯盎对冼太夫人说。

　　"果然名副其实。"冼太夫人笑着："真像漂浮在江面上的浮丘，也像一颗大珍珠。"

　　"那浮丘石下经常停泊着捕鱼的小船，阿婆你看，山根下那巨石上还有一些竹篙留下的小洞。可惜现在广州不安宁，没有小船敢停泊在这里了。阿婆，你瞧，靠下游还有一块巨石。"冯盎指点着波涛滚滚的江水。

　　冼太夫人顺着孙子的手指望下去，在下游靠近对岸的不远处，又有一块巨大的红色砂石巨型礁石矗立在江水中，三十多丈高。波涛汹涌的江水拍打着红色的礁石，激起阵阵白色的大浪，白色的浪花四下飘溅，溅落在红色礁石的顶端。

　　"这应该是海珠石了吧？"冼太夫人笑着说："你看它圆圆的高高的，是不是像颗珍珠啊？"

　　"是的。听说它就叫海珠石。也是广州有名的三块大礁石中的一块。"冯盎到底是年轻人见多识广。

　　"还有一块是什么？"冼太夫人好奇地问。

　　"在那里，远处下游的江中心，叫海印石。也是一块红砂大礁石。不过，我们看不见。"冯盎说。

　　冼太夫人瞭望了一下，江面上云霭缭绕，水汽蒸腾，只见水鸟在江面上盘旋，翅膀掠过水面。两岸的绿树倾斜到江面上，葱茏地生长着。"我们如何过江？"她回过头看着孙子问。

　　"船队已经备好，我们这就渡江。"冯盎指着江边陆续过来的大小船只说。

岭南圣母：冼夫人

冼太夫人与冯盎上了大船，站在船头，冼太夫人瞭望着广州。广州掩映在一片葱绿中。冼太夫人感慨万分。她已经好多年没有到广州来，想不到八十岁高龄，居然可以率领着大军来到广州，为帮助一个新朝统一岭南。

冼太夫人下了船，被搀扶着上了渡口。坡山古渡口位于广州南面的江北岸，在高大的坡山脚下。坡山山顶屹立着一块巨大的朱丹大石，像一个哨兵屹立江边，警惕地注视着江面，保卫着广州城。南边靠江边横卧着一块黄红色巨石，有四五丈宽广，大石中间有一个巨大石洞，里面碧水泓然，据说这是五仙人骑五羊持稻穗来广州时留下的脚印。坡山建有五仙祠，专门祭祀为广州带来丰收的五羊仙人。坡山古渡口高三四丈，像个乌龟嘴突出在滔滔的江水中，正好泊船。岩石上有许多拴船的石柱，上面还留下拴船绳索磨下的痕迹。红砂岩壁被江水冲刷得光滑，中间被凿出石阶梯供人上下。

"打出大纛旗！"冼太夫人看见队伍全都过了江，便命令她身旁的指挥冯盎。冯盎一身战盔战甲，很是神武雄壮。他挥舞着一柄银光闪闪的长矛，大声命令："打出大纛旗！"旗手立即把卷着的大纛旗展开，随风一扬，红色的绣着金黄大字的大纛旗立即飘扬在蓝天下，迎风发出"哗啦啦"的清脆的声音。一顶鲜艳的五色锦伞张了起来，冼太夫人威风凛凛地站在锦伞下。

"敲鼓！"冼太夫人一手叉腰，一手向队伍挥舞。

"敲鼓！"冯盎的声音回荡在城墙下。

鼓手脱去外衣，露出红黑两色的裆裤鼓衣，挥舞着肌肉饱绽的双臂，奋力击打着面前金光灿灿的大铜鼓。系着鲜艳大红绸缎的楠木鼓槌上下飞舞，叫人眼花缭乱。锣手同鼓手装扮一样，也挥舞着手中系了红绸的锣槌，敲打着面前金光灿灿的大铜锣。铜鼓和铜锣和谐激越地齐奏着，奏出雄壮豪迈的进军令。

冼太夫人的士兵依照着铜鼓的号令有节奏地欢呼着："圣母！圣母！圣母！"威风凛凛地向广州城开拔。

广州西城墙上的防守士兵参军惊慌失措，急忙命令关起城门。"上城墙来！"他命令着。几十个士兵急忙关闭闭西门，涌上城墙上，准备抵抗。

"射箭！"守城参军命令。

士兵们纷纷搭弓射箭，射出的箭落在地上树上，很少射中目标。

"继续擂鼓敲锣！"冼太夫人命令。

鼓手和锣手又变换了一种鼓点，敲击出另一种更激烈更震撼人心的鼓声和节奏。士兵伴随着鼓声，挥舞着手中的武器，高声呐喊："投降！投降！"

鼓声、锣声、呐喊声混合在一起，惊天动地，城里的飞鸟被震撼，纷纷从栖息树上飞了出来，嘎嘎乱叫着到处乱飞，一群一群地、惊慌地在广州城上空扑腾。

冼太夫人命令冯盎："攻城门！"

冯盎指挥着一队士兵向西门扑去。黑压压的人群向西门冲来。

"射箭！射箭！"参军挥舞着大刀咆哮着，威胁着城墙上的士兵。可是，几十个守卫兵士，见到眼前这阵势，早就慌了手脚，有的急忙逃窜，有的急忙脱衣换衫，没有人听参军的命令。

扑到西门前的士兵开始撞门。冯盎指挥着，士兵呐喊着吆喝着，齐心协力撞门。城门开始摇晃了，慢慢地离开了城墙，又慢慢地倾斜着。

"城门被撞开了！"城里的一个守卫惊慌地大声喊叫着。

"逃命啊！""快走啊！""走啊！"守卫士兵声嘶力竭地喊着，慌不择路，四下逃窜。

听说西门失陷，北门、东门的守卫参军干脆集合起来投降。

广州城头上飘扬起冼字大纛旗。

冯盎保护着冼太夫人，率领着队伍浩浩荡荡地开进广州，直抵山下的刺史衙门。冼太夫人立刻命令打出隋字大旗。

"老都，不好了，冼太夫人占领了广州！"王仲宣气急败坏地冲进陈佛智的卧室，把还在床上躺着的陈佛智拉了起来。

"鸟他奶！死八婆！"陈佛智听清原委之后，咬牙切齿地咒骂着。看来他陈佛智这一生，都要输在这死八婆的手里！

"你看，我们怎么办？是不是算了？广州我们不要了吧？"王仲宣垂头丧气，气馁地说。

"鸟你老母！这是你说的话吗？不能这么算了！"陈佛智恼羞成怒，咆哮着，抬手掴了王仲宣一个大耳光。

王仲宣捂着发热的脸颊，气哼哼地怒骂着："鸟你老母！你为乜打我？我不跟你干了！"说着，抬脚就往外走。

陈佛智怒喝着:"你小子敢走,老子就永远不让你进陈家的门!"

王仲宣犹豫着,停下脚步:所有的家产都还在陈佛智的掌握中,他要是一时意气用事,真的是一无所有了。不能这么做,家产没有到手,还得委曲求全服从陈佛智。他只好又慢慢走回陈佛智的床前。

"你说该怎么办?"王仲宣嘬着嘴,委屈地嘟囔着。

"号令周围几郡的俚獠首领一起进攻广州!我已经串联了几个郡,他们都同意跟随我干,只要我们一举反旗,他们立刻响应!"陈佛智得意地说,傲慢地白了王仲宣一眼。比你强吧?他的目光说。

"是不是真的啊?那些家伙狡诈着呢,嘴上说支持,等到真的行动起来,又都成了缩头乌龟!"王仲宣还是很不相信,嘟囔着。

"收声吧!马骝仔!"陈佛智被他的嘟囔搞得火冒三长:"你这臭嘴,成事不足败事有余!我的伙伴我信任!我这就去召集队伍,宣布进攻广州!"陈佛智腾地窜下地,动作麻利快捷,一点都不像一个八旬老翁。"老马骝!"王仲宣独自暗笑着骂,跟着他出门。

陈佛智集合好队伍,他站在队伍前,雄赳赳气昂昂地开始做战前动员:"大佬细佬:今天,我们南海獠人要去广州和官府算账!官府历来欺压我们獠人,让我们种田交租交税,课重捐,拉我们去打仗送死!还不时地派兵打我们!獠人不要官府!獠人要自己治理自己!我们要把官兵打出岭南!"

王仲宣率领着队伍振臂高呼:"把官兵打走!""岭南是獠人的岭南!""还我岭南!"一时口号喧天,群情激愤。陈佛智很懂得号令百姓的办法,激发起他们的民族情绪,用民族意识来激发他们对异族的仇恨,这是最有力量的号令。

陈佛智继续煽动着獠人的民族情绪和愤怒:"这么多年来,你们说,哪个朝廷给我们好处了?梁朝派来的刺史镇压我们,把我们从这里赶到那里,把我们赶到偏远的山里,平坦的、富庶的地方,都被新迁移来的北佬汉人侵占!陈朝的宗室,来岭南欺压我们,用沉重的赋税逼迫得我们喘不过气来!我们獠人,被压迫的没有活路,我们要起来打倒官府!"

"打倒官府!"王仲宣又高举拳头高呼着口号。上千个獠人齐声响应,声音排山倒海,蔚为壮观。

"从今天开始,我宣布,南海獠人不再归附官府,我们要独立!我们不受官府欺压!"陈佛智声嘶力竭地结束了他的演讲。

王仲宣跳上台子,扬着胳膊喊:"听从陈都佬! 打倒官府! 跟着陈都佬打到广州去!"獠人有规律地呼喊着:"陈都佬! 陈都佬!"

"从今天起,凡是能说动其他村峒獠人俚人参加我们队伍的,都受重奖!拉来一个新丁,奖励稻谷一升!"王仲宣大声宣布他的奖励决定。重奖之下,必有勇夫,采用这种办法,一定能够招募更多的兵勇。

正当陈佛智要率兵进攻广州的时候,隋军韦洸将军率领的大军和冯暄率领的岭南圣母军队开进广州,不敢以鸡卵碰石头的陈佛智只好缩回南海,不敢轻举妄动。

韦洸将军率领的大军过了崎头城,来到东衡州,冯暄的队伍已经占领了东衡州。冯暄列队欢迎韦洸,韦洸将军紧紧握住冯暄的手表示感谢,然后,兵合一处,很快进了广州。

冼太夫人率领着冯盎和全体兵士,打着隋旗,洞开四门,欢迎隋军入城。广州城里,锣鼓喧天,爆竹声不断,城墙上,官府衙门前和房顶上,到处都插着隋朝旗帜,城里的民众,也被动员出来,夹道欢迎入城的隋军。

冼太夫人盛装,张着锦伞,站在巍峨的刺史衙门前,扶着衙门前那一对高大的汉白玉麒麟,等待着隋军将领韦洸,岭南圣母的大纛在她身后随风飘荡,耀眼夺目。

"来了!"冯盎从前面打探消息跑了回来,他挥舞着双手对鼓手们喊:"敲鼓! 敲锣!"铜鼓和铜锣配合着琵琶、唢呐、喇叭,一起敲击吹奏出热烈欢快的赛龙舟曲调。

附近郡县的飘色集中到广州,为欢迎隋军平定岭南做大型庆祝表演集会。舞龙队舞起长龙,旱船、高跷、彩船,都纷纷开始了精彩的表演。附近村峒在端午、中秋和年节举行的各种游街表演,大多被叫作飘色。最好看是沙湾峒的飘色,除了舞龙、旱船、高跷,还在踩高跷的成人肩头,扛着一个木板,上面坐着一个彩色绸缎打扮起来的小靓孩,小孩子咧着嘴嬉笑着,双手舞动着,一点都不害怕。人们都高声叫起好来。

冯暄和韦洸的队伍来到刺史衙门前。冼太夫人快步走了过来,韦洸抢步上前,双手搀扶住白发苍苍的太夫人,连声说着感谢的话语。

爆竹和锣鼓声欢快地响着，人们欢呼着："隋文帝万岁！万岁！万万岁！"

韦洸搀扶着冼太夫人，走进刺史衙门的大堂，他拿出急使送来的圣旨，当堂宣布了隋文帝的谕旨。隋文帝赏赐石龙太守冯仆，封地百邑，封冯暄仪同三司，册封冼太夫人为宋康郡太夫人。

冼太夫人接受了皇帝的圣旨，感谢了皇帝的封赏，在刺史衙门里大摆宴席三天，庆祝岭南的平定和归附。

过了几天，冼太夫人带领着孙子冯暄和冯盎前来辞行。韦洸请求他们在广州多住几天。冼太夫人连连摆手："如今广州已平，朝廷许诺王勇将军继续为广州刺史，我们在这里会影响将军和刺史的。何况，高凉我自己那里还有许多事情需要处理。韦将军，我们来日再见！"

韦洸心里想：这冼太夫人手握重兵，如果万一她待在广州不走，这王勇也无可奈何。可现在，她竟自己提出撤离，足见她对朝廷一片赤诚，没有任何邪念！真正可敬可赞！他连连鞠躬作揖，连声感谢："冼太夫人识大体顾全局，对朝廷一片赤诚，冼太夫人乃真正难得的仁义肝胆之人！佩服佩服！"

冼太夫人笑着摆手："我们冯冼家族对朝廷历来赤诚忠顺，从不口是心非的！如果朝廷和将军有用着我们的地方，我和我的孙子们都会鞠躬尽瘁，为朝廷出力。今天我们就告辞了！"

陈佛智正在和几个前来拜见的僚人首领一起喝酒，王仲宣被家人叫了出去。过了一会，他喜色满面，跑了进来，陈佛智笑着："马骝仔！你走什么？不会慢慢行啊？这里可是大厅啊，又不是野外街道上。"

王仲宣高兴地喊："有好消息啊，我要走着来快点告诉你们！"

陈佛智从盘子里抓起一个鲜红的螃蟹的大螯，"嘎嘣"一下就咬开那坚硬的大螯，然后从中小心地撕取那雪白细腻的蟹肉。在场的僚人都嗷嗷叫好："都佬好牙口！好牙口！"

"乜好消息啊？"陈佛智咂巴着嘴漫不经心地问。

"我以为老都不在意呢。"王仲宣不高兴地嘟囔着。

"衰仔！说吧，谁说我不在意？"陈佛智呵斥着。

"冼太夫人的兵丁全部撤离广州，已经返回高凉了。"

"好消息!"陈佛智大拳头砸在桌子上,把桌子上的盘碗都砸得跳了起来,哗啦啦响,汤水酒水都泼洒到桌子上。

"老都,你看,现在我们可以进攻广州了吧?"王仲宣坐回自己的位子,从盘子里抓起一只鲜红的大虾,撕去头须,连壳放在嘴里,嚼得咯吱咯吱的,满嘴全是虾壳虾肉。

陈佛智看了看其他獠人首领:"都佬,你们说呢?"

那些首领很兴奋,全都嚷嚷起来:"动手吧,是好时机。"

"好!"陈佛智站了起来:"明天凌晨进攻广州,那时死八婆已经回到高凉,看她如何救广州?"

"来,让我们痛痛快快地饮一场!"王仲宣高举酒碗,大声喊。

黎明时分,雄鸡报晓的鸣叫第三次响起,把晨光震颤出微微的亮色,南海樵山下的陈家大院前已经集合好队伍。如今的獠人,也已经进化多了,不再赤裸身体,穿上了宽大的短裤,身上穿着麻衣葛衣,带着项圈,头顶的椎发插着碧玉的、鱼骨的、象牙的,或者金银的簪子,耳朵上带着很大的金银耳环,不过依然光脚走路。他们背着箭囊弓箭,手里拿着环首刀、长矛、长戈等各式武器。

王仲宣率领着队伍向广州进发,他们悄悄渡过江,来到广州西面的城下。广州城西是一大片树林,许多大小湖泊和河道穿插中间,一些村峒藏在绿树四合中。广州城的西门还紧闭着。

东方刚刚开始亮了起来,城上哨兵发现了树林黑影中移动的队伍,他们警觉地瞭望着,终于在黎明的辰光中看清了企图攻城的獠人队伍。

哨兵吹响了号角,号角声划破广州宁静的上空。刚刚安定平静下来的广州立刻又骚乱起来,守城队伍迅速上了城墙,士兵弯弓搭箭,虎视眈眈注视着城外树林里正在摸过来的獠人队伍。

韦洸在刺史衙门里被惊醒过来,他问了问情况,马上穿好战衣,带领着副将慕容三藏和其他副手与一队护兵到西门口的城墙上。守城参军报告了情况。韦洸站到城垛上瞭望着。参军急忙提醒说:"将军,快下来!獠人的箭法和弩法甚是了得,百步穿杨,百发百中。他们的弩箭大多都有毒,小心被他们射中!"

韦洸很不以为然,手搭凉棚继续瞭望着,一边说:"来的这支队伍,约有

岭南圣母:冼夫人

千来人，衣衫不整，武器不齐，看来只是俚僚暴乱，不足忧虑。"

副将慕容三藏也站到他旁边的垛口上张望着。

王仲宣在队伍前面走着，指挥着队伍掩蔽到树林里。城墙已经在眼前，高大坚实，他们一时无法攻进去。

王仲宣闪身在一棵几人都合抱不拢的大榕树的后面，查看地形。突然，他看到晨光笼罩的城墙垛子上高高地站着一个将军打扮的人，好像在指手画脚说着什么。

"鸟他奶！先把他射下来！"王仲宣命令一个弓箭手藏身到大树后面向他瞄准。那射箭手瞄了一下，嗖的一声，一支利箭带着哨音，飞向城头。

韦洸将军听到尖锐的哨音呼啸而来，正想躲避，那响箭不偏不倚正好射中他的眼窝。他大吼一声，跌落到城墙上。

副将慕容三藏急忙闪身在城墙里，躲过另一支呼啸而来的飞箭。慕容三藏慌忙指挥士兵，把主帅抬下城墙。可是，中了毒箭的韦洸已经口吐白沫，浑身抽搐着，不一会就不动了。

慕容三藏指挥着士兵严守城门，又调集了士兵，用飞蝗般的利箭把王仲宣的队伍打退了回去。王仲宣率领着队伍退回西岸西村，等待着组织新的进攻机会。

慕容三藏暂时替代主帅行使命令，他命令官兵严守广州，一边派遣急使快马加鞭日夜兼程回京去报告情况，请求救兵。

王仲宣围着广州，发动几次进攻，都被打退回来，广州久久攻克不下。王仲宣内心十分焦躁，重新部署了战略，他掉转头在广州城外四处攻掠，攻占了番禺、南海、东官等几个郡县，附近僚人纷纷响应，队伍很快就扩大到五六千人，广州成了孤城，被紧紧围困着。

慕容三藏守在广州城里，日夜焦急地等待着朝廷的诏令。可是，援军迟迟不能赶来，眼看广州就要粮草断绝，再孤守下去，广州城将会陷于饥饿之中，即使不被攻陷，也要被活活饿死。

怎么办？慕容三藏苦苦思索着。最好是请求支援。他想起不久前刚离开广州的高凉俚人首领冼老夫人和他的孙子。受过朝廷封赏的她感激朝廷，去请归顺了朝廷的她来援助，如何？

慕容三藏眉头紧皱，烦躁地来回踱着大步。这问题他已经想了不知多少遍。

　　冼太夫人毕竟是岭南俚人,与獠人有天然的联系,她会不会乘人之危呢?这问题慕容三藏想了不知多少遍,总是不敢决定。他对岭南俚獠一无所知,难于产生信任。眼下情况越来越紧急,朝廷的援兵杳无音信,再拖延下去,势必死路一条。孤注一掷吧!也许这高凉冼太夫人可以来支援他,解救广州之燃眉之急?

　　"阿婆,广州副将慕容三藏派人来见。"冯暄走进书房对正在写字的冼太夫人说。

　　"噢?有什么事情啊?我们不是刚从广州回来吗?"冼太夫人漫不经心地边写边问。她很喜欢书法,书房墙壁上挂满冯宝和冯融的字幅,也挂着几幅她自己最满意的条幅,什么学而时习之,什么有朋自远方来,等,她都写了出来挂在墙上。冯融、冯宝父子以王羲之为师,她的字也就有了一点点王羲之的味道,当然还差得很远。冯暄和冯盎老笑话她的字是涂鸦,是东施效颦。

　　"不知道,来人只说有急事求见太夫人。"

　　冼太夫人小心地把毛笔搁置在冯宝最喜欢的那方金星端州砚上:"好吧,我去见见佢。"冼太夫人站了起来,摆手不用冯暄搀扶,自己硬朗地走到前厅。

　　来人拜见了冼太夫人,说了广州的危机,把慕容三藏的书函递给太夫人。

　　"你给我读一读吧。"冼太夫人对冯暄说。

　　冯暄读了来函。冼太夫人紧皱着已经雪白了的双眉,小声咒骂着:"鸟他奶!陈佛智!这么大把年纪了,还不安生老实!"

　　"你回去禀告广州主帅,说我冼老太不会坐视广州危机。我立刻发兵去救广州!请慕容三藏将军一定要坚持守住广州!"冼太夫人站了起来,看着来人离开,命令冯暄:"你马上率领两千兵士,火速赶往广州,去解救广州之围!"

　　冯暄迟疑着:"阿婆,还是等老都回来之后再商量一下吧。我们刚刚回来,士兵还没有歇息过来,马上又出征,难免有怨言!"

冼太夫人吃惊地瞪着冯暄："你这是什么话？广州危在旦夕，如何能等？你老都从齐康郡赶回来，至少要五天，再赶到广州，又是两天。到那时，广州可能早就被陈佛智占领了！你现在就去召集队伍立刻出发，不得有误！"

冯暄不敢争辩，答应着退了出来，

冯暄低着头慢腾腾地走，他的心里很矛盾。几个月前，他与王仲宣有口头约定，曾经许诺不发兵的。现在该怎么办才好？发兵去打陈佛智和王仲宣，不是违背了自己的诺言了吗？他与王仲宣的交情可是很深厚，自己不能做食言小人！

不能让自己的队伍去攻打王仲宣，还是让朝廷援兵去救广州吧，我们为什么要给朝廷卖命呢？冯暄暗自想：还是先慢慢拖延，来应付冼太夫人。

他抬头看了看天色，心中暗喜。天空中乌云密布，一抹浓黑的乌云在天空飞速地积聚着，从海上向大陆方向飞快地移动。飓风要来了，也许还是龙卷风，这种天气谁敢出门？横空倒海的暴雨将冲刷大地，洪水横流，暴风卷过上空，可以把几百年的大树连根拔起，把房屋掀翻，把人和牲畜卷到半空，在几里、十几里甚至几十里以外抛下。

他急忙返了回去："阿婆，飓风来了，恐怕是龙卷风，今天暂时不要出发吧？"

冼太夫人思考着。飓风来临，让自己的队伍出发，无疑是不明智的。"那就等飓风过去以后，再说吧。"冼太夫人看着逐渐黑了下来的天色，同意了。

"谢谢阿婆！"冯暄高兴得手舞足蹈，飓风过后，洪水暴发，道路冲毁，江水暴涨，各渡口都会被冲坏，修复一定需要许多时日。他的广州之行就算是完结了。

这马骝仔，今天是怎么回事？看着高兴得有些失态的孙子，冼老夫人心怀疑虑，她看着冯暄的背影想：但愿他不要坏事！

飓风没有如冯暄希望的那样在高凉登陆，一阵大风掠过高凉，带来一场不大的雨，很快就风平浪静，道路还是很通畅。冼老夫人不断派人来催促他起程，冯暄没有办法，在拖延了三几日以后，只得集合队伍出发。

冯暄率领的队伍终于在半夜时分出发了。一出高凉，冯暄就命令队伍在路旁的树林里歇息，等到天大亮以后食过早饭再出发。就这样，这支援助队伍在通向广州的路上，歇歇停停，一直走在路途上，迟迟赶不到广州。

就在冯暄慢吞吞行进在通往广州的路途上时，朝廷那里得到广州的急报。朝廷的诏令下达广州，让慕容三藏检校广州道行军事，然后命令东衡州的给事郎裴矩巡抚岭南。裴矩从南康率领数千兵日夜兼程开赴岭南援助广州。

走了五天，冯暄终于来到南海，队伍驻扎在距离广州一江之隔的黄岐村峒。听说冯暄发兵来救广州，王仲宣心里慌张。他和陈佛智一番商议，决定自己亲自来见冯暄。

听说王仲宣来见，冯暄说请在自己的主帅营帐接见王仲宣。两人见面，一阵亲切的寒暄，冯暄只字不提此行目的，王仲宣也装聋装痴，好像不知道冯暄此行缘由。家丁摆上酒菜，二人边饮边聊，互相倾诉着离别思念，拉呱着他们喜欢的共同话题—螺壳。王仲宣带来一堆珍奇的螺壳，二人欣赏着、品评着，气氛和谐热烈。

第二天，王仲宣邀请冯暄到他的村峒小住几日。冯暄在王仲宣的樵山盘桓流连，每日与王仲宣吃喝玩乐欣赏螺壳珍玩。

冼太夫人接到她的心腹的报告，知道冯暄逗留在南海，没有立即去实施进攻王仲宣解救广州的计划，十分震怒。冼太夫人拍桌子喊着："马骝仔！叫冯盎来！"

冯盎来见过祖母，冼太夫人命令："你大哥与王仲宣关系好，他现在违抗命令逗留南海不前。我命令你带领一支精锐小队，日夜兼程赶到南海，把你那不听话的大哥立刻捉拿，送进高凉州府，听凭官府处置！你代替他，率领军队，去和慕容三藏会合，一起除掉叛贼王仲宣和陈佛智！要是你也贻误军机，我一定要以军法从事！"冼太夫人冷着脸说。

冯盎不敢懈怠，一脸正经严肃。他深知阿婆的秉性，说一不二，平素可以任凭他们玩闹，可是在军事大事上决不容忍他们违抗军纪！

冯盎连夜出发，赶到南海。

"细佬你怎么来了？"冯暄正在营帐里歇息，见弟弟冯盎披挂整齐地走了进来，吃惊地问。

岭南圣母：冼夫人

473

冯盎冷着脸："你还问我呢，问你自己啊。阿婆派你救广州，你却流连在这里不去解救广州。你违抗军令，阿婆要以军法处置你！"

冯暄嬉皮笑脸："细佬你别拿着鸡毛当令箭来吓唬我！我可不怕你的要挟！阿婆才不会以军法处置我呢。"

冯盎也不答话，只是把太夫人交给他的另外半个虎符甩在几上，喝令手下："拿下大胆违抗军令的冯暄！送州府衙门处置！"几个军士蜂拥上前，动手要拿冯暄。冯暄看到兵士是真的要动手，急了起来，他红头涨脸大喝一声："你们谁敢动我！"说着便掣出腰中的环首宝刀，双手擎刀，睚眦张裂，瞪着兵士。兵士心中害怕，畏缩着不敢动手。

冯盎看着冯暄，缓和语气劝说着冯暄："大佬，这可是阿婆的命令，你还是服从吧。要不惹得阿婆性起，你可真的要倒霉了。你应该知道阿婆的性情，她可是说得出做得出的。她缉拿你送你进州府，其实并不想把你怎么样。要是你这么胡闹，可说不定有什么好果子等你食了。"

冯暄慢慢放下手中的刀，把刀插回刀鞘，让士兵捆绑了。"带他回高凉！"冯盎命令士兵："路上好好照顾他！"他又补充一句。

冯盎送走冯暄，接管了冼家军队，开始部署进攻广州。冯盎乔装打扮成百姓，带着几个随从，来到广州城西。广州城处在王仲宣的包围中，王仲宣的队伍安营扎寨在城西的树林里，禁止任何人接近广州。渡口的摆渡船只，也被王仲宣的士兵控制着。

冯盎不想惊动王仲宣，也就没有渡江，只是在江的这边巡视，查看地形。

冯盎站在江边渡口，遥望对岸的广州城。清澈的江水在他面前静静地流着，翻腾着不大的波浪，夕阳西下，一抹残阳落在水中，半江瑟瑟半江红。西风猎猎地吹动着对岸树林，树叶发出飒飒的声音，鸟群在江面和树林上空盘旋，有的轻飘飘地飞到广州上空，盘旋着慢慢落到城里的什么地方。

冯盎心中一动，计上心来。冯盎把随从叫了过来，命令他们立刻扎一个纸鹞，他在纸鹞上写上给慕容三藏的信，约定了内外夹攻的时间和方式。然后把纸鹞放飞了。

纸鹞飞上树梢，飘过树林，在天空悠悠荡荡。西风轻轻地吹着它，它慢慢地飘到广州上空，慢慢地接近城墙。

慕容三藏看见一只纸鹞从城外飘了进来，急忙命令士兵站到城垛上用长竹竿把它挑了下来。士兵把纸鹞交给慕容三藏。他看着上面的信高兴地跳了起来:"广州有救了!广州有救了!"

冯盎准备好船只,在约定的时间里,趁着天黑,让自己的队伍渡过珠江。他们摸到西门外,把王仲宣的士兵堵在熟睡之中。在营帐里熟睡的王仲宣突然听到营地里骚乱起来,有人哭喊,有人惨叫,他急忙跳了起来,摸出环首大刀,跳出帐外。驻地里已经乱成一片。冯盎的士兵举着火把,正掀着一顶顶营帐,向还在睡梦中的士兵一通乱刺乱挑。鲜血的腥味弥漫着营地。

城墙上的哨兵看到树林的火把,立刻报告了慕容三藏。慕容三藏命令打开城门,自己率领着城里的士兵冲了出来。他们按照慕容三藏的部署,右臂上扎着白色的沓布。被围困多日的士兵呐喊着,奋勇冲进王仲宣的营地,和冯盎的士兵一起把王仲宣的人团团围住。

完了!王仲宣长叹一声,急忙钻进树林深处逃窜,他弯腰在树林里奔跑的时候,被几个士兵撞了个正着。慕容三藏的士兵把他捆绑起来,带到主帅慕容三藏面前。慕容三藏和冯盎已经会面,晨光微曦中,他们热烈地握手,互相介绍着自己。慕容三藏表达着自己的感谢。

士兵喊:"大帅,捉住一个人!"说着,把王仲宣推了过来。

慕容三藏看着冯盎:"冯将军,你认识他吗?"

冯盎走上前,抬起王仲宣的下颏儿看了看,哈哈大笑起来:"王仲宣啊王仲宣,你怎么就这么狼狈?你的威风哪去了?"

慕容三藏一听是王仲宣,冲上前去,一把抓住他的椎发,愤怒地咒骂着:"你这个狼心狗肺的家伙,居然敢背叛朝廷?拉出去就地砍了!"

王仲宣可怜巴巴地看着冯盎乞求着:"冯将军饶命!看在我们都是俚獠人的份上,放了我吧,放了我,我一定迁回开阳,安分守己,再也不闹事了!"

冯盎冷笑:"安分守己?你那岳父大人从来就没有安分守己过!我阿婆多次饶他狗命不死,他却总是和我阿婆作对!今天我可不会饶过你,让你日后恩将仇报与我作对!"

说着,手起刀落,一道红光闪过,王仲宣的头颅飞向一边,满腔的鲜红热血飞溅在绿草地上。

慕容三藏和冯盎的兵合在一起,打过河,一直打到南海樵山下的陈佛智

岭南圣母:冼夫人

475

村峒里,把陈佛智的家园一把大火烧了个干净。大火吞噬着陈家村峒的全部房屋,惨叫声声,凄厉长远,陈佛智这一次没有逃过劫难,葬身在冯盎的大火里。这个与冼太夫人几乎作对一生的獠人首领终于完蛋了。

朝廷派来安抚岭南的使者裴矩来到广州,立即召见冼太夫人。

冼太夫人张着锦伞,盛装来到广州,在刺史府邸里拜见朝廷钦差的使者裴矩。裴矩代表朝廷封赏冼太夫人,拜冯盎高州刺史,追赠冯宝广州总管,谯国公,册冼太夫人为谯国夫人,在广州开谯国夫人幕府,置长史以下官属,官给印章,听发六州兵马,若有机急,便宜行事。仍敕以夫人诚孝之故,特赦冯暄逗留之罪,拜罗州刺史。同时,拨原广州总管府邸给冼太夫人做谯国夫人府,在总管府邸西重建刺史衙门。

裴矩向冼太夫人请教安定岭南的办法。冼太夫人说:"岭南俚獠历来不大宾服朝廷,前朝采用了许多办法来安抚。采用安抚办法,可以使俚獠顺从朝廷。凡是采用镇压的,只能奏效一时,一遇局势变化,一有风吹草动,俚獠首领就会立刻叛乱。依我之见,要安抚岭南,首先在安抚俚獠。朝廷想要岭南平静归附,只有采用笼络抚慰俚獠的办法。尤其现在,刚刚镇压了王仲宣和陈佛智的獠人叛乱,朝廷在岭南立足未稳,不宜高压,否则更易激起俚獠反抗。官人总以为用权力可以压服百姓,所以,百姓稍有违抗,他就大发淫威,运用手中权力来整治百姓。可是俚獠却多是吃软不吃硬的,特别是獠人,更为蛮勇,偏偏要和官府作对。你看,杀了宁逵,宁俊杰并不服从,到处搞事,搅得高凉地区不安宁。现在,许多地方的獠人也还是不宾服,他们互相勾结,势力不算太小。我看,弹压不如笼络,还是采用笼络办法的好。"

裴矩敬佩地看着这满头稀疏白发的老太,频频点头:"谯国夫人言之有理!只是裴矩不懂俚獠语言,如何与俚獠首领沟通?裴矩想恭请谯国夫人与矩同行,去西路安抚俚獠。不知谯国夫人行动是否方便?"

冼太夫人想了想:"老妇虽然年已八旬,可身体健壮,精神也好,要是给事郎不嫌弃,老太婆愿意从给事郎巡视西路各州。"

裴矩喜出望外,急忙起身,向冼太夫人作揖到地:"感谢谯国夫人对朝廷一片赤诚!有谯国夫人襄助,岭南安定指日可待了!"

冼太夫人矜持地微笑着,心下很有些得意:这话你算是说对了。这西路哪个俚獠首领敢不给我岭南圣母一点面子？要是没有我的帮助，十个裴矩也是有去无回！那些俚獠首领，从来就没有怕过朝廷，天高皇帝远的村峒山民，才不管你是什么朝廷钦差呢！

八十岁高龄的冼太夫人披挂甲衣，乘介马，张着锦伞，打着圣母大纛，引毂骑卫，跟从钦差裴矩巡抚岭南西路中路的二十余州。每到一州，一看见圣母的大纛和锦伞，俚獠村峒百姓就如同见了神人一样，叩头膜拜，纷纷表示归附。西路各州俚獠首领及百姓，听说岭南圣母冼太夫人来到，蜂拥出来欢迎，各州纷纷表示归附朝廷。冼太夫人代表朝廷替裴矩宣讲朝廷的命令，安抚当地俚獠。

裴矩让冼太夫人用俚獠语言告诉各州的俚獠首领，朝廷接受他们的归附，并且委任他们为左州左县的刺史和县令，让他们回去继续统领他们的俚獠部落。俚獠首领欣然接受，愉快地表示归附朝廷，按时交纳赋税。

安抚岭南西路回来，隋文帝皇后听说了岭南冼太夫人的事，专门派人赐她首饰和宴服一套，嘉奖她对朝廷的一片忠心。

听民诉苦怒火中烧　　上书告状为民申冤

开皇十一年（公元 592 年）年节，广州城里一片红火热闹。平定王仲宣、陈佛智之后，广州迎来一个平静祥和的年节。广州城的各寺院道观都大做法事醮坛，为僧众祈祷平安富足祥和，钟鼓磬钹演奏出来的音乐缭绕在蓝天下，此起彼伏的爆竹声，家家户户门板上新张挂着桃符和门神，张挂着红色灯笼。扎着扎角的孩子穿着桃红柳绿一色新的绸缎衣裤，手里拿着彩纸做的风车，在街上追逐跑跳。大人也换上新衣新冠，脸上挂着微笑，互相作揖拜年，恭贺新年到来。

广州总管府邸大门上张挂着巨大的桃符板，也张贴着大门神荼郁，门楣上方挂着大红灯笼，灯笼里的蜡烛火光上下跳跃，闪闪烁烁。两只白石雕刻的麒麟蹲踞在大门口，瞪着一双大眼睛，注视着来来往往的人。院外不远处，就是冯宝非常喜欢的那几棵压笔树、管树。冼太夫人闲来无事，常常拄着龙头紫檀木拐杖，走到那几棵粗大的管树下，去欣赏它那火红的木笔一样的红叶，看着它舒展开来成为碧绿的叶子。丈夫冯宝喜欢这管树和王园寺

岭南圣母：冼夫人

的诃子树，特别是诃子叶，冼太夫人忘不了。

冯仆率领着冯家全体子孙给冼太夫人拜年。院子中央堆着旺火火堆，燃烧着爆竹和响草，噼噼啪啪的响声增添着节日的喜庆。

冼太夫人穿着大红团花寿字缂丝锦缎衣，头上梳着吉祥髻，插着赤金凤头钗，碧玉簪，还特意插了几朵刚绽开的鲜花，把一头白发衬得更加雪白，而她的脸却显得红润。冼太夫人拄着紫檀木的龙头拐杖，笑眯眯地坐到紫檀木圈椅上接受着儿孙的跪拜。

待大家都拜过之后，冼太夫人让老管家周中建抬出一个镶金包银的紫檀木箱出来放到大厅中央。冼太夫人从自己的怀里掏出一把金光灿灿的大钥匙递给儿子冯仆："你去打开它！"

冯仆打开箱子。冼太夫人走过来，从箱子里捧出一套宴会礼服，她小心翼翼地抚摩着它："这是当今皇后送我的礼服，这是她送我的赤金凤头钗，碧玉簪，碧玉手镯，还有珊瑚珍珠项链。这是当今皇帝的圣旨，封赏你阿公为广州总管和我的谯国夫人的圣旨。"冼太夫人把东西一件一件拿了出来，小心翼翼地摆放在桌子上。她把那顶金花凤冠，慢慢戴到了头上。凤冠上有九树金花，这是一品夫人的官阶佩饰。以后怕是没有机会再戴了。冼太夫人微笑着思忖：她已经老了，需要退养了。

"这些是陈朝皇帝和皇后的赏赐。这些是梁武帝的赏赐。"冼太夫人摘下凤冠，继续一件一件地指点着解说。这里有封赏的圣旨、首饰、绸缎，玉器，还有笔墨纸砚文房四宝，还有梁武帝赏赐的书法字画佛经以及他自己的佛教经义著作，其中也有当年冯宝爱不释手的那把花纹钢灵宝宝刀，陈霸先北上时送给冯宝留作纪念。

冼太夫人深情地抚摩着这些珍贵的赏赐，对子孙说："我们冯冼家，三世为朝廷命官，忠心侍奉朝廷。我事三代主，也只是用一好心。不管哪个皇帝君临天下，我都忠心侍奉，不敢有二心。皇帝赏赐的这些赐物都还在，它们是皇帝和朝廷对我冯冼忠心地赏赐和报答。我希望你们记住这些。"

冯仆和冯暄、冯盎都点头，连连说记住了，记住了。

冼太夫人指点着冯暄："阿暄，你更要好好给我记住，这一次朝廷没有追究你逗留不前贻误军机的罪行，一是因为阿盎解救广州有功，二是看了我的面子，不仅没有追究你，反而委任你做刺史。所以，你要记住，我们高凉冯冼应该和朝廷一心,即使改朝换代,岭南高凉也总是朝廷的臣属,不可有二心!"

说到这里,冼太夫人环视着所有的子孙:"你们都给我记住,我们冯冼两家决不做那些叛乱的事情。将来,要是你们中或是你们的后代中有人胆敢反叛朝廷,我地下有知,会咒骂他的!要是反叛朝廷,结果一定会给我们冯家和冼家带来灭族之灾!你们听到没有?"

冯仆和儿孙们都朗声答应着:"听到了!老祖宗!"冼太夫人慈眉善眼地笑出声了,瘪着没有牙的嘴呵呵地乐得像个开心的细佬仔一样。

可是,尽管她谆谆教导,她的后代还是在400多年以后,参与了南汉的小朝廷,被宋主赵匡胤诛灭。

冼太夫人在佛堂念经,她已经老态龙钟,住在广州豪华府邸里,她兵发六州,置长史,开幕府,具有相当大的权力。不过,朝廷避太子杨广的讳,改广州为禹州,委派了新的禹州总管赵讷。对朝廷的这种安排她心知肚明。她替朝廷安抚岭南的任务已经完成,她的权力应该被削弱,慢慢被替代,以致最后被取消,换上年富力强和朝廷放心的心腹官员来治理岭南。对于这种变化,她很心安,自己已经年老体衰,权力对于她已经没有多大意义,儿孙们都做了高州、罗州刺史,大权在握,这就够了。

冼太夫人喃喃地念着佛经,请求观音菩萨的保佑。

这时,长史张融匆匆进来,他小心走到冼太夫人面前,小声说:"谯国夫人,外面有许多告状的俚獠人,他们要求见太夫人。"

"哦?什么事?"冼太夫人微微睁开眼睛,看着长史张融问。

"他们是来向谯国夫人告状的!"张融毕恭毕敬地回答。

"那我倒要去见见他们了。"冼太夫人缓慢地移动了一下身体,张融急忙上前用力搀扶起她。冼太夫人推开张融的搀扶,自己拄着紫檀木的龙头拐杖,慢慢向前面的官厅走去。

官厅里已经坐着许多俚獠模样的人,看样子都是些首领,看见冼太夫人进来,立时齐刷刷地扑倒在地,一边磕头,一边高喊:"祝圣母冼太夫人安康!"

冼太夫人双手拄着拐杖,颤巍巍地走到紫檀木大圈椅前,瘪着没有牙的

岭南圣母:冼夫人

嘴有些含混不清地说:"大家请起,请起。什么事情来见我啊?你们谁说给我听?"

俚獠首领站了起来,一个年轻一些的俚人说:"圣母有所不知,这禺州总管贪虐,对我们俚獠横征暴敛,除了交稻谷粮食,还要交象牙、珍珠、琥珀、犀牛角、孔雀翎毛,现在山里已经很少有大象、犀牛,我们完不成这些赋税,他就派官兵去烧我们俚獠村峒,扒我们俚獠的房子,把我们抓到州牢里坐监。我们已经忍无可忍,要是这贪官不除,我们俚獠村峒可就只好起来反抗,要不我们早晚要被这狗官逼死!"

其余的俚獠首领也都纷纷诉苦:"是啊,我们都没活路了!"

"圣母,你老人家要救救我们!"

冼太夫人慈祥的目光流露出愤怒,她轻轻地咒骂了一声:"鸟他奶! 还有这么坏的官!"她想了想,看着俚獠首领又安抚着:"你们先不要采取什么行动。你们当年可是答应过我,要永远宾服朝廷的。"

"是啊,所以我们来见圣母,求圣母出面替我们解决!"俚獠首领纷纷说,眼睛里含着极大的希望,流露出强烈的期盼。

"好! 既然各位都佬还相信我这老婆子,那你们就先请回去。关于你们说的赵讷的事情交给我来办。我一定给大家一个满意交代!"

"感谢圣母! 感谢圣母!"俚獠首领再一次跪下拜谢冼太夫人,退出官厅。

冼太夫人看着长史张融:"他们说的是不是真实情况?这赵讷果然这么坏?"

张融摇头叹气:"确实不假,这赵讷来广州不过半年,据说已经搜刮了金银财宝无数。实在是个既贪婪又残暴的家伙,听说他在总管府里收罗了许多靓女,都住在他的后院里,一人一个小院子,他轮流到这些靓女房里过夜、饮酒、看歌舞,百姓说他就像皇帝一样。他正在大修住宅,据说是仿照京都皇宫模样在修建。他的监牢里已经关了上千俚獠人,被打得缺胳膊断腿,惨不忍睹。听说他一天看不到用刑,听不到惨叫,就食不下、睡不着。你看,这么坏的官吏,怎么能叫百姓不造反闹事? 真是官逼民反,民不反都不行!"

冼太夫人用劲顿着龙头拐杖:"鸟他奶! 朝廷都是被这些贪官污吏给搞垮了的! 你看隋文帝,也是很节俭、很清正的一个皇帝,居然也还是任用这么坏的官员！这江山恐怕还是难以长久！"

冼太夫人叹息了一会，看着张融说："你去写封事，把赵讷的罪行一一写清，然后派可靠的人连夜送往朝廷，报告隋文帝。俚獠这里，我从府里拨出一些钱粮，去救济那些特别贫苦的人，先安抚他们，让他们能够生活下去，防止他们发生暴乱。你看如何？"

长史张融连声说："谯国夫人放心，我这就去办。我会在最短的时间里把封事交给朝廷。隋文帝已经废除了周法，制定了隋法，正在治理法度，虽然隋法废除严刑峻法，废除枭首、车裂以及鞭法，除非谋反叛逆大罪，不用族诛，还废除了酷刑，拷打不许超过二百，但是，对这等贪官污吏，还是要严加惩处。所以，这事一定能引起朝廷重视得到迅速解决。隋法规定，百姓如果在县遭受冤屈，可以依次经郡州以致朝廷申诉，所以，太夫人的申诉一定会引起朝廷重视。"

冼太夫人感叹着："这每次改朝换代之初，开国皇帝都有些开明之举，可惜过几十年，就腐朽昏聩，朝纲败坏，但愿这次能够多维持些年头，让黎民百姓过上好日子。你对贪官一定不要姑息，措辞要尖锐激烈一些，以引起朝廷对贪官污吏祸患朝纲和百姓的罪行的极大愤恨！这贪官污吏不除，国无宁日！百姓无宁日！"

张融连声答应，告辞去准备他的封事。

冼太夫人让儿子冯仆和长史张融代替自己去俚獠村峒发救济，这一举措安抚了愤怒的俚獠，俚獠也算听圣母的话，没有发生骚乱和叛乱，禹州暂时安稳。

这一天，冼太夫人和儿子冯仆在后宅大厅里坐着说话，商量如何给冼太夫人过寿。八十五岁大寿，一定要给母亲再过个盛大热闹的祝寿活动。冯仆说。

长史张融乐颠颠地走进大厅，连声说："太夫人，好消息！好消息！"

"什么好消息？看把你乐的？连我们的正事都被你打搅了！"冯仆不高兴地嘟囔着埋怨着。

张融并不生气，依然笑嘻嘻地说："朝廷得到谯国夫人的封事，已经派人来推查赵讷罪行。禹州总管府已经被钦差和官兵团团围住，正在查抄他的

家产呢!"张融高兴得眉飞色舞,手舞足蹈地说。

"这下可好了!"冼太夫人拊掌笑着:"我总算为岭南俚獠又做了件好事。快说说,查抄出什么赃物了没有?"

"哎呀!赃物简直堆成了山。什么珍贵的东西都有!黄金、白银、玉器、珍珠、玳瑁、珊瑚,都要用车装车拉,绸缎、布匹、俚锦、竹布、葛布、麻布、沓布,什么都有!府院里堆积如山!"张融说着,连连摇头:"真不知他是怎么搜刮的?在这么短的时间能收集那么多财富,真叫人吃惊!也真不知道,他要那么多东西和钱财干什么?"

冯仆大不以为然:"这有什么奇怪的?贪官搜刮民财,不择手段,速度惊人!贪得无厌嘛,越多越好!"

"不过这也太叫人吃惊了!才上任半年啊!"张融还是很惊诧。

"咳!你啊,还是年轻少不更事!"冯仆老气横秋地教训张融:"贪官就像一个饥饿许久的饿汉,他是永远食不饱的饕餮汉,肚里不饥眼里饥啊,见了财富就好像见了救命事物,非要一股脑收罗到自己手中才行。他们知道铁打的官府流水的官,说不定哪天就没有了权,有权不用过期作废,他们总有一种害怕被剥夺权力的恐惧!"

冼太夫人也冷笑着:"是啊,这些新任命的官员大多不是世族,不少人原本寒族布衣,从小过穷日子,穷怕了,一旦权力在手,就不择手段地盘剥!就像那些多日没有叮咬过人的蚂蟥,一旦有了机会,就死死叮咬住不放,一直到撑死为止。"

说到这里,冼老夫人问张融:"现在事态如何发展呢?"

张融笑着:"赵讷已经被捆绑起来,等着处理呢。"

冼太夫人感慨着:"为官还是要约束自己的好,万不可以为做了官就可以为所欲为,其实,铁打的衙门流水的官,这官是有年的,权力是有限的,不约束自己,终究要大祸临头,到时悔之晚矣!"

冯仆笑了:"像阿妈这么明白清醒的官员可不多。人呢,一旦权势在手,则昏天暗地,不知天高地厚,更不知身为何人,心目只余金钱贪欲,到头来,聪明反被聪明误,只落两手空空,甚至连身家性命尚且不保,真正可悲可怜之极!"

大家叹息着,议论着赵讷,说着闲话,突然外面人声鼎沸,有人高喊:"给事郎裴矩求见太夫人!"

冼太夫人高兴地站了起来:"裴矩来了,快请进,快请进!"

裴矩进来,上前给谯国夫人请安行礼。冼太夫人一把抓住裴矩:"免了吧,我们这老熟人了,不要这么多的礼节!小裴,哪阵风把你又吹到岭南来?"

裴矩搀扶着冼太夫人,轻轻抚摩着老太青筋暴露和布满黑斑的手,亲热地说:"想念阿婆,自然就回来看望阿婆了!"大家都笑了起来。

"瞧这小裴,嘴有多甜啊。你这朝廷的人,怕是又肩负朝廷使命来找我老太婆麻烦的吧?"

裴矩满脸堆笑:"阿婆说哪里话?我小裴何敢找阿婆麻烦!不过阿婆聪慧过人,什么也瞒不过阿婆的。我确实受朝廷之托,前来追查赵讷贪赃枉法的罪行。同时,又要安抚岭南俚獠。"裴矩恭敬地说。

"不是又要找我老太婆出马,和你去巡视西路俚獠吧?"冼太夫人狐疑地看着裴矩。

裴矩尴尬地笑着。

"瞧这马骝仔的衰样,肯定不是什么好事。"冼太夫人用颤巍巍的手指点着裴矩的额头,嘟囔着说。

大家都笑着。裴矩赔着笑脸:"实在是不得已,阿婆。我一个北佬官员到西路去,语言不懂,俚獠哪能听我的啊?阿婆只要一露面,俚獠就俯首帖耳。谁让阿婆这么厉害呢?"

"这小裴,专捡我爱听的说。可是,我实在是骑不动马了。"

"阿婆,这次不用你老人家骑马,我已备专门车辆,里面安置舒服藤椅,阿婆坐着躺着都行。我这里带来朝廷诏令,朝廷任命阿婆做朝廷的招抚使者,亲自去巡视各地俚獠。这样,比我去好多了。"

"看来,这不去又是不行了。你准备如何处理赵讷?"

"赵讷实在太贪婪太残暴,收缴的赃物数目太巨大。我按照朝廷的意思准备在我们巡视西路的时候,征求各地俚獠意见,然后就地处置,以平息俚獠愤怒。"

"那好,为了朝廷和俚獠,我就再走一趟吧。"冼太夫人微笑着说。

"母亲大人,你的寿辰快要到了。这不是耽搁了吗?"冯仆急忙劝说。

岭南圣母:冼夫人

"这寿辰嘛，年年都过，可安定俚獠是耽搁不得的大事。过寿诞的事，就推后吧。等我和巡视回来，让他给我过。行不行啊？小裴？"冼太夫人亲昵地看着裴矩说。

"阿婆寿诞，裴矩要带头给阿婆磕几个大响头！另外，我来之前，特意向朝廷禀报，阿婆帮朝廷安定岭南，劳苦功高，应该赏封。朝廷答应马上下赏封诏令。我估计，等我们巡视回来，朝廷赏封诏令也到，那时，双喜临门，让我们好好给阿婆过个盛大的寿诞来庆贺。"

"我和你去，一路上好照顾。"冯仆对母亲说。冼太夫人点头。

冼太夫人和冯仆亲载诏书，打着圣母大纛，张着圣母锦伞，像当年一样，自称使者，巡视了西路十余州。每到一地，她就召集俚獠，亲自宣述朝廷对赵讷的处理，说明减免不合理的赋税，停止征收象牙、犀牛角一类珍贵，来安抚俚獠。俚獠首领和百姓知道了朝廷的意思，都高声欢呼着："圣母！圣母！"

俚獠首领都纷纷归附。

回到广州，果然如裴矩所说，隋文帝的嘉奖封赏也到广州。隋文帝赐夫人临振县为汤沐邑，赠冯仆崖州总管、平原公。

冯仆看着母亲，问："朝廷要我到崖州去当总管，母亲你是留在广州还是和我去崖州？"

冼太夫人摇头："我想随你去崖州，那里有朝廷给我的封地，我不想母子分开。"冯仆点头："我觉得也是这样稳妥。母亲在我身旁，我才放心。"

冼太夫人又说："可是，崖州我实在住不惯，我还是回高凉去的好，在高凉陪伴着你老都，我才感觉舒服。你走了以后，这广州只剩我一个人，虽然开幕府，掌官印，也没多大意思。我已经老了，还是告老还乡陪伴你老都的好。"

"那也行，母亲回高凉，罗州有阿暄，高州有阿盎，我放心。"

"那就这么定下来吧，明天我就挂印交还这广州事务给裴矩，你送我早日回到高凉，然后你去崖州上任。崖州那里你二舅早就想告老，他那几个仔都不中用，冼挺一个人总是说人手不够，他老是不放心。你这一去，减轻了他的负担。"

裴矩听说冼太夫人要告老还高凉，极力挽留，可是冼太夫人主意已定，裴矩无法改变她的决定。

尾声　回归故里安度晚年
儿孙绕膝颐养天年

　　高凉城里,好像过年一样热闹,人们都涌出家门,脸上挂着笑容,互相打着招呼:"欢迎冼都佬去!"有些人家还特意在门口烧上香火,挂出灯笼,等待着他们的冼都佬归来。

　　漠阳江渡口附近的道路上,已经站满欢迎的人群。冯盎率领着高州刺史衙门全体官员和兵士,排列着整齐的队伍站在江岸上。冯盎指挥着州府的奏乐队,敲打着铜鼓铜锣。冼家奏乐队的细佬仔穿着金黄的鼓手服装,挥舞着肌肉饱绽的胳膊,不断地敲打着铜鼓铜锣以迎接告老还乡的冼都佬。

　　听说冼都佬还乡,全城的俚人都涌出高凉,来到漠阳江渡口,夹道欢迎。高凉人挥舞着拳头,敲锣打鼓,吹奏着俚箫口箫,欢呼着圣母圣母,争相欢迎着他们的都佬。

　　冼太夫人慢慢走下船,张着的锦缴在夕阳的光辉里更加灿烂辉煌。人群看见了这锦伞,都齐声欢呼起来:"欢迎!欢迎!圣母!圣母!"

　　冼太夫人眼睛里噙满浑浊的眼泪,向人群挥舞着手。她又回到她自己的故乡,永远不再离开。她要把自己永远埋葬在这块土地上,和冯宝朝夕相处,永不分离。冯宝就葬在北甘山下的花厅里,那里百花盛开,那里有他引种的菠萝蜜飘香,有他喜爱的诃子菩提,那里还有他命名玉堂春的几棵红白花树,那里有五星环绕。那里是冯宝的安眠处,那里也是她的归宿。

　　夕阳西下,火红的夕阳照红了高凉城,城墙垛口上,也站满欢迎的士兵。

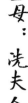

岭南圣母：冼夫人

他们高举着手中的长矛剑戟,不断欢呼着,向他们心目中的英雄,城下那辆披红挂彩的高车上坐着的那神奇的老太婆,那个把一生心血贡献给高凉的老人家,致以他们最热烈的欢迎。

夕阳的红光落在冼太夫人稀疏的白发上,落在她已经皱得像神台上供奉神灵的干橘子一样的脸上。在高凉俚僚和高凉后迁移去的北人的心里,这老太婆是那样美丽慈祥,那么叫人敬畏。

冼太夫人张着没有牙齿的瘪嘴呵呵地笑着,踏上了高凉的土地。

以后,冼太夫人又活了几年,大约在隋仁寿二年(公元601年),年过九十,以九十多岁的高寿离开人世。她的子孙把她葬在北甘山下的花厅里,与冯宝葬在一起。死后,隋朝皇帝隋文帝谥她为诚敬夫人,朝廷赠送赙物绸缎一千段。

在高凉,在高凉周围的州县,在崖州临高一带,到处都有冼太夫人庙,有冼太夫人祠,还有她的爱孙冯盎冯三公的祠堂庙宇,一直保存到现在。现在的高州(不是阳江),城里有建于明代的冼太夫人庙,城外有近百处冼太夫人庙,都是纪念这俚人女首领的。在电白、阳江、茂名各处,也有多处专门纪念冼太夫人的冼太夫人庙。这些地方,每年春秋两季祭祀冼太夫人,举行规模浩大的游行庆祝活动,一次在春天的二月,据说是在冼太夫人发兵崖州的时候举行。另一次在冬月,冼太夫人的诞辰日举行。祭祀活动十分隆重,有专门的仪式程式,还有专门的官员参加和主持。阳春双滘镇,每逢正月初三都要热热闹闹地搞一次冯三公出游的游神活动。双滘镇原有冯三公庙26座,"土地改革"时被拆毁,但是正月初三的游神活动却一直保持到现在。冯三公庙里同时建有冼太夫人神位,上面写着:天后圣母冼太夫人神位,有木雕像,以及各种祭祀仪式的旗、鼓、锣、钹都一应俱全。在海南临高一带还保存着十七座宁济庙,那是宋代封的冼太夫人庙。海南和粤西的人们,已经把冼太夫人和她的后代神化了。她的诞辰日,已经成为当地人祭祀祈祷的一个太婆日太婆诞。许多节日都与她有关。阳江地区把四月八日定为阿婆节,在这一天,没有子女的女人就要向阿婆祷告,这阿婆节就是纪念冼太夫人的。而海南的军坡节也是海南俚人纪念冼太夫人平定崖州的节日。同时还流传着许多关于她的传说,有牧场辨鸭、智判竹帽、勇斗大榭王、驱跪烧窑、照看乳子等。

今天的高州，城里城外的冼太夫人庙，香火更加旺盛，那里香火缭绕，终日不断，络绎不绝的人，来这里焚烧香火烛纸，来这里进香下跪祷告，祈祷冼太夫人的保佑。今天的冼太夫人已经成了高州人参拜的一个新神祇。

一个岭南俚人的女首领，一直成为当地人民热爱的英雄，一千五百年岁月的流逝，都没有冲走她在粤西人心中的地位。这女人该有多么了不起！

岭南圣母：冼夫人